FANTASY 1800

SeelenSauger

FlammenBringer Buch 1

Eine Fantasy-Trilogie
von Dan Dreyer

Buch 1: SeelenSauger
Buch 2: WuchtBewahrer
Buch 3: WeltenFresser

Yimm

Fernbrücken

Newhaven

die kolonien - da wohnen die eoten

Nordöste

Truebav

Torgoth

Jergus

Gesien

da ist alles voller midthen! (menschen)

Die bekannte Welt
Länder & Hauptstädte

heimat der elven

Pendôr
Penreth

modsognir

da auch!
Angâni

Angraugh
orcneas
brrr - gruselig!

Der »SeelenSauger« ist für
meinen Spannmann & Motor
Nick Reinhart.
Cheers!

Autor: Dan Dreyer
Ackerstrasse 127
40233 Duesseldorf
Germany
dan@dandreyer.de

»SeelenSauger: Flammenbringer Buch 1«
Hardcover-Edition © 2021, 1. Auflage
(HC_V08 – Nummer für internen Gebrauch)
ISBN: 978-3-9821177-6-8

Lektorat/Korrektorat: Nick Reinhart & Kiki
Umschlaggestaltung: Nenad Cvetkovski
Umschlagfoto: Teodor Lazarev
Satz & Gestaltung: Dan Dreyer mit Typo ›Alegreya free‹
Deko-Fonts: Cinzel, Goudy Trajan & OrnamentalRules @myfonts.com
Free Fonts: Alegreya & Nymphette
Fotos & Bilder für Deko & Doppelseiten:
AdobeStock, Shutterstock & Gemeinfreie Bilder
(CC0 / Public domain) mit StyleApp-Filter
Karten erstellt mit Incarnate

Das Werk, einschließlich seiner Teile, ist urheberrechtlich geschützt.
Jede Verwertung außerhalb der engen Grenzen des Urheberrechtsgesetzes
ist ohne Zustimmung des Autors unzulässig.
Dies gilt insbesondere für die elektronische oder sonstige Vervielfältigung, Übersetzung,
Verbreitung und öffentliche Zugänglichmachung.

Im hinteren Teil
des Buches:

Flaggen der Reiche,
Historische Inspirationen

Übersicht Dienstgrade & Verbände,
Glossar, Personenregister
&
Karten der Welt

INHALTSVERZEICHNIS

IMPRESSUM		SEITE 4
KAPITEL 1	THAPATH SPRICHT	SEITE 11

1. TEIL ›LEKTIONEN‹

KAPITEL 2	GRIMMFAUSTH	SEITE 15
KAPITEL 3	LYSANDER	SEITE 19
KAPITEL 4	LOCKWOOD	SEITE 26
KAPITEL 5	GRIMMFAUSTH	SEITE 29
KAPITEL 6	LYSANDER	SEITE 32
KAPITEL 7	GRIMMFAUSTH, LOCKWOOD & LYSANDER	SEITE 38
KAPITEL 8	LYSANDER	SEITE 44
KAPITEL 9	GRIMMFAUSTH	SEITE 48
KAPITEL 10	LOCKWOOD	SEITE 51
KAPITEL 11	LYSANDER	SEITE 53
KAPITEL 12	GRIMMFAUSTH	SEITE 55
KAPITEL 13	LOCKWOOD	SEITE 60
KAPITEL 14	LYSANDER	SEITE 63

2. TEIL ›REVOLUTION‹

KAPITEL 15	GRIMMFAUSTH	SEITE 73
KAPITEL 16	LYSANDER	SEITE 81
KAPITEL 17	DESCHE	SEITE 85
KAPITEL 18	LOCKWOOD	SEITE 89
KAPITEL 19	LYSANDER	SEITE 92
KAPITEL 20	GRIMMFAUSTH	SEITE 96
KAPITEL 21	LYSANDER	SEITE 99
KAPITEL 22	SANDMAGEN	SEITE 108
KAPITEL 23	LOCKWOOD, GRIMMFAUSTH & LYSANDER	SEITE 110
KAPITEL 24	LYSANDER	SEITE 117

KAPITEL 25	DESCHE	SEITE 126
KAPITEL 26	LYSANDER	SEITE 131
KAPITEL 27	SANDMAGEN	SEITE 139

3. TEIL ›ERSTE GEFECHTE‹

KAPITEL 28	GRIMMFAUSTH	SEITE 145
KAPITEL 29	LYSANDER	SEITE 151
KAPITEL 30	SANDMAGEN	SEITE 158
KAPITEL 31	DESCHE	SEITE 160
KAPITEL 32	LOCKWOOD	SEITE 166
KAPITEL 33	GRIMMFAUSTH	SEITE 169
KAPITEL 34	LYSANDER	SEITE 178
KAPITEL 35	GRIMMFAUSTH	SEITE 190
KAPITEL 36	EISENFLEISCH	SEITE 194
KAPITEL 37	LOCKWOOD	SEITE 197
KAPITEL 38	LYSANDER	SEITE 199
KAPITEL 39	SANDMAGEN	SEITE 207
KAPITEL 40	EISENFLEISCH	SEITE 213
KAPITEL 41	LYSANDER	SEITE 217
KAPITEL 42	LOCKWOOD	SEITE 220
KAPITEL 43	GRIMMFAUSTH	SEITE 223
KAPITEL 44	LYSANDER	SEITE 227

4. TEIL ›FEUERTAUFE‹

KAPITEL 45	GRIMMFAUSTH & LOCKWOOD	SEITE 233
KAPITEL 46	GRIMMFAUSTH & LOCKWOOD	SEITE 240
KAPITEL 47	LYSANDER	SEITE 253
KAPITEL 48	GRIMMFAUSTH & LOCKWOOD	SEITE 259
KAPITEL 49	SANDMAGEN	SEITE 263
KAPITEL 50	RAUKIEFER	SEITE 267
KAPITEL 51	LOCKWOOD	SEITE 270
KAPITEL 52	EISENFLEISCH	SEITE 272

KAPITEL 53	GRIMMFAUSTH	SEITE 275
KAPITEL 54	LYSANDER	SEITE 279
KAPITEL 55	LOCKWOOD	SEITE 282
KAPITEL 56	EISENFLEISCH	SEITE 284
KAPITEL 57	GRIMMFAUSTH	SEITE 286
KAPITEL 58	LYSANDER	SEITE 289

5. TEIL ›NEUE UFER‹

KAPITEL 59	GRIMMFAUSTH	SEITE 303
KAPITEL 60	LOCKWOOD	SEITE 307
KAPITEL 61	EISENFLEISCH	SEITE 311
KAPITEL 62	LOCKWOOD	SEITE 316
KAPITEL 63	LYSANDER	SEITE 324
KAPITEL 64	GRIMMFAUST	SEITE 329
KAPITEL 65	LOCKWOOD	SEITE 340
KAPITEL 66	LYSANDER	SEITE 349
KAPITEL 67	EISENFLEISCH	SEITE 352
KAPITEL 68	GRIMMFAUST	SEITE 358
KAPITEL 69	LOCKWOOD	SEITE 360
KAPITEL 70	LYSANDER	SEITE 364
KAPITEL 71	GRIMMFAUST & EISENFLEISCH	SEITE 369
KAPITEL 72	LYSANDER	SEITE 378
KAPITEL 73	GRIMMFAUST	SEITE 382
KAPITEL 74	GUIOMME	SEITE 388
KAPITEL 75	LYSANDER	SEITE 392
KAPITEL 76	LOCKWOOD	SEITE 399
KAPITEL 77	GRIMMFAUST	SEITE 409
KAPITEL 78	LOCKWOOD	SEITE 413
KAPITEL 79	ZWANETTE	SEITE 419
KAPITEL 80	LYSANDER	SEITE 422
KAPITEL 81	EISENFLEISCH	SEITE 424
KAPITEL 82	GRIMMFAUST	SEITE 427

KAPITEL 83	LYSANDER	SEITE 436
KAPITEL 84	EISENFLEISCH	SEITE 441
KAPITEL 85	BRAVEBREEZE	SEITE 445

6. TEIL ›ENTSCHEIDUNGEN‹

KAPITEL 86	GRIMMFAUST	SEITE 455
KAPITEL 87	LYSANDER	SEITE 458
KAPITEL 88	ZWANETTE	SEITE 461
KAPITEL 89	LOCKWOOD	SEITE 463
KAPITEL 90	GRIMMFAUST	SEITE 468
KAPITEL 91	LYSANDER	SEITE 477
KAPITEL 92	LOCKWOOD	SEITE 483
KAPITEL 93	LYSANDER & GORM	SEITE 486
KAPITEL 94	KACKBEUTHEL	SEITE 494
KAPITEL 95	LYSANDER & GORM	SEITE 497
KAPITEL 96	GRIMMFAUST & DESCHE	SEITE 507
KAPITEL 97	ZWANETTE	SEITE 512
KAPITEL 98	LOCKWOOD	SEITE 513
KAPITEL 99	GRIMMFAUST	SEITE 515
KAPITEL 100	GORM & LYSANDER	SEITE 517
EPILOG	RAUKIEFER	SEITE 520

ÜBER DEN AUTOR	SEITE 524
NACHWORT	SEITE 525
HISTORISCHE INSPIRATIONEN	SEITE 526
DIENSTGRADE	SEITE 532
VERBÄNDE	SEITE 533
GLOSSAR	SEITE 534
PERSONENREGISTER	SEITE 536
VÖLKER & RELIGION	SEITE 539
KARTEN	SEITE 540

DIE EHRWÜRDIGE
›UNIVERSITÄT ZUR UNTERRICHTUNG
DES PRAKTISCHEN EINSATZES
MAGISCHER POTENZIALE‹
ZU HOHENROTH, KERNBURGH

I

... UND **THAPATH**, DER ERSTE DER ALTEN ...

... BRACHTE ORDNUNG UND GLEICHGEWICHT INS CHAOS ...

... HOB DEN KONTINENT AUS DEM RAUEN MEERE ...

... SCHUF MÄCHTIGE BERGE, DICHTE WÄLDER ...

... SODANN FORMTE ER DIE ERSTEN VÖLKER ...

DAS ERSTE ZEITALTER BEGANN.

RUMMS!

Lysander ließ seinen Kopf in die aufgeklappten Seiten des dicken, ledergebundenen Wälzers auf der Arbeitsplatte des Sekretärs knallen. Mit den Händen stützte er sich rechts und links neben dem Buch auf. Er stemmte sich hoch, als würde sein Schädel eine Tonne wiegen.

Er warf den Kopf in den Nacken und schaute zur Decke.

»So ein Mist«, stöhnte er zwischen zusammengebissenen Zähnen. Natürlich kannte er den Mythos von Thapath, dem Schöpfer, hatte ihn von seinen Eltern vorgelesen und eingetrichtert bekommen, so wie jedes Kind im Königreich Kernburgh.

Er verzog das Gesicht zu einer albernen Grimasse.

»Erstsemester müssen ihn auswendig kennen ...«, äffte er die Aufgabenstellung seines Dozenten nach und wackelte dabei mit dem Kopf. Er grub seine schmalen Finger ins halblange, blonde Haar und raufte es.

Sehnsüchtig wanderte sein Blick zum einzigen Fenster in seiner Studentenstube. Staub rieselte in den Sonnenstrahlen, sachte wehten die zurückgezogenen Vorhänge.

»Sommer.« Er atmete seufzend aus. »Und ich sitze hier und büffel mir die Rübe rund.« Als er aufstand, knackten Stuhl und Tisch.

Er trat vor das Fenster und streckte sich. Jetzt knackten auch seine Schultern.

Er lehnte sich an die hölzerne Fensterbank und beförderte ein kleines Döschen aus seiner Westentasche, um sich eine Ladung Schnupftabak zu gönnen.

»Tod dem König!«, brüllte jemand aus voller Lunge.

Lysander zog die Nase hoch, drehte sich um und schaute aus dem Fenster. Was für ein herrlicher Tag: Sonnenschein, Vogelgezwitscher, Flaneure, eine leichte Brise, die durch die Straßen und Gassen fegte und die Baumblätter zum Rauschen brachte. Ein perfekter Tag für unverantwortliche Unternehmungen von verantwortungslosen Studenten. Eigentlich. Wenn er nur schon über das Erste Zeitalter der Geschichtsschreibung hinausgekommen wäre ... Seine Kommilitonen konnten alle schon das Dritte auswendig.

»Nieder mit der Monarchie!«, brüllte der Schreihals.

Aus dem vierten Stock der ›Universität zur Unterrichtung des praktischen Einsatzes magischer Potenziale‹ suchte Lysander nach der Quelle der Unmutsäußerung und fand sie in einem einzelnen Bürger mitten auf der Fahrbahn. Reiter und Kutschen wichen dem Fäuste schüttelnden Mann aus, Passanten blieben stehen und verharrten.

Die Studentenzimmer waren im rechten Flügel der ehrwürdigen Lehranstalt untergebracht, ausgerechnet mit Blick auf die Hauptstraße. Vor der Fassade lag ein schmaler Grünstreifen, dann eine hüfthohe Mauer und dahinter begann das Straßennetz der Stadt Hohenroth. Häufig trafen sich die Demonstranten vor der Universität. Hohenroth war weder Hauptstadt noch Regierungssitz, die Uni als staatliche Institution für Regierungsgegner das einzige, fußläufig erreichbare Sinnbild der herrschenden Monarchie.

Natürlich lagen die Wohnungen der Dozenten auf der Rückseite, an der sich ein gepflegter Park bis zum nächsten Block erstreckte. Auf dass niemand ihren gesegneten Schlummer stören möge.

»Tod dem König!«, rief es wieder.

»Halt dein Schandmaul!«, brüllte Lysander zurück und duckte sich. Er spähte grienend über die Fensterbank nach draußen. Der entrüstete Mann schaute sich suchend um.

Lysander knallte das Fenster zu und riss die Vorhänge davor.

Die Turmglocke des Hauptgebäudes schlug zur Mittagslektion.

»Verdammt!«, rief er. Er warf sich einen knielangen, braunen Gehrock über, schnappte sich einen angegessenen Apfel aus der Schale auf dem Sekretär und biss hinein.

Kauend stellte er sich vor den Spiegel der Waschkommode, kämmte sich das Haar glatt und verstaute ein paar freche Strähnen hinter seinen spitzen Ohren. Eine Hand stieß er in die Waschschüssel aus Porzellan, dann wischte er sich über das Gesicht.

Na ja, für die Lektion bei Meister Strengarm wird's schon reichen, dachte er, drehte auf dem Absatz um und stürmte über die Holzdielen zur Tür.

»Verfluchter Adel!«, protestierte nun eine andere Stimme auf der Straße.

»Da sollte mal wer Ordnung und Gleichgewicht reinprügeln!«, grummelte Lysander, dann verschwand er in den langen Gängen und weiten Fluren der Universität.

I. TEIL

LEKTIONEN

2

»LADEN!«, schrie der Artillerie-Offizier.

Keno Grimmfausth, Unteroffizier der Fußartillerie in der Armee Seiner Majestät, des Königs von Kernburgh, meinte, eine Spur Panik heraushören zu können. Er lächelte, während er sein Fernrohr ausfuhr, um den Horizont nach den Gegnern abzusuchen.

Da kamen sie auch schon: In ungeordneter Kolonne, kreuz und quer, ohne erkennbare Ordnung, wie es sich für die Infanterie Torgoths gehörte. Er lächelte noch breiter, als er sich vorstellte, wie seine 12-Pfünder in diesen Leiberhaufen einschlagen und Schneisen an Tod und Verderben reißen würden.

Die großen Geschütze waren bis auf tausendachthundert Meter treffsicher, was bei der, auf sie zumarschierenden Armee allerdings völlig egal war. Es würde reichen, die Kanonen in die ungefähre Richtung der Massen auszurichten und abzufeuern. Sie konnten nicht verfehlen.

Es war Sommer in Torgoth und ein schöner Tag.

Keno atmete tief die noch reine Luft ein. Bald schon sähe das lauschige Tal mit der dichten Steppenfläche wie ein frisch gepflügter Acker aus. Gedüngt mit den Innereien der Feinde des Reiches. Blutgestank, schwefeliger Rauch und Qualm würden die Luft in Kürze verdichten und das Atmen unappetitlich gestalten.

Er drückte das Fernrohr zusammen und verstaute es in der Innentasche seines dunkelblauen Rockes. Er wischte ein Staubkorn vom roten Ärmelaufschlag und rückte seinen schwarzen Dreispitz mit dem roten Pompon darauf zurecht. Er strich eine braune Strähne von der Stirn, legte sie hinter sein Ohr und kratzte sich am bartlosen Kinn. Er ließ einen Blick über die Kanonenrohre schweifen und beobachtete die eifrigen, gutorganisierten Mannschaften beim Laden.

Das gäbe ein feines Donnerwetter, dachte er vergnügt.

»Liegen die Kartätschen bereit?«, erkundigte er sich.

Kartätschen – oder auch Traubenhagel. Eine Ladung für den Einsatz gegen heranstürmende Feinde. Ein Projektil mit verheerender Wirkung, das nach Abschuss explodierte und in zahlreiche kleinere Eisenkugeln zersprang.

»Jawohl, mein Herr!«, rief der schwitzende Kanonier. »Alles bereit!«

Keno nickte anerkennend.

»Denken Sie denn, die Torgother kommen so nah heran, dass wir sie brauchen werden?«

Wieder musste Keno grinsen.

»Wenn wir unsere Aufgabe entsprechend erfüllen – wohl kaum.«

Das Erste Korps der Armee Kernburghs, von General Arold Eisenbarth ins Feld geführt, zählte an die zwölftausend Soldaten. Sie standen lächerlichen siebentausend schlecht organisierten Torgothern gegenüber, deren ›Taktik‹ sich auf ›Heranstürmen und Nahkampf suchen‹ belief. Es gab nicht einmal koordinierte Schützenreihen.

Wenn es nicht so unterhaltsam wäre, es wäre geradezu traurig, dachte Keno und ließ den Blick über die wogenden Hügelketten schweifen.

Ein Greifvogel schwebte majestätisch zwischen den Armeen über die Steppe.

Ein wahrhaft schöner Tag.

»FEUER!«, brüllte Keno und senkte den Säbel.

Die Kanonen krachten ohrenbetäubend, ruckten auf ihren Lafetten und schickten die massiven Eisenkugeln auf ihre Reise. Horizontal, quer über die Steppe von Hügelkamm zu Hügelkamm, direkt in die heranstürmenden Soldaten Torgoths. Der Beschuss zeigte verheerende Wirkung und brachte den Vormarsch einen halben Kilometer vor den Linien Kernburghs zum Stocken.

»NACHLADEN!«

Im dichten Qualm der abgefeuerten Salve arbeiteten die Mannschaften wie ein Uhrwerk, um die Kanonen erneut zu bestücken. Durch den abziehenden Rauch hindurch bewunderte Keno die Effektivität der Artillerie. Die Torgother trugen zumeist hellblaue Uniformen; in ihren Reihen zeigten dunkelrote Breschen die Einschläge der Kugeln. Er erkannte einen hektisch mit den Armen rudernden Offizier der Gegenseite, der sich bemühte, Ordnung in die Truppen zu bringen. Keno lächelte.

Na das werden wir dir aber vergällen, dachte er. Dann hob er den Säbel erneut.

»FEUER!«

Unbarmherzig schlug die zweite Kanonade ein. In der Senke des Tals flogen die Kugeln sogar noch weiter. Sie prallten vom Boden ab, sprangen hoch und rissen blutige Spuren durch die Feinde, dann rollten sie noch ein paar Beine brechende Meter.

»BAJONETTE!«, brüllte ein Infanterie-Offizier hinter den Batterien und die in ordentlich aufgereihten Formationen eingeteilten Schützen zogen zeitgleich die langen Klingen und brachten sie an den Läufen ihrer Musketen an.

»VORWÄRTS!«

Das musste ja früher oder später passieren, dachte Keno. Statt die Artillerie die Torgother zusammenschießen zu lassen, wollte auch das gemeine Fußvolk ein Stück vom Sieg abhaben. Die Artilleriemannschaften rückten um ihre Geschütze zusammen, um den Soldaten Platz zu machen. Der vormals panische Offizier trat neben ihn, klemmte sich seinen Dreispitz unter den Arm und wischte sich mit dem Rockärmel über die schweißnasse Stirn.

»Gute Arbeit.«

Keno bedankte sich mit einem nüchternen Kopfnicken.

»Sie muss noch nicht getan sein«, sagte er. »Wir könnten die Kanonen neu ausrichten und über unsere Linien feuern. Den Beschuss aufrecht erhalten und so den Tag für uns gewinnen.«

»Ach, mein guter Grimmfausth, wollen Sie Ihrem Namen Ehre machen? Das Schlachten überlassen wir doch lieber der Infanterie, hm?«

Keno konnte die Erleichterung ob des so leicht gewonnenen Kampfes in der Stimme des Offiziers hören. Er selbst spürte eher so etwas wie Verachtung.

»Warum nicht ein vollendeter Sieg?«, hakte er nach. »Versetzen wir Torgoth doch einen Schlag, auf das es hundert Jahre dauern möge, bis sie sich wieder zu erheben wagen!«

Der Offizier sah ihm skeptisch in die Augen. »Ihre Effektivität im Feld steht Ihrem Blutdurst in nichts nach, mein Herr. Auch wenn es mich ein wenig mit Besorgnis erfüllt. In einer Schlacht kann Übereifer leicht in die Katastrophe führen. Aber Sie haben ja noch Gelegenheit diese Lektion zu lernen, bis wir diesen Feldzug beendet haben und wieder zuhause sind, hm?«

Keno verkniff sich eine Erwiderung und schaute der Infanterie hinterher. Belehrungen von einem Feigling, hält er doch Konsequenz für Übereifer, dachte er.

Das 22ste und 24ste Infanterieregiment, bestehend aus jeweils zwei Bataillonen Linieninfanterie, rückten vor. Weitere Regimenter bestellten die Flanken oder warteten hinter der Frontlinie auf ihren Einsatz. General Eisenbarth hatte es nicht einmal für nötig gehalten die Plänkler nach vorn zu senden, geschweige denn ein gewieftes Flankenmanöver einzuleiten. Der Hügel gegenüber war der Amboss, die Infanterie der Hammer, taktische Finesse nicht nötig. Trommler schlugen den Rhythmus, in dem sich die Truppen Schritt für Schritt dem Feind näherten, Offiziere mit gezogenen Säbeln zeigten die Richtung, Unteroffiziere brüllten auf die Schützen ein, einerseits um ihnen Mut zu machen, andererseits um sie anzutreiben.

Von seiner Position unterhalb des Hügelkamms konnte Keno die Effizienz und den Pragmatismus, die Ordnung und den sachlichen Mut der Soldaten nur bewundern. Auge in Auge mit einer kreischenden, aufgebrachten Meute, rückten sie ruhig und gefasst weiter und fächerten sich von einer Kolonne in eine drei Reihen starke Linie. Bis auf fünfundsiebzig Meter brachten die Offiziere die Regimenter heran, dann kamen sie auf Kommando zum Stehen.

Die Schützen hoben ihre Musketen und legten an. Die Torgother wankten, als wären sie unentschlossen, dann stürmten sie los. Keno sah das Mündungsfeuer und den Qualm aus den Läufen der Musketen hervorstechen. Dann erreichte das Knattern der Schüsse seine Ohren. Es klang wie trockenes Holz, das in einem Ofen knackt: seltsam unspektakulär, im Gegensatz zur Wirkung. Die ersten Reihen der Gegner sackten zusammen, als hätte sie ein Riese umgepustet. Er beobachtete das Senken der Musketen zum Nachladen. Alles lief mit der Präzision eines Uhrwerks ab: Während die hintere Linie feuerte, rammte die vordere schon wieder die Ladestöcke in die Läufe.

Noch vor dem dritten Feuerstoß warfen die ersten Torgother die Waffen auf die Erde und reckten Arme in die Luft.

Keno stieß geräuschvoll seinen Atem durch die Zähne. Dieses Scharmützel – und nichts anderes war es in seinen Augen – war geschlagen.

»Aufprotzen!«, befahl der Offizier.

Ein weiterer glorreicher Sieg für die Truppe des Königs. Gedankt sei Thapath.

Keno beobachtete noch eine Weile das Geschehen im Tal, dann stapfte er über den Kamm zu seinem Pferd.

Irgendwann.

Irgendwann wäre er General.

Oder besser noch Generalfeldmarschall!

Dann würde er den Feinden Kernburghs keinerlei Gnade zuteilwerden lassen und sein Land zu unangefochtener Macht und damit zu dauerhaftem Frieden auf dem Kontinent führen. Bis dahin bräuchte er noch ein paar Kriege, um die Rangordnung emporzuklettern.

Aber mit seinen einundzwanzig Jahren hatte er ja noch Zeit.

DIE KANONIERE KERNBURGHS

3

Lysander hetzte durch den Park auf der Rückseite der Universität.

Inmitten einer Rasenfläche aus sorgfältig gestutzten Grashalmen, umringt von Hecken und beschattet durch die weiten Arme eines knorrigen, alten Baumes, fand er seinen Kurs ›Ziehen & Schieben‹.

Die anderen elf Studenten waren schon da und Rektor Wilt Strengarm hatte bereits mit dem Unterricht begonnen. Klar, dass er ausgerechnet zum Kurs des Universitätsleiters zu spät kommen musste … Verdammtes Erstes Zeitalter!

Vor einigen Jahrzehnten studierten an der Universität noch tausende von Studenten mit magischen Potenzialen. Da wäre sein Fehlen gar nicht aufgefallen. Mittlerweile lernten nur noch ein paar Hundert die Anwendung von Magie. In seinem Semester sogar nur zwölf. Wenn da einer fehlte …

»Herr Hardtherz gibt uns die Ehre!«, begrüßte ihn der Professor spöttisch, was Lysander mit einem angedeuteten Hofknicks und gesenktem Kopf erwiderte.

»Ich bitte, mein Zuspätkommen zu entschuldigen«, sagte er huldvoll. »Der große Thapath mit seinem göttlichen Schaffen nahm meine Aufmerksamkeit ganz und gar in Beschlag …«

Während er so schwadronierte, beobachtete er den Rektor, um dessen Reaktion abzuschätzen. Ein kniffliges Unterfangen, alldieweil der buschige Bart und die dichten Augenbrauen nicht viel von Strengarms Gesicht übrig ließen. Doch Lysander war sich einigermaßen sicher, tiefe Lachfalten hinter der runden Brille erkennen zu können.

Strengarm wedelte mit einer Hand durch die Luft.

»Jajajajaja, schon gut, Meister Hardtherz. Schön zu hören, dass Sie zumindest mit der Lektüre des wichtigsten Textes in der Geschichte unserer Welt begonnen haben. Sie werden allerdings feststellen, dass besagter Thapath jenseits der Kreation besagter Welt, nicht viel Einfluss auf unsere Geschicke genommen hat. Was gänzlich im Gegensatz zu Ihren möglicherweise vorhandenen Potenzialen zu bewerten wäre, so Sie denn die Ernsthaftigkeit Ihrer Ausbildung, in Betracht zu ziehen bereit wären.«

Lysander legte den Kopf schief und starrte seinen Lehrer an.

»Hä?«

»HÄ!«, rief Strengarm begeistert und streckte ihm einen knorrigen Zeigefinger entgegen. »Ganz genau! HÄ?! Eben jenem Ausdruck absoluter Begriffsstutzigkeit gilt es den Garaus zu machen, Meister Hardtherz! Eben dieses funktioniert nur mit Eifer und Engagement. Beides lassen Sie derzeit vermissen, was ich zutiefst bedauere.«

Lysander kapitulierte: »Ich kann mich nur entschuldigen, Professor.«

Dieser nickte wohlwollend.

»Nun denn. Entschuldigung angenommen. Mögen Sie in absehbarer Zukunft bitte davon absehen, Ihre und meine Zeit dermaßen zu verschwenden. Fühlen Sie sich gerüffelt.« Dann wandte er sich den versammelten Studenten zu, die diesen Austausch grienend und feixend verfolgt hatten.

Den Kopf zwischen den hochgezogenen Schultern, stellte sich der Gescholtene zu den Kommilitonen.

»Wo waren wir stehen geblieben?«, erkundigte sich der Professor, ohne wirklich auf eine Antwort zu warten. »Ah ja!« Er zeigte auf einen steinernen Würfel von der Größe einer Weinkiste, der zwischen ihm und den Studenten auf dem Rasen stand.

»Ziehen und Schieben! Was sich zuerst völlig banal anhört, erschließt sich bei genauerem Nachdenken …«, er nickte vielsagend in Lysanders Richtung, »… selbst dem dümmsten Breitkopf oder Halb-Elv.«

Nach einer wohlbemessenen Pause, die ihm die ungeteilte Aufmerksamkeit der Studenten sicherte, begann er, undeutliche Wörter zu raunen, was seinem Bart eine Art Eigenleben verlieh. Dann richtete er seine linke Handfläche auf den Stein, die rechte zeigte zu Boden. Der Würfel grub sich einige Zentimeter in den weichen Rasen und bewegte sich auf den Professor zu, der gleichzeitig die linke Hand zur Hüfte führte, bis der Stein neben seinen Füßen kurz stoppte. Strengarm drehte sich herum, führte die Hand vor den Körper. Der Quader bewegte sich einen weiteren Meter. Dann stand er still, als hätte er immer schon genau dort gestanden.

»Was wir hier sehen, werte Damen und Herren, ist eine?« Auffordernd schaute er in die Runde.

»Eine Furche?«, fragte vorsichtig ein blasser, brünetter Junge mit Topfschnitt, den Lysander nur ›den Klugscheißer‹ nannte.

Strengarm nickte. »Genau! Eine Furche!« Seine Körperhaltung und Miene zeigten eine Begeisterung, die Lysander – und auch einige andere Studenten – nur schwer nachvollziehen konnten.

»Und was ist eine Furche?«, fragte er strahlend.

»Eine Vertiefung im Boden?«, riet eine sonst schüchterne Studentin aus der zweiten Reihe.

»Jaha!«, rief Strengarm und ergänzte: »Eine linienförmige Vertiefung im Boden! Ganz genau! Sehr gut, Fräulein Wieselgrundt! Und nun stellen wir uns eben jene Furche einmal in größer vor! In viel größer! Was haben wir dann?!« Die buschigen Augenbrauen ruckten nach oben und legten dabei die altersfleckige Stirn in tiefe Falten. Die Studenten riefen durcheinander:

»Einen Ablauf!« – »Einen Bewässerungsgraben!«

»Eine Rinne für den Bau von Mauern!« – »Eine Straße!«

»Ein Tal«, raunte Lysander.

»Ho, ho, ho!«, rief Strengarm belustigt. »Ein Tal … werter Meister Hardtherz … Immer hoch hinaus, nicht wahr? So frage ich Sie nun: Welcher Größe sollte denn ein Stein entsprechen, um ein T-A-L in die Landschaft zu furchen?«

Die Studenten kicherten. Lysander schickte einen bösen Blick in die Runde.

Radev Kuzmanov, der verdammte Klugscheißer aus Nord-Dalmanien fand einen Krümel am Revers seines Rockes und konzentrierte sich darauf, ihn mit zwei Fingerspitzen zu pflücken. Enna Wieselgrundt wurde rot. Die anderen neun entdeckten Vögel in der Luft und Käfer auf dem Boden. Alles schien interessanter, als dem streitbaren Halb-Elv in die Augen zu sehen. Es kehrte Ruhe ein.

War auch besser so.

»Und, Meister Hardtherz, konnten Sie sich schon Gedanken machen zum erforderlichen Ausmaß des Steines?«

»Er müsste eben groß sein«, erwiderte Lysander trotzig.

»Ganz genau!« Rektor Strengarm hob einen mahnenden Zeigefinger. »Dafür würde man einen recht großen Stein benötigen. Um nicht zu sagen: einen Berg. Was meinen Sie, Meister Hardtherz, welchen Aufwand in die Studien der Magie müssten Sie denn betreiben, um zu einer solch phänomenalen Leistung in der Lage zu sein?« Er hielt einen Augenblick inne, so als wartete er auf eine Antwort, von der er wusste, dass sie nicht kam.

»Eben! Wir sind uns beide einig, dass Ihre derzeitige Investition in Lernerfolge ein solches Vorhaben auf lange Sicht unmöglich macht, korrekt?«

Strengarm stemmte die Hände in die Hüften und wölbte seinen Bauch nach vorne. Triumphierend schaute er Lysander an.

Dieser wirkte, als kaute er schmollend auf seiner Unterlippe herum, bis sich der Stein hinter dem Rektor bewegte. Zuerst nur langsam, dann immer schneller, rutschte der Brocken über den Rasen. Die anderen Studenten machten große Augen, Strengarm legte den Kopf auf die Seite. Der steinerne Würfel passierte Lysander, rutschte noch ein Stück und kam mit einem lautem POCK am Stamm des prächtigen Baumes zum Stehen. Die Furche, die er dabei gezogen hatte, war gut eine Handbreite tief.

Strengarm klatschte trocken in die Hände. »Nicht schlecht, Meister Hardtherz. Nicht schlecht. Noch kein Tal, aber dennoch eine beeindruckende Demonstration, für die ich mich herzlichst bei Ihnen bedanken möchte, serviert sie mir doch die perfekte Vorlage für die nächste – die wichtigste – Lektion: Gleichgewicht!«

Lysander ballte die Fäuste. Um sich vor den anderen keine Blöße zu geben, verstaute er sie in seinen Manteltaschen. Seine Kommilitonen vermieden nach wie vor den Blickkontakt und starrten den Rektor an.

»Wie sie bereits wissen, heißt dieser Kurs Ziehen & Schieben! Und das ist genau das, was Meister Hardtherz justament getan hat!« Er schritt vor der Studentengruppe hin und her. Den Zeigefinger weiterhin erhoben, die andere Hand ruhte an seinem unteren Rücken. »Er zog. Den Quader zu sich. An sich vorbei. Und dann ...?« Er blieb stehen.

»Schiebte er ihn an den Baum?«, vermutete Radev.

»Schob, mein lieber Herr Kuzmanov. Schob. Aber ja! Das ist ganz richtig. Das eine folgte auf das andere. Allein in dieser Bewegung schon, liegt das oberste Gebot der praktischen Anwendung von Magie verborgen: Gleichgewicht!«

Lysander sah genervt durch das Blätterdach in den Himmel. Sprengen & Zerbröseln wäre ihm als Kurs deutlich willkommener gewesen.

Strengarm holte tief Luft.

»Welche Form der praktischen Magie auch immer angewendet wird, das Gleichgewicht der Dinge ist unabdingbar für den ausführenden Magus. Ziehen und Schieben oder Heben und Senken. Stets sollte das eine auf das andere folgen! Ansonsten bleiben Fragmente der einen oder anderen Kraft in Leib und Seele des Magus zurück.« Mahnend zog er die Augenbrauen zusammen und schaute über den Rand seiner Brille von einem Studenten zum nächsten.

»Zieht der Magus nur das Objekt, ohne sogleich die aufgestauten Potenziale abzubauen, kann es zu schlimmsten Auswirkungen, sowohl auf den Körper, als auch die geistige Unversehrtheit kommen! Ein Rückgrat gekrümmt, ein Organ verschoben oder das dringende Bedürfnis, alles ins Lot zu bringen, nagend und zerrend, permanent in den Gedanken. Im Zweifelsfall bis zum Wahnsinn!«

Einige Studenten nickten.

Lysander gähnte.

Strengarm machte einen Schritt auf ihn zu und stieß ihm mit dem Zeigefinger vor die Brust.

»Insofern sollte ein praktischer Anwender sich stets zuvor genauestens überlegen, wie er gedenkt die Gegenkraft zeitnah abzubauen, Meister Hardtherz, und es nicht dem Zufall überlassen!«

Lysander hob die rechte Augenbraue. »Ob Magus Rothsang das seinerzeit auch bedachte, bevor er die Armeen Gartagéns mit Feuer und Flamme versengte?«

Wilt Strengarm erstarrte. Er musterte seinen Studenten mit zusammengekniffenen Augen. Dann trat er einen Schritt zurück. Die Kommilitonen sahen von einem zum anderen und wagten kaum zu atmen, bis der Rektor mit einem hörbaren Platschen beide Hände an den Saum seiner Hosen fallen ließ. Als er wieder anfing zu sprechen, klang seine Stimme rau und eindringlich.

»Offenbaren sich so Ihre Ambitionen, Meister Hardtherz? Ist das Ihr brennendes, elvisches Erbe, welches sich Bahn bricht? Feuer? Flamme? Versengen? Ist es das, was Ihr hartes Herz in Wallung bringt?« Er sprach jetzt immer schneller und kam Lysander immer näher, bis sich ihre Nasen fast berührten.

»Ich lasse Sie an einem Exkurs in das Wirken und Schaffen des großen Uffe Rothsang teilhaben: Das Wirken und Schaffen dieses Genies, dieses mächtigsten aller Kriegsmagi des Vierten Zeitalters, liegt hinter einem Schleier aus Zeit, Legende und Mythos verborgen! Wer weiß schon, wie Magus Rothsang die Zaubereien, die ihm angedichtet werden, vollbracht hat?! Aber lassen sie mich auch Ihnen ganz persönlich eine Warnung aussprechen, Lysander Hardtherz: Wer es wagt, mit den Gesetzen der Magie zu spielen, der wird selbst ein Opfer seiner Ambitionen und damit sein eigenes, unrühmliches Ende einleiten!« Er trat wieder zurück und breitete vor der Gruppe die Arme aus.

»Sie, meine Herren und Damen, sind die glücklichen Auserwählten, die an dieser ehrwürdigen Universität, von erfahrenen Anwendern in die Tiefen und

Mysterien der Magie eingeführt werden! Eine Magie, die mit dem Beginn des Fünften Zeitalters, eingeläutet durch die Erfindung des Schießpulvers, in Sachen Kriegen und Schlachten obsolet geworden ist! Ihre Aufgabe wird es sein, Ihrem Volk beizustehen! Aber nicht durch das Versengen der Feinde! Nein, das können die Kanonen, Mörser und Musketen der Armee des Königs schon ganz wunderbar ohne Sie! Ihre Expertise und Fähigkeit wird benötigt, um Felder zu bewässern, Häuser und Paläste zu erbauen, Lasten zu schultern, die das gemeine Volk nicht zu tragen in der Lage ist! DAS, meine Damen und Herren, ist Ihre heilige Pflicht, für die Sie Thapath mit gütigem Blick in die Reihe der Ahnen aufnehmen wird!«

Schwätzer. Dachte Lysander.

Aber er hätte es niemals laut gesagt, denn eigentlich mochte er Magus Strengarm. Wenn ihm auch dessen Auffassung von Magie zu klein gedacht war. Dennoch: Vollständig zurückhalten konnte er sich nicht.

»Wie sollte man seinem Volk besser dienen können, als mit der Vernichtung seiner Feinde? Wäre es nicht sinnvoller, mit einem Flammenwurf die gegnerischen Soldaten hinwegzufegen und damit das Leben der eigenen Soldaten, Bauern und einfachen Leute zu schonen? Denn genau die sind es doch, die am meisten durch das plagengleiche Plündern und Kämpfen zweier Armeen zu leiden haben?!« Trotzig schob er sein Kinn nach vorn.

Strengarm musterte ihn – und, wie Lysander empfand – mit anderen Augen.

»Ach, mein lieber, junger Hardtherz ... töricht sind die Unwissenden ...« Er streckte den Arm aus und ließ einen Zeigefinger über die Reihen der Studenten wandern. »Hausaufgabe! Rekapitulation Ziehen & Schieben 1 und 2, dazu Lektüre der ersten zehn Kapitel aus Rothsangs Chroniken mit einer schriftlichen Zusammenfassung auf mindestens fünf Seiten. Bis morgen!«

Die Studenten stöhnten.

»Bedanken Sie sich bei Meister Hardtherz und seinem störrischen Charakter! Abtreten.«

Verdammt, dachte Lysander. Sein Stand bei den Mitschülern war schon vorher nicht der Beste gewesen. Sie neideten ihm seine Begabung und fürchteten sein elvisches Blut, welches er dank des feingeschnittenen Gesichts und den spitzen Ohren nun wahrlich nicht verschleiern konnte – und jetzt auch noch das: Eine Strafarbeit, weil er sein Temperament nicht in den Griff bekommen hatte. Verdammt.

Aber die anderen waren eh Idioten. Und erst recht, wenn sie sich damit begnügen konnten, Bewässerungsgräben und Brücken zu bauen. Pah. Wortlos drehte er sich um und machte sich auf den Weg zum Hauptgebäude.

›Heilen‹ bei Meister Blauknochen würde auch nicht besser laufen.

Rektor Wilt Strengarm blieb noch eine Weile unter dem uralten Baum stehen und sah den abziehenden Studenten hinterher. Er nahm die runde Brille ab und putzte sie mit einem violetten Seidentuch aus seiner Weste.

Sorgenvolle Gedanken waberten durch sein Gehirn.

»Tisk, Tisk, Tisk«, hörte er eine wohlbekannte, blasierte Stimme.

Er brauchte sich gar nicht umdrehen, um zu wissen, dass hinter ihm Nickels Blauknochen, Dozent für Heilung und Okkultes, stand. Er wusste sogar, wie dieser gucken würde: Süffisant-spöttisch. Einen Ausdruck auf dem Gesicht, der wie dauerhaft hineingemeißelt wirkte.

»Mir scheint, dass Student Hardtherz ein recht eigenwilliges Wesen sein eigen nennt. Was meinst du, Wilt?«

Der Rektor atmete aus.

»Das könnte man so bezeichnen, ja. Da gehen wir wohl konform. Die Frage ist allerdings: Was wollen wir damit anfangen, Meister Blauknochen?«

Die beiden ungleichen Magi schauten sich an.

Der eine mit fülligem Gesicht und Glatze, mit langem, grauen Bart und prächtigem Oberlippen-Schnäuzer, runder Brille, gütigen Augen, einem leichten Bauchansatz. Er steckte in gepflegten, standesgemäßen Kleidern. Gehrock, Weste, hochgeschlossenes Hemd mit Halstuch, bequeme Kniehosen und ausgetretenen Halbschuhen.

Der andere mit ovalem Kopf, darauf ein überaus akkurater Kurzhaarschnitt, glattrasiert um die Hakennase herum, mit tiefliegenden, dunklen Augen unter strengen Augenbrauen, hochgewachsen und gertenschlank. Er trug wie immer einen langen, im Sommer viel zu warmen, Mantel mit hohem Kragen, ebenfalls Weste, Kniehose, Halbschuhe. Alles in einem Grauton, der eher an die Tauben auf dem Marktplatz von Hohenroth erinnerte, als einem überragenden Heiler angemessen zu sein.

Dozent Blauknochen rieb sich mit knochiger Hand über das kantige Kinn.

»Ja, was wollen wir damit anfangen?«

»Wir sollten alles daransetzen, seine Potenziale zu kanalisieren ... sie in die richtigen Bahnen zu bringen, nicht wahr?«

Blauknochen nickte.

»Nun denn«, sagte Strengarm. »Für den nächsten Kurs werde ich mich dann noch etwas sammeln, und Ihr solltet Euch auf den Weg machen. Wir reden in der Sitzung heute Abend über unser Sorgenkind, wenn es recht ist.«

»Ja, aber sicher.« Blauknochen nickte erneut. »Bis dahin solltest du dir allerdings einen neuen Stein besorgen, mein lieber Wilt.«

»Warum wohl?«, fragte der Rektor irritiert. Dann folgte sein Blick dem Zeigefinger des Kollegen und er zuckte zusammen.

In dem massiven Quader klaffte, von der oberen Kante bis zur Mitte, ein fingerbreiter Riss.

»Kümmere du dich um den Stein, ich kümmere mich um Hardtherz«, sagte Blauknochen und schlenderte in Richtung Haupthaus.

»Verdammt!« Wütend knallte Lysander seine Zimmertür ins Schloss. »So ein verdammter Mist!« Nachdem er eilig den Gehrock abgelegt hatte, betrachtete er vor dem Spiegel der Waschkommode seinen Arm. Durch den weißen Stoff des Hemdes sickerte Blut. Mit zusammengebissenen Zähnen öffnete er die Manschetten und krempelte den Ärmel bis zum Ellbogen. »Ah, verdammt, verflucht!«, schimpfte er. Er legte das Handgelenk ans Ohr, um den Riss im Unterarm begutachten zu können. In der Länge seines Mittelfingers war die Haut über der Speiche wie aufgeplatzt. Es sah ein wenig aus, wie der rote Mund der breitmäuligen Thekenfrau aus dem Gasthof, den die Studenten regelmäßig besuchten, verursachte allerdings deutlich mehr Schmerzen als besagter Mund. Mit der anderen Hand zupfte er das Halstuch herunter und legte es auf die Kommode, dann öffnete er die Hemdenknöpfe. Aus den Augenwinkeln sah er im Spiegel die eigenen, lächerlich anmutenden Bewegungen, die er veranstaltete, um einarmig aus dem Hemd zu kommen. Schließlich gelang es. Er tauchte den verletzen Arm in die Waschschüssel. Rote Schlieren färbten das Wasser hellrosa. Mit dem Hemd tupfte er sich trocken, dann wickelte er das Halstuch über die Wunde. Das würde hoffentlich eine Weile halten.

Für einen Besuch auf der Krankenstation hatte er vor seinem nächsten Kurs keine Zeit. Abgesehen davon wollte er sich diese Blöße nicht geben, denn was auch immer auf der Krankenstation geschah, machte alsbald die Runde durch die Gerüchteküche. Die Studenten aus den höheren Semestern, die dort arbeiteten, liebten nichts mehr, als im Speisesaal ihren Kommilitonen die Patienten zu zeigen und zu berichten, welche Krankheiten oder Schmerzen diese auf die Station gebracht hatten. Auf der ›interessanter Tratsch-Skala‹ lag ›idiotisch eingesetzter Zauber‹ auf dem Höchstwert.

Nein, danke.

Er würde lieber die Zähne zusammenbeißen, den Kurs von Heiler Blauknochen hinter sich bringen und sich dann auf seinem Zimmer selbst verarzten, als zum Gespött der Woche zu werden.

Mit Schaudern dachte er an die Vorlesung ›Heilen‹ bei Meister Blauknochen. Das komplette Thema, die gesamte Lektion würde garantiert einschläfernd, monoton, abgrundtief langweilig werden. Wenigstens würden ihn die Schmerzen wachhalten, hoffte er.

4

Nathaniel Lockwood unterdrückte ein gelangweiltes Stöhnen und wünschte sich selbst auf ein Schlachtfeld. Am besten mit einem Bauchschuss.
Einem tödlichen.
Schnell noch einen heldenhaften Monolog geröchelt und dann abgekratzt.
Alles war besser als das hier.
Seit zwei Stunden, die sich anfühlten wie zwei Tage, stand er sich die Beine in den Bauch. Die Füße schulterbreit auseinander, gerader Rücken, die Hände vor dem Schritt verschränkt.
Heiliger Thapath!
Lieutenant …
Mit zwanzig Jahren! Das hatte sich so gut angehört, als sein älterer Bruder seine Beziehungen hatte spielen lassen, um Nathaniel diese Beförderung zu ermöglichen. Gut, ein paar Pfund hatten auch den Besitzer gewechselt, aber die hatte Brüderchen Caleb, als einer von sechs Lords des Schatzamtes des Königreiches Northisle, reichlich parat.
Lieutenant …
Für den neuen Adjutanten von Lord Buckwine ging es nicht unter diesem Rang. Einem gemeinen Corporal hätte man diesen ach so wichtigen Posten niemals anvertraut.
Wahrscheinlich war Lockwoods Vorgänger an Langeweile krepiert, dachte er nicht zum ersten Mal innerhalb der letzten zwei Stunden, während er an der Türe von Lord Buckwines privater Bibliothek halbherzig einem Gespräch mit dessen Mätresse lauschte und darauf wartete, dass dem edlen Lord ein bislang ungestilltes Bedürfnis nach irgendetwas einfallen möge.
Buckwines Adjutant …
Was für ein Dreck!
Es war Sommer und trotzdem fröstelte es dem alten Lord beim Liebesspiel mit der deutlich jüngeren Dame. Also hatte Lockwood ein Feuer im Kamin entfachen und die Fenster schließen müssen. Schweiß sammelte sich unter seinem dichten, nach hinten gekämmten Haar, rann die Koteletten hinunter, an Bauch und Rückgrat hinab und strömte am Bund der ledernen Hose zusammen. Natürlich trug er den dunkelgrauen Armeefrack, darunter die schwarze Weste und das weiße, hochgeschlossene Hemd. Natürlich musste sein Erscheinungsbild den Rang des Lords spiegeln. Dickste Wolle am Leib, ein Feuer im Kamin und das alles im Sommer …

Na klar.

Lockwood schloss die Augen und träumte sich an den großen Weiher vor den Toren Turnpikes. Das frische Wasser, die kichernden Damen, die johlenden Soldaten, die immer irgendwoher ein kühles Bierfass hatten. Soldaten aus der Akademie, die er bis vor Kurzem besucht hatte. Wasser, Ladys, Bier ... und raus aus den kratzigen Klamotten.

Vielleicht noch eine Hand Karten gespielt.

Wie herrlich wäre das?!

Aber nein ...

Was war das?

Beinahe wäre ihm der flirtende Blick der Dame entgangen!

Schaute sie ihn tatsächlich aufreizend an, während sich der feiste Lord schnaufend in die zu engen Hosen stopfte?

Mit übereinandergeschlagenen Beinen saß sie kokett auf der Kante des massiven Schreibtisches und musterte ihn mit halbgeöffneten Augen. Die langen Wimpern klimperten. Wenn Buckwine das bemerken würde, wäre er mit Sicherheit der Adjutant mit der kürzesten Dienstzeit aller Zeiten gewesen. Er starrte an die gegenüberliegende Bücherwand und schluckte trocken. Aber so sehr er sich bemühte, sein Blick wanderte wieder zu der Dame.

Jetzt lächelte sie auch noch.

Oje.

Und jetzt leckte sie sich mit der Zungenspitze über die Oberlippe. Verdammt. Sie stand auf und kam anmutig auf ihn zu. Obwohl ... er stand ja neben der Tür. Sie wollte hinaus, nicht zu ihm. Puh!

Er öffnete die Tür und deutete eine Verbeugung an.

Während sie an ihm vorbeiging, zwinkerte sie ihm zu. Ihre Fingerspitzen glitten über den Saum seiner Weste.

»Pawn of Southgate«, flüsterte sie.

Lockwood kannte jede Kneipe in Turnpike, und der Pawn war eine der besten! Dudelsäcke, Fiedler, grölender Gesang, kühles Bier und die schnellsten Kellnerinnen der Stadt.

Er deutete ein Nicken an, um ihr zu signalisieren, dass er verstanden hatte.

Seine Laune hob sich merklich.

Lord Buckwine riss ihn aus seinem erwartungsfrohen Tagtraum.

»Lockfoot!«

»Ja, mein Lord?« Dreimal schon hatte er seinem Dienstherren zu vermitteln versucht, dass er mitnichten ›Foot‹, sondern ›Wood‹ hieß, aber entweder war der Lord so vergesslich wie ein Insasse des Turnpike Asylum, oder es war ihm schlichtweg egal, den korrekten Namen zu erinnern. Für beide Thesen hatte Lockwood in der ersten Woche zahlreiche Belege finden können.

Buckwine wischte sich mit einem Tuch über die nasse Stirn. Sein runder Schädel war rot angelaufen von der Anstrengung, die darin bestanden hatte, im Stuhl zu sitzen und sich mit kundiger Hand versorgen zu lassen. Er schnaufte immer noch.

»Lassen Sie Henry wissen, dass er den Wagen einspannen soll. Lady Buckwine und ich haben noch einer abendlichen Einladung zu folgen.«

»Jawohl, Lord Buck-Swine«, sagte Lockwood und verbeugte sich.

Rammelschweinchen, der war gut.

»Äh, wie war das?«

»Ich eile.« Nathaniel verließ zügig die Bibliothek, um sich zu den Ställen zu begeben. Das war knapp. Er lächelte. Nun sah es so aus, als würde sich der Tag zum Besseren wenden: Er hatte seinem ekligen Dienstherren einen reingewürgt und ein Rendezvous im ›Pawn of Southgate‹.

Heiliger Thapath!

Seine gute Laune hielt nicht lange an.

Die abendliche Einladung von Lord und Lady Buckwine zog sich in zäheste Längen. Bislang bestand Lockwoods Abendunterhaltung in Händchenhalten beim Ausstieg aus der Kutsche, annoncieren der Ankunft beim Hausherren und Gastgeber des Dinners, Stühle hervorziehen und anrücken, Servietten holen und Beine in den Bauch stehen.

Schon wieder ...

Das alles stand im härtesten Kontrast zu seinen angedachten Unternehmungen: Biertrinken, Singen, Zocken, Flirten, Beischlaf.

Er kam sich ein wenig vor wie ein Schweinehirte, während er hinter Lord und Lady Buckwine verharrte und ihnen beim Verschlingen der feinsten Speisen zusah. Mit ungebremsten Elan futterten sich die beiden durch die servierten Gänge, zwischen denen unfassbar belangloser Smalltalk geschnattert wurde. Gleichermaßen genervt wie unglücklich schloss er die Augen und bemühte sich, kontrolliert ein- und auszuatmen.

Viel lieber läge er auf einem Schlachtfeld.

Mit Bauchschuss.

Einem tödlichen.

Schnell noch einen heldenhaften Monolog geröchelt und dann abgekratzt.

5

Jetzt bloß nicht abkratzen, dachte Keno und hielt sich die linke Hand vor den Bauch, während er mit dem Säbel in der rechten einem Torgother in den Hals hackte.

Diese Schlacht war nun wahrlich nicht nach Plan verlaufen.

So viel taktisches Kalkül hatte niemand aus dem Stab der feindlichen Armee zugetraut. Keno erreichte gerade sein Pferd, wollte aufsitzen, um den Abzug der Artillerie von der Hügelkette zu beobachten, als er die Warnschreie hörte. Offenbar hatten die Torgother eine zweite Angriffswelle geschickt. Die erste war nur ein Ablenkungsmanöver gewesen. Ein kostspieliges in Sachen Menschenleben, aber es hatte funktioniert. In der festen Überzeugung, die Schlacht gewonnen zu haben, war der Artillerie befohlen worden, aufzuprotzen, während sich die Kavallerie in das nächstliegende Dorf zurückziehen durfte, um die Tiere zu versorgen. Gleichzeitig hatte die Infanterie jede Aufmerksamkeit fallen gelassen und die Feinde geplündert, die sich ergeben hatten oder im Kugelhagel gestorben waren.

Der zweite Angriff war heftiger, aggressiver. Die Torgother stürmten über die gefallenen Kameraden und schienen dabei noch wilder zu werden, als der gemeine Torgother sowieso schon war.

Die Schützen des 22sten und 24sten Infanterieregiments der Armee von Kernburgh versuchten, mit planlosen, fast schon verzweifelt anmutenden Salven zu kontern. Vereinzelt pufften Schüsse durch das Tal, dann wurden sie überrannt. Keno drückte die Zügel seines Pferdes einem Trommlerjungen in die Hand und befahl ihm, dem bereits abgezogenen Stab hinterherzureiten. Die Kavallerie musste zurückkommen, um dem Feind in den Rücken zu fallen. Ansonsten, so befürchtete er, würden beide Regimenter im Talkessel aufgerieben werden.

Er selbst war den Hang hinaufgestürmt und hatte seinen Kanonieren befohlen, die Waffen zu ergreifen und die Artillerie zu schützen.

Sie durfte nicht in die Hände der Feinde fallen!

Jetzt kämpfte er schwer verletzt und atemlos im Chaos des Nahkampfes. Mann gegen Mann.

Er zog den Säbel zurück. Röchelnd taumelte der Torgother zur Seite. Mit Mühe konterte Keno ein Bajonett, welches ein unrasierter, fast zahnloser Irrer in hellblauer Uniform in seinen Leib rammen wollte. Dumpf schlug die Schulter des Feindes vor seinen Brustkorb. Keno wankte. Warmes Blut lief über die Finger der linken Hand. Ihm blieb keine Zeit, sich um die Verletzung zu kümmern. Erst einmal musste er am Leben bleiben. Er stolperte beiseite, ließ die Klinge in weitem Bogen um sich herumfahren und hörte den Schmerzensschrei.

Aus dem Augenwinkel sah er einen Kanonier, der dem Angreifer mit einem Ladestock den Garaus machte. Keno stütze sich am Geschützrohr ab. Keuchend versuchte er, Luft in seine Lungen zu pressen. An den Rändern seines Blickfeldes breiteten sich dunkle Schatten aus. Ob das mit Panik oder Blutverlust zu tun hatte, war ihm nicht ganz klar, aber klar war in dem wüsten Gesteche und Gehacke sowieso nichts mehr.

Er wich noch einen Schritt zurück und fiel rücklings über einen Leichnam zwischen Rohr und Rad. Schmerzhaft prallte sein Steiß auf die hölzerne Lafette des 8-Pfünders, an dem er sich abgestützt hatte. Vor seinen Füßen der vormals panische Offizier, mit starrem Blick zum Himmel. Schmauch- und Blutspuren im bleichen Gesicht. Direkt daneben die Kiste mit der Kartätschenmunition.

»ZU MIR! ZU MIR!!! OFFIZIER AM BODEN!!!«, brüllte Keno. Ächzend raffte er sich auf. Es dauerte zähe Sekunden, aber einige Schützen und Kanoniere warfen sich zwischen ihn, den toten Offizier und die wilden Torgother. Ein älterer Vormann einer Lademannschaft griff Keno unter die Achseln und wollte ihn hinter die Linien ziehen.

»Ihr müsst hier weg! Sie brechen durch!« Er zog und zerrte an Keno, dem die Schmerzen der Bauchwunde durch den ganzen Körper schossen. Er schlug dem Mann auf Arme und Hände.

»Lass mich los und lade die Kanone, Mann!«

»Aber, mein Herr …«, irritiert sah der Vormann ihn an.

»LOS JETZT! Kartätschen laden!«, brüllte Keno ihm ins Gesicht.

Dann hatte der Mann verstanden.

Sie hasteten zusammen zurück zum Geschütz.

»ZU MIR! ZU MIR!«, brüllte Keno erneut. Immer mehr Kernburgher sammelten sich rund um seine Position und kämpften, formiert in einem unordentlichen Halbkreis, gegen die unvermindert attackierenden Torgother.

Der Vormann zog einen Lader zu sich heran, schrie ihn an. Was er schrie, konnte Keno über den Lärm der Schlachterei nicht verstehen. Musste er auch nicht. Gemeinsam luden sie die Kanone.

»ZURÜCK! ZURÜCK! AUS DEM WEG!«

Sobald die ersten dunkelblau gekleideten Infanteristen den Ruf gehört hatten, warfen sie Blicke hinter sich, sahen das Geschütz, neben dem ein Unteroffizier und zwei Kanoniere hektisch mit den Armen ruderten. Die Schützen wichen zur Seite. Die Schulter an Schulter mit ihnen kämpfenden Kameraden bemerkten dies und folgten ihrem Beispiel. Zurück blieb eine Traube hellblau gekleideter Angreifer, die ihren Gegnern nachsetzte.

Aus nächster Nähe schlug die Kartätsche in ihre Front.

Als der 8-Pfünder krachend Feuer spuckte, hatte Keno unwillkürlich die Augen geschlossen und die Arme vor dem Gesicht gekreuzt, um sich vor dem Mündungsfeuer zu schützen. Er stand so nah am Geschütz, dass seine Ohren dröhnten. Als er die Augen wieder öffnete, bot sich ihm ein schreckliches Bild, das er bis an sein Lebensende nicht wieder vergessen würde.

Hinter den ersten Angreifern war die Kartätsche explodiert und hatte trichterförmig kleinere Eisenkugeln in die Feinde geschleudert. Durchlöcherte Leiber und abgetrennte Glieder flogen auseinander. Muskeln, Knochen, Haut und blaue Uniformfetzen prasselten zu Boden. Es regnete förmlich Blut und andere Körperflüssigkeiten. Dass es ausschließlich Torgother erwischt hatte, konnte er sich kaum vorstellen. In dem Gemenge und der Hektik hatte der Traubenhagel Männer beider Seiten in Grütze und rauchende Fetzen verwandelt. Das Grauen packte sowohl Angreifer als auch Verteidiger.

In diese Schrecksekunde hinein brüllte Keno mit letzter Kraft: »STOßT IN DIE BRESCHE! ZU MIR! ZU MIR!«

Dann sackte er zu Boden.

Schritte, Gestampfe, Gestöhne, Schreie, klirrendes Metall, puffende Schüsse, über allem der Geruch nach faulen Eiern und Fleisch in verschiedensten Garstufen von roh bis verbrannt. Keno musste würgen. An den Speichen der Lafette versuchte er, sich noch einmal hochzuziehen, dann verlor er das Bewusstsein.

Hektisches Gezupfe, reißender Stoff, ein nasser Lappen im Gesicht. Keno wollte schlafen, aber sie ließen ihn nicht. Er warf den Kopf herum, wollte schimpfen, bekam aber seine Lippen nicht auseinander. Er wurde in die Höhe gerissen, auf eine harte Oberfläche geworfen. Ihm war kalt. Als er schmatzte, schmeckte er Schwefel und Eisen.

»Geht weg. Lasst mich!«, murmelte er.

Dann murmelte jemand anderes. Er hörte guttarale Laute, eine schnalzende Zunge. Ihm wurde langsam wärmer. Der sengende Schmerz in seinem Bauch ließ nach. Es war herrlich erlösend. Er öffnete ein blutverklebtes Auge. Neben ihm stand eine alte Frau mit konzentriertem Gesichtsausdruck. Es klang, als flüsterte sie ein Gebet. Mit jedem geraunten Satz zogen sich seine Qualen weiter zurück.

Eine blutverschmierte Hand der Greisin lag auf seinem Nabel, die andere wies auf einen ebenfalls schwer verletzten Soldaten auf der Pritsche neben ihm.

Ich bin im Lazarett, dachte Keno erleichtert. Die Heilerin verstand ihr Handwerk, das konnte er spüren.

Während sich das Wohlgefühl in seinem Bauchraum ausbreitete, beobachtete er den armen Kerl neben sich. Der atmete schneller und schneller, wurde blasser und blasser. Mit einem tiefen Stöhnen verließen ihn die Lebensgeister.

»Danke«, flüsterte Keno. Eine Träne löste sich aus seinem Augenwinkel. Dann schlief er ein.

6

»Gleichgewicht. Denkt immer daran!«, mahnte Nickels Blauknochen die aufmerksam lauschenden Studenten.

Der Hörsaal für die Kurse Heilung, erste Versorgung und Anatomie, von den Studenten auch lax ›Das Kadaver-Theater‹ genannt, erinnerte entfernt an das Kolosseum von Schwarzbergh. In dem runden, holzvertäfelten Raum waren die Sitzgelegenheiten kreisförmig in nach oben weiter werdenden Rängen angelegt. Im Zentrum des Saales, wo der Dozent unterrichtete, stand eine schwarze Tafel hinter einer verstellbaren Pritsche. Über der Pritsche hing ein Kronleuchter, bestückt mit Glas-Öllampen, dessen Leuchtkraft durch diverse Spiegel gelenkt und verstärkt werden konnte. Tagsüber wurde der Leuchter allerdings selten gebraucht, die mannshohen Fenster im oberen Teil des Saales spendeten je nach Wetterlage hinreichend Licht.

Bis auf einen hölzernen Kasten mit kleinen Löchern im Deckel, aus dem Kratz- und Fiepgeräusche klangen, blieb der Sektionstisch für die heutige Vorlesung leer.

»Die Heilung eines Körpers durch magische Potenziale ist für den ausübenden Magus mit einigen Risiken verbunden, sofern er nicht in der Lage ist, ausreichendes Gleichgewicht herzustellen«, erklärte Blauknochen, wobei er sich langsam im Halbkreis drehte, damit er jeden der anwesenden Studenten ansehen konnte. Die zwölf Studierenden saßen verstreut auf den Rängen, schrieben mit oder lauschten konzentriert.

Alle außer Lysander, der versuchte den provisorischen Halstuchverband fester zu wickeln, um die Blutung endlich zu stoppen. Es war nicht leicht, in das eine Ende zu beißen, das andere festzuhalten und zu ziehen, ohne vom Dozenten entdeckt zu werden.

»Lysander.«

Er zog und zerrte. Der Saum des Seidentuches riss zwischen seinen Schneidezähnen.

»Lysander!«

Er sah auf. Süffisant lächelnd schaute ihn sein Lehrer an.

»Wenn du doch bitte einmal zu mir nach unten kommen könntest.« Blauknochen wedelte auffordernd mit einer Hand. »Ja, genau du«, legte er nach, als er Lysanders verwunderten Blick bemerkte. Zögerlich richtete dieser sich auf. Während er die schmale, steile Treppe vom zweiten Rang ins Zentrum des Theaters hinabstieg, legte er eine Hand über den Verband, in der Hoffnung, ihn so vor Blauknochen verstecken zu können. Seine Knie wurden weich.

Bloß nichts anmerken lassen!

Lysander erreichte die unterste Ebene. Erst jetzt fiel ihm die junge Dame auf, die direkt im Rang unter ihm gesessen hatte.

Hui, dachte er.

Kurze blonde Haare, aufmerksame violette Augen, aufregend geschwungene Augenbrauen, eine etwas zu große Nase mit Sommersprossen über einem nicht minder aufregenden, vollen Mund, der leicht offen stand und weiße, gleichmäßige Zähne offenbarte. Die Dame mochte fünf bis acht Jahre älter sein als er. Lysanders Atem setzte einige Sekunden aus.

Hui!

Die ›Dame‹ trug einen dunkelgrünen Frack über einer dunkelgrünen Weste, darunter ein weißes Hemd mit Stehkragen, in dem ein honiggelbes Halstuch steckte.

Die Uniform eines Offiziers.

HUI!

»Student Radev, besorge mir doch bitte ein Stemmeisen, damit ich Lysander aus dem Boden brechen kann. Mir scheint, er hat Wurzeln geschlagen«, bemerkte Blauknochen.

Lysander wurde rot und schickte sogleich einen finsteren Blick in Richtung Klugscheißer, auf dass dieser bloß sitzen bliebe, anstatt sich auf die Suche nach dem angeforderten Werkzeug zu machen. Radev schluckte und sah an die Decke.

»Nun denn«, setzte Blauknochen an. »Wenn ich vorstellen darf: Zwanette Sandmagen. Frau Major Sandmagen, werte Studenten.«

Köpfe reckten sich, als alle versuchten einen Blick auf die Offizierin zu werfen, bis sie sich erhob, in die Runde schaute und nickte.

»Angenehm«, sagte sie und Lysander kam es vor, als schmiegte sich ihr Timbre wie Öl um seine Seele.

HUI!!!

Seine Knie wurden noch etwas weicher.

»Major Sandmagen wird zu gegebener Zeit einige Worte an euch richten«, sagte Blauknochen. Dann legte er eine Hand auf Lysanders Schulter und zog ihn zu sich hinter den Tisch. »Wie ich sehe, hast du uns etwas mitgebracht!«

»Äh... ich verstehe nicht ganz...«

Mit stahlharten Fingern packte der Dozent Lysanders Handgelenk und zog den Arm nach oben. Mit der anderen Hand zeigte er auf die blutig nasse Stelle. »Und was ist das, mein Lieber?«

Lysander versuchte, den Arm an seinen Körper zu ziehen, aber irgendwoher hatte der alte Magus zähe Kräfte. Mit einer schnellen Bewegung öffnete Blauknochen den Knoten des Verbandes und stülpte den Hemdsärmel bis zum Ellbogen.

Ein Raunen ging durch die Reihen der anderen Studenten.

»Ich denke schon, dass du verstehst. Wie ich bereits sagte: Gleichgewicht!«

Wie er da stand und den verletzten Arm in die Höhe recken musste, sah es fast so aus, als würde Blauknochen ihn als den Sieger eines Schaukampfes präsentieren.

Lysander fühlte sich alles andere als siegreich.

Der Dozent flüsterte, sodass nur er ihn hören konnte: »Steine sprengen und Potenziale nicht abbauen ... Nicht sehr schlau, mein Lieber.« Dann zwinkerte er ihm zu, öffnete den Deckel der Holzkiste, griff hinein und förderte eine protestierend quietschende Ratte zutage.

»Ich werde diese Gelegenheit für eine Demonstration nutzen, auf dass diese euren Geist erhellen möge, wie Rektor Strengarm sagen würde.«

Der Dozent für Heilung schloss die Augen. Ohne ihn loszulassen, nahm er Lysanders Arm herunter. Blauknochens Lippen bewegten sich schnell. Nur weil Lysander unmittelbar neben ihm stand, war es ihm möglich, vereinzelte Wörter der Ahnensprache zu verstehen.

Eine pulsierende Wärme machte sich an den Wundrändern breit. Die Ratte quietschte lauter.

Die Schmerzen ließen nach, als sich die Wunde mit einem schmatzenden Geräusch schloss. Die Ratte quietschte schriller, als sich ihr Rücken mit einem platzenden Geräusch öffnete. Jemand würgte. Der Heiler flüsterte weiter. Rattenblut trat zwischen seinen Fingern hervor und tröpfelte auf den Boden. Das Tier biss in die es umklammernde Faust, kratzte und zappelte. Dann erschlaffte es. Lysander atmete erleichtert aus.

Blauknochen öffnete die Augen und strahlte seine Studenten an.

»Wenn euch meine Körperhaltung an eine Waage erinnert, so ist das nur eine Technik, euren Studentenhirnen eine eindrucksvolle Erinnerung zum Thema Gleichgewicht mitzugeben. Für die Heilung an sich ist die Körperhaltung völlig unerheblich. Wichtiger ist es, ein Objekt, ein Wesen zu haben, welches in der Lage ist die Potenziale aufzunehmen, abzubauen, beziehungsweise zu kompensieren. In diesem Fall genügte mir ein Schädling.« Damit öffnete er die Hand. Die tote Ratte fiel mit einem Klatsch auf den Parkettboden. Endlich ließ er auch Lysanders Handgelenk los.

»So. Da du nun über zwei gesunde Extremitäten verfügst, nutze sie doch bitte, um die andere Kiste unter dem Seziertisch hervorzuholen. Darin findest du Messer und Mäuse. Nimm dir jeweils eines von jedem und reiche die Kiste weiter.«

Lysander tat wie ihm aufgetragen. Er griff sich ein kleines Küchenmesser vom Boden der Kiste, legte es auf den Seziertisch und schnappte sich eine, zwischen Artgenossen und Messern herumwuselnde, beigefarbene Maus.

Als er die kleine Kiste vor Major Sandmagen abstellte und schüchtern lächelte, lächelte sie zurück.

»Danke schön, Lysander. Aber ich habe diese Lektion bereits vor einigen Jahren gelernt.« Sie zwinkerte und gab die Kiste an den Studenten neben ihr weiter.

Lysander wurde schon wieder rot und ärgerte sich darüber. Wie sie allerdings seinen Namen gesagt hatte ... Hui.

Blauknochen grinste.

»Nehmt die Maus in die Faust und haltet sie gut fest. Nicht zu fest, Gerret! Sonst brauchst du gleich eine neue.«

Gerret Sturkupfer. Zu groß, zu tumb.

Mal wieder, dachte Lysander und verdrehte die Augen.

»Nun nehmt ihr das Messer. Alle soweit bestückt?«

Die Studenten nickten.

»Dann schneidet oder stecht euch einmal in die Mäusehand!«, sagte Blauknochen munter. »Auf geht's! Nur keine Scheu!«

Lysander schnitt sich über den Handrücken. Einige der anderen zögerten. Enna Wieselgrundt pikste sich nur oberflächlich in den Daumen und verzog dabei ihr kleines Gesicht vor Schmerz.

Blauknochen sah in die Runde. »Sehr gut! Und nun alle auf die Krankenstation. Die Mäuse könnt ihr im Park freilassen.«

Alle sahen überrascht auf.

»Ach was. Ein kleiner Scherz. Sprecht nun bitte die erste Strophe und konzentriert euch auf Wunde und Maus. Lasst euch so viel Zeit, wie ihr braucht. Bei wem es nicht klappt, der möge mir ein Handzeichen geben.«

Gemurmel und Mäusequieken ertönten im Raum. Nach zehn Minuten hatte es sogar Sturkupfer geschafft, den Schnitt in seinem Daumen zu schließen.

Blauknochen nickte. »Fein, fein. Während ich den Ochsen reinhole, könnt ihr euch schon mal überlegen, wem wir gleich ein Bein abhacken, ja?«

Wieder sahen die Studenten überrascht auf. Dieses Mal mit einer gehörigen Portion Schrecken.

Der Dozent lachte. »Eure Gesichter solltet ihr sehen. Herrlich.« Dann wandte er sich an Lysander. »Was machst du denn noch hier? Nimm wieder Platz. Los, los.«

Major Sandmagen erhob sich.

»Ja bitte, Frau Major.« Blauknochen gestikulierte einladend. Sie nickte, trat um das Geländer vor ihrem Sitzplatz und stellte sich neben ihn. Sie räusperte sich.

Entzückend, dachte Lysander und lächelte verträumt. Ihre Blicke trafen sich kurz. Ihm wurde warm. Ein weiteres ›Hui‹ stahl sich in seine Gedanken.

»Wie Sie vielleicht wissen, rekrutiert die Armee Ihres geliebten Heimatlandes vorzugsweise Magi Ihres Alters. Ich bin also hier, um Ihnen vorzuschlagen, ein Stipendium der Armee anzunehmen. Sie würden Ihre Studien zu Ende bringen, wären allerdings von den Gebühren befreit. Mit Ihrem Abschluss würden Sie sich für drei Jahre verpflichten. Entweder im Lazarettzug oder bei den Pionieren. Ihr Land wird es Ihnen danken.«

Sie hatte ihr Anliegen mit erhobenem Kinn und aufrechter Körperhaltung vorgetragen. Nun war sie fertig und nickte Blauknochen zu.

Gerret Sturkupfer hob zögerlich eine Hand.

»Ja bitte?«, erkundigte sich Sandmagen aufmunternd.

»Äh... ich möchte mich gerne melden.«

Major Sandmagen hob die Augenbrauen.

»Was du ja nun gerade getan hast«, sagte Blauknochen lachend.

Sturkupfer glotzte verdutzt.

»Es wäre angebracht, dein Anliegen vorzutragen, bevor sich der Major um deinen geistigen Zustand sorgt.«

»Äh, nun ja, ich würde das Angebot der Armee gerne annehmen. Bei den Pionieren«, erwiderte Gerret und legte nach: »Ich mag Mäuse so gerne.«

Sandmagen sah den Dozenten irritiert an.

»Ach, wenn man sich drauf einlässt, ist es gar nicht so wild«, sagte Blauknochen. Dann wandte er sich wieder an Student Sturkupfer. »Du meinst, du würdest lieber zu den Pionieren, und Brückenköpfe, Landungsstege und Artillerie-Batterien anlegen, als zu heilen?«

»Äh... ja, genau.« Gerret nickte eifrig.

Blauknochen zuckte mit den Schultern. »Sehen Sie? Er mag Mäuse so gerne.«

Major Sandmagen musste lächeln. »Ich gebe Ihnen gleich die Unterlagen mit.« Schnell schob sie: »Und helfe Ihnen gern beim Ausfüllen«, hinterher.

Enna Wieselgrundt und zwei weitere Studenten hoben die Hände.

Lysander musste die toten Mäuse einsammeln und nach unten bringen.

Nachdem die Kommilitonen und die Frau Major den Hörsaal verlassen hatten, packte Nickels Blauknochen auch die tote Ratte an der Schwanzspitze in die Kiste.

Lysander wartete.

»Was spukt dir durchs Hirn? Sag schon!«

Lysander zögerte.

Der Heiler schob den Deckel über die Kadaver. Dann stütze er einen Ellbogen auf die Kiste und sah seinen Studenten an. »Na los.«

Lysander kratzte sich am Kopf. »Zuallererst einmal: Danke.«

»Bitte.«

»Die Wunde war tief und ich wusste nicht ...«

»Schon klar. Was noch?« Blauknochen lächelte. Fast schon väterlich.

»Sie sagten was von Bein abhacken und Ochse.«

»Ja?«

»Ja. Und da habe ich mich gefragt, wann wir denn richtige Magie lernen ... nicht nur Steine rücken und Mäuse töten ...«

»Was schwebt dir denn vor?«

Lysander nahm sich ein Herz. »Machtvolle Magie!«

So leicht wollte es ihm der Dozent nicht machen. »Machtvolle Magie?« Dabei ließ er die Finger unsichtbare Anführungsstriche in die Luft schreiben.

»Ja. Nicht heben, senken, heilen, sondern eher so etwas wie werfen, zerbersten und zerstören. Ich frage Sie das, weil Sie der einzige Professor an dieser Universität sind, von dem ich mir eine Antwort erhoffen könnte, Meister Blauknochen.«

»Ha!«, lachte der. »Lysander, die Magie, von der du sprichst, ist Magie vergangener Zeiten. Niemand, aber wirklich niemand braucht mehr die dunklen Künste. Erinnerst du dich? Wir erfanden das Schießpulver und damit die Muskete und die Kanone. Dazu schufen wir obendrein den Scharfschützen, damit dieser jeden altmodischen Magus vom Schlachtfeld nehmen kann.« Er lachte wieder.

Lysander ballte die Fäuste.

Besänftigend legte ihm der Dozent die Hand auf die Schulter.

»Wenn dich die alten Künste so interessieren: Auf deiner Stube findest du hoffentlich eine Abschrift der Chroniken von Rothsang.« Lysander nickte. »Und in der Bibliothek findest du Werke und Schriften über die Magie des Dritten und Vierten Zeitalters. Lies darin und denke darüber nach, ob die Zeit der Kriegsmagie nicht mit gutem Grund abgelaufen ist. Tu das und komm danach zu mir. Wir können jederzeit über dieses Thema sprechen. Ja?«

Es war für Lysander eine Wohltat ernst genommen zu werden.

Endlich.

»Danke, Meister Blauknochen. Das werde ich tun.« Er wollte gerade gehen, aber der Magus hielt ihn weiter an der Schulter. Lysander drehte sich zu ihm und sah in fragend an.

»Ich würde mich damit beeilen. Rektor Strengarm und den anderen Dozenten sind deine Interessen keinesfalls entgangen. Dein Ehrgeiz war bereits Thema während der letzten Kollegiumssitzung. Ich kann berichten, dass auf dich in Kürze der Adelskurs zukommt. Strengarm hofft, damit deinen Wissensdurst bezüglich der alten Künste abzulenken und zu überlagern.«

»Der Adelskurs?! Oh nein!«

»Oh doch.« Blauknochen ließ ihn los und verließ den Hörsaal.

Lysander blieb zurück.

Der Adelskurs ...

Reiten. Fechten. Bankenwesen. Etikette. Tanzen.

OH NEIN, TANZEN!

Heiliger Thapath!

7

Keno Grimmfausth saß in einem Gasthof nahe der Grenze zwischen Torgoth und Kernburgh und betrank sich fürchterlich. Die Armee hatte sich zu einem großen Teil aus den umkämpften Gebieten zurückgezogen und bereitete sich auf ihr Winterlager vor.

Sechs Monate nach seiner Verletzung meldete sich die Narbe nur noch gelegentlich mit Juckreiz und Kribbeln. Seine Organe waren von der Heilerin so vollständig kuriert worden, dass er seiner Leber endlich wieder einiges zutrauen konnte.

Er schlug mit der Faust auf die raue Tischplatte.

»Es kann einfach nicht richtig sein!« Er nahm einen tiefen Schluck und wischte sich mit dem Ärmel über den Mund. Mit am Tisch saßen zwei weitere Offiziere der Artillerie. Beide sahen nach oben, in der Hoffnung, dass kein Major, Oberst, oder gar ein General den Ausführungen Kenos lauschte.

Der Gasthof ›Kaisereck‹ war ausschließlich Offizieren vorbehalten. Die höheren Dienstgrade saßen im oberen Stockwerk auf der hölzernen Galerie und tranken Wein, während Feldwebel Keno mit gleichrangigen Kollegen im Schankraum saß und Bier serviert bekam. Die Soldaten und Mannschaften mussten sich mit hartem Schnaps in Ställen, Scheunen oder an ihren Feuerstellen im Feldlager begnügen.

»Die Armee Kernburghs ist in den Händen von Waschweibern und Schlappschwänzen! Zögerlich, ängstlich, nur an der eigenen Karriere interessiert. Es ist zum Kotzen! BIER!«

Der Feldwebel zu seiner Linken legte ihm eine Hand auf die Schulter.

»Nicht so laut, Keno. Ihr bringt uns noch alle an den Pranger.«

»Aber das ist doch genau das, wovon ich spreche, Jeldrik! Genau das meine ich doch! Seht, da springt mir ein wackerer Artillerist bei, der so alt ist wie mein Vater. Er kürzt die Lunte in höchster Not, inmitten einer Schlacht, und rettet so den Tag, ganz nebenbei das Leben ungezählter Kameraden und mein eigenes! Und was passiert?!« Kenos Blick waberte von einem zum anderen.

»Genau! Den feinen, adligen Herrn Offizier schleppt man ins Lazarett, während der tapfere, gemeine Artillerist auf dem Feld der Ehre verblutet!«

Jeldrik kräuselte sich den blonden Schnauzbart. »Wäre es Ihnen lieber gewesen, selbst dort zu liegen?«

Frustriert ließ Keno seinen Becher niedersausen. »Mir wäre es lieber, wenn die Armee Tapferkeit und Professionalität unabhängig von Stand und Herkunft bewertete! Stellen Sie sich das einmal vor: Eine Armee, die nach solchen Werten befördert, würde an ihrer Spitze nur von den Tapfersten geführt, getauft durch die

Schrecken des Krieges, und nicht von weichgebetteten Adligen, die ihren Dienstgrad der Geldbörse ihrer Eltern zu verdanken haben!«

»Hahaha!«, lachte der Offizier zur Rechten. »Das wären aber feine Zeiten! Auf so einen Gedanken muss man erst einmal kommen!«

Keno winkte der Bedienung und bestellte per Handzeichen eine weitere Runde.

»Das ist gar nicht so schwer, mein lieber Barne. Dafür müssten Sie nur einmal wie ich neben einer Ausgeburt der Inkompetenz auf ein Schlachtfeld blicken, die bessere Taktik vorschlagen, eine affektierte Ablehnung kassieren und dann dem drohenden Untergang Ihrer Kompanie beiwohnen. Ich sage Ihnen, ein solcher Perspektivenwechsel öffnet Augen. Dazu als Bonus einen Bauchschuss schadet auch nicht.«

Jeldrik stürzte sein Bier hinunter, bevor der Mundschenk den frischen Krug abstellte.

»Ist das nicht schon Meuterei? Anstiftung zum Aufruhr?« Er lachte.

Keno nahm einen Schluck, dann sah er verschwörerisch von einem zum anderen.

»Ich sage Ihnen was: Wenn wir es nicht tun, tut es der Pöbel.«

»Was?«

»Na, das Umstürzen der herrschenden Ordnung. Es kann doch nicht sein, dass ein Mann sich nicht durch seine Taten hervortun kann, sondern nur durch seine Herkunft.«

»Das sind aber ausgesprochen revolutionäre Gedanken! Sie sollten aufpassen, dass General Eisenbarth keinen Wind davon bekommt, sonst baumeln Sie schneller am Galgen, als Sie austrinken können. Und das, wo Sie doch selbst einer Adelsfamilie entspringen, oder nicht?«

Keno hielt sich den bereits brummenden Kopf mit beiden Händen, die Ellbogen auf dem Tisch abgestützt. »Ja, das ist richtig, Jeldrik. Das ist richtig.«

Jeldrik tippte sich mit dem Zeigefinger an die Schläfe. Barne nickte.

»Dennoch«, holte Keno aus, »könnte unser Feldzug gegen Torgoth längst beendet sein. Die Feinde des Reiches geschlagen und besiegt. Wir alle zuhause im Kreise unserer Liebsten. Statt dessen sitzen wir hier in diesem vermaledeiten Schuppen und trinken schales Bier.«

»Ein Hoch auf den König!«, rief Jeldrik und rammte seinen Krug an den von Keno.

Barne sprang auf. »Ein Hoch auf den König!«

Auf der Galerie und im Schankraum wurden Stühle gerückt. Alle Anwesenden erhoben sich und reckten ihre Krüge in die Höhe.

»Ein Hoch auf den König!«, erschallte es aus fünfzig Kehlen.

»Ein Hoch auf den König«, nuschelte Keno und kippte sich sein Bier in den Mund.

Nathaniel Lockwood saß im ›Pawn of Southgate‹ und betrank sich fürchterlich. Rings um ihn herum tobte eine ausgelassene Meute. Eine spontan zusammengestellte Bande von Musikern spielte wüste Gassenhauer, die die meisten Anwesenden lallend mitgrölten. Dabei stampften sie mit den Füßen oder klatschten mit den Händen. Bier, Wein und Schnaps flossen in Strömen. Der Pub war brechend voll und der Dunst der Gäste sammelte sich in Rinnsalen auf den bunten Fensterscheiben. Lockwoods Klamotten waren schweißgetränkt, er hatte richtig einen sitzen und genoss jede Sekunde. Zuerst hatte er beim Kartenspiel seinen Adjutanten-Sold verdoppelt, anschließend noch um den letzten Schweinebraten aus der Küche geknobelt und ebenfalls gewonnen, und jetzt war er drauf und dran, sein Herz zu verlieren.

Zumindest für diese Nacht.

Emily, so hieß sie. Glaubte er.

Die Mätresse des Lord Buckwine.

Offensichtlich fand sie ihn attraktiver als den alten Sack, auch wenn er jetzt genau so schwitzte. In Lockwoods Fall lag der Schweißfluss aber eher am ausgiebigen Tanzen und Singen, als am feist Rumsitzen und sich befummeln lassen.

Die letzten sechs Monate waren die langweiligsten in seinem Leben gewesen.

»Guten Morgen, Eure Lordschaft.«

»Jawohl, Eure Lordschaft.«

»Wie Sie wünschen, Eure Lordschaft.«

»Wünsche gute Nacht, Eure Lordschaft.«

An manchem Morgen hätte sich Lockwood gerne selbst auf die Nase geboxt, um einen Grund zu haben, seinen Dienst nicht antreten zu müssen. Leider musste er auf die Reputation seiner Brüder Rücksicht nehmen und so seine Aufgaben formvollendet und wie es von ihm erwartet wurde, ausführen.

Es kotzte ihn an.

Aber nicht heute Abend! Heute Abend gehörte ihm die Nacht.

Ihm und seinen wackeren Mitstreitern, der Crème de la Crème des Heeres von Northisle.

Das nächtliche Treiben in der Stadt Turnpike eskalierte in Friedenszeiten regelmäßig durch zu viel Testosteron zu vieler, meist junger Soldaten. Das Gute war, dass die Nachtwache der Stadt vom Militär gestellt wurde, und diese Burschen wussten ebenfalls die Nächte im Pawn zu schätzen. Also konnten sie alle ausschweifend und ohne Furcht vor Repressalien durch die Decke treten.

Genau das taten sie.

Nathaniel trank. Er trank mit einem feierwütigen Captain der Royal Military Police genauso ungeniert wie mit dem örtlichen Fuhrkutscher. Ein Lieutenant-Commander der Navy torkelte besoffen in die Arme eines Squadron Leaders der Kavallerie. Zwischen all den Soldaten tummelten sich fahrende Händler, Hafenarbeiter, Handwerker und Prostituierte. Der ein oder andere Halsabschneider war auch dabei, traute sich in Anwesenheit der trunkenen Krieger allerdings nicht, Hälse abzuschneiden.

Genauso liebte es Lockwood: Laut und dreckig.

Er lachte, als er an den steifen, akkuraten Lebenswandel seiner beiden Brüder denken musste. ›Du benimmst dich wie ein Hund am Laternenpfahl ganz unten‹, pflegte sein älterer Bruder zu rüffeln. ›Immer mit der Nase rein.‹

Na gut, er benutzte auch Wörter wie ›Schande‹ und ›Beflecken der Familienehre‹. An Natty, wie seine Mutter ihn nannte, tröpfelte das ab, wie die Pisse am oft bemühten Pfahl.

Ein besonders anzüglicher Shanty wurde angestimmt und aus der Ecke der Matrosen erklang rauer Gesang. Lockwood packte Emily um die Schultern und schunkelte mit ihr, wobei er hin und wieder einen frechen Blick in ihr Dekolleté warf.

So übel war das Leben als Lieutenant-Adjutant dann doch nicht.

Henry, den Kutscher seiner Lordschaft, der sich an der Theke hinter den aufgebockten Bierfässern aufhielt, bemerkte er nicht.

Lysander Hardtherz saß im ›Grünen Mond‹, der Gaststätte, die die Studenten in der Regel frequentierten, und trank Wasser mit einigen Spritzern Traubensaft. Seine Nase stecke in ›Rothsangs Chroniken‹ und er konnte sich kaum losreißen. Obwohl die Kommilitonen um ihn herum schnatterten, hatte er keine Schwierigkeiten, sich zu konzentrieren. Zu fesselnd waren die Abenteuer des letzten, großen Kriegsmagus.

Lysanders Herz pochte schneller, als er die Textzeilen las, die beschrieben wie Uffe Rothsang in der Nacht nach der Schlacht von Dünnwald verstarb, trotz der Bemühungen seines persönlichen Heilers. In einem finalen Aufbäumen gegen die Feinde aus Northisle, das letztlich zu einem Sieg der Kernburgher über die Invasoren führte, war der Magus von einem Armbrustschützen der vermaledeiten Nachtjacken tödlich verwundet worden. Der Sieg war die Entscheidung, die einhundert Jahre Krieg auf dem Kontinent beendete, der Verlust des Feuerwerfers Uffe Rothsang wog dennoch schwer. Die ›Nightjackets‹ verewigten den glücklichen Treffer in Form eines aufgestickten Bolzens mit Flammenschweif auf ihren Bannern und verliehen seither den Ehrentitel ›Magekiller‹ für besondere Tapferkeit. Drecksäcke, dachte Lysander und schlug das dicke Buch so fest zu, dass die Tischplatte wackelte. Sein mit Speiseresten verklebtes Essgeschirr klirrte. Er sah auf und streckte den Nacken.

Als er mit seiner Lektüre angefangen hatte, hatten noch sechs seiner Kollegen mit am Tisch gesessen, zwei Stunden später saßen immer noch Klugscheißer Radev – ebenfalls mit Lektüre, Gerret und Enna auf der Eckbank.

Gerret versuchte, unbeholfen mit Enna zu flirten, was schon fast rührend wirkte. Der bebrillte Radev mit seinem bescheuerten Pottschnitt machte sich ein paar Notizen in einem abgegriffenen Heftchen.

Ich werde noch genau so ein Streber. Lysander dachte an die tausend Stunden, die er in den letzten sechs Monaten in der Bibliothek verbracht hatte.

Wie ein Wimpernschlag erschien ihm das vergangene halbe Jahr im Rückblick. Auf Anraten seines Dozenten Blauknochen hatte er sich in die Chroniken gestürzt und sie verschlungen. Mehrfach. Um die historischen Auswirkungen der Taten Rothsangs in Gänze begreifen zu können, hatte er so ganz nebenbei sämtliche Zeitalter studiert, Geschichte, Politik und Erdkunde gebüffelt und das ein oder andere Handbuch zum praktischen Einsatz von Magie gewälzt. In den paar Monaten hatte er mehr gelernt, als in den gesamten Semestern zuvor.

Nun qualmte ihm der Kopf, aber schlauer fühlte er sich immer noch nicht.

Es war durchaus beeindruckend von Rothsangs Flammenwürfen zu lesen, davon zu erfahren wie er tausende von Angreifern förmlich verdampfte, Festungsanlagen zerkrümelte, Städte niederbrannte, Dörfer im Vorbeigehen auslöschte und sich von Königen hofieren ließ – aber das WIE – davon konnte Lysander in all den Büchern, Seiten, Zeilen nichts finden. WIE war es Rothsang gelungen, sich die Kräfte der Ahnen zu eigen zu machen?

Wie war es ihm gelungen, erst im hohen Alter hinterrücks erschossen zu werden, anstatt den um Gleichgewicht ringenden Potenzialen zu erliegen? Es war zum Haare raufen!

Als hätte jemand mit Schabemesser und Bimsstein die alten Schriften vom WIE befreit, um nachfolgenden Generationen diesen Erkenntnisgewinn zu verwehren. Außer natürlich die vollkommen langweiligen Abschnitte über Heben & Senken, Schieben & Ziehen und den ganzen praktischen Anwender-Mist.

Er würde mit Blauknochen reden müssen.

Wenn es einer wissen konnte, dann der hagere Magus mit dem sonderbaren Sinn für Humor.

Lysander stand auf. Sogleich kam ihm der Wirt entgegen. Der alte Wucherer wusste um die mitunter prekären Finanzen seiner Stammkunden und hielt die Hand bereits im Lauf ausgestreckt. Lysander pulte ein paar Taler aus der Westentasche und warf sie ihm zu.

Er schnappte sich das Buch vom Tisch und empfahl sich seinen Mitstudenten.

Er öffnete die schwere Eingangstür.

»Nieder mit der Monarchie!«

Lysander trat einen Schritt zurück in den Gastraum.

»TOD DEM KÖNIG!«

Ein Strom von Menschen, bewaffnet mit Piken, Heugabeln und Fackeln zog an ihm vorbei.

Wutverzerrte Gesichter, erhobene Fäuste.

Manch einer so voll Zorn, dass er beim Schreien spuckte.

Nach der Stille in der Gaststätte kam es Lysander so vor, als fände er sich plötzlich auf dem großen Markt von Hohenroth – am letzten Markttag vor dem Wochenende.

»Das gemeine Volk randuliert schon seit Wochen«, murmelte jemand.

Unbemerkt hatte sich Radev neben ihn gestellt und schaute ebenfalls auf die Meute.

»Du meinst sicher ›randaliert schon seit Wochen‹. Aber warum tun sie das?«

Radev sah ihn verwundert an. Dann klatschte er sich mit der flachen Hand vor die Stirn.

»Hab' vergessen, dass du deine ganze freie Zeit in der Bibliothek verbracht hast.« Er grinste.

»Was uns nicht zu Brüdern im Geiste macht«, raunte Lysander.

»Was?«

»Nichts. Warum randalieren sie?«

Radev Kuzmanov warf sich in Pose. Lysander bemerkte auf seinem Gesicht Begeisterung und Genugtuung. Das war das erste Mal, dass er direkt mit ihm gesprochen hatte, weil der Klugscheißer etwas wusste, was er selbst nicht wusste.

»Das hat mehrere Gründe. Zum einen sind es die Brotpreise, die seit einiger Zeit in die Höhe gehen, weil der König neue Zölle auf Mehl erheben ließ. Überhaupt die Staatsfinanzen. Durch den andauernden Krieg in den Kolonien von Yimm ist der Haushalt schwer in Not. Dazu noch die Auseinandersetzungen mit Torgoth. Das alles führt zu höheren Steuern und Abgaben – selten dem Adel abgefordert – und steigert den Unmut noch weiter.«

Lysander sah auf Radev herunter.

Die kleine Fistelstimme machte ihn fast rasend. Und dann noch die Art und Weise des Vortrags ... Aber er ließ sich nichts anmerken, sondern atmete nur kontrolliert ein und aus.

»Na ja, und dann die Tatsache, dass der gemeine Bürger keinerlei Mitspracherecht in Ökonomie und Politik verzeichnen kann. Alles wird von einigen wenigen Adelsfamilien und dem Königshaus entschieden. Zwangsrekrutierungen und Enteignungen von Vorräten durch die Armee tun ihr Übriges.«

Vielleicht musste Lysander seine Meinung von Radev ›Klugscheißer‹ Kuzmanov noch einmal überdenken, denn obwohl er ihn vom ersten Semester an wie Luft behandelt hatte, stellte ihm dieser just in diesem Moment sein Wissen zur Verfügung. Alle Achtung.

Aber diese Fistelstimme ...

»Das ist interessant«, sagte Lysander. »Wenn du die Zeit findest, würde ich mich bei Gelegenheit etwas genauer mit dir darüber unterhalten. Danke, Radev.«

Lysander klopfte ihm auf die Schulter und verließ das Gasthaus. Er hielt sich nah der Mauer und lief in entgegengesetzter Richtung zum Mob.

Morgen wieder der Adelskurs ... Reiten und Fechten ...

»TOD DEM KÖNIG!«

8

»Nieder mit der Monarchie!«

Früh am nächsten Morgen schleppte sich Lysander verschlafen durch die frostigen Flure der Universität. Vom Vorplatz erschallten die ihm mittlerweile wohlbekannten Rufe, die ihn auch während der Nacht wachgehalten hatten.

Was zuerst nur als Protest einzelner begonnen hatte, hatte sich im Lauf des letzten halben Jahres in eine stetig wachsende Veranstaltung gewandelt. Mittlerweile standen zu jeder Tages- und Nachtzeit mehrere hundert Menschen vor den Toren der Universität. Die Stadtwache hielt sich zurück, da sie mittlerweile deutlich in der Unterzahl war.

Lysander war einfach nur genervt.

Anstatt zu arbeiten und sich was zu futtern zu verdienen, raubten die Demonstranten lieber den Studenten den Schlaf, arbeiteten nicht und beschwerten sich, dass sie nichts zu futtern hatten. Verrückte Welt.

Thapath sei Dank, fand der Adelskurs zumeist im rückwärtigen Teil des Parks statt. Weit weg von dem wütenden Mob.

Morgennebel waberte bis auf Kniehöhe durch den Park, die Luft eisig grau und klirrend kalt, Raureif lag mattweiß auf dem Gras. In seinen dicken Ausgehmantel gehüllt, passierte er den Steinquader. Er widerstand der Versuchung ihn zu verschieben, aber er zeigte auf ihn und raunte: »Wiege dich nur nicht allzu sehr in Sicherheit, mein Freund. Irgendwann sprenge ich dich.« Er tat, als hätte er eine Steinschlosspistole in der Hand und machte mit aufgeblähten Backen ein Geräusch: »Puff!«

»WUFF!«

Hinter dem Baum schritt ein vierbeiniger Schatten durch den Bodennebel.

Lysander blieb stehen und rührte sich nicht.

Ein massiger, dunkelgrauer Hund mit viereckigem Kopf kam zwei langsame Schritte auf ihn zu, warf einen Blick hinter sich und blieb ebenfalls stehen.

Irgendwer musste den Zwinger offengelassen haben und jetzt streunten Blauknochens Maystifs über das Gelände. Welcher von den beiden Hunden es war, konnte Lysander nicht erkennen. Apoth und Bekter, benannt nach den ersten Kindern Thapaths, teilten sich einen großzügigen Zwinger an den Stallungen. Niemand, aber wirklich niemand, traute sich ohne die Anwesenheit ihres Herren an den Käfig.

Lysander spürte eine klamme Faust in den Eingeweiden. Er unterdrückte einen plötzlichen Drang, auf den Abort zu rennen.

»Wuff.« Der zweite Hund. Kies knirschte unter den Tatzen, als der Maystif den Gehweg überquerte und zwei Meter hinter Lysander verharrte. Zuckender Harndrang gesellte sich zu seinen in Aufruhr befindlichen Eingeweiden.

Die beiden riesigen Hunde reichten Lysander bis zur Hüfte – und er war nun wahrlich kein Zwerg – jeder Rüde wog über einhundert Kilo. Maystifs wurden zur Bären- und Eberjagd, in finsteren Winkeln Kernburghs auch in Tierkämpfen, eingesetzt. Dass Lysander zusätzlich einfiel, dass in einigen Schlachten diese Monster auf Feinde gehetzt wurden, war nur seiner Verdauung zuträglich – nicht seiner Entspannung. Trotz der Kälte begann er zu schwitzen.

Der vordere Koloss machte noch einen Schritt auf ihn zu. Apoth.

Nun leicht an den verstümmelten Ohren zu erkennen.

Dann war das hinter ihm der vernarbte Bekter.

Lysander murmelte ein Gebet.

»Einen schönen, guten Morgen.« Blauknochen schnalzte mit der Zunge und sofort setzten sich die beiden Maystifs in Bewegung. Sie bezogen Posten rechts und links vom Dozenten, der sich schlendernd genähert hatte.

»Du bist aber früh«, sagte Blauknochen und sah seinen Studenten erwartungsvoll an. Lysander wischte sich mit dem Ärmel über die Stirn.

»Thapath sei Dank, dass Sie gekommen sind ... ich dachte schon ...«

»Ach was.« Blauknochen wedelte abweisend durch die Luft. Beide Hunde schauten zu ihm hoch, als wollten sie fragen, ob sie den blassen Kerl da vor ihnen nun zerreißen dürften. »Ich dachte, ich gönne ihnen mal ein wenig Auslauf.« Er streichelte beiden über die breiten Schädel.

Lysander atmete erleichtert aus.

»Jedenfalls bin ich nun wach«, lachte er unsicher.

»Apropos ›wach‹, was machen deine Studien? Komm, wir gehen ein Stück.«

Flankiert von den beiden Bärenhunden, wanderten sie in Richtung der Ställe und Zwinger.

»Ich denke, ich komme gut voran. Durch die Chroniken konnte ich Rothsangs Leben recht gut nachvollziehen, aber ...«

»Aber?«

Lysander blieb stehen. Mit Mühe hielt er sich davon ab, hektische Armbewegungen zu machen. Bloß nicht die Hunde aufschrecken.

»Ich habe die Bibliothek durchforstet, hab den alten Bibliothekar Löcher in den Bauch gefragt, aber es ist zum aus der Haut fahren! Einige tausend Bücher aus allen Teilen der Welt stauben da vor sich hin, aber in keinem steht etwas darüber, woher Rothsang seine Fähigkeiten hatte, oder wie man sie erlernen könnte!«

Blauknochen lächelte. »Ja, das ist richtig.«

»Aber wieso?!«

»Nach Rothsangs Ende änderten sich die Zeiten, mein lieber Lysander. Die Schlachten waren geschlagen, die Völker der Welt waren des Krieges müde. Magie sollte nur noch praktische Anwendung finden. Nicht dazu genutzt werden, Leid zu bringen.«

Blauknochen rieb seine behandschuhten Hände zusammen.

»Das übernahm dann ein paar Jahrzehnte später das Schießpulver. Dumme Menschen.« Er schnaufte trocken. »So dumm. Verbannen das Verbrennen und erfinden das Erschießen. Eigentlich ganz lustig, findest du nicht? Diese Ironie?«

»Äh...« Lysander kratzte sich am Hinterkopf. »Lustig?«

»Egal. Zurück zu unserem Thema.« Blauknochen zeigte auf die offene Tür des Zwingers und schnalzte erneut mit der Zunge. Apoth und Bekter trabten hinein. Der Magus beugte sich vor, schloss die in ihren Angeln quietschende Käfigtür und legte den Riegel vor.

Thapath sei Dank, dachte Lysander als seine Eingeweide entkrampften.

Blauknochen richtete sich auf und drückte den Rücken durch. »Ach, die Jahre ...« Seine Wirbelsäule knackte. Seine Gesichtszüge erhellten sich plötzlich.

»Fast vergessen!«, sagte er wie zu sich selbst. »Hier habe ich ja was für dich.«

Eine Hand verschwand im Mantel, suchte etwas, fand es und kam wieder zum Vorschein mit einer ledernen Rolle vom Durchmesser einer Flasche, lang wie ein Unterarm. »Das dürfte dich interessieren, fleißiger Halb-Elv.«

Lysander griff nach der Rolle.

»Eigentlich Einviertel-Elv, wenn man es genau nimmt. Mein Großvater gehörte zum ersten Volk, mein Vater nicht.«

»Zu schade, dass sich die meisten Elven nach Frostgarth zurückgezogen haben ...«, murmelte Blauknochen und sah versonnen in die Ferne.

»Was ist das?«, erkundigte sich Lysander und hielt die Rolle hoch, die sich merkwürdig schwer anfühlte.

»Das, mein lieber Einviertel-Elv, sind die unvollendeten Aufzeichnungen aus Rothsangs Grimoire, seiner Sammlung an Sprüchen und Zaubern. Ich fand sie in meiner privaten Sammlung und dachte, dies könnte deinen Studienfortschritten während der langen Winterstunden zuträglich sein.«

Lysander kicherte. »Jetzt klingt ihr fast wie Meister Strengarm.«

»Schlimm, nicht wahr?«, lachte der Dozent. »Dabei versuche ich mich immer der neuen Zeit anzupassen und nicht daher zu salbadern wie der senile alte Sack, der ich bin.« Er räusperte sich. »Wie dem auch sei. Ich muss dich bitten, diese Lektüre vertraulich zu behandeln. Keiner meiner Kollegen muss wissen, dass ich dir dieses alte Wissen zur Verfügung stelle. Allerdings wirst du vermutlich enttäuscht sein, wenn du feststellst, dass das meiste darin in der Schrift der Ahnen niedergeschrieben wurde und mit zunehmender Intensität und Wirkung der Zauber in Sprache und Gesten komplexer wird. Aber das sollte einen fleißigen Studenten wie dich nur inspirieren und nicht abschrecken, nicht wahr?« Er legte Lysander eine Hand auf die Schulter.

»Wenn es verboten ist, warum gebt Ihr es mir dann?«

»Es ist ja nicht wirklich verboten. Es wird nur nicht gerne gesehen ... und das scheint mir kein ausreichend triftiger Grund zu sein, es einem wahrlich interessierten Novizen vorzuenthalten.«

Lysander zog feixend Mundwinkel und Augenbrauen hoch.

»Klinge ich schon wieder wie Strengarm?«

Lysander lachte. »Durchaus, durchaus.«

Beide lachten.

»Danke, Meister Blauknochen«, begeistert hob er die Rolle, schwenkte sie hin und her und verstaute sie in seinem Mantel.

Reiten. Wenn es wenigstens dabei bliebe. Aber nein!
Reiten bedeutete Schritt, Trab, Galopp, mit Attacke, ohne Attacke, lockeres Ausreiten mit Kadenz und ohne. ›Einfach aufs Pferd und los‹ reichte nicht für die Rittmeisterin der Universität. Was Lysander über Viertakt-, Dreitakt-, und Zweitaktgangarten lernen musste, fühlte sich in seinem Hirn an wie ein verstopfter Abort. Wie zäher Brei blubberten die Lektionen in seinem Bewusstsein und schienen sämtliche Gedanken zu lähmen. Dazu der Geruch der Tiere, das ewige Aufzäumen, Abzäumen ... es war schlimm.

Und als wenn das noch nicht reichte ... Fechten.

Mit Harnisch, ohne Harnisch. Zu Pferde und zu Fuß. Mit und ohne Schild. Im Duell wie ein Edelmann, oder ringend, im Stehen und am Boden, wie ein Soldat im Nahkampf. Mit Dolch, Schwert, Säbel und Rapier. Links wie Rechts. Stundenlang. Der Fechtmeister der Universität war ein echter Unmensch. Gnadenlos und unnachgiebig. Lysander hatte am Ende der Unterrichtseinheiten nicht nur Muskelkater am ganzen Körper – an Stellen, von denen er sicher wusste, dass dort gar keine Muskeln waren – er hatte auch ein Klirren in den Ohren, dass sich bis spät in die Nacht dort hielt und schepperte und klingelte ... es war schlimm.

Und als wenn das noch nicht reichte ... Bankenwesen. Gähn.

Höfische Etikette. Ach, bitte nein!

Tanzen. Um Thapaths Willen!

Lysander absolvierte sämtliche Kurse mit Unwillen und einer quälenden Ungeduld. Er konnte es gar nicht abwarten, das Grimoire von Rothsang auszupacken, auszurollen und zu studieren. Endlich. Endlich würde sich ihm erschließen WIE der letzte, große Kriegsmagus zu seinen Künsten gekommen war. Wenn das bedeutete, dass er dafür die Schrift der Ahnen lernen musste – so sei es. Die erste Schrift, die erste Sprache. Ein Konglomerat aus allen Sprachen der Völker, laut Überlieferung gesprochen von Thapath höchstselbst. Eine tote Sprache, die niemand mehr sprach und die nur noch in verstaubten Wälzern in verstaubten Bibliotheken aufbewahrt wurde. Zum Glück verfügte die Universität über eine riesige, verstaubte Bibliothek.

»Lang – kurz – kurz – lang«, brachte ihn die nasale Stimme des Tanzlehrers aus seinen Gedanken. Lysander trippelte auf dünnen Sohlen um Enna Wieselgrundt herum, die ihn glückselig angriente. Wie viel lieber hätte er mit Major Sandmagen getanzt – wenn überhaupt.

Es war schlimm.

9

Der Gefreite stapfte durch knöcheltiefen Schlamm und sah sich suchend um. Das Winterlager der Armee Kernburghs war ein Paradebeispiel für militärische Effizienz: Reihe an Reihe ordentlich aufgeschlagener Zelte, angelegt wie ein Karo-Muster. In der Regel fand man sich schnell zurecht, da die Hauptwege sämtlich auf die Zelte des Stabes in der Mitte des Lagers zuführten. Dort hatte der Soldat den Empfänger der Nachricht, die wohlgeschützt vor der Feuchtigkeit in ein Wachstuch eingeschlagen unter seiner Achsel klemmte, aber nicht gefunden. Also stapfte er weiter durch den aufgewühlten Boden an den Zelten der Soldaten vorbei. Zwischendurch hielt er immer wieder an, um sich nach Feldwebel Keno Grimmfausth zu erkundigen. Die Veteranen der Torgoth-Kampagne saßen fest eingewickelt in ihre Mäntel um Lagerfeuer und antworteten meist mürrisch.

»Grimmfausth? Das Jüngelchen?«, fragte ein Stabsgefreiter mit wettergegerbtem Gesicht. »Lungert bestimmt bei den Kanonen rum.« Er wies dem Gefreiten die Richtung.

Keno lungerte in der Tat bei den Kanonen rum.

Er überprüfte Lafetten und Rohre, kontrollierte die bestmögliche Lagerung der Pulverfässer und notierte sich Nachschubanforderungen in ein kleines, ledergebundenes Buch.

»Die Achse von Kanone 14 sollte einmal vom Schmied begutachtet werden«, sagte er zu einem Kanonier.

»Ja, Herr Grimmfausth, das ist vorgesehen. Allerdings haben wir derzeit keine Feldschmiede vor Ort.« Der Kanonier zuckte mit den Schultern.

Keno starrte den Mann an.

»Wie bitte?«

»Leutnant Grünhelm war der Meinung, dass die Schmiede der heimkehrenden Vorhut einen besseren Dienst erweisen sollte …«

Frustriert klappte Keno das Büchlein zu.

Er sah in den grauen Himmel.

»Na, das macht natürlich Sinn …« Er biss die Zähne zusammen.

»Äh, finden Sie?«, erkundigte sich der Kanonier ungläubig.

»Selbstverständlich nicht! Was soll denn die Schmiede da vorne?!« Keno brüllte fast. »Die sollte verdammt noch mal hier sein! Was nützt uns Feldartillerie, wenn wir sie nicht ins Feld bekommen?!« Er war außer sich.

»Äh, ich bitte um Verzeihung.«

Keno wirbelte herum. »Was ist denn?«

Ein verunsichert wirkender Gefreiter mit schlammverkrusteten Hosenbeinen stand vor ihm.

»Feldwebel Grimmfausth?«

»Ja.«

Erleichterung machte sich auf der Miene des Soldaten breit. Er wischte sich über die tropfende Nase und holte den Brief hervor.

»Eine Nachricht aus Neunbrückhen.« Er reichte sie Keno.

»Danke.«

Unwirsch riss er dem Kurier den Umschlag aus der Hand, dann wandte er sich an den Kanonier.

»Ich werde im Hauptquartier eine Schmiede anfordern.«

Kalter Nieselregen setzte ein.

»Ihr Vater liegt also im Sterben?« Oberst Rabenhammer begutachtete sich selbst in einem mannshohen Spiegel. Der Ofen in seinem Zelt füllte das großzügige Innere mit wohliger Wärme. Ein dicker Teppich lag auf glänzenden Holzbohlen und unterstrich die heimelige Atmosphäre. Auf der Edelholz-Tischplatte luden eine Karaffe Wein, kaltes Hühnchen, eingelegtes Gemüse und ein Laib Brot zu einer Mahlzeit ein. Keno stand in nasser Uniform im Eingang. Bislang war er nicht hereingebeten worden.

Hat wohl Angst um seinen Teppich, dachte er.

»Das ist bedauerlich.« Rabenhammer bestrich seinen Schnäuzer mit Bartwachs und kämmte ihn. »Andererseits aber auch kein Problem.« Er rieb die Enden des Bartes zu spitzen Locken und bewegte den Kopf von der einen auf die andere Seite, um sein Werk zu begutachten. Im Spiegel schaute er den triefnassen Feldwebel an. »Der Feldzug ist so gut wie beendet und so gern ich Sie bei der Truppe haben möchte, denke ich doch, dass Sie sich nach Ihrer Heldentat und Ihrer Verletzung einen Heimaturlaub verdient haben. Ich entlasse Sie mit den besten Empfehlungen und schicke Sie nach Hause.«

Auf den polierten Absätzen der kniehohen Stiefel drehte er sich um die eigene Achse und sah wohlwollend auf Keno herab. Hinein bat er ihn immer noch nicht.

»Melden Sie sich nach Ankunft in der Kaserne, es könnte sein, dass tüchtige Soldaten wie Sie in Neunbrückhen gebraucht werden.«

»Wie meinen?«

»Die Unruhen? Sagen Sie bloß, Sie haben noch nichts von dem Aufruhr gehört?« Erstaunt und auch ein wenig blasiert schaute er Keno an.

»Natürlich habe ich von den Gerüchten gehört, die die Mannschaften verbreiten. Hielt sie allerdings für genau das: Gerüchte.«

»Mitnichten, Grimmfausth, mitnichten.« Rabenhammer strahlte fast. »Es ist durchaus denkbar, dass wir statt der debilen Torgother demnächst unser unartiges Volk übers Knie legen müssen. König Goldtwand traut sich seit Wochen nicht aus seinem Palast. Es ist nur eine Frage der Zeit, bis wir, der starke Arm Kernburghs, ein paar Schädel zurechtrücken dürfen. Aber bis dahin«, er klatschte in die Hände, »haben Sie Gelegenheit, sich um die Angelegenheiten Ihrer Familie zu bemühen.«

Er sah sich suchend um und entdeckte seinen Adjutanten in einer Ecke des Zeltes. Wartend mit einem Handtuch in der einen, einer dampfenden Tasse Kaffee in der anderen Hand.

»Stehen Sie da nicht so unnütz herum, Mann!« Er griff nach dem Getränk. »Los, los! Lassen Sie die nötigen Dokumente aufsetzen!« Er wandte sich an Keno. »Solange packen Sie Ihren Kram und dann wollen wir doch zusehen, dass wir Sie alsbald auf die Reise schicken. Auf, auf!« Er pustete in die Tasse, roch und schloss genießerisch die Augen. »Ach, herrlich.«

Sehnsüchtig sah Keno auf den heißen Kaffee. Klitschnass und durchgefroren wie er war, konnte er ihn fast am eigenen Gaumen schmecken.

Sobald er zuhause, im Haus Grimmfausth war, würde er sich literweise warme Getränke gönnen. Auch Kaffee.

Denn schließlich lag der alte Knauser im Sterben.

10

»Was glauben Sie eigentlich, wer zum Henker Sie sind?!«
Wenn Lockwood auch nur das kleinste Fünkchen Mitgefühl für Lord Buckwine empfunden hätte, würde er sich jetzt Sorgen machen. Der feiste Lord schimpfte und fluchte schon seit einer halben Stunde mit hochrotem Kopf. Speichelfäden liefen sein speckiges Kinn hinunter und diverse Tropfen Spucke glänzten auf der Tischplatte.

Könnte jeden Moment vorbei sein, sinnierte Lockwood und stellte sich das verfettete Herz des Lords beim Pochen vor. BummBumm. Zack. Tot. Er musste lächeln.

»Wäre ich doch nur ein paar Jahre jünger! Dann würde ich Ihnen Ihr freches Grinsen mit einem Fehdehandschuh aus dem Gesicht prügeln!« Beide Hände knallten auf den Schreibtisch. Buckwine holte rasselnd Luft.

Bemerkenswert, dachte Lockwood und bewunderte das Dreifach-Kinn, das dort aufgebracht wabbelte, wo vormals ein Hals gewesen sein musste.

»Sie haben mir Hörner aufgesetzt! Mich gedemütigt! Mich zum Gespött von ganz Turnpike, wenn nicht von ganz Northisle gemacht, Sie Stelzbuckel!«

Lockwood sah zum Fenster und überlegte. Müsste er dafür nicht mit Lady Buckwine in die Laken gehüpft sein? Nur knapp unterdrückte er ein Prusten. Na, das war undenkbar. Die Lady war ja lieb und nett, aber ein Ausbund an Attraktivität?

In höchster Not? Sternhagelvoll und auf beiden Augen erblindet?
Vielleicht.
Doch wenn man stattdessen mit einer Emily in die Laken hüpfen konnte …

Er träumte sich zurück zu den Nächten im Pawn. ›Ausschweifend‹ beschrieb es nur unzureichend. Lästerlich. Liederlich. Verrucht. Ja, das traf es schon eher. Laut und dreckig eben. Genau, wie er es liebte.

»… ins Verlies! Hören Sie?!«
»Ja, mein Lord. Ich bedaure zutiefst.«
»Einen Scheißdreck tun Sie! Ich erwarte Satisfaktion!«

Lockwood schüttelte den Kopf. Hatte er richtig gehört? Forderte ihn der Lord tatsächlich zu einem Duell heraus? Na, das führte wohl zu weit. Er, der junge Edelmann, der schon mit fünf seinen ersten Hirsch geschossen, mit zwölf den ersten Wettbewerb gewonnen und mit sechzehn in Glanz und Gloria sämtliche Übungseinheiten der Infanterie abgeschlossen hatte, gegen den Lord, der beim nächsten Luftholen zu platzen drohte? Selbst mit einem Degen, Säbel oder Schwert hatte der Mann nicht den Hauch einer Chance.

Diesmal schaffte er es nicht, den Pruster zu stoppen.

»HINAUS!«, brüllte der Lord. »HINAUS!« Dann sackte er erschöpft in den schweren Ledersessel und keuchte.

»Verzeiht, mein Lord«, sagte Lockwood, verbeugte sich tief und verließ die Bibliothek.

Allein in seinem Zimmer kamen ihm Zweifel. Wer mochte ihn verpfiffen haben? Was würde sein Bruder dazu sagen? Ob er Emily wiedersehen könnte?

Jetzt, wo es heraus war, musste es nicht einmal mehr heimlich sein.

Auf seinem Bett lag eine Ledertasche, die er mit seinen Habseligkeiten füllte. Die Reisekiste stand schon gepackt im Türrahmen. Sein Bruder Caleb würde die Fassung verlieren, so viel war sicher. Gegen das zu erwartende Unwetter war der Ausbruch des Lords ein Nieselregen im Sommer.

Dass er sich ständig in solche Situationen bringen musste ...

Während er seine Strümpfe zusammenrollte, dachte er an die letzten zwei Jahre zurück: Spielschulden, Trunksucht. Ein – zum Glück – nur kurzer Anflug von Syphilis. Die eine oder andere Kneipenschlägerei. Sein unrühmliches Duell gegen einen hochnäsigen Kadetten ... Wenn Caleb gedacht hatte, dass ihm die Militärakademie Manieren beibringen würde, er hatte sich schwer getäuscht. Diesen Beweis hatte der gute Natty schon mehrfach erbracht. Aber das Leben war einfach zu schön für ›Disziplin und Ordnung‹, dem Credo der Familie Lockwood, das sich auf ihrem Wappen fand.

Herrje.

Dieses Mal hatte er es komplett verbockt.

Nach allen Regeln der Kunst.

Es klopfte an den Türrahmen.

Henry, der Kutscher und sein Knecht packten die Reisekiste.

Warum, zum Teufel, grinst der Kutscher so bescheuert, fragte sich Lockwood, während er sich die Umhängetasche schnappte. Ohne eine Antwort gefunden zu haben, folgte er den beiden durch die holzvertäfelten Flure und über die Galerie, von der aus die breite Freitreppe sie hinab in den Salon führte. Ihre Schritte knirschten im Kies, als sie das Gebäude verlassen hatten und sich über die Auffahrt des Landsitzes von Lord Buckwine zur wartenden Kutsche begaben.

Bevor Lockwood den Wagen bestieg, warf er einen letzten Blick zurück. Oben an einem Fenster winkte Lady Buckwine.

Er winkte zurück.

»Ich habe hier noch einen Brief, Lieutenant.« Henry reichte ihm ein Kuvert. Er brauchte nicht einmal draufzuschauen, um zu wissen, dass es sich um eine Nachricht seines Bruders, Sir Caleb Lockwood, Sechster Lord des Schatzamtes, handelte. Mit der Kuppe des Daumens fuhr er über das wächserne Siegel der Familie.

›Disziplin und Ordnung‹ ... Herrje.

II

Lysander betrachtete beinahe fassungslos das flackernde Licht, das über seiner Handfläche schwebte. Wie ein brennender Streichholzkopf – nur ohne Streichholz. Der Luftzug durch die Ritzen im undichten Fenster ließ es mal schwächer und mal heller leuchten. Angenehme Wärme umschmeichelte seine Nasenspitze. Er saß am Sekretär in seiner Stube, hatte beide Ellbogen auf die ausgeklappte Tischplatte gestützt, und starrte auf seine geöffneten Hände. Während er die kleine Flamme beobachtete, die über der einen Hand schwebte, wurde die andere feucht. Winzige Wasserperlen entstanden auf der Haut, sammelten sich in der Lebenslinie zu einem stetig größer werdenden Tropfen, der bald den Umfang einer Traube erreicht hatte und aufstieg. Lysanders Blicke zuckten zwischen beiden Handflächen hin und her. Die tanzende Flamme – der schimmernde Tropfen.

Im Gleichgewicht.

Unfassbar.

Die Turmuhr der Universität schlug zur dritten Stunde nach Mitternacht. Lysander schaute zum Fenster. Trotz der niedrigen Temperaturen und der späten Stunde hatte sich wieder einmal eine große Gruppe vor dem Haupttor der Universität eingefunden und sich im Protest gegen den König, den Adel und den Klerus vereint. Das Gebrabbel und Gemurmel der Ansammlung hatte seine Studien begleitet wie sanfte Kammermusik.

Seine Augen brannten und sein Körper ächzte vor Hunger und Müdigkeit. Der vermaledeite Adelskurs hatte ihm einiges abgefordert.

Nachdem die Tanzlehrerin sie endlich entlassen hatte, war er sofort auf sein Zimmer gerannt – ohne den Umweg über den Speisesaal zu nehmen – hatte sich eingeschlossen und die Rolle geöffnet. Mit zittrigen Händen hatte er die Lederbänder aus ihren Schlaufen befreit, den Deckel abgenommen, sorgsam beiseitegelegt und das gerollte Buch aus der Hülse gezogen. Rothsangs Grimoire. Dünne Seiten aus Leder von der Größe eines Zeichenblockes, fingerdick aufeinandergelegt und an einer Seite mit feinsten Nähten zusammengehalten. Die Titelseite aus kräftigem, karamell-braunem Leder mit glänzenden, abgegriffenen Rändern, war auf den ersten Blick völlig unspektakulär und unbeschriftet. Lysanders Herz schlug ihm dennoch bis zum Hals. Die Enttäuschung, die er beim ersten Aufblättern empfunden hatte, kam ihm vor wie ein Schlag in die Magengrube: Rothsangs Handschrift war alles andere als leserlich und was Lysander zu entziffern vermochte, war überwiegend in der Sprache der Ahnen verfasst. Nur am Rand, nachträglich hinzugefügt, in einer anderen Handschrift, standen einige

Erläuterungen und Notizen, die er lesen konnte, mal fein säuberlich, mal wie hektisch hingekritzelt.

Der wesentliche Teil der Texte und Illustrationen bestand aus dem Ahnenschrift-Gemisch der ihm bekannten, in den Königreichen allgemein gültigen Schrift Midtheni. Aber es gab auch zahlreiche Elven-Lettern mit anmutigen, floralen Elementen, dazu die raue Typografie der Dunklen, Orcus genannt. Weiterhin fanden sich in dem Buch die groben Runen der Eotens von Yimm und die eckige Schreibweise der Modsognir. Ettins und Dwerzaz.

Anhand der Erläuterungen konnte er erkennen, dass sich nur die ersten Seiten nach der Einleitung mit Heben & Senken, Schieben & Ziehen, Trennen & Fügen beschäftigten. Also blätterte er sie rasch um. Auf der nächsten Seite fand er die ersten Elementarzauber. Begrünen & Veröden, Brennen & Löschen.

Es hatte ihn einige Zeit und Mühe gekostet, die Runen zu übersetzen. Da er als Kind jede Menge Zeit auf dem Hof seines Großvaters verbracht hatte, gelang es ihm, ein paar der Elven-Lettern zu erkennen und zuzuordnen. Aus diesem Kontext erarbeitete er sich den Rest der Zeilen, und nach einigen Stunden war es ihm endlich gelungen.

Sein erster Feuerzauber. Kernburgh aufgepasst!

Lysander ›Feuerwerfer‹ Hardtherz tritt aus dem erstickenden Schatten der stupiden praktischen Anwendung magischer Potenziale heraus und beschwört seine erste Flamme! HA!

Er bewegte die Hände, führte sie durch die Luft. Flamme und Tropfen blieben wie angenagelt einige Zentimeter über den Handflächen. Er krümmte die Finger der Linken. Die Flamme schwebte etwas höher, über seinen Fingerkuppen. Er streckte den Zeigefinger. Die Flamme folgte seiner Bewegung und flackerte wie das Licht einer Kerze. Er ließ den Finger kreisen und beobachtete, wie sich das Feuer ebenfalls zu drehen begann. Fast hätte er glucksend losgelacht. Freude stieg in ihm auf und drohte aus seinem Schädelknochen an die Decke zu springen.

In den Chroniken Rothsangs hatte er von gigantischen Feuerbällen gelesen, von meterhohen Flammenwänden, flächendeckendem Brandhagel und weiteren Kriegszaubern. Dagegen war das flackernde Flämmchen auf seiner Fingerspitze natürlich rein gar nichts – höchstens ein Anfang. Immerhin …

Abgesehen davon war es sicher nicht die beste Idee, auf seiner Stube eine Flammenwand zu beschwören! Denn selbst wenn er es hinbekommen hätte, ohne dabei die Universität in Schutt und Asche zu legen: Wohin mit dem ganzen Wasser?

Mit einer schnellen Drehung des Handgelenkes fing er die Flamme in der Luft und erstickte sie in der Faust. Der Tropfen platschte in seine Handfläche. Während er die nasse Hand an seinem Hosenbein trocken rieb, flammte Hitze in der anderen auf. Er öffnete und schloss die Hand. Pustete hinein. Dann legte er beide zusammen. Faltete sie. Es kribbelte leicht und angenehm.

Ein Gähnen sammelte sich in seinem Rachen und er musste er den Mund soweit öffnen, dass sein Kiefer knackte. Er schüttelt sich. Dann rollte er das Grimoire Rothsangs zusammen und verstaute es in der Hülle.

12

Seit Keno vor fünf Monaten in Neunbrückhen angekommen war, war sein Leben ein hektisches Aneinanderreihen von Ereignissen und Terminen. Vielen Terminen.

Schon bevor er seine Heimatstadt erreicht hatte, war sein Vater einem elendigen Leiden erlegen, das ihn von innen verzehrte. Die Beerdigung des Leichnams fand im kleinen Kreis der Familie statt. Lediglich fünfundachtzig engste Verwandte waren angereist, um der billigen Kiefernkiste beim Verschwinden in der Familienkrypta zuzusehen, um danach belegte Brote und dünnen Kaffee zu verzehren. Sein werter Herr Papa war zeit seines Lebens ein Knauser gewesen und das demonstrierte er sogar post mortem mehr als eindrucksvoll.

Sein älterer Bruder praktizierte auf dem Landsitz der Familie als Anwalt. Er hatte Keno den Familienvorsitz überlassen und wollte nur beratend zur Verfügung stehen.

So lag es an Keno, die Geschäfte und Verpflichtungen des Hauses Grimmfausth in geordnete Bahnen zu lenken – ein Unterfangen, das sich als überaus vielschichtig erwies: Zwei Wohnhäuser am Kanal von Neunbrückhen drohten in eben jenen abzurutschen. Damit das Fundament gefestigt werden konnte, war ihre komplette Räumung erforderlich.

Des Weiteren war ein Weiler neu zu verpachten, und außerdem galt es, die Lederwarenherstellung in Grünthor aufzustocken, um den lukrativen Auftrag der Armeeversorgung nicht zu verlieren.

In Schwarzbergh sollte in Kürze der erste Hochofen im Eisenwerk der Grimmfausths in Betrieb genommen werden, und in Blauheim erwartete die Familie die Ankunft eines Schiffes, welches, neben Baumwolle aus Yimm, in Northisle erworbene Spinnmaschinen geladen hatte.

Zwei Walfänger hatten die Werft in Neu-Blauheim verlassen und brauchten Kapital, um die Mannschaften aufzustocken. Und und und.

Doch so trocken das Aktenwälzen und Briefeschreiben auch war, und so ermüdend sich das ständige Empfangen irgendwelcher Gäste gestaltete, Keno genoss es, endlich einmal die Zügel von irgendetwas in der Hand halten zu dürfen.

Er war gerade in ein ernsthaftes Gespräch mit dem Verwalter der Erzmine seines Vaters vertieft, als ein aufgeregter Bote aus der Kaserne in sein Arbeitszimmer stürmte. Die dadurch entstehende Unterbrechung empfand Keno als durchaus willkommen, gab sie ihm doch die Gelegenheit, seine Entscheidung, den Kerl zu entlassen, noch ein wenig zu überdenken. Einerseits hatte sich der Verwalter als elender Rassist und brutaler Sklaventreiber entpuppt. Keno war seines respektlosen Zeterns über ›elendig faule Zwerge‹ und ›unfähig unwillige

Orcneasbastarde‹ ebenso müde, wie der unwirsch geäußerten Absicht, sie alle ›zusammenzutreten und mit dem Stock zu strafen‹. Andererseits erwirtschaftete die Mine einen überaus lukrativen Ertrag.

»Herr Leutnant, eine äußerst wichtige Depesche aus dem Hauptquartier«, rief der Bote und hielt einen versiegelten Umschlag hoch.

Leutnant Grimmfausth. Das hörte er gerne und es klang schon nicht mehr ungewohnt. Seine erste Amtshandlung als Familienoberhaupt hatte darin bestanden, mit einem kleinen Teil des Familienerbes ein Offizierspatent zu erwerben. Seine Vorgesetzten hatten es nur zu gerne bewilligt, denn der Bericht über seine Heldentat, die Artillerie gegen Torgoth zu verteidigen, hatte den Weg ins Hauptquartier gefunden.

Keno stand auf und nahm dem Kurier das Schreiben aus der Hand. Er hielt es hoch und wedelte wichtig in der Luft.

»Werter Gelbhaus, ich muss mich entschuldigen. Mir scheint, ich habe meinen Pflichten als Soldat Seiner Majestät zeitnah nachzukommen.«

Hergen Gelbhaus sprang förmlich aus dem Ledersessel und nickte eifrig.

Elender Schleimer.

Gekleidet in edelsten Zwirn sah der Verwalter der Mine immer noch aus wie ein brutaler Söldner. Grobschlächtig, pockenvernarbt, mit geplatzten Adern auf der Knollennase.

Auf dem Weg zur Türe verbeugte er sich mehrfach und verließ das Arbeitszimmer.

»Hoffentlich rutsche ich nicht auf dem abgesonderten Glibber aus«, murmelte Keno. Ja, seine Entscheidung stand fest: Er würde einen Ersatz für den Mann finden, dessen Charakter er ebenso verabscheute wie seine unredlichen und sadistischen Methoden. Sowohl Modsognir, so der korrekte Name für das abfällige ›Zwerg‹, als auch Orcneas waren unter der richtigen Führung zu produktiver Höchstleistung zu bewegen. Wenn man sie nur gut und fair behandelte. Zwei Adjektive, von denen Gelbhaus noch nie gehört hatte.

Er verwarf den Gedanken bis auf weiteres und öffnete den Brief.

Keno zog sich den quergetragenen Zweispitz tiefer über die Stirn und stellte den Kragen seines Reitfracks aufrecht. Er ritt in langsamem Trab durch ein Neunbrückchen, das zwar immer noch aussah wie seine Heimatstadt, sich aber nicht mehr so anfühlte. Der normale Alltag schien zum Erliegen gekommen zu sein. Wo sonst Straßenhändler, Fuhrkutscher, Marktschreier und ähnliches Volk wuselten, huschten nur vereinzelte Figuren durch die Gassen, Straßen und Alleen. Rauchsäulen kräuselten sich über den Dächern, und diese stammten keinesfalls aus den unzähligen Schornsteinen der Stadt.

Während er sich den Dokumenten und Unterlagen seines Vaters gewidmet hatte, hatten die Angestellten des Herrenhauses immer wieder Tratsch mitgebracht, den Keno in Gedanken Revue passieren ließ, während er in Zivil zur Garnison ritt. Seine Uniform hatte er wohlweislich in den Satteltaschen verstaut und lediglich die Waffen angelegt: Die kurzläufige Muskete der Artilleristen hing über seiner Schulter, eine Pistole steckte im Futteral des Bandeliers, das auch den Säbel hielt.

Es brodelte in Neunbrückhen.

Es gab Angriffe auf die Stadtwachen, Zollhäuser wurden des Nachts in Brand gesteckt, der Unmut des Volkes brach sich Bahn.

Und mit jedem Zögern des Königs, die Situation in den Griff zu bekommen, wurden die Protestierenden mutiger mit ihren Übergriffen. Keno schnaufte trocken und schüttelte den Kopf. Aber was sollte man auch erwarten? Nach fest kommt kaputt, pflegten die Mannschaften der Artillerie zu sagen, wenn sie neue Räder auf die Lafetten schlugen. Und genau so verhielt es sich mit dem zu fest ausgepressten Volk der Hauptstadt von Kernburgh.

König Onno Goldtwand hatte den Kontakt zum Fundament des Reiches irgendwann zwischen dem Vertilgen edler Meeresfrüchte und der Eberjagd verloren. Adel und Klerus ließen es sich gutgehen, während Bürger, Bauern und Händler unter ihren Lasten ächzten. Die Geschichten, die sich um die ausschweifenden Feste rund um das Prachtschloss vor den Toren Neunbrückhens, rankten, schilderten Dekadenz und Narzissmus. Nicht, dass Goldtwands Vorgänger ihre Freizeit und Regierungsgeschäfte anders geregelt hatten, aber der König führte auch noch Kriege in den Kolonien und in Torgoth, was den Staatshaushalt einem Infarkt näherbrachte. Höhere Zölle und zusätzliche Steuern sollten den Bankrott verhindern, das war zumindest die Form der Problemlösung, die der vom König einberufenen Versammlung aus allen drei Ständen vorschwebte. Blöd nur, dass der ach so schlaue Goldtwand die Sitze in der Versammlung gedrittelt hatte. Keno lächelte traurig. Da hätten er und seine Berater auch drauf kommen können, dass Adel und Klerus zusammen nicht Zweidrittel der Bevölkerung stellten und sich der dritte Stand – besagte Bauern, Bürger und Händler – keineswegs ausreichend repräsentiert fühlten.

Dass auf deren Schultern auch noch die höchsten Belastungen ruhen sollten, brachte das Fass, wie er nun in den Straßen Neunbrückhens beobachten konnte, zum Überlaufen. Keno zuckte zusammen, als neben ihm eine Ladenscheibe zu Bruch ging. Der Steinewerfer auf der anderen Straßenseite rannte davon. In der Ferne pufften Schüsse und raunten tumultartige Rufe. Er beugte sich nach vorn und tätschelte seiner Stute beruhigend den Hals. Levante schnaubte und schüttelte den Kopf.

»Dann sind wir uns ja einig«, murmelte er und dachte an den Brief.

Vor den Toren der Stadt sammelte sich ein großer Teil der Armee. Unterstützt von eilig zusammengezogenen Reservisten und Söldnern, bereitete sich der König darauf vor, die Unruhen niederzuschlagen. Torgother zusammenzuschießen mochte nachvollziehbar und eine gute Sache für das Reich sein, dachte Keno. Der Gedanke, auf das eigene Volk zu feuern, ließ einen dicken Klos in seinem Hals aufsteigen.

»Ein Hoch auf den König«, flüsterte er.

Keno ritt den Vorplatz des Doms entlang. Er schaute hinauf zur Kuppel, betrachtete die Fresken. Über dem gewaltigen Haupttor thronte Thapath mit ausgebreiteten Armen. Streng aber freundlich. Rechts und links Apoth und Bekter, seine ersten Kinder. Der schlanke Apoth mit den filigranen Gesichtszügen aus weißem Marmor, der bullige Bekter mit dem grobschlächtigen Schädel aus schwarzem Stein. Was der Schöpfer und die beiden Ersten wohl von dieser Krise hielten?

»TOD DEM KÖNIG!«

»NIEDER MIT DER MONARCHIE!«

Eine Menschenmenge strömte vor ihm aus einer Seitenstraße.

Keno zügelte sein Pferd.

Der vorderste Mann der Meute schien ein Fleischer zu sein. Hochroter Kopf, blutbesudelte Lederschürze und ein Beil in der erhobenen Pranke. Er führte einen bunten, wilden Haufen an. Schuster, Sattler, Bauern, Bettler, allesamt aufgebracht und wie von Sinnen. Eine Haushälterin erkannte er an ihrer Dienstkleidung aus schwarzem Kleid nebst weißer Schürze. Sogar Jugendliche und Kinder liefen mit. Levante schnaubte und trippelte seitwärts von der Meute weg. Unruhig zitterten ihre Flanken. Ein Mann, seiner Kleidung nach ein einfacher Landarbeiter, reckte eine Mistgabel in den Himmel. Keno zuckte zusammen. Auf den Spitzen des Werkzeugs steckte ein menschlicher Kopf! Der Mann schüttelte die grausige Standarte, was die strähnigen Haare, die ausgestreckte Zunge und die am Hals hängenden Sehnen und Adern baumeln ließ.

Der Mob schwappte förmlich aus der Gasse auf den Vorplatz. Immer mehr Menschen strömten vor die Tore des Doms. Keno wurde abgedrängt und fand sich und sein Ross eingeklemmt zwischen den Massen und einem Geschäft für Herrenbekleidung wieder. Thapath sei Dank, trug er keine Uniform!

Aus der Nähe sah er wutverzerrte Gesichter, aus deren Mündern Speichel tropfte. Der Menschenstrom wurde zu einer einzigen Masse. Zu einem fluchenden, schimpfenden, krakeelenden Wesen. Eine Prostituierte schrie ihn jetzt direkt an. In ihrer Faust ein langes Küchenmesser. Levante warf den Kopf vor und zurück, ihre Lippen schmatzten, ihre Zunge schlug hektisch um die Trense. Keno konnte das Weiße in ihren rollenden Augen sehen. Lange könnte er das Pferd nicht mehr unter Kontrolle halten.

»Aus dem Weg!«, brüllte er und trat Levante die Hacken in die Leisten. Der breite Brustkorb des Kriegspferdes schob sich vorwärts, die beschlagenen Hufe stampften auf Füße und Keno traf mit seinem Knie den ein oder anderen Kopf. Der Hauptstrom der Masse bemerkte davon nichts. Meter um Meter drückte sich das Pferd durch die Menge. Jemand schlug mit einem Gehstock auf Levantes Hinterteil, Fäuste boxten Keno und sein Pferd. Ein schrilles Wiehern, dann stieg es hoch. Vor den niedersausenden Hufen wichen die Leute aus, was Keno den nötigen Platz verschaffte. »HIJAH!«, rief er und schnalzte die Zunge. Levante setzte auf und beschleunigte.

In Kenos Ohren vereinte sich das Fluchen und Schimpfen zu einem einzigen, wütendem Gesumm, wie von einem aufgeschreckten Hornissenschwarm. Er zog den Säbel und schwenkte ihn über dem Kopf. Pferd, Säbel und seine entschlossene Miene zeigten Wirkung: Die Menschen vor ihm drängten sich zusammen und wichen aus. Endlich erreichte er eine Seitenstraße, die ihn von dem aufgebrachten Pöbel wegführen würde. Mit schlitternden Hinterläufen rutschte Levante über das Kopfsteinpflaster, fing sich und preschte los.

Keno verstaute den Säbel, hielt den Zweispitz fest und sah über die Schulter.

Die Menschenmenge brandete an die hohen Stufen vor dem Dom, brüllte und schrie. Wenn ein Priester des Thapath die Pforte öffnen würde, könnte der zweite Stand die Wut des dritten aus erster Hand erleben.

Er musste sich beeilen.

Dieser Aufruhr musste beendet werden, bevor weitere Köpfe auf Mistgabeln steckten.

Er galoppierte durch die Straßen seines geliebten Neunbrückhens. Fuhrwerke blockierten Kreuzungen, der Rauch brennender Holzhaufen vernebelte die Sicht. Überall sammelten sich Menschen, um marodierend durch die Stadt zu ziehen. Keno passierte die lange, äußere Mauer des Versehrtenheims, einem ehemaligen Kloster mit eigener Kapelle und Wohntrakten für tausende Soldaten. Ein Ort, an dem Verwundete und Verstümmelte Zuflucht vor einem Leben in der Gosse fanden. Der Rasen der Außenanlage war aufgewühlt, die schweren Metallgitter der Tore hingen schräg in den Angeln. Wie es aussah, war das Heim geplündert worden. Ein ehemaliger Soldat Seiner Majestät stand weinend auf Krücken an der Mauer und sah ihm sehnsuchtsvoll nach. Keno dachte mit Erschrecken an die Musketen, die im Versehrtenheim gelagert wurden. Im Notfall sollten sie dafür sorgen, dass sich die Ehemaligen zum Schutz der Stadt bewaffnen konnten. Als Notfall konnte das Geschehen in und um Neunbrückhen wohl bezeichnet werden … nur, wer hatte sich bewaffnet?

Kenos Herz pochte schneller.

Wenn das aufgebrachte Volk nicht einmal vor den eigenen Veteranen Respekt hatte, die im Einsatz für ihr Land Blut und Körperteile verloren hatten, vor wem könnte es dann welchen aufbringen?

Vor Schießpulver und Stahl?

Sich gegen einen maßlos verschwenderischen König, den dekadenten Adel und den selbstgefälligen Klerus zu erheben – das konnte Keno verstehen. Aber doch nicht auf diese Weise. Er knirschte mit den Zähnen und ballte die Fäuste um die Zügel.

13

»Disziplin und Ordnung, was ist daran so verdammt schwer?!«

Die Worte seines Bruders hallten in Lockwoods Gedanken nach, während er so tat, als lauschte er dem Gebrabbel seines vorgesetzten Captains. Leider hatte dieser eine näselnde Stimme, die sich allein durch ihren lästigen Klang immer wieder Gehör verschaffte. Nun ja. Egal, ob er nun der herrischen Stimme seines Bruders Vorzug gab, oder dem penetranten Herumgefistel des Captains: So schnell könnte ihm niemand diesen schönen Frühlingstag versauen!

»... sodann stoßen wir vor, ins Ödland, jenseits der großen Wüste.«

Oder doch?

»Lieutenant Lockwood, Sie werden ihren Dienst im 67sten Ende der Woche antreten. Sie werden unter meinem Kommando das Einschiffen der Truppen koordinieren. Ich habe gehört, Sie verfügen über einige Kenntnisse, wenn es ums Vordringen in fremde Gefilde geht?«

Lockwood räusperte sich.

Ihm lag ein grober Scherz auf der Zunge, den er sich mit Mühe verkniff.

»Ein Vorstoß ins Ödland gehört bislang nicht zu meinem Erfahrungsschatz«, sagte er stattdessen.

»So hatte ich das verstanden. Öde war da nichts in Turnpike.« Der Captain sah sich beifallheischend in der Offiziersmesse um. Die anwesenden Soldaten schmunzelten.

Lockwoods Abenteuer hatten schnell die Runde gemacht, als der Adjutant von Lord Buckwine dem Infanterieregiment zugeteilt worden war. Es wurde sogar gemunkelt, dass der feine Lord einiges an Beziehungen hatte spielen lassen, um Lockwood einem kämpfenden Regiment zuzuweisen. Das Heer von Northisle war infolge der Konflikte in den Kolonien immer weiter aufgestockt worden, teilte sich nun in ruhende und kämpfende Divisionen. Mit etwas Glück hätte sich Lockwood einer in Truehaven kasernierten Division anschließen können. Dieses Glück hatte ihm der gekränkte Lord zunichtegemacht.

Gegen ein wenig Feldzug hätte Lockwood nichts einzuwenden, erhöhte Krieg doch in der Regel die Chance auf Beförderung. Aber das Ödland mit seinen Horden an geifernden Orcneas, den Krankheiten, den Gewaltmärschen bei mieser Verpflegung ... das musste nicht sein.

Er würde ein weiteres Mal mit seinem Bruder sprechen müssen.

So viel zu diesem schönen Frühlingstag.

⊰ ◈ ◈ ◈ ⊱

Er sah seinem älteren Bruder beim Haareraufen zu.

Nachdem der die aufwendig frisierte Puderperücke abgenommen hatte, kratze er sich über den spärlich bewachsenen Kopf. Sein talarähnliches Gewand hing über der Lehne der Ledercouch, auf der Nathaniel saß und wartete.

»Nat, Du bringst Mama und mich noch um den Verstand.« Er klang dieses Mal wirklich verzweifelt, stellte Lockwood fest.

Müde ließ sich Caleb in den großen Ledersessel hinter seinem Arbeitstisch plumpsen. Wieder kratzte er sich über den Schädel. Wirr stand sein schütteres Haar in alle Richtungen ab.

Nathaniel lächelte. So steif sein Bruder in Amt und Würden auch wirken mochte – sobald die beiden zusammen und allein waren, waren sie wieder einfach nur Brüder. Caleb der vernünftige, fleißige Perfektionist und Natty das Gegenteil. Dennoch verband die Zwei eine tiefe Liebe zueinander. Nathaniel hatte mitunter das Gefühl, sein großer Bruder neidete ihm das unbeschwerte Leben beziehungsweise seine stetige Weigerung das Leben als beschwert anzunehmen.

»Wein?« Caleb deutete auf einen silbernen Krug und dazugehörige Kelche auf dem Tisch.

»Ja, bitte.«

Caleb nickte seinem Diener zu, der an der Schwelle zum Arbeitszimmer gewartet hatte, und sich sogleich daran machte, die Kelche zu füllen.

Kenn ich, dachte Nathaniel. Schulterbreit die Füße, Hände vor dem Schritt verschränkt, warten, bis der Meister pfeift.

»Nur das wir uns richtig verstehen, Nat. Du verspielst einen lukrativen Posten wegen einer Nutte und erwartest nun von mir, dass ich dir Kapital für ein weiteres Offizierspatent leihe?«

Nathaniel nahm den angebotenen Kelch und trank.

Sein Bruder klopfte mit den Fingerspitzen auf die Lehne des Sessels.

»Mmh, ein gutes Tröpfchen«, bemerkte Nat und schmatzte.

Sein Bruder stöhnte und sah zur Decke.

»Emily ist mitnichten eine Prostituierte, liebster Bruder, eher eine – wie sagt man? – Mätresse. Ich hatte übrigens daran gedacht, sie nach Truehaven zu holen. Mama hat bestimmt nichts gegen ein bisschen Gesellschaft einzuwenden. Vielleicht hätte sie auch Freude, Emily bei den Hochzeitsvorbereitungen zu unterstützen?«

Caleb verschluckte sich. Er stellte den Kelch ab und hustete.

»Wie dem auch sei«, fuhr Nathaniel ungerührt fort, »ich würde es begrüßen, wenn du sie dann nicht ›Nutte‹ rufen könntest. Dies stünde dir als Lord Schatzmeister auch keinesfalls zu Gesicht.«

»Ich schwöre es dir Nat: Sollte mich Thapath zu den Ahnen rufen, dann werde ich deinen Namen auf meinen Lippen tragen.« Er rieb sich über das müde Gesicht.

»Das freut mich«, sagte Nathaniel. »Weiterhin gedachte ich mitnichten an eine Leihgabe. Du weißt, bei einer solchen Summe dauert es Jahre, bis ich sie erstattet hätte, nicht wahr? Wir wissen beide, was das bedeutet?«

Caleb verbarg sein Gesicht in den Händen. »Ja, Natty«, murmelte er.

»Es ist so schön, wenn wir uns einig sind!« Mit Begeisterung ließ sich Nathaniel an die Rückenlehne fallen und streckte die Beine aus. Von den Sohlen seiner kniehohen Reiterstiefel bröselte Straßendreck auf den gewebten Teppich.

Der Diener verzog pikiert das Gesicht.

»Sollte ich allerdings wider Erwarten zu plötzlichem Reichtum kommen, sagen wir durch Kriegsbeute, oder ähnliches, wäre es mir ein persönliches Anliegen, die Geldreserven der Familie zu unterstützen.« Er hob den Kelch. »Auf die Familie!«

Caleb ließ die Handflächen nach unten sacken. Dabei zog er die Augenlider in die Länge und sah aus wie der geliebte Bluthund seiner Frau Mutter. Zwischen den gestülpten Lippen flatterte ein müdes Atmen.

»Abner, geben Sie mir doch bitte die Bankunterlagen«, raunte er ergeben.

»Was für ein schöner Frühlingstag, nicht wahr?«, lachte Nat.

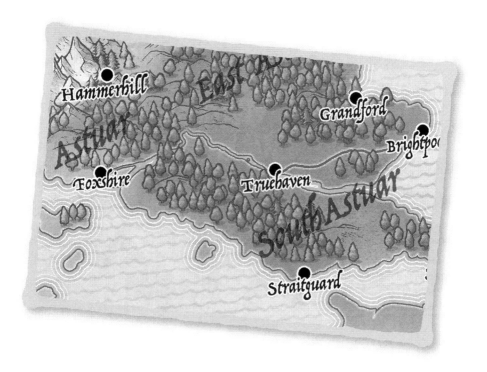

14

Endlich ist der Winter vorbei, dachte Lysander.

In den ersten Strahlen des Tages warf er mit einer Mistgabel verbrauchtes Stroh auf einen Handkarren. Ställe ausmisten gehörte eben auch zum Adelskurs, hatte die Rittmeisterin hochnäsig angekündigt. Die Arbeit machte ihm nichts aus. Durch das dauernde Schwertschwingen waren seine Muskeln gewachsen und lagen nun deutlich sichtbar unter der fast weißen Haut. Tanzen und Fechten hatten sein Kreuz breit und seine Hüften schmal werden lassen. Mittlerweile hatte er sich sogar an den Geruch der Pferde und ihrer Hinterlassenschaften gewöhnt. Die Arbeit ging ihm leicht von der Hand und er pfiff eine elvische Melodie, während ihn die beiden eingesperrten Bärenhunde bei jeder Bewegung beobachteten.

Lysander rammte die Mistgabel in den Haufen auf dem Karren, hob ihn an und fuhr ihn hinter die Stallungen, wo das Stroh auf einem größeren Haufen darauf wartete, als Dünger verwendet zu werden.

Er lehnte sich an die Holzwand und genehmigte sich eine Prise Schnupftabak.

Trotz der Tumulte vor der Universität war er mit seinen Studien von Rothsangs Grimoire vorangekommen. Er ließ einen Flammenball von der Größe eines Kürbisses in der Handfläche aufsteigen. Zugleich bildete sich das Pendant aus Wasser über der anderen. Langsam führte er die Hände zusammen. Wo die beiden Gebilde sich berührten, stieg zischend Dampf auf.

Seltsam, dass er weder in Rothsangs Chroniken, noch in seinem Zauberbuch etwas über Wasser gelesen hatte. Feuer, Flamme, Glut. Ja. Wasser, Wasserdampf, Tropfen? Nein. ›Wasserwerfer Rothsang‹, klang auch wahrlich bescheiden.

Die Übersetzungsarbeit der folgenden Seiten war beschwerlich und zeitaufwendig. Nachts übte er die bereits gelernten Zauber und versuchte, das Kauderwelsch der Ahnenschrift zu entschlüsseln, tagsüber kam er seinen Verpflichtungen und Kursen nach. Während des letzten Semesters hatte er jede Menge gelernt.

Ein Tal konnte er immer noch nicht in den Boden reißen. Das scheiterte allein schon an den dazugehörigen Bergen, von denen sich in Hohenroth kein einziger fand. Allerdings konnte er den Quader mittlerweile in seinem vollen Umfang durch das Erdreich ziehen. Dabei geriet er nicht einmal ins Schwitzen. Enna Wieselgrundt war weiterhin die beste Heilerin im Kurs, Gerret Sturkupfer weiterhin die taubste Nuss und beide weiterhin immer noch nicht zusammen. Dafür kam Gerret zumindest mit Schieben & Ziehen, Heben & Senken gut voran. Nachdem Sturkupfer das Stipendium der Armee angenommen hatte, gab es auch für ihn zusätzliche Kurse, die zwar selten, aber wenigstens manchmal, von Major Sandmagen geleitet wurden.

Jedes Mal wenn Lysander sie in den Fluren der Universität traf, versuchte er ihr ein paar Minuten Zeit zu stehlen, und gab sich Mühe, sie in kurze Gespräche zu verwickeln.

Wenn sie ihn jetzt nur sehen könnte.

Vielleicht gäbe es in der Armee ja doch einen Platz für einen Kriegsmagus ...

Könnte es ihm gelingen, zuerst sie und dann ihre Vorgesetzten zu überzeugen?

Vielleicht mit dem nächsten Zauber, den er schon fast zusammen hatte?

Im Grunde fehlten ihm nur einige Runen der Zwergenschrift Dwerzaz. Leider waren gerade die vertrackt, da sich die unterschiedlichen Zeichen ausgesprochen ähnlich sahen. Ein einziger, kaum erkennbarer Querstrich verwandelte das Symbol für Ofen oder Feuerherd in das Symbol für Bewusstsein und veränderte damit die gesamte Sequenz, die Lysander flüstern musste, um den Zauber auszulösen. Bisher hatte er es mit jedem Begriff versucht, aber ein Auslösen war ihm nicht gelungen. Erst danach könnte er sich damit beschäftigen, ihn zu beherrschen. Aber irgendwann würde es gelingen.

»Du sollst sofort zu Rektor Strengarm kommen!«

Irritiert sah Lysander auf.

Sturkupfer trug gleichermaßen Sorge wie Wichtigkeit auf dem Antlitz. Dann nickte er entschlossen, als hätte er eine überaus kriegsentscheidende Depesche an General Eisenbarth Höchstselbst übergeben und trottete durch den Flur von dannen.

Lysander sah ihm hinterher. Gebaut wie ein Steinmetz, mit dicken Unterarmen. Ein Kopf wie ein Wasserkessel und Ohren wie Flaggschiffsegel. Dumm wie Brot, aber das Ochsenherz auf dem rechten Fleck. Er atmete ein und überlegte den schnellsten Weg durch das Labyrinth der Gänge.

Wenig später erreichte er das Büro des Rektors und klopfte an die Tür.

»Herein.«

Die schwere Eichenpforte bewegte sich lautlos in gutgeölten Angeln. Lysander betrat das Zimmer.

Strengarm stand mit dem Rücken zur Tür, dem Gesicht zum Fenster und schaute auf den Park.

»Setzen Sie sich.«

Lysander zögerte.

»Hinsetzen!«

Die Stuhlbeine schabten über den Holzboden. Vogelzwitschern klang durch das offene Fenster und er hörte Strengarm schwer atmen. Unruhig massierte er die Knie. Vor ihm der schwere Schreibtisch mit Löwenfüßen, dahinter ein Ölgemälde, das den Gründer der Universität zeigte. Fokke Grauhand. Der Heiler Rothsangs. Langes, wallendes Haar, buschige Augenbrauen mit harten Augen, ein dichter Bart wie von einem Zwergenkönig. Er sah mehr aus wie ein Raubtier, als wie ein Heilermeister. Lysander schwitzte unter Grauhands finsterem Blick. Links und rechts vom Bild massive Regale voller Bücher und Papiere. Tiegel und Ampullen stapelten sich auf den Regalböden, der Anrichte und dem Kaminsims.

Als der Rektor sich umdrehte, fuhr Lysander ein Blitz durch die Magengrube.

Rothsangs Grimoire in den Händen des Rektors. Ihm wurde heiß und kalt.

›Behandle die Lektüre vertraulich‹, hallte es in seinem Gehirn.

Lysander sackte zusammen und kniff in Erwartung der Schimpftirade nebst Rausschmiss die Lider zusammen.

»Meister Hardtherz, wenn Sie mich bitte ansehen mögen.«

Er lugte aus einem Schlitz hervor.

Mit ernstem Ausdruck sah der Rektor auf ihn hinab.

»Das werden Sie mir erklären müssen.«

Die Lederrolle fiel auf den Tisch.

»Überlegen Sie gut! Ein falsches Wort und ihr Problem ist ein größeres, als Sie es sich gerade ausmalen.«

Was sollte das heißen? Wäre ein Rausschmiss aus der Universität nicht die schlimmste Katastrophe, die er sich ausmalen konnte? Die Reaktion seines Vaters in Blauheim käme einem Erdbeben gleich. Er, der unnütze, dritte Sohn! Seinen Brüdern wäre es wahrscheinlich egal. Der eine, Offizier in der Armee, metzelte vermutlich gerade Torgother nieder und hätte nicht einmal Zeit, vom Versagen seines Bruders zu hören. Der zweite Sohn der Familie Hardtherz würde mit seiner Nase tief im Schöpfungsmythos stecken, Thapaths Taten von seiner Kanzel predigen und besagte Nase eventuell einmal rümpfen, dann putzen, dann ›Lysander, wer?‹ fragen. Lysander, der Ungewollte, würde er ihm gerne ins Gesicht schreien. Der dritte Sohn mit dem unruhigen Geist, der weder in der Administration noch in der Armee des Reiches zu irgendetwas taugte. Nicht einmal als Briefbeschwerer oder Kugelfang. Wie erleichtert war sein Vater gewesen, als Lysander erste Potenziale zeigte und sich damit andeutete, dass er wenigstens als Magus taugen könnte …

Nur zu gerne hatte sein Herr Papa die Aufnahmegebühr gezahlt und nach dem Eignungstest für die volle Anzahl der Semester unterschrieben. Hauptsache, der lästige Mitesser war weg.

Rektor Strengarm hatte die Arme verschränkt und ließ ihn schmoren.

Lysanders Handflächen schwitzten. Wasser in beiden Händen. Ohne Funkenflug. Thapath sei Dank.

»Ich weiß nicht, was ich sagen soll, Meister Strengarm …«

Der Rektor lehnte sich an die Tischkante und griff nach der Rolle. Er hielt sie hoch, sodass Rothsangs Grimoire aus der Hülle glitt, auf die Platte plumpste, auseinander rollte und flach liegen blieb.

»Dann fangen wir einmal damit an: Wissen Sie, was das ist?« Er ließ die Hülle fallen.

Lysander sah zwischen dem Zauberbuch und dem strengen Magus hin und her. Er knabberte an seiner Unterlippe. Denk schneller, schalt er sich. Verstecke die Lüge am besten zwischen zwei Wahrheiten!

»Ja sicher weiß ich, was das ist. Das sind Rothsangs Schriften. Seine gesammelten Zauber.«

»Korrekt.«

Lysander hielt den Atem an.

»Und wie sind die Schriften zu Ihnen gekommen?«

»Ich fand sie in der Bücherei«, versuchte er es.

Strengarm nahm die Brille von der Nase und putzte sie. Dann ging er um den Tisch herum und setzte sich stöhnend. Mit zwei Fingern rieb er sich über das Nasenbein.

»Lysander Hardtherz …«, er öffnete die Augen und sah ihn beinahe gütig an. »Ich kenne wirklich jedes Buch in dieser Universität, und ich kann mit Gewissheit sagen, dass die Schriften Rothsangs zu keinem Zeitpunkt der letzten fünfundvierzig Jahre innerhalb unserer gutsortierten Bibliothek aufbewahrt wurden. Daher wiederhole ich meine Frage: Woher haben Sie sie?« Der Rektor beugte sich nach vorne, drehte das Buch in Lysanders Richtung und schlug die erste Seite auf.

»Diese Sammlung ist derart kostbar …«, murmelte er. »Viele haben danach gesucht …« Er blätterte eine weitere Seite. »So viele … mich eingeschlossen …«

Noch eine Seite. Ohne hinzusehen, wusste Lysander, dass er die Doppelseite mit den ersten Feuerzaubern aufgeschlagen hatte.

»Wie viel davon konnten Sie übersetzen, lernen und anwenden?«

Wenn er sich jetzt richtig ins Zeug legte, würde der Rektor vielleicht die Woher-Frage vergessen. Dann müsste er Meister Blauknochen nicht ans Messer liefern, in der Hoffnung so seinen eigenen Verbleib an der Universität zu sichern.

Sofern das überhaupt noch eine Option war.

Verdammt, er hatte Blauknochen doch gefragt, ob das Grimoire verboten sei … In diesem Moment konnte er nicht ansatzweise abschätzen, worauf die Fragestunde hinauslaufen würde. Müsste er den Campus in Schimpf und Schande verlassen und zu seinem Vater zurückkriechen? Oder könnte er einen eigenen Kurs ›Brandrodung und Bewässern‹ geben? Nein. Das war nun doch zu weit hergeholt.

Er räusperte sich. »Na ja … ich habe mithilfe der ersten zwei Seiten, über die Standards, die nächste Seite übersetzen können.«

Strengarm warf die Stirn in Falten.

»Bislang konnte ich lediglich ein erbsengroßes Licht schweben lassen.« Lysander zeigte den Durchmesser – der deutlich kleiner war, als der Kürbis vom Morgen – mit Daumen und Zeigefinger. Skeptisch schaute ihn der Rektor an. Dann atmete er tief aus.

»Sie haben keine Ahnung, wie gefährlich Rothsangs Zauber in ungeübten Händen sein können, oder?«

Lysander schüttelte den Kopf.

»Natürlich nicht …«, murmelte Strengarm und schlug die nächsten Seiten auf. Die Seiten, an denen Lysander die letzten Nächte gearbeitet hatte, um sie zu übersetzen. Die eigenen Aufzeichnungen hatte er – Thapath sei Dank – getrennt vom Grimoire versteckt.

Der Rektor fuhr mit seinen knorrigen Fingern über das Leder.

»Dieser Zauber hier«, er ließ die Fingerspitze auf die Seiten tippen, »galt schon während des langen Krieges im dritten Zeitalter als verboten. Was ein solcher Zauber in den Händen eines Novizen anrichten könnte ... ich mag es mir nicht ausmalen.«

Lysander horchte auf.

Wieso hatte Uffe Rothsang einen solchen Zauber notiert, wenn er doch als ›Verboten‹ galt? Wieso gab es überhaupt ›Verbotene Magie‹? Hatte er ihn eingesetzt? Den Zauber, den er mit ›Ofen‹ oder ›Feuerherd‹ übersetzt hatte. Feuerwerfer Rothsang trug seinen Namen doch genau deswegen: weil er mit Feuer um sich warf. Warum sollte ein Feuerherd-Zauber also verboten sein?

»Warum steht er dann in diesem Buch?«, fragte Lysander und beugte sich vor.

Strengarm sah ihn an. »Weil Meister Rothsang vermutlich ein vollständiges Kompendium zusammenstellen wollte und weil der SEELENSAUGER ein uralter Spruch ist, von dem schon die ersten Kinder Thapaths wussten, dass er schrecklich ist.«

Seelensauger.

Also doch Seele. Nicht Ofen oder Herd. Auch nicht Bewusstsein ... Seele.

Ihm ging ein Licht auf, als wäre der große Leuchter im Kadaver-Theater entzündet worden. Strahlend hell.

Er beugte sich noch weiter vor und begann, den Text zu lesen. Bis auf die Fragmente, die Strengarm ihm nun geliefert hatte, konnte er ihn dank der nächtlichen Sitzungen auswendig.

»Lysander?«

Seine Lippen bewegten sich. Heisere, gutturale Laute krochen ihm über die Zunge und entfalteten sich vor dem Mund. Sein Kopf ruckte vor und zurück, wie bei einer pickenden Taube. Die Augen fielen ihm zu. Längst hatte sich der Zauber verselbstständigt. Ein raues Wispern lag in der Luft.

»Lysander! Nein!« Strengarm sprang auf und schlug das Grimoire mit Wucht zusammen.

»Hör auf!«, schrie er. »SOFORT!« Er streckte seine Arme über den Tisch, wollte Lysander packen, schütteln, schlagen. »NEINNEINNEIN!«

Lysander schoss aus dem Sitz. Ein Arm reckte sich und berührte die Brust des Rektors.

Eintausend Blitze in seinem Kopf.

Eintausend Donner in seinen Ohren.

Jede Muskelfaser zuckte und krampfte.

Lysander öffnete den Mund. Immer weiter.

Tief in seinem Rachen gurgelte der Zauber.

Speichel sammelte sich in seinen Mundwinkeln.

Die Hände des Rektors krallten sich in seine Weste.

Ein stummer Schrei. Abgrundtiefe Panik im Gesicht.

Er lag jetzt fast quer über dem Tisch. Lysander sah ihn an.

Vor seinen Augen begann der Rektor, begleitet von einem Knistern wie Speck in der Pfanne, zu welken. Zuerst schrumpfte sein Gesicht zusammen. Die Haut zog sich über dem Gebiss zurück, straffte sich. Wie zwei weiße Murmeln traten die Augäpfel aus ihren Höhlen. Die Ohren sahen seltsam vergrößert aus, bis auch sie ausdörrten. Der Hals wurde länger und dünner, die Schultern sackten zusammen, die Arme fielen schlaff herab. Kräuselnder Rauch stieg vom Nacken auf. Es prasselte und knackte. Lysander zitterte, krampfte, biss sich auf die Zunge. Er versuchte, den Mund zu schließen, den Zauber abzubrechen, zu ersticken. Ein Schrecken durchfuhr ihn, als er merkte, dass er längst nicht mehr Herr des Seelensaugers war. Eine uralte Macht hatte sich seiner bemächtigt, und so sehr er es auch wollte, er konnte es nicht beenden. Schneller und immer schneller wiederholten seine Lippen den Zauber. Der Kopf des Rektors ruckte zur Seite. Der Oberkörper fiel qualmend auf die Tischplatte und krümmte sich langsam zusammen.

Dann war es vorbei.

Wankend verharrte Lysander vor dem verschrumpelten Körper, der nur noch die Größe eines Kindes hatte. Eines verdursteten und verdorrten Kindes. Eines Kindes, das in den viel zu weiten Kleidern des Rektors steckte und aussah, als wäre es elendig in der großen Wüste des Ödlandes verreckt.

Was habe ich getan ...

Ein Wummern in der Ferne, das näher kam.

Lysander sah zum Fenster. Aber das Geräusch kam nicht von dort. Es kam aus seinem eigenen Kopf. Und es wurde immer lauter. Er warf die Hände über die Ohren und sackte auf die Knie. Sein Schädel dröhnte. Es wummerte, als galoppierten die schweren Kriegspferde der Königsgarde über Grasboden heran, die gesamte Kompanie. Der Boden unter ihm bebte. Er wiegte seinen Körper hin und her, versuchte das anrollende, ohrenbetäubende Grollen zu lindern.

Immer näher, immer lauter. Es gab in seiner ganzen Welt nur noch dieses Geräusch. Als er schon dachte, sein Schädel würde zerspringen, fiel er besinnungslos auf die Seite und blieb flach atmend liegen.

ALTSTADT VON HOHENROTH

2. TEIL

REVOLUTION

DER STURM AUF DEN KERKER NEUNBRÜCKHENS

15

Leutnant Grimmfausth trommelte sich mit beiden Fäusten an die Stirn. Kurz bevor er ohnmächtig wurde, hörte er auf.

»Das kann doch nicht wahr sein!«, rief er. »Missernten führen zu Nahrungsmittelknappheit. Fakt. Knappe Nahrungsmittel führen zu Sorge und Unmut in der Bevölkerung. Fakt. Und was fällt unserem König dazu ein?« Er sah in die Runde. »Höhere Steuern auf Mehl!« Er ließ beide Arme an den Saum seiner Uniformhosen klatschen und schaute an die Decke.

Barne und Jeldrik standen mit ihm zusammen um einen runden Tisch. Ausgebreitet vor ihnen der Stadtplan von Neunbrücken. Im Einsatzraum der Kaserne befanden sich neben ihnen noch zahlreiche Unteroffiziere der Artillerie. Sie alle fragten sich, was denn die Artillerie in einer Angelegenheit des Inneren – und nichts anders waren die Unruhen – zu suchen hatte.

Sollten sie ihre eigene Hauptstadt zusammenschießen? Traubenhagel in die Demonstranten abfeuern? Geschützstellungen auf dem Marktplatz ausheben? Die Infanterie ins Stadtzentrum zu entsenden, um die Ordnung wieder herzustellen – das leuchtete ihnen ein. Dass der König aber Bataillone aller Truppenteile in die Kaserne nah seines Prachtschlosses befohlen hatte, stieß auf Unverständnis und ließ die Verzweiflung der Königsfamilie nur erahnen. In welch krassem Widerspruch dazu stand das Gerücht, dass der König nebst Gefolge zu einer Jagd aufgebrochen war? So viel Inkompetenz und letztlich auch Ignoranz trieben Keno die Zornesröte ins Gesicht.

»Aber hat er nicht dem dritten Stand ein Mitspracherecht in Staatsangelegenheiten eingeräumt?«, meldete sich Jeldrik.

»Hat er, ja.« Keno sah ihn mit gerunzelten Augenbrauen an. »Und was fällt ihm dazu ein?«

Jeldrik sagte nichts. Er schaute nur hilfesuchend zu Barne.

»Genau. Er drittelt die wahlberechtigten Stimmen. Ein Drittel dem Adel, ein Drittel dem Klerus. Zwei Drittel, die ausreichen, jede Abstimmung zugunsten der Höhergestellten zu entscheiden. Ungeachtet der Tatsache, dass der dritte Stand über neun Zehntel des Volkes ausmacht.« Wieder schlug er sich an die Stirn. »Aber es kommt ja noch besser!«

Die beiden Artillerie-Unteroffiziere tauschten besorgte Blicke. Wäre Keno gleichrangig, sie hätten ihn mit Sicherheit zur Mäßigung seiner Äußerungen bedrängt. So aber blieb ihnen nichts anders übrig, als der Tirade ihres Vorgesetzten zu lauschen.

»Der Herr König lässt einige Skeptiker in den Kerker werfen, um sie zum Schweigen zu bringen, und zieht, nach Aufkommen erster Unruhen, eine mittelgroße Armee vor den Toren der Stadt zusammen.« Keno verschränkte die Arme hinter dem Rücken, um sich nicht weiter an die Stirn schlagen zu können, und marschierte zu einem Fenster.

»Sodann geht er auf die Jagd und verzichtet auf die Entsendung der Armee, die sich derweil die Beine in den Bauch steht und ihre Hauptstadt in Rauch aufgehen sieht, anstatt mit harter und schneller Hand die Revolte zu beenden.« Er schaute über die Schulter zu den Soldaten. »Es wirkt ja fast so, als wollte der König, dass die Lage eskaliert.«

Jeldrik hustete. »Herr Leutnant ... das meinen Sie aber doch nicht ...«

»Doch! Was wir hier zu sehen bekommen, meine Herren, ist längst keine Revolte mehr. Es ist eine Revolution! Und unser König ist zu einer solchen Dekadenz verkommen, dass er nicht mehr in der Lage ist, den Ernst der Situation zu begreifen. Sein zögerliches Verhalten verschlimmert sie nur!«

Barne nickte zustimmend.

Ein Raunen ging durch die versammelten Artilleristen. Einige nickten, andere ballten die Fäuste.

Im nächsten Moment stürmte ein Gefreiter in die Baracke.

»Der Kerker brennt!«

Das Staatsgefängnis von Neunbrückhen, während des Vierten Zeitalters noch eine große, befestigte Torburg mit acht Wehrtürmen, war seit jeher Schauplatz unglaublicher Gräueltaten. Nach Fertigstellung zerschellten an ihren Mauern die Invasoren aus Northisle zu Tausenden und tränkten das Fundament mit ihrem Blut. In den darauf folgenden Friedensjahren explodierte die Bevölkerungsdichte der Stadt. Rund um das nördliche Stadttor sammelten sich Betrüger, Halsabschneider, Verbrecher jeder Couleur, um nichts ahnende Reisende oder fahrende Händler um ihren Besitz oder ihr Leben zu bringen.

Baumeister und Magi aus dem ganzen Reich wurden in die Hauptstadt beordert und erbrachten eine wahre Meisterleistung: Sie versetzten die Stadtmauern und ließen die Festung stehen. Aus der nun unnützen Torburg wurde ›der Kerker‹. Der Kerker, in dem der König seine Feinde des Inneren sowie des Äußeren inhaftierte und grausamster Folter unterziehen ließ. Die Urteilsvollstreckungen im gewaltigen Innenhof der Burg wurden zum Ereignis. Reisende kamen nach Neunbrückhen, nur um einige der Hinrichtungsmethoden bestaunen zu können. Es wurde gehäutet, geköpft, geviertelt, ertränkt, verbrannt. Jede einzelne Exekution war ein wahres Fest.

Innerhalb der nächsten Jahre wucherten die Wohnviertel der Armen an die neu errichteten Stadtmauern und weit darüber hinaus. Seitdem war Neunbrückhen ein zum Bersten mit Häusern und Lebewesen vollgestopfter Hexenkessel.

Ein Kessel, der zu platzen drohte, wenn es den Wachmannschaften der Haftanstalt nicht gelingen würde, die Unruhen niederzuschlagen.

Es gelang ihnen nicht.

Keno erreichte mit einer Kolonne Infanteristen den Vorplatz des Haupttores, als die Wachmannschaften längst kapituliert hatten.

Ein Bataillon, vierhundert Schützen, Plänkler und Grenadiere, hatte der König entsendet. Mehr waren ihm und dem Rat als Provokation erschienen. Keno hätte vierzigtausend plus Kavallerie geschickt.

Vor den hohen Mauern des Kerkers hatte sich eine riesige Menschenmenge versammelt. Viele von ihnen reckten erbeutete Musketen in die Höhe. Er entdeckte sogar einige Feldgeschütze, die auf das Tor zielten. Auf der heruntergelassenen Zugbrücke lagen die leblosen Körper zahlreicher Bürger und einiger Wachsoldaten. Auf den ersten Blick schätzte Keno die Toten auf über einhundert. Das Tor stand weit geöffnet und Zivilisten liefen über die Brücke hin und her. Gingen sie in die Burg, hatten sie leere Hände. Kamen sie heraus, trugen sie Fässer, Kisten oder Säcke; Nahrung, Munition, Schießpulver und was man sonst für eine Revolte gebrauchen konnte. Er sah einen hageren Mann in zerrissener Sträflingskleidung inmitten der Plünderer. Der Mann schaute voll Staunen ungläubig in der Gegend umher, als könnte er sein Glück, dem sicheren Tod durch die Henker des Königs entronnen zu sein, gar nicht fassen. Ein anderer Mann mit blutbesudelter Kleidung stellte am Ende einer Lanze den abgeschlagenen Kopf des Wachkommandanten zur Schau.

Diese grausigen Standarten schienen in Mode zu kommen.

Kenos Bataillon stand unschlüssig am Rand des Vorplatzes und beobachtete den wütenden Mob.

»Was sollen wir tun, Leutnant?«, fragte Barne.

Keno lächelte bedrückt. Ihm war schon klar, warum er den Befehl über diesen Einsatz erhalten hatte.

Zum einen waren die meisten Offiziere der unteren Rangordnung in Torgoth eingesetzt, zum anderen war er gerade erst befördert worden. Niemand rechnete damit, dass er die Situation im Guten lösen könnte. Und wenn doch: Traf er die richtigen Entscheidungen, würden seine Vorgesetzten den Erfolg für sich reklamieren und ihren Triumph dem König vortragen. Versagte er, hätte ein Grünschnabel von Leutnant eben Fehler gemacht.

Nun ja. Keno hatte keineswegs vor, Fehler zu machen.

»Grenadiere, vorgetreten!«, befahl er die Elite der Infanterie ins vorderste Glied.

Der Truppenteil der Grenadiere wurde traditionell von den größten und stärksten Soldaten gestellt. Sie wurden zu riskanten Manövern eingesetzt, um ihre todbringenden Granaten in die Feindeslinien zu schleudern. Sie waren für jedermann leicht an ihrer Körpergröße und ihren hohen Bärenfellmützen ohne Krempe zu erkennen. Drei- oder Zweispitzhüte wären beim Werfen von Granaten auch eher hinderlich. Die vierzig Grenadiere, die er hatte mitnehmen dürfen, traten vor, hoben ihre Karabiner und stampften zeitgleich mit den schweren Stiefeln auf.

»Schützenlinie formieren!« Das Stiefelgestampfe setzte sich fort, als die Infanterie sich in zwei Reihen hinter den Grenadieren aufstellte. »Gliederweises Feuern auf mein Kommando!«, rief Keno. Die erste Linie würde zuerst schießen, niederknien und laden, die zweite Reihe feuerte in der Ladepause der ersten, und so weiter. Ein Manöver, um den Beschuss Salve für Salve aufrechterhalten zu können. Im Feld eher unüblich, da der Qualm der Salven die Sicht für die jeweils folgende verdeckte, aber Keno nahm diesen Nachteil in Kauf. Die Meute war den Soldaten zahlenmäßig überlegen, musste also eher zur Flucht animiert als ausgelöscht werden. Er wusste, dass das professionelle, nüchterne Vorgehen der Schützen bei diesem Manöver jeden Zivilisten erschrecken musste. Erst recht, wenn der sah, wie seine Mitstreiter ohne erkennbare Feuerpause im stetigen Kugelhagel fielen.

»Bajonette!« Ein Geräusch von rasselndem Metall begleitete das Aufstecken der langen Messer, die beim Nachladen eher hinderlich waren, aber Keno kannte die Wirkung einer Reihe vorrückender, glänzender Klingen auf die Moral der Gegner bereits aus dem Feldzug gegen Torgoth.

»Dann wollen wir mal sehen, aus welchem Holz das Pack geschnitzt ist«, murmelte er.

Als würde er am Ufer des Flusses Silbernass in Neunbrücken entlangflanieren, setzte er sich betont lässig an die Spitze der Formation. Ebenso lässig winkte er der Truppe hinter sich, ihm zu folgen. Im Gleichschritt setzten sich die Soldaten in Bewegung.

Nun war es also soweit.

Anstatt auf heulende Torgother, müsste er im Fall der Fälle auf seine Mitbürger schießen lassen. Verrückte Welt.

»Ein Hoch auf den Scheißkönig«, murmelte er.

Das anrückende Bataillon wurde kreischend beschimpft. Drohend wurden Fäuste, Werkzeuge und Musketen geschüttelt. Die Horde sonderte unflätige Gesten und Geräusche ab. Die Schmährufe und Verwünschungen ließ Keno an sich abprallen. Ein Blick über die Schulter verriet ihm, dass sich seine Truppen nicht sonderlich wohlfühlten. Er dachte an eine Lektion, die er während der Ausbildung erhalten hatte: Das Bauchgrimmen vor dem Aufeinandertreffen ist das, was es zu überwinden gilt. Mutig sein bedeutet nicht, keine Angst zu haben, sondern sie zu beherrschen. Ohne Angst kein Mut. Er horchte in sich hinein. Seltsamerweise verspürte er eher Entrüstung. Keine Angst. Entrüstung darüber, dass seine unfähigen Führer ihn und seine Truppe in diese Situation manövriert hatten. Entrüstung darüber, dass der Pöbel sich nicht anders zu helfen wusste, als Köpfe auf Stecken zu spießen und sein geliebtes Neunbrücken zu zerstören. Waren sie nicht alle Teil einer Nation? Einer Nation, die sich das Recht der eigenen Existenz gemeinsam in eintausend Kriegen erstritten hatte? Gemeinsam.

DAS sollte man mal dem Volk vermitteln.

Nun ja.

Dreißig Meter vor dem Mob hob er die Hand.

»Schlachtreihe halt!«

Vierhundert Soldaten blieben mit einem Ruck stehen und verharrten regungslos. Keno verschränkte die Arme. Seine Pose sah eher nach gestrengem Vater als nach zweiundzwanzigjährigem Offizier mit Fracksausen im Angesicht einer wütenden Meute aus.

Allmählich verstummte die Menge. An den vordersten Rändern wichen einige zurück. Niemand wollte in der ersten Reihe Empfänger einer Salve sein.

Keno sah in den wolkenlosen Himmel. Ein schöner Tag. Eigentlich.

Er wartete.

Hoffentlich genügte allein der Anblick der gutorganisierten, stummen Soldaten, um die Menge zu zerstreuen.

Ein Mann bahnte sich einen Weg aus dem Pulk und trat nach vorn.

Hm, den kenn ich doch, dachte Keno, als er den Fleischer vom Domplatz erkannte.

Glatze, tief liegende, dunkle Augen, schwarzer Backen- und Schnauzbart, breite Schultern, immer noch die blutbefleckte Schürze. Immer noch das Fleischerbeil. Ein ziemlich großes Beil, wie Keno nun feststellte. Mit diesem Werkzeug wurden Rinderleiber in Hälften gehackt. Armlange Klinge, zweihändiger Holzgriff. Alles in allem wirkte der Mann ziemlich bedrohlich.

Keno drehte sich zu seinen Soldaten um und rief: »Anlegen!«

Das erste Glied der Formation kniete nieder und drückte die Musketenkolben in die Schultern. Das zweite Glied stellte sich breitbeinig auf und hob ebenfalls die Waffen.

»Feuern auf mein Kommando!«

Der Fleischer war einige Schritte zurückgewichen.

Sehr gut.

Keno machte eine aufmunternde Handbewegung.

»Guter Mann«, rief er, »wollten Sie noch etwas sagen?«

Der Fleischer sah zu seinen Leuten. Einige nickten. Andere schüttelten die Köpfe. Schließlich reichte er jemandem das Beil, holte tief Luft und trat Keno entgegen. Kräftiger Kerl, dachte Keno, als er sah, dass sich der Jemand mit dem Beil deutlich schwerer tat, als der Metzger.

In der Mitte der beiden Gruppen trafen sie sich.

»Zieht ab, ihr Knechte, oder es gibt ein Unglück!«, grollte der Fleischer.

Keno lächelte den Mann an.

»Welch eloquenter Einstieg in ein Gespräch an diesem herrlichen Ort, zu dieser herrlichen Zeit, nicht wahr?«

Der Fleischer stutzte.

»Sehen Sie, guter Mann, was soll ich nun darauf erwidern?« Er warf sich mit breiter Brust in Pose, schürzte die Lippen und schaute betont bedrohlich. »Mitnichten! Hinfort, hinfort, elender Schlachter, oder meine Mannen werden euch alle niederstrecken.« Er wog seinen Oberkörper hin und her. Der Fleischer sah ihn an, als wäre er verrückt geworden. Keno lachte.

»Nein, Mann. Das wäre keine gute Idee, oder?«

Verunsichert kratzte sich der Fleischer an der Schulter. »Äh…«

Keno schaute übertrieben freundlich.

»Wir machen das jetzt so: Sie gehen zurück zu Ihrer Räuberbande und befehlen ihnen, sich aufzulösen. Denjenigen, der den Kommandanten köpfte, lasst ihr bitte zurück. Und ich gehe zu meinen Männern und befehle ihnen, euch nicht zusammenzuschießen, wie das räudige Pack, das ihr seid. Bessere Idee, finden Sie nicht?« Er klatschte in die Hände und strahlte. »Was halten Sie davon?«

Der Fleischer konnte es nicht fassen.

»Wer seid Ihr?«, stammelte er.

»Entschuldigt meine Manieren.« Keno nahm den Dreispitz vom Kopf und verbeugte sich. »Keno Grimmfausth, Leutnant in der Armee Seiner Majestät. Mit wem habe ich die Ehre?«

»Desche, nennt man mich. Desche, der Fleischer.«

»Angenehm, Meister Desche.« Er streckte die Hand aus, die der überrumpelte Metzger griff und schüttelte. Ein Raunen ging durch die Meute. Keno dachte an seine Männer, die seit Beginn der seltsamen Unterhaltung ihre schweren Musketen im Anschlag hielten.

»Formation!«, rief er.

Die Soldaten senkten die Waffen. Das vordere Glied erhob sich. Vierhundert Mann stellten sich zeitgleich zurück in die Linien. Metall klirrte, Stoff raschelte, Stiefel stampften.

Wenn das hier ohne einen Schuss endet, hat sich das Exerzieren gelohnt, dachte Keno.

Mal sehen.

»Meister Desche … es verhält sich wie folgt: Wir, die Soldaten Seiner Majestät, haben den Befehl, diese Unruhe zu beenden. Als gute Soldaten, die wir nun einmal sind, werden wir genau das tun. Es liegt also in eurer Hand, wie es vonstattengeht, wie viel Pulver und Blei, Blut und Leben am heutigen Tag verschwendet wird.« Keno stemmte die Fäuste in die Hüfte. »Hm?«

»Ja … also ich … also wir …«

»Ich weiß, guter Mann. Ich weiß.« Beruhigend legte er dem großen Mann die Hand an den muskulösen Arm. »Aber es ist doch so: Überblicke ich das korrekt, sehe ich Sie, mein Freund, und an die achthundert bis neunhundert – seien wir großzügig – eintausend empörte Bürger auf der einen Seite. Auf der anderen Seite …«, er warf einen Daumen über die Schulter, »sehen wir vierhundert der besten Soldaten, die jeweils fünfzig Patronen mit sich führen. Das macht?« Er wartete und beobachtete den Metzger beim Grübeln.

»Ganz genau. Das macht zwanzigtausend Schuss. Mehr als benötigt, um diesen – mit Verlaub – Sauhaufen zusammenzukehren. Abgesehen davon, befinden sich zwei weitere Bataillone auf dem Weg hierher, um das Stadtzentrum abzuriegeln.

Dies entspräche dann übrigens der unvorstellbaren Menge von sechzigtausend Schuss – aber das nur nebenbei.« Sicherheitshalber verschwieg er dem Mann, dass die allgemeine Treffsicherheit von Musketen nicht die beste war. Weiterhin verschwieg er ihm, dass die anderen zwei Bataillone lediglich in seiner Fantasie marschierten.

Der Fleischer begann, vor- und zurückzuwanken. Dabei trippelten seine großen Füße in den ausgetretenen Halbschuhen unruhig auf der Stelle.

Keno klatschte in die Hände. Der Mann zuckte zusammen.

»Ich wiederhole meinen Vorschlag zur Güte!«, rief er. »Ihr kehrt nun alle heim und nehmt mit, was ihr bis hierhin habt erbeuten können. Den Mörder des Kommandanten liefert ihr aus, den packen wir ein. Dann räumen wir hier noch ein wenig auf. Danach können wir alle zu Bett gehen, ohne dass dieser Tag euer Letzter auf Thapaths schöner Welt gewesen ist. Was denken Sie?«

Keno saß mit baumelnden Beinen auf einer Munitionskiste, die die Plünderer auf der Zugbrücke zurückgelassen hatten, nahm einen tiefen Schluck aus seiner Feldflasche und sah den Soldaten beim Aufräumen zu.

Vereinzelt mussten kleinere Brände gelöscht werden. Barrikaden wurden aus dem Weg geräumt. Geschütze wurden in die Burg gerollt, zurückgelassene Beute wieder hinein getragen. Leichen wurden auf dem Vorplatz gestapelt. Sie blieben dort liegen bis der Leichensammler sie abgeholt und zum Friedhof vor der Stadt gefahren hatte. Einhundertundzwölf Zivilisten und drei Mann der Burgwache hatte es erwischt. Nach dem ersten Schusswechsel hatte der Kommandant die Kapitulation angeboten, dann die sichere Festung verlassen. Obwohl die Bürger ihm freies Geleit zugesichert hatten, hatten sie ihn misshandelt, erstochen und schließlich enthauptet.

Warum der Kommandant aufgegeben und das Tor geöffnet hatte, konnte er nur vermuten. Wahrscheinlich hatten ihn die gewalttätige Situation und die vielen Toten des ersten Schusswechsels überfordert. Kein Soldat schoss gern auf das eigene Volk und wer hätte schon damit gerechnet, dass ihm eben jenes Volk den Kopf vom Hals trennen würde?

Puh!

Es hatte den Fleischer einige zähe Minuten gekostet, die Meute zu überzeugen, dass der kecke Leutnant recht hatte. Eine Stunde später war dann auch der vorletzte Protestler abgezogen. Den letzten hatten sie wie abgemacht zurückgelassen. Dieser stand nun blutbesudelt, an Händen und Füßen gefesselt, neben ihm und weinte stumm. Der Mann war im gleichen Alter wie Keno. Keine fünfundzwanzig. Viel älter würde er auch nicht mehr werden.

Kommandantenköpfen stand bei der Armee nicht hoch im Kurs.

Puh.

Was für ein vermaledeiter Mist!

Die Nation, die er gegen Torgoth verteidigt hatte, stand am Abgrund. Zumindest heute hatte er ein Desaster verhindern können. Morgen sähe die Welt schon wieder anders aus. Diese Revolte ließe sich nicht so leicht ersticken.

Und irgendwie konnte er die Bürger verstehen.

Ungeachtet der klammen Staatskassen frönten der König und sein Hofstaat einer kostspieligen, dekadenten Lebensweise. Der Adel – und damit auch Haus Grimmfausth – rissen sich alles unter die Nägel, was nicht des Königs war. Was dann noch übrig blieb, klemmte sich der Klerus mit gierigen Klauen. Für den Bürger blieb wenig bis gar nichts. Und niemand hörte ihnen zu, setzte sich für sie ein.

Wäre seine Strategie nicht aufgegangen … es hätte ein Massaker gegeben.

Wahrscheinlich hätte sein Bataillon eine Auseinandersetzung mit der aufgebrachten Menge überstanden – womöglich unter herben Verlusten – dennoch hätten viele Hundert den Tod gefunden.

Heute Abend noch würde er seine Rückentsendung an die Front beantragen, denn kein Soldat schoss gern auf das eigene Volk – und er schon gar nicht.

Er wischte sich über die schweißnasse Stirn.

Nach fest kommt kaputt.

16

*Wilt Strengarm. Ein Kleinkind. Die Möbel in der Bauernstube übergroß. Ein Hof. Rinder. Ein Hund. Schleckt ihm über das Gesicht -**Blinzeln**- Strengarm ein Bub. Rennt über eine Wiese. Es duftet nach Sommer. Er stolpert, fällt hin. Ruft nach seinen Eltern. Liebevolle Arme trösten ihn. Seine Mutter singt. Um ihr eine Freude zu machen, schüttelt er Funken aus seiner Faust. Die Mutter erschrickt -**Blinzeln**- Strengarm ein junger Mann. Unterricht bei einem Meister. Er lässt Steine schweben. Er legt sie ab. Er zieht Felsen aus dem Boden. Er schiebt sie einen Hang hinab. Er baut ein Haus. Strengarm lässt Getreide wachsen und Unkraut verdorren. Er heilt und lässt sterben. Er verliebt sich und trennt sich -**Blinzeln**- Strengarm ein Mann. Er verliebt sich erneut. Sie stirbt. Er trauert. Er baut einen Palast -**Blinzeln**- Strengarm ein alter Mann. Ein Hörsaal. Er gibt Unterricht. Er liebt, was er tut. Endlich. Da ist ein Student. Neugierig. Eifrig. Bohrend. Unwillig. Störrisch. Schmerzen. Unsagbare Schmerzen. Strengarm zergeht. Er schrumpft. Die Möbel in seinem Arbeitszimmer übergroß.*

Er stirbt.

Mit flatternden Lidern öffnete Lysander die Augen. Er war durstig. So durstig! Sein ganzer Körper fühlte sich an, als würde er brennen. Von innen. Unruhig wälzte er sich im Bett.

Bett? Kraftlos tastete er umher. Er spürte ein Laken, eine Decke. Dazwischen er selbst. Er versuchte, seine Sicht zu klären.

Wo bin ich?

Undeutlich konnte er die hellgetünchten Wände der Krankenstation erkennen. Das grelle Licht aus den hohen, offenen Fenstern tat weh. Er stöhnte.

»Student Hardtherz?«

Ein Schatten warf sich über ihn.

Fingerkuppen pulten seine Augenlider auseinander. Eine trockene Hand fühlte seinen Puls.

Endlich erkannte er die Ärztin der Universität, die sich über ihn beugte.

»Was ist passiert?«, flüsterte er.

Eilige Schritte entfernten sich von ihm.

Er verlor das Bewusstsein.

Strengarm liest in einem Buch. Einen Text in Elvisch. Er kann die Schrift verstehen. Die Geschichte handelt vom Rückzug der Elven. Sie beschreibt Frostgarth, den Ort, an dem sie leben. Nach der Großen Rückkehr füllte sich die uralte Stadt wieder und erblühte in altem Glanz. Einige wenige verblieben auf dem Kontinent. Blieben für sich oder vermischten sich mit den Midthen – den Menschen der Mitte. Das alles ist Hunderte Jahre her. Blauheim, die Stadt an der Nordküste des Kontinents. Dort leben die meisten der verbliebenen Hellen.

Ich war noch nie in Frostgarth ... Blauheim. Zuhause.

Er spürte einen kalten, nassen Lappen auf der Stirn. Wasser lief ihm in die Ohren und den Nacken herab.
Dumpfe Stimmen in seinen Ohren.
»Das kann doch nicht sein!«
»Es ist aber so.«
»Ja, aber wie?«
»Das wissen wir noch nicht. Solange der Junge bewusstlos ist, können wir nur vermuten.«
Lysander versuchte, auf sich aufmerksam zu machen, aber sein Körper wollte ihm nicht gehorchen.
»Ach, das kann doch alles nicht wahr sein!« Eine Stimme mit Akzent. Northisle.
»Ich fürchte doch.« Meister Blauknochen.
»Rektor Strengarm ... bei Thapath.«
»Der Schöpfer hat damit nichts zu tun, werter Stiffpalm.«
Lysander versuchte, eine Hand zu heben.
»Was ist passiert?«, flüsterte er.
»Ist er wach?«
»Lysander?«

An einem Nachmittag baut Strengarm die Stallungen. Er reißt eine tiefe Furche in den Boden. Er stellt die Stützbalken auf. Er lässt Holzbohlen heranschweben, die seine Studenten daraufhin mit Nägeln fixieren. Sie tragen altmodische Gewänder. Pumphosen und Wämser aus Leder und Wolle. Im Hintergrund grasen Pferde auf der Wiese hinter der Universität. Die ist noch nicht so groß. Nur das Haupthaus mit gerade einmal zwei Etagen. Weitere Studenten schauen dem Meister mit geweiteten Augen zu. Einige ahmen seine Gesten nach und bewegen die Lippen. Da stehen so viele! Hunderte.

Wieso sehe ich das alles?

Es roch erbärmlich. Jemand hob seine Beine an.

Ein nasser Lappen fuhr durch seinen Schritt, die Oberschenkel entlang.

Er wurde zur Seite gedreht. Unter ihm zupfte und zerrte es an dem Laken.

Der Duft frischer Wäsche durchzog seine Nase.

»Immer noch nichts?« Blauknochen.

»Nein. Leider nicht.« Die Ärztin.

»Hm…«

»Er atmet. Manchmal reagieren seine Pupillen und er versucht, die Finger zu bewegen.«

»Ist das ein gutes Zeichen?«

»Ich weiß es nicht. So etwas hatten wir hier noch nie.«

»Ich komme morgen wieder.«

Nein! Meister Blauknochen, bleiben Sie hier! Bitte!

Lysander versuchte, die Augen zu öffnen.

»Da. Sehen Sie? Das macht er öfter.«

Das Licht hinter seinen Lidern schien sich zu verdunkeln.

»Lysander?«

Ja! Ich bin hier!

»Ich komme morgen wieder.«

NEIN!

Hunger. Wilt Strengarm reist nach Osten ins Königreich Lagolle. Dort angekommen hilft er den Einwohnern der Grenzstadt Syrtain bei der Brandrodung und Bewässerung ihrer Äcker. Gelingt es ihm, die Not der Menschen zu lindern, kann er einen Übergriff auf Kernburghs Ressourcen verhindern. Fast eine Woche zaubert er am Stück. Schläft nur selten. Er ist völlig ausgelaugt, aber glücklich, denn sein Plan funktioniert. Es gelingt ihm, das ausgesäte Getreide keimen zu lassen. Dafür sterben nur ein alter Fischer und ein Taschendieb. Der eine meldet sich freiwillig, der andere nicht. Alles muss im Gleichgewicht sein. Wilt betrinkt sich.

Heißer Sud in seinem Rachen.

Er wollte husten, um nicht zu ertrinken. Dann schluckte er.

Warm lief es die Speiseröhre entlang.

»Wie geht es unserem Patienten heute?«

»Er wird dünner. Ich konnte ihm zwar etwas Brühe einträufeln, aber das meiste ist einfach wieder rausgelaufen.«

»Wie lange, meinen Sie, kann er da so liegen, bevor er verhungert?«

»Schwer zu sagen …«

»Schätzen Sie.«

»Das kann ich nicht. Ich hätte nicht einmal gedacht, dass er die erste Woche übersteht.«

Lysander erschrak. Lag er schon eine Woche auf der Krankenstation?
Was war passiert?
Sein Herzschlag beschleunigte sich.
Seine Hände begannen zu zittern.
»Ist das normal?«
»Hm… es könnte sein, dass er Sie hört, Meister Blauknochen.«
»Lysander?«
»Versuchen Sie es weiter.«
Eine flache Hand schlug ihm ins Gesicht.
Ja!

17

Desche schlug seinem Lehrling die flache Hand in den Nacken.

»Ich hatte doch gesagt ›räum das weg‹, oder nicht?«

Mit eingezogenem Kopf rieb sich der Junge die brennende Stelle. Die andere Hand hielt einen Mopp, mit dem er Gekröse und Gedärm in einen Schacht zu schieben hatte, der an den Kanal von Neunbrückhen angeschlossen war.

Desches Schlachthaus lag außerhalb der nördlichen Stadtmauer. Im ›Viertel der dreckigen Gewerke‹, gelegen an einem Seitenarm des Flusses Silbernass, befanden sich die Arbeitsstätten und Fabriken, die sich mit Gerüchen und Geräuschen, die sie für die Herstellung ihrer Waren erzeugten, nicht für einen Standort innerhalb der Stadtmauern qualifizierten. Die Hütten der Gerber, der Fischmarkt, das Badehaus, zahlreiche Barbiere, Bordelle und Armenhäuser standen dicht an dicht im ›Dreckigen Viertel‹ beisammen. Der stinkende Seitenarm, bezeichnenderweise Güselpfuhl genannt, sammelte den Unrat, transportierte ihn in den Hauptstrom, der den ganzen Rotz bis zur Küste nahe Blauheim ins Nordmeer spülte. Nicht schön, aber praktisch.

Desche mochte seine Arbeit. Wenn er anfing, war es laut. Wenn er sein Werk vollendet hatte, war es still.

Wäre er kein Schlachter, er wäre mit Sicherheit ein Priester des Bekter. Diese Ordensbrüder, deren Kloster ebenfalls im Dreckigen Viertel lag, stellten dem König Folterknechte und Henker. Das wäre noch was.

Sein Schlachthof mit den vierzehn Angestellten war sein ganzer Stolz. Durch die breite Toreinfahrt erreichten jeden Tag sechs, sieben, an manchen Tagen sogar noch mehr Fuhren mit blökenden Schafen, grunzenden Schweinen und brüllenden Rindern den Gebäudekomplex. Vom Hof wurden sie in Stallungen getrieben, wo sie auf die Schlachter, Fleischhauer und Metzger warteten. Die verarbeiteten Tiere verließen frühmorgens in ordentlich geschnürten Paketen den Hof, um ihre Reise zu den Marktständen und Geschäften für Fleischwaren von Neunbrückhen und Umgebung anzutreten.

Heute Abend fände er endlich wieder Zeit, um sich seinem Steckenpferd zu widmen.

Desche marschierte mit vor Freude federndem Gang durch die Schlachthalle. Seine Leute waren fleißig bei der Arbeit. Sehr gut. Er blieb kurz stehen, um einem kürzlich erworbenen Hilfsarbeiter zuzuschauen, wie er eine Rinderhälfte auf seinen breiten Buckel wuchtete. Der Orcneas war zwar jung, aber brauchbar. Hinsichtlich seines Aussehens unterschied er sich gar nicht so sehr von den anderen Lehrlingen. Er war lediglich etwas breiter, gedrungener, mit ein wenig dunklerer Haut, die ins Graue ging. Dafür war der Bursche aber deutlich stärker, was – so vermutete Desche – an den kurzen, muskulösen Oberarmen liegen mochte, die dem Orcneas einen besseren Hebel zum Wuchten von Fleisch ermöglichten. Vielleicht sollte er sich noch einen anschaffen und sich diesen von innen ansehen, um seine Vermutung zu überprüfen?

Er würde diesen Gedanken einmal mit seiner Frau besprechen.

Der Orcneas schien sich nicht wohl in seiner dicken Haut zu fühlen. Unsicher trat er von einem klobigen Fuß auf den anderen, während sein Blick in dem Versuch, Desche nicht in die Augen sehen zu müssen, ziellos umherhuschte.

Ja, diese Unsicherheit liebte Desche. Am besten erzeugte man sie, indem man unmittelbar nach Erwerb neuer Handlanger eben diesen mit Knüppel und Lederriemen zu verstehen gab, wer der Meister war. Um dem Neuzugang dies zu vermitteln, hatte er sich sogar eine Schicht freigenommen und ihn von Sonnenuntergang bis Sonnenaufgang ordentlich zurechtgestutzt. Um zu testen, ob dem Bürschlein die Lektion noch gegenwärtig war, hob er die Hand. Der Orcneas zuckte zusammen. Sehr gut, der blöde Breitkopf hatte es sich merken können.

Mit einem Tritt in den Hintern gab er ihm zu verstehen, dass er sich verpissen sollte.

Pfeifend durchquerte Desche das Kesselhaus. Der Wasserdampf aus den riesigen Kübeln verwandelte die Atemluft in stickigen Brei, zumal das kochende Fleisch sie obendrein mit dem Geruch nach Fett und Urin anreicherte. Desche nahm einen tiefen Zug. Er liebte diesen Duft. Er liebte seinen Beruf.

Auch hier blieb er einige Minuten stehen, um die beiden schwitzenden Arbeiter wissen zu lassen, dass der Meister alles sah und stets die Kontrolle hatte. Der Eoten war schon einige Jahrzehnte in Desches Diensten. Er kannte seine Stellung und hielt sich strikt an die Vorgaben. Die Riesen aus Yimm waren wirklich herausragende Hilfskräfte. Mit ihren hochgewachsenen Körpern konnten sie das Fleisch von oben in die Kessel schaufeln und verbrannten sich nur selten an dem heißen Eisen. Leider hatte er nur den einen. Der andere Handlanger war ein Modsognir, ein Zwerg aus Pendôr. Die kleinen Männer konnten die Hitze außerordentlich gut vertragen und waren immens praktisch, wenn es um das Beheizen der Kessel ging. Gut, diesem einen Exemplar musste er damals seine Stellung mit einigem Aufwand vermitteln, aber rückblickend dachte er gerne an die zahlreichen Stunden, die er auf den kräftigen Rücken des Zwerges eingedroschen hatte.

Er lächelte.

Desche beobachtete, wie dem Zwerg die Hände zitterten, während er weitere Kohlen in den Ofen kippte. Er wusste es noch. Sehr gut.

In den alten Bilderbüchern, die sein Vater ihm damals mitgebracht hatte, waren die anderen Völker immer übertrieben in ihren Proportionen dargestellt gewesen. Orcneas waren überbreit und muskulös mit fast schwarzer Haut. Die Zwerge nur hüfthoch und nahezu viereckig. Riesen waren spindeldürr und ragten in den Himmel. Nur die Elven sahen tatsächlich so aus, wie in den Büchern.

Weißhäutig, dünn, stolze Gesichter. Aber so einen könnte er sich nie als Handlanger leisten. Die musste man anstellen und gut bezahlen, und mit ›mein Herr‹ anreden.

Dann doch lieber ein paar mehr von den anderen.

Er verließ das Kesselhaus, überquerte den Innenhof und betrat einen rechteckigen Anbau. Seine Werkstatt. Weiträumiger als das Haus, in dem er mit seiner Frau lebte. Aber ein Mann brauchte seine kreativen Pausen und ausreichend Raum, um sich auszuleben. Derzeit tüftelte er an einer äußerst gewieften Apparatur. Er nannte sie ›Rumpel-Klack‹, was nur ein Arbeitsname war. Sobald sie funktionierte, würde er sich etwas Wohlklingenderes einfallen lassen. Rumpel-Klack nannte er sie, weil das genau die Geräusche waren, die bei Auslösung erzeugt wurden. Das an einem schweren Holzbalken angebrachte Beil rumpelte in seiner Führung abwärts, um mit einem Klack auf dem Block darunter aufzuschlagen. Das Beil konnte an einem dicken Seil nach oben gezogen werden und war dann sofort wieder einsatzbereit. Nicht schön, aber praktisch.

Wenn er es nur hinbekam, dass die niedersausende Beilklinge einen Schafs-, Schweine- oder gar Rinderschädel mit nur einem Hieb sauber abtrennte, könnte er die Produktion seines Schlachthofs ins Unermessliche steigern.

Beil hoch – Kopf rein – Rumpel – Klack. Wiederholen.

Desche setzte sich neben der Apparatur auf einen Hocker, schlug die langen Beine übereinander und grübelte. Die ersten Testläufe waren eine echte Sauerei gewesen. Das Beil war nur zur Hälfte in den Nacken der Schweine gefahren, was zur Folge hatte, dass er, an den strampelnden Gliedern vorbei, mit seinem Messer nachhelfen musste. Nicht schön.

Er sah zur waagerechten Beilklinge hinauf. Dafür musste es doch eine Lösung geben …

»Schatz, bist du hier?«

Knarzend öffnete sich die Werkstatttür einen Spalt, in den sich die Stupsnase seiner Frau schob.

»Ja, Schatz.«

Die Tür wurde aufgestoßen.

»Du arbeitest zu viel, Liebling«, sagte seine Frau und kam hinein.

Ein rundes, freundliches Gesicht. Zusammengebundenes Haar, dessen Zopf unter dem breiten Stirntuch auf ihren Rücken fiel. Kleine Brüste, aufreizend durch eine Korsage hochgedrückt, ein weiter Rock. Desche lächelte. Die kleine Frau war der Grund und die Inspiration für all seine Mühen.

Na gut. Sie und seine unbändige Lust am Töten.

In ihren Händen trug sie einen flachen, geflochtenen Korb, in dem Papierblumen mit schwarz-weiß-karierten, weißen und orangenen Blütenblättern lagen. Die Farben Kernburghs.

»Schau einmal, Liebster«, sagte sie mit Begeisterung in der Stimme. Sie trat zu ihm. Desche stand auf und küsste sie auf die Stirn.

»Was hast du denn da?«, fragte er zärtlich.

»Ich dachte, bei all den Unternehmungen mit deinen vielen neuen Freunden wäre es doch toll, wenn ihr euch auf den ersten Blick erkennen könntet, oder?« Strahlend hielt sie eine Blüte hoch. »Die steckt ihr euch an Hüte, Westen oder Ärmel und sofort weiß jeder: ›sieh an, da kommt einer, der ist kein Königstreuer‹!«

Desche nahm ihr die Blume aus der Hand und drehte sie wie einen Kreisel.

»Das ist ein wirklich guter Einfall, mein Herz.« Er küsste sie sanft auf die Nase. Sie kicherte.

»Man hört ja so einiges auf der Straße. Ich hoffe, Du passt immer gut auf dich auf!«

Er lachte. »Na, da mach dir mal keine Sorgen. Der König und die Armee, die sind so unfähig. Wenn ich der Königin das Beil zwischen die Augen schlagen würde, sie würden in der Nase bohrend daneben stehen und überlegen, was sie nun damit anfangen sollten.«

Beide lachten.

»Nach der Begegnung neulich dachte ich schon, es wäre um uns geschehen.« Mit der freien Hand wischte sie sich eine Lachträne aus dem Augenwinkel.

»Ach was!« Er winkte abwehrend. »Der kleine Grünschnabel von Leutnant hatte doch die Hosen voll vor Angst. Wäre er nicht so respektvoll gewesen, wir hätten sie alle massakriert.«

»Ich weiß, Liebling.« Sie tätschelte seine Wange. »Wie kommst du denn mit deiner Erfindung voran?«

Er drehte sich zur Apparatur und sah wieder zu der Klinge hoch.

»Ganz gut, denke ich. Tot ist tot. Ich hätte es nur gerne irgendwie sauberer.« Auch seine Frau sah zu dem Fallbeil. Sie drückte den Korb in ihre Hüfte und überlegte.

»Weiß Du, Schatz, wenn ich es recht bedenke, solltest Du die Ausrichtung des Beils verändern …«

Desche rieb sich über den Backenbart.

»Es sollte weniger hacken als schneiden, so wie ich es mit Gemüse mache, meinst Du nicht?«

Er stutzte. Rumpel-Schnitt-Klack. Hm… Er legte seiner Angetrauten einen Arm um die Schultern. »Das, meine Liebste, ist ein richtig guter Einfall.«

Entzückt strahlte sie ihn an. »Meinst du wirklich?!«

»Ich werde es gleich einmal ausprobieren«, raunte er, war aber in Gedanken schon bei der Ausführung.

»Dann will ich dich mal nicht weiter stören. In einer Stunde gibt es Abendessen. Bis dahin kannst du ja auch ein wenig über unseren Nachnamen nachdenken. Jetzt wo du soviel Einfluss gewinnst, sollten wir uns vielleicht einen zulegen.«

»Hm?«

Sie lächelte ihn an, tätschelte ihm auf die breite Brust und verließ die Werkstatt.

Im Türrahmen hielt sie kurz inne.

»Gehst du heute Nacht wieder mit deinen Freunden aus?«

18

An diesem Abend aßen Caleb und Nathaniel gemeinsam im ›Reckless Fiddler‹.
Der ›Fiedler‹ war alles andere als ›rücksichtslos‹, aber durchaus als verwegen zu bezeichnen. Gab es in Truehaven, der Hauptstadt Northisles, bislang nur die allseits bekannten Gaststätten, in denen zumeist ein Tagesgericht von mäßiger Kochkunst serviert wurde, handelte es sich beim Fiedler um einen Gasthof der modernen, Kernburgher Sorte, die von gutverdienenden Angestellten und wohlhabenden Adligen begeistert angenommen wurde: Dem Gast bot sich eine Auswahl ausgesuchter Köstlichkeiten per Speisenkarte.
Nathaniel leckte sich über die Lippen, als er die angebotenen Gerichte überflog. Caleb musterte eine Weinflasche und nickte dem Mundschenk zu, der sie an einen Diener weiterreichte, der sie entkorkte.
In dem von Kronleuchtern beleuchteten Speisesaal gab es runde Tische mit Tischdecken, auf denen Gewürze in kleinen Tiegeln bereitstanden. Porzellanteller und Silberbesteck, sogar Servietten aus Stoff. Sanfte Kammermusik wurde von einem vierköpfigen Ensemble mit zwei Violinen, einer Viola und einem Violoncello dargeboten und unterstrich die angenehme Atmosphäre.
Caleb reckte sein gefülltes Glas in die Höhe.
»Zum Wohl, Captain Lockwood«
Nathaniel sah auf und seinem Bruder skeptisch ins Gesicht.
»Sarkasmus steht dir nicht, Brüderlein.«
Theatralisch legte Caleb eine gespreizte Hand über seine aufwendig bestickte Weste.
»Ich? sarkastisch?« Er rümpfte übertrieben die Nase und ließ die Augenlider klimpern. »Wieso wohl, Bruderherz? Vielleicht weil das Offizierspatent für eine ruhende Division um so vieles teurer ist, als für eine kämpfende?«
Nathaniel verschränkte die Arme und lehnte sich an die fein geschnitzte, vergoldete Rückenlehne des samtbezogenen Stuhls.
»Vielleicht, weil der werte Lord Buckwine verhindern wollte, dass wir ein Patent für den Lieutenant mit dem lockeren Lebenswandel erstehen konnten, um eine Versetzung ins Ödland zu unterbinden, und daher all seinen – und wie ich anmerken darf, nicht unerheblichen – Einfluss aufgewendet hat? Einen Einfluss, den nur eine überaus beträchtliche Investition, über das normale Maß hinaus, hat brechen können?«
Nathaniel blickte genervt zur kunstvoll bemalten Decke.
Caleb stellte das Glas ab und beugte sich vor.

»Oder bin ich vielleicht sarkastisch, weil unmittelbar nach Unterzeichnung des Patents, der Befehl zur Mobilmachung für das 32ste Infanterieregiment eintraf? Eben jenes Regiment, das – vormals ruhend – nun aber den Status ›kämpfend‹ erhalten hat? Eben jenes Regiment, für das Lieutenant Lockwood sich besonders stark machte, basierend auf der unsinnigen Annahme, dass es auf absehbare Zeit zu keiner Mobilmachung käme?!«

Caleb nahm einen ärgerlichen Schluck.

»Es ist nur eine vorsorgliche Maßnahme, Caleb. Es muss nicht heißen, dass das 32ste tatsächlich in den Kampf zieht.«

»Und weiß du was, Natty?« Caleb winkte dem Mundschenk, der sofort nachschenkte. »Es ist mir auch scheißegal!«

Vom Nachbartisch schickte ein speisendes Paar mit Puderperücken entrüstete Blicke an den Tisch des fluchenden Lord Schatzmeisters.

Caleb fuhr unbeeindruckt fort: »Ob das 32ste nun kämpft, oder ruht: Du wirst dort Captain!« Er ließ eine Faust auf die Tischplatte krachen. Porzellan und Silber klirrte, die Weinflasche wackelte bedrohlich.

»Sag mir nicht, dass du drüber nachgedacht hast, mich zu fragen, ob es auch ein Major hätte sein dürfen!«

Nathaniel hatte tatsächlich darüber nachgedacht. Captain war nicht schlecht, aber im Fall der Fälle doch recht nah an der Frontlinie. Ein Major hatte es da besser. Den Gedanken verwarf er nun. Leider.

»Die Mobilmachung ist doch nur, weil die Kernburgher am Thron rütteln. Das muss noch nichts heißen.«

Caleb nickte übereifrig. »Ja. Ja. Ja. Das ist alles gut und schön, Natty.« Dann warf er sich in seinen Sitz. Die Rückenlehne knackte. »Aber hatte ich erwähnt, dass es mir EGAL ist, ob das 32ste in den Kampf zieht, oder nicht?! Fünftausendfünfhundert Pfund, Nat! Fünftausendfünfhundert!«

Nathaniel hob einen Zeigefinger. »Und fünfunddreißig Schillinge«, ergänzte er.

Caleb holte tief Luft. Sein Gesicht wurde rot. Nathaniel dachte schon, es würde platzten. Der Mundschenk trat an ihren Tisch.

»Gentlemen, wenn ich Sie bitten dürfte ...«

Geräuschvoll atmete Caleb aus. Er machte eine wegwischende Handbewegung. »Schon gut, schon gut.« Er zeigte auf Nat. »Mein Bruder zieht in den Krieg, wissen Sie?«, sagte er entschuldigend.

»Hoffentlich«, ergänzte er.

Abner lenkte die geschlossene Kutsche durch das nächtliche Truehaven. Die beiden kräftigen Pferde seines Lords zogen den schweren Wagen mit Leichtigkeit über das Kopfsteinpflaster. Durch das Schiebefenster in seinem Rücken klangen die Stimmen der beiden Lockwoods.

»Du meinst also wirklich und in der Tat, dass es in Kürze zu einem Krieg mit Kernburgh kommen könnte?«, lallte Nathaniel.

Caleb zog sich die Perücke vom Schädel und rubbelte sich mit beiden Händen durch die Haare. Die Brüder hatten die hohen Kragen ihrer prächtigen Überröcke geöffnet, die Halstücher herausgezogen. Caleb hatte den hohen Bund seiner Kniebundhose geöffnet und streckte seinen vollen Bauch hervor.

»Ja, sicher! Überleg doch mal, Natty. Der Großvater väterlicherseits von König Goldtwand von Kernburgh war ebenfalls König von Kernburgh, korrekt?«

Nathaniel kicherte. Die V-, K- und G-Laute, die sein Bruder aneinanderreihte, sabotierten dessen Aussprache beträchtlich. Der Wein im Fiedler war wirklich gut gewesen.

»Ja, sicher«, lallte er zurück und kicherte erneut. S-Laute waren auch nicht so leicht.

»Und die Großmutter mütterlicherseits, wer war das, hm?«

»Die Königin von Lagolle. Das weiß doch jedes Kind.« Worauf wollte Caleb nur hinaus?

»Ganz genau! Die Königin von Lagolle.« Der Lord Schatzmeister wedelte mit ausgestrecktem Zeigefinger durch das Innere der Kutsche und schaute sich suchend um. Er fand seinen Bruder und schmatzte. »Eben jenes Lagolle ...« Nathaniel kicherte wieder. »... liegt an den östlichen Grenzen Kernburghs und die feinen Lagoller können es auf keinen Fall tolerieren, ...« Nathaniel lachte. ›Tollelieren‹, was für ein tolles Wort! »... dass der werte Onno Goldtwand von seinem Völkchen einen Tritt in den Allerwertesten bekommt. Sie werden in Kernburgh einmarschieren, um dem Königshaus zu helfen, und damit den Bündnisfall provozieren, der auch unsere Armee in den Krieg zieht. So.« Caleb nickte. Dann ließ er seinen schweren Kopf an die gepolsterte Rückenlehne fallen und schnarchte.

Nathaniel lehnte sich zur Seite, öffnete den Samtvorhang mit einem Finger und schaute auf die Straße. Laternen und schmucke Fassaden flogen vorbei. Drei Männer der Stadtwache blieben stehen und winkten. Truehaven – der sichere Hafen in einer turbulenten Welt. Die beschlagenen Hufe und die Eisenbänder der Räder klangen in Lockwoods Ohren beruhigend wie die Kammermusik im Fiedler, während an die Konflikte dachte, aus denen er sich bislang hatte raushalten können. Der Unabhängigkeitskrieg der Kolonien, die entsendeten Truppenkontingente zur Unterstützung Torgoths, die Sicherung Gartagéns, Expeditionen ins Ödland, Konflikte mit den Sultanen von Topangue ... Seit seinem Abschluss an der Akademie vor vier Jahren, war es ihm gelungen, jedem Marschbefehl zuvorzukommen und sich rechtzeitig versetzen zu lassen. Sollte seine Glückssträhne nun reißen?

Ach was. Wieder lächelte er. Diesmal über die eigenen Zweifel.

Er beugte sich vor und klopfte an das Schiebefenster.

»Ja bitte, Mister Lockwood?«

»Abner, seien Sie doch bitte so gut und setzen Sie mich an der Ecke Hurt und Regent ab. Mir steht der Sinn noch nach etwas Unterhaltung. Lord Lockwood können Sie dann zu Bett bringen.«

»Wie Sie wünschen, Captain.«

19

Lysander wurde schlagartig wach.

Lichter blitzten vor seinen Augen. Sein Kopf dröhnte und fühlte sich seltsam hohl an. Irgendwie zu leicht. Er sah sich um.

Er war allein und immer noch auf der Krankenstation. Die weißen Vorhänge waren zugezogen, an den Kronleuchtern leuchtete nur jede zweite Lampe. Er trug ein weißes, knielanges Leinenhemd. Sonst nichts.

Vorsichtig ließ er die Beine über die Bettkante baumeln und richtete sich auf. Ihm wurde schwindelig. Seine Fußsohlen setzten auf dem kalten Fliesenboden auf. Wankend stellte er sich aufrecht, die Fingerspitzen einer Hand Sicherheit suchend am Bettgestell aufgestützt. Er fasste sich an die Stirn und stöhnte. Er nahm das gefüllte Wasserglas vom Beistelltisch und stürzte es gierig hinunter. Das tat so gut ... Schwankend wie eine Fregatte auf hoher See, taumelte er ans Fenster und zog die Vorhänge auseinander.

Der nächtliche Himmel über Hohenroth war in tiefstes Dunkelblau getaucht. Schwarze Wolken trieben über den vom Mond beschienenen Dächern. Vereinzelt brannten Lichter in den Fenstern. Eine seltsame Stille lag über der Stadt. Da, wo sonst gegen die Monarchie – insbesondere den König – gezetert wurde, herrschte Stille. Er sah über den Vorhof der Universität, über die Mauer hinweg.

Auch heute Nacht hatte sich eine Menge vor dem Tor gebildet. Doch diesmal blieb sie stumm. Verwundert rieb sich Lysander die Augen. War er im Schlaf taub geworden? Er öffnete das Fenster einen Spalt. Wohlige Frühlingsluft strich ihm unter das Hemd und ließ es wehen.

Nun konnte er ein Raunen hören. Er überschaute die Menge. Hunderte von Protestlern verharrten regungslos und beinahe schweigend.

Irgendwie andächtig, dachte er. Und irgendwie komisch.

Er kratzte sich am Nacken. Sein Blick fiel auf eine Gestalt auf der Wiese zwischen Mauer und Universität. Er rieb sich die Augen.

Im Licht des aufgehenden Mondes konnte er nur eine Silhouette erkennen. Eine hagere Erscheinung, mit langem Mantel, rechts und links zwei Schatten neben ihr, zeichnete sich in Schwarz gegen die dunkle Grasfläche ab.

Lysander lehnte sich über das Fensterbrett nach draußen, um besser sehen zu können.

Regungslos verharrte Meister Blauknochen vor der Universität. Wie üblich flankiert von Apoth und Bekter. Als machten die massigen Maystifs nicht schon genug Eindruck auf die Protestler, kreisten über dem Magus und seinen Hunden diverse Steinquader. Lysander zählte sechs marmorne Würfel, von denen jeder einzelne so groß war wie ein Bierfass.

Klar, dass sich auf der Straße niemand traute, laut zu werden.

Blauknochen stand nur da und betrachtete die versammelten Bürger, die sich ebenfalls nicht bewegten. Die beiden Hunde und die Steine versprachen ein schreckliches Unheil, sollte sich daran etwas ändern.

Hm, Lysander musste schmunzeln. Die Silhouette des Magus mit seinen Begleitern sah ein wenig aus wie ein ausgestreckter Mittelfinger. Ob dies Blauknochens Absicht gewesen war? Zuzutrauen wäre es ihm.

Apoth drehte den schweren Schädel und starrte ihm direkt in die Augen. Lysander sah die münzgroßen Pupillen hellgelb schimmern. Obwohl zwischen ihnen eine Wiese, die schwere Eingangstür, drei Etagen Treppenhaus und weitere Türen lagen, wurde es Lysander mulmig zumute. Er schluckte.

Die Quader sanken langsam zu Boden und setzten auf dem Rasen auf. Blauknochen sah nun auch nach oben. Lysander hob unsicher eine Hand.

Der Magus warf einen letzten Blick auf die Ansammlung vor der Mauer, dann drehte er sich auf dem Absatz um und ging ruhigen Schrittes auf das Haupttor zu. Die beiden Hunde verharrten regungslos.

Wenig später saß Lysander auf dem Krankenbett und löffelte eine lauwarme Fleischbrühe. Es war das Leckerste, was er seit gefühlten Ewigkeiten zu sich nahm. Das Salz pikste ihm in die Zunge und jeder Brocken Fleisch schien ihm Kraft zu schenken. Das Wasser lief ihm im Mund zusammen, als er auf einem glitschigen Stück Schwartenfett kaute.

Vor seinem Bett standen verschiedene Personen im Halbkreis: Meister Blauknochen, die Hände vor dem Bauch verschränkt, die Ärztin, deren Namen Lysander nicht kannte, Harlan Stiffpalm, Dozent für Völkerkunde und Stellvertreter von Rektor Strengarm, Reela Nebelhandt, Dozentin für Trennen & Fügen, Stine Bunthmorgen, Dozentin für Löschen & Sengen und sogar der eigenwillige Yorrit Knitterblatt, Dozent für Begrünen & Veröden, war gekommen. Was ein Aufmarsch.

Sie alle schauten ernst und gedankenschwer drein. Nur in Blauknochens Mimik konnte Lysander einen Hauch von Mitgefühl erkennen.

»Ich weiß nicht, was passiert ist«, sagte er mit vollem Mund.

Die Dozenten tauschten Blicke.

»Wirklich nicht. Der Rektor hat was von einem verbotenen Zauber erzählt. Den habe ich dann wiederholt. Das Nächste, woran ich mich erinnere, ist die Krankenstation.«

Er spürte eine nagende Angst in seinen Eingeweiden. Er konnte sich an deutlich mehr erinnern; aber bis er wusste, mit welchen möglichen Konsequenzen er zu rechnen hatte, würde er sich bedeckt halten.

Schließlich waren er und der Rektor allein in dessen Zimmer gewesen.

Stiffpalm trat an sein Bett und sah ihm eindringlich in die Augen. In seinem Northisler Akzent sagte er: »Student Hardtherz, Sie müssen uns alles erzählen. Wir müssen wissen, welch unsäglichen Zauber Sie, der Rektor, oder sie beide ausgelöst haben. Sie waren fast vierzehn Tage wie tot!«

»Ich weiß es nicht«, sagte Lysander. »Ich kann mich nur an ein Geräusch von trommelnden Hufen erinnern.« Vierzehn Tage! Bei Thapath! Sein Herz schlug bis zum Hals.

»Was könnte das gewesen sein?« Hilfesuchend sah Stiffpalm zu Blauknochen. »Was Okkultes?«

Meister Blauknochen zögerte. Dann stemmte er beide Hände in die Hüften und hob das Kinn. »Nachdem, was der Junge beschreibt, und meiner ersten Untersuchung der Leiche des guten Wilt, kann ich nur vermuten. Um es genau sagen zu können, muss ich noch einiges überprüfen …«

Lysander wollte schon erleichtert ausatmen, besann sich aber eines Besseren. Leise und sacht ließ er die Luft durch seine Lippen entweichen.

»Das ist eine Katastrophe!«, sagte Nebelhandt. »Der Rektor. Tot. Welch ein Unglück für uns, die Studenten und die Universität.«

Für Lysander klang das nicht gänzlich überzeugend, aber die anderen nickten.

Die weiße Doppeltür hinter der Versammlung schwang auf.

Lysander hob den Kopf, um an Blauknochens hohen Schultern vorbei, sehen zu können, wer gekommen war. Die Dozenten traten beiseite, um Major Sandmagen hindurchzulassen. Sie legte ihm eine Hand an die Wange, strich ihm über die Schläfe. Ihre violetten Augen strahlten Sorge, aber auch eine gewisse Härte aus.

»Da sind Sie ja wieder, Student Hardtherz«, sagte sie.

Während ihrer heimlichen Gespräche hatten sie sich bereits geduzt. Lysander konnte nur vermuten, dass das neuerliche Siezen entweder an den anwesenden Dozenten oder an der Ernsthaftigkeit seiner Probleme lag. Stumm nickte er.

Sie trat einen Schritt zurück.

Ohne sich zu den anderen umzudrehen, sagte sie: »Die Armee wird die Untersuchung leiten.«

Ein Raunen.

»Wir müssen wissen, welcher Zauber von wem gesprochen wurde, und ob und wo er geschrieben steht.«

Stiffpalm räusperte sich. »Wir konnten keine Unterlagen diesbezüglich in Rektor Strengarms Stube finden.«

Lysander zuckte zusammen und sein Blick schoss zu Blauknochen. Der schloss nur die Augen und schüttelte unmerklich den Kopf. Dann öffnete er sie wieder und sah Lysander so eindringlich an, dass dieser die Präsenz des Lehrers hinter seiner Stirn spüren konnte.

Was war hier los?

Major Sandmagen sagte: »Sie werden bis auf Weiteres in der Krankenstation verbleiben. Zum Schutz der anderen Studenten werden wir Sie isolieren. Mir obliegt es, zu ergründen, was vorgefallen ist.«

Lysander zog die Augenbrauen hoch.

»Als Major des Jägerregiments ist es meine Aufgabe, den Hergang zu rekonstruieren und mögliche Abschriften des Zaubers zu finden und sicherzustellen.« Lysander spürte die Brühe in seinem Bauch rebellieren.

Das sagenumwobene Jägerregiment! Eine Sondereinheit des Heeres, um feindliche oder abtrünnige Magi zu neutralisieren. Ein Pendant dieser Eliteeinheit, ähnlich der Nachtjacken von Northisle, unterhielt mittlerweile jede Armee. Scharfschützen, Attentäter, Inquisitoren.

Er wusste ja selbst nicht, wie sich der Seelensauger seiner bemächtigt hatte …

Er wusste nur, dass der unselige Abend in des Rektors Zimmer sein Leben auf den Kopf gestellt hatte. Gerade war er noch ein – zugegebenermaßen vielleicht übermäßig – ehrgeiziger Student gewesen, und jetzt ein Rektoren-Mörder, der sich den Untersuchungen des gefürchteten Jägerregiments zu stellen hatte.

Er zog die Nase hoch und wischte sich mit dem Handrücken über den Mund.

Am liebsten wäre er mit einem Satz aus dem Fenster gesprungen.

Wenn ihn der Sturz aus der dritten Etage nicht töten würde, Apoth und Bekter würden es mit Sicherheit.

Rothsangs Grimoire …

Was ein Irrsinn.

20

Den größten Teil seiner Freizeit verbrachte Keno mit Lesen. Geschichte liebte er am meisten, gefolgt von politischen Theorien, Philosophie und Werken über die Kriegskunst. Auf dem Wandbord seiner Offiziersstube fanden sich Werke von namhaften Strategen vergangener Zeiten, Abhandlungen über Diplomatie und sogar das ein oder andere Standardwerk aus Northisle.

Interessiert hatte er den Ansatz des Inselstaates, die Monarchie nebst einem Parlament zu etablieren, studiert. Wenn die tumben Northisler das hinbekämen, warum nicht auch Kernburgh? Dieser Ansatz war so naheliegend. So modern: als Oberhaupt des Reiches ein König. Unterstützt durch einen Ältestenrat, getragen durch Ministerien, die sich um die verschiedenen Belange des Landes kümmerten. Das alles in einer Organisationsstruktur ähnlich der Armee. Vom Oberbefehlshaber zu den Generälen, über die Offiziere, bis hin zu den Truppen der gemeinen Soldaten. Einfach. Oder? Wenn dann der Oberbefehlshaber auch noch durch Talent und Erfahrung zu seinem Posten gekommen wäre und nicht durch das willkürliche Schicksal einer gesegneten Geburt, würde das bis in die untersten Ränge den Zusammenhalt stärken.

Was könnte eine solche Armee, ein solches Reich alles bewegen?

Frieden wäre nicht mehr nur eine abstrakte Vorstellung von Gelehrten. Er wäre greifbar.

Im Kerzenschein betrachtete Keno seine Hände. Feingliedrig und jung. Die ein oder andere Blessur durch das Hantieren mit Kanone und Säbel.

Er schloss sie zu Fäusten. Grimmfaust.

Der Name seiner Vorfahren. Soldaten der Könige seit Ewigkeiten. Diese Tradition des ›Haus Grimmfaust‹ reichte bis ins zweite Zeitalter zurück. Seit jeher stellte die Familie dem König Krieger zur Verfügung. Über die Jahrhunderte hatte sie es dadurch zu Reichtum, Ansehen und schließlich dem Adelstitel gebracht. Ein Titel, der es überflüssig machte, allein durch Taten aufzusteigen. Reichtum genügte vollkommen.

Er lächelte betrübt.

Leutnant Grimmfausth.

Könnte er der Soldat sein, dem es gelingen würde, aus dem Schatten seiner Vorfahren zu treten?

Seine Gedanken wurden durch trunkenes Gegröle aus der Offiziersmesse unterbrochen. Die lange Zeit in der Kaserne brachte nicht das Beste in den Offizieren und Soldaten hervor. Ohne weitere Truppen konnten sie nicht hoffen, den Aufruhr in Neunbrückhen zu brechen. Sie waren einfach zu wenige. Daher blieben sie zumeist in den Baracken und vertrieben sich die Zeit. Allzu oft mit geistigen Getränken. Hin und wieder mit hitzigen Duellen.

Na ja, wenn der König es nicht für nötig hielt, zu handeln ...

Der Fisch stank immer vom Kopf.

Keno pustete die Kerzen aus und stand auf. Er würde diese Gedanken weiter verfolgen.

Jetzt aber erst einmal ein Bier.

Barne, Jeldrik und Keno saßen am runden Tisch und tranken.

Keno blätterte dabei durch Depeschen, Meldungen und Briefe. Jeldrik reinigte seine Fingernägel mit einem kurzen Messer, Barne hatte die Fersen auf die Tischplatte gelegt und las in einer kruden, von Bürgern verlegten Zeitung, die mit ›Der Patriot‹ betitelt war.

Was für ein Hohn.

An den anderen Tischen saßen ebenfalls Unteroffiziere und Offiziere. Sie aßen, lasen, tranken oder schliefen im Sitzen. Was Soldaten eben so tun, wenn sie nicht im Einsatz waren, aber erwarteten, jederzeit zu einem gerufen zu werden.

Barne ließ das Blatt sinken. Obwohl Barne noch jünger war als Keno, lichtete sich sein Haar und wich zielstrebig vorrückenden Geheimratsecken. Interessanterweise ragte – vielleicht zum Ausgleich der nahenden Glatzköpfigkeit – Barnes Brusthaar aus dem Stehkragen des Hemdes, wucherte über den Hals die Wangen hinauf und verband sich dort mit einem der prächtigsten Schnurrbärte des Landes. Manchmal bildete sich Keno ein, dass er Barnes Bart beim Wachsen beobachten konnte. Der Mann rasierte sich täglich, und täglich verlor er den Kampf gegen die Stoppeln.

»Sieh an, sieh an.« Barne zitierte: »Wir, die Repräsentanten des dritten Standes, erklären uns hiermit zur Vertretung des gesamten Volkes von Kernburgh ... ist das denn zu fassen?«

Zwei Wochen nach seinem Einsatz am Kerker hatte Keno immer noch nichts vom Hauptquartier bezüglich des von ihm eingereichten Versetzungsgesuches gehört. Die meiste Zeit musste er in den Baracken und der Messe verbringen. Bis auf einige Patrouillen konnte die Armee von Kernburgh aufgrund ihrer Mannstärke nicht darauf hoffen, die Revolte zu beenden. Neunbrückhen war im Ausnahmezustand.

Vom Fenster der Offiziersmesse konnten sie die Rauchsäulen am Horizont sehen.

Die ausgerückten Einheiten brachten schauerliche Geschichten zurück. Ein Priester des Thapath war durch die Straßen gejagt und schließlich vom Mob zu Tode geprügelt worden. Der Dom geplündert, das Waffenlager der Stadtwache ausgeräumt. Eine Revolution wurde ausgerufen, Flugblätter wurden gedruckt und verteilt. Adelige flohen aus der Stadt, um sich auf ihren Landsitzen in Sicherheit zu bringen. Es gab Meldungen von ähnlichen Unruhen von Blauheim im Norden bis Grünthor im Süden, von Nebelstein im Osten bis Dünnwald im Westen. Wie eine Seuche zog sich der Geist der Revolution durch Städte, Dörfer und Gemeinden. Es gab in den Reihen der Soldaten bereits Deserteure, die sich zu ihren Angehörigen durchschlagen wollten, um ihren Familien in diesen Zeiten beizustehen.

Keno konnte es ihnen nicht verübeln.

Während seiner Abwesenheit hatte sein älterer Bruder nun doch die Geschäfte führen müssen, und seine Briefe lasen sich von Mal zu Mal verzweifelter: Aufstand hier, Arbeitsniederlegung da, ein abgefackelter Weiler, ein geplündertes Silo.

Ja, er konnte es den Abtrünnigen in der Tat nicht übel nehmen.

Er wäre selbst gerne abgehauen.

»Ja, da fick mich doch wer!«, brüllte Barne und schlug krachend auf den Tisch.

Jeldrik sah auf. »Nein, bitte. Danke«, sagte er vergnügt.

Keno legte einen weinerlichen Brief seines Bruders beiseite.

»Hier!«, rief Barne und rammte seinen Zeigefinger auf eine Seite der Zeitung. »Der Bruder des Königs hat Kernburgh verlassen! Die ›Vertretung des Volkes‹«, er blickte mit einer Mischung aus Empörung, Spott und einer Spur Ekel in die Runde, »empfiehlt dem König und seiner Familie, von Schloss Morgenroth nach Neunbrücken zu kommen, um vor revolutionären Kräften sicher zu sein. Als Zeichen der Einsicht wird ihm empfohlen, die schwarz-weiß-orangene Kokarde der Revolution an den Hut zu stecken! Weiterhin steht hier noch eine Menge mehr dummes Gebrabbel, aber dann kommt's: Das Feudalregime soll der Gleichheit aller weichen! Was denken sich diese Bauern eigentlich!«

Während der Tirade war Barne immer röter geworden. Er atmete wie ein alter Mann, um wieder zu Luft zu kommen. Keno riss ihm die Zeitung aus den Händen, überflog den Bericht mit ernster Miene.

»Den Angehörigen der Armee wird empfohlen, sich der neu gebildeten Nationalgarde anzuschließen …«, las er murmelnd vor. »Empfohlen, empfohlen, empfohlen … welcher Pennbruder schreibt denn solche Texte?«

Jeldrik hatte, ohne ein Wort zu sagen, einfach nur zugehört.

»Was sollen wir denn jetzt machen?«

Barne sprang auf. »Wir schießen die Lumpen zusammen!«

Andere Offiziere standen ebenfalls auf.

»Ein Hoch auf den König!«, riefen einige. Barne stimmte mit grollender Stimme ein. Jeldrik sah besorgt zu Keno. Der schüttelte nur den Kopf und rieb sich mit beiden Händen über das Gesicht.

An den Grenzen des Reiches gab es ausreichend Feinde, um die nächsten hundert Jahre Krieg zu führen. Torgoth, Lagolle, Pendôr, Gartagén, die Kolonien und nicht zu vergessen: Northisle. Wie Geier würden die Reiche über dem zuckenden Kadaver der Kernburgher Monarchie kreisen und auf den richtigen Moment warten.

Wie hatte es nur soweit kommen können?

Ja, er würde wirklich gern abhauen.

21

Heimlich übt sich Wilt Strengarm in der Kunst des Feuers. In den Kellergewölben der Universität hat er einen Raum für seine nächtlichen Experimente okkupiert. Er kommt nur mühsam voran. Bis auf eine salatkopfgroße Flammenkugel hat er nichts zuwege gebracht. Er versucht es weiter. Weil die gemauerten Wände zu schimmeln beginnen, versucht er es neuerdings in umgekehrter Reihenfolge: Er lässt es regnen, um das Wasser dann mit Feuer zu verdampfen. Alles muss im Gleichgewicht sein.

Lysander wäre fast aus dem Bett gefallen, konnte sich aber im letzten Augenblick am Rahmen festkrallen. Er rieb sich über die Augen. Es war, als hätte er im Traum dem Rektor beim Zaubern über die Schulter geschaut. Der alte Schurke hatte mit Elementarzaubern hantiert! So hatte es sich zumindest angefühlt. So echt. Eher wie eine Erinnerung als ein Traum. Als wäre er wirklich und wahrhaftig dabei gewesen.

Seelensauger.

»Was ist passiert?«, hatte Major Sandmagen, Zwanette, immer und immer wieder gefragt. Eine Frage, die er weder beantworten konnte, noch wollte.

Hatte er Strengarms Seele eingesaugt? Wenn ja, was würde das bedeuten?

Und was war das für ein grässlicher Zauber?

SEELEN.
SAUGER.

Die Geräusche und Gerüche des unseligen Abends hatten sich tief in seine Sinne gegraben. Das Knistern der Haut, das Brutzeln des Fettes unter der Haut, das Reißen der Muskeln unter dem Fett, das Knacken der Knochen unter den Muskeln, und schließlich das Trommeln wie von preschenden Pferdehufen.

»Was ist passiert?«

Bei Thapath, das wüsste er auch gerne.

Gleich an mehreren Tagen und Abenden hintereinander hatte Zwanette an seinem Bett gesessen und ihn gefragt und gefragt. Mal freundlich – wie während ihrer heimlichen Gespräche – mal ernst, fast zornig, wie man es von einem Major des Jägerregiments erwarten würde.

Stets begleitet von zwei kräftigen Burschen in Uniform.

Der eine, ein wahrhaft finsterer Geselle: Dunkelbraune Haut, geschorener Schädel, ein Unterkiefer wie ein Troll, starrer Blick, mit einem schweren Kavalleriesäbel an der Seite, ein Paar Steinschlosspistolen an Haken im Kreuzbandelier. Lysander hatte ihn beobachtet, während er versuchte, Zwanettes Fragen auszuweichen.

Der Überrock schien den Riesenkerl zusammenzuhalten, ihn am Platzen zu hindern. Die schwarz tätowierten Pranken, die aus den Rüschenmanschetten herausguckten, wirkten, als könnten sie einen Breitkopf mit einem Hieb zu Thapaths Ahnenrunde schicken.

Der zweite Jäger war kleiner, deutlich schmaler und hellhäutiger. Dafür hatte er ein Gesicht, dessen Züge von schnellem Ableben in der Dunkelheit berichteten. Das lange, mit einem Holzgriff zum Messer umgebaute Bajonett in einer Schlaufe am Gürtel, erzählte die gleiche Geschichte. Dieser Mann trug ebenfalls zwei Pistolen und dazu ein langstieliges Pioniersbeil an der Seite.

Während der eine wie ein gefährlicher Höhlenbär wirkte, der nichts und niemanden fürchten musste, so war jener ein räudiger Wolf, der alles tun würde, um am Leben zu bleiben. Lysander war sich sehr sicher, dass sein Adelskurs ›Schwertkampf‹ ihn in keiner Weise – in gar keiner Weise – auf eine Auseinandersetzung mit solchen Gegnern vorbereiten konnte. Nicht, dass er vorhatte, es herauszufinden. An eine Flucht war im Beisein der drei Jäger nicht zu denken, und in ihrer Abwesenheit wurde der Flur der Krankenstation abgeriegelt. Alle Türen verschlossen.

Die Doppeltür zu seinem Zimmer wackelte.

Durch die milchigen Gläser konnte er eine Gestalt auf der anderen Seite erahnen. Ein Schlüssel drehte im Schloss. Nur einen Spalt glitt die Tür auf.

Nickels Blauknochen quetschte sich hinein, nachdem er einen letzten, vorsichtigen Blick in den Gang geworfen hatte. Dann schloss er sie.

»Meister Bl...«

»Schtt!«, herrschte der Magus ihn an.

»Meister Blauknochen ...«, flüsterte Lysander.

Eintausend Fragen stürmten sein Gehirn. Mit ernster Miene näherte sich der Dozent. Lysander richtete sich auf.

»Danke, dass Ihr gekommen seid.«

Erst jetzt fiel ihm das Bündel auf, das Blauknochen unter dem Arm transportierte. Er warf es auf das Bett.

»Du musst fliehen!«

Lysander traute seinen Ohren nicht. Fünf Tage hatte er mit innerer Unruhe auf diesen Moment gewartet, hatte vor Zwanette dicht gehalten, nichts erzählt von Rothsangs Grimoire – und jetzt sollte er abhauen?

»Aber ...«

Blauknochen streckte einen Zeigefinger vor. »Hör zu, Junge. Wir haben nicht viel Zeit. Die Jäger wollen dich nach Neunbrücken in den Kerker bringen.«

Überrascht und schockiert zuckte Lysander zusammen.

»Was?!«

»Schtt, verdammt! Sie wissen nicht wie, aber sie wissen, dass ein verbotener Zauber gesprochen wurde. Das können sie nicht zulassen. Vor allem können sie dich nicht einfach weiter studieren lassen. Du wirst nach Neunbrücken gebracht und musst dich dort den Inquisitoren stellen, bis du ihnen alles gesagt hast, was du weißt. Freiwillig oder nicht.«

Der Schock, der sich seiner bemächtigte, sorgte dafür, dass Lysander unkontrolliert zu zittern begann. Das kann doch nicht wahr sein!

Blauknochen entpackte das Bündel.

»Hier sind deine Sachen: Schuhe, Hose, Jacke, Mantel. Dein Geld habe ich auch gefunden und noch etwas dazu getan.« Er warf Lysander eine Lederbörse zu, die von seiner Brust abprallte und klimpernd in den Schoß fiel.

»Los jetzt! Zieh dich an!«

Wie im Traum – einem Albtraum – stand er auf, nahm mit bibbernden Händen die Kleidung entgegen. Zögerlich und mit unsicheren Bewegungen schlüpfte er in die hellen Lederhosen.

»Zuerst die Strümpfe!«

Während er sich anzog, prasselten Fragen über Fragen durch seine Gedanken. So zahlreich und ungeordnet, dass er keine einzige formulieren konnte. Blauknochen gab ihm Anweisungen: Schuhe an! Jetzt das Hemd in die Hose! Zuknöpfen! Halstuch! Weste! Frack! Mantel! Er reagierte nur.

Als er fertig war, reichte ihm sein Dozent eine kurze Steinschlosspistole. Dazu ein Pulverfläschchen, einen schmalen Eisentrichter und eine Handvoll in Papier gewickelte Kugeln in einer rechteckigen Ledertasche.

»Hier nimm! Sie ist bereits geladen.«

Lysander hielt die Pistole in der Hand, wie er auch die Hinterlassenschaften eines Hundes in der Hand halten würde. Der Dozent gab ihm noch ein schmales Jagdmesser, das er nicht weniger irritiert in der anderen festhielt.

»Was soll ich denn damit?«

Blauknochen schaute genervt zur Decke.

»Das wirst du vielleicht auf deiner Flucht benötigen?«

In Lysanders Augen sammelten sich Tränen. Flucht? Wohin denn?!

Der Dozent fasste ihn an den Schultern.

»Hör zu, Junge. Verlasse Hohenroth durch das Westtor. Dann reise noch ein paar Tage in diese Richtung bevor du nach Norden gehst. Die Jäger wissen, dass deine Familie aus Blauheim stammt. Sie werden die Straßen nach Norden als Erstes absuchen. Nähere dich Blauheim vom Westen an. Gehe zu deinem Vater. Lasse ihn deine Überfahrt nach Frostgarth arrangieren. Das ist deine einzige Chance, dem Kerker zu entgehen. Es tut mir leid.«

Westen, Norden, Norden, Westen, Kerker. Mehr hatte Lysander nicht verstanden. Wenn sein Meister den Jägern erklären würde, dass er mit Rothsangs Grimoire hantiert hatte, könnte sich doch sicher alles auflösen! Schließlich hatte er ihm das vermaledeite Buch doch erst gegeben!

Der Dozent schüttelte ihn.

»Junge. Du musst hier weg! Hörst du?!«

Lysander nickte zögerlich.

»Was passiert ist, können wir niemandem erklären. Erst recht nicht den Jägern. Sie werden die Universität schließen und uns alle in den Kerker werfen, so wahr ich hier stehe.«

Eindringlich schüttelte er ihn wieder.

»Lauf vier bis fünf Tage nach Westen. Dann nach Norden, bis zur Küste. Dort wendest du dich nach Osten, bis du nach Blauheim kommst. Hast du das kapiert?«

Lysander nickte. »Ja, aber Meister ...«

Blauknochen nahm ihn in die Arme.

»Ich weiß. Es tut mir leid. Dir wird nichts anderes übrigbleiben, als in Frostgarth zu dem Magus zu werden, der du hier hast sein wollen.« Blauknochen stieß ihn von sich weg. »Tu das, Lysander! Gehe ins Land deiner Vorfahren! Studiere dort! Lerne von den weisesten Magi! Übertreffe deinen Meister! Denn das ist es, was die wahrhaft begabten Schüler tun. Mache es zu deiner Pflicht, besser als ich zu werden! Vor allem, was mein Urteilsvermögen in Sachen verbotener Zauber angeht. Schwöre mir das!«

Wieder schüttelte er ihn.

Der Kerker und die Folter auf der einen Seite.

Seinem Vater vor die Füße zu kriechen und das Exil auf der anderen. Ihm blieb tatsächlich nichts anderes übrig ...

Blauknochen nahm eine Ledertasche von seiner Schulter und hing sie an Lysanders.

Proviant. Der Magus hatte an alles gedacht.

»Ich habe Apoth und Bekter im Hof freigelassen. Du kannst an ihnen vorbei. Niemand sonst wird draußen sein, wenn die beiden nicht im Zwinger sind. Gehe durch den Park, klettere dort über die Mauer! Verschwinde in den Gassen hinter der Universität! Folge ihnen bis zum Westtor! Von dort gehst du parallel zur Hauptstraße über die Felder weiter, bis du den Wald erreichst! Was auch immer du tust: Halte dich von Wegen und Straßen fern!«

Lysander öffnete den Mund, um endlich eine seiner Fragen loszuwerden: Was war passiert?

Aber Blauknochen drehte ihn an den Schultern zur Tür, schob in voran. Öffnete sie. Dann stieß er ihn in den unbeleuchteten Flur.

»Lauf, und schau nicht zurück. Viel Glück, junger Hardtherz.«

Lysander stolperte in den Gang, der vor seinen Augen zu schwanken schien. Setzte einen zitternden Fuß vor den anderen. Und den Nächsten. Dann noch einen. Am Ende des Flures warf er einen Blick zurück, doch Blauknochen hatte die Tür zur Krankenstation schon wieder geschlossen. Lysander konnte seinen Schatten hinter der Scheibe verharren sehen.

Er rannte das Treppenhaus hinunter.

Vereinzelt erhellten brennende Öllampen seinen Weg.

Treppe für Treppe, Absatz für Absatz, schlich er durch die Universität.

Als er Schritte auf den Stufen unter sich hörte, warf er sich in einen Gang im zweiten Stockwerk. Auf leise trippelnden Sohlen schlich er in die Dunkelheit.

Er erkannte den Flur als den Trakt, in dem die nicht-adeligen Dozenten untergebracht waren. Am Ende des Ganges ließ ein Fenster etwas Mondlicht hineinscheinen, dennoch ließ er eine Hand über das tapezierte Mauerwerk gleiten. Die alten Wände gaben ihm eine Art Kontakt zur realen Welt. Die Struktur des Papiers, die Kälte des Steins. Das alles erdete ihn, denn sein Kopf schien in Anderswelt-Sphären zu schweben. Wie konnte sich sein Leben so schnell in einen Kübel Scheiße verwandeln? Seine Fingerspitzen streichelten ins Leere, dann berührten sie das Holz einer Zimmertür. Yorrit Knitterblatt, Dozent für Begrünen & Veröden hatte hier seine Stube. Leises Schnarchen drang durch die Ritzen. Die Nächste müsste die von Blauknochen sein.

Nickels Blauknochen und sein verflixtes Grimoire!

Wo war dieses unselige Buch überhaupt?

Die Dozenten hatten es nicht gefunden und demzufolge die Jäger auch nicht.

Lysander hielt inne.

Wie sollte er seine Studien fortsetzen, bis er seinem Vater in den Allerwertesten gekrochen war? Wie sollte er weiterlernen, bis er Frostgarth erreicht hatte? Und wie reagierten die Elven, wenn er dort vorstellig wurde? Er war ja noch nie dort gewesen. Gab es überhaupt eine Universität in Frost?

Bei Thapath! In was für einem Pfuhl rudere ich hier überhaupt herum?!

Der verfluchte Rothsang.

Vorsichtig prüfte er die Klinke.

Die verfluchte Klinke.

Er biss fest auf die Zähne.

Der alte Heiler hatte ihm diesen Mist eingebrockt. Und nun schickte er ihn fort, in eine mehr als ungewisse Zukunft. Mit Talern, einer Pistole und einem Messer. Zu Bekter mit ihm! Wenn es schon so zu laufen hatte, dann wollte er auch ein Wörtchen dabei mitzureden haben. Am besten eins von Rothsangs Wörtchen.

Sollten sie doch zusehen, wie sie ihn fingen, wenn er Brandhagel auf sie niederprasseln ließe!

Zu Bekter mit Rothsang, mit Blauknochen, mit den Jägern – und erst recht mit seinem Vater, dem alten Kotzbrocken! Er würde es ihnen allen zeigen!

Lysander zückte das Messer und rammte es in den Schlitz zwischen Rahmen und Tür. Er hebelte das Schloss kurzerhand auf. Im Mondlicht sah er sich in Blauknochens Zimmer um.

Das Zentrum bildete ein grobgeschnitzter Schreibtisch, der wirkte, als wäre er aus der Zeit gefallen. Das Ungetüm mochte gut und gerne zweihundert Jahre alt sein. Der kalte Kamin sah aus wie ein großes Maul, das ein ›O‹ formte. Wandbehänge von alten Bannern wehten im Wind der geöffneten Fenster. Bücher und noch mehr Bücher stapelten sich in mannshohen Haufen an den Wänden entlang. In einer Ecke des Raumes stand ein unordentliches Bett. Bücher darunter, Bücher daneben. Lysander drehte sich in der Mitte des Raumes um seine eigene Achse. Blauknochen legte wenig Wert auf Sauberkeit, das war deutlich zu erkennen. Essgeschirr, Staub und schmutzige Wäsche teilten sich das Zimmer mit … mit Büchern.

Lysander kratzte sich am Kopf. Wie sollte er hier das Grimoire finden? Wo sollte er überhaupt anfangen? Panik beschlich ihn. Drohte, von ihm Besitz zu ergreifen. Er ging zur Fensterseite und stützte sich an der Fensterbank ab. Seine Fingerspitzen stießen an eine lederne Rolle von der Größe einer Flasche, lang wie ein Unterarm.

Bei Apoth!

Legt der das einfach dort ab. Einfach so.

Er nahm das Grimoire auf und drückte es an die Brust.

Wie man eine Lüge zwischen zwei Wahrheiten versteckt, hatte Blauknochen das Buch Rothsangs zwischen anderen Büchern verborgen. Dreist oder schlau?

Weder die Jäger, noch die anderen Dozenten wussten von dem Buch.

Also eher dreist.

Lysander verließ das Zimmer und zog die Tür wieder zu. Der wird's schon merken, dachte er. Aber im besten Fall bin ich dann schon durchs Osttor.

»Immer weiter«, sagte Lysander zu sich selbst und trat in den schmierigen Schmock, der den Bodenbelag der Gassen bildete, die von schiefen kleinen, dicht an dicht stehenden Giebelhäusern geformt wurden. Würde man eins davon entfernen, würden alle anderen zusammenstürzen, da war er sich sicher. Hier, im eher unfeinen Viertel Hohenroths, quetschten sich drei, vier, oder sogar noch mehr Familien in jeden Raum der kleinen Fachwerkhäuser. Mit Lumpen bestückte Wäscheleinen kreuzten unter den Dächern von einer auf die andere Seite. Hagere Hunde mit verklebtem Fell strichen durch die spärlich beleuchteten Winkel und Ecken. Der Sommer hier roch nicht nach frischem Gras und sprießenden Blüten. Er roch nach Kohlen- und Holzrauch und Fäkalien. Er roch nach Scheiße. Und Scheiße. Und brennender Scheiße.

Nie zuvor hatte es ihn in dieses Viertel verschlagen. Bei seiner Ankunft in der Universität war er über die Königsallee angereist. Campus und ›grüner Mond‹ verband eine breite Prachtstraße, und weiter hatte er nie gemusst.

Lysander kam sich in den Häuserschluchten vor wie ein Fremdkörper.

»TOD DEM KÖNIG!«

Na gut. Das kam ihm dann doch vertraut vor.

Getrampel von tausend Schuhen, laute Rufe aus unzähligen Kehlen. Vor ihm, auf der breiteren Hauptstraße, stampften die Massen wieder zur Revolution. Vielleicht könnte er in der Menge untertauchen und in deren Schutz das Osttor erreichen?

»Na, Bürschlein, wohin des Weges?«, begehrte eine raue Stimme zu wissen.

Lysander drehte sich um.

Drei ungepflegte Gestalten hatten sich angeschlichen.

Junge Männer, kaum älter als er selbst, standen hinter ihm und versperrten ihm den Rückweg. Dreckige Köpfe auf kräftigen Körpern in noch dreckigeren Klamotten.

Fabrikarbeiter, die den ganzen Tag malocht hatten und nun auf der Suche nach etwas Freizeitbeschäftigung die Gassen durchforsteten. Dabei waren sie auf ihn gestoßen. Ihrem Gehabe nach zu urteilen, fühlten sie sich ihm körperlich weit überlegen und sahen ihn als leichte, willkommene Beute an. Wofür er willkommen war und welcher Art die gesuchte Kurzweil sein mochte, konnte Lysander nur erahnen.

Der vermeintliche Anführer packte Lysander am Revers.

»Bist'n feiner Pinkel, was?«

Lysander schlug die Hand weg.

»Was geht's dich an?« Als Einviertel-Elv war er Anfeindung gewöhnt und hatte sich schon als kleiner Knirps in Blauheim gegen Grobiane durchsetzen müssen. Bedauerlicherweise hatte sein vierzehntägiges Schlafen auf der Krankenstation die Schwert-Kurs-Muskeln wieder schrumpfen lassen.

»Spion des Königs«, keckerte der Zweite.

»Aufschlitzen, die dumme Sau«, grollte der Dritte.

Lysander wich einen Schritt zurück und hob die Hände.

»Mal langsam, Leute.« Er konzentrierte sich, um eine Flamme in seiner Handfläche aufflammen zu lassen. Bis auf ein paar Funken passierte nichts.

»Ha! Der glaubt, er wär ein Zauberer, nur weil er spitze Öhrchen hat!« Der Anführer wieder.

Zorn stieg in Lysanders Hals hoch. Ein bitterer Geschmack sammelte sich auf seiner Zunge.

»Fahrt zu Bekter, ihr Pisser«, fauchte er. Mit einem dumpfen Geräusch entfachte sich eine apfelgroße Flammenkugel in seiner Hand.

Argwöhnisch wichen die drei zurück.

»Ey Leute, hier ist'n adeliger Magus!«, brüllte der Zweite über Lysanders Schulter.

Lysander wagte kaum, sich umzudrehen.

Vor ihm die drei Halsabschneider, hinter ihm der Strom der protestierenden Meute.

»Was ist da los?!«, rief eine tiefe Stimme vom Eingang der Gasse.

»Hier!«, rief der Dritte.

Lysander ließ die Flamme in seiner Hand verschwinden. Es platschte, als Wasser aus der anderen auf den Boden fiel.

»Wie war das mit Bekter und Pisser, du adelige Drecksau?«

Lysander wurde so wütend wie nie zuvor in seinem Leben. Erst wie tot, dann auf der Flucht, und jetzt diese unflätigen Arschgeigen, die ihm auf die Pelle rückten! Bleckende Flammen schlugen ihm aus den Augen. Er öffnete den Mund, um eine erneute Warnung auszusprechen, doch sein Rachen loderte. Fauchend schlugen die Flammen aus ihm heraus.

»Ach du Scheiße!«, rief der Erste, drehte sich um und rannte davon. Die beiden anderen hielten das für eine gute Idee und folgten ihm.

»Was ist hier los, Bursche!«, rief die tiefe Stimme hinter ihm.

Lysander drehte sich um, die Flammen erloschen.

Ein Pulk von Revolutionären drückte sich in die Gasse, in der nicht mehr als vier von ihnen nebeneinander Platz fanden. Die Stimme gehörte zu jemandem aus der ersten Viererreihe. Einem Köhler. Schwarzes Gesicht, lederne Schürze, kräftige Arme vom Holz und Kohle schaufeln. Der Mann hatte beide Fäuste geballt und kam ihm breitbeinig ausschreitend entgegen.

Der Mann blieb stehen und stemmte die Hände in die Hüfte.

»Sieh an, sieh an. Ein gar feines Bürschlein wagt sich in unser Viertel. Hat dein Papa versprochen, dir das Pack zu zeigen? Wo ist er denn?« In übertriebenen Gesten suchte der Mann die Gasse ab. Ein paar hinter ihm lachten.

»Lasst mich in Ruhe. Ich habe nichts mit eurer Sache zu schaffen«, knurrte Lysander.

»Das denk ich mir, das denk ich mir, Bürschlein«, tönte der Köhler und warf sich in herrschaftliche Pose. »Aber so leicht kommst du uns nicht davon, nicht wahr?!« Einzelne Stimmen meldeten sich bejahend zu Wort.

»Dein adeliges Köpfchen wird sich ganz besonders gut auf meiner Pike machen!« Als hätte er einen großartigen Witz gerissen, hielt sich der Mann den Bauch und lachte schallend. Dann machte er einen Schritt nach vorn.

Es war der eine Schritt zu viel.

Lysander streckte die Arme vor sich aus. Die Handflächen reckten sich der Meute wie zur Abwehr entgegen. Zwischen seinen Zeigefingern tauchte eine kleine Flamme auf. Nicht größer als das Licht einer Kerze. Eine Hand ließ er nach unten fallen, die andere hob er über den Kopf. Aus dem Flämmchen wurde ein Flammenstrahl, der senkrecht zwischen den Häuserwänden emporschoss. Er spürte die Hitze auf seiner verschwitzten Stirn und Nasenspitze. Die aufgebrachten Protestler blieben stehen. Glotzende Augen und hochgezogene Augenbrauen starrten in seine Richtung.

„Ein verschissener Adliger UND Magus!", brüllte der Köhler an vorderster Front. „Ein Lakai des Königs! Den knüpfen wir auf!" Der Mob setzte sich wieder in Bewegung.

Lysander führte die Hände vor sich zusammen. Mit einem schnellen Ruck zog er sie waagerecht auseinander. Er sah nun aus, wie die Skulptur von Thapath dem Schöpfer über dem Domeingang. Weit waren seine Arme gespreizt. Zwischen ihm und dem Mob flimmerte eine mannshohe Wand aus Feuer, die von der einen Seite der Gasse zur nächsten reichte.

Seine Lippen bebten. Gutturale Laute krochen die Kehle hinauf, drängelten am Rachen vorbei und ergossen sich über die Zähne nach draußen. Die ausstrahlende Hitze der Wand nahm zu, ihre Farbe wechselte von rot-orangem Feuer zu orange-weißer Glut. Aus Angst, sie könnten verkochen, kniff Lysander die Augen zusammen. Eher aus Gewohnheit, denn spüren konnte er die Hitze nicht mehr.

Seine Arme schienen sich zu verselbstständigen, sie drückten nach vorn, als würde er eine festgefahrene Kutsche aus dem Schlamm schieben.

Er öffnete die Augen.

Lodernd und brüllend raste die Feuerwand der Meute entgegen und verwandelte dabei Laute der Überraschung in Schreckens- und Schmerzensschreie. Es sah aus, als würde sie durch die erste Reihe hindurch fliegen – an ihnen vorbei, in die nächste Reihe.

Der Köhler und die vorderste Linie der wütenden Bürger verpufften förmlich in der Hitze. Zurück blieben verkohlte Leiber, deren Hände im Reflex versucht hatten, ihre Gesichter zu schützen. Einen kleinen Moment blieben sie noch stehen wie versteinerte Schatten, dann zerbröselten sie, fielen zu Aschehaufen zusammen, die vom heißen Wind der rasenden Wand auseinandergeweht wurden.

Verzweifelte, geschockte Gestalten versuchten zu fliehen. Die Flammenwand raste schneller durch die Gasse als ein Pferd in gestrecktem Galopp und holte sie alle ein. Starr vor Schreck sah Lysander ihr nach. Sah, wie sie Reihe für Reihe der Meute verschlang, verzehrte und nur Asche zurückließ. Am Ende der Gasse schrumpfte sie. Zuerst nur langsam, dann immer schneller. Mit einem dumpfen PFUMP zog sie sich zusammen und verschwand.

Ascheflocken wehten in den Nachthimmel. Lysanders Blick folgte ihnen. Höher und höher stiegen sie. Bis zu den Dächern der schiefen Häuser. Ein Regentropfen fiel ihm aufs Augenlid. Dann noch einer aufs Kinn. Es rumpelte in der Luft. Ein Knistern wie nach einem Blitzeinschlag, das auf seiner Haut kribbelte. Plötzlich ergoss sich ein heftiger Regen in die Gasse und spülte Asche in den Rinnstein. Lysander war sofort klitschnass. Ein Gully neben seinen Füßen gurgelte wie ein Ertrinkender. So plötzlich es angefangen hatte, so plötzlich war es vorbei.

Er wischte sich das Wasser aus dem Gesicht und starrte in die Häuserschlucht.

Was – um Thapaths Willen – war das?!

Lautes Wehklagen und wütende Rufe wurden am Eingang der Gasse laut. Bürger liefen zusammen. Die Überlebenden, vor deren Augen sich der Zauber aufgelöst hatte, berichteten in schnellen Worten von der Flammenwand, die ein blasser, dünner Elv entzündet und ihnen entgegengeschleudert hatte.

Ich muss hier weg!

Lysander drehte sich auf dem Absatz und flüchtete ins Straßengewirr von Hohenroth.

22

Zwanette Sandmagen stieß eine Fingerspitze in die Pfütze und betrachtete sie.

In dem öligen Wasser zeichnete sich Asche ab. Sie zerrieb den Tropfen und richtete sich auf. Neben ihr strich Feldwebel Narmer mit einem weißen Wolltuch über eine Häuserwand. Er klemmte sich ein Monokel in die tiefen Augenhöhlen und betrachtete im Licht einer Öllampe den Fleck auf dem Tuch. Hinter ihr befragte Hauptmann Raukiefer – auch ›Der Bluthund‹ genannt – einige Bürger, die sich trotz der Revolte den Jägern gegenüber zurückhielten.

Das Regiment war Gegenstand zahlreicher Legenden und Gerüchte. Das einfache Volk hatte es von Geschichte zu Geschichte, Anekdote zu Anekdote immer mysteriöser verklärt. Mit dem Jägerregiment legte sich keiner an. Revolution hin, Revolution her.

Zwanette öffnete eine Ledertasche an ihrem weißen Gürtel und griff hinein. Narmer trat neben sie. Raukiefer nickte einer älteren Frau zu, mit der er sich unterhalten hatte und stellte sich an Zwanettes Seite. In ihrer Hand hielt sie eine Art Stimmgabel. Ein handflächengroßes, metallenes U mit Elfenbeingriff. Sie streckte den Arm aus. Zu dritt schauten sie auf das Instrument. Die Stäbe begannen zu vibrieren. Ein Ton erklang. Zuerst dumpf, dann höher werdend. Narmer hob die Augenbrauen, Raukiefer zog die Nase hoch.

»Na, das nenn' ich mal ein Potenzial«, raunte er.

Zwanette schloss Daumen und Zeigefinger um die Gabel. Der Ton verklang.

»Ist keine fünf Stunden her«, sagte sie.

In seinem dröhnenden Bass sagte Narmer: »Ich hole die Pferde und geb den anderen Bescheid.« Er drehte sich um und lief aus der Gasse.

»Was sagen die Leute?«

»Die da erzählen alle das Gleiche.« Raukiefer deutete mit dem Daumen über die Schulter.

Hinter weiteren Jägern, die die Gasse an beiden Enden absperrten, versuchten Neugierige Blicke, zu erhaschen.

»Ein helles Licht, Hitze wie aus einem Hochofen, eine rasende Feuerwand, und … PUFF … alle weg.«

Zwanette sah zu den Schaulustigen.

»Konnte dir einer sagen, wie viele es im ›PUFF‹ erwischt hat?«

Raukiefer grinste. »Nicht wirklich. Einige sprechen von zwei Dutzend, andere von bestimmt, garantiert, auf jeden Fall von Hunderten.« Er verdrehte die Augen.

»Wie lang und breit ist die Gasse, was meinst du?«

Der Hauptmann sah von einem Ende zum anderen.

»Hm. Ich denke achtzig bis hundert kriegt man hier locker rein. Ohne Dunkle und Riesen.«

»Nahezu rückstandslos verbrannt. Unglaublich. Wann hatten wir das das letzte Mal?«

Raukiefer kratzte sich an der Schläfe.

»Ich weiß nicht. Mir ist so was noch gar nicht untergekommen.«

Hufgetrappel und Unmutslaute kündigten die Ankunft der Jägergruppe an.

»Weg da!«, hörte sie Narmer rufen.

Raukiefer machte sich auf den Weg zu den Pferden.

Zwanette blieb noch eine Weile stehen.

Armer Lysander, dachte sie. Zwölf Jäger nähmen die Verfolgung auf, wobei wahrscheinlich Bluthund und Narmer genügten. Die beiden waren ihre besten Männer, wenn es darum ging, irregeleitete Magi lebendig zu fangen. Oder zu töten, wenn es die Umstände erforderten. Weitere Gruppen würden die Straßen und Wege, von Hohenroth aus, in alle Himmelsrichtungen absuchen. Und bei einem solch massiven Zauber, wie dem hier entfachten, würden sie auf ›lebendig fangen‹ wenig Wert legen.

Was hast Du nur angestellt?

Sollte sie den jungen Magus vor ihren Männern aufspüren, gab es hoffentlich noch eine Chance. Sie würde ihren Einfluss als Major einsetzen und sich dafür stark machen, dass ihm der Kerker – und vor allem die Inquisitoren – erspart blieben. Wenn sie ihn zur Vernunft bringen könnte, gäbe es vielleicht die Möglichkeit, ihn im Jägerregiment weiter auszubilden.

Feuer bekämpfte man schließlich oft mit Feuer.

Irritiert stellte sie fest, dass sie sich um Lysander sorgte.

Laute Hufschläge näherten sich.

»Major, Ihr Pferd«, sagte Narmer und reichte ihr von seinem Sattel aus die Zügel. Sie nahm sie an und schwang sich in einer flüssigen Bewegung auf den Rücken ihres Rappen.

Narmer und Zwanette wendeten und ritten aus der Gasse. Die anderen zehn warteten bereits auf sie.

»Zum Osttor!«, rief Major Sandmagen.

Die Schaulustigen wichen zurück, als die Jäger ihre Tiere antrieben.

Auch Blauknochen machte einen Schritt, um sich im Türeingang eines Hauses zu verbergen.

Nachdem die Soldaten hinter der Häuserecke verschwunden waren, ließ er sich von der Menge in die Gasse treiben. Er betrachtete die Rußspuren an den Wänden und die nasse Asche am Boden.

Hier musste es angefangen haben, dachte er.

23

So beginnt es also, dachte Lockwood und zerknüllte den Befehl, den er vom Militärkommando per Boten zugestellt bekommen hatte.

Mit verkniffenem Gesichtsausdruck sah er aus dem Fenster des Stadthauses der Familie Lockwood und betrachtete die Allee.

So friedlich.

»Was hast du da?« Caleb war an seinem Zimmer vorbeigegangen und hatte ihn durch die offene Tür am Fenster stehen sehen.

»Hm?«, machte Nathaniel.

»Ist es das, was ich denke, was es ist?«

»Ja, Bruder. Ist es. Der Befehl zur Mobilmachung. Alle Armeeangehörigen werden zu ihren Kasernen beordert.«

Caleb legte ihm eine Hand auf die Schulter.

»König Goldtwand ist geflohen. Stand heute in der Zeitung«, sagte er.

»Das ist dann wohl der Grund«, sagte Nathaniel.

Caleb trat neben ihn und verschränkte die Hände hinter dem Rücken.

Zusammen schauten sie auf die sonnenbeschienene Allee. Kutschen zogen vorbei, gut gekleidete Damen und Herren gingen ihrem Tagewerk nach oder spazierten unter den Bäumen entlang. Ein ganz normaler Tag im Juni in Truehaven.

»Er hat sich mitten in der Nacht abgesetzt. Wie ein Dieb. Wie ein Feigling.« Caleb schnaufte, um seinem Missfallen Ausdruck zu verleihen.

»Die Kernburgher stellen die ganze Welt auf den Kopf …«

»Das wäre nicht das erste Mal, oder?«

Nathaniel atmete hörbar aus.

»Nein, das ist es nicht.«

Aufmunternd knuffte ihm sein älterer Bruder in den Bauch.

»Na kommen Sie schon, Captain, so schlimm wird's schon nicht werden!«

Nathaniel konnte ein Grinsen nicht unterdrücken. Mit lockerer Hand wischte er seinem Bruder über die Wange.

»Sie schlagen einen Captain? Nehmen Sie dies, Lord Schatzmeister!«

»Wie können Sie es wagen! Ich verlange Satisfaktion!« Caleb verpasste ihm eine leichte Ohrfeige.

»Auf zur Attacke!«, rief Nathaniel großartig, dann schlug er mit beiden Händen auf den Kopf seines Bruders ein, dass es klatschte. Der bückte sich und boxte ihm lachend mit Fäusten in den Bauch.

Sie schnauften und kicherten dabei.

»Ähem«, hustete es.

Caleb richtete sich auf und legte eine ernste Miene auf.

»Ja bitte, Abner?«

Mit völlig ungerührtem Blick räusperte sich der Diener erneut.

»Das Pferd des Captains ist aufgezäumt und gesattelt, das Reisegepäck gepackt und die Uniform gestärkt und geplättet.«

Nat schlug seinem Bruder in den Nacken. Der zuckte und grinste breit, dann riss er sich wieder zusammen.

»Äh, danke Abner. Dann können Sie sich nun bitte um die neuen Vorhänge kümmern. Madame Lockwood möchte sie bis heute Abend im Salon aufgehängt haben.«

»Sehr wohl, Mylord« Abner verbeugte sich kurz, zwinkerte Nathaniel zu, lächelte und verließ den Raum.

Sobald er hinter der Tür verschwunden war, boxte Caleb Nat in den Bauch.

»Ausgesprochen albern, Captain. Möge man Ihnen an der Front Manieren beibiegen.«

Nathaniel wurde wieder in die Realität geholt. Traurig sah er seinem Bruder in die Augen. Der nickte ernst.

»Es wird schon nicht so schlimm werden, Natty.«

Sie umarmten sich und blieben so eine Weile am Fenster stehen.

»Ähm, Brüderchen …«, setzte Nathaniel an. Caleb hielt ihn weiterhin umarmt, verzog aber das Gesicht in Erwartung eines klassischen Nattys. Er wurde nicht enttäuscht.

»Übrigens, ich rechne mit Emilys Ankunft in einer Woche …«

Caleb zuckte zusammen.

»Es wäre ausgesprochen charmant von dir, wenn du sie im Namen der Familie willkommen heißen könntest.«

Caleb schnaufte und rückte von seinem Bruder ab.

»Das ist nicht dein Ernst!«

Nathaniel rieb sich mit flacher Hand über den Hinterkopf und sah seinen Bruder von unten an, mit einem Ausdruck, den Caleb sonst nur vom geliebten Bluthund ihrer Frau Mutter kannte, wenn er am Tisch bettelte.

»Und da ist noch etwas …«

Caleb sackte förmlich zusammen. Er ließ die Schultern hängen und schloss die Augen.

»Ich … äh… ich musste ihren Kontrakt ablösen, weißt du?«

Caleb warf einen Blick an die Decke und atmete hörbar.

»... und da ich natürlich keine einhundert Pfund in Turnpike hatte, habe ich mir gedacht, dass du diese Mittel ihrem Reisebegleiter aushändigen könntest, wenn ich weg bin?«

Caleb fuhr sich mit beiden Händen durchs schüttere Haar. Lautlos bewegten sich seine Lippen.

»Ich habe natürlich keine Ahnung, wie lange ich weg sein werde ... daher wäre es prima, wenn du und Mama sie in die Gesellschaft Truehavens einführen würdet ...« Strahlend sah er Caleb an. »Was natürlich bedeutet, dass sie ein wenig textiler Ausstattung bedarf.«

Sein älterer Bruder stöhnte auf, als wäre er in ein Bäreneisen getreten.

»Ich zahle es zurück, sobald ich wieder da bin!«, beeilte sich Nathaniel zu ergänzen.

Ergeben ließ sich der Lord Schatzmeister in einen Sessel am Fenster plumpsen. Er kniff die Augen zusammen und wedelte mit den Händen, als wollte er einen lästigen Köter verscheuchen. »Ja, ja, ja, Natty. Und jetzt hau gefälligst ab in deinen Krieg.«

»Danke, Bruder!«, rief Nathaniel. Er stürzte sich über ihn und drückte ihn fest an sich, was aufgrund der Tatsache, dass sein Bruder saß und er stand, recht umständlich und albern aussah.

Obwohl Caleb sich sträubte, klopfte er ihm schließlich auf den Rücken, musste lächeln und drückte zurück.

»Komm heil wieder, Nat.«

Keno sah den Mannschaften beim Beladen der Zeugwagen zu. Munitionskisten, Pulverfässer, Luntenbündel, Ladestäbe, Wischutensilien, Werkzeuge, alles was benötigt wurde, um die Artillerie des Königs zu bestücken.

Des Königs ... Pffft ...

Auf dem Exerzierplatz wurden die Kanonen kontrolliert und überprüft. Lafetten wurden aufgebockt, Räder herangerollt. Geschäftiges Gerumpel und Gekrache untermalte das Hämmern der Schmiede.

Nur, was brachte die Mobilmachung? Wo sollte die Armee hin? Welchen Feind wollte sie bekämpfen?

Der König hatte sich bei Nacht und Nebel nach Lagolle *ab*gesetzt und damit das gesamte Militär in Aufruhr *ver*setzt. Ausgerechnet Lagolle! Verräter.

Frustriert trat Keno ein Steinchen aus dem Staub zu seinen Füßen. Kurz nur dachte er an seine frisch polierten Stiefel. Scheiß drauf. Für wen sollte er denn die Stiefel wienern? Für wen sollte sich überhaupt noch ein Soldat in Uniform werfen und die Hacken zusammenschlagen? Der König nebst Familie getürmt, der Adel aus den Städten geflohen, die Kirchen Thapaths verriegelt und verrammelt. Es war zum Haareraufen.

Unter den Soldaten hatten sich zwei Lager gebildet. Die einen nannten sich Royalisten und hielten dem Haus Goldtwand weiterhin die Treue. Die anderen befürworteten die Revolution, die ihnen Gleichheit aller Bürger und Freiheit vom Ständesystem versprach. Genauso verhielt es sich auf dem Land und in den Städten.

Beide Parteien standen sich misstrauisch gegenüber. Und immer öfter entlud sich das Misstrauen in Gewalt. Pfft...

Das war doch alles völlig unausgegoren!

Als Soldat war es seine Aufgabe, das Reich vor Gefahren von außen zu schützen – nicht einem aufflammenden Bürgerkrieg im Innern als unbeteiligter Beobachter beizuwohnen.

Sein Land ging vor die Hunde und der König – in dessen Macht es gestanden hätte, das alles zu beenden – haute ab wie ein Dieb, ließ sein Volk, seine Nation, im Stich.

Keno ballte eine Faust.

Pro oder contra? Royalist oder Revolutionär?

Der König hatte ihm die Entscheidung abgenommen.

»Kommen Sie mit, Leutnant?« Oberst Rabenhammer saß auf seinem unruhig stampfenden Pferd und wartete auf seine Offiziere.

»Ja«, erwiderte Keno grimmig und schwang sich in Levantes Sattel.

Barne und Jeldrik saßen bereits auf ihren Pferden.

Eine ganze Reihe von Soldaten der verschiedenen Truppenteile war ebenfalls aufgesessen. Keno erkannte Kavalleristen an ihren geflochtenen Zöpfen unter hohen Fellmützen und den reich geschmückten Uniformjacken mit Schnüren, Quasten und Tressen. Er erkannte raubeinige Offiziere der Infanterie in voller Montur, die auf den für sie ungewohnten Pferden saßen und sich damit dem Spott der Reiter aussetzten. Offiziere der Logistik und der Pioniere hatten sich ebenfalls als Abgesandte ihrer Einheiten eingefunden. Nun harrten sie der Nachzügler, um zusammen im Tross zum Lustschloss des Königs zu reiten. Dort wollten sie bei der ›Versammlung der Vertreter des Volkes‹ vorsprechen. Es war absehbar, dass die Flucht des Königs nach Lagolle für Unruhen an den östlichen Grenzen Kernburghs sorgen würde. Die Truppen wollten wissen, was die Versammlung diesbezüglich zu tun gedachte und Rabenhammer, als Ranghöchster, sollte dies herausfinden.

General Eisenbarth hatte niemand zu Gesicht bekommen.

Sie zügelten ihre Pferde vor dem Haupteingang des imposanten Schlosses.

Schloss Morgenroth war prächtig anzuschauen: Weißer Kies, hohe Säulen, Giebel aus Marmor, ein gepflegter Garten, in dem man sich hätte verlaufen können, mit gestutzten Buchsbäumen, geschnittenen Hecken und stolzierenden Pfauen. Allein der Nordflügel sollte angeblich über achtundzwanzig Bäder, siebenundvierzig Suiten und zwei Ballsäle verfügen.

Die schiere Verschwendungssucht ließ einen bitteren Geschmack in Kenos Mund aufsteigen. Wie viele Tonnen Mehl hätte man für einen Bruchteil der Bau- und Instandhaltungskosten erstehen, wie viele Bürger über den strengen Winter bringen können?

Pfft... Ein Hoch auf den Scheiß-König, fluchte er in Gedanken.

Nach fest kommt kaputt.

Die Offiziere saßen als erste ab. Leder knarzte und Steigbügel klimperten, als zwei Dutzend Soldaten von ihren Pferden stiegen. Kies knirschte, als schwere Soldatenstiefel auftraten.

»Willkommen!«, rief eine überfreundliche Stimme vom oberen Treppenabsatz.

Keno hob den Kopf. Fünfundzwanzig weiße Stufen führten zum Hauptor und ganz oben standen sie: die selbst ernannten Führer des freien Volkes von Kernburgh.

Zumindest der Kleidung nach schienen sie den dritten Stand abzubilden. Vom feinen Zwirn der Anwälte und Angestellten, bis zum eher zweckmäßigen Gelumpe der Bäcker und Handwerker. Nur mit Frauen haben sie es nicht so, dachte Keno. Er konnte nur wenige Damen unter den Bürgern erkennen.

Pfft...

Hinter Oberst Rabenhammer ging er die Stufen hinauf. Ihn flankierten ein Hauptmann der Infanterie und ein Oberleutnant der Kavallerie, deren Namen er nicht kannte. Weitere Soldaten folgten.

Durch die hohen Doppeltüren hätte man vier Kanonen nebeneinander hinein rollen können. Der noch breitere Hauptgang war mit buntem Marmor gefliest, die Wände mit Blumenmuster-Tapeten aus Stoff bezogen. Blattgold veredelte Kronleuchter und Türbeschläge, riesige Wandgemälde zeigten frühere Herrscher des Hauses Goldtwand in übertrieben heroischen Posen. Mit offenen Mündern betraten die Soldaten Schloss Morgenroth.

Der Mittelgang hatte auf beiden Seiten drei Durchgänge zu verschiedenfarbig dekorierten Salons. In jedem dieser Räume hätte man bequem eine Division unterbringen können. Am Ende des Ganges stand ein runder Brunnen mit Fontänen, die von Meereswesen bis hoch zum gläsernen Dom darüber gespuckt wurden. Links und rechts vom Brunnen führten geschwungene Treppenaufgänge zur Galerie.

Müsste ein bemerkenswertes Echo geben, dachte Keno staunend. Allerdings nur, wenn hier nicht so viele Bürger und Bürgerinnen rumlungern würden.

Die obere Galerie und die seitlichen Salons quollen über vor Revolutionären. Die meisten trugen gebastelte Blüten in den Farben Kernburghs an Hüten, Revers oder Ärmeln.

Während sie an den Salontüren vorbeigingen, konnten sie immer wieder Gesprächsfetzen hören. Im Blauen Salon wurde lebhaft über ›Rechte und Pflichten‹ diskutiert. Dabei wurden Fäuste geschüttelt. Die ein oder andere flog auch. Im Roten Salon wurde lautstark über die Abschaffung und Ächtung der Sklaverei gestritten.

Als Keno den Grünen Salon passierte, hörte er eine ihm bekannte Stimme.

Er blieb stehen.

»... setzt sich ab nach Lagolle! Lagolle! Wer erinnert sich nicht an die hundert Jahre Krieg, während derer sich gerade Lagolle durch ausgesprochen flexible Bündnispolitik hervorgetan hat?! Ein Lagolle, das uns just heute eine Kriegserklärung hat zukommen lassen, unter dem fadenscheinigen Argument, dem rechtmäßigen Herrscher Kernburghs den Rücken zu stärken!«

Desche, der Fleischer. Hoch auf einem Podest, umringt von Zuhörern, die an seinen Lippen hingen, und nickten und ›hört, hört!‹ riefen.

Keno lehnte sich in den Türrahmen und lauschte weiter.

Desche sah über die Menge und entdeckte den Leutnant im Eingang.

»Seht, Bürger!« Er zeigte auf Keno. Die Köpfe der Zuhörer drehten sich geschlossen zu ihm.

»Auch die Armee ist eingetroffen! Zusammen werden wir eine entschlossene Reaktion auf die unzumutbare Dreistigkeit Lagolles erarbeiten und ihnen – dank unserer tapferen Truppen – eine Lektion erteilen, die sich gewaschen hat!«

»Hurra! Hurra!«, riefen die Zuhörer wie aus einer Kehle. Hinter Keno waren weitere Offiziere stehengeblieben und staunten in den Salon.

Applaudierend kamen ihnen die Bürger entgegen, während sie weiterhin ›Hurra‹ brüllten. Rabenhammer trat neben seinen Leutnant und klopfte ihm begeistert auf die Schulter.

»Na, Grimmfausth, wann wurde die Artillerie jemals so warm empfangen, hm?« Begeistert klatschte er in die Hände. Er nahm seinen Zweispitz vom Kopf und winkte der Menge. Neuerlicher Jubel brach aus. Rabenhammer lachte. Die Soldaten strömten in den Saal. Sie mischten sich unter das Volk, ließen sich auf die Rücken klatschen, jubelten mit.

Dann sind wir wohl ad hoc der Revolutionsarmee beigetreten. Was für ein Witz!

Zumindest müsste er nun nicht gegen seine eigene Nation kämpfen. Lagolle hatte sich aus dem Off getraut und als Buhmann die Bühne betreten. Wir marschieren nach Osten.

So beginnt es also, dachte Keno.

Im frühen Morgengrauen erreichte Lysander endlich die Stadtgrenze. Nachdem er durch das Osttor geschlüpft war, hatte er sich im Labyrinth der Außenbezirke verborgen und war stetig nach Osten gewandert. Vorbei an ärmlich zusammengeschusterten Häusern, Fabriken, Lagerhallen und Baustellen. Die erwachte Industrie veränderte Alltag und Antlitz der Stadt. Revolte und Revolution taten ihr Übriges.

In einer Brandruine hatte Lysander pausiert und, versteckt in einer dunklen Ecke, eine schnelle Mahlzeit aus der Proviantasche verzehrt. Ein dröhnender Kopfschmerz hatte sich hinter seiner Stirn breitgemacht. Er vermutete, dass das mit dem Flammenwand-Zauber zusammenhing. Einen solch mächtigen, vernichtenden Zauber hatte er noch nie gesehen – geschweige denn selbst entfesselt. Er wusste schon, dass er über eine natürliche Begabung verfügte, eventuell sogar über ein erhebliches magisches Potenzial, aber so etwas ...

Am Stadtrand veränderte sich Bebauung und Nutzung der Flächen. Er schlich an kleinen Höfen und Weiden vorbei. Hunde bellten und Gänse schnatterten, wenn er an Mauern und Zäunen entlanglief. Jedes Mal zuckte er zusammen und beeilte sich, weiterzukommen. Schließlich erreichte er den letzten Bauernhof, an dessen Ostseite die große Ebene begann. Weit zogen sich die Grasdünen bis in die Ferne.

Lysander duckte sich hinter einen mannshohen Stapel aus geschlagenem Feuerholz und schaute über ein grünes Tal. Nur vereinzelt wankten Bäume im lauen Wind. Straßen und Wege schnitten durch die Landschaft. Kutschen, Handkarren, Reiter und Wanderer bewegten sich von Hohenroth weg oder steuerten auf die Stadt zu. Im aufsteigenden Dunst der nächtlichen Feuchtigkeit konnte er auf dem Kamm eines Hügels den Waldrand erkennen. Den Wald zu erreichen würde ihn mehrere Stunden kosten. Stunden, in denen er gut sichtbar im Tageslicht über die Ebene spazieren müsste.

Keine gute Idee. Was sollte er nur tun?

Weiter im Osten lagen die nächsten größeren Städte Neunbrückhen, Löwengrundt und schließlich, an der Grenze zu Lagolle, Schwarzbergh. Nordwestlich davon, an der Küste, lag Blauheim. Die Stadt in der er geboren wurde und in der sein Vater das gut florierende Geschäft seines Großvaters leitete. Sollte sein Vater ihm die Überfahrt nach Frostgarth ermöglichen, könnte er sich den Papa-In-Den-Arschkriech-Geruch im Nordmeer von der Haut waschen. Was dann in Frostgarth geschah, das wusste nur Thapath allein. Das wäre dann der letzte Schritt seiner Reise ... für den ersten musste er den Wald erreichen.

Aber nicht bei Tag.

Lysander sah sich um. Der Bauernhof war auf der zur Stadt gewandten Seite ummauert, zur Ebene hin begrenzten ihn Zäune aus groben Brettern. Es gab ein Haupthaus, in dem vermutlich der Bauer mit seiner Familie wohnte. Davor lag der staubige Hofplatz, um den sich eine offene Halle für den Unterstand von Kutschen und Gerät, ein großer Stall für das Vieh und eine kleinere Heuscheune drängelten.

Da würde er sein Glück versuchen.

Noch war der Bauer nicht bei der Arbeit, aber wenn er sie aufnähme, wären Stall, Halle und Weide nicht der beste Platz, um sich zu verstecken. Dann doch eher die Heuscheune, die im Sommer nicht gebraucht wurde.

Um sie zu erreichen, müsste er sich nur über den Hof schleichen, in dessen Mitte ein gemauerter Brunnen mit Pumpe und Holzdach stand.

Allemal besser, als die Ebene zu überqueren.

Lysander nahm sich ein Herz und rannte zum Brunnen. Er rutschte mit den Knien in den Staub und lehnte sich an die Mauer. Er wartete. Das Haupthaus blieb still. Nichts und niemand rührte sich. Sonntag, dachte er, es musste Sonntag sein. Sonst wäre der Bauer sicher schon bei der Arbeit.

Geduckt flitzte er weiter und erreichte die windschiefe Scheune.

Vorsichtig drückte er die Tür auf und schlüpfte durch den Spalt. Ein aufgeschrecktes Huhn flatterte davon. Er schloss die Tür. Durch die Ritzen in den groben Holzwänden fiel ausreichend Licht, um eine Leiter erkennen zu lassen, die zum Heuboden führte. Er kletterte sie hinauf, krabbelte zur Außenwand, verscheuchte dabei eine Ratte und legte sich hinter einen Haufen Stroh. Wie ein Baby im Mutterleib krümmte er sich zusammen und schlief ein.

24

Es dämmerte bereits, als er erwachte. Er rieb die Augen und streckte sich. Die Albtraumbilder von verkohlenden Menschen verblassten. Hatten sie ihm denn eine Wahl gelassen? Hatte er nicht klar und deutlich gesagt, sie sollten ihn in Ruhe lassen? Wie hatte er die Flammenwand überhaupt zaubern können? Bei Bekter ...

Lysander griff nach der Provianttasche und wühlte in ihr herum. Brotkrumen rieselten zu Boden. Während er geschlafen hatte, hatten sich wohl ein paar Ratten über das Brot hergemacht. Mist. Er rubbelte einen Apfel an seiner Weste und biss hinein.

Der Waldrand – der Wald – dann Neunbrückhen. Sollte er in die Hauptstadt?

Werde ich verfolgt? Und wenn, ist es besser, mich in Neunbrückhen zu verstecken, oder sollte ich versuchen Schwarzbergh zu erreichen? Hm...

Erstmal bis zum Wald kommen, dachte er.

Er spähte durch einen Spalt zwischen den Brettern im Giebel. Noch war es nicht dunkel genug. Er würde warten, bis es Nacht war. Dann würde er es über die Wiesen und Weiden zum Waldrand schaffen. Bis dahin war noch etwas Zeit. Er öffnete den Wasserschlauch und trank. Dabei fiel sein Blick auf die Lederrolle.

Das verfluchte Grimoire. Er schüttelte es aus der Rolle und schlug es auf.

Was für ein seltsames Material. Die Seiten waren aus dünnstem Leder, fast wie Papier. Dennoch fühlten sie sich zäh und langlebig an. Die Runenschrift sah aus wie eintätowiert.

Kapitel 1: *Der Magus in der Welt. Über Aufgaben und Pflichten eines Kriegsmagus.*
Alles von Rothsang in der geläufigen Schrift ›Midtheni‹ niedergeschrieben.
Langweilig.

Kapitel 2: *Die Standards. Heben & Senken, Ziehen & Schieben, Trennen & Fügen.*

Ab hier bediente sich Rothsang der Schrift der Ahnen. Am Rand hatte, so vermutete er, wohl Fokke Grauhand – wer dürfte sonst in Rothsangs Buch schmieren? – die ein oder andere Notiz in einer spinnenartigen Kritzelschrift ergänzt. Ohne Lysanders bereits vorhandene Kenntnisse hätte er schon dieses Kapitel nicht entziffern können. Dank seiner Zeit an der Universität konnte er sich die fehlenden Runen zusammenreimen. Schnell überflog er die Grundlektionen.

Langweilig.

Kapitel 3: *Begrünen & Veröden, Brennen & Löschen.*
Schon besser.
Viel besser!

Besonders ›Löschen‹ schien eine wichtige Lektion zu sein, was wohl auch Sinn machte, wenn man bedachte, dass im Zweiten und Dritten Zeitalter die meisten

Häuser und Städte ausschließlich aus Holz und Lehm gebaut wurden und somit ein Brand die höchste Gefahr für städtisches und dörfliches Leben darstellte.

Sowohl Rothsang als auch Grauhand hatten reichlich ergänzt, korrigiert und zusammengefasst.

Lysander las die Notizen und lächelte. Dem guten Rothsang schien eher das ›Brennen‹ Priorität gewesen zu sein, während sich Grauhands Kritzeleien hauptsächlich mit ›Löschen‹ beschäftigten. Beides ging Hand in Hand, der ›Feuerwerfer‹ hatte sich aber mehr für das eine interessiert. Guter Mann.

Kapitel 4: *Kriegszauber, erster Teil. Der SeelenSauger.*
Der SeelenSauger
Nicht Seelensauger.
Aha. Seltsam. Aber auch irgendwie archaisch, machtvoll.

Er folgte den Runen mit den Fingerspitzen und wiederholte den Zauber mit stummen Lippen. Grauhands Ergänzungen, die er zuvor als Geschmiere ignoriert hatte, berichteten von der Gefährlichkeit des Spruches. Was du nicht sagst!

> ›So möhge dem Wirkher stetens gewahr sein, dass Er der aldteste,
> verdhorbenste Zauber der Elven ist, dessen Auslhösung stetens
> im Kreise des Rates beschlossen und gesthattet ... ‹

Weiter kam er nicht, denn ein tintenblauer Fingerabdruck überdeckte die Notiz.
Na klar. Wie kann man nur so ungeschickt sein?!
Vielleicht hatte Grauhand Grauhand geheißen, weil seine Hände versteinert gewesen waren?

Lysander beschloss, der Sache um den SeelenSauger nachzugehen, sobald sich ihm die Möglichkeit bot, Recherchen anzustellen.

Er blätterte um.

Kapitel 4: *Kriegszauber, zweiter Teil. Flammenwand & Feuerwürfe.*
Lysander wunderte sich.

Soweit er erkennen konnte, waren die Runen ›Flammen‹ vom Elvischen und ›Wand‹ von Dwerzaz – der Schrift der Zwerge abgeleitet. Wieso hatte er ohne Weiteres ›Wand‹ lesen können? Sein Herz machte einen Satz, als er erkannte, dass er den kompletten Zauber lesen konnte, als wäre er in Midtheni aufgeschrieben. Einfach so.

Der nächste Absatz über Feuerwürfe erschloss sich ihm nicht auf den ersten Blick, da sich die Ahnenschrift hier aus allen Schriften zusammensetzte. Unter anderem auch der der Dunklen, die Orcus genannt wurde.

Er kannte nur zwei Orcus-Runen. ›Tod‹ und ›Ordnung‹ prangten in Form von kruden Kratzern unter den meisten Darstellungen von Bekter. Statuen, Gemälde und Mosaike mit dem Bruder Apoths konnten überall auf Plätzen, *vor* Kirchen und *in* Kirchen gefunden werden. Die Runen gehörten zur Allgemeinbildung.

Er blätterte weiter.

Kapitel 4: *Kriegszauber, zweiter Teil. BrandXXX &XXXFeuer.*

Mist.

An die Ränder hatte Rothsang ›*Der ist es! Jaha!*‹ und ›*beisphiellose Erghebnisse!*‹ geschrieben. Grauhand hatte ›*Wirkungsvollst, aber schrecklichst*‹ und ›*Schändtlichste Sauherei*‹ ergänzt. Waren sich wohl nicht immer einig, die beiden.

Das Licht des Tages war mittlerweile so weit gewichen, dass ihm das Lesen schwerfiel.

Es wurde Zeit.

Mit flacher Hand presste er die Provianttasche an seine Brust, damit sie nicht klapperte und raschelte. Im Licht des aufgehenden Mondes schlich er vom Hof. Er drückte sich in den Spalt zwischen Halle und Holzstapel und trat auf die Weide. Auf der Straße in der Ferne bewegten sich nur noch wenig Reisende. Ein angenehmer Sommerwind strich ihm durchs Haar. Er ging los.

Am Ende der Weide kletterte er über den Zaun und betrat die offene Ebene. Das hüfthohe Gras würde ihm das Verstecken leicht machen, sollte er auf jemanden treffen. In weiter Ferne zeichnete sich der Waldrand als schwarzer Streifen über den wogenden Wiesen ab.

Vier Stunden benötigte er für die Strecke.

Parallel zur Straße schlug er sich in die Büsche. Obwohl er sich einige Meter abseits hielt, war es leicht, auf Kurs zu bleiben; denn da sich der Weg zu seiner Linken wie ein silbriges Band durch die Baumstämme schlängelte, blieb er deutlich sichtbar. Allzu oft war Lysander nicht nachts in Wäldern umhergeschlichen. Jedes Geräusch, jeder knarzende Ast, jeder Ruf eines Tieres ließen ihn zusammenzucken. Indem er die Augen weit aufriss, gaukelte er sich vor, eine mögliche Gefahr im Dunkeln rechtzeitig zu erkennen, bevor sie auf ihn niederstieß.

Bis auf Latschen und Zucken hatte er nicht viel zu tun. Seine Gedanken gingen auf Reisen und spielten die letzten Tage noch einmal durch.

Strengarm – SeelenSauger – Schlaf – Blauknochen – Flucht – Flammenwand – Irrsinn.

Die Erinnerung an eine Vorlesung des Rektors schoss ihm durch Mark und Bein.

›*Ein Magus, der andere durch seine Zauber tötet, kann sicher sein, im Kerker zu landen! Daher ist es unabdingbar, die eigene Macht durch Demut und Dienen im Zaum zu halten.*‹

Lysander blieb wie erstarrt stehen.

Wie viele waren in der Gasse gewesen?

Da war der Köhler, der ihm gedroht hatte, seinen Kopf aufzuspießen. Dahinter drückten Unzählige in die Gasse. Jeder wollte der Erste sein, der dem adeligen Elven den Schädel einschlug. Er erinnerte sich an das überhebliche Lachen des Köhlers und die hassverzerrten Gesichter in seinem Gefolge. Zwanzig? Fünfzig? Einhundert? Er hatte nicht drauf geachtet. In dem Moment war es ihm auch egal gewesen.

Er wurde bedroht und er hatte reagiert.

Ob ihm dies die Inquisitoren des Königs glauben würden? Er hatte da so seine Zweifel.

Er beschloss, nicht nach Neunbrückhen zu gehen.

Dort stand der Kerker. Wenn er sich dem schon nähern musste, dann als Gefangener. Nicht freiwillig. Also Löwengrundt.

Wie lange müsste man laufen, um die Stadt zu erreichen? Acht bis zehn Tage zu Fuß, vermutete er.

Ein leises Rattern erklang. Rollend, knirschend, klappernd. Langsam wurde es lauter.

Ein Wagen! Lysander stahl sich durch die Sträucher, näher an den Waldweg heran. Jetzt konnte er jemanden pfeifen hören.

Ein kräftiges Pferd in lockerem Gang zog eine Kutsche. Die Kutsche bestand aus einem Holzverhau auf zwei Achsen. Auf dem Kutschbock saß ein älterer Mann. Zipfelmütze, grauer Bart, Leinenhemd, Weste, lange Hosen. Vielleicht ein Händler, der seine Waren in Hohenroth abgeliefert hatte und nun auf dem Rückweg nach Hause war. Das würde er riskieren. Lysander trat auf den Weg und winkte dem Mann.

Der Mann, der sich Lysander als Bleike vorstellte, war tatsächlich Fuhrunternehmer. Er transportierte Waren zwischen Hohenroth, Neunbrückhen und Nebelstein. Gutgelaunt schwatzte er von seiner Arbeit, den langen Stunden auf dem Kutschbock, den Gasthäusern – das beste: ›Die Bunte Kuh‹ in Schwarzbergh! Garantiert! – von seiner Familie und seinen Freunden. Lysander lächelte, erzählte nur wenig von sich; zumeist von seinem Leben als Student der … ähm … Völkerkunde, machte ›Ach ja?‹ und ›Nein, so was‹, wenn es ihm angeraten schien, und zählte die Stunden. Nach einigen davon erreichten sie den östlichen Waldrand. Die Bäume wuchsen spärlicher. Waldboden wurde von Wiesen unterbrochen und mit einem Mal befanden sie sich wieder auf der großen Ebene.

»So, das war's jetzt erst mal mit Wald, mein junger Freund. Gleich da, hinter der Biegung, müssten wir schon Wieselfreud sehen können.«

»Wieselfreud?«

Der Kutscher schnalzte mit der Zunge, um sein Pferd anzutreiben.

»Jup. Wir machen dort Rast. Altje muss sich ein bisschen erholen. Wir quartieren uns für die Nacht ein, dann geht es weiter. Hast du ein paar Groschen, um für die Nacht zu zahlen?«

Lysander nickte. »Ja, habe ich. Es wäre mir eine Freude, die Logis für uns beide zu begleichen. Als Dank fürs Mitnehmen, wenn es recht ist.«

Bleike lachte. »Na, aber klar doch!«, dann schlug er Lysander auf die Schulter. »Dafür geht das Bier auf mich!«

›Wieselfreud‹ war ein kleiner Hof mit großem Mietstall an einer Wegkreuzung. Auf der Ost-West-Achse verband die Straße Hohenroth mit Schwarzbergh, eine Strecke von über dreihundertfünfzig Kilometern, wie Lysander an den Wegweisern ablesen konnte. Nach Norden führte sie zur Küste. Das kleine Küstenkaff auf den Schildern kannte er nicht. Die Straße nach Süden führte über Neunbrückhen nach Grünthor und darüber hinaus an die Südküste Kernburghs. Ein Weg von über neunhundertfünfzig Kilometern. Hätte Lysander die mit Bleike zurücklegen müssen, er wäre wahrscheinlich mit blutenden Ohren vom Bock gestürzt, bevor sie das Südmeer auch nur riechen konnten. So nett der Mann auch war – mit ihm zu reisen stellte sich als anstrengend, beziehungsweise sozial fordernd heraus.

Lysander lächelte vor sich hin, während er auf dem Plumpsklo saß. Der kleine Holzschuppen, der Wieselfreuds Gästen als Abort diente, stand etwas abseits hinter den Ställen.

Reden und Trinken waren Bleikes Lieblingsbeschäftigungen, vermutete Lysander, denn Bleike hatte einen Krug nach dem anderen bestellt. Lysander spürte die Wirkung des Alkohols, empfand sie aber als durchaus angenehm, verdrängte sie doch die Gedanken an Flammenwände, Verfolgung, Kerker und Inquisitoren. Er schüttelte ab und zog die Hosen hoch.

Das Schlagen zahlreicher Hufe und das Klirren von Metall störten die ruhige Nacht.

Eilig knöpfte er die Hose zu und warf sich den Frack über.

Die Geräuschkulisse kündete von mehr und mehr Reitern, die auf dem Hof ihre Pferde mit Kommandos stoppten. Einige waren bereits abgestiegen.

Lysanders Puls pochte. Er lugte aus dem runden Loch, das jemand auf Augenhöhe in die Tür gebohrt hatte.

Soldaten.

Er versuchte sie zu zählen. Als er bei vierzig angekommen war, bewegten sich so viele dunkelblau gekleidete Figuren über den Hof, dass er es aufgab.

Würde die Armee einem Magus eine Kompanie hinterherschicken?

Lysander zwang sich zu ruhigem Atmen. Durch die Nase ein, durch den Mund aus. Sollten die wegen ihm hier sein, wäre es eine kurze Flucht gewesen. Die Tür des Plumpsklos öffnete sich zum Hof, in dem nun noch mehr Reiter eintrafen. Die Rückwand war solide gezimmert, ein Durchbruch unmöglich. Bräche er sie mit einem Feuerwurf auf, müsste er ziemlich schnell danach dem Beschuss von über vierzig Musketen ausweichen ...

Ein reich geschmückter Reiter – dem Behang zufolge, der Anführer, oder Kommandant – stapfte mit steifen Beinen zum Eingang des Gasthauses. Der Wirt öffnete die Tür. Die beiden sprachen miteinander. Auf die Entfernung konnte Lysander kein Wort verstehen. Der Wirt allerdings rieb sich die Hände, ähnlich dem Schankkellner, den er aus dem ›Grünen Mond‹ kannte. Das konnte nur ›Taler‹ bedeuten. Viele Taler, wenn er den Gesichtsausdruck des Wirts richtig deutete.

Der Kommandant drehte sich zu seinen Männern.

»Erster Zug, absitzen und Gelände sichern!«, rief er.

Die Soldaten schwärmten sternförmig aus, nahmen dabei ihre Musketen von den Schultern und bezogen Stellung rund um die Gebäude.

Das war's dann, dachte Lysander.

Er wollte gerade die Tür öffnen und sich mit erhobenen Händen in sein Schicksal fügen, als drei Kutschen mit weiteren Berittenen im Gefolge eintrafen. Die drei Wagen waren von bester Machart und für einen Normalsterblichen kaum zu bezahlen. Blank poliertes Edelholz, goldene Rahmen und Leisten. Die Wagenlenker waren in feine, zivile Uniformen gekleidet. Neben jedem saß ein Soldat mit Waffe.

Es rappelte an der Toilettentür. Lysander stolperte zurück und wäre fast in das Loch gefallen. Er krallte die Fingernägel in die Holzwand und spreizte die Beine. Herrje!

Es rappelte erneut.

»Hey! Ist da wer drin? Ich muss mal!«

Ihm brach der Schweiß aus.

»Äh … Ja … bin gleich soweit.«

»Mach hin, sonst gibt's ein Unglück!«

Lysander stand auf und strich sich die Kleidung glatt. Sein Marschgepäck wartete im Gasthaus auf ihn. Bleike passte darauf auf. Nur das Grimoire hatte er, als seinen größten Schatz, mitgenommen.

»Piss doch an die Wand, Fiete!«

»Oder bisse dir dazu zu fein?«

Raues Soldatenlachen.

»Mit Pissen ist das hier nicht getan, ihr Schwachköpfe!«

Es rappelte wieder.

Dieses Mal schwang Ungeduld und Frust mit.

»Einen Moment noch.« Lysander holte tief Luft.

Dann öffnete er die Tür.

Vor ihm stand ein schmaler Mann in der blauen Uniform der Armee. Tiefliegende Augen mit dunklen Rändern, unrasiert und vormals gebrochene Nase.

»Nu, mach mal hin!« Er tänzelte auf der Stelle.

Lysander machte einen Schritt. Eilig drängelte sich der Soldat an ihm vorbei. Die Tür wurde zugeknallt, der Riegel umgelegt. »Mann, Mann, Mann …« Ein Gürtel fiel zu Boden. »Noch nicht, noch nicht …«

»Jetzt! Ahhh…« Krachend erleichterte sich der Soldat.

Seine Kameraden, die links und rechts vom Plumpsklo in die Büsche strullerten, kicherten.

»Angelegt und losgeschossen!«

Lysander schaute sich verwundert um.

Hinter ihm die pinkelnden Soldaten, vor ihm Soldaten, zwischen Plumpsklo und Gasthof die Kutschen, umringt von Soldaten. Und nicht einer wollte was von ihm.

Mit zögerlichen Schritten machte er sich auf den Weg.

Ein Reiter trabte an ihm vorbei. »N'Abend.«

Lysander grüßte zurück.

Auf Höhe der Kutschen riskierte er einen Seitenblick.

Durch das Fenster konnte er eine weinende Frau in feinsten Kleidern sehen. Eine andere Frau, ihrer Kleidung nach, eine Magd oder Dienerin, tröstete sie. Ein kleiner Junge, nicht älter als zehn Jahre, lehnte aus dem Fenster und bestaunte die Soldaten.

»Du bist ein Elv!«, rief der Junge und zeigte auf Lysander.

Lysander blieb stehen und drehte sich zu dem Kind.

»Hallo du«, sagte er. »Nein, ich bin kein Elv. Nur ein Halber.«

»Wegen der Ohren!«

Lysander lächelte. »Na ja, die habe ich von meinem Großvater.«

»Steht dir!«

»Danke.« Lysander musste fast lachen. Aufgewecktes Kerlchen.

»Und wer bist du?«, fragte er den Jungen.

»Ich, ich bin der Prinz!«

Lysander tat, als könnte er es nicht glauben, was nicht sonderlich schwer war, denn er glaubte es nicht.

»Du bist ein Prinz?«

Der Junge schaute ihn streng an.

»NEIN! Ich bin DER Prinz! Dein Prinz!«

Der Kommandant hatte offenbar seine Verhandlungen mit dem Wirt beendet, denn er trat neben Lysander, nickte ihm zu, wandte sich dann an den Jungen.

»Ihr solltet Euch um Eure Frau Mutter kümmern, Eure Hoheit.«

Hoheit? Lysander schaute sich die Kutsche noch einmal genauer an.

Auf den Türen prangte das königliche Wappen. Haus Goldtwand. Eine goldene Mauer, mit jeweils einem Wehrturm rechts und links. Darüber das Königslaub, darunter ein Banner, das das königliche Credo zeigte:

›Stets der Wächter auf dem Wall‹.

»Verschwinde!«, flüsterte der Kommandant. »Das hier geht dich nichts an.«

Lysander hob beschwichtigend die Hände.

Der Kommandant drückte den Jungen mit zwei Fingern an der Stirn ins Innere der Kutsche. Dann griff er hinter das Fenster und holte schwere Brokatvorhänge hervor, die er dem Bub vor der Nase schloss.

Die zweite Kutsche war komplett verhangen. Innen wurden leise Worte gewechselt. Für Lysander klang es verzweifelt, aber trotzig.

In der dritten Kutsche saßen zwei Kammerzofen und ein Diener, die mit pikierten Mienen dem Treiben der Soldaten zusahen.

Für Lysander hatten sie nur unfreundliche Blicke übrig.

Erleichtert atmete er aus.

Puh! Offensichtlich waren sie nicht wegen ihm hier.

Er betrat das Wirtshaus und ließ sich auf seinen Platz plumpsen. Ein volles Bier mit eingefallener Schaumkrone wartete bereits auf ihn.

»Hasse gehört?« Bleike beugte sich über den Tisch.

»Was denn?«, fragte Lysander. »Dass der Prinz da ist?«

Bleike lehnte sich überrascht zurück.

»Der Prinz? Neee. Der König sitzt da draußen in der Kutsche!«

Der Gasthof hatte sich mittlerweile gefüllt. An allen Tischen saßen nun Soldaten. Allerdings in deutlich aufwendigeren Uniformen als sie die Männer vor der Tür trugen, weswegen Lysander vermutete, dass es sich um die Offiziere handelte. Sie hatten aus Papier gefaltete Blüten auf ihre Jacken geheftet. Schwarzweiß kariert, weiß und orange. Die Farben Kernburghs.

Vielleicht das Zeichen einer Spezialtruppe?

»Der König auch?«, fragte er bei Bleike nach. Weniger aus Interesse, als um seine Nervosität abzubauen.

»Gefangen haben sie ihn! Wollte wohl nach Lagolle fliehen, die Drecksau.«

Lysander verschluckte sich fast an seinem Getränk.

König. Gefangen. Lagolle. Drecksau.

So recht passten die Worte für ihn nicht zusammen. Seit wann war der König so tief gefallen? Unruhen und Protest hatte er in Hohenroth wochenlang mitbekommen, es aber für nichts weiter als einen Sturm im Wasserglas gehalten.

Jetzt sollte der König gefangen worden sein?

Von den eigenen Soldaten?

Er sah Bleike ernst an. »Ich fürchte, du musst mir etwas genauer von der Situation in Kernburgh berichten.«

Bleike lachte. »Du Bücherwurm hast nix mitgekriegt, was?«

Vor den Toren Löwengrundts sprang Lysander vom Bock der Kutsche, streckte den Rücken und sortierte sein Gepäck. Wasserschlauch, Umhängetasche mit Proviant und Pistole, Lederrolle, Messer.

Er bedankte sich bei Bleike, der ebenfalls vom Bock sprang und ihn fest drückte.

»Pass auf dich auf, kleiner Bücherwurm! Und wenn du mal nach Nebelstein kommst, frag nach mir. Ich habe immer ein kaltes Bier für dich parat.«

Lysander bedankte sich ein zweites Mal.

Während der letzten Tage hatte er Bleike schon beinahe lieb gewonnen. Der Fuhrmann hatte geflucht wie ein Ketzer, als er vom König, der Revolution und den Unruhen im ganzen Land berichtete, und Lysander hatte gerne zugehört.

Bleike würde eine neue Fuhre in der Stadt aufnehmen und nach Hohenroth zurückkreisen. Lysander plante, noch ein paar Kilometer hinter Löwengrundt in Richtung Nebelstein zu marschieren, sich dann gen Norden, nach Schwarzbergh, zu wenden und schließlich nach Blauheim.

Wo ihm sein Vater den Hintern aufreißen würde.

Wo er seinem Vater in den Hintern kriechen würde.

Und dann nach Frostgarth.

≺ ● ● ● ≻

»Wie viele verdammte Elven kommen denn hier so durch, du Lurch?«

Raukiefer drückte den Hals des Wirtes noch etwas fester. Dessen Augen traten aus ihren Höhlen. Seine Zunge zuckte zwischen den braunen Zähnen hin und her. Er röchelte.

Noch ein Pfund mehr und Zwanette müsste eingreifen.

Narmer betrat den Gasthof. Sein Schatten verdunkelte den ganzen Raum.

»Major, einer der Stalljungen erzählt, dass er einen Elv oder Elv-Mischling gesehen hat. Vor zwei Tagen hat er hier für eine Nacht zwei Zimmer gemietet und ist am frühen Morgen zusammen mit einem Fuhrkutscher aufgebrochen. Der Mann ist bekannt. Bleike aus Nebelstein. Kommt öfter durch.«

Zwanette nickte.

Narmer nahm die schwere Flinte, die er statt des Gewehrs der Jäger bei sich trug, vom Rücken, lehnte sie an die Wand und ließ sich auf die hölzerne Eckbank fallen, die unter seinem Gewicht knarzend ächzte.

Raukiefer schubste den Wirt grob gegen die Rückwand seiner Theke.

»Zwölf Bier, aber schnell.«

Das Doppelkinn des Wirtes wackelte, als er hustete und sich eifrig an die Arbeit machte.

Lysander hatte das schlau gemacht, das musste sie ihm zugutehalten.

Zuerst die Flucht durch das Osttor – wo sie ihn doch im Norden erwartet hatten! Dann war er ihnen dreimal entwischt, nachdem sie die Verfolgung Richtung Osten aufgenommen hatten. Einmal in den Vororten, einmal im Wald und jetzt hier.

Von der Gasse aus hatten sie seinen Fluchtweg rekonstruiert und antizipiert. Zu Fuß hätte er erst morgen an Wieselfreud vorbeikommen sollen – nun aber war er schon seit Tagen weg.

Er hatte sich von einer Kutsche mitnehmen lassen.

Nebelstein also.

Anfangs hatten sie Blauheim als sein Ziel vermutet. Wo sollte er auch sonst hin, wenn nicht zu seiner Familie, die in Blauheim über einigen Einfluss und Kapital verfügte. Offensichtlich hatte er das erwartet und sich nach Osten gewandt.

Wollte er nach Lagolle? Und dann? Weiter nach Pendôr und sich im ewigen Winter des Zwergenlandes verbergen?

Wo willst Du hin, Lysander?

Hoffentlich geht es dir gut …

25

Rumpel.
Schnitt.
Klack.

Der Kopf des Schafes plumpste in den aufgestellten Weidenkorb. Mit einem seligen Lächeln im Gesicht zog Desche am Seil und brachte das Fallbeil damit wieder in die Ausgangsposition. Er schlang das Seil um einen Knauf am hölzernen Rahmen.

Während einer seiner Lehrlinge, der sich für die heutige Präsentation in seine besten Kleider geworfen hatte, den Schafsleib auf einen Karren stemmte, wandte sich Desche an sein Publikum.

Passend für die Demonstration seiner Maschine – oh, wie er dieses Wort liebte – hatte er die Bühne im Roten Salon von Schloss Morgenroth gewählt. Um zu zeigen, wie sauber Rumpel-Schnitt-Klack arbeitete, hatte er ein weißes Hemd und die wertvolle Hochzeitsweste angezogen. Die Rüschenärmel des Hemdes unterstrichen seine Bewegungen, als er die Arme ausbreitete, als wollte er seine Zuschauer allesamt umarmen. Er deutete eine leichte Verbeugung an. Seine Glatze glitzerte im Licht der Kronleuchter.

Erstauntes Getuschel wurde durch Applaus abgelöst, der sich in frenetische Höhen steigerte. Er genoss jede Sekunde. Aus dem Augenwinkel sah er seine liebe Frau, die auf der Bühne hinter dem aufgezogenen Vorhang auf und ab hüpfte und strahlte wie der Leuchtturm von Blauheim.

Jubelrufe erklangen.

»Danke, meine Freunde, danke.« Desche legte eine flache Hand auf seine Brust. Eine Träne der Rührung löste sich aus seinem Augenwinkel.

»Nach monatelangen Versuchen ist es mir gelungen, euch heute eine Maschine zu präsentieren, die schneller, präziser, sauberer und schmerzfreier Dekapitationen durchführen kann, als es die Priester des Bekter je könnten!«

Beim Wort ›Priester‹ mischten sich Buh-Rufe in den Jubel. Keiner der Revolutionäre wollte noch etwas mit dem Klerus zu schaffen haben. Zu lange hatten sich die gierigen Kirchenleute an den Brüsten Kernburghs gelabt, gesaugt und genuckelt, bis die Nation nahezu ausgemergelt danieder lag.

»Hunderte von Jahren war die Enthauptung dem Adel vorbehalten. Für uns einfache Leute blieb nur der Strick. Mit dieser Maschine wird sich das ändern! Diese Maschine wird es uns ermöglichen, Urteile im Schnellverfahren und im Sinne der Gleichheit aller zu vollstrecken! Jahrelange Inhaftierung wird den

Arrestanten ebenfalls erspart. Beschleunigen wir die Prozesse gegen die Feinde der Revolution, steht einer zügigen Entfernung jener subversiven Elemente nichts mehr im Wege! Ihr habt gesehen, in welcher Geschwindigkeit die Maschine arbeiten kann – nun liegt es an uns, ebenso schnell zu arbeiten!«

Der Applaus ebbte nicht ab. Desche musste beinahe schreien, um sicher zu sein, bis in die letzte Ecke des Salons gehört zu werden. Seine Frau hielt es nicht mehr aus. Mit wehendem Rock stürmte sie auf die Bühne und drückte sich an ihn. Desche schenkte ihr ein liebevolles Lächeln.

Er sonnte sich noch einige Augenblicke in der Begeisterung des Publikums, dann hob er beide Hände und bewegte sie auf und ab, um die Gemeinschaft zu beruhigen. »Diese Maschine wird zur manifestierten Drohung an alle Feinde der Republik!«, brüllte er und reckte eine Faust zur Decke.

Nun gab es kein Halten mehr. Das Publikum kreischte, hüpfte, tanzte. Hüte wurden in die Luft geworfen, Schultern und Schenkel geklopft.

Desche wartete geduldig. Er hob wieder die Hände. Nur langsam kehrte Ruhe ein.

»Meine Freunde! Vor drei Tagen ist es unserer Nationalgarde gelungen, die Flucht unseres Königs, Onno Goldwand und seiner Familie, zu vereiteln.«

Wieder brandete Applaus auf.

»Ich fordere hiermit seine Absetzung und Inhaftierung wegen Hochverrats! Er hat sich vor dem Versammlungsgericht zu verantworten. Eine Flucht zu unseren Erzfeinden aus Lagolle kann und darf nicht toleriert werden!«

In der Zwischenzeit hatte sein Lehrling mit Unterstützung von zwei Soldaten einen dünnen, blassen Mann in abgerissener Kleidung auf die Bühne gezerrt. Ein Soldat trat dem Mann in die Kniekehlen, der andere drückte ihm eine Hand in den Nacken. Gemeinsam zwangen sie seinen Kopf in die Holzvorrichtung, die an einen Pranger erinnerte. Mit schnellen Fingern schraubte der Lehrling die Holzbalken mit einer Flügelschraube zusammen. Klemmte der Kopf einmal in der Apparatur, gab es kein Zurück. Mit einem Filetiermesser schnitt er dem dünnen Mann den Zopf vom Haupt, um das Genick freizulegen.

Erwartungsvolle Stille legte sich über die Versammlung. Desche ließ eine dramatische Pause verstreichen, dann zeigte er auf den Mann.

»Lonne Dünnstrumpf. Tuchhändler und bekennender Royalist.«

Buh-Rufe.

»Wurde angeklagt, dem König bei seiner Flucht geholfen zu haben, und dafür im Eilverfahren zum Tode durch den Strick verurteilt.«

Jubelrufe.

Desche schritt gelassen zum Bühnenrand und setzte sich. Er senkte seine Stimme und zwang dadurch sein Publikum, zu verstummen.

»Wir alle kennen den Strick. Wir alle haben mindestens einmal einer Urteilsvollstreckung beigewohnt. Wer erinnert sich nicht an das unsägliche Gezappel, an das Strampeln, das minutenlange Leid der Verurteilten, ganz zu schweigen vom unwürdigen Lösen der verdauten Henkersmahlzeit?«

Tuscheln und Nicken.

Desche stand wieder auf. Mit betont trauriger Miene löste er das Seil vom Knauf. Er wandte sich an den Mann, der nur wenig strampelte. In weiser Voraussicht hatte ihm Desche im Kesselhaus mit einem Blasebalg heißen Dampf in den Rachen gepumpt. So richtig heißen Dampf. Mit verbrühten Atemwegen war von Lonne nicht viel Protest zu erwarten. Das war wichtig für die Präsentation!

Er hatte ihn von seinem neuen Orcneas fesseln lassen und darauf geachtet, dass die Schnüre um Brust und Arme schön fest saßen. Er hatte große Sorgfalt walten lassen, damit die Demonstration ein voller Erfolg werden würde. Und jetzt steuerte er aufs Finale zu.

»Bürger Lonne Dünnstrumpf, hast du noch letzte Worte zu sprechen?«

Der Mann warf den Kopf hin und her. Strähniges Haar fiel ihm über das zu Boden gewandte Gesicht. Tränen kullerten ihm über die Wange, die das Publikum zu Desches Freude nicht sehen konnte.

»Nein? Gut.«

Auf Desches Unterarmen zeichneten sich Muskeln und Adern ab. Er hatte das vierzig Kilo schwere Fallbeil am Seil mit nur einer Hand festgehalten, um zu demonstrieren, wie kinderleicht die Handhabung der Maschine war. Nun ließ er los.

Rumpel - Schnitt - Klack

Lonnes Schädel plumpste neben den des Schafes. Seine Augen klimperten noch ein-, zweimal überrascht zur stuckverzierten Decke, bevor sie erstarrten.

Aus den Augenwinkeln sah Desche, wie sein Lehrling rittlings auf Lonnes Beinen saß und sie zu Boden presste. Dünnstrumpfs letzte Zuckungen entgingen den Zuschauern. Gute Arbeit. Desche würde dem Burschen ein gutes Stück Schafsfleisch als Belohnung zustecken.

Während der Enthauptung hatten die Versammelten die Luft angehalten. Eine zittrige Spannung hatte sich aller bemächtigt. Nun brach sich erneut Jubel und Applaus Bahn.

Desche verbeugte sich theatralisch und legte einen Arm um die Schultern seiner strahlenden Frau.

Er gab der Menge Zeit, die Erregung durch Klatschen und Rufen abzubauen.

Unmittelbar Zeuge des Todes zu sein, faszinierte, entzückte, begeisterte. Er kannte das Gefühl nur zu gut und liebte es mit ganzer Seele. Er konnte verstehen, dass unbedarfte Laien etwas länger brauchten, den Nervenkitzel abzubauen.

Als sich das Publikum wieder einigermaßen im Griff hatte, trat er an den Bühnenrand.

»Ich bedanke mich für eure Aufmerksamkeit, liebe Freunde. Die Herstellung weiterer Maschinen kann umgehend realisiert werden. Sie sehen, dass der Holzrahmen und die Kopfapparatur von jedem Tischler in kurzer Zeit gebaut werden können. Die Fertigung der Klinge dürfte mit den neusten Techniken des Metallgusses ein Klacks werden. Schon in vier bis sechs Wochen könnten wir in jeder größeren Stadt ein Exemplar aufgebaut haben, um den Feinden der Revolution beizukommen.«

Hört!-Hört!-Rufe nebst Jubel.

»So überlasse ich die Prüfung der Produktionskosten dem Verwaltungsausschuss und gebe die Bühne frei für den Repräsentanten des Kollegiums für Äußere Angelegenheiten. Dieser wird, wertes Gremium, unsere Kriegserklärung an Lagolle im Wortlaut verlesen.«

Stetiger Applaus.

Desche verbeugte sich tief.

Dann führte er seine Frau von der Bühne.

»Wie wäre es mit Kurzmacher?«, flüsterte er ihr zu.

»Desche Kurzmacher?« Sie blieb stehen und überlegte. »Frau Kurzmacher? Das klingt nicht so gut, Liebster.«

Er küsste sie lachend auf den Hals.

»Nicht für uns. Für die Maschine, Liebling.«

Sie lachte mit und schlug sich mit flacher Hand an die Stirn.

»Ach so! Kurzmacher. DER Kurzmacher. Gefällt mir. Das klingt so schön unaufgeregt.«

»Ja, nicht wahr?«

Sie küssten sich.

Jetzt bräuchte er nur noch einen standesgemäßen, schmissigen Namen für sich und seine Frau.

›RUMPEL-SCHNITT-KLACK‹
ODER
›DER KURZMACHER‹

26

Wundfuß. Das wäre doch mal ein Name.

Nicht Hardtherz.

Mit Wehmut dachte Lysander an die rumpelnde Kutsche von Bleike zurück. Zu Fuß hielt er sich wieder abseits der Straßen und kraxelte über Stock und Stein, wich Bäumen aus, erkletterte Hügel, schlitterte in Senken, mühte sich ab. In diesem Tempo würde es Wochen dauern, bis er die Küste erreichte.

»Hundert lausige Kilometer«, hatte Bleike gesagt. »Vier bis fünf Tage wandern, dann bist du schon da.« Wenn er denn wandern könnte. Der Weg von Löwengrundt nach Schwarzbergh verlief im Abstand von mehreren Kilometern parallel zur Grenze zu Lagolle. Die natürliche Grenze zwischen den beiden Reichen wurde durch eine Gebirgskette gebildet, durch deren Ausläufer sich Lysander seit einigen Tagen mühte. Aus der Ferne mochten es sanfte, grün bewachsene Hügel sein. Hier, mittendrin, war es mühsam. Sehr mühsam. Besonders, wenn man die Straße meiden musste wie ein Räuber.

Die Nächte im Wald konnte er im Rückblick auch nicht als stimmungsaufhellend bezeichnen. Füchse bellten, Wölfe heulten, der Waldboden raschelte und knisterte. Er hatte sich wie ein Kleinkind gefühlt, das dem Vater Kartoffeln aus dem Keller bringen sollte, und jederzeit damit rechnete, vom Kellermonster gefressen zu werden. Wenigstens hatte er sich damit trösten können, jedes Monster per Flammenwurf verkohlen zu können.

Verdursten würde er ebenfalls nicht.

Er öffnete die Hand. Zischend erschien eine apfelgroße Feuerkugel.

Er öffnete die andere. Gluckernd materialisierte sich eine Kugel aus Wasser. Er spitzte die Lippen und saugte an dem schwebenden, silberschimmernden Gebilde. Es war nicht ganz kalt, aber es schmeckte. Er klatschte die Hände zusammen. Feuer und Wasser gingen ineinander auf.

Das klappte ja schon ganz gut.

Was nicht so gut klappte, war die Orientierung. Seit heute Morgen hatte er die Straße aus den Augen verloren und war mehr oder weniger nach Gefühl weitergelaufen. Er hatte sich ungefähr nach dem Lauf der Sonne gerichtet und versucht, sich die Stelle des Sonnenaufgangs am Kamm der Berge zu merken. Aber obwohl sie jederzeit am Horizont zu sehen waren, sahen sie nach ein paar Stunden Marschieren anders aus. Mittlerweile war es ihm egal und er taperte einfach durch die Landschaft. Immer einen Fuß vor den anderen. Die Monotonie der Landschaft nervte ihn, den Stadtjungen, gewaltig. Er musste auch feststellen, dass seine

Halbschuhe zwar ganz nett aussahen, für eine Wanderung durch die Wildnis aber nicht das passende Schuhwerk waren. Er hatte bereits eine Blase an der rechten Ferse, eine Sohle löste sich und eine Schnalle war auch abgerissen.

Die Blase konnte er ignorieren – eine Feldmaus erspäht, und schon wäre sie geheilt –, aber dass sich die Treter so schnell in ihre Bestandteile auflösten, war mehr als ärgerlich. Seine Kniestrümpfe hatten auch schon Löcher.

Als Nächstes laufe ich mir einen Wolf.

Er ließ sich auf den Stamm eines umgestürzten Baumes fallen und streckte die Beine. Eine längere Rast wird mir guttun, dachte er.

Während er so dasaß und fluchte, schlich sich ein stetiges Geräusch in seinen Gehörgang.

In der Ferne konnte er ein rhythmisches Klopfen hören. Eisen auf Fels. Dann polternde Steine. Lysander dachte an die letzten drei Nächte im Freien und wie gerne er die nächste unter einem Dach schlafen würde. Mit knackenden Knien richtete er sich auf und trabte bergan, den Geräuschen entgegen.

Kurz vor Sonnenuntergang erreichte Lysander die Kuppe des Hügels. Mit jedem Schritt waren die Geräusche lauter geworden und nun trat er zwischen einigen Bäumen ins Freie.

Direkt vor seinen Füßen klaffte ein Abgrund. Es war, als hätte Thapath den Hügel in der Mitte geteilt und die eine Hälfte in die Tiefe gestürzt, während er die andere Hälfte gänzlich unberührt liegen gelassen hatte. Lysander stand genau am Grat und schaute in das künstliche Tal. Vor ihm fiel die Wand einige Hundert Meter in die Tiefe. Hölzerne Gerüste klammerten sich an den freigelegten Felsen. Kleine Figuren liefen die Gerüste auf und ab, schlugen Werkzeuge in den Stein, ließen Eimer mit Bruchmaterial herab, schoben Handkarren über Rampen, schlugen Nägel in neue Gerüste, um andere Stellen an der Wand zu erreichen. Tausende Bergbauer wuselten umher. Am Fuß des halbierten Berges klafften gigantische, kreisrunde Löcher, an deren Rändern ähnliche Gerüste in die Tiefe führten. Der künstliche Talkessel zog sich bis zum Horizont. Auf der ihm gegenüberliegenden Seite warteten weitere Hügel darauf, halbiert zu werden.

Am Boden erkannte Lysander barackenartige Langhäuser, hölzerne Wachtürme und Palisaden. Jetzt konnte er auch die Wächter ausmachen. Zwischen den werkelnden Gestalten standen andere in unbeweglichen Gruppen und beobachteten sie.

Von hier oben konnte Lysander die Bewaffnung nicht erkennen, aber der ein oder andere trug eine lange Pike. Das Verhältnis zwischen Wächter und Arbeiter mochte eins zu hundert sein, aber das konnte er nur vermuten.

Bitterer Magensaft schoss ihm vor Schreck in den Mund.

Wenn das ein Bergwerk war, dann war er nicht auf dem richtigen Weg!

Dann war er zweieinhalb Tage in die falsche Richtung gelatscht! Zwischen Löwengrundt und Schwarzbergh gab es seines Wissens nicht ein einziges Bergwerk, aber die Gegend zwischen Schwarzbergh und Syrtain in Lagolle war bekannt für ihre Erz- und Silbervorkommen.

Bei Bekter! So ein Mist!

Lysander setzte sich an den Rand und ließ die Beine baumeln. Er öffnete die Provianttasche und pellte ein Ei. Sein Letztes. Das Brot war ihm schon von Hohenrother Ratten weggeknuspert worden und er hatte nicht daran gedacht, neues in Wieselfreud zu kaufen. Die Reste seines Vorrates beliefen sich auf einen Stumpen Dauerwurst, zwei angedötschte Äpfel, einige zerbröselte Kekse und ein paar angewelkte Stangen Staudensellerie.

Staudensellerie.

Blauknochen hatte fürwahr Humor.

Ausgerechnet Sellerie.

Ekelhaft.

Ob er den Minenbetreibern einige Vorräte abkaufen könnte?

Er würde es versuchen. Und um ein Nachtlager bitten. Ausgeschlafen und gesättigt konnte er sich morgen auf den richtigen Weg machen.

Sein Blick suchte die Kuppe ab, um einen Weg hinunter zu finden, dann orientierte er sich am vermuteten Haupttor und verband die Punkte in Gedanken zu seiner Route. Wenn er sich beeilte, würde er es vor der Dunkelheit schaffen.

Lysander öffnete die Augen und schloss sie direkt wieder. Hinter seinen Ohren wummerte ein übler Schmerz, der ihm Brechreiz verursachte. Sein Schädel fühlte sich an wie die zerdepperte Eierschale, die er vor wenigen Stunden in die Tiefe der Bruchwand fallen gelassen hatte. Wo bin ich? Was ist passiert?

Er hatte sich den Hügel hinabgearbeitet. Er war vor das Tor getreten, das aus grob geschlagenen Brettern gezimmert war, gebaut wie bei einem Fort in den Kolonien. Im Licht der letzten Sonnenstrahlen hatte er das Glitzern von Glasbruch wahrgenommen, der mit Teer oben auf der Holzpalisade aufgebracht war. Er hatte geklopft und ein grobschlächtiger Wächter in einer Lederrüstung hatte ihm geöffnet. Lysander hatte die Peitsche in einer Schlaufe am Gürtel des Mannes bemerkt. Jedes Kind wusste, dass verurteilte Strafgefangene zu Zwangsarbeit in die Bergwerke des Reiches verfrachtet wurden. Dass die Bösewichter ihrem Tagewerk nicht freiwillig nachgehen wollten, lag auf der Hand. Da brauchte es schon mal eine Peitsche. Und wohl auch Knüppel.

Er war durch das Tor getreten, hatte den Wächter freundlich begrüßt und sich als Zauberschüler auf der Wanderschaft vorgestellt.

Dass hinter ihm, direkt am Eingang, ein weiterer Wächter in den Schatten gelauert hatte, war ihm entgangen.

Der Wächter hatte ihn zu einem Unterstand geführt. Eine wackelig gezimmerte Holzhütte, in der ein dünner, junger Mann in gepflegter Kleidung sorgfältig etwas in ein Heft schrieb. Auch diesem Herrn hatte sich Lysander freundlich vorgestellt.

Er hatte angenommen, den Sohn des Betreibers vor sich zu haben, der Erträge in Listen übertrug. Der Mann war aufgestanden, hatte ihm die Hand zum Gruß entgegengestreckt und dabei über Lysanders Schulter dem Wächter zugenickt.

Danach war es dunkel geworden.

Als er wieder zu sich kam und mit zitternden Lidern seine Augen aufzwang, nahm er den Raum, in dem er saß, nur verschwommen wahr. Lysander schüttelte den Kopf, um seinen Blick zu klären.

Scheißidee.

Der wummernde Schmerz wechselte von nagend bis klopfend, dazu klapperte es blechern.

Warum war sein Schädel nur so schwer?

Und warum konnte er sich nicht bewegen?

Er zwinkerte mehrfach und sah an sich hinab. Man hatte ihn mit Eisenbändern an einen Holzstuhl gefesselt.

Was zum …?

Er schrak zusammen.

Sein Gefängnis war ein gemauerter Raum mit Holzboden. Ein Fenster – eher eine Art Oberlicht – schräg hinter ihm war mit Eisenstäben vergittert. Lysanders Stuhl stand in der Mitte des Raumes, der zwei stabile Türen mit Beschlägen an sich gegenüberliegenden Wänden hatte. An den Wänden zwischen den Türen waren raue Holzbänke in den Stein montiert. Zu seinen Füßen entdeckte er eine Art Gully: Ein Loch im Boden mit einem Rost darüber. Langsam sortierten sich seine Sinne. Er wollte den Mund öffnen, um zu rufen, doch er bekam die Zähne nicht auseinander. Er schüttelte sich erneut. Wieder klapperte es blechern und jetzt konnte er es spüren: Ein Geflecht aus Draht und Eisenbändern umschloss seinen Kopf, zwang seine Kiefer aufeinander. Luft bekam er nur durch die Nase.

Und die drang jetzt stoßweise und angsterfüllt in ihn hinein und wieder heraus. Ein Faden Rotze lief ihm auf die Oberlippe. Sein Herz pochte so schnell, dass er fürchtete, erneut das Bewusstsein zu verlieren.

Knarzend öffnete sich die Tür hinter ihm. Er versuchte, zu sehen, wer da in den Raum gekommen war, konnte aber den Hals nicht so weit drehen. Leise Schritte näherten sich ihm. Dünne Finger legten sich auf seine Schulter.

»Herzlich willkommen, Zauberschüler«, säuselte eine Stimme, die ihn entfernt an Radevs Fistelei erinnerte. Der junge Mann aus dem Schuppen trat in sein Blickfeld und kniete vor ihm nieder. Die Finger legten sich auf Lysanders Knie.

»Mein Name ist Jasper Gelbhaus, und du befindest dich in meiner Obhut.«

Lysander versuchte, zu sprechen, brachte aber nur undeutliche Laute zwischen unbeweglichen Zähnen und an den Kiefer gepressten Lippen heraus.

»Beruhige dich ein wenig, während ich dir erkläre, was nun geschehen wird.«

Jasper stand auf und Lysander betrachtete ihn genauer.

Rötliche lange Haare, zu einem Zopf gebunden, struppige Koteletten und Kinnbart, hoher, gestärkter Stehkragen mit Krawatte – die höchst modische Nachfolgerin des Langbinders – eine bestickte Weste, edle Hirschlederhosen, feine Strümpfe und nur leicht angestaubte Schuhe. Dazu die dünnen Fingerchen. Einen solchen Pinkel würde man in der Hohen Oper von Neunbrückhen erwarten, aber nicht in einem Bergwerk nahe Schwarzbergh.

»Du«, und dabei zeigte Jasper auf Lysander, »wirst nun vor eine Wahl gestellt.«

Er verstand kein Wort. Dafür beschlich ihn das untrügliche Gefühl, dass es nicht die beste Idee gewesen sein mochte, sich mit ›Zauberschüler‹ vorzustellen. Denn das dürfte der Grund für die Eisenfesseln und den Kopfkäfig sein. Einen einfachen Wandersmann hätte sein unangenehmer Gastgeber vielleicht mit normalem Seil gefesselt und ohne Knebel gelassen.

Dann hätte Jasper Gelbhaus spätestens jetzt sein rauchendes Ende erlebt.

»Eine Wahl, die nicht jedem gegeben wird, wie ich anmerken möchte.« Jasper schritt vor Lysander auf und ab, einen Zeigefinger zu den Dachbalken erhoben.

Viel mehr Information brauchte Lysander nicht, um sich gänzlich sicher zu sein, es mit einer ausgemachten Arschgeige zu tun zu haben. Die Frage war nur, was diese Arschgeige mit ihm vorhatte. Noch machte er sich keine allzu großen Sorgen. Sie könnten ihn nicht ewig in diesen Eisenbändern halten. Eine Hand und ein Satz würden reichen, um den Pinkel in Flammen aufgehen zu lassen. Er musste nur lange genug warten.

Sein Puls beruhigte sich, der Schmerz ließ ein wenig nach. Hauptsache, sie haben mir nicht den Schädel zerbrochen ...

»Eine Wahl, die wohl überdacht sein möchte!«

Lysander konnte nicht anders: Er verdrehte die Augen zur Decke.

»Im Endeffekt handelt es sich um eine Wahl mit drei Optionen.«

Endlich hörte der Typ auf, vor ihm herumzulatschen. Wenn er jetzt noch zur Sache kommen könnte ...

»Option Nummer eins: Wir liefern dich den Jägern aus, die erst vorgestern an unseren Toren nach einem halb-elvischen Zauberschüler fragten.«

Mit Wucht warf sich Lysanders Puls gegen sein Brustbein. Hektisch versuchte er, Luft durch die Nasenlöcher zu ziehen.

»Hm?« Japser legte den Kopf schief und schaute ihn an. »Wohl eher nicht, was?«

Lysander schüttelte sich. Nein, nein, nein.

»Option Nummer zwei: Wir schlagen dir ein paar Nägel in den Leib und werfen dich in den tiefsten Schacht. An der Dauer deiner Schreie können wir womöglich ermitteln, wie tief der Schacht wohl sein mag.«

Nein, nein, nein.

»Nun ja, so würdest du allerdings den Jägern und damit der Inquisition entgehen, nicht wahr?«

Nein, nein, nein.

»Sicher?«

Ja, ja, ja.

»Nun gut! Die finale Option: Du wirst für uns arbeiten.«

Was?

Jasper kicherte und klatschte in die Hände.

»Es ist immer eine Frage des Blickwinkels, ob man die knochenbrechende Arbeit in einem Bergwerk zu goutieren weiß, nicht wahr?«

Der Kerl ist doch total verrückt ...

Die zweite Tür wurde geöffnet und ein weiterer Mann betrat den Raum. Er trug einen fadenscheinigen Überrock über einem skelettartigen, abgemagerten Körper und näherte sich mit schlurfenden Schritten.

Jasper wirbelte herum.

»Meister Steinfinger, wie schön, dass Ihr zu uns stoßt«, rief er begeistert. »Sagt guten Tag zu unserem Gast, der vielleicht das Potenzial hat, Euer Nachfolger zu werden!«

Steinfinger schleppte sich zum Stuhl.

Der sieht aus wie eine wandelnde Leiche, dachte Lysander.

Die Gesichtshaut spannte sich über den Schädel. Stoppelige Haare wucherten über die eingefallenen Wangen, das spitze Kinn, die lange Nase und aus den viel zu großen Ohren. Eine graurosa Zunge leckte über spröde Lippen und entblößte dabei krumme, braune Zahnruinen. So gepflegt und aufgebrezelt der Junge war, so verrottet und abgerissen sah der andere aus.

»Ziehen, schieben«, flüsterte der abgemagerte Knochen. »Heben, senken. Trennen, fügen.«

Lysander drehte sich weg, um dem Atem des Kerls zu entkommen. Ähnlich hatte es im Abort in Wieselfreud geduftet. Yorrit Knitterblatt hatte auch so gestunken. ›Halskacken‹ nannten das die Studenten.

Jasper klopfte Steinfinger auf den Rücken. Staub wirbelte aus dem Überrock. Leutselig wandte er sich an Lysander.

»Ihr müsst dem armen Paye verzeihen. Er ist nicht mehr ganz knusper in der Hirse.« Dabei machte er eine kreisende Bewegung mit dem Zeigefinger an der Schläfe. »Hat mächtig Staub und Kohle eingeatmet und arbeitet schon viel zu lange für uns. Nicht wahr, guter, alter Paye?!« Steinfinger nickte und sabberte. Jasper beugte sich verschwörerisch nach vorn. »Und dabei ist der Gute erst zweiunddreißig.« Er kicherte.

Ein drittes Mal öffnete sich eine Tür. Dieses Mal wurde sie grob aufgetreten.

»Sohnemann, was zum Bekter treibst du da?«, brüllte ein älterer Mann mit auffallenden Geheimratsecken und harten Gesichtszügen, der dem jungen Jasper ausgesprochen ähnlich sah. An seinen Fingern prangten goldene Ringe und sein Überrock war von allerfeinster Machart, aus schimmernder Seide mit Stickereien, die ihn ein wenig aussehen ließen wie eine Echse in der Sonne.

Wo bin ich da nur hineingeraten, dachte Lysander.

»Vater!« Jasper wirbelte erneut auf dem Absatz herum. »Sieh her, wir hatten Glück. Ich denke, wir haben Ersatz für Steinfinger.« Er trat einen Schritt zur Seite, um seinem Vater einen Blick auf den gefesselten Lysander zu ermöglichen.

Gelbhaus senior trat seinerseits einen Schritt zur Seite und ermöglichte im Gegenzug seinem Sohn einen Blick auf den Durchgang hinter ihm.

Dort kniete ein riesiges, haarloses Wesen mit gesenktem Haupt.

Es war in Ketten gelegt und blutete aus zahlreichen Schnitten und tiefen Wunden den Boden voll. Drei Wärter mit Piken, Säbeln und Musketen bewachten es. Ungerührt deutete Senior mit einem Daumen auf das Ungetüm.

»Kümmerst du dich um dein Spielzeug, oder soll ich den Dreck entsorgen?«

Jasper erbleichte. »Was ist passiert?«, rief er.

Senior richtete sich auf. »Was passiert ist? Er hat verloren. Das ist passiert.«

Jasper schlug sich an die Stirn. »Der Kampf! Ich habe den Kampf vergessen!«

»Ganz genau. Es war schon ein toller Anblick. In Runde drei hatten wir den Höhlenpanther. Ein elendiges Vieh aus dem Osten, du erinnerst dich?«

Jasper nickte aufgeregt.

»Hat ihm ganz schön eingeschenkt.« Senior zeigte wieder auf die Gestalt. »Na ja, nach einer Stunde konnten beide nicht mehr kämpfen. Der Panther ist dann noch in der Arena verblutet, aber dein Spielzeug weigert sich zu verrecken. Was willst du mit ihm machen? Ich bezweifle, dass er jemals wieder in den Ring kann.«

Das Ungetüm hob den Kopf und sah Lysander, vorbei an Vater und Sohn, direkt in die Augen. Ach du Heiliger, schoss es Lysander durch den Kopf. Die Gelbhausens hatten Bekter von der Seite Thapaths gerissen und in ein Bergwerk entführt. Mit einem Halsband aus Eisen.

Das war natürlich Quatsch.

Thapath und seine Söhne waren ein Schöpfungsmythos, nichts weiter. Vor ihm im Gang aber kniete eben jener Bekter – oder zumindest eine Gestalt, die eine verdammt große Ähnlichkeit zu den Statuen des dunklen Sohnes aufwies.

Das Ungetüm sah aus, wie Kinder sich die Orcneas in ihrer Fantasie ausmalen würden. Lysander hatte sowohl im Hafen von Blauheim, als auch in den Lagerhäusern Hohenroths Vertreter dieser Art bei den härtesten Arbeiten sehen können, aber dieses Exemplar übertraf sie alle an Größe und Gewicht.

Ihm fehlten nur die Ohren.

Und die Nase.

Irgendwer hatte sie dem Ungetüm vom Schädel geschnitten!

Dürfte nicht der Höhlenpanther gewesen sein, dachte er. Die Narben sahen verwachsen aus. Unter der vorgewölbten Stirn leuchteten gelbe Augen in tiefen Schatten. Darunter zwei längliche Löcher, wo vormals die Nase gewesen sein musste. Ein breiter Mund mit dicken, aufgeplatzten oder zerbissenen Lippen erinnerte eher an das Maul eines riesigen Affen, der kopfüber in einen Fleischwolf geraten war. Direkt hinter den vormals vorhandenen Ohren begann der Nacken der Kreatur. Er schien in die Schultern überzugehen. Kräftige Schultern, die beinahe die komplette Breite des Ganges ausfüllten. Ein mächtiger, nackter Brustkorb hob und senkte sich wie ein Blasebalg in einer Eisenschmelze. Oberarmmuskeln, groß wie Pferdeköpfe. Die Unterarme sahen aus, als wären sie mit Kartoffeln ausgestopfte Lederpontons, mit denen die Armee die Behelfsbrücken zu Wasser ließ.

Pranken wie Bratpfannen, mit rissigen, breiten Fingernägeln. In der grauen Haut klafften unbehandelte Wunden, die Lysanders Magen krampfen ließen. Der muss doch schreien vor Schmerzen ... aber das Monster sah ihn einfach nur an. Einen Ausdruck von Resignation und tiefer Müdigkeit in der Fratze.

»Also?«, erkundigte sich der ältere Gelbhaus ungerührt.

»Äh ... ja ... sobald Paye und ich hier fertig sind, kümmern wir uns um das Vieh.«

»Na gut. Aber mach schnell. Nicht, dass der mir das ganze Haus vollsifft.«

Während der Vater die Tür hinter sich zuzog, hörte Lysander ihn sagen: »Ihr bleibt hier und bewacht das da.« Dann fiel sie ins Schloss.

»Nun mach schon, Paye«, sagte Jasper ungeduldig.

Steinfinger nickte und kam noch näher an Lysanders Gesicht. Er murmelte heiser und fuchtelte mit ausgemergelten Händen vor ihm herum.

Lagen Lysanders Zähne schon durch das Kopfgitter fest aufeinander, bissen sie nun so hart zu, dass es wehtat. Lysanders Kiefermuskeln spannten, als müssten sie jeden Moment platzen. Er kniff die Augen vor Schmerz zusammen. Aber das war gar nichts im Vergleich zu den Schmerzen, die jetzt seine Hände durchströmten. Es fühlte sich an, als würden sie lang gezogen, weit über ihre natürliche Flexibilität hinaus. So als zöge ein tonnenschweres Gewicht an jedem Finger, an jeder Sehne, an jedem Knochen. Nicht plötzlich, aber stetig. Er konnte die Gelenke knacken hören. Lysander hatte solche Schmerzen noch nie empfunden. Tränen schossen ihm über die Wangen. Er ruckte in seinen Fesseln hin und her.

»Trennen und Fügen ... Trennen und Fügen ...«, flüsterte Steinfinger wie von Sinnen.

»Ja, das tut weh. Ich weiß«, raunte Jasper scheinbar mitfühlend. »Aber es muss leider sein, bis wir sichergehen können, dass du uns gehorchen kannst.«

Lysanders Körper verkrampfte. Es gab nur die Schmerzen. Sein Blickfeld verdunkelte sich.

Das Letzte, was er hörte, war das Flüstern des verrückten Magus und des nicht minder verrückten Sohnes.

»Trennen und Fügen ... Trennen und Fügen ...«

»Es ist gleich vorbei, kleiner Zauberschüler. Bevor es beginnt.«

27

Zwanette saß vor einer Taverne in Blauheim und trank Tee.

Der Wirt hatte sie mit Stolz auf ›die Terrasse‹ gebeten. Tatsächlich war ›die Terrasse‹ Teil des Bürgersteiges und nur zwei Stufen höher gemauert. Vier runde Tische hatten dort Platz, aber sobald sie sich mit Narmer und Raukiefer an einen gesetzt hatte, hatten die anderen Gäste urplötzlich wichtigere Dinge zu tun, als den Sommer an der Küste zu genießen.

Seit zwei Wochen suchten sie nun schon nach dem flüchtigen Zauberschüler und sie vermuteten mittlerweile, dass er es über die Grenze nach Lagolle geschafft hatte. Sie hatten ihre Suchkreise um Hohenroth stetig erweitert, waren in Nebelstein gewesen, hatten den Fuhrkutscher Bleike ausgequetscht. Sie hatten in allen Himmelsrichtungen Städte und Dörfer erkundet, Anwohner und Reisende befragt. Vier Gruppen mit jeweils zwölf Jägern hatten ganz Kernburgh durchkämmt. Ohne Erfolg.

Als hätte sich die Erde aufgetan und Lysander Hardtherz verschluckt.

Zwanettes Blick flog von einer Straßenseite zur anderen und über das gigantische Hafenbecken.

Die Stadt an der Nordküste brummte vor Geschäftigkeit. Der riesige Hafen und die Mündung des Flusses Silbernass ermöglichten einen regen Austausch an Waren zwischen den beiden größten Städten Kernburghs. Schiffe aus aller Welt löschten ihre Waren, die dann über den Fluss bis in die hintersten Winkel des Landes transportiert wurden.

Segelschiffe brachten Frachten aus Gartagén mit Elfenbein, Fellen, Gewürzen, Getreide und Kunsthandwerk. Andere kamen aus Pendôr mit Waffen, Eisen und seltenen Steinen, aus Torgoth mit Gemüse, Früchten und Wein. Wieder andere brachten Speck, Leder und Obst aus Dalmanien. Aus den Kolonien von Yimm wurde Baumwolle, Edelhölzer und Gold eingeschifft und das ferne Topangue war berühmt für sein Silber, seine Seide und seine Edelsteine. Sogar aus Northisle trafen Schiffe ein. Sie hatten Geschirr, Werkzeuge und Bier an Bord. Nur wenige der segelnden Händler unterhielten Handel mit Frostgarth, aber diese brachten die wertvollsten Gegenstände nach Kernburgh …

Die Takelagen und Masten bildeten einen schwankenden Wald an den Kais und Verladerampen. Zwischen Meer und Fluss standen Hunderte von Kränen und Flaschenzügen inmitten von Lagerhallen und -häusern. Der Fluss selbst war zwischen all den Booten, die sich mit Segel und Ruder fortbewegten, kaum zu erkennen. Händler, Arbeiter, Agenten, Makler, Seeleute und andere Bürger strömten über die Gehwege. Kutschen mit Pferden oder Ochsen, Handkarren und Träger rumorten auf den Straßen. Gespräche und Rufe mit allen Akzenten und in sämtlichen Sprachen der Welt wurden von Straßenmusik und Verkehrsgeräuschen überlagert. Säcke, Fässer, Kisten, Stapel und Container warteten an den Kais auf Abtransport oder Verladung. Seeleute kletterten in den Wandten oder saßen auf Schaukeln an den Rümpfen der Schiffe und besserten sie aus. Ein Potpourri aus Curry, Pfeffer, Rauch, Teer, Harz, Schweiß und Pferdemist lag in der Luft.

Nachdem sie wochenlang durch dichte Wälder, über weite Steppen und sanfte Hügeln geritten waren, mussten sich die Jäger erst einmal an das Stadtleben gewöhnen.

Na gut. Eigentlich musste sich nur Zwanette an die Stadt gewöhnen. In Narmers Gesichtszügen konnte sie – wie immer – so gar nichts abgelesen, und Raukiefer schien das Treiben zu genießen. Sie zückte ein Notizbuch aus der Innentasche und überflog ihre Aufzeichnungen.

Die Taverne, auf deren Terrasse sie saßen, lag schräg gegenüber von ›Hardtherz Farben‹.

Laut ihren Recherchen hatte Obon Hardtherz, Lysanders Großvater, den Grundstein für den Reichtum der Familie gelegt. Obon gehörte zur Minderheit, der auf dem Kontinent verbliebenen Elven und hatte nicht an der ›Großen Rückkehr‹ teilgenommen. Vermutlich aus Liebe. Zusammen mit seiner Midthen-Gattin hatte er Lysanders Vater gezeugt. Thison.

Obon hatte den Austausch von Farbstoffen zwischen Frostgarth und Kernburgh etabliert. Ein Geschäft, das bis heute florierte, denn Kernburghs Armeeuniformen wurden mit Elvenblau gefärbt, einem Pulver, das in einem arbeitsaufwendigen Prozess einer Pflanze, die nur in den eisigen Höhen Frostgarths wuchs, abgerungen werden konnte. Die Armee von Northisle bevorzugte zumeist graue Uniformen mit Revers, Ärmelaufschlägen und Verzierungen aus einem dunklen Rot. Es wurde von einer Schneckenart gezogen, die es ausschließlich an den Südküsten der Elveninsel zu finden gab und wurde ebenfalls von ›Hardtherz Farben‹ vertrieben. Obon hatte das Sortiment durch Farben und Pigmente erweitert, die durch mühsames Verarbeiten von Metallen gewonnen wurden. Thison hatte die Firma des Vaters mit Begeisterung übernommen und Erd- und Naturfarben in den Katalog gebracht. Wie sie in Erfahrung gebracht hatten, hatte die Unternehmung einige Neider auf den Plan gerufen, die den Hardtherzen missgönnten, dass ihre Waren in kleinen, handlichen Gebinden verladenen und transportiert werden konnten. Zwanette fand das ziemlich clever. Die Flotte der Familie bestand aus wenigen, aber wendigen Schiffen. Was einen schnellen Austausch von Waren und Talern ermöglichte. Die Familie hatte im Laufe der Jahre Mittelsmänner und Agenten übernommen, Fuhrunternehmen und Binnensegler gekauft. Sie hatte so ein kleines, buntes Imperium geschaffen und war seit geraumer Zeit zum Adel zu zählen. Was, so munkelte man, dem guten Thison weitestgehend gleichgültig war. Vielleicht erklärte diese Grundhaltung, dass der Familie und ihrer Unternehmung bisher Übergriffe durch revolutionäre Kräfte erspart geblieben waren.

Zwanette blätterte weiter.

Die drei Söhne und die zwei Töchter der Familie hatten auf den ersten Blick ihre Lebenswege gefunden. Der älteste Sohn diente in der Armee in gehobener Laufbahn, der Zweitgeborene war ein Priester des Apoth geworden und praktizierte erfolgreich als Heiler und Arzt, die Töchter würden gemeinsam, und sehr zur Freude des Vaters, das Unternehmen weiterführen. Der Drittgeborene war das Sorgenkind.

Angeblich immer schon.

Zu hibbelig, zu aufgeweckt, schlauer als im guttat – immer ziellos.

Bis sich eines Tages seine Potenziale zeigten.

Raukiefer hatte den Privatlehrer der Kinder befragt: Als sich Lysanders Begabung offenbarte, zeigte sie sich in einem Maße, das seinem Vater Sorgenfalten in die Stirn meißelte. Zu seinem Wohl – und dem der Familie – wurde der schwer kontrollierbare Bursche an die ›Universität zur Unterrichtung des praktischen Einsatzes magischer Potenziale‹ geschickt. Das war nun zwei Jahre her.

Seither hatten weder Vater noch Töchter oder Angestellte und Bedienstete des Hauses Hardtherz von dem jüngsten Spross gehört.

Wo steckst du, Lysander?

3. TEIL

ERSTE GEFECHTE

REVOLUTIONÄRE IN NEUNBRÜCKHEN

28

Leutnant Keno Grimmfausth und Oberst Thevs Rabenhammer saßen auf ihren Pferden und schauten durch Fernrohre auf Neunbrücken zurück. Hinter ihnen marschierte der Zug der Artillerie nach Osten. Ihr Ziel: Nebelstein.

General Arold Eisenbarth war sich sicher, dass es dort zuerst zu kriegerischen Handlungen käme. In Friedenszeiten war die Grenzstadt der Knotenpunkt für den Handel beider Nationen und daher einfach und schnell zu erreichen. Die Straßen nach Surblanche, der Hauptstadt Lagolles waren ausgebaut und auch im Winter leicht passierbar. Die Armee Lagolles würde alles daran setzen, die Stadt so schnell wie möglich einzunehmen, um von dort ins Landesinnere vorzurücken.

Die neue Nationalarmee war mit fünfundzwanzigtausend Soldaten und achtundvierzig Geschützen unterwegs, um die Zitadelle von Nebelstein zu schützen. Die viertausend Mann der ständigen Besatzung könnten einem konzentrierten Angriff aus Lagolle nicht lange standhalten.

Hätte man den Leutnant gefragt, er hätte zuerst die Regimenter losgeschickt, die sich zügig vorwärts bewegen konnten, und die langsameren Einheiten nachkommen lassen. Die Kavallerie und die berittene Artillerie hätten den Vormarsch Lagolles mit Sicherheit lang genug aufhalten können, bis die größeren Geschütze und die Infanterie in Nebelstein eingetroffen wären.

Aber niemand hatte den Leutnant gefragt.

Manche Dinge änderten sich nie.

Letztlich war ›Nationalarmee‹ nur ein neues Etikett auf alten Flaschen.

So trabten sie neben den von jeweils sechs Pferden gezogenen Mörsern und 12-Pfündern durch die Landschaft und hofften, rechtzeitig in Nebelstein einzutreffen. Der Zug bewegte sich elend langsam und ließ ihnen reichlich Zeit, in die Gegend zu schauen. Rabenhammer hatte den Angriff auf den Königspalast als erster entdeckt und die Offiziere auf den Hügelkamm gerufen.

Als Keno durch das Fernrohr auf seine Heimatstadt zurückschaute, drückte sein schweres Herz von innen gegen seine Brust. Er war froh, nicht gegen die eigenen Leute kämpfen zu müssen, aber was er sah, erschütterte ihn zutiefst.

Die Revolutionäre hatten den Königspalast gestürmt und kämpften gegen die Löwen aus Jør. Seit Hunderten von Jahren beschützten die Soldaten aus dem Nachbar-Stadtstaat das Königshaus. Hervorgegangen aus einer Söldnerarmee, die einer von Onno Goldtwands Vorfahren während des Zweiten Zeitalters rekrutiert hatte, stellten die Löwen seither die privaten Beschützer des Königs und seiner Familie. Ihre Loyalität und Hingabe war legendär.

Keno erkannte ihre auffälligen, orangenen Jacken und weißen Hosen, sah sie über den Hof des Palastes stürmen, einer wilden Meute von Angreifern entgegen. Er sah, wie sie auf die Revolutionäre feuerten, sah den Rauch der Musketen im Wind aufblühen und verwehen.

»Mir scheint, dem Volk ist die Flucht des Königs ausgesprochen übel aufgestoßen, was?«, sagte Rabenhammer in einem seltsam fehlklingenden Plauderton. Einige Offiziere hatten sich wohl recht zügig mit ihrer neuen Situation abgefunden, während andere in Scharen den Dienst in der Nationalarmee sowohl inoffiziell durch Desertation, wie offiziell durch Einreichen der erforderlichen Papiere quittierten.

»Na ja, das musste wohl als Verrat empfunden werden, oder nicht? Was meinen Sie, Grimmfausth?«

Keno senkte das Fernrohr für einen kurzen Moment. Ohne den Fokus durch die Linse sah Neunbrückhen so friedlich aus. Wären da nicht die Pulver- und Rauchschwaden, das Böllern und Knallen, das Brüllen und Schreien.

»Ich dachte, die Ankündigung eines ordentlichen Prozesses würde diesen Wahnsinn verhindern können …«

Nun senkte auch der Oberst sein Fernrohr und sah zu ihm hinüber.

»Wäre das nicht ein wenig naiv zu glauben, dass ein popeliges Gerichtsverfahren die durch Ungerechtigkeiten, Hungersnöte und weitere Steuern aufgestaute Wut unterdrücken könnte? Eine Wut, die sich natürlich Bahn bricht, nachdem König Goldtwand wie ein Strauchdieb vom Hofe geschlichen ist?« Rabenhammer lachte trocken.

Keno zog eine Augenbraue hoch. Dass der Oberst so dachte, war ihm bislang nicht klar gewesen. Noch vor ein paar Monaten hätte allein diese Äußerung für ein Dutzend Stockhiebe gereicht. Aber gut, Rabenhammers Familie gehörte zum gut situierten Bürgertum und nicht zum Adel, der durch die Revolution unmittelbar betroffen war. Vielleicht erklärte das die unaufgeregte Stimmung des Obersts.

»Dürfte für einen Spross der Grimmfausths schwer nachzuvollziehen sein, was?«

Jetzt lachte Keno trocken.

»Drei Jahre Akademie, danach drei Jahre Armee und ein Jahr Feldzug in Torgoth. Bei allem Respekt, Herr Oberst, Adel hin oder her, auf dem Schlachtfeld sind alle gleich, wir bluten alle rot«, sagte er.

»Wohl wahr, wohl wahr«, murmelte Rabenhammer.

Die beiden Offiziere hoben die Fernrohre.

Keno wusste, dass die Jører den Palast mit eintausend Mann bewachten. Er wusste auch, dass die Eintausend gegen die unzähligen, bewaffneten Angreifer wenig Chancen hätten.

»Meine Güte, das dürften über fünftausend sein …«, murmelte Rabenhammer, als hätte er seine Gedanken gelesen.

»Sie haben sogar einige Geschütze vor den Palast gebracht.«

»Wo?«, fragte der Oberst.

»An der Nordseite«, sagte Keno. »Sie müssten jeden Moment feuern, dann können Sie sie leicht finden.«

In Kenos Linse sahen die Kanonen aus wie Miniaturen, aber er wusste nur zu gut, wie sie in Wirklichkeit aussahen und wie verheerend der Beschuss aus ihren Rohren wäre.

»Ah, da! Jetzt kann ich sie sehen!«, rief Rabenhammer.

Oben auf dem Hügelkamm war das Feuer der Geschütze lediglich als leises Rumpeln zu hören.

Der Beschuss hatte die Reihen der Löwen von Jør durcheinandergebracht. In diese Lücken stürzten sich die Bürger wie von Sinnen. Sie hackten und droschen auf die Soldaten ein, ohne Rücksicht auf die eigene Unversehrtheit. An der Kampflinie stapelten sich die Leichen, die Löwen wurden zurückgedrängt. Ein verzweifelter Nahkampf entbrannte.

Keno entdeckte einen orange gekleideten Gardisten, umringt von Revolutionären. Er wehrte sich nach Kräften, bis er zu Boden ging. Sie stürzten sich über ihn. Keno war sich nicht sicher, aber er meinte, erkennen zu können, wie dem Mann bei lebendigem Leib der Kopf vom Hals gesägt wurde. Einen Moment später steckte das Haupt auf einer Mistgabel und wurde ekstatisch in die Höhe gereckt.

»Bei Thapath ... diese Tiere ...«

»Die sind ja wie besessen ...«, murmelte Rabenhammer, dann senkte auch er sein Glas und schob es zusammen.

Keno ballte die Fäuste.

»... und diese Nation haben wir geschworen zu verteidigen ...«, grollte er.

»Wie meinen?«

»Habe nur laut gedacht, Herr Oberst.«

Drei Tage später mäanderte der Zug der Artillerie immer noch durch das sommerliche Kernburgh, war an Löwengrundt und Moorwacht vorbeigezogen und bewegte sich weiterhin im Schneckentempo auf Nebelstein zu. Keno kam es eher wie ein sonntäglicher Ausritt vor als ein Armeezug. Ohne desertierende Offiziere hätte man es für einen gutgelaunten Bummel über die Felder halten können.

Jeden Morgen traten weniger adelige Offiziere zum Dienst an und die verbliebenen wurden mittlerweile von ihren Mannschaften argwöhnisch beobachtet. Es wurden bereits Wetten abgeschlossen, welcher feine Herr sich in der Nacht von dannen machen würde.

Keno hatte seinen ehemaligen Kommilitonen und mittlerweile guten Freunden Jeldrik Sturmvogel und Barne Wackerholz mehrfach versichern müssen, dass er selbst keinesfalls gedachte, Fahnenflucht zu begehen. Er war sich nicht sicher, ob das an ernsthafter Besorgnis lag, oder ob die beiden nicht einfach nur den Wettpott gewinnen wollten.

»Wenn das so weitergeht, sind Sie Ende des Sommers General, Herr Leutnant.«

Bester Laune ritt Barne neben ihm.

»Und Sie dann Brigadegeneral?«

Keno musste trotz der tief in seinen Eingeweiden wühlenden Ungeduld lächeln. Wenn sie doch nur schon in Nebelstein wären!

Barne lachte aus vollem Hals. »Wenn nicht jetzt, wann dann? Zuvor hätte ich auf einen solchen Rang nie eine Chance gehabt.«

Jeldrik schloss zu ihnen auf.

»Was aber eher mit deiner Inkompetenz und Vorliebe für Gerstensaft zu tun hat, als mit deiner Herkunft, lieber Barne.«

Keno schüttelte den Kopf.

»Ich sähe lieber den guten Wackerholz als Brigadegeneral, als unseren derzeitigen Reiseleiter.«

»Eilig hat er es nicht«, sagte Jeldrik.

»Wahrlich nicht«, ergänzte Barne.

Ein Ruf unterbrach sie. »Achtung! Reiter am Horizont!«, brüllte ein Kanonier zu Pferde.

Die Reihen der Artilleristen sahen sich suchend um. Allerdings nicht nach den Reitern am Horizont. Sie warteten auf Befehle. Keno drückte sich im Sattel hoch und schaute über die aufgereihten Sechsspänner mit den Geschützen und die begleitenden Soldaten.

»Ist der Hauptmann abgehauen?«, erkundigte er sich.

Barne und Jeldrik zuckten mit den Schultern.

»Dreck!«, murmelte Keno. »Barne, reite nach vorne zum Oberst, erkundige dich, ob er die Reiter bereits zur Kenntnis genommen hat. Jeldrik, du reitest nach hinten. Such du nach dem Hauptmann. Wir lassen noch nicht abprotzen, aber ich will eine Gefechtsreihe.«

Die beiden gaben ihren Pferden die Sporen. Keno riss sich den Dreispitz vom Kopf und schwenkte ihn über dem Haupt.

»Aaachtung!«, brüllte er. Die Soldaten drehten sich zu ihm.

»Gefechtsreihe am Straßenrand! Die Mannschaften halten sich zum Abprotzen bereit!« Durch die plötzliche Betriebsamkeit tänzelte Levante nervös seitwärts zum Straßengraben. Keno zog am Zügel und wendete sie. Er ritt einige Schritte vor die sich aufreihenden Soldaten und suchte die Landschaft nach den Reitern ab.

Zwei Dutzend Mann ritten in halsbrecherischem Galopp einen Hügel hinab. Sie hielten auf die Spitze des Artilleriezuges zu. Keno erkannte dunkelblaue Uniformen, weiße Kreuzbandeliere und weiße Hosen in schwarzen Stiefeln.

»Das sind unsere Leute!«, rief er über die Schulter den Artilleristen zu. Die Nervosität der Soldaten legte sich sogleich. »Gefechtsreihe halten! Wir wissen nicht, wovor sie davonreiten.« Er schnalzte mit der Zunge und drückte seine Absätze in Levantes Leisten. Parallel zur Straße preschte er am Zug der Artillerie vorbei.

Er erreichte Oberst Rabenhammer und seinen Stab nahezu zeitgleich mit den Neuankömmlingen, deren Pferde weißen Schaum aus ihren Mäulern über schweißnasse Hälse verteilt hatten. Die Tiere schnauften wie ihre erschöpften Reiter. Keno stoppte Levante und ließ sie neben den Oberst trippeln.

Rabenhammer gab den Männern etwas Zeit, um zu Atem zu kommen.

Nach einigen tiefen Atemzügen glitt einer der Reiter aus dem Sattel. Wie ein Seemann beim ersten Landgang nach langer Fahrt, stapfte er auf den Oberst zu.

»Hauptgefreiter Grünknecht«, stellte er sich salutierend vor. Der Brustkorb des Mannes hob und senkte sich.

»Oberst Rabenhammer, erste Batterie der Artillerie. Gebt dem Mann Wasser.«

»Danke, Herr Oberst. Wir sind so schnell geritten, wie wir konnten.«

»Das sehe ich. Die Frage, die sich mir aufdrängt: warum?«

Grünknecht stürzte tiefe Schlucke aus der gereichten Feldflasche hinunter.

»Wir sind die Vorhut der Besatzung der Bastion Nebelstein, Herr Oberst.«

Keno konnte beobachten, wie sehr das stakkatoartige Sprechen und pumpende Atmen seinem Vorgesetzten an die Nerven ging. Er selbst spürte seine, durch den schleppenden Marsch bereits strapazierte Ungeduld noch vehementer.

»Vorhut?«

»Jawohl, Herr Oberst. Vorhut. Der Rest der Besatzung folgt uns in einigem Abstand.« Der Mann keuchte und prustete.

Rabenhammer sah verwundert auf.

»Und die Bastion?«

»Aufgegeben.«

Der Oberst ballte die Fäuste. Die umklammerten Lederzügel knarzten. Niemand sonst wagte zu sprechen. Keno hätte den Soldaten vor Ungeduld gerne geschüttelt und angebrüllt.

Mit leiser, drohender Stimme knurrte Rabenhammer: »Ich gebe Ihnen nun eine Minute zum Luftholen, Hauptgefreiter Grünkohl. Dann erwarte ich Ihren Bericht auf professionell vorgetragene Weise.«

»Grünkn…«, begann er, brach aber ab, nachdem er der finsteren Miene des Obersts und der ihn umringenden Offiziere gewahr wurde. Er atmete noch einmal tief ein.

»Die Lagoller sind mit fünfzigtausend über den Pass gekommen. Sie haben die Stadt eingeschlossen, Batterien ausgehoben und zwei Tage später den Beschuss begonnen. Der Oberst und der Bürgermeister waren sich zunächst einig, nicht zu kapitulieren. Wir hielten die Stadtmauern und die Bastion mit lediglich dreitausendfünfhundert Mann.«

Er keuchte.

»Am dritten Abend verschossen die dreckigen Bastarde Brandgeschosse. Teile Nebelsteins gingen in Flammen auf. Gestern zwang der Stadtrat unseren Oberst zur Aufgabe. Der Oberst befahl uns daraufhin den Abzug und der Bürgermeister erschoss sich.«

Rabenhammers Kopf ruckte nach hinten.

»Er erschoss sich?«

Barne warf Keno einen schnellen Blick zu.

»Ja. Vielleicht wurde er auch vom Stadtrat erschossen, das weiß keiner so genau. Jedenfalls ist er tot.«

»Und die Lagoller ließen euch ziehen?«

Grünknecht schnappte nach Luft.

»Ja, genau. Sie haben uns einfach Platz gemacht und unter Spott aus der Stadt ziehen lassen.«

Der Oberst hatte sich im Sattel immer weiter nach vorn gebeugt und den Mann immer eindringlicher angesehen. Er sah nun einem Raben auf Mäusejagd ähnlich, dachte Keno.

»Verluste?«, grollte Rabenhammer.

»Dreißig Tote, achtunddreißig Verwundete aus unseren Reihen. An die zweihundert Bürger fielen den Flammen zum Opfer. Als wir die Stadt verließen, brannte sie immer noch.«

»Achtundsechzig Ausfälle von dreitausendfünfhundert, und Ihr Kommandant befiel den Abzug?!«

»So war es, Herr Oberst.« Grünknecht salutierte erneut.

Keno rieb sich über die verschwitzte Stirn.

Hätte die Besatzung nur drei bis vier Tage ausgehalten!

Wären sie doch nur schneller gewesen!

»Grimmfausth.«

»Ja, Herr Oberst?«

Rabenhammer richtete sich im Sattel auf. Verächtlich winkte er dem Hauptgefreiten, dass er sich entfernen möge.

»Sie werden mit einem Teil des Zuges so schnell wie möglich vorstoßen. Ich sende Nachricht an Hauptmann Rothwalze, er wird mit der Kavallerie im Eiltempo nach Finsterbrück ziehen. Dort vereinigen sie sich mit dem Haupttross der ehemaligen Besatzung und stellen sich unter das Kommando des Hauptmanns. Sie müssen Finsterbrück befestigen und verteidigen, bis der Rest der Armee dort eintrifft. Nur so können wir einen Vorstoß verhindern. Der Marsch der Lagoller muss dort aufgehalten werden. Sonst steht nur noch Löwengrundt zwischen ihnen und Neunbrücken. Verstanden, Hauptmann Grimmfausth?«

»Hauptmann?«, fragte er verwundert.

Rabenhammer winkte ab.

»Ja, oder haben Sie Ihren Vorgesetzten finden können? Nun machen Sie schon. Nehmen Sie Leutnant Wackerholz mit. Herzlichen Glückwunsch.«

Barnes Gesichtszüge leuchteten auf. Leutnant! Ohne auch nur einen Taler ausgegeben zu haben! Obwohl Keno vor nicht allzu langer Zeit einen nicht unbeträchtlichen Betrag für den gleichen Rang investieren musste, freute er sich für seinen Freund.

Zu zweit ritten sie zu ihrem Zug zurück.

Geschwindigkeit. Darauf kam es jetzt an.

Keno fügte seinem imaginären Kriegstagebuch einen weiteren Eintrag hinzu:

Unterschätze niemals Deinen Gegner!

Sei stets schneller!

29

»Geht das nicht schneller, Bürschlein?«

Der Knüppel aus Hartholz, den Lysander mittlerweile zur Genüge kennengelernt hatte, fuhr ihm in die Seite. Eine Rippe knackte. Unwillkürlich wollten seine Zähne vor Schmerzen aufeinanderbeißen. Sie knirschten, als sie auf die eisernen Trense in seinem Mund schlugen. Tränen schossen ihm in die Augen. Er taumelte zur Seite, verlor den Stand auf dem lockeren Gestein und fiel über seine Fußfesseln. Er wollte sich noch mit seinen bandagierten Händen auffangen, dachte aber rechtzeitig an die gebrochenen Finger und hielt sie stattdessen vor die Brust. Schmerzhaft knallte er in den Staub.

Der Wärter mit dem Knüppel lachte.

Lysander versuchte, Sand und Dreck auszuspucken, brachte aber nur ein elendiges Röcheln zustande. Er zog die Knie unter den Körper und bemühte sich auf die Füße zu kommen. Die Fußfesseln, die beide Knöchel miteinander verbanden, rasselten. In der Mitte war eine weitere Kette befestigt, die ihn mit der Kreatur verband, die neben ihm stand und wartete.

Er war seit Monaten Gefangener in der Hand der Gelbhausens. Wie lange genau, konnte er nicht sagen. Irgendwann waren die Tage zu Wochen geworden, und die Wochen eben zu Monaten. Jasper und Steinfinger hatten alles getan, ihn zu brechen. Der Magus hatte immer wieder die Knöchel seiner Finger überdehnt, Jasper hatte immer wieder die Trense in seinen Mundwinkel justiert, damit er keine Magie wirken konnte. Auch sonst hatten sie ihn mit ihrer sadistischen Art malträtiert und wieder und wieder mit einem Sturz in den Schacht gedroht.

Als sie glaubten, es sei genug und von ihm ginge keine Gefahr mehr aus, hatten sie ihn zur Arbeit in den Bruch gesteckt. Wie im Fieberwahn hatte er beobachtet, wie sie seine Fußfesseln mit denen des Orcneas verbanden.

Das war vor Wochen gewesen ...

Seitdem arbeiteten sie zusammen im Bergwerk, und nicht einmal in der Nacht wurden die Ketten gelöst. Das Monstrum sprach nicht. Es verrichtete nur stoisch seine Arbeit. Vom frühen Morgen bis in den späten Abend. Wie Fliegen die Scheiße umkreisen sie dabei stets mindestens drei Wächter und Paye Steinfinger. Zwei der in Leder gerüsteten Wärter trugen lange Schweinsfedern. Mit den scharfen Speerspitzen der Lanzen, an deren Schaft eine Querstrebe geschmiedet war, malträtierten sie das Ungetüm nach Lust und Laune. Der Knüppel des dritten war Lysander vorbehalten. Vermutlich weil der Koloss einen Hieb mit der stumpfen Waffe nicht einmal merken würde.

»Na, steh' schon auf, Bürschlein!« Der Wärter trat ihm in die Seite.

Lysander zog scharf Luft ein. Feiner Dreck stieg ihm in die Lunge und ließ ihn trocken röcheln. Sein Körper krampfte.

»Na, soll ich dir vielleicht in die Fresse pissen?«

Wankend richtete sich Lysander auf. Mit der Eisenstange von Mundwinkel zu Mundwinkel, die an seinem Hinterkopf mit Eisenbändern befestigt war, war an eine Antwort nicht zu denken, aber in seinen Blick legte er Verachtung und Trotz.

»Sieh mich nicht an, du Schmutz!« Der Wärter schlug ihm mit flacher Hand an die Schläfe. »Arbeite weiter!«

Lachend drehte er sich zu seinen Kumpanen um. Lysander zwang sich, ruhig durch die Nase zu atmen, den Staub in seinem Rachen zu sammeln, um ihn mit Speichel unter der Trense aus dem Mund laufen zu lassen. Er legte den Kopf auf die Brust. Lange Fäden Sabber landeten vom Kinn auf dem schmutzigen Fetzen, der von seinem Hemd übrig geblieben war.

Die drei Wärter – Lysander nannte sie in Gedanken Grob, Fett und Fies – lachten noch eine Weile und öffneten eine Feldflasche, die sie untereinander kreisen ließen.

Grob war der Mann mit dem Knüppel. Ein unangenehmer, sadistischer Zeitgenosse. Ein Schläger, wie Lysander ihn sonst nur aus den übelsten Spelunken Blauheims kannte. Ihm fehlten drei Finger der linken Hand, auf deren Rücken ein rundes Brandmal prangte, das ihn als ehemaligen Insassen des Kerkers auswies. Lysander war recht schnell klar gewesen, dass gerade diese Vorbildung ihn hier, im Bergwerk der Gelbhausens, zum Bewacher qualifizierte.

Fett und Fies, die Männer mit den Schweinsfedern, genossen es sichtlich, den Orcneas zu piesacken. Lysander war sich ziemlich sicher, dass es ihnen nur deshalb soviel Freude machte, weil der Koloss an allen Gliedmaßen mit schweren Eisenketten gesichert war. Der Hüne knurrte nicht einmal, wenn ihn einer der beiden stach und dabei kicherte.

Während der letzten Wochen hatte sich zwischen ihnen ein stummes Verständnis entwickelt, was das Verrichten der Notdurft und das Verdrücken spärlicher Mahlzeiten anbelangte. Sie wussten genau, wer wann wie viel Kette brauchte, um das eine oder das andere zuwege zu bringen. Bis auf ein paar Grunz- und Knurrlaute hatte die Kreatur nichts von sich gegeben und Lysander hatte sich an den schweigenden Fleischberg zu seiner Linken schon fast gewöhnt.

Mit den gebrochenen Fingern und der Trense im Mund brachte Lysander lediglich die elementarsten Zauber zustande: Heben & Senken, Ziehen & Schieben. Und obwohl Steinfinger wie scheintot wirkte, blitzten seine Augen stets auf, wenn er etwas anderes versuchen wollte und in seinen Finger- und Kiefergelenken machten sich sengende Schmerzen breit. Die Musketenschützen, die ihm aus einiger Entfernung wohin auch immer folgten, machten jeden Ausbruchsversuch von vornherein aussichtslos.

Es schien, als hätten Gelbhaus Senior und Junior an alles gedacht.

Tage.

Wochen.

Monate.

Aufstehen, Arbeiten, Schlafen – Wiederholen.

Der Koloss brach den Stein mit einem kruden, axtartigen Werkzeug, Lysander bewegte den Abbruch und beförderte ihn in Loren, die wiederum von anderen Arbeitern abgeholt wurden, um über ein krummes Schienennetz zu den Hütten der Metallurgen des Werkes geschoben zu werden.

Außer ihm selbst und dem verkümmerten Steinfinger, hatte er keine weiteren Magi im Bergwerk gesehen, wohl aber Arbeiter und Sklaven aus allen Ländern der Welt. Und keiner von ihnen wirkte gesund oder wohlgenährt. Egal ob Midthen, Orcneas, Eotens oder Modsognir, allen gemein war ein leerer, verlorener Blick und ein unterernährter, geschundener Körper, mit dem sie sich durch die knochenbiegende Arbeit schleiften.

Lysander hatte viel Zeit zum Nachdenken.

Er dachte an seine Stube in der Universität. Vor über einem Jahr hatte er an seinem Sekretär gesessen und genervt versucht, die Zeitalter des Schöpfermythos in seinen Schädel zu hämmern. Heute wünschte er nichts sehnlicher, als genau dies wieder tun zu können.

Er dachte an Strengarm und den SeelenSauger, mit denen alles angefangen hatte. Er dachte an Blauknochen, der ihn zur Flucht gedrängt hatte. Er dachte an seinen Vater und Zwanette Sandmagens violette Augen. Trotz der auslaugenden Arbeit konnte er in mancher Nacht vor Wut und Frust kaum schlafen und jedes Mal, wenn er sich in dem dunklen Gewölbe umsah, das ihnen als Gefängnis diente, sah er Gorms gelbe Augen leuchten.

In Ermangelung eines Namens hatte er den Orcneas ›Gorm‹ genannt. Inspiriert durch ein brummendes Geräusch, das er dauernd machte, wenn er irgendetwas wollte: mehr Kette, weniger Kette, Steine wegbefördern, Wasser reichen, oder anderes.

»Grrrmmm…«, mehr war von der Kreatur nicht zu hören.

»... einen Tagtraum?«

Lysander sah auf.

Vor ihm stützte sich Jasper Gelbhaus mit den Händen auf den Knien ab, um ihm mit gesenktem Kreuz ins Gesicht schauen zu können. Er grinste.

»Ob wir einen Tagtraum haben?«, wiederholte Jasper die Frage.

»Hja«, brachte Lysander krächzend heraus.

»Na, das ist fein. Dann findest du die Arbeit wohl doch nicht so hart, hm?«

»Leck *ich.«

Jasper klatschte in die Hände.

»Leck mich? Ha! Großartig! Ungebrochen und widerspenstig! Ganz wie ich es mag. Das erinnert mich irgendwie an …« Er sah sich um, entdeckte Steinfinger und klatschte erneut in die Hände. »Genau! Unseren knitterigen Paye.«

Krachend schlug Gorms Werkzeug auf einen Brocken.

Jasper tänzelte einige Schritte zurück und hob abwehrend die Hände.

»Aber nicht doch, aber nicht doch.« Er lachte.

Die Wärter versteiften sich. Kamen einige Schritte näher. Speere und Knüppel erhoben. Hinter ihnen wurden knackend die Schlösser einiger Musketen gespannt.

Jasper drehte sich zu den Männern, die Hände immer noch erhoben.

»Gemach, gemach, die Herren. Ich bin mir sicher, dass sich das Gebaren unserer Gäste im Rahmen halten wird. Nicht wahr?« Damit wandte er sich wieder an Lysander. »Ich vermute, dass auch Heilung – zumindest in Grundzügen – in deinem Repertoire der Potenziale vorkommt?«

Lysander zuckte mit den Schultern.

»In Stollen drei haben einige Stützbalken nachgegeben. Ich denke, wir sollten einmal nachsehen, ob wir den Verletzten und Verschütteten etwas Gutes tun können, ja?«

Er klopfte Lysander leutselig an die Schulter, dass es staubte. Er hüstelte gekünstelt und wedelte mit der Hand.

»Nach Ihnen, meine Herren.«

»Grrrm…« Der Bass der Kreatur ließ Lysanders Magen vibrieren.

Jasper ging voran, mit Steinfinger an seiner Seite. Er gestikulierte mit den Händen, während er dem Magus von diesem herrlichen Sommertag vorschwärmte. Grob folgte ihnen mit Lysander und dem Koloss im Schlepptau. Hinter ihnen Fett und Fies mit ihren Lanzen. Den Abschluss bildeten drei Wachen mit Musketen.

Die Prozession erreichte den Eingang zum Stollen. Groß wie ein Scheunentor führte er tief in den Felsen. Zwischen dem Geröll auf dem Boden führte ein krummer Schienenstrang hinein. Aus der gähnenden Schwärze quollen Staubwolken und keuchende Arbeiter. Wächter hatten sich in einem Halbkreis aufgestellt, um sie in Empfang zu nehmen. Über allem und jedem lag eine hellgraue Schicht aus Dreck. Schmerzensschreie und Wehklagen schnitten durch die Luft. Ein Unterstand aus Holzbohlen und Zeltplanen war kurzerhand zum Lazarett umfunktioniert worden, in dem sich bisher zwei Dutzend Verletzte eingefunden hatten.

Jasper lief die Reihen entlang.

»Der da kann weg.« Er zeigte auf einen abgerissenen Mann mit offenem Schienbeinbruch, der sich stumm schreiend auf dem Boden hin und her rollte.

»Dafür können wir den dann behalten.« Er zeigte auf einen Modsognir, der völlig fertig vor sich hinstarrte. Ein Hautlappen hing von seiner Stirn herab, Blut strömte ihm über das Gesicht und in den dichten Vollbart.

»Weg.« Ein Eoten mit eingedrücktem Brustkasten.

»Behalten.« Ein Eoten mit gebrochenem Oberarm.

Jasper nickte Grob zu, der daraufhin die Feldflasche vom Gürtel rupfte und sie Paye Steinfinger hinhielt. Er griff mit zittrigen Fingern nach der Flasche, setzte sie an und trank gierig. Er gab sie zurück und schlug sich mit flachen Händen auf die Wangen.

»Heilen und Verderben … Heilen und Verderben …«, flüsterte er.

Dann machte er sich an die Arbeit.

»Ihr da!«, rief Jasper. »Löst das Vieh. Es soll mit in die Mine. Können seine Kraft da drin gut gebrauchen.« Drei Wärter näherten sich mit Hammer und Splint. Rasch schlugen sie die Verbindung zwischen Lysander und dem Orcneas auseinander. Fett und Fies geleiteten ihn mit vorgehaltenen Lanzen in den Stollen. Ein Musketenschütze folgte ihnen, die Waffe im Anschlag.

»Und wir zwei Hübschen schauen uns nun die anderen Verwundeten an, nicht wahr?«

Jasper zückte einen silbernen Dolch mit Perlmuttgriff und drückte ihn in Lysanders Seite. Er flüsterte: »Ein falscher Satz, eine falsche Geste, und du bist tot.«

Er legte einen Arm um Lysander und schob ihn zum Unterstand.

»So was ha*e ich *och *ie ge*acht ...«, nuschelte er.

»So was hast du noch nie gemacht? Irgendwann ist immer das erste Mal, mein Freund. Wirst sehen. Ich wünschte, ich könnte das! Was wäre das ein Spaß.«

Lysander schlurfte in kleinen Trippelschritten neben Jasper. Die Ketten klirrten. Gelbhaus junior drückte ihm weiterhin die Messerspitze in die Rippen.

Vor ihnen saß ein junger Orcneas in zerrissenen Fetzen, der sich ein zusammengeknülltes Bündel Stoff fest auf den Oberschenkel drückte. Er verzog keine Miene, aber auf seiner Stirn glänzte Schweiß, der in kleinen Rinnsalen Spuren durch den Dreck auf seinem Gesicht zog.

»Lappen weg!«

Der Orcneas biss die Zähne zusammen und hob den Lumpenknödel. Blut sickerte durch sein zerrissenes Beinkleid.

Jasper zeigte auf einen anderen Gefangenen mit zerschmettertem Fuß.

»Den da für diesen hier.«

Lysanders Magen krampfte. So etwas hatte er tatsächlich noch nie gemacht. Mäuse, Ratten, vielleicht auch mal ein Huhn – für eine oberflächliche Verletzung in Blauknochens Kurs ... na klar.

Aber das hier?

Ein Arzt hätte höchstwahrscheinlich beiden das Leben retten können. Dem Oberschenkel mit Sicherheit. Ein paar Nähte, hoffen, dass kein Wundbrand einsetzt, und einige Wochen Ruhe. Den Fuß müsste man wahrscheinlich abnehmen, aber auch mit einem Stumpen könnte der Mann noch leichtere Arbeiten verrichten. Wieder stieg Wut in ihm auf. Eine Wut, die ihm mittlerweile wie ein alter Bekannter vorkam. Mit welcher Leichtfertigkeit die Gelbhausens über Leib und Leben ihrer Gefangenen richteten, ließ ihn grollen.

»Haben wir dich zulange an das Vieh geknotet, was?«, lachte Jasper. »Auf, auf! Ran ans Werk! Oder soll ich Steinfinger ein paar Verletzungen auf dich übertragen lassen? Wie wäre es mit dem unappetitlichen Fuß hier?« Er trat gegen das zertrümmerte Glied. Der Verwundete kreischte heulend auf.

Nur einmal ohne Trense und gebrochene Finger ... Nur einmal.

Jasper trat ihm in die Kniekehle. Er sackte zwischen den beiden Verletzten zusammen.

»Mach!«

Lysander sah von einem zum anderen. Der Mann zu seiner Linken hielt sein Schienbein umklammert, hatte die Augen panisch geweitet und sah flehentlich zu Jasper, der betont gelangweilt wartete. Der junge Orcneas presste weiterhin den Lumpen auf seinen Oberschenkel. Wie Walnüsse zeichneten sich seine Kaumuskeln durch die straffe Haut am breiten Kiefer. In seinem Blick lag lodernder Zorn.

Ein Wärter trat dem Orcneas vor die Schulter, um ihn näher an Lysander heran zu befördern.

Jasper legte Lysander den Dolch an die Kehle und flüsterte in sein Ohr.

»Du machst das jetzt, oder du bist unnütz für uns. Weißt du, was wir mit unnützem Gesindel machen? Wir lassen es fliegen. In den Schacht.« Er kicherte.

Lysander legte seine Hände auf die Beine der Verletzten.

Er schaute den Mann mitleidsvoll an. Dann schloss er die Augen und murmelte den Zauber mit auf der Trense klappernden Zähnen.

Die Nüstern des Orcneas bebten. Er zitterte und atmete erleichtert aus. Gleichzeitig stöhnte der andere Mann und fiel in Ohnmacht. Blut gluckerte aus der frischen Wunde am Oberschenkel. Er zuckte noch etwas, dann lag er still. Langsam hob und senkte sich der Brustkorb.

»So, der kann dann weg«, sagte Jasper beiläufig, schubste Lysander in den Dreck und ging zum Nächsten. Grob nahm den Knüppel aus der Schlaufe und stapfte auf den Bewusstlosen zu.

»Tut mir leid ...«, flüsterte Lysander. Er legte die Fingerspitzen auf die Hände des Mannes und flüsterte einen weiteren Zauber. Eine Träne lief Lysander aus dem Augenwinkel, als seine geschundenen Knochen zusammenfanden. Knackend rasteten die Knöchel seiner Hände ein, Sehnen verbanden sich und ein herrlich befreiendes Gefühl durchströmte ihn, als die Schmerzen von ihm abfielen.

WUMP.

Dumpf schlug der Knüppel auf den Kopf des Bewusstlosen. Lysander konnte das Abbrechen der Verbindung spüren. Gerade war da noch ein flimmerndes Teilchen Leben, dann erlosch es, als hätte jemand eine Kerze ausgepustet.

WUMP.

Lysander kam auf die Beine. Schwankend stand er auf. Sein Blick traf den des Orcneas. In diesem kurzen Augenblick verstanden sie sich ohne Worte.

Ich weiß, was du getan hast.

Du wirst mich aber nicht verraten.

Nein. Ich habe deinen Zorn gesehen.

Ich deinen auch.

Wenn wir nur eine Gelegenheit zur Rache bekommen ...

Ja, nur die eine würde genügen.

WUMP.

»Hier geht's weiter, oh Zauberschüler!« Jasper zeigte auf zwei weitere Verwundete und winkte Lysander zu sich heran.

◄ ● ● ● ►

Er kauerte an der feuchten Wand der Zelle und bewegte vorsichtig die Finger, indem er die Hände öffnete und schloss. Er konnte sie immer noch nicht zur Gänze strecken und ballen. Hin und wieder knackte ein Gelenk. Er versuchte Trennen und Fügen, in dem er sich auf die Trense und die losen Kettenglieder zwischen seinen Füßen konzentrierte. Die Glieder ruckten aneinander und die Ösen der Trense vibrierten, aber ohne seine Zunge und Lippen, und ohne den vollständigen Bewegungsumfang seiner Hände, konnte er die finalen Silben und Gesten nicht vollführen. Dazu hatte ihn das Zaubern des Tages völlig ausgelaugt. Der Einsatz der Heilungen hatte ihn sämtliche Energiereserven gekostet. Er fühlte sich matt und abgeschlagen. Trotzdem fand er keinen Schlaf.

Dass er dem Todgeweihten in letzter Sekunde noch einige Potenziale abzwacken konnte, verbuchte er als kleinen Erfolg. Bei den weiteren Heilungen hatten ihn weder Jasper noch Grob aus den Augen gelassen und er hatte so tun müssen, als könnte er die Hände nur unter Schmerzen bewegen. Es konnte ihn nur gering trösten, dass er heute acht Leben gerettet hatte, denn für diese acht wurden acht andere gelöscht.

Leider nicht die richtigen.

Jasper Gelbhaus.

Du Bastard.

Tränen der Wut sammelten sich in seinen Augen. Trotzig wischte er mit dem verstaubten Hemdsärmel über sein Gesicht.

Der riesige Orcneas, mit dem er sich die Zelle des Gewölbes teilte, legte sich auf die Seite. Die Ketten, die beide miteinander verbanden, rasselten.

30

»Das ist eine Scheißidee, Frau Major«, raunte Raukiefer und stupfte eine Fingerspitze auf die ausgerollte Karte. »Lagolle ist bis Nebelstein vorgedrungen. Wir haben keine Ahnung, wie schnell oder langsam die sich bewegen werden. Wir wissen aber, dass Löwengrundt ihr nächstes Ziel sein wird. Unsere Armee im Norden marschiert ihnen entgegen. Wollen wir uns wirklich zwischen zwei Armeen wiederfinden, nur um einen kleinen Magus einzufangen?«

Zwanette lehnte sich in ihrem Stuhl zurück und sah aus dem Buntglasfenster des Gasthauses. Sie saßen im kleinen, aber gemütlichen Bewirtungsraum des ›Bauernwohl‹, einem Haus mit drei Übernachtungszimmern im Dorf Bastion nahe Hohenroth.

Raukiefer beugte sich über die Karte, Narmer saß auf einem für ihn viel zu kleinen Stuhl und schaufelte Rühreier mit Weißbrot in sich hinein. Zwanette nippte an ihrem Kaffee und dachte nach. Raukiefers Einwände waren begründet, ganz klar. Seit ihrem Aufbruch in Hohenroth waren sie in Neunbrückchen, Löwengrundt, Nebelstein, Schwarzbergh und schließlich Blauheim gewesen. Dort hatten sie eine Woche gewartet, in der Hoffnung, dass der vermeintlich verzweifelte Zauberlehrling seinen Vater um Hilfe anflehen würde. Wo sollte er auch sonst hin? Entweder er war nicht so hilflos, wie sie dachten, oder er war nicht nach Blauheim unterwegs. Sie hätten ihn finden müssen, hatten aber nach Wieselfreud seine Spur verloren.

Narmer schluckte. »Vielleicht ist er doch nach Lagolle, hm?«

Raukiefer schnaufte ungläubig.

»Nein, im Ernst. Deren Armee marschiert hier ein. Die könnten doch einen Magus für ihre Pioniere brauchen, oder nicht?« Er aß weiter.

»Ich weiß nicht recht ...« Sandmagen schaute auf die Karte.

»Dann wäre er uns über den Weg gelaufen. Wir waren am Pass von Schwarzbergh und in Nebelstein. Über die Berge wird er sich sicher nicht gewagt haben.«

Narmer zuckte die breiten Schultern und schaufelte sich noch mehr Eierspeise auf den Teller.

»Nein. Ich möchte, dass wir die Straßen zwischen Blauheim, Schwarzbergh und Löwengrundt noch einmal absuchen. Vielleicht können wir seine Spur wieder aufnehmen und herausfinden, wo er hin ist.«

Raukiefer stöhnte. »Das wären noch einmal sieben bis zehn Tage im Sattel ...«

»Dein Arsch ist eh schon platt«, bemerkte Narmer und lachte stumm. Sein mächtiger Oberkörper bebte dabei.

»An Ihrer Stelle wäre ich etwas vorsichtiger, Feldwebel Narmer.«

»Jawohl, mein Herr«, sagte der große Mann förmlich und salutierte mit einer Gabel voll Ei in der Hand.

»Wir sollten nach Neunbrückhen und sehen, ob das Oberkommando neue Befehle für uns hat«, sagte Raukiefer. »Unser Regiment wird gebraucht, um Lagolle zurückzuschlagen.«

Zwanette stürzte ihr Getränk hinunter.

»Wir reiten nach Löwengrundt. Kriegen wir dort neue Befehle: fein. Wenn nicht, geht es weiter nach Schwarzbergh. Die dichten Wälder, Berge und Täler geben ein gutes Versteck ab, ganz abgesehen von den Bergwerken dort. Auch die würden einen Magus mit Kusshand nehmen. Einverstanden?«

Narmer nickte.

Hauptmann Raukiefer zögerte.

»Wenn er sich im Wald versteckt, kommen deine Talente zum Einsatz, Bluthund«, sagte Sandmagen. Sie wusste, Raukiefer liebte den Wald, die Wildnis und die Jagd nach Beute. Sie hätte es ihm auch einfach befehlen können, aber sie zog es vor ihre Leute zu inspirieren und nicht zu beugen. Das Jägerregiment war schon immer etwas anders gewesen, als die regulären Truppen.

Schließlich nickte auch er.

»Gute Ansprache, Major. Kurz aber wirkungsvoll.« Narmer erhob sich, wischte sich mit einer in seinen Händen viel zu kleinen Serviette über die Mundwinkel und richtete Weste und Überrock.

31

Desche lehnte an der Brüstung der Stadtmauer von Neunbrückhen und sah auf sein Viertel hinunter. ›Das dreckige Viertel‹. Um ihn herum herrschte reges Treiben. Zimmermänner, Tischler, Maurer und Soldaten werkelten an Ausbesserungen an der Mauer. Sie nagelten, spachtelten und hämmerten. Kisten mit Munition und Feuersteinen, Fässer mit Schwarzpulver und Kugeln für die Bastionsgeschütze wurden herangeschafft. Seit die Nachricht vom Fall Nebelsteins in Neunbrückhen angekommen war, arbeiteten Freiwillige an der Befestigung ihrer Heimatstadt. Sorge vor einer Invasion manifestierte sich in hektischer Betriebsamkeit. Durch das Stadttor brachten Händler und Handwerker ihre Habseligkeiten in das Stadtzentrum. Von den Zinnen beobachtete Desche Karren, Kutschen, Wagen und Träger. Mit sorgenvoll gerunzelter Stirn dachte er an seinen Schlachthof.

Verdammtes Lagolle.

»Ihre Rede war eine Meisterleistung, werter Desche.«

»Hm?« Er drehte sich um.

Vor ihm stand der Bürgermeister von Neunbrückhen – ein Typ wie ein fettes Wiesel. Eifrig, speichelleckend und gierig. Neben ihm der oberste Ratsherr und Richter von Neunbrückhen, eingewickelt in die modischste Kleidung – ein arroganter Mann, hochgewachsen und hochgeknöpft; und neben diesem die neu ernannte Generalin der Freiwilligenverbände der Revolutionsarmee Neunbrückhens – eine ernsthafte, gewissenhafte Frau.

Sie trat vor und gratulierte Desche.

Er nahm ihre weiche Hand in seine Pranken und schüttelte sie.

»Danke, Fräulein Blasskirsche.«

»Nach Ihrem leidenschaftlichen Ruf zu den Waffen konnten wir Tausende Freiwillige aufnehmen und mit dem Waffenlager aus dem Palast, konnten wir sie auch direkt bestücken. Selbst für den Fall, dass Lagolle bis Neunbrückhen vorrückt, denke ich, wir können zumindest das Zentrum halten, bis General Eisenbarth aus dem Süden zu uns stoßen kann.«

Der Bürgermeister nickte eifrig.

Der Ratsherr räusperte sich.

»Wollen wir dann nun zum Marktplatz gehen, bitte?«

Desche hätte ihm am liebsten die affektierte Visage poliert. Irgendetwas an diesem menschgewordenen Geier machte ihn wütend, selbst wenn der Mann kein Adeliger gewesen wäre. Er musste sich schwer zusammenreißen.

Gemeinsam gingen sie zu den Stufen, die durch den Eckturm nach unten führten.

»Ich persönlich halte ja den Vorwurf der Kollaboration mit dem Feind für etwas weit hergeholt«, bemerkte der Ratsherr, während sie durch die Straßen auf den Marktplatz zuhielten. Ochsengespanne schleppten Steine zur Mauer, Kutschen transportierten Holzbohlen, Bürger trugen Körbe, Kisten und Säcke umher.

Das alles wurde untermalt von stetigem Hämmern der Schmiede, fluchenden Kutschern, brüllenden Ochsen und klappernden Hufen. Die ganze Stadt war auf den Beinen. Auf den Mienen der Bürger erkannte Desche Entschlossenheit, Trotz und unterdrückte Wut.

Desche blieb stehen und holte Luft. »Wie sonst sollte es den elendigen Lagollern denn gelungen sein, die Zitadelle im Handumdrehen einzunehmen?«

Der Ratsherr stoppte ebenfalls und wandte sich zu ihm um.

»Durch zahlenmäßige Überlegenheit und Brandgeschosse, munkelt man.«

Dabei verzog er das Gesicht, als hätte er nie eine dümmere Frage gehört. Vor Desches innerem Auge rauschte seine geballte Faust mitten auf die Adlernase und brach sie. Nichts vermochte einem überheblichen Edelmann so zügig Demut beizubringen, wie das Blut aus dem eigenen Riecher auf der Samtjacke.

»Hm.« Er stemmte die Arme in die Hüfte. »Sie sehen da also keinerlei Zusammenhang mit der Flucht des Königs? Goldtwand und Lagolle haben das alles von langer Hand geplant.« Er streckte dem Ratsherrn einen Zeigefinger unter die bescheuerte Nase. »Wir haben allein in der letzten Woche zehn Agenten Lagolles verhaftet und in den Kerker gesteckt!«

Unbeeindruckt entgegnete der Ratsherr: »Der Kerker ... Jaja ... ist es nicht so, dass eben jener Kerker bis zum Bersten gestopft wurde, seit die Versammlung des Volkes die Hatz auf Royalisten eröffnet hat?«

Desche machte einen Schritt auf ihn zu.

»Das ist genau das, was man mit Royalisten, die dem alten Regime hinterhertrauern, machen muss. Passt Ihnen das nicht, Herr Silbertrunkh?« Finster sah er ihn an. Dabei betonte er das gehauchte ›h‹ am Ende des Nachnamens und damit den Titel und die soziale Stellung des Adeligen.

»Wenn Sie damit andeuten wollen, dass meine Person ein Royalist sein könnte, muss ich Sie enttäuschen, werter Desche. Ich, Lüder Silbertrunkh nebst Familie, begrüße den Sturz des Königs, das Ende des alten Regimes und das Erwachen der Revolution.« Er legte dem Fleischer beschwichtigend eine Hand auf die breite Brust. »Aber mich treibt die Frage um, was und wie wir mit dieser neuen Ordnung umgehen wollen. Die Stände sind neu sortiert, gut. Was aber ist mit den Rechten der Bürger? Und welcher Bürger? Wie verfahren wir mit Klägern und Angeklagten? Einfach alle in den Kerker? Oder nur die Anderen? Sind die anderen Völker nicht ebenso Bürger Kernburghs und daher mit Rechten versehen, oder verbleiben sie als Eigentum in prekären Verhältnissen? Wo ziehen wir also unsere moralischen Grenzen? Sie wissen schon, wovon ich spreche, nicht wahr?«

Desche spürte förmlich die Ader auf seiner Schläfe pochen. Er biss sich hart auf die Zähne. Eine Lektion in Sachen Bürgerrechte brauchte er sich von diesem Raffzahn nicht anzuhören. Der Adel war immer schon das Furunkel an den

Arschbacken der Nation. Es musste aufgestochen, ausgebrannt und entfernt werden, wenn es gelingen sollte, die Dinge neu aufzustellen. Alle Profiteure des alten Regimes hatten eine Verabredung mit dem Kurzmacher verdient. Dieser Fatzke Silbertrunkh hatte darüber hinaus noch Aussicht auf den zu vergebenden Posten des Justizministers, wenn nicht sogar des Innenministers. Ein solcher Weichling würde die Feinde der Nation mit Nachsicht behandeln, um den selbstauferlegten Idealen zu folgen, und damit die Flamme des Widerstandes am Leben erhalten.

Nein, das durfte nicht passieren!

Das alte Regime musste zertrampelt, vernichtet, ausgelöscht werden, damit die neue Ordnung erblühen konnte.

Desche setzte den Mann nach ganz oben auf seiner Kurzmacher-Liste.

Selbst schuld.

Elender Royalist.

»Wir werden diese Diskussion beizeiten fortführen, Bürger Silbertrunkh.«

Er hoffte, es würde wie eine Drohung klingen.

Er drehte sich um und marschierte die Straße Richtung Marktplatz.

Schweigend folgten die anderen.

Zwei Straßenzüge weiter erreichten sie den Rand des großen Marktes von Neunbrücken. Sechs Soldaten flankierten sie und schoben die Menge beiseite, damit sie die Mitte erreichen konnten.

Der riesige Platz war voller Bürger. Wer nicht an den Befestigungen der Stadt arbeitete, hatte sich hier eingefunden. Zigtausende standen dicht an dicht und harrten der Vertreter des Volkes. Im Zentrum des Marktplatzes stand ein mannshohes Podest aus Holzbalken, groß genug für eine Theateraufführung mit fünfzig Komparsen. Im Moment war es, bis auf den frisch eingeölten Kurzmacher und an Stäben aufgesteckte Sprachrohre, leer.

Desche lächelte versonnen. Es war seine Idee gewesen, blecherne Sprachrohre auf Stiele zu stecken und diese am Bühnenboden zu befestigen. So konnte er sich zwischen sie stellen und sicher sein, dass seine feurigen Reden über den gesamten Markt getragen wurden.

Am Fuße der Bühne warteten die restlichen Mitglieder des ›Plenums‹ – so nannte sich die Kerngruppe innerhalb der ›Versammlung der Vertreter des Volkes‹. Klang auch schmissiger.

Zum Plenum gehörten Dichter und Denker, Philosophen und Juristen, Handwerker und Händler. Ein kleiner, ausgewählter Kreis von Gleichgesinnten, die über die Zukunft der Nation tagten.

Desche warf einen Seitenblick auf Silbertrunkh.

Na ja, ›gleichgesinnt‹ traf wohl nicht auf alle Mitglieder des Plenums zu.

Die rund um das Podest aufgestellten Soldaten stampften eindrucksvoll auf, als Desche nebst Anhang den Treppenaufgang erreichte. Er hatte seine reguläre Arbeitskleidung für diesen Auftritt gewählt. Es war gut, wenn das Volk sehen konnte, dass einer der Ihren ein führender Kopf der neuen Ordnung war.

Er stellte sich auf den Sockel vor die Flüstertüten und spreizte die Arme vom Körper.

Jubel kam auf und schwoll an.

Er wartete einige Minuten und badete in dem ihn umbrandenden Tosen.

»BÜRGER!«, brüllte er, so laut er konnte.

Der Jubel verebbte und wurde durch gespanntes Raunen abgelöst.

Desche drehte sich einmal um die eigene Achse, ließ dabei den Blick über die Dächer und Giebel der schmucken Häuser rund um den Marktplatz schweifen.

Meine Stadt.

»Bürger von Neunbrückhen! Ich und alle anderen Vertreter des Volkes wissen um eure Sorge.« Er machte eine kleine Pause.

»Nebelstein ist gefallen!«

Empörte Rufe und geschüttelte Fäuste.

»Aber ...« Er hob beide Arme. »Wir, die tapferen Bürger Kernburghs, werden es dem Gesindel aus Lagolle schon zeigen!«

Hurra-Rufe und klatschende Hände.

»Während unsere Revolutionsarmee im Norden dem Pack aus Lagolle entgegenzieht und unsere Armee im Süden zu uns marschiert, dürfen wir nicht rasten und ruhen!«

Zustimmender Jubel.

»Wir müssen uns befreien! Befreien vom Doppeljoch des Adels und des Klerus. Befreien vom subversiven Einfluss der Royalisten!«

Die Menge wogte und brüllte Verwünschungen. Die Soldaten hatten alle Mühe, sie zurückzuhalten.

»TOD DER MONARCHIE! NIEDER MIT LAGOLLE!«, rief Desche so laut und so energisch er konnte und reckte eine Faust zum Himmel. Trotzig und stark. Die Menge reagierte wie ein Wesen. Ein riesiger, schlafender Drache, der gerade erwacht und nun seinen Hass auf die Welt hinausbrüllt.

Desche schloss die Augen und genoss. Ja, es würde ihm gelingen, den Zorn des Volkes zu kanalisieren. Es würde gelingen, die jahrhundertealte Ordnung zu zerschmettern. Gnadenlos und strikt. Eisenhart und unnachgiebig. Kein Pardon und kein Vertun.

Eisenhart?

Das wäre doch ein starker Name. Eisenhart.

Hm. Oder war der etwas schwierig?

Ließen doch möglicherweise das ›H‹ und das ›T‹ den Verdacht eines Adelstitels aufkommen. Ein adliger Fleischer. Desche musste grinsen. Lächerlich. Eisenhart. Fleischer. Eisen. Fleisch.

Eisenfleisch.

DAS war sein Name. Desche Eisenfleisch.

Sein Frauchen würde begeistert sein.

»TOD DER MONARCHIE! TOD DEN ROYALISTEN!«, brüllte er seine Freude hinaus. Ja!

»TOD DEN ROYALISTEN!«, antwortete die Menge wie aus einer Kehle.

»TOD DEN ROYALISTEN!« Vereinzelt lösten sich Schüsse.

»TOD DEN ROYALISTEN!« Werkzeuge, Prügel und Säbel wurden in die Höhe gereckt.

»TOD DEN ROYALISTEN!« Ekstase.

Er trat einen Schritt zurück und überließ Lüder Silbertrunkh das Podest. Sollte der Schnösel doch zusehen, wie er die Menge wieder beruhigte, um seine Agenda vorzutragen.

Er, Desche Eisenfleisch, hatte das Monster von der Leine gelassen und den Volkszorn entfacht.

Mit hochrotem Kopf und versteinerter Miene schritt der Ratsherr an ihm vorbei.

Was an diesem Abend in Neunbrücken geschah, würde Geschichte machen. Da war sich Desche sicher. Ganz sicher.

Er zog die Fallklinge am Seil des Kurzmachers in die Ausgangsposition. Seine Rücken- und Nackenmuskeln schmerzten, denn er hatte das schon zwanzig Mal zuvor getan. Er wickelte das Seil um den Knauf am Rahmen, dann nickte er den Soldaten zu.

Zwei Gardisten schoben einen gefesselten Mann mit blassem Gesicht und bibbernden Gliedern auf ihn zu. Hinter ihnen warteten weitere Soldaten mit Gefangenen.

Heute Nacht würde die Revolution siegreich sein.

Desche konnte sich an seiner erweiterten Erfindung gar nicht satt sehen. Diese Perfektion! Die Soldaten drückten den Mann bäuchlings an eine vertikal stehende Bohle, die ihm bis zur Brust reichte. Dann banden sie ihn mit Lederriemen daran fest. Ab jetzt brauchte es nur noch einen Mann, um die Bohle in die Liegeposition zu kippen und über einige Leisten an den Pranger zu schieben. Mit einem satten Klack fixierte der obere Teil des Prangers, der ebenfalls an Leisten am Rahmen auf und ab gleiten konnte, den Hals.

Desche hörte den Blaseninhalt des Todgeweihten leise an der Achse der Liege hinabtröpfeln. Er verharrte noch einige Sekunden. Er genoss diesen Augenblick. In seiner Hand ruhte sowohl das Leben, als auch die Ekstase. Er zog den Knauf aus dem Rahmen. Das Beil sauste herab und trennte den Kopf sauber vom Leib. Der Kopf schlug dumpf auf dem Podestboden auf und kullerte bis zum Rand. Desche machte sich längst nicht mehr die Mühe, die Schädel in Weidenkörben zu sammeln und sie, zusammen mit dem restlichen Leichnam, zum Friedhof fahren zu lassen. Die blutgierige Menge riss den Schädel an den Haaren vom Bühnenrand und er verschwand im Tumult. Ein Soldat zog die Liege vom Pranger, band den Körper los und rollte ihn hinunter. Mit Stiefeltritten beförderten sie ihn ebenfalls an den Rand und ließen ihn in einen bereitstehenden Wagen plumpsen.

Der Nächste bitte.

Desche erfreute sich am Brennen der Muskeln, während er das Fallbeil hochzog.

Strahlend vor Stolz beobachtete ihn seine Frau, und er gab sich Mühe, jede Bewegung geschmeidig und würdevoll aussehen zu lassen.

In den frühen Abendstunden hatte es angefangen. Zuerst nur lokal, an einzelnen Brennpunkten. Dann war es wie ein Flächenbrand über Neunbrückhen gezogen: Royalisten und solche, die von der jeweils anwesenden Mehrheit für einen gehalten wurden, wurden zusammengetrieben, oder an Ort und Stelle getötet. Die Geschäfte in den teuren Vierteln waren geplündert, ihre Besitzer aus den Häusern gejagt und umgebracht worden. Tempel, Kapellen und Kirchen wurden gestürmt und die Priester erschlagen.

Wer nicht von den wütenden Bürgern erwischt wurde, der rannte um sein Leben. Der Kerker wurde geleert. Alle inhaftierten Sympathisanten des Königshauses wurden erschossen. Die Erschießungstrupps der Revolutionsarmee, die dieser ehrenvollen Aufgabe nachkamen, mussten zwischendurch ihre Musketen wechseln, wenn die Hitze der Schüsse die Läufe zu sehr verzog.

An einem eilig auf das Podest beförderten Sekretär arbeitete der Bürgermeister an Listen, um Buch zu führen, welchen Bürger es warum niedergestreckt hatte.

Die letzte Zahl, die Desche vor gut einer halben Stunde gehört hatte, war eintausendzweihundert gewesen.

Eintausendzweihundert Feinde der Revolution würden nie wieder Gelegenheit haben, sich gegen die Sache zu erheben.

Wie ein reinigendes Feuer tobte der Zorn der Revolution durch die Stadt, um ihre Gegner zu verschlingen.

Desche zog den Knauf aus dem Rahmen und löste so das Fallbeil.

Rumpel.

Schnitt.

Klack.

Plumps.

Herrlich.

Der Nächste, bitte!

32

»Macht hin, Jungs! Vorwärts, vorwärts! Und der Nächste! Hopp, Hopp!«

Lockwood lehnte an der Reling der ›HMS Agathon‹, einem Segellinienschiff der Marine Seiner Majestät König Joseph Stovepipe III. und schaute den Sergeants beim Verladen der Truppen zu. Reihe um Reihe strömten die Grauröcke in den Bauch des Schiffes und zahlreicher anderer, baugleicher Segler am Pier im Hafen von Brightpool.

Die Armee von Northisle machte sich mit vierzigtausend Soldaten, fünfzehntausend Pferden, vierhundert Geschützen und sechstausend Mann für Logistik, Transport und Versorgung auf den Weg nach Kernburgh.

Und Captain Lockwood und das 32ste Infanterieregiment waren dabei.

Dann doch. Verdammt.

Nathaniel Lockwood war sein sagenhaftes Glück abhandengekommen.

Dabei brauchte er es so dringend, wenn es tatsächlich zur Auseinandersetzung mit dem Erzfeind Kernburgh käme! Dann auch noch als Captain ... an der Seite seiner Männer. Mittendrin. Er wollte gar nicht drüber nachdenken, aber der Gedanke meldete sich immer und immer wieder zurück, wie ein übereifriger Adjutant. Aber anstatt ›Sie wünschen?‹, hieß es immer nur ›Da bin ich! Ach übrigens: Du wirst elendig an der Küste verrecken.‹ Na, schönen Dank.

Wenigstens ging es Emily gut. Eine Woche hatten sie in Truehaven miteinander verbringen können. Während die gemeinen Schützen ihre Ausrüstung zum Abmarsch ausgehändigt bekamen, durften die Offiziere daheim abwarten.

Und was für eine Woche das war!

Emily hatte Truehaven mit offenem Mund und großen Augen erforscht – ebenso wie seinen Körper. Ein wahres Fest der Sinne.

Sie verstand sich sogar mit Caleb und Frau Mama. Ihre freche, offene Art hatte für frischen Wind im Hause Lockwood gesorgt. Sogar der gute Lord Schatzmeister hatte seine Schatulle gerne geöffnet und Emily mit Mama zum Einkaufen geschickt.

Jetzt muss ich das hier nur überleben ...

Dann kann ich ihr die edlen Kleider vom Leib reißen.

Reiß dich zusammen.

»Was machen wir, wenn wir in Kernburgh sind, Jungs?«, brüllte der Sergeant gutgelaunt.

»Schneckenlutscher töten!«, antworteten die Grauröcke ebenso gutgelaunt im Chor.

Na, wenn das mal so einfach wäre, dachte Nathaniel.

Die Schützen strahlten und lachten, sie feixten und witzelten, als wäre es eine Klassenfahrt und kein Kriegszug. Einige hatten Blumen an den Läufen befestigt, oder parfümierte Tücher ihrer Liebsten ans Revers gebunden. Überall gute Laune und eitel Sonnenschein.

Nur ich steh hier oben und blase Trübsal.

Die Laderampe wurde eingezogen und Nathaniel stieß sich vom lackierten Geländer ab. Wenn die Agathon ablegte, wollte er der Marine Seiner Majestät nicht im Weg sein.

Er strich seine rote Seidenschärpe glatt und richtete die goldbestickte Epaulette auf seiner linken Schulter. Er kontrollierte den korrekten Sitz der Ärmelaufschläge seines grauen Überrocks und strich sich über die Koteletten. Er lüftete den schwarzen Dreispitz, um einen Marineoffizier zu grüßen, und ließ ihn in der Hand, um sich durch den engen Eingang zum Bauch des Schiffes zu zwängen.

Dann sag ich meinen Jungs mal Hallöchen.

Einige Stunden später lehnte er wieder an der Reling und sah der Silhouette von Southgate beim Verblassen zu.

»Goodbye, Northisle«, murmelte er. »Wann werde ich dich wiedersehen?«

»Ein schönes Liedchen, Captain.«

Commander Horatio Bravebreeze, der Kommandant des Schiffes, stellte sich an seine Seite und schaute in die Ferne. Er richtete den hohen Kragen und zog den quergetragenen Zweispitz tiefer in die Stirn. Der Zopf seiner weißen Perücke wehte im Wind.

»Erhebend, nicht wahr?«

»Wie meinen?« Für Nathaniel war das alles andere als erhebend. Kieselbucht an der Südküste Kernburghs kannte er nur aus der Einsatzbesprechung im Hauptquartier. Informanten hatten berichtet, dass die Einwohner der Stadt keinesfalls geschlossen hinter der Revolution standen und sich mehrheitlich den Royalisten zugehörig fühlten. Gelänge es den Northislern, Kieselbucht einzunehmen und zu befestigen, hätten sie einen vollkommenen Brückenkopf für eine optionale Invasion gesichert.

»Das Auf und Ab der Wellen, der Duft des Meeres, und am Horizont die stinkenden, engen Städte entschwinden sehen ...«, schwärmte Bravebreeze.

Hm. Stinkend und eng war genau das, was Nat an den Städten so liebte.

Das Meer und die Ozeane bewunderte er lieber vom Strand aus, mit einem hübschen Fräulein im Arm. Mit so einer Nussschale zu schippern, im Unterdeck zusammengepfercht, dem Knarzen und Knacken zu lauschen, war nicht seine bevorzugte Freizeitgestaltung. Nur Holz und Nieten gegen das Drücken und Stampfen des unendlich tiefen Wassers. Wer wusste schon, was da unten lauerte?

»Ihr Infanteristen werdet es schon hinbekommen, Captain!«, sagte Bravebreeze aufmunternd.

Nat kratzte sich am Hinterkopf. Der Kommandant klopfte ihm auf die Schulter. Erst jetzt bemerkte er, dass dem Seemann ein Arm fehlte. Der rechte Ärmel der reich verzierten Uniformjacke war hochgerollt und zusammengesteckt. Trotz dieser Behinderung strahlte der Mann Gelassenheit und Souveränität aus. Bemerkenswert, dachte Nat.

»Nun blasen Sie mal kein Trübsal! Kieselbucht wird ein Kinderspiel. Die Bucht ist groß genug, um Ihnen bei der Landung mit unseren Breitseiten beizustehen. Ich denke, wir bekommen zwölf Fregatten in die Bucht. Und selbst, wenn die Bürger der Stadt uns nicht wohlgesinnt sind: Haben Sie schon mal eine Breitseite unserer Kriegsschiffe erlebt?«

Nat schüttelte den Kopf.

Bravebreeze lachte auf.

»Da werden die Schneckenlutscher aber schön ihren Kaffee verschütten!«

Lockwood versuchte zu lächeln.

»Na, kommen Sie schon. Ohne Angst kein Mut, nicht wahr? Nach allem was wir wissen, sind die Kernburgher sowieso im Osten gebunden. Nebelstein ist von Lagolle eingenommen und Löwengrundt ist als Nächstes an der Reihe. Wie viel Gegenwehr ist da tief im Süden schon zu erwarten? Jetzt reißen Sie sich mal zusammen, Mann.«

Dieses Mal schlug ihm der Kommandant etwas fester aufs Kreuz und stapfte Richtung Vorderdeck. Er tat dies auf sicheren Beinen und ohne sichtbare Anstrengung, das Schwanken des Decks auszubalancieren. Wenn Nat über die Planken schritt, sah es nicht nur so aus, es fühlte sich auch so an, als hätte er den Pawn leer getrunken.

Seemänner ... Verrückte Kerls. Sitzen in ihren Holzwannen, schießen sich Löcher in den Rumpf, verbrennen oder saufen ab und halten sich ansonsten mit Aberglaube und Wahnsinn über Wasser. Andererseits: Mit vollen Hosen auf ein Feld zu stapfen, sich in Schussweite vor den Feindeslinien aufzubauen, um sich gegenseitig auf Kommando zusammenzuschießen, war auf den ersten Blick auch nicht schlauer. Als Kavallerist im halsbrecherischen Galopp mit gezücktem Säbel auf eine Formation aus Musketen und Bajonetten zuzustürmen, konnte auch nicht als brillanter Einfall verbucht werden ...

Ich hätte Artillerist werden sollen.

Eine Glocke läutete.

Essen fassen.

Mit weichen Knien wankte Lockwood über das Mitteldeck.

33

Rabenhammer bewunderte sich im mannshohen Spiegel und striegelte seinen mächtigen Schnauzbart, der vor Öl glänzte.

»Ich übertrage Ihnen das Kommando, Grimmfausth.« Ach ja?

Dieses Mal hatte ihn der Oberst in sein Zelt gebeten. Nachdem der Marsch nach Nebelstein hinfällig geworden war, hatten sie ein behelfsmäßiges Feldlager in der Nähe von Finsterbrück, einem kleinen Dorf zwischen Löwengrundt und Nebelstein, aufgeschlagen.

»Ich selbst werde versuchen, mich mit meinem Stab zu General Eisenbarth durchzuschlagen, um die Strategie für den weiteren Verlauf der Auseinandersetzung mit Lagolle zu besprechen.«

Und ganz zufällig damit eben jener Auseinandersetzung entgehen, dachte Keno. Von ›Durchschlagen‹ konnte auch keine Rede sein, denn nichts deutete auf Verbände hinter ihrer Stellung hin. Da war nichts, wodurch man sich durchzuschlagen hatte.

»Sie werden Finsterbrück mit den Geschützen und der Infanterie halten und auf Nachricht warten. Die Kavallerie-Bataillone unter Hauptmann Rothwalze werden mit mir kommen.«

Ach. ›Durchschlagen‹ wäre dann ja ein Kinderspiel. Wohingegen sie an der Front auf die Schnelligkeit und Flexibilität der Kavallerie verzichten müssten. Der feine Herr Rabenhammer …

»Auf wie viele Geschütze und Männer kann ich dann noch bauen?«, erkundigte sich der frisch gekürte Hauptmann.

Rabenhammer strich das schwarze, geölte Haar glatt nach hinten, zog den Langbinder in Position und kontrollierte den Sitz des Stehkragens. Während er den reich verzierten Überrock anlegte, nickte er seinem Adjutanten zu, der sich räusperte und ein ledergebundenes Journal aufschlug.

»Abzüglich der drei berittenen Bataillone verbleiben Ihnen einundzwanzigtausendvierhundert. Davon fünf Infanterieregimenter mit voller Truppenstärke, mit Grenadieren und Plänklern. Das wären zwölftausendfünfhundert Schützen. Ein Regiment verbliebe in der Reserve und ein weiteres ist mit Verletzten und Kranken bestückt, die für Sie keinerlei Relevanz haben. Hinzu kommt die Mannschaft aus Nebelstein mit dreitausendfünfhundert. Zu Ihrer Verfügung stehen weiterhin die Pioniere und Ingenieure mit drei Magi, das Feldlazarett mit sechs Heilern und die Logistikertruppe. Ach ja, die Mannschaften der achtundvierzig Geschütze sind vollständig einsatzbereit.«

Keno lachte trocken, woraufhin Rabenhammer den Kopf schief legte.

»Ich soll die Fünfzigtausend aus Lagolle mit sechszehntausend aufhalten?«

Der Oberst machte ein missbilligendes Gesicht. »Die Lagoller müssen Nebelstein halten und sind darauf angewiesen, eine Besatzung zu stellen. Die können Sie getrost vom Haupttross abziehen, werter Hauptmann.«

Rabenhammer betonte ›Hauptmann‹ derart, dass sich der Subtext Keno unmittelbar erschloss: Entweder sie machen das, oder der Rang ist sofort wieder entzogen. Allerdings entging ihm auch nicht der generelle Subtext der Ansprache: Die Sache ist aussichtslos und ich hau ab. Viel Spaß.

»Ab wann wird mir das Kommando übertragen?«

Der Oberst pflückte eine Taschenuhr an ihrer Kette aus der Fracktasche, öffnete den Deckel und sah auf die Zeiger. Nach einer Weile ließ er den Deckel geräuschvoll zuschnappen. »Wie wäre es mit jetzt?«

Der Adjutant hielt ihm das Journal nebst Feder unter die Nase.

»Wenn Sie, Herr Hauptmann, hier Ihren Namen vermerken würden, bitte?«

Keno griff die Feder und unterschrieb.

»Wenn Sie mich dann entschuldigen, Herr Oberst?« Er salutierte.

»Abgetreten!«

»Barne, Jeldrik, zu mir!« Keno stampfte im Stechschritt durch das Feldlager und winkte die beiden zu sich.

Der kräftige Barne wischte sich Schweiß von der Stirn. Jeldrik sah ihn erwartungsvoll an.

»Mir obliegt das Kommando, Freunde. Und ich brauche euch.«

Beide salutierten.

»Finsterbrück. Da hinten.« Keno zeigte über die hügelige Landschaft um sie herum nach Osten, wo schmale Rauchsäulen in den Himmel stiegen. »Das Dorf liegt in einem Tal.«

Die beiden Artilleristen nickten.

»Wir teilen die Geschütze. Ich möchte, dass ihr beide jeweils ein Kommando übernehmt und euch auf gegenüberliegenden Seiten, mit Finsterbrück zwischen euch, positioniert. Seht zu, dass ihr VOR das Dorf kommt, also Lagolle entgegen.«

Beide schauten in die gewiesene Richtung. Keno konnte es förmlich in ihren Gehirnen arbeiten hören. Die Geschütze durch die Hügel zu bewegen, würde ein Kraftakt werden, aber Kenos Idee verstanden sie sofort.

»Ich gebe euch jeweils ein Regiment Schützen mit und werde mit dem Rest in Finsterbrück warten. Wenn Lagolle durch das Tal auf das Dorf zumarschiert, werdet ihr sie einige Zeit ziehen lassen, bis die Hauptstreitkräfte genau zwischen euch liegen. Dann werdet ihr das Feuer eröffnen. Die übrige Infanterie wird aus Finsterbrück den Lagollern entgegenkommen. Wenn alles gut geht, werden wir sie in die Zange bekommen.«

Jeldrik strich sich über den blonden Kinnbart.

»Sollten wir nicht defensive Positionen einnehmen? Der Oberst hatte so etwas doch befohlen, oder?«

Unwirsch winkte Keno ab.

»Der Oberst hat mir das Kommando übertragen und zieht es vor, sich abzuseilen. Wenn er andere seine Arbeit machen lässt, kann er sich über das Wie nicht beschweren. Eine Defensive wäre nicht die beste Taktik, Jeldrik. Damit gäben wir Lagolle genug Zeit, die eigenen Batterien aufzustellen und Finsterbrück zu beschießen. Wie lange könnten wir uns dann gegen fünfzigtausend halten?«

Eine Woche später ritt Keno an der Artilleriestellung auf den südlichen Hügeln entlang.

Jeldrik und die Pioniere hatten ganze Arbeit geleistet. Nicht nur, dass die Batterien ausgehoben und verstärkt worden waren, Sie hatten auch noch Schutzwälle für die Infanteristen gebaut. Ein Magus der Ingenieure hockte blass auf einer Munitionskiste und trank mit zittrigen Händen aus einer Feldflasche. Die erste Reihe der Kanonen bestand aus 8-, 10- und 12-Pfündern, die Haubitzen und Mörser standen dahinter. Insgesamt einundzwanzig einsatzbereite Geschütze warteten auf den Feind. Die Kanoniere verrichteten finale Arbeiten an ihren Waffen: Geschosse wurden herangeholt, Munitionswagen gesichert, Pferde versorgt und Schusswinkel berechnet. Barne hatte auf der Nordseite ähnlich gute Arbeit verrichtet.

Sie waren bereit.

Keno spürte einen Tropfen auf seiner Nase und sah zum Himmel.

Der Spätsommer machte ihm einige Sorgen. Einsetzender Regen war nicht das Problem. Solange die Talsohle fest und trocken blieb, konnten die abgefeuerten Kanonenkugeln verheerenden Schaden anrichten, wenn sie vom Boden abprallten und weiter sprangen. Hielte der Regen dauerhaft, schlimmstenfalls sogar ganze Tage an, wäre der Boden aufgeweicht und die Kugeln blieben stecken.

Hm. Dann müssten sie eben mehr feuern.

Dank des nächtlichen Studiums der Papiere und Zeugbücher wusste Keno um die Vorräte, Reserven und Munition seiner Armee. Solange sie die Lagoller im Tal halten konnten, könnten sie wochenlang feuern. Es mangelte an nichts.

Außer vielleicht an dreißig- bis vierzigtausend Mann ...

Schwerer als die Sorge vor einem Wolkenbruch wog in ihm das Wissen über das Ungleichgewicht der Kräfte. Dass er seine Armee nun auch noch geteilt hatte, machte es nicht besser. Er konnte nur hoffen, dass Lagolle nach dem leichten Sieg über Nebelstein, überheblich nach Löwengrundt vorstoßen würde. Es war nicht einfach, einundzwanzig Geschütze mit jeweils einem Geschützführer, drei Fahrern, fünf Kanonieren, zwei Pferdehaltern und vierzehn Pferden auf dem bewaldeten Hang zu verstecken. Dazu noch die zweitausendvierhundert Schützen, und er konnte froh sein, dass nicht Herbst war und die Bäume noch belaubt waren.

Würde Lagolle die Falle wittern und ebenfalls auf die Hänge ausweichen ...

Ein Desaster, das sich Keno nicht ausmalen wollte.

Dann bliebe nur der Rückzug nach Löwengrundt.

Sollte sein Plan allerdings aufgehen, wäre die Artillerie seine Trumpfkarte. Laden und Abfeuern hatte etwas Mechanisches, Künstliches, und wenig gemein mit dem Kampf Mann gegen Mann, Auge in Auge. Man berechnete die Flugbahn, richtete aus. Die Kanoniere bestückten, man zündete. Sah dem Geschoss hinterher. Korrigierte. Schoss erneut. Der Anblick des unmittelbaren Einschlages blieb einem aus einer Entfernung von bis zu fünfhundert Meter erspart. Die Moral der Geschützmannschaften wurde nicht gedämpft durch die Auseinandersetzung mit dem Resultat ›guter Arbeit‹, das aus zertrümmerten Leibern und vernichtetem Leben bestand. In Kenos Augen lag genau hier der Vorteil einer perfekt funktionierenden Artillerie: die Eliminierung einer Bedrohung ohne emotionales Engagement. Wie viel schwerer hatten es da die Schützen der Infanterie?

Er würde es herausfinden.

Vielleicht schon morgen.

Ein weiterer Regentropfen klatschte an den Filz seines Dreispitzes.

Keno beobachtete den Aufmarsch der Lagoller vom Turm der Kirche in Finsterbrück aus.

Im Morgengrauen erschwerten Nieselregen und Bodennebel die Sicht. Er stützte einen Ellbogen am Fenstersims ab, um das Fernrohr ruhig zu halten. Reihe um Reihe traten die Musketiere durch die Schwaden. Eine Kolonne marschierte über die schmale Straße, die Finsterbrück mit Nebelstein verband. Zwei weitere Kolonnen mussten rechts und links durchs hohe Gras stapfen. Im Hintergrund konnte er ein Regiment Kavalleristen erkennen und dahinter die heranrückende Artillerie.

Aus der Ferne sahen die Soldaten Lagolles denen aus Kernburgh ausgesprochen ähnlich. In beiden Armeen dominierten dunkelblaue Uniformjacken, weiße Hosen und schwarze Stiefel. Auch der Feind trug zumeist weiße Kreuzbandeliere für Marschgepäck und Bewaffnung. Ärmelaufschläge und Kragen waren allerdings aus Stoffen in Altrosa, ebenso wie das Banner Lagolles: ein schwarzer, gekrönter Adler mit Schwert und Zepter in den Klauen auf rosa Grund. Ein weiterer Unterschied betraf die Kopfbedeckung. Die meisten Infanteristen trugen kleinere Zweispitze, deren Hinterkrempe heruntergeklappt war, um die Nacken der Soldaten vor Regen zu schützen. Auf den Stirnkrempen der Hüte prangten goldene Abzeichen, die die Zugehörigkeit zu einer Waffengattung symbolisierten. Angesteckte Federn und Wedel in unterschiedlichsten Farben wiesen die Offiziere aus. Keno erkannte die Füsiliere, die in losen Reihen vor der Hauptstreitmacht marschierten, an ihren rosafarbenen Stoffmützen und die Grenadiere an ihren hohen Helmen mit goldenen Stirnschildern.

Er suchte die Straße Richtung Finsterbrück nach dem zum Zielpunkt für seine Artillerie umfunktionierten Wegweiser ab. Jeldrik hatte diesen Einfall gehabt: Versetzen wir den Wegweiser auf der Kreuzung etwas nach vorne und behängen ihn mit einer Fahne, dann können sich die Kanoniere daran orientieren.

Keno fand den Holzpfosten mit den drei Wegeschildern und der Kernburgher Flagge daran. Der schwarz-weiß-orangene Stoff wehte nur leicht.

Es würde nun nicht mehr lange dauern.

Er ließ das Fernrohr noch einmal über die Hügel neben der Straße schweifen. Er entdeckte nur die eigenen Stellungen. Die Lagoller hielten ihre Armee tatsächlich vollständig im Tal.

Es würde ein hartes Stück Arbeit werden, den Marsch der Fünfzigtausend aufzuhalten.

Während er die Wendeltreppe in den Altarraum hinuntereilte, drückte er das Fernrohr zusammen und verstaute es in einer Tasche am Gürtel.

Unten angekommen schüttelte er den Kopf, um den Schwindel der engen Treppe loszuwerden. Auf dem Weg nach draußen drehte er sich zum Altar.

Die marmorne Altarplatte wurde von den in Stein gemeißelten Söhnen Thapaths gehalten. Apoth der Weiße. Bekter der Dunkle. Keno sah zur bemalten Wand dahinter.

Thapath der Schöpfer, mit gesenktem Haupt und ausgebreiteten Armen.

»Dann wollen wir mal sehen, welcher Sohn, auf welcher Seite am heutigen Tage wirken wird.« Er verabschiedete sich mit einem knappen Kopfnicken vom Schöpfer und seinen Jungs und öffnete die Flügeltüren.

Achtzehn Meldereiter mit doppelt so vielen Pferden hatte er vor die Kirche beordert. Schnelle Kommunikation zwischen den drei Teilen seiner Armee würde über Sieg oder Niederlage entscheiden. Sein Stab, bestehend aus drei Offizieren und einem Schreiber, wartete ungeduldig auf seine Rückkehr vom Glockenturm. Sie alle waren durchnässt vom stetigen Regen. Verdammter Regen. Hoffentlich war der Boden noch nicht zu aufgeweicht für Rollschüsse.

»Herr Hauptmann«, sprach ihn ein Meldereiter an, »Unsere Späher melden, dass ein nicht geringer Teil der Lagoller in Nebelstein zurückgeblieben ist.«

Na, das waren doch mal gute Nachrichten.

»Wir schätzen die Stärke des Feindes auf dreißigtausend.« Der Reiter salutierte. Keno sah über die Schulter noch einmal zum Eingang der Kirche. Durch die offene Tür schickte er Thapath einen stillen Dank.

»Sehr gut. Reiten wir zur Linie.«

Ein Page reichte ihm Levantes Zügel.

Er saß auf und trabte über den Kirchplatz auf die Hauptstraße.

Sein Stab und die Meldereiter folgten ihm in die erste Schlacht, die er als Kommandeur zu schlagen hatte. Er zwang sich zu ruhigem Atmen.

Seine Hände waren kalt und zitterten, sein Herz pochte wie verrückt, es dröhnte in seinen Ohren und seine Blase versuchte ihm einzureden, dass er sich erleichtern müsse.

»Ein Feldherr ist wie ein Künstler«, erinnerte er sich an eine Lektion in der Akademie. »Die Schlacht wie ein leeres Blatt Papier. Er hat sein Werk vor Augen, jeden Schritt geplant – aber er malt nicht allein. Der Gegner und das Schicksal teilen sich Blatt und Farben mit ihm. Es liegt am Feldherren, das Gemälde zu dominieren, ihm seinen Pinselstrich aufzuzwingen und ein Kunstwerk zu schaffen, das die Nachwelt bewundern kann.«

Bei Thapath! Was für ein Geschwafel ...

Heute wird's ein Aquarell, denn das Blatt ist so nass, wie ich es in einer Stunde sein werde, dachte er.

Er erreichte die hinteren Reihen der Schützen. Vereinzelt sahen sie zu ihm auf, der ein oder andere salutierte.

Für eine offizielle Vorstellung hatte er keine Zeit gefunden. Wahrscheinlich wussten die wenigsten, dass er ihr Kommandierender war.

Im besten Fall hätten sie noch die folgenden Tage, um ihn besser kennenzulernen, und lägen nicht mit toten Augen im Matsch.

Wenn er es richtig machte.

Schluss mit den Zweifeln, befahl er sich.

Jawohl, Herr Hauptmann!

Keno lächelte matt.

Die Angst vor der Schlacht. Da war sie wieder.

Er hielt sein Pferd neben einem windschiefen Schuppen an und nahm das Fernrohr zur Hand.

Inmitten der Nebelschwaden war allein der wehende Stoff der Flagge erkennbar. Keno hörte die Trommler der Lagoller. Vereinzelt lösten sich die Schemen der Füsiliere aus dem Nebel. Sie waren weit ausgeschwärmt und näherten sich im Halbkreis langsam und vorsichtig dem Dorf. Die ersten passierten den Wegweiser.

Noch nicht.

Unruhiges Geklapper von Ausrüstung und Waffen machte sich unter seinen Infanteristen breit.

»Ruhig!«, flüsterte er.

Die ersten Reihen der Lagoller Musketiere schritten durch den Dunst.

Immer noch in Kolonne.

Nicht in Linie.

Keno schüttelte den Kopf.

Dass die gegnerische Armee immer noch in Marschkolonne näher kam, konnte nur bedeuten, dass ihre Anführer nichts von den Kernburghern ahnten, sonst hätten sie sich längst in Linien aufgestellt, um so effektives Musketenfeuer aufbieten zu können.

Er lächelte breiter. Apoth, sei unser Gast. Schön, dass du gekommen bist.

Moment! Die Formation konnte auch bedeuten, dass ...

Ein Hornsignal ertönte. Befehle wurden gerufen und Hufe schlugen in den weichen Boden.

Die Kavallerie Lagolles preschte zwischen den aufgereihten Infanteristen hindurch.

Verdammt! Darum die Kolonnenformation!

Keno versuchte, die Hände ruhig zu halten, um durch das Fernglas etwas erkennen zu können. Die schimmernden Brustpanzer der Kürassiere waren das Erste, was ihm ins Auge fiel. Dahinter galoppierten ihm und seinen Männern die säbelschwingenden Dragoner entgegen.

Der Feind hatte seine komplette Reiterei aufgeboten und diese ging nun zum Sturmangriff über. Würde sie es an ihnen vorbei in die engen Gassen Finsterbrücks schaffen, wäre es ein Hauen und Stechen, ohne den sinnvollen Einsatz von Schützenreihen. Sie fänden sich zwischen Reitern und Musketieren wieder. Hoffentlich hatten auch Jeldrik und Barne das Manöver erkannt. Sie mussten nun viel früher das Feuer eröffnen, um die Kavallerie zu erwischen, bevor sie den Dorfrand erreichen konnte.

Nicht schlecht, musste er die Taktik des Feindes anerkennend hinnehmen.

»VORWÄRTS UND LINIE AM BACHLAUF!«, brüllte er aus voller Lunge.

Sein Befehl wurde die aufgereihten Regimenter entlanggetragen.

Die Schützen erhoben sich und liefen im Eiltempo nach vorn. Sie erreichten den Bach, der am Dorfrand vorbeifloss. Keno ritt bis zur Holzbrücke. Der Bach war nicht sonderlich breit, aber er würde den Reitern als Stolperfalle genügen, hoffte er.

»BAJONETTE!«

Das Hufgetrappel wurde lauter. Jetzt konnte er auch gebellte Kommandos der Reiter hören. Sie trieben ihre Pferde mit Rufen und Tritten an. Die ersten Kürassiere passierten den Wegweiser.

Rollender Donner erklang rechts und links aus den Hügeln.

»ANLEGEN!« Keno riss seinen Säbel aus der Scheide und reckte ihn zum trüben Himmel.

Die drei Infanterieregimenter reagierten wie eins. Soldaten wickelten Lappen von den Schlössern ihrer Musketen, die im Regen das Pulver trocken halten sollten und drückten die Kolben in ihre Schultern.

Kanonenkugeln schlugen in die Reihen der Lagoller. Die meisten knallten in den weichen Boden und blieben liegen, einige wenige titschten über die Straße und rissen Pferde und Soldaten mit sich. Ein hohes Pfeifen in der Luft kündigte den ersten Haubitzen- und Mörserbeschuss an. Einige Meter über den heranrückenden Feinden explodierte die Munition und verteilte, einem Hagelsturm gleich, Tausende Bleikugeln in alle Himmelsrichtungen.

Ungerührt stürmten die Kürassiere weiter auf Finsterbrück zu.

Keno konnte die schweren, gepanzerten Pferde mit ihren Reitern nur bewundern, zu beeindruckend waren die silbernen Helme mit Rosshaarschweif, die bärtigen, grimmigen Gesichter über polierten Brustpanzern. Jeder Reiter trug einen Karabiner, die kurze Version der Muskete, und einen schweren Reiterdegen.

Die brüllenden Männer und die stampfenden Pferde wirkten wie aus einer anderen Zeit. Einer Zeit der Ritterlichkeit.

Scheiß auf Ritterlichkeit.

Weg damit.

Keno zählte die Meter, die die Kürassiere noch vom Bachlauf trennten.

»FEUER!« Er senkte den Säbel. Mit der freien Hand zog er eine Pistole aus dem Halfter.

Das Regiment hinter und neben ihm feuerte sofort, das linke und rechte mit einiger Verzögerung. Über sechstausend Musketen krachten.

Als wären sie gegen eine unsichtbare Wand gerannt, stürzten die vordersten Reihen zu Boden. Getroffene Tiere schrieen auf, Männer fielen aus den Sätteln oder wurden unter ihren sich aufbäumenden, dann stürzenden Pferden begraben. Nur einzelne Kürassiere erreichten den Bachlauf, noch weniger schafften den Sprung darüber hinweg. Die wenigen, die es schafften, prallten auf den Wall aus aufgestellten Bajonetten und wurden aufgespießt. Nur einzelne Infanteristen wurden von strampelnden Pferdebeinen verletzt, bevor ihre Kameraden die Tiere töten konnten.

Hufschlag rumpelte über die Holzbohlen der Brücke.

Durch den Pulverrauch galoppierte ein Reiter mit gesenktem Säbel auf Keno zu.

Levante trippelte nervös zur Seite. Er senkte den Lauf der Pistole und drückte ab. Er hatte auf den Reiter gezielt, traf aber aus sieben Metern das Tier ins offene Maul. Das gepanzerte Pferd stieg auf die Hinterläufe und prallte gegen das Geländer der Brücke. Holz splitterte, Rüstung schepperte. Das Pferd fiel auf den Rücken und begrub seinen Reiter unter sich. Ein dutzend Schützen rannte hinter Keno auf die Brücke und stellte sich in Formation.

»Hinter die Linie, Hauptmann!«, brüllte ein Feldwebel der Infanterie.

Kenos Puls trommelte. In seinen Ohren dröhnte es.

»Sie ziehen sich zurück!«, jubelte ein Grenadier.

Die Kanonen von den Hängen begleiteten den Rückzug der Lagoller, forderten aber nur noch wenige Opfer, da der aufgeweichte Boden die Eisenkugeln verschlang.

Keno atmete aus.

»Können wir denn nichts dagegen tun, dass die verflixten Lagoller ihre Artillerie in Stellung bringen?«

Er und Barne beobachteten durch ihre Fernrohre, wie die gegnerische Armee mithilfe einiger Magi und Pioniere Stellungen für die Kanonen präparierte. Die Kanoniere warteten mit ihren Geschützen außerhalb der Reichweite Kernburghs.

Barne paffte an seiner Pfeife.

»Wohl kaum. Wir haben einige Male auf sie geschossen, aber der Boden ist zu weich. Wir müssten schon einen perfekten Treffer hinkriegen, um sie zu erwischen.«

»Versucht es weiter!«, befahl Keno.

»Natürlich.«

◄ • • • ►

Sie hatten den Lagollern eine Feuerpause zugesprochen, die es ihnen ermöglichte, die Verwundeten und Toten von der Straße und den Feldern zu holen. Der Feind hatte diese Unterbrechung genutzt, um die eigene Kavallerie hinter die Linien zu beordern und die Artillerie vorrücken zu lassen. Seit dem Mittag waren sie nun beschäftigt, die Geschütze in einem Halbkreis aufzubauen. Es war offensichtlich, dass sie versuchen wollten, die Hänge zu beiden Seiten und den Dorfrand mit Kanonenbeschuss zu bestreichen.

Lagolle hatte achtunddreißig Geschütze mitgebracht.

Nach allem was Keno wusste, war Kernburghs Artillerie weiterhin im Vorteil. Sie hatten einige Geschütze mehr und die erhöhte Stellung erschwerte es den Gegnern, sie wirkungsvoll zu treffen.

»Wir warten, bis es dunkel wird, dann verlegen wir uns zwanzig Meter weiter nach vorne. Am Morgen liegen sie dann ganz wunderbar in unserer Reichweite.«

»Wir aber auch in ihrer …«, murmelte Barne.

»Genau. Also sollten wir mit unseren ersten Schüssen treffen so gut es geht, nicht wahr?«

Barne zögerte.

Keno klopfte ihm auf die Schulter.

»Wir machen die Berechnungen zusammen. Los geht's. Hol deine Geschützführer. Zum Frühstück werden wir ihnen mit Feuer und Rauch einheizen!«

34

»Grrrmmm?«

Lysander sah auf.

Das Monstrum lag auf der Seite, hatte einen Arm aufgestützt und sah ihn fragend an.

Im schwachen Dämmerlicht, das durch das kleine Fenster in die Zelle fiel, sah das Wesen noch schrecklicher aus. Dunkle Schatten ließen die groben Gesichtszüge nur erahnen, aber die gelben Augen leuchteten.

Allerdings hatte er sich bereits an seinen ständigen Begleiter und dessen Fratze gewöhnt. Das gutturale Brummen beruhigte ihn sogar etwas.

»Sag' *al, kannst du nicht sprechen, oder willst du nicht?«, fragte er.

Das Monstrum schien zu überlegen.

Lysander schnaufte trocken und wollte sich gerade auf dem stinkenden Stroh ablegen, als ...

»Will nich'.«

Lysander riss die Augen auf. Seine Kinnlade klappte hinunter.

»Das gi*t's doch nicht.« Er starrte den Fleischberg an.

»Kein Grund für reden«, brummte der.

Lysander musste lachen. Es klang fremd an diesem trostlosen Ort. Das raue, brüchige Mauerwerk, das alte Stroh, die huschenden Ratten, den heiseren Atmen aus hundert Lungen, von hundert Gefangenen aus den anderen Gewölben, und mittendrin sein Lachen.

»Finger gut?«

Lysander wischte sich wieder eine Träne von der Wange. Dieses Mal eine unverhoffte Freudenträne. »Hm?«

»Finger. Gut?«

Er sah auf seine krummen Hände. »*esser. Ja. A*er längst nicht gut.«

»Soll das weg?« Der Hüne zeigte auf Lysanders Gesicht.

»Hm?«

»Das.« Er rückte näher und legte eine Fingerkuppe an das Eisenband, das die Trense hielt. »Soll das weg?«

Lysander nickte.

Langsam erhob sich das Monstrum. Sanft setzte es die breiten, nackten Füße auf. Es war Lysander vorher schon aufgefallen: Trotz der immensen Größe verursachte das Wesen seltsam wenig Geräusche, wenn es auftrat. Er erinnerte sich an eine Vorlesung in Völkerkunde bei Harlan Stiffpalm, in der er auch über die Tiere der Welt referierte. Die Elefanten Gartagéns – auch sanfte Giganten genannt – setzten angeblich ihre Füße ebenso weich und lautlos auf. So ungefähr musste sich das anhören – beziehungsweise nicht anhören. Bis auf das Klirren der Ketten und das brummende Atmen hörte er nichts.

Gorm stellte sich hinter ihn und legte jeweils zwei Fingerspitzen an die Enden der Trense, die über Lysanders Mundwinkel hinausragten. Mit einem Ruck riss er die Eisenbänder über die Splinte.

Gefühlte Ewigkeiten hatte er die Trense im Maul gehabt. Endlich schloss sich sein Kiefer wieder, auch wenn seine Kaumuskeln protestierend krampften.

»Wasser?«

»Wasser!«

Gorm reichte ihm die Schüssel.

Lysander hätte vor Glück zergehen können. Eine Wohltat! Zäher Schleim aus Spucke und Dreck, der sich zwischen seinen Zähnen, am Gaumen und unter der Zunge gesammelt hatte, löste sich. Er ließ das Wasser durch seinen Mund wandern und spuckte es auf den Boden.

»Danke, Gorm.«

»Gorm?«

Er lächelte den Hünen an.

»Ja, Gorm. Du. So habe ich dich genannt. Wie heißt du denn?«

Der Riese kratzte sich über den haarlosen Schädel.

»Gorm is' gut«, brummte er.

»Stimmt«, sagte Lysander und tätschelte den Unterarm des Riesen. »Gorm ist gut. Sehr gut. Aber jetzt musst du mir verraten, warum, zum Henker, du das nicht schon früher gemacht hast?!«

Gorm sah in fragend an.

»Die Trense! So leicht, wie du die von meinem Gesicht gepflückt hast – warum nicht schon vorher?«

Gorm rieb sich übers Kinn.

»Steinfinger ist Magus. War nur wenig gut zu mir. Manchmal heilen, sonst nur Schmerzen. Du neuer Steinfinger?«

Lysanders Mund öffnete und schloss sich wortlos. Schließlich sagte er: »Und dafür hast du so verdammt lange gebraucht? Um rauszufinden, dass ich kein Arsch bin wie Steinfinger?!«

»Musste sichergehen. Ork mit Wunde sagt mir, wer du bist.«

Lysander musste kurz überlegen. »Du meinst den Orcneas mit der Verletzung am Oberschenkel?«

»Mmhh.«

Der stumme Blickkontakt zwischen ihm und dem Verletzten. Thapath sei Dank. Ohne diese Aktion hätte er immer noch Eisen im Maul wie ein Ackergaul.

»Apropos: Was bist du eigentlich? Du bist doch viel zu groß für nen Orcneas.«

»Vater Ork. Mutter Riese.«

Lysander riss die Augen auf. »Ach du Heiliger …! Sowas gibt's?«

Gorms Miene verfinsterte sich. Lysander schluckte und wich einige Zentimeter zurück. Nicht, dass das, in der engen Zelle aneinandergekettet, irgendwas gebracht hätte.

»Gelbhaus züchtet. Will bessere Arbeiter.« Der Hüne ballte die Fäuste und knurrte.

Unfassbar. Der alte Gelbhaus war wirklich ein Hundsfott aller erster Güte. Er fand keine Worte. Was hätte er auch sagen sollen?

»Bin hier geboren. Mutter gestorben. Vater erzählt von zuhause. Zuhause Ork, nicht Riese. Bis Vater starb. Lange her.«

Was für eine Geschichte, was für ein Leben dieses Monster bislang hatte hinter sich bringen müssen! Das Ergebnis einer pervertierten Gier nach noch mehr Ertrag. Tagein, tagaus zur Arbeit gezwungen, und wie er wusste, auch zu anderen Dingen: Höhlenpanther bekämpfen und Thapath weiß, was sonst noch alles.

Ich schwöre dir, mein großer Freund, wenn ich die Gelegenheit bekommen sollte, den Gelbhausens den Garaus zu machen – allein für dich würde ich es tun, dachte er.

»Tut mir leid«, sagte er.

»Kenn's nicht anders«, grummelte Gorm schulterzuckend.

Sie saßen im Schneidersitz voreinander, beide hingen ihren eigenen Gedanken nach. Gorm ließ die Trense durch seine dicken Finger kreisen. Als folgte er einer plötzlichen Eingebung, löste er die letzten Reste der verbogenen Fassung und hielt den glatten Eisenstift zwischen ihnen hoch.

»Splint.«

»Hm?«

»Kleiner Elv ist nich' so schlau, hm?«

»Was?«

»Splint.« Gorm hob die Kette, die sie miteinander verband. Lysander erkannte das Verbindungsglied. Eine einfache Fassung, deren zwei Teile ineinandergriffen. Auf der einen Seite mit Scharnier, auf der anderen Seite verband ein Eisenstift die Elemente, der in Länge und Durchmesser ungefähr der Trense entsprach. Splint. Na klar. Sie brauchten nur noch einen ...

»Hammer.« Gorm griff auf den Boden hinter sich und hielt ihm einen faustgroßen Stein unter die Nase.

»Äh ...«

Gorm legte den Schädel schräg, als hätte er es mit einem dummen Kind zu tun. Ein leichtes Lächeln zuckte an seinem Mundwinkel.

»Und was machen wir dann?« Lysander kam sich selbst vor wie ein dummes Kind.

Gorms Augenbrauen zogen sich finster zusammen. Er bleckte die Zähne.

»Wärter töten.«

»... und Jasper Gelbhaus«, flüsterte Lysander.

»Dann abhauen.«

Lysander fühlte, wie ihn neue Hoffnung durchströmte. Es gab einen Ausweg. Dafür bräuchte er allerdings sämtliche Potenziale, die er beherrschte. Wären da nicht seine verkrüppelten Finger, die durch die verstohlene Heilung im Unterstand zwar deutlich weniger schmerzten, aber immer noch nicht voll beweglich waren!

»Nimm meine. Ein wenig«, sagte Gorm und legte ihm eine schwere Pranke auf die Hand. Dicke Adern und unzählige Narben zogen sich über den Rücken der Pranke. An einer Stelle zeigte sich eine tiefe Delle. Der Knöchel des Ringfingers war irgendwann zertrümmert worden.

»Das ... kann ... ich doch nicht machen ...«, stotterte Lysander.

Gorm grollte.

»Nur wenig. Nicht viel. Dummer Elv.«

»Spürst du keinen Schmerz?«

Gorm atmete tief ein.

»Doch. Alle.«

Er musste an das erste Mal denken, als er diesen fleischgewordenen Bekter aus eintausend Wunden blutend im Gang hatte knien sehen. Als er sich gefragte hatte, warum das Wesen nicht vor Schmerzen brüllte. Als sich ihre Blicke getroffen hatten. Resignation und Müdigkeit.

Das Wesen, das ihn jetzt ansah, hatte unbändige Wut und grimmige Entschlossenheit im Blick. Was wohl passieren würde, wenn man Bekter/Gorm von der Leine ließ?

Lysander legte ihm die Hände in die Pranken und flüsterte den Zauber.

Sie würden es herausfinden.

Die Sonne war seit geschätzten zwei Stunden untergegangen. Die Wächter der Tagschicht wären jetzt in ihren Baracken und würden schlafen. Nur die Nachtwache tat noch Dienst.

Lysander öffnete und schloss seine Hände. Er bewegte die Finger und horchte dabei in sich hinein. Sie fühlten sich steif an, wie nach einem langen Tag harter Arbeit im Steinbruch, aber der gewohnte stechende Schmerz der gebrochenen Glieder und strapazierten Sehnen blieb aus.

Gorm stand ihm gegenüber und tat das Gleiche. Er verzog keinen Gesichtsmuskel.

»Geht schon«, grollte er.

Lysander trank den letzten Schluck Wasser aus der Schüssel, ließ es über Gaumen und Zunge fließen, drückte es mit den Wangen hin und her und spuckte es auf den Boden. Er räusperte sich. Das flaue Gefühl in seinem Magen legte sich, als er die Zellentür durch einen Zauber in ihrem Rahmen lockerte. Das wird laut, dachte er.

»Du Feuer, ich Tür«, raunte Gorm.

Lysander nickte, trat zurück und ließ eine apfelgroße Flammenkugel in der einen, eine Wasserkugel in der anderen Hand aufsteigen. Er atmete tief ein.

Das flaue Gefühl im Magen meldete sich zurück. Seine Hände begannen zu zittern.

Sollten sie es wirklich wagen? Was würde passieren, wenn ihre Flucht nicht glückte? Der Tod war ihnen gewiss. Wenn sie jetzt die Türe zu ihrem Verlies öffneten, gab es kein Zurück. Die Alternative wäre ein jahrelanges Schuften im Bergwerk und mit zweiunddreißig so aussehen wie Paye Steinfinger. Und so irre sein, eventuell. Auf keinen Fall!

Lysander sah zu Gorm hinauf. Der Orcneas war anderthalb Köpfe größer als er selbst und mindestens doppelt so breit. Er ließ seinen Blick über den muskulösen, vernarbten Fleischberg schweifen. Na ja, vielleicht auch zweieinhalbmal so breit.

Mit dieser rohen Kraft und seiner Magie hätten sie vielleicht eine Chance.

Und wenn nicht endet seine Geschichte eben.

Hier und heute.

Eine raue Silbe bildete sich in seinem Hals, er ließ die Finger kreisen. Die Flammenkugel wuchs auf die Größe eines Kürbisses. Gorm legte den Kopf schief.

»Ich mach Tür auf«, raunte er und packte die Gitterstäbe der Tür mit beiden Pranken. Einen Fuß setzte er auf die Wand daneben. Er holte tief Luft und zog. Das Metall ächzte. Mauerputz bröckelte.

»Was ist da los, verdammt?!« Stampfende Schritte näherten sich ihrer Zelle.

»Mach schon!«, flüsterte Lysander.

Gorm biss die Zähne zusammen und zog mit ganzer Kraft gegen das im Stein verankerte Eisen. Es knirschte lauter.

»Das verdammte Vieh! Jungs! Kommt her!!!« Waffen klirrten, Kettenhemden rasselten, die Schritte wurden schneller. Das waren mindestens drei, vermutete Lysander.

Krachend löste sich die Tür aus ihren Scharnieren. Mit einem gutturalen Brüllen warf Gorm sie an die gegenüberliegende Zellenwand. Lysander huschte an ihm vorbei und warf den Flammenball in den Gang. Fauchend und rauchend schoss das Feuer an den anderen Zellentüren vorbei.

»Was zum …«, war das Letzte, was die Nachtwache noch artikulieren konnte. Kurz danach hörte Lysander den Aufprall der Flammen. Hohe, fast tierische Schmerzensschreie hallten durch den Gang. Dann war es still, bis er die Wasserkugel zu Boden sinken ließ. Sie klatschte auf die Steine und zerplatzte.

Sie traten in den Gang. Sechzehn Gittertüren auf jeder Seite. Hinter jeder Türe mindestens sechs Gefangene. Nur er und Gorm waren zu zweit weggeschlossen worden.

Hinter den anderen Türen rumorte es. Hände griffen um die Gitter. Zwischen den Stäben der Tür gegenüber lugte der junge Orcneas hervor. Er sah sie an. Hinter ihm standen fünf weitere Gefangene und glotzten.

Gorm lief den Gang Richtung Ausgang entlang.

Wieder einmal bemerkte Lysander den lautlosen Schritt des Hünen.

Wie macht der das bloß?

Egal jetzt.

Er folgte ihm.

Nach einigen Schritten erreichte er die verkohlten Leichen der Wächter. Wie Überreste in einer Ochsenbräterei lagen sie auf dem Boden. Zwischen den durch die Hitze gebleckten Lippen ragten ihre Zähne hervor. Es sah ein wenig so aus, als krümmten sie sich vor Lachen auf dem Boden. Ihre Kleidung war vollständig verbrannt. Lediglich ihre Waffen, Gürtelschnallen und Rüstungsnieten waren übrig geblieben.

Und ein Schlüsselring. Lysander hob ihn auf.

Vor ihm rumorte Gorm bereits durch den Aufenthaltsraum der Wachen.

Er lief zurück. Der junge Orcneas zuckte zusammen, als Lysander vor ihm stehen blieb. Er reichte ihm den Schlüsselring.

»Viel Glück«, hauchte er, dann rannte er Gorm hinterher.

Lysander erreichte den Treppenaufgang, als Gorm, bewaffnet mit einer Pike und einer Muskete, aus der Wachstube stürmte.

»Hier.« Er reichte ihm die Flinte.

»Nimm du sie. Ich bin ein wahrhaft schlechter Schütze.«

»Krieg Finger nicht dran.« Gorm hielt die Muskete am Lauf hoch und zeigte ihm den Abzug.

»Dann lass sie stehen. Bin mir sicher, die nimmt noch einer.« Mit einem Kopfnicken deutete er in den Gang zurück. Hinter sich hörte er das Rascheln und Klimpern der Schlüssel. Die ersten Türen waren bereits geöffnet worden. Mit verwunderten, unsicheren Blicken traten die Gefangenen vor ihre Zellen.

Gorm lehnte die Flinte an die Wand.

Er grinste finster und rannte die Treppen hinauf.

Der Raum über dem Zellentrakt war bis auf einen Amboss nebst Werkzeug, ein paar Kettenrollen und einen Schreibtisch, auf dem einige Dokumente lagen, leer. An jeder Ecke des Raumes führte eine steinerne Treppe in die Tiefe zu weiteren Verliesen. Keine Waffen, keine Wächter.

Vorsichtig näherten sie sich der schweren Eingangstür.

»Warte!«, flüsterte Lysander. Er hauchte einige Laute, bewegte die Finger, als würde er eine Ziege melken, öffnete ruckartig die Handflächen. Zischend und gluckernd stiegen Feuer und Wasser auf.

»Jetzt.«

Gorm drückte die Türe auf.

Rechts und links vom Durchgang lehnten zwei müde Wächter am Mauerwerk. Blitzschnell stach Gorm dem Rechten die Pike in die Brust, ließ sie los und packte den Linken am Kopf. Seine riesige Pranke umschloss den Schädel des Wärters nahezu komplett. Er zog ihn zu sich an die Brust, drückte ihn fest an sich. Die andere Hand legte er dem Mann fast zärtlich an die Schulter. Dann riss er den Kopf des Wärters mit einem Ruck nach hinten. Es knackte. Die Beine des Mannes zuckten noch, als Gorm ihn fallen ließ.

Wie eine Marionette ohne Fäden klappte der Wärter zusammen, den Kopf in unnatürlichem Winkel verdreht.

Der aufgespießte Wächter schnappte nach Luft, bekam aber nur heiser krächzende Laute über die Lippen. Blut bildete Blasen an seinem Mundwinkel. Gorm packte die Pike mit beiden Händen, hob den Mann an, ließ ihn auf den Boden krachen und stellte einen Fuß auf die Querstreben der Speerspitze. Mit zu Krallen verkrümmten Fingern versuchte der Wärter, nach der Stange zu greifen. Gorm drehte die Pike herum, zog sie heraus und stach erneut zu.

Lysander wurde schwindelig.

Wie gerne hätte er sich übergeben. Die unbarmherzige Gewalt war so plötzlich über ihn eingebrochen, dass er kaum Luft bekam.

Vor dem Verlies lag ein staubiger Vorplatz mit weiteren Gebäuden. Da war das Haupthaus vor ihnen, die Baracke für die Wächter, die Schmiede, das Lager, die Ställe, ein Magazin für Vorräte, eine Scheune für Gerätschaften und die Werkzeugausgabe, an der sich die Arbeiter morgens ihre Gerätschaften holen mussten, um sie allabendlich wieder abzugeben.

Gorm hielt darauf zu.

Lysander lehnte an der Mauer und versuchte sich zu beruhigen.

Hinter ihm stürmten die ersten Befreiten vorbei. Ein ausgemergelter Häftling riss die Pike aus dem Toten und rannte zu den Ställen.

Der junge Orcneas stoppte neben ihm, hielt die Muskete in die Höhe und lächelte ihn an. Lächelnde Orcneas haben immer noch was Finsteres, dachte Lysander und schüttelte sich. Ihre Flucht hatte noch nicht mal angefangen, und er bibberte sich hier einen zurecht.

Die Tür der Baracken öffnete sich.

In den Fenstern des Haupthauses leuchteten Lampen auf.

Wachen strömten auf den Platz.

Mit infernalischem Gebrüll stürmte Gorm aus dem Werkzeuglager. Die krude Hacke in der Hand. Den ersten Wächter, den er traf, schlug er förmlich in den Boden. Ein Schuss hallte, Gorm zuckte nur kurz, dann brüllte er noch lauter. Zwei Wärter mit Schweinsfedern bewaffnet stürzten ihm entgegen. Fett und Fies.

Lysander überwand seine Schockstarre und eilte zu ihm.

Wärter und Gefangene lieferten sich eine formlose Schlacht. Alles hieb und prügelte aufeinander ein.

»Komm her, Bürschlein!«

Lysander konnte sich gerade noch rechtzeitig ducken. Der glänzende Knüppel zischte durch die Luft. Grob.

Er warf sich auf die Seite und schmiss dem Wärter den Flammenball entgegen. Er traf Grob mitten auf der Brust. Leinenhemd, Bart, Wimpern und Augenbrauen fingen Feuer. Anstatt ihn zu löschen, ließ Lysander das Wasser auf den Boden platschen. Grob ließ den Knüppel fallen und schlug sich panisch ins Gesicht, um die Flammen zu ersticken, dann sank er auf die Knie. Sein Schädel und beide Hände brannten lichterloh.

Lysander rollte über den Staub, sprang auf die Füße und holte einen weiteren Flammenball aus den Händen. Eine Musketenkugel sauste an ihm vorbei und erwischte einen Eoten, der hinter ihm Richtung Lager rannte. Um ihn herum nur kämpfende Gestalten, raues Gestöhne, Schmerzensschreie, ein wahres Chaos.

Pferde mit Entflohenen auf ihren Rücken preschten durch die Menge.

Laute Schreie vor den Toren des Haupthauses. Kreischen von unsäglicher Pein. Panik.

Lysander sah Paye Steinfinger. Mit kerzengeradem Rücken und irrem Blick streckte der die Arme und klatschte sogleich in die Hände. Einem Gefangenen trennte Steinfinger beide Unterarme vom Leib, einem anderen platzte der Schädel. Trennen und Fügen.

Du Bastard!

Ihre Blicke trafen sich.

Paye machte eine Bewegung, ganz ähnlich der, die Lysander vor gefühlten Ewigkeiten in der Gasse in Neunbrückhen gemacht hatte. Eine Flammenwand baute sich auf und raste auf ihn zu. Vor Lysanders Augen lösten sich Gefangene und Wächter in Asche auf. Im letzten Moment riss er die Hände nach vorn.

Vor ihm manifestierte sich eine Wand aus Wasser. Beide Elemente trafen sich in der Mitte. Es zischte und dampfte. Lysander wusste nicht, ob es ihm gelänge, einen weiteren Zauber zu wirken, bevor Paye seinen nächsten schicken konnte. Der Verrückte hatte ihm zig Jahre an Erfahrung voraus. Er rannte in den Dampf, Steinfinger entgegen. Der Aufprall mit dem Knochengestell stoppte seinen Sprint. Die beiden Magi purzelten zu Boden. Lysander unten, Paye auf ihm. Als wäre sie magnetisch, presste sich Lysanders Handfläche an Steinfingers Brust.

Er muss sterben, damit ich leben kann.

Es gibt keine Alternative.

Kratzende, heisere Laute taumelten aus seinem Rachen. Steinfinger riss die Augen auf.

Mehr konnte er nicht tun.

Eintausend Blitze in seinem Kopf.

Eintausend Donner in seinen Ohren.

Jede Muskelfaser zuckte und krampfte.

Lysander öffnete den Mund. Immer weiter.

Tief in seinem Rachen gurgelte der Zauber.

Spucke sammelte sich in seinen Mundwinkeln.

Paye Steinfingers Hände krallten sich in seine Weste.

Ein stummer, langer Schrei. Abgrundtiefe Panik im Gesicht.

Die Haut des Magus warf Blasen und straffte sich. Dahinter knirschten und knackten die Knochen. Der Schädel schrumpfte und ließ Ohren, Augen und Nase übergroß verzerrt erscheinen. Ein Auge platzte. Dann das andere. Zwischen den einschrumpfenden Lippen traten die braunen Stumpen hervor. Payes Körper brutzelte und knackte. In der Ferne grollte ein stetiger Donner heran. Lysander spürte, wie er sich aufbaute und näher kam.

Jetzt nicht!

Dunkle Blitze schossen durch sein Sichtfeld.

Nein!

Der verkümmerte Paye wurde von ihm gerissen. Lysander sah Jasper Gelbhaus im Nachthemd, mit irrem, hasserfüllten Blick. Den Dolch in der Faust.

»Jetzt stirbst du!«

Gelbhaus keckerte. Kraftvoll stieß er die Klinge herab.

Doch Lysanders Brustbein erreichte sie nie.

Soeben stand Jasper breitbeinig über ihm, dann wurde er weggewischt. Einfach so. Gerade noch da – zack – weg.

Lysander konnte nicht begreifen, wie das geschehen konnte.

Über ihm tauchte der gigantische Gorm auf.

Jetzt verstand er: Der Orcneas hatte Jasper mit einem Hieb einfach beiseitegewischt, kurz bevor er ihm den Dolch in die Brust stoßen konnte!

Lysander versuchte, auf die Beine zu kommen, doch sein Hirn schwappte wie Gelee in seinem Schädel umher. Er konnte kaum das Gleichgewicht halten.

Jasper lag neben der Tür des Haupthauses an der Wand und schüttelte sich. Taumelnd kam er auf die Beine.

»Du auch …«, nuschelte er. »Du mieses Vieh! Du elendes Monster!« Brüllend stürzte er Gorm entgegen. Die Dolchklinge verschwand in Gorms Bauch.

»Stirb, du Scheusal!«

Gorms Pranken packten Jaspers Kopf und drückten.

Die Dolchklinge stach erneut zu.

Gorm hob Jasper von den Füßen. Gelbhaus strampelte, stöhnte und versenkte die Klinge ein drittes Mal im Bauch des Hünen.

Dann wurden seine Bewegungen langsamer.

»Feeeck…«, war das Letzte, was Jasper herausbrachte, bevor sein Schädelknochen brach. Nassknirschend drückte sich sein Gesicht unter Gorms Pranken zusammen. Gorm quetschte beide Daumen in die brechenden Augenhöhlen. Dann riss er den Kopf entzwei. Er stolperte auf die Knie. Eine Hand auf seinen Wunden.

»Trennen und fügen …«, raunte Gorm und Lysander sah ihn finster grinsen.

Gorm atmete tief ein und erhob sich.

»Kleiner Mann, kleiner Dolch …«, brummte er.

Lysander stand wankend auf und wischte sich fahrig Jaspers Blut aus den Augen.

»Das Buch …«, flüsterte er und zeigte auf den Eingang zum Haupthaus.

Hergen Gelbhaus stand breitbeinig auf der Schwelle, eine Muskete im Anschlag.

»Wo ist mein Sohn!?«, rief er. Das Schloss der Muskete knackte.

Lysander taumelte auf ihn zu, faltete die Hände mit gestreckten Armen und öffnete sie ruckartig.

Wie auf Fingerschnippen klaffte ein Riss in Gelbhaus Seniors Körper. Die Muskete fiel auf die Steinfliesen, Gedärm löste sich und begrub sie. Hergen brach zusammen.

Genau so hatte Lysander die letzten Wochen den Stein gespalten.

»Das Buch ...«

Gorm sah ihn verständnislos an.

»Rothsang ...«

Lysander wankte über Hergens Leichnam ins Innere und schleppte sich die polierte Edelholztreppe hinauf. Gorm folgte ihm.

Auf dem oberen Treppenabsatz dachte Lysander, jemand zöge ihm den Boden unter den Füßen weg. Er knickte ein und wurde von zwei starken Händen aufgefangen. Schmerzen zuckten durch sein Auge, direkt ins Gehirn, den Nacken hinab, durch die Wirbelsäule. Er zitterte und seine Muskeln krampften. Bei Thapath! Fiele er hier und jetzt in ein zweiwöchiges Koma?

Paye Steinfinger lässt flache Kiesel über den Dorfweiher flitschen. Er schafft es, dass sie vier- bis fünfmal auftitschen, dann versinken sie mit einem finalen Klatschen. Er ist klein und jung und macht das seit Stunden. Seine Schultern tun schon ein wenig weh. Er wirft trotzdem noch einmal. Er konzentriert sich auf den Kiesel. Hebt ihn an und senkt ihn. Er kann nur bis zwölf zählen – weitere Zahlen lernt er morgen – aber der Stein flitscht viel öfter als zwölfmal. Paye findet das toll. Das würde er Mama erzählen!

Lysander musste würgen. Flitschen, Titschen, Klatschen in seinem Gehörgang. Frühlingswind um die Nase, die rechte Schulter schmerzte. Er hustete und im Rhythmus des Hustens vibrierte sein Blickfeld. Langsam zogen sich die schwarzen Schlieren in seinen Augen zurück.

Papa und Mama sitzen am schiefen Tisch. In der kleinen Stube ist es kalt und zugig. In der Ecke über seinem Bett tropft es schon wieder. Das Dach ist immer noch undicht. Das Abendessen ist karg, aber mehr haben sie nicht. Papa ist schon wieder besoffen und Mama hat geweint. Lustlos löffelt Paye seinen Eintopf. Da fällt ihm sein Steinwurf ein. Stolz wirft er sich in Pose und hofft, Mama mit seinem Erfolg beeindrucken und aufheitern zu können.

Als er fertig ist mit seinem Bericht, schaut Papa Mama ganz lange an. Sie scheinen sich wortlos zu unterhalten. Er hasst es, wenn sie das tun.

»Im Steinbruch suchen sie immer Magi. Der Junge könnte uns gutes Geld einbringen«, hört er seinen Papa sagen. Mama weint wieder.

Er schmatzte und hatte den Geschmack von wässrigem Eintopf im Mund.

Das Donnern in seinen Ohren war zu einem stetigen Dröhnen verklungen, ein Plitsch-Plitsch von tropfendem Wasser hatte sich dazugesellt. Fahrig suchte Lysander die Decke des Treppenabsatzes ab. Irgendwo hier muss doch ein Loch sein. Regnete es?

Der alte Gelbhaus lacht und lacht. Paye schaut zwischen ihm und Papa hin und her. Papa ballt die Fäuste und knirscht mit den Zähnen. Er fürchtet, dass Papa den reichen

Mann schlagen will, so wie er ihn schlägt. Sorgenvoll beobachtet er die Wächter des Reichen. Grimmig schauen sie Papa an. Der eine hat einen glänzenden Knüppel schon griffbereit. Ein Diener reicht Gelbhaus ein paar Taler und notiert die Ausgabe in einem Buch. Gelbhaus wirft Papa das Geld vor die Füße. »Staub zu Staub«, sagt er böse und lacht wieder. Sein Sohn, vor dem Paye eine schreckliche Angst hat, schaut ihn missgelaunt an.

Das Buch!
Ich muss das Buch finden.
Lysander stützte sich an den Wänden ab und torkelte durch einen fein geschnitzten Türrahmen. Er wusste, er befand sich noch im Steinbruch, aber der Raum in dem er nun stand, hätte auch im Königspalast sein können.
Glänzender Parkettboden, geschliffen und geölt, Felle ihm fremder Tiere als Läufer, schwere Möbel und Kronleuchter. An den Wänden Regale voll Bücher, Ölgemälde und ein Wappenbanner.
Schwarzer Rand, gelbes Feld, darin ein schwarzer Punkt mit einem gelben Haus im Zentrum, mit Hacke und Schaufel gekreuzt darüber. Gelbhaus.
»Da.« Gorm zeigte auf das Banner. »Dahinter. Geld vom Alten.«
Lysander riss es von der Wand. Haus Gelbhaus hatte heute ein unrühmliches Ende gefunden. Zu Recht. Hinter dem Banner fand er eine viereckige, kleine Tür mit Eisenrahmen. Sanft schob ihn Gorm beiseite. Zielsicher öffnete der Hüne die Schublade eines Beistelltisches. Mit spitzen Fingern beförderte er einen goldschimmernden Schlüssel zutage, den er Lysander reichte.
Lysander öffnete den Wandtresor.
In beiden Fächern keine Lederolle, kein Grimoire. Verfluchter Gelbhaus! Wo konnte es nur sein? Einen Beutel mit Münzen warf er Gorm zu, einen nahm er selbst. Er wollte sich gerade umdrehen und weitersuchen, als ...

Trennen und fügen. Trennen, fügen. Trennen. Fügen.
Tagein, tagaus. Jeden Tag.
Ist er zu langsam, haut ihm der Wächter den Knüppel in den Rücken.
Ist er zu schnell, knacken die Schlösser der Musketen.
Es ist schwierig, zu wissen, welches Tempo dem Herrn gefällt. Er atmet viel Staub ein, seine Augen sind immer rot und tun weh beim Blinzeln. Die Arbeiter schauen ihn oft misstrauisch an und meiden ihn. Er hat keine Freunde. Das Essen schmeckt nie. Dafür tropft es nicht von der Decke in seinem Zimmer und der Wächter schlägt ihn seltener als Papa. Er vermisst ihn nicht. Aber Mama. Mama fehlt ihm sehr.

Das Verlangen etwas zusammenzusetzen – zu fügen – brach über ihn hinein wie ein Orkan. Er musste irgendetwas zusammenbringen. Fügen! Er fühlte sich seltsam unvollständig, als fehlte etwas. Ein Stück, ein Teil.
Bei Thapath ... ich habe den alten Gelbhaus wirklich und wahrhaftig getrennt!

Lysander spürte, wie das Potenzial, das er nicht abgebaut hatte, in ihm rumorte wie ein wildes Tier im Käfig. Es schrie und brüllte. Es schlug scharfe Klauen in die Innenseite seiner Brust. Es drohte ihn von innen zu zerreißen. Ich muss mich ihm fügen. Fügen!

Aber wie? Aber was?

Besorgt schaute ihm der Riese ins Gesicht. Gorm sah nun gar nicht mehr wild aus. Wenn da nur nicht die fehlende Nase und die fehlenden Ohren wären! Da hatte doch wer was abgetrennt. Muss fügen! Aber woher sollte er denn jetzt eine Nase und zwei Ohren nehmen?

Vielleicht klappt es mit meinen? Fügen!

Lysander kicherte. Wie sähe das denn aus? Der riesige Quadratschädel mit einer kleinen Nase und winzigen, spitzen Ohren. Was für ein Witz! Er lachte.

Und lachte.

Der dunkle Bekter mit Apoths Nase und Ohren. Ein leibhaftiger Witz! Er musste es versuchen. Wenn auch nur, um Thapath zum Lachen zu bringen. Ob der wohl auch so laut lachen würde, wie er gerade lachte?

Lysander krümmte sich auf dem Boden. Tränen flossen ihm über die Wangen. Das Lachen wurde zu einem Keckern. Er bekam keine Luft mehr. Fügen! Er packte beide Ohren und zog. Blut sickerte unter seinen Fingernägeln. Er kreischte und lachte dabei.

Gleich, gleich, wollte er Gorm noch sagen, der über ihm stand und ihn fragend ansah, aber er brachte keine Worte über die Lippen, zu sehr rüttelte ihn sein Gelächter.

Gorm packte ihn am Kragen und hob ihn auf. Er gab ihm eine gewaltige Ohrfeige.

Auch die klang seltsam leise, dachte Lysander verwundert. So leise ... und trotzdem fühlte es sich an, als würde sein Kopf vom Hals gefegt.

Dann wurde er bewusstlos.

35

Keno ritt, begleitet von Jeldrik und Barne, durch dichten Nieselregen zurück nach Finsterbrück.

In seinen Ohren rumpelte und krachte es. Der Nachhall der Schlacht hatte sich in seinem Gehörgang festgesetzt. Zehn Tage lang hatten sich die Geschütze im steten Regen beharrt. Beide Armeen trieften vor Nässe. Beide Armeen hatten krankheitsbedingte Ausfälle in ihren Reihen zu verzeichnen. Hauptmann Grimmfausth war nach dem ersten Angriff Lagolles einer defensiven Strategie gefolgt und auch die Gegenseite hatte keine weiteren Attacken zu Fuß oder Pferde mehr eingeläutet.

Am Ende des zehnten Tages des Stellungskrieges hatte der Kommandant der Streitkräfte aus Lagolle die Parlamentärflagge gehisst und damit um Waffenruhe gebeten.

Keno hätte vor Freude und Erleichterung aus dem Sattel hüpfen können, riss sich aber zusammen und hatte eine verschlossene, finstere Miene aufgelegt, während sie an den Infanteristen Lagolles vorbeiritten. Nur selten stahl sich sein Blick nach rechts oder links. Die Soldaten des Gegners standen bis zu den Knien im Matsch und sahen dabei hohlwangig, blass und erschöpft aus. Ihre Körpersprache drückte die niederschmetternde Erkenntnis aus, geschlagen worden zu sein. So hatte sich das Königin Sansblanche sicher nicht ausgemalt. Wieder unterdrückte er ein Grienen. Die selbst ernannten Retter der Monarchie hatten Nebelstein im Handumdrehen eingenommen und gedacht, dass dies bis Neunbrückhen so bliebe: Anrücken, umstellen, einnehmen, weiter.

Sie hatten beleidigende, die Revolution verschmähende Handzettel gedruckt und unter Kernburghs Bevölkerung verteilt, hatten getönt und geprahlt. Und waren dennoch an der Ablehnung der stoischen Bürger seines Landes und an Kenos defensiver Aufstellung abgeprallt.

Barne flüsterte ihm zu: »Der alte Somelanc hätte Ihnen am liebsten den Kopf abgerissen, Hauptmann.« Auch in seiner Stimme lag Belustigung und Erleichterung.

»Wenn er nicht so dringend hätte scheißen müssen ...«, kicherte Jeldrik.

»Der Arme ...«, hauchte Barne mit einer fetten Portion gespielten Mitgefühls.

Keno konnte nicht anders: Er prustete und hielt sich schnell die behandschuhte Hand vor den Mund. In seiner Vorstellung hockte der hagere, verhärmte Heerführer auf einem Blecheimer und stöhnte, während es aus ihm heraustriefte. Zu lustig. Er könnte die Karte Kernburghs zum Abwischen benutzen, denn mehr als Nebelstein bekäme er von Kernburgh nicht zu sehen.

Grimmig schauten die Infanteristen des Feindes zu ihnen hinauf.

»Apropos Scheiße. Hoffentlich holen wir uns nicht die Ruhr! Hier stinkt's vielleicht ...« Jeldrik wedelte sich mit der Hand vor dem Gesicht und verzog es angeekelt.

Wer hätte das gedacht? Auf ihrem Marsch von Trosvalle nach Nebelstein hatten sich die Soldaten des Gegners eine fiese Infektion eingefangen und zwischen Diarrhö und Erbrechen versucht, nach Finsterbrück vorzustoßen. Letztlich war es dieser Umstand, der dafür gesorgt hatte, dass Lagolle mit deutlich weniger Männern in die Schlacht ziehen konnte.

Keno ergänzte sein internes Notizbuch mit dem Vermerk:

Unterschätze niemals Deinen Gegner!
Sei stets schneller!
Wisse möglichst viel über Deinen Feind!

Hätte er von der geschwächten Armee und der zahlenmäßigen Unterlegenheit gewusst, er hätte die Entscheidung schon Tage vorher erzwungen. So aber hatte er es nicht gewagt, einen Frontalangriff zu befehlen, und offensichtlich hatten sich die anderen auch nicht getraut.

Es ärgerte ihn, dass er aufgrund fehlender Informationen erlaubt hatte, dass sich die Kanonade über mehr als eine Woche hingezogen hatte. Wertvolle Munition und noch wertvollere Verpflegung waren verschwendet worden. Schlicht und einfach, weil er nicht wusste, dass sich Lagolle die Seele aus dem Leib schiss.

Ein solcher Fehler würde ihm nie wieder unterlaufen, schwor sich Keno.

Sie erreichten den Rand der Stellung Lagolles und mussten ihre Pferde um die Tausende Krater lenken, die ihre Artillerie in die Straße und die Felder geschossen hatte.

»Barne, bitte lass die Pioniere wissen, dass ich gedenke, einige Kugeln bergen zu lassen. Sie sollen warten, bis Lagolle abgezogen ist und dann mit ihren Magi die besten raussuchen und einpacken.«

»Jup.«

»Jeldrik, du sorgst dafür, dass die Artillerie bis Tagesanbruch abmarschbereit ist. Wir haben eine Stadt zurückzuerobern.«

»Jawohl.«

Als sie über die Brücke nach Finsterbrück hineinritten, jubelten die Schützen und schwenkten ihre Hüte. Sie gratulierten ihrem Kommandanten, dem es gelungen war, fünfzigtausend Feinde aufzuhalten, und dafür gesorgt hatte, dass von den eigenen Soldaten weniger als dreihundert verletzt oder getötet worden waren.

Dass ihnen gerade einmal zwanzigtausend gegenübergestanden hatten, musste Keno ja nicht verraten. Für die Moral war das ohnehin besser.

Auf dem Kirchplatz ritt ihnen ein begeisterter Oberst Rabenhammer entgegen.

»Da ist ja der Held der Stunde!«, rief er.

Keno salutierte müde. Barne und Jeldrik empfahlen sich, um ihre Befehle umzusetzen.

Seite an Seite ritten Keno und der Oberst zum einzigen Gasthaus des Dorfes.

»Mal raus aus dem Regen, was?«

⋖ ○ ○ ○ ⋗

Nachdem Keno über einer heißen Tasse Brühe seinen Bericht vorgetragen hatte, strahlte der Oberst noch heller. Hin und wieder hatte er in die Hände geklatscht und ›fabulös‹ oder ›ganz ausgezeichnet‹ gesagt.

Ihre Uniformjacken hingen an Haken neben dem großen, gemauerten Kamin in der rustikalen Stube des Gasthauses. Bis auf den Wirt waren sie allein.

»Das haben Sie wirklich gut hingekriegt! Ihnen ist schon klar, dass General Eisenbarth von Ihren Taten erfahren wird? Ganz zu schweigen von meiner brillanten Idee, gerade Sie zum Kommandanten zu ernennen. Sehr gut, Grimmfausth! Jung, fleißig, durchsetzungsstark! Die Nation ist stolz auf Sie.«

Keno konnte nur müde lächeln. Als militärischen Sieg könnte er diesen Stellungskampf nicht bezeichnen. Das Lob seines Vorgesetzten klang falsch. Wie viel geschmeidiger und eleganter hätte sein Sieg werden können, wenn er von den Schwierigkeiten seines Gegners gewusst hätte, oder zumindest den Angriff der Kavallerie hätte voraussehen können? In seinen Augen hatte er einen Fehler an den anderen gereiht und einfach nur Glück gehabt. Ärgerlich.

Noch mehr ärgerte ihn, dass weder Oberst Rabenhammer noch General Eisenbarth Anstalten machte, die Armee Lagolles zu verfolgen und vernichtend zu schlagen. Eine harte, schnelle Reaktion wäre angebracht, um den Feinden im Osten die Lust an weiteren Grenzübertritten ein für alle Mal abzugewöhnen.

»Auf meinem Ritt zu Ihnen konnte ich in jeder Stadt Freiwillige sehen, die sich einschreiben wollten. Die Revolutionsarmee wächst täglich, mein guter Grimmfausth. Auch dank der Kunde Ihrer trotzigen Gegenwehr. Das nächste Kriegsschiff, das in Nordwacht vom Stapel läuft, soll schon ›Finsterbrück‹ getauft werden. Stellen Sie sich das einmal vor.«

Keno stellte es sich vor und war froh, dass es nicht ›Grimmfausth‹ heißen sollte. Das wäre ihm dann doch peinlich gewesen.

»Wir sollten nun nachsetzen und Lagolle komplett aus Kernburgh vertreiben, Herr Oberst. Noch sind sie geschwächt, sowohl in Befinden als auch Moral«, versuchte er das Thema zu wechseln.

»Ja, sicher. Das wird allerdings nicht mehr Ihre Aufgabe sein, Hauptmann.« Rabenhammer blies in seinen Becher. »Der General möchte sie an der Südfront.«

Keno stutzte. »Wir haben eine Südfront?«

Der Oberst trank mit spitzen Lippen und schmatzte.

»So scheint es. Vor einigen Wochen hat sich ein Schiffskonvoi aus Southgate aufgemacht. Wie es aussieht, haben auch die Northisler beschlossen, dass eine Revolution nicht zu tolerieren ist. Die Versammlung der Vertreter des Volkes ist zwar der Meinung, dass es sich um eine reine Vorsichtsmaßnahme von Seiten Northisles handelt, um den Weg nach Gartagén zu sichern, aber da Kieselbucht ein Royalisten-Nest ist, fürchten sie, dass der hiesige Bürgerrat den Inselknilchen den Hafen öffnet. Und das können wir wiederum nicht tolerieren, nicht wahr?«

Keno rieb sich über die müden Augen.

»Dann beschließt also das Plenum, wo die Armee eingesetzt wird?«

Rabenhammer lächelte. »Im Moment ja. Seit König Goldtwand inhaftiert wurde, wurde sein Kriegsrat ebenfalls der Ämter enthoben. Ein Oberbefehlshaber wurde bisher nicht ernannt. Es gibt da diesen Fleischermeister ... Desche heißt der, glaube ich ...«

»Den kenn' ich«, winkte Keno ab.

Rabenhammer schüttelte kurz irritiert den Kopf, fuhr aber fort: »Der scheint mir ein bauernschlaues Kerlchen zu sein. Seiner Intervention ist es zu verdanken, dass General Eisenbarth mit der Südarmee bereits vor Grünthor liegt. Keine drei Tagesmärsche von Kieselbucht entfernt. Dorthin sollen sie mit Ihren Offizieren kommen. Ich übernehme derweil den Befehl über die Nordarmee und werde den Lagollern hübsch in den Hintern treten.«

Keno wünschte sich, er hätte was Stärkeres als Brühe bestellt. Fünfzehn Schnäpse kämen ihm gerade recht. Dem Oberst wurde also übertragen, seinen errungenen Sieg zu vollenden. Es war damit klar, an wessen Haupt die Lorbeeren stecken würden. Verdammt!

»Nun denn, Hauptmann, Ihre Befehle sind eindeutig. Hier haben Sie sie schriftlich«, er legte eine Kladde auf den Tisch. »Sie brechen gleich morgen früh auf. Welche Offiziere sollen Sie begleiten?«

Keno musste nicht lange überlegen.

»Leutnant Barne Wackerholz und Feldwebel Jeldrik Sturmvogel«, sagte er.

»So sei es. Gute Männer.«

Ächzend stützte sich Oberst Rabenhammer an der Tischplatte ab und richtete sich auf.

»Die ganze Reiterei in dem feuchten Wetter ist ein Graus für meine Knochen.«

Wir standen zwei Wochen im Wasser und haben nicht einmal geächzt, dachte Keno.

Rabenhammer klopfte ihm auf die Schulter und verließ das Gasthaus.

Kieselbucht also. Nicht Neunbrückchen. Keine heißen Bäder, keine warmen Stuben, kein gutes Essen, sondern Reiten, im Freien schlafen, in den Krieg ziehen ...

Lang lebe die Revolution ...

36

»Der König muss sterben – damit die Revolution leben kann!«, rief Desche und breitete die Arme aus.

Die versammelte Menge im Blauen Salon tobte. Da gab es die, die ebenfalls so dachten, und die, die es sich schlicht nicht vorstellen konnten, dass Onno Goldtwand – ihr König – einen Besuch beim Kurzmacher verdient hatte. Beide Parteien stritten, schimpften, schubsten. Desche beobachtete den Tumult genau. Er hatte Freunde und Bekannte gebeten, sich unter die Versammlung zu mischen und sich genau zu merken, wer seiner Forderung mit Vorbehalt begegnete.

Die kämen alle auf die Liste.

Die Liste auf der Lüder Silbertrunkh an oberster Stelle auf eine Gelegenheit wartete.

Eben jener Silbertrunkh, der ihn – Desche Eisenfleisch – auch jetzt wieder missbilligend von der anderen Bühnenseite aus anstarrte.

Wart's nur ab.

»Freunde!« Er hob die Hände und senkte sie langsam, um die Anwesenden zu beruhigen.

Erwartungsvoll wandten sich ihm fünfhundert Gesichter zu.

»Und dass die Revolution lebt, hat unsere Revolutionsarmee eindrucksvoll bewiesen! Gerade heute habe ich Kunde vom glorreichen Sieg unserer Truppen über die widerwärtigen Invasoren aus Lagolle erhalten.«

Er badete in Jubel und Applaus. Hüte wurden geschwenkt und in die Luft geworfen.

»Zehn Tage lang haben sich unsere Männer den Aggressoren entgegengestellt und ihren ständigen Attacken bei Tag und Nacht getrotzt. Wie der Fels von Nordwacht stemmten sie sich gegen die Flut und ließen Welle um Welle an ihrer Standfestigkeit zerschellen! Wie man hört, unter dem Kommando eines jungen Adligen, der seinen Stand abgeschworen hat, um unsere Armee zum Sieg führen zu können! Das ist der Weg, meine Freunde! Der einzige Weg, den der Adel einzuschlagen hat: Entweder für oder gegen uns, die Revolution und das Volk!« Desche grinste. Selbst wenn der Adelige seinen Titel nicht abgelegt hätte: Spätestens jetzt müsste er es tun. Irgendwann würde er dem Lümmel vom Kerkerplatz stecken, dass er es gewesen war, der zu verantworten hatte, dass Haus Grimmfausth sein ›h‹ verlor.

»Nieder mit der Monarchie!«, brüllten die Anwesenden im Chor. »Nieder mit Lagolle!«

Desche gab ihnen etwas Zeit und genoss die Gänsehaut, die in Wogen über ihn kam.

»Nachdem wir, das Plenum, von den Heldentaten erfuhren, beschlossen wir sogleich das neue Flaggschiff von ›Goldtwand‹ in ›Finsterbrück‹ umzubenennen! So reizvoll es gewesen wäre, die achthundertfünfzig Mann Besatzung auf dem Rücken des Königs trampeln zu lassen, so viel ehrfurchtgebietender wird es sein, unseren Feinden diesen Triumph auch auf hoher See unter die Nase zu reiben!«

Schadet ja nicht, wenn auch ein wenig Ruhm auf uns abfällt, dachte er und lächelte. Kurze Zeit später, ließ er seinen Gesichtsausdruck wieder grimmiger erscheinen. Er reckte ein kleines, dünnes Büchlein in die Höhe.

Wutgebrüll und Geheule schlug im entgegen.

»Das Manifest! Herausgegeben von Königin …«, er betonte den Titel wie eine Beleidigung: verächtlich, »… Sansblanche von Lagolle! Ich zitiere: So geben wir bekannt, dass das Reich Lagolle den Untertanen des rechtmäßigen Königs Onno Goldtwand eine beispiellose und für alle Zeiten denkwürdige Rache angedeihen lassen wird, sollte einem Mitglied des herrschenden Hauses Goldtwand ein Leid geschehen, und die widernatürlichen Bestrebungen des Volkes nicht umgehend und endgültig unterbunden werden.«

Kaum jemand hatte die verlesenen Worte verstehen können, zu laut waren die Protestrufe. Das Manifest kannten sie aber alle. Was als Androhung verstanden werden wollte, löste in keiner Weise die beabsichtigte Wirkung aus. Es sorgte für Entrüstung und wurde als Affront aufgefasst.

Desche lachte innerlich. Diese arroganten Monarchen hatten nichts verstanden. Aber auch gar nichts. Er würde sich die Entrüstung schon zu Nutze machen. Heute. Hier und Jetzt. Als sich der Aufruhr gelegt hatte, fuhr er fort.

»Wir sehen unsere junge Nation freier Bürger einer Gefahr ausgesetzt, derer wir uns mit aller Macht erwehren müssen! Es liegt auf der Hand, dass sich Goldtwand mit den Feinden der Nation gemein machte, um seine wankende Macht zu sichern. Ich fordere hiermit das Plenum auf, offiziell die Republik auszurufen, den König vollständig zu entmachten und ihn wegen Hochverrats am eigenen Volke anzuklagen!«

»In den Kerker! In den Kerker!«, riefen die Anwesenden.

Aus dem Augenwinkel sah Desche den gemäßigten Silbertrunkh mit dem Kopf schütteln.

Der kommt noch runter, dachte er.

Wart's nur ab.

Zwei Dinge geschahen in dieser Nacht und beide ließen Desches Brust vor Freude anschwellen und seinen Bauch vor Wonne glucksen.

Zum einen wurde der König zusammen mit seiner Familie aus dem Hausarrest im Stadtpalast, unter Schmähungen und Spott der Bürger, in den Kerker überführt.

Zum anderen wurde das edelste Mobiliar aus Schloss Morgenroth in den kürzlich freigewordenen Stadtpalast befördert. Die Dekadenz des Schlosses eignete sich nicht, als Sitz der Vertreter der neuen Ordnung.

Dieser Palast würde der neue Sitz des Plenums werden. Im Herzen der Stadt Neunbrückhen und damit im Herzen der Nation.

Genau genommen ließen ihn drei Dinge im Freudentaumel aufgehen, aber das dritte Ereignis hatte nichts mit Kernburgh zu tun.

Neben all dem Stress, den Reden, den Versammlungen, den Enthauptungen, wäre ihm sein Hobby fast zu kurz gekommen. Aber nur fast.

Vor ihm lag der gehäutete Arm seines Ex-Gehilfen.

Fasziniert betrachtete er den aufgeschlitzten Oberarm im Kerzenlicht. Seine Gattin hatte bemerkt, dass ihn eine These beschäftigte. Eine These, die er selbst aufgestellt hatte und deren Überprüfung ihm nun einen Schauer der Wonne über den breiten Rücken jagte.

In Kürze würde die Sklaverei abgeschafft werden – zu Bekter mit dir, Silbertrunkh – und bevor er den Orcneas in seinen Diensten bezahlen müsste ...

Seine Liebste hatte umgehend Verständnis gezeigt, als er ihr von seinem Vorhaben berichtete.

Desche, du alter Sparfuchs, dachte er, während er mit einer langen Pinzette eine breite Sehne unter dem Bizeps hervorpulte. Schau an, schau an. Der Oberarmknochen war nicht nur kürzer als der eines Midthen – nein, er hatte auch einen deutlich größeren Durchmesser. Kein Wunder, dass die Orcneas so gut anpacken konnten.

Und diese Muskeln ...

Er nahm eine Öllampe vom Fensterbrett und drehte den Docht etwas höher, um sein Werk im bestmöglichen Licht zu begutachten.

Interessant, interessant.

Obwohl die Haut der Orcneas etwas dunkler und deutlich fester war als seine eigene, sah es unter ihr genauso aus, wie es unter seiner aussehen würde. Das war natürlich nur reine Spekulation. Desche hatte sich noch nie von innen gesehen. Allerdings den ein oder anderen Midthen – vor allem seit seinem Dienst am Kurzmacher.

Desche gähnte und streckte sich.

Ein langer, sehr interessanter, spannender Tag neigte sich dem Ende zu.

Morgen würde er den Prozess gegen den König weiter forcieren.

Aber nun zu Bett!

37

Kieselbucht.

Wer hätte das gedacht? Captain Nathaniel Lockwood hätte sich nicht mal ansatzweise vorstellen können, diesen Flecken Kernburghs jemals sehen zu müssen! Nach einigen Wochen auf See, in denen Torgoth umrundet wurde, hatte der Schiffskonvoi die Südküste Kernburghs erreicht. Und nun lag die Stadt vor ihm.

Die Schiffe hatten sich vor der Passage zur Bucht gesammelt, während Nathaniel wieder einmal an der Reling lehnte und sich umschaute.

Kieselbucht war tatsächlich eine richtige Bucht, die einen natürlichen Schutz, vor Wind, Wetter und Eroberung bot. Zwei Halbinseln ragten vom Festland aus ins Meer und bildeten eine Zange mit der Stadt auf der rechten Seite und einer kleineren Ortschaft auf der linken. Direkt gegenüber der Einfahrt lagen kleinere Hügel, die mit Geschützstellungen in Bastionen versehen waren, um feindliche Schiffe bereits am Erreichen der Enge zu hindern. Innerhalb der großen Bucht schützte eine riesige Mauer die Durchfahrt in den Hafen, der der größte und wichtigste Militärhafen Kernburghs war. Sollte es ihnen gelingen, die angeblich königstreuen Bürger dazu zu bringen, ihre Truppen an Land zu lassen, sie hätten den Einfluss Kernburghs auf die Meere empfindlich verkrüppelt. Lediglich der Nordhafen in Blauheim und die Werften von Nordwacht würden Kernburgh noch einen Zugang zum Meer ermöglichen. Mit einem Schlag könnten sie die Revolutionäre im Süden isolieren, ihren Zugang zu den fruchtbaren Äckern und gefüllten Kornspeichern Gartagéns blockieren und den Weg nach Topangue, dem vor Reichtümern und Rohstoffen strotzenden Reich ganz im Osten, kappen. Ein empfindlicher Schlag, der die Revolution möglicherweise ersticken könnte.

Sollte, hätte, könnte ...

Die Alternative wollte sich Nathaniel nicht ausmalen. Aber sie zeichnete sich von allein in sein Hirn.

Die Infanterie hätte die Hauptlast einer Attacke zu schultern. Runter von den sicheren Segellinienschiffen, rein in kleinere Landungsboote, durch den Kugelhagel der Bastionen die Bucht durchqueren, vor der Hafenmauer an Land und die Verteidiger überwinden. Meter um Meter, nur um dann in einen Häuserkampf verwickelt zu werden, dessen Ausgang keinesfalls planbar war. Lockwood bezweifelte, dass sie für eine solche Aktion ausreichend Soldaten mitgebracht hatten.

»Schon wieder dunkle Gedanken, Captain?«

Keine Ahnung, was der Kommandeur der ›HMS Agathon‹ an ihm gefressen hatte, aber jedes Mal, wenn er sinnierend an der Reling gestanden hatte, hatte sich Bravebreeze zu ihm gesellt. Der Typ war schon einer der speziellen Sorte.

Einerseits gab er sich kumpelhaft und offen, andererseits hielt er Abstand, bestand auf die Etikette, die mit der hierarchischen Ordnung der militärischen Ränge einherging. Lockwood hätte ihn nur zu gern einmal betrunken erlebt. Ob sich dann Risse in der Fassade zeigen würden?

Hmm ... betrunken.

Er sehnte sich zurück in den ›Pawn of Southgate‹ und zu seiner Emily.

DIE HMS AGATHON

38

Paye beugt sich über ein Buch. Es ist ein ganz besonderes Buch. Eins, das er nur aus Geschichten kennt. Eins, das als verschollen galt. Das Grimoire von Rothsang. Ein schmaler, weißhäutiger Elv hat es dabei gehabt. Ein arroganter, überheblicher Kerl, um den er sich nun auf Anweisung der Gelbhausens kümmern muss. Der sollte ihm seine Arbeit wegnehmen. Ihn ersetzen. Ha. Pah. Das wüsste er schon zu verhindern.

Unglücke geschahen nun einmal im Steinbruch, in den Schächten, auf den Halden. Wie schnell konnte man abstürzen oder verschüttet werden? Bisher hatte er nur keine Gelegenheit gehabt. Immer war da dieses Vieh an den Drecks-Elv gekettet. Wenn dem Lieblingsspielzeug des Sohnes etwas passieren würde ...

Ein Streifen Licht fuhr durch den dünnen Spalt seiner Lider. Lysander fühlte sich, als würde er fliegen. Leicht und sachte wackelte er durch die Luft. Er versuchte, die Augen weiter zu öffnen, nur um sie sofort wieder schließen zu müssen. Die Helligkeit schmerzte. Undeutlich hatte er den Platz vor dem Magazin des Steinbruchs gesehen. Verkrümmte Leiber von Wächtern und Arbeitern. Blutlachen, abgetrennte Körperteile, verlorene Waffen, kräuselnder Rauch von magischem Feuer und Musketen. Es roch nach Tod und Verderben.

Dann traf es ihn wie ein Blitz: Gorm trug ihn vom Haupthaus weg! Nein! Ich brauche das Buch! Stop! Zurück!

Dieses Buch! Das Kapitel ›Trennen & Fügen‹ mit den Anmerkungen am Rand, war die reinste Kunst. Eine perfekt ausformulierte Anleitung für Gestik und Betonung. Es erschloss sich ihm sofort: Das Potenzial dieses Zaubers konnte in einen gewaltigen, schrecklichen Kriegszauber gewandelt werden. Mauern, Türme, Belagerungsmaschinen und alle Wesen der Welt konnten entzweigerissen werden! Auf diesen Seiten stand die totale Macht. Eine Macht, die Jahrhunderte gewartet hatte, dass er, Paye Steinfinger, sie entdeckte. Er würde sie studieren, sie verinnerlichen und zur rechten Zeit einsetzen. Dann würde er sich umbenennen in ›Steinreißer‹!

Behauener Stein, Bruchkanten, Staub, Dreck. Da eine verbeulte Lore. Unter ihm die Schienen. Das Licht um ihn herum schien zu dämmern. Lysander versuchte, sich an die Oberfläche seines Bewusstseins zu kämpfen. Er fühlte sich wie ein Ertrinkender im Moor. Je mehr er sich bemühte, umso mehr zog ihn die Ohnmacht in die Tiefe. Alles wankte und wackelte um ihn herum.

Er spürte die Muskeln des Hünen, auf dessen Armen er in die Tiefe eines Schachtes getragen wurde. Hinter und vor ihm hörte er weitere eilige Schritte. Sie waren nicht allein. Gab es noch Wächter in den Schächten?

Paye Steinreißer!
Er würde zuallererst den knüppelschwingenden Wächter zerfetzten. Nicht weil ihm das besonders viel bringen würde, auf seinem Weg zum mächtigsten aller Magi. Nein, das war etwas Persönliches. Er würde es tun, um ihm jeden einzelnen Knüppelhieb zu vergelten. Danach würde er Hergen und Jasper verschwinden lassen, dem Eigner der Miene einen traurigen Brief senden und sich selbst als Nachfolger empfehlen. Klammheimlich würde er einige Jahre Taler horten, und wenn er genug beisammen hatte, würde er sich nach Neunbrücken aufmachen und sich der Armee als Kriegsmagus anbieten. Oder Lagolle. Oder Northisle? Er würde die Zeit nutzen, um seine Kunst zu verfeinern. Und wenn die Zeit dann reif wäre, dann würde er sich offenbaren! Der einzige, echte Nachfahre von Uffe Rothsang: Baron Paye Steinreißer.
Mit zitternden Händen rollt Paye das Grimoire zusammen und verstaut es in der Lederhülle. Die Gelbhausens hatten keine Ahnung, welchen Schatz er da behalten hatte.
»Kannste haben, haste was zu lesen«, hatte Jasper gesagt. Ha. Pah.
Paye legt die Rolle unter sein Kopfkissen.
Heute Nacht werde ich gut schlafen und träumen. Ha.

Lysander wurde schlagartig wach.
Er fand sich in einer riesigen Höhle, tief unter der Erde. Eine Kaverne, groß wie ein Ballsaal. Steinerne Säulen, verschiedene Ebenen. Alles aus rau gehauenem Stein. Flackernde Fackeln an den Wänden, die ein warmes Licht auf die Felsen warfen, in denen Silberadern funkelten. Lysander richtete sich auf. Er stöhnte, als sein Kopf protestierend dröhnte.
»Geht's?«, grollte eine tiefe Stimme.
»Hm?« Lysander öffnete und schloss die Augen, in der Hoffnung, seinen Blick so in den Fokus zu bekommen. Vor ihm hockte Gorm und sah in besorgt an. Die Mimik des Hünen stand in krassem Kontrast zu seinem Aussehen: Vom Bauch abwärts war er in Blut getränkt. Der Lendenschurz hing nass zwischen seinen Beinen. Die Handknöchel waren aufgeplatzt und Wunden glänzten auf den dicken Schultern.
»Geht schon. Was ist mit dir?«, nuschelte er.
Gorm sah an sich herab. »Geht.«
Lysander schüttelte den Kopf und setzte sich gerade.
Sein Körper schmerzte wie nach dreistündigem Fechtkurs. Er atmete tief ein und aus. Jetzt erst bemerkte er die anderen.
Neben ihm lag ein Modsognir, mit klaffenden Wunden am Schädel und Nacken. Der Mann war kreidebleich und zitterte. Ein Eoten beugte sich über ihn und tupfte ihm mit einem dreckigen Lumpen den Schweiß von der Stirn. Der Eoten konnte nicht älter als zwanzig Jahre sein. Lange, strähnige Haare, umrahmten ein

jungenhaftes, bartloses Gesicht. Hinter Gorm kauerten zwei weitere Arbeiter. Zwei Midthen. Ein Mann und eine Frau. Beide sahen abgerissen und erschrocken aus. Sie umklammerten sich wie zwei Liebende und starrten mit aufgerissenen Augen in Richtung des Zuganges zur Kaverne. Am Rand des Eingangs kauerte ein weiterer Modsognir mit Muskete im Anschlag.

»Was ist passiert?«, fragte Lysander.

»Bist umgefallen. Hab' dich getragen.«

»Sind wir in Sicherheit?«

Gorm erhob sich und nahm dabei die Hacke vom Boden auf. Das Werkzeug war halb so lang wie Lysander, wenn er aufrecht stand. Eine grob bearbeitete, rechteckige Klinge an einem Griff, der auch ein junger Baum hätte sein können. Der Hüne schulterte die Waffe mit Leichtigkeit, stöhnte nur leicht, als sich seine Bauchmuskeln gegen die Belastung wehrten.

»Vorerst sicher. Bis andere Wärter aus anderen Minen kommen.«

Mit Mühe kam Lysander auf die Beine. Ohne wirklichen Effekt versuchte er, den Staub von seiner Hose zu klopfen. Gerade als er ›und nun?‹ fragen wollte, stupfte ihn der Eoten an.

»Brondil macht es nicht mehr lang«, sagte er im melodischen Dialekt der Riesen von Yimm. Der Jüngling überragte Lysander um einen Kopf, war aber immer noch kleiner als Gorm.

»Bist du ein Heiler?«, fragte der Eoten.

Der Zwerg zu Lysanders Füßen hustete. Gluckernd pulsierte Blut aus der Wunde am Hals. Lysander kniete sich neben ihn und legte ihm eine Hand auf die Brust. Flach und langsam wummerte das Herz.

»Heilen würde ich es nicht nennen«, murmelte er, dann wandte er sich an den Eoten.

»Brondil ist ein Freund von dir?«

Der Riese zögerte.

»Wir waren zwei Jahre aneinandergekettet.«

»Er wird sterben.«

»Ich weiß.«

Lysander sah nacheinander Riese, Zwerg und Gorm an.

Brondil hustete erneut. Ein Krampf schüttelte ihn. Lysander legte ihm die flache Hand an die Stirn, in der Hoffnung ihn zu beruhigen. Kurze, kräftige Finger packten sein Handgelenk.

»Ich hab ... gesehen, wie du ... geheilt hast ...«, raunte Brondil. Dann hob er den anderen Arm und zeigte auf Gorm. »Mach es wieder ... Ich kann nicht mehr.«

Lysander schluckte trocken.

»Er ... kann euch rausbringen ...«

»Als Jasper mir das Messer in den Leib drückte, hatte ich keine Wahl. Aber nun ...«, begann Lysander.

Der Modsognir lächelte ihn spöttisch an, bis ein Krampf seine Züge verzerrte.

»Hab ... keine Zeit dich zu überzeugen ... Mach.«

Gorm zuckte mit den Schultern und streckte Lysander eine Hand entgegen.

»Brondil hat recht«, brummte er.

Der junge Eoten nickte.

Lysander strich sich durch die Haare und biss sich auf die Unterlippe.

Er sah zu Gorm hoch, der nüchtern, fast desinteressiert seiner Entscheidung harrte.

»Nein.«

Gorm legte den Kopf schief.

»Nein?«, fragte er.

»Nein.«

Lysander schloss die Augen und legte eine Hand auf die offene Wunde am Hals des Zwerges. Fügen. Er spürte das unverbrauchte Potenzial in seinen Eingeweiden rumoren. Da war es. Unruhig scharrend wollte es an die Oberfläche. Er würde es lassen.

Heiser raunte er die nötigen Silben.

Schmatzend schloss sich die Verletzung.

Eine zornig schimmernde Narbe blieb zurück.

Brondil atmete erleichtert aus.

Lysander konzentrierte sich auf die zweite Wunde.

Es war, als führe ihm ein Brandeisen in die Schädeldecke. Plötzlich und unerwartet riss ihn der Schmerz entzwei. Zuckend fiel er auf den Rücken. Er schrie.

Paye liebt es, in der Dämmerung im Steinbruch herumzuschleichen. Er zieht sich in den tiefsten Schacht zurück, um in der Nacht seine neuen Fähigkeiten zu testen. Trennen und Fügen. Steinschicht um Steinschicht. Das trockene Bersten der Felsen hört er gerne und das sanfte Rascheln, das das Silber macht, wenn es sich zu Barren verbindet, ist wie feinste Musik in seinen Ohren. Wenn er so weitermacht, kann er seine Pläne beschleunigen und den Teil mit dem Besitz der Mine überspringen. Noch ein paar Nächte und er kann sich ein Königreich kaufen!

Morgens hat er fürchterliche Kopfschmerzen. Er muss akzeptieren, dass das Zaubern nicht spurlos an ihm vorübergeht. Es belastet ihn, es mergelt ihn aus. Es kostet Kraft. Kraft die er nicht wieder zurückbekommen kann, weil er keine Zeit findet, sich zu erholen. Zu essen gibt es auch nie genug. Er muss es langsam angehen lassen.

»Wieder da?«, fragte Gorm.

Bei Bekter. Das kann nicht wahr sein, dachte Lysander.

Statt eines zweiwöchigen Komas sollte er nun dauernd bewusstlos werden?

Gorm reichte ihm eine Feldflasche mit abgestandenem Wasser. Lysander trank gierig.

»Brondil lebt«, sagte Gorm.

»Psst!«

Beide sahen zum Modsognir, der die ganze Zeit über den Eingang im Blick behalten hatte.

Schritte hallten durch den Tunnelschacht.

Gorm knurrte, hob die Waffe, biss sich dabei auf die Zähne und hielt sich den Bauch, während er leisen Schrittes zum Zwerg hinüber ging.

»Danke«, flüsterte Brondil und legte Lysander eine Hand auf den Unterarm.

»Hoffentlich hält Gorm noch eine Weile durch«, sagte er.

Er horchte in sich hinein. Das unruhige Rumoren war verklungen. Thapath sei Dank. Seine Potenziale waren wieder im Gleichgewicht. Er fühlte sich sogar nahezu ausgeruht.

Die Schritte wurden lauter.

Lysander stand auf und folgte Gorm. Am Tunnel angekommen, marschierte er an ihm vorbei.

»Wir kriegen dich schon noch geflickt«, sagte er und trat mit entschlossener Miene den Wächtern entgegen.

Dieses Mal würde er kein Feuer beschwören. Nein. Das wäre nicht das Richtige für Gorm, der immer noch mit Dolchwunden im Bauch herumlief. Nein. Trennen und Fügen. DAS war das Mittel der Wahl. Wächter trennen – Gorms Wunden fügen.

Er schaute auf seine Hände. Ballte sie zu Fäusten. Öffnete sie wieder.

Heiser hauchend baute er die Potenziale auf. Er spürte, wie es in ihm zu brodeln begann. Es fühlte sich gut an.

Flackerndes Licht tanzte und warf Schatten von Wächtern an die Tunnelwand.

Als sie Lysander entdeckten, blieben sie stehen. Diese Wächter hatte er noch nie gesehen. Mussten tatsächlich aus einem anderen Teil des Bergwerks gekommen sein.

Pech gehabt.

Der vordere der drei Männer hob eine Muskete.

Lysander spaltete ihn vertikal mit einer ruckartigen Bewegung seines Armes und einem Fauchen aus seinem Rachen. Blut spritzte und pladderte auf die beiden Hinteren. Der rechte begann, panisch zu keuchen, und fummelte an einer Pistole am Gürtel. Der linke blieb vor Schock erstarrt.

Lysander führte beide Handflächen zusammen.

Im engen Tunnel hörte er die Knochen des linken Wächters knacken. Als hätte Thapath persönlich den Mann zwischen seinen Waagschalen zerquetscht, drückten sich seine Schultern gegeneinander und pressten den Brustkorb vorn und hinten durch die Haut.

Ein Schuss hallte. Die Kugel flog einen guten Meter an Lysanders Kopf vorbei.

Langsam öffnete Lysander die Hände. Der letzte Wächter stöhnte erstickt auf, als sich sein Oberkörper von innen nach außen dehnte. Lysander faltete die Hände wieder. Der Mann sank auf die Knie und keuchte.

Lautlos ging Gorm auf den Mann zu und hob ihn am Schulterriemen der Lederrüstung hoch. Er drehte sich zu Lysander um und sah ihn fragend an.

»Ganz genau, mein großer Freund«, raunte er finster. »Ganz genau.«

Sie liefen über den Hof, erreichten den Eingang zum Haupthaus und stiegen über die bereits stinkende Leiche von Hergen Gelbhaus hinweg. Im Empfangsbereich orientierte sich Lysander kurz. Er durchsuchte seine Erinnerungen aus den fieberartigen Träumen von Paye Steinfingers Leben. Der tattrige Magus hatte seine Kemenate hinter der Küche.

Zielsicher hielt er auf die Tür zu.

Er rüttelte am Knauf. Verschlossen.

Er schnaufte spöttisch und begann das Potenzial zu beschwören.

Gorm schnaufte ebenfalls spöttisch und schlug mit flacher Hand vor die Tür. Krachend knallte sie auf. Lysander lächelte und ließ das Potenzial versiegen.

Gemeinsam betraten sie Payes Zimmer. Lysander brauchte nicht lange zu suchen. Er zog das Kopfkissen vom klapprigen Bett und schnappte sich die Lederrolle.

Auf dem Weg nach draußen passierte er einen kleinen, ovalen Spiegel, der an einem simplen Haken über der Waschkommode hing.

Er erkannte sich kaum wieder.

Sein vormals glänzend blondes Haar klebte in matten Strähnen an seinem Schädel. Tiefliegende Augen, die einen unerbittlichen Hunger ausstrahlten, glotzten ihn an. Der Hemdkragen speckig und verschwitzt. Das ehemals weiße Hemd beigebraun verdreckt und zerrissen.

Sein Blick fiel auf den Hünen.

Nackter, vernarbter Oberkörper. Ein blutbesudelter Lendenschurz, darunter eine kurze Leinenhose, mit ausgefransten Nähten. Barfuß. In der Pranke das brachiale Werkzeug.

Wir sehen aus wie die leibhaftigen Seelen, denen Thapath die Ahnentafel verwehrt, dachte er.

Er musste sich nun erst recht nach Blauheim durchschlagen. Aber nicht um seinen Vater anzubetteln; Taler hatten sie mehr als genug. Es würde nicht für den Kauf eines Schiffes reichen, aber für eine Überfahrt nach Frostgarth allemal.

»Wir müssen andere Kleidung suchen, Gorm. Wir sehen aus …«

Gorm nickte.

Apropos Frostgarth …

»Wo willst du eigentlich hin, jetzt wo wir frei sind?«

Der Hüne kratzte sich am Hinterkopf. Offenbar hatte er darüber noch nicht nachgedacht.

»Weiß nich'«, murmelte er. »Kenn nur den Bruch. Vielleicht nach Angraugh, dem Land von Vater? War noch nie da.«

Na ja. Dafür hatten sie später noch Zeit.

Jetzt brauchten sie erst einmal saubere Klamotten.

Dann mussten sie fliehen.

Im oberen Stockwerk in Jaspers Salon fand zumindest Lysander einen Satz sauberer Kleidung. Ein weißes Hemd, eine graue Weste, ein schwarzer Überrock, beige Kniebundhosen, lange Socken und ein Paar Schuhe. Nachdem er sich in Jaspers Waschschüssel oberflächlich gesäubert hatte, sah er seinem alten Ich zumindest etwas ähnlicher.

Aus einem leinenen Bettlaken trennten sie ein sauberes Stück, um Gorms blutigen Schurz zu ersetzen. Sonst wollte dem riesigen Orcneas einfach nichts passen.

Während Gorm sich säuberte, durchsuchte Lysander die Schubladen der Ebenholzkommode in Hergens Zimmer und fand einen kleinen Beutel voll Lapislazuli. Er bewunderte kurz die intensive, ultramarinblau Färbung der Steine und steckte sie in die Innentasche der Weste. Wird der Alte ja nun nicht mehr brauchen.

In der Küche beluden sie sich mit Proviant und traten vor das Haupthaus.

»Die waren vorher nicht da.« Gorm zeigte auf drei Pferde, die vor den Stallungen angebunden waren. Kräftig, gutgenährt, gezäumt und gesattelt, mit nassen Flanken.

»Verdammt«, flüsterte Lysander. »Wo sind die Reiter?«

Gorm hielt die Hacke fest in beiden Fäusten und näherte sich den Tieren.

Lysander folgte ihm.

Die Pferde schnaubten und trippelten unruhig auf der Stelle. Ein dunkelbrauner Kaltblüter stampfte herausfordernd mit den Hufen. Die Augen im großen Schädel drehten sich und zeigten das Weiße. Er legte die Ohren an und schlug die Zähne aufeinander. Gorm blieb in einigem Abstand stehen.

Keine Spur von den Reitern.

Egal. Besser zu Pferd als zu Fuß …

Lysander wählte eine hellgraue Stute, die ihm etwas zahmer erschien. Sanft legte er ihr die Hand an den Hals und raunte ihr beruhigende Worte zu. Er löste die Zügel vom Querbalken und führte sie ein paar Schritte von den anderen weg.

Plötzlich hörte er Stimmen. Eine weibliche, eine männliche.

»Habt ihr den Schacht da vorn kontrolliert?«

»Ne, machen wir gerade.«

»Ein wenig schneller, wenn ich bitten darf.«

Lysander hätte vor Schreck fast die Zügel losgelassen. Die Stute machte einen Satz und riss ihn beinahe von den Füßen. Gorm ließ ein animalisches Grollen hören.

Die Stimmen waren von irgendwo hinter den Stallungen gekommen. Lysander hörte aus dem Inneren des Stalles weitere Pferde schnauben und stampfen.

Der unbekannte Mann sagte: »Was sind die Viecher denn so unruhig?«

»Ich seh' mal nach«, antwortete die Frau.

Lysander schwang sich in den Sattel und ließ die Zügel fahren, denn mit einer Hand am Zügel könnte er keine Magie wirken. Er versuchte, die Stute durch Druck mit den Beinen zu lenken, und begann mit dem Spruch.

Er spürte das Kribbeln in beiden Handflächen bis zu den Fingerspitzen.

Wer auch immer um die Ecke kam ...

»Was zum ...«, sagte die Frau, als sie an der Bretterwand des Stalles in sein Blickfeld trat.

39

Major Sandmagen war mit ihrem Trupp am Steinbruch angekommen. Mit ihr ritten elf weitere Jäger. Der Anblick, der sich ihnen bot, als sie den Hof des Verwalters erreichten, war schrecklich. Offenbar hatte es einen Aufstand gegeben. Tote Wächter und Arbeiter lagen über den Hof verteilt. Zwanette zählte zwei Dutzend Leichen. Ein leichtes Knistern von abgefeuerter Magie lag noch in der Luft.

Sie brauchte Narmer nicht darauf hinzuweisen. Der große Gartagéner sprang von seinem Streitross, band es an den Balken vor dem Stall und näherte sich einigen verwehten Aschehaufen in der Mitte des Platzes. Sein Hengst konnte nur wenige andere Tiere ertragen. Daher befahl Zwanette den Jägern, ihre Pferde im Stall anzubinden, während sie ihren Rappen neben das Ross band. Raukiefer rutschte aus dem Sattel seiner grauen Stute und befestigte die Zügel ebenfalls.

Narmer fischte eine Phiole aus seiner Umhängetasche und tröpfelte eine goldgelbe, ölige Flüssigkeit auf die Asche. Mit der Fingerspitze nahm er einige feuchte Partikel auf, zerrieb sie und roch an ihnen.

»Eindeutig«, brummte er.

Raukiefer nahm sein Gewehr vom Rücken. »Wie lange her?«

Narmer überlegte. »Einen Tag, maximal zwei.«

Major Sandmagen wandte sich an ihre Soldaten. »Wir gehen in Zweiergruppen vor und schwärmen aus. Raukiefer, zu mir!«

Die Jäger fanden sich zu Paaren zusammen und liefen sternförmig über den Hof. Zwei verschwanden im Verlies, zwei andere durchsuchten die Nebengebäude. Drei Paare sprinteten zu den Schächten und Abbruchstellen hinter den Häusern. Sandmagen und Raukiefer betraten das Hauptgebäude.

Sie waren bereits vor nicht allzu langer Zeit hier gewesen und hatten die beiden Verwalter der Mine – Vater und Sohn, zwei echte Unsympathen – nach Student Hardtherz befragt. Damals hatten beide behauptet, ihn nie gesehen zu haben. Jetzt sah es so aus, als hätten sie doch seine Bekanntschaft gemacht. Wobei sich Zwanette tatsächlich fragte, woher der junge Zauberlehrling solche Kräfte haben sollte, um Wächter zu verbrennen und den älteren Gelbhaus auseinanderzureißen. Hm...

Vielleicht war das nicht Lysander gewesen?

Hatte der Vater nicht einen Magus erwähnt, der im Dienst der Familie stand? Vielleicht hatte der ja die Schnauze voll gehabt.

Nachdem ihre Untersuchung des Haupthauses abgeschlossen war, ging sie hinter den Ställen zu den Schächten und wartete auf die anderen.

Zwanette hatte keine große Hoffnung, dass sie Lysander oder einen anderen Magus fänden, aber sie könnte nicht vom Hof reiten, ohne es versucht zu haben. Sie würde sich sonst später immer wieder fragen, ob sie nicht doch etwas übersehen hatte.

Sie sah auf ihre Taschenuhr.

Noch vier Stunden bis zur Dämmerung.

Narmer und ein anderer Jäger kamen nach erfolgloser Suche aus einem alten Schacht.

»Habt ihr den Stollen da vorn kontrolliert?« Sie deutete auf einen weiteren Eingang.

»Ne, machen wir jetzt«, rief Narmer.

»Ein wenig schneller, wenn ich bitten darf.«

Hinter ihr machte sich Unruhe unter den Pferden breit.

Sie hörte schweres Stampfen, das nur von Narmers Kaltblüter stammen konnte.

»Was sind die Viecher denn so unruhig?«, rief er.

»Ich seh' mal nach«, sagte Zwanette und winkte ihnen, in den Schacht zu gehen. Raukiefer konnte nicht weit weg sein, und was auch immer die Pferde in Unruhe versetzt hatte, zu zweit wären sie jeder Bedrohung gewachsen.

Dachte sie.

Sie zog ihre beiden Pistolen an den Perlmutt-Schalengriffen aus ihren Holstern und spannte die Hähne. Langsam ging sie an der Stallwand entlang.

Vorsichtig lugte sie um die Ecke.

Lysander.

Auf Raukiefers Stute.

Sie machte einen Schritt, hob die Waffen aber nicht.

»Lysander!«, rief sie.

Der Stützbalken an der Ecke des Stalles zerbarst. Sofort sackte das Dach knarzend herab. Sie zuckte erschrocken zusammen und warf sich zur Seite.

Ein dunkles Grollen stürmte auf sie zu.

»Gorm, stop!«, hörte sie Lysander rufen.

Zwanette rollte sich ab und sprang sogleich wieder auf die Füße.

Vor ihr stand der größte Orcneas, den sie jemals gesehen hatte. Ein wahrer Gigant. Ein haarloser Schädel mit bösartiger Grimasse, die Zähne gebleckt. Ohne Ohren – ohne Nase!

Graue Haut, die sich über zähen Muskeln spannte. In der rechten Pranke eine Hacke aus schwarzem Eisen. Säulenartige Beine.

Sie bezweifelte, dass diesem Monster ihre mickrigen Bleikugeln ausreichend Schaden zufügen konnten. Außer sie traf es genau zwischen den Augen.

Sie hob beide Pistolen.

»Zwanette, Nein!«, hörte sie Lysander rufen.

Der Orcneas senkte die Waffe.

Diesen Gefallen erwies sie der Bestie nicht. Sie drückte ab.

Es puffte.

Beide Pistolen fielen in ihren Händen auseinander. Die Einzelteile klimperten zu Boden.

Sie hielt nur noch die Griffschalen und einen Teil des Rahmens in der Hand.

Neben ihr zog sich der Stützbalken knackend zusammen.

Trennen und Fügen. Bei Thapath. Was auch immer mit Lysander geschehen war, er war schnell geworden.

Sie ließ die nutzlosen Waffen los und zog den Kavalleriesäbel zischend aus seiner Scheide.

»Zwanette, hör auf, verdammt! Du hast keine Chance gegen Gorm!«

Gorm. Nannte er so die Bestie?

Was war hier los?

Der Orcneas machte einen Schritt zurück.

Seltsam, wie lautlos der Gigant seine breiten Füße in den Dreck setzte, ohne das ein Geräusch zu hören war.

»Ganz ruhig! Wir werden dir nichts tun.« Lysander lenkte die graue Stute vor das Monstrum.

Wieso sagte der so was? Als ob sie Angst hätte! Ginge es nicht eher darum, dass die Jäger den beiden etwas antäten? Na gut, vor dem Orcneas hatte sie gehörigen Respekt. Wer wollte sich schon einen Kampf mit so einem Monster liefern? Ohne Verstärkung. Wo war eigentlich Raukiefer?

Zwanette senkte den Säbel und sah zu Lysander hinauf.

»Du musst dich ergeben!«, sagte sie.

Der Junge lachte zynisch.

»Und dann? Dann steckt ihr mich in den Kerker und lasst die Inquisitoren solange an mir rumfoltern, bis ich alles gestehe? Auf keinen Fall! Was mit Rektor Strengarm geschah, war ein Unfall«, rief er. Es klang trotzig in ihren Ohren.

»War das in der Gasse auch ein Unfall?«,

Dieses Mal lachte Lysander zornig.

»Und ob! Die wollten mich zusammenschlagen – oder sogar köpfen! Ich habe ihnen gesagt, sie sollen von mir fernbleiben. Aber sie haben nicht gehört.«

»Und da hast du sie mit einer Flammenwand vernichtet, so wie Rothsang.«

Eine Träne löste sich aus seinen Augenwinkeln.

»Aber das habe ich doch nicht gewollt! Bis zu dem Moment wusste ich nicht einmal, dass ich den Zauber kann.«

»Aber auch da hast du es vorgezogen, abzuhauen, anstatt meine oder Blauknochens Hilfe zu suchen.«

»Pah! Ohne Blauknochen wäre das doch alles gar nicht passiert!«, schrie er. »Er gab mir doch erst das vermaledeite Buch von Uffe Rothsang.« Er holte eine Lederrolle hervor, die an einem dünnen Riemen über seiner Schulter hing, und streckte sie ihr entgegen. Tränen strömten über sein Gesicht.

Was redete Lysander denn da? Ohne Blauknochen ... Wie auch immer diese Sache hier ausging, sie würde noch ein Wort mit dem alten Heiler sprechen müssen.

»Wie dem auch sei. Du musst mit uns kommen. Bitte.«

Lysander zögerte.

War sie zu ihm durchgedrungen? Würde er sich ergeben?

In Gedanken war sie bereits bei seiner Verteidigung. Wenn es stimmte, was er sagte, gäbe ihm das Plenum vielleicht eine zweite Chance. Vielleicht war der neue Justizminister Silbertrunkh gnädig mit dem verzweifelten Studenten. Sie würde alles in ihrer Macht stehende versuchen, um eine milde Strafe für Lysander zu erwirken.

»Was passiert mit Gorm?«, fragte er.

Zwanette stutzte. »Mit dem da?« Sie zeigte auf den Koloss.

»Ja.« Da war sie wieder: Die Stimme eines trotzigen Kindes, das ahnt, dass es etwas Schlimmes getan hatte. Vielleicht gab es eine Chance.

»Wenn du mir versprichst, dass er sich über Lagolle und Dalmanien nach Süden schlägt, wäre er nicht unser Problem. Er könnte Gartagén erreichen, das Ödland durchqueren und in seine Heimat gehen.«

»Er hat dort keine Heimat«, nuschelte Lysander.

»Was ich sagen will: Solange du mit mir kommst und er ohne Aufsehen nach Süden abhaut, ist es mir egal, was mit ihm geschieht. Er hat vor uns nichts zu befürchten, wenn es dir so wichtig ist.«

»Ja, ist es mir.«

»Gut. Dann kommst du jetzt mit?«

Lysander wischte sich mit dem Jackenärmel unter der Nase. Er holte tief Luft und drehte sich zu dem Monster um. Obwohl er im Sattel saß, trafen sich ihre Augen nahezu auf gleicher Höhe.

Zwanette steckte den Säbel zurück.

»Gorm ... ich ...«

Der Riese nickte.

Ein Schuss zerriss die Stille.

Eine Pranke der Bestie schnellte an ihre Schläfe. Sie stolperte zur Seite und krachte in einen trockenen Busch.

»Nein!« Zwanette schrie und stürzte Lysander entgegen.

Die Stute bockte, sodass er sich nur mit Mühe im Sattel halten konnte. Er suchte die Umgebung ab, Zorn und Verwirrung in den Augen.

Zwanette sah Raukiefer zuerst.

Er stand auf dem Balkon über dem Eingang des Haupthauses und lud sein Gewehr mit flinken, routinierten Bewegungen.

Lysander brüllte unartikuliert. Er warf beide Hände nach vorne und streckte die Arme. Dabei musste er sich eindrehen, weil die Stute erschrocken auf der Stelle kreiste.

Raukiefer ahnte, was auf ihn zukam, und sprang über das Geländer in den Hof.

Der Dachstuhl des Haupthauses zerbarst und flog auseinander.

Der Jäger prallte auf den Boden, rollte unsanft ab und landete auf einem toten Wächter.

Zwanette versuchte, die Zügel der Stute zu fassen, wurde aber von dem sich drehenden Pferd angerempelt und fiel zur Seite. Nur knapp entkam sie den stampfenden Hufen.

Lysander schloss die Hände. Der Eingangsbereich des Hauses fuhr krachend zusammen.

Raukiefer rappelte sich auf und humpelte quer über den Hof zum Verlies.

Zwanette kam auf die Füße. Hinter ihr ertönte wieder das Grollen, dessen Bass bis in ihren Magen vibrierte. Wuchtig brach der Riese aus dem knackenden Gehölz.

Raukiefers Kugel musste am harten Schädel abgeprallt sein. Ein Streifschuss. Dunkles Blut floss über den Kaumuskel den kräftigen Hals hinab.

Das Monstrum brüllte wie von Sinnen und schwang die Hacke.

»NEIN!«, brüllte Lysander. Das Monster gehorchte.

Anstatt Zwanette in Stücke zu schlagen, drehte es sich zu Lysander um.

Sie krabbelte auf allen vieren in die Deckung der Stallwände.

Die Trägerbalken knackten, als Lysander seinen Zauber warf.

Staub rieselte zwischen den Dachsparren auf die panisch wiehernden Pferde.

Das Dach sackte. Holz zerbarst.

Wenn sie die Pferde nicht aus dem Stall befreite, würden sie unter der Last des Daches begraben werden. Zwanette rannte hinein, zog ihr Jagdmesser und begann, die Zügel zu kappen. Die ersten Tiere preschten an ihr vorbei ins Freie.

»Thie hath thie a'haun lathn!«, rief Raukiefer aufgebracht und hielt dabei eine Hand vor den Mund. Bei der Landung im Hof hatte er sich mit den Knien am Kinn erwischt, ein paar Zähne verloren und die Lippen zerbissen. Mit der anderen Hand zeigte er anschuldigend in ihre Richtung.

Nachdem Zwanette die Pferde aus dem Stall befreit hatte, war das Dach eingestürzt. Sie selbst hatte es nur knapp hinaus geschafft. Sechs Jäger waren nun damit beschäftigt, die im Steinbruch verteilten Tiere einzufangen, während Raukiefer versuchte, den anderen zu erklären, was passiert war. Zwanette sammelte die Einzelteile ihrer Pistolen aus dem Staub zu ihren Füßen.

»Sie hat sie abhauen lassen?«, erkundigte sich Narmer mit skeptischem Gesichtsausdruck.

»Ja, henau! Ei'hach tho.«

»Einfach so?«

Raukiefer nickte. Narmer wandte sich an Zwanette.

»Frau Major, stimmt es, was der Hauptmann sagt?«

Bei Thapath, sie ärgerte sich über sich selbst.

Und den verdammten Bluthund.

Hätte er nicht geschossen, die Situation wäre unter Kontrolle geblieben. Aber der Scharfschütze hatte eben doch auf das Monster geschossen, woraufhin Lysander die Stützbalken des Stalles zerrissen hatte. Und jetzt war er weg.

Fast hätte sie ihn gehabt.

»Tho'har der O'her hath ihr nix ge'han.«

Narmer winkte genervt ab. »Ich kann Sie nicht verstehen, Hauptmann.«

»Der O'her!«, rief Raukiefer. Blut tropfte durch seine Finger.

»Der O'her!«

»Der Oger?«

»Ja, henau!«

»Hat ihr nichts getan?«

»Ja, henau!«

Zwanette lachte grimmig. »Das war kein Oger. Oger gibt es nur im Märchen. Das war ein Orcneas. Zugegeben, ein ziemlich großer.«

Narmer baute sich vor ihr auf. »Und der hat Ihnen nichts getan, Major?«

»Nein. Der Junge hat ihn daran gehindert.«

»Hu muth thie herhaffen!«

Narmer guckte Raukiefer an, als hätte dieser etwas unfassbar Dummes von sich gegeben.

»Ich soll die Frau Major verhaften, Hauptmann?« Er schüttelte den großen Schädel. »Auf keinen Fall. Muss ich Sie an die Rangordnung des Jägerregiments erinnern, HAUPTMANN Raukiefer?«

»Nein, Pfehld'hebel. Du tholls thie herhaffen!«

»Sie müssen den Hauptmann entschuldigen, Frau Major. Offensichtlich ist er nicht ganz bei Sinnen.« Grimmig schaute er Raukiefer an. »Was wohl an seiner Verletzung liegen dürfte, nicht wahr, Herr Hauptmann?«

Zwanette verstaute die Fragmente der Pistolen in einem Lederbeutel und klopfte sich den Staub von der Uniform. »Feldwebel, versorgen Sie bitte den Hauptmann. Das muss wehtun. Sobald wir die Pferde wiederhaben, folgen wir den Spuren der Flüchtigen«, sagte sie.

Narmer salutierte, löste eine kleine Medizintasche von seinem Gürtel und drehte sich zu Raukiefer. Der störrische Scharfschütze winkte frustriert ab.

»Heck hich! Heiß auf hie Ranghortung, thie hollahoriert hit hem Feind!«

40

Desches Erektion war die Härteste, die er jemals in seinem Leben zustande gebracht hatte. Er konnte nur hoffen, dass sie niemand unter seiner Fleischerschürze sehen würde.

Sein Schwanz war so hart wie er selbst.

Während der König zum Volk sprach, konnte er nur an den einen Moment denken ...

Rumpel-Schnitt-Klack.

Gleich.

»Die Anschuldigungen, die mir vorgehalten werden, können nicht wahr sein. Wie kann mein geliebtes Volk nur annehmen, dass ich mit dem Feind kollaborieren würde?«, rief der König mit ruhiger Stimme.

Nur ein aufmerksamer Zuhörer, der wusste, worauf er zu lauschen hatte, konnte ein leichtes Vibrato von Panik heraushören. Und Desche war genau dieser Zuhörer. Die fette Sau bibberte vor Angst. Er rammte eine Hand an der Schürze vorbei tief in seine Hosentasche und versuchte, sein steifes Glied zur Seite zu biegen.

Schatz, wenn du das sehen könntest!

Desche und weitere Angehörige des Plenums standen mit ernsten Mienen auf der neu errichteten, runden Bühne auf dem ›Platz zur Drehbrücke‹. Der größte Platz von Neunbrücken, benannt nach dem technischen Meisterwerk einer von einem Magus gesteuerten Brücke, das direkt neben dem Platz den Fluss Silbernass überspannte.

Die hölzerne Bühne war rings um den haushohen Obelisken gezimmert worden – eine steinerne, viereckige Säule, die der Herrscher von Gartagén einst der Nation von Kernburgh geschenkt hatte. König und Plenum standen im Schatten des neuen, verbesserten Kurzmachers, der extra für den heutigen Tag geölt und poliert worden war. Ganze vier Meter ragte das Gestell in den Himmel. Am oberen Ende ein glänzendes Fallbeil, dessen Klinge von Desche sorgfältig geschliffen und auf Hochglanz gebracht worden war.

Ganz Neunbrücken sah zu, als König Onno Goldtwand der Dritte, ehemaliger Herrscher von Kernburgh, um sein Leben kämpfte und dabei auf taube Ohren stieß.

Wenn der wüsste.

Mit nur einer Stimme Mehrheit – verdammte Weicheier – war der König bereits vom Plenum zum Tode verurteilt worden. Lüder Silbertrunkh, der frisch gewählte Justizminister, hatte noch ein flammendes Plädoyer für eine Strafe durch Exil gehalten und hätte das Ruder beinahe herumgerissen.

Desche warf ihm einen finsteren Seitenblick zu, während er seinen Steifen rieb.

»Liebe Bürger, liebes Volk, ich bitte euch. Mein Großvater und mein Vater, dienten Kernburgh mit Hingabe und Eifer. Sie übertrugen mir ein schweres Erbe. Ich übernahm ein gebeuteltes Staatswesen und hohe Schulden. Was blieb mir, auf Drängen der Minister, denn anderes übrig, als die Steuern zu heben?«

Die Menge antwortete ihm mit Buh-Rufen und Verwünschungen. Die Reihen der Soldaten, die die Bühne umringten, drückten gegen die wogende Masse der Zuschauer, um sie vom Podium fernzuhalten.

»So beruhigt euch doch, bitte!«, rief der König, doch der Protest ebbte nicht wieder ab.

Silbertrunkh trat vor und breitete die Arme aus.

Onno Goldtwand hätte Desche fast leidtun können.

Aber nur fast.

Der beleibte Mann hatte sich für den heutigen Anlass komplett in weiße Kleidung gehüllt ... der Farbe der Unschuld. Ein weißes Rüschenhemd, weiße Weste, weiße Kniehosen, weiße Strümpfe, weiße Schuhe.

Desche fand, dass ihn das nur blasser machte, aber nicht unschuldiger wirken ließ.

Und was konnte er mit solch einem Aufzug erreichen?

Nichts.

Denn wenn der König nicht schuldig sein sollte, dann wäre das Plenum schuldig, das ihn verurteilt hatte. Und das konnte und würde niemand der siebenhundert Abgeordneten zulassen – ganz gleich, wie sie gestimmt hatten. Ob Exil oder Henker.

Die Tage des Königs – und damit der Monarchie – waren gezählt. Endgültig.

Und Desche Eisenfleisch hatte einen nicht unbeträchtlichen Teil dazu beigetragen. Er rieb etwas fester.

Jetzt nur nicht Lüder Silbertrunkh zuhören.

Bla Bla Bla – Plenum zusammengefunden – Bla Bla Bla – Mehrheit – Revolution leben – König sterben – Bla Bla Bla.

Jetzt zeigt der Pinkel auch noch auf mich, dachte Desche.

Ach so.

Er klemmte sein Glied zwischen Hosenbund und Bauch, mit der Hoffnung, dass ihm das auf der Bühne unauffällig gelungen war. Dann trat er vor.

Er legte dem König die Hand auf die Schulter.

»Es ist so weit.«

Goldtwand gab sich alle Mühe im Angesicht des bevorstehenden Todes würdevoll zu erscheinen. Er straffte seinen Rücken und spannte das Gesäß.

Mit hoch erhobenem Kinn rief er: »Geliebtes Kernburgh! Ich sterbe unschuldig an sämtlichen Verbrechen, derer man mich bezichtigt hat, aber ich vergebe denjenigen, die meinen Tod verursacht haben. Ich bitte Thapath, den Schöpfer, dass mein Blut, das heute hier vergossen wird, niemals auf Kernburgh zurückfallen wird.«

Bla Bla Bla.

Der König verbeugte sich der Menge zugewandt per Kratzfuß und richtete sich wieder auf.

Eine unwirkliche Stille legte sich über das Publikum.

Langsam dämmerte es auch dem Letzten, dass sich Geschichtsträchtiges anbahnte: Es gäbe ein Leben VOR diesem Tag, und eines NACH diesem Tag – nichts wäre mehr wie zuvor.

Desche führte Goldtwand zur Liege. Mit dem Rücken zum Volk, pulte Desche seinen Schniepel hinter dem Hosensaum hervor und genoss das Gefühl von Macht und Freiheit, das sowohl ihn, als auch den bis zum Platzen erigierten Penis durchfloss.

Zwei Gardisten befestigten den Monarchen auf der vertikal hochgestellten Liege.

Die Lippen des Königs bebten.

Die Liege wurde gesenkt und nach vorne an ihre Position am Pranger geschoben.

Desche ließ einhändig den oberen Holzriegel herab und fixierte Goldtwands Kopf. Die andere Hand blieb beschäftigt.

Ein Barbier trat vor, entfernte mit kunstvollem Schnitt den langen, geflochtenen Zopf und blies über den Nacken des Königs, um auch die letzten Haare wegzupusten.

Onno Goldtwand bemühte sich, kontrolliert zu atmen. Er hatte die Augen geschlossen und betete still.

Desche lugte unter die Liege. Kein Tröpfeln. Schade.

Er legte eine Hand auf den Knauf, der das stramme Seil des Fallbeiles hielt.

Silbertrunkh verlas derweil noch einmal die Anklage.

»... und so ergeht im Namen des Volkes folgendes Urteil über den Bürger und vormaligen Herrscher Kernburghs, Onno Goldtwand: Exekution durch Enthauptung. Möge Thapath seine Tafel reich gedeckt halten und sämtliche Sünden nachsehen. Wir, die Ankläger, können es nicht.« Er legte eine dramatische Pause ein.

»Meister Desche, wenn Sie so freundlich wären.«

Dieser elende Hund! Obwohl es mithin bekannt war, dass er sich Eisenfleisch zu nennen pflegte, vermied es der Fatzke, seinen vollen Namen auszusprechen.

Verärgert rubbelte er noch fester und biss dabei die Zähne zusammen.

Er pflückte den Knauf aus dem Rahmen, das Seil kam frei.

Rumpel ...

Rumpel ...

Das vier Meter hohe Gerüst ließ den Kurzmacher etwas länger rumpeln.
Ssscchnitt!

Wirklich scharf. Eine Meisterleistung.
KLACK!

Satt schlug die Klinge auf das Hartholz.
Plumps.

Der Kopf des Königs purzelte in den mit Seide ausgekleideten Auffangkübel aus Blech.

Warm rann es Desche am Oberschenkel herunter.

Sein Blickfeld weitete sich, schärfte Kontraste und sättigte Farben.

Er atmete tief und lange aus, wobei er die Lippen zu einem großen ›O‹ formte.
Oh Ja.
Desche bückte sich und langte in die Haare des Königs.
Dann hob er den Kopf in die Höhe.
Starr und still schauten ihn zigtausend aufgerissene Augen an.

Ab jetzt gab es nur noch die Republik oder den Tod.

Nichts war mehr wie zuvor.

DIE ENTHAUPTUNG DES ONNO GOLDTWAND, KÖNIG VON KERNBURGH

41

Die kopflose Flucht war geglückt.

Langsam wich die Aufregung aus seinem Körper. Sein Herz schlug wieder im normalen Takt, seine Handflächen waren wieder trocken, der Gaumen wieder feucht.

Angst, Unsicherheit und Hektik waren die letzten Tage seine Begleiter gewesen. Jetzt war er froh, dass er sie im Staub der Straße hinter sich lassen konnte.

Auf dem Rücken der grauen Stute ließ Lysander die hügeligen Ausläufer des Schwarzbergh-Gebirges hinter sich. An seiner Seite lief der riesige Gorm unermüdlich und irritierend leise über den Weg. Die Dämmerung war hereingebrochen und bald müssten sie anhalten, wenn sie nicht Gefahr laufen wollten, vom Weg abzukommen.

›Grimmfausth Stein & Erz‹ hatte über dem Tor des Haupteinganges gestanden. Lysander schwor sich, mit Herrn oder Frau Grimmfausth bei erster Gelegenheit ein ernstes Wort zu reden.

Über drei Monate hatte seine Gefangenschaft angedauert. Drei Monate voller Not und Elend, Schläge und Tritte. Wenn so die Welt jenseits der wohlgehüteten Mauern von Elternhaus und Universität aussah, dann war es gut, dass er Rothsangs Grimoire sein eigen nannte.

Lysanders Stute wurde langsamer. Gorm verfiel in leichten Trab. Er atmete nur unwesentlich schneller, so als ob sie spazieren gewesen wären.

Nach der Flucht aus dem Steinbruch hatten sie sich auf der Straße nach Süden gehalten und waren an einer Kreuzung nach Osten abgebogen. Richtung Lagolle. Lysander hoffte, dass die Jäger nicht auf diese Idee kämen und woanders nach ihnen suchen würden. Lagolle, Dalmanien, Gartagén.

Von da durchs Ödland bis Angraugh.

Er würde dafür sorgen, dass Gorm sein Ziel erreichte. Das war er ihm schuldig. Mit dem Gold von Jasper und Hergen Gelbhaus könnte er sich dann schon wieder nach Frostgarth durchschlagen, was in Gesellschaft eines ausgesprochen auffälligen Orcneas eher schwierig zu werden drohte.

»Wir sollten bis zur vollständigen Dunkelheit weiter. Je mehr Distanz wir zwischen uns und die Jäger bringen, umso besser.«

Gorm nickte.

»Wie geht es deinem Schädel?«

»Schmerzt.«

Hm.

Sie waren stundenlang geritten und sein Begleiter hatte nicht ein einziges Mal geklagt. Auf der linken Seite des Kopfes klaffte ein Riss, der dunkelrot blutete, aber das schien Gorm nicht sonderlich aus der Ruhe zu bringen.

»Stört dich das nicht?«, fragte Lysander.

»Doch«, sagte Gorm.

Moment mal. Lysander zog an den Zügeln.

Die Stute kam zum Stehen.

»So geht das nicht. Komm her und halte das Pferd!«

Gorm trat näher heran, legte einen Arm um den Hals des Tieres und spannte die Muskeln.

Lysander legte ihm eine Hand an die Stirn und konzentrierte sich. Er wisperte den Heilzauber und versuchte dabei etwas Neues.

Das Pferd wieherte auf und bockte. Er selbst verzog das Gesicht und biss die Zähne zusammen, als sich an seiner Schläfe eine Schramme zeigte, die auch von einem Ast hätte stammen können, den er bei dem abendlichen Ritt übersehen und an den Kopf bekommen hatte. Eine ähnliche Wunde materialisierte sich am Schädel des Pferdes.

Als er fertig war, saß er ab und beruhigte die Stute. Er streichelte sie und redete auf sie ein. Gorm rieb sich über die geschlossene Verletzung und grunzte zufrieden.

»Magie is' gut.«

Lysander schnaufte.

»Nicht?«, fragte Gorm.

»So langsam glaube ich, dass Magie eher böse ist – wenn sie denn irgendwas ist.«

»Hm. Tut weh. Zauber. Tut nicht mehr weh. Das ist gut.«

Im Dämmerlicht blitzten Gorms gelbe Augen auf.

»Hast recht«, sagte Lysander. »Vielleicht liegt es dann in der Hand des Magus, ob Magie böse oder gut ist. Vielleicht bin ich einfach noch nicht gut genug.«

»Werd' besser. Wie ich.«

Lysander sah ihn fragend an.

Gorm antwortete auf die nicht gestellte Frage: »Kämpfe seit ich denken kann. Am Anfang nicht gut. Später besser.«

Beide lächelten.

»Wir werden noch eine Weile zusammen unterwegs sein, denke ich. Ich kann dir ein wenig Fechten beibringen, dann wirst du möglicherweise noch besser«, sagte Lysander.

»Fechten? Was is' das?«

Oh Mann. Er würde ihm noch so einiges beibringen müssen.

Ganze Sätze sprechen zum Beispiel.

Nachdem sich das Pferd beruhigt hatte, setzten sie ihren Weg fort.

Immer wieder stahl sich Zwanette in seine Gedanken.

Hoffentlich hatte sie es aus dem Stall geschafft. Ihn hatte eine Wut übermannt, so plötzlich und brennend, wie er sie noch nie in seinem Leben gefühlt hatte. Der Schuss, Gorm der zusammenbricht ... der verdammte Schütze.

Wenn er an ihn dachte, zitterten seine Hände, obwohl er froh war, dass der Jäger dem Zauber hatte ausweichen können. Wenn nicht, hätte es ihn ebenso zerrissen wie den Dachstuhl.

Mit einer Handbewegung hatte Lysander die komplette obere Etage zerfetzt.

Wie war ihm das eigentlich gelungen?

Genau wie bei der Flammenwand hatte er keine Ahnung, wo dieser Zauber auf einmal hergekommen war.

Ob das mit dem SeelenSauger zusammenhing?

Was machte diese dunkle Macht eigentlich, außer, dass sie das Ziel verdorrte und tötete? Saugte sie wirklich die Seele des Ziels?

Was geschah dann mit dieser Seele?

Hm...

Lysander zog an den Zügeln.

Übertrug der SeelenSauger die Seele oder zumindest Teile von ihr auf den Zaubernden?

Dies könnte die Visionen der Episoden aus Strengarms und Steinfingers Leben erklären. Vielleicht sogar seinen Zuwachs an magischem Potenzial.

Die Antwort würde er nur in Rothsangs Grimoire finden.

Wie um sich zu überzeugen, dass das Buch noch da war, legte er eine Hand auf die Lederrolle und befühlte das Material.

Werde mich bei nächster Gelegenheit mal mit dir befassen müssen, dachte er.

Und dir, Uffe.

Und dir, Fokke.

42

»Der König ist tot!«, riefen die Leute und eilten durch die Vororte und Straßen von Kieselbucht, um die Neuigkeiten in jeden Winkel zu tragen.

Der König ist tot.

Die Kernburgher hatten also Fakten geschaffen.

Nun gab es kein Zurück mehr.

Sämtliche Königreiche würden nun den Krieg ausrufen und den Einmarsch nach Kernburgh versuchen.

Wie gut, dass Northisle schon vor Ort war, dachte Lockwood und schüttelte den Kopf.

Der Royal Navy war die Einfahrt in den großen Hafen wie erwartet nicht verwehrt worden. Ohne einen Schuss abzufeuern waren achtzehntausend Graute an Land gegangen – und mit ihnen der vom Glück verlassene Captain Nathaniel Lockwood.

Juchee ...

Er saß auf einer Munitionskiste am Rand des Infanterielagers, vor den Toren der Stadt und starrte über die grünen Wiesen, die friedlichen Hügel, die Giebel von Kieselbucht und das Wirrwarr der Masten im Hafen. Stets begleitet vom Zwitschern der Vögel und dem sanften Rauschen des Meeres. Der Spätsommer zeigte sich von seiner freundlichen Seite und obwohl es in den Nächten merklich kühler wurde, wärmte die Sonne am Tage die Landschaft.

Es könnte so schön sein ...

Aber nein ...

Seine Männer hatten ihre Zelte in akkuraten Reihen aufgebaut, kochten Tee über Feuern, brieten Würstchen, spielten Karten und unterhielten sich dabei über die aktuelle Lage.

Der König. Tot.

Unfassbar.

Verdammte Revoluzzer!

Man musste kein Meisterstratege sein, um auf die Idee zu kommen, dass die Königshäuser von Lagolle, Torgoth, Dalmanien und Northisle ein solch frevelhaftes Verbrechen nicht tolerieren konnten, wollten sie selbst weiterhin an der Macht bleiben.

Die Revolution könnte wie ein Flächenbrand auf die umliegenden Reiche übergreifen und dann bliebe wahrlich kein Stein mehr auf dem anderen.

Mit der Übernahme von Kieselbucht hatte Northisle den ersten Schritt zur Invasion getan.

Aber Kernburghs Antwort würde nicht lange auf sich warten lassen. So berichteten die Bürger von sich sammelnden Streitkräften im Norden bei Grünthor, unter der Führung des legendären Generals Arold Eisenbarth.

Lockwood hoffte, dass Commander Bravebreeze tatsächlich in der Lage wäre, die Verteidigung der Stadt durch Beschuss von den Schiffen aus zu unterstützen.

Mittlerweile waren über dreißig Schiffe aus Northisle eingetroffen. Vom riesigen Linienschiff mit vier Masten und hundertfünfzig Kanonen, von denen die schwersten 36-Pfünder waren, bis zu kleineren, dafür wendigeren Dreimastern, die über fünfzig Kanonen führten.

Am Horizont zeichneten sich bereits Umrisse der erwarteten Schlachtschiffe aus Torgoth ab. Torgoth hatte noch eine Rechnung mit Kernburgh offen und wollte sie mit einem Bündnis mit Northisle begleichen. Zur Unterstützung brachten sie weitere viertausend Soldaten nach Kieselbucht. Zusammen mit den vierzigtausend Northislern unter der Führung des hochdekorierten Generals Orwille Harefast, sollte also ausreichend Feuerkraft vorhanden sein, dachte Lockwood. Harefast war ein gewiefter, alter Haudegen. Er hatte bereits in den Kolonien gekämpft, als diese ihre Unabhängigkeit erklärt hatten. Er hatte in Gartagén und Topangue gedient und sich während des großen Achtjährigen Krieges seinen Rang erarbeitet. Wenn irgendwer den Kernburghern die Stirn bieten konnte, dann der erfahrene Harefast.

General müsste man sein, dachte Lockwood. Schön gemütlich Holzfigürchen über ein paar Karten rücken, Depeschen lesen, Taktiken ausbaldowern und Tee trinken.

Im Gegensatz dazu hätte ›Captain‹ auch genauso gut ›Frontsau‹ heißen können.

Oder besser: ›arme Frontsau‹.

Lockwoods 32stes Infanterieregiment war auf der Westseite der Stadt hinter einer hüfthohen Mauer positioniert worden, die sich in einem Halbkreis von den Hügeln hinter der Stadt bis zur Bucht erstreckte. Unterbrochen von zwei kleineren Forts und Artilleriestellungen.

Seufzend ließ er seinen Blick über den Hafen schweifen.

Eine wahrhaft gigantische Anlage mit zahlreichen Stegen und Kais. Eine riesige Werft, in der ein fast fertiges Schiff auf seinen Stapellauf wartete, überragte die Gebäude, in denen sich die Arsenale für Waffen, Munition und Ausrüstung befanden. Sechsundzwanzig Schiffe der Flotte Kernburghs lagen im Hafen und wankten vor sich hin. Unbemannt und nur rudimentär bestückt. Die Marinesoldaten der Besatzungen waren entweder getürmt, weil ihr Herz doch stärker für die Revolution schlug, oder sie gammelten in Spelunken rum, weil sie sich nicht dazu durchringen konnten, gegen die eigenen Landsleute in den Kampf zu ziehen. Selbst wenn es Kernburgh nicht um die Niederschlagung der Königstreuen von Kieselbucht gehen würde – allein die Tatsache, dass ein Drittel der Seestreitkräfte im Hafen ankerten, machte einen Angriff mehr als wahrscheinlich.

Ohne diese Flotte waren sämtliche Ambitionen die Südmeere zu beherrschen hoffnungslos und die Überfahrt nach Gartagén blockiert.

Die Frage war also nicht, ob es passieren würde, sondern wann.

Und wenn es zur Schlacht kam, welche Kräfte konnte das durch die Revolution gebeutelte Kernburgh aufbieten?

Nathaniels ganz persönliche Frage blieb allerdings, ob einer der Kernburgher eine Kugel dabei hätte, auf der sein Name stand.

›Gefallen während der Schlacht um Kieselbucht.

Hochachtungsvoll, General Harefast‹

Er sah das Schriftstück vor sich. Sein Bruder, seine Mutter und Emily wären am Boden zerstört. Das war ja wohl das Mindeste.

Verdammte Revolution.

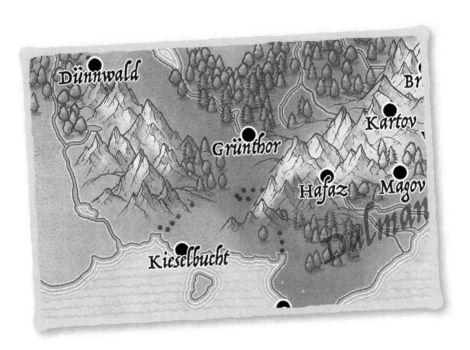

43

Die Revolution hatte mit der Exekution des Königs ihren vorläufigen Höhepunkt erreicht, hoffte Keno. Das Plenum hatte sämtliche Amtsgeschäfte übernommen. So auch das Ministerium für Verteidigung. In der Hand des Plenums lag es, Offiziere zu ernennen, zu entlassen oder zu befördern. Die Revolution gab einem jeden eine Chance für Karriere und Aufstieg – wenn er nur wacker genug war, sie zu ergreifen. Da er sich selbst als wacker genug ansah, hatte er ein Ersuchen nach einem höheren Kommando eingereicht. Seit vier Wochen wartete er nun auf eine Rückmeldung. Keno ging es nicht um Reichtümer. Sein Vater hatte der Familie genug für fünf Generationen hinterlassen. Kurz vor dem totalen Ausbruch der Unruhen war er verstorben, hatte sich also möglicher Übergriffe auf Titel und Besitz verwehren können. Wenn auch nicht freiwillig. Kenos Brüder pflegten eher bürgerliche Leben, er selbst diente der Armee und war einer der wenigen adeligen Offiziere, die nicht getürmt waren.

Um ganz sicherzugehen, arbeitete er in seiner freien Zeit an einem kleinen Essay. Er plante diesen, in Form einer Broschüre veröffentlichen zu lassen. Er hatte aufgeschrieben, dass sein glühender Patriotismus, losgelöst vom Stand seiner Familie, ungebrochen war; dass es ihm darum ging die Nation zu schützen, was er im Dienste der Armee zu tun bereit war.

Keno spielte ebenfalls mit dem Gedanken, das ›H‹ in seinem Nachnamen abzulegen, um sich so als standesloser Bürger zu inszenieren.

Keno Grimmfaust. Der Name seiner Vorfahren.

Ein ehrenwerter Name. Warum nicht?

Am heutigen Tage war an weitere Textarbeit nicht zu denken. Zu dringlich waren die Probleme, vor die ihn General Eisenbarth gestellt hatte.

Der Spätsommer neigte sich dem Ende, der Herbst nahte, und die Zeit lief gegen sie. Schlechtes Wetter, verdorbene Vorräte und Krankheiten könnten verhindern, dass sie Kieselbucht vor dem Winter einnahmen.

Er lehnte sich über den Rumpf der Kanone und begutachtete das Zündloch.

»Diese Kanone war schon einmal vernagelt, oder?«

Der Ingenieur zu seiner Rechten kontrollierte das Stückbuch. Nach einer Weile sagte er: »Ja, genau. Sie blieb zurück, als der General letztes Jahr in Torgoth zur Finte ansetzte. Rückzug und direkter Vorstoß. Dabei fiel sie kurzzeitig in Feindeshand und wurde vernagelt.«

»Hm.« Keno rüttelte an den Speichen der schulterhohen Räder, dann traf er eine Entscheidung. »Demontieren. Die wird zerlegt. Das Rohr schicken wir bei nächster Gelegenheit nach Schwarzbergh zur Schmelze. Lafette und Achse brauchen wir für Geschütz siebzehn.« Die Feder kratzte über das Papier. Keno besah die nächste Kanone.

Er hatte von allem zu wenig. Zu wenig Geschütze, kaum geschulte Mannschaften, von Pulver und Geschossen ganz zu schweigen. Er hatte den Befehl über einen Haufen demoralisierter Kanoniere, die mürrisch versuchten, ihre Kanonen auf den Lafetten zusammenzuhalten und die den desolat bestückten Versorgungszug bereits geplündert hatten. Es fehlte an allen Ecken und Kanten.

Wenn er mit seiner Einschätzung richtig lag, wäre seine Artillerie nicht in der Lage, ihren entscheidenden Beitrag für eine Rückeroberung der Stadt zu leisten.

Es war in der Tat zum Haareraufen.

Barne Wackerholz stapfte ihm entgegen.

»Guten Morgen, Herr Hauptmann.« Er salutierte.

In Anwesenheit der Kanoniere blieb die Ansprache förmlich.

»Was gibt es?«

»Nach letzter Sichtung sind acht Batterien einsatzbereit. Die neunte und zehnte stocken wir derzeit mit Reservisten auf. Dann liegen wir bei nahezu sechsundsechzig Geschützen. Zwölf davon Mörser. Wenn wir so weitermachen, könnten wir in ein paar Tagen die volle Sollstärke von einhundert erreichen.«

Keno atmete auf. Das waren zumindest einmal gute Nachrichten. Moment ... er sah Barne misstrauisch an. Da war doch noch etwas.

Barne räusperte sich.

»Der General lässt vermelden, dass sich die einsatzfähigen Züge auf ihren Positionen auf der Westseite einfinden mögen. Morgen früh wird er den ersten Angriff auf Kieselbucht einleiten.«

Bei Thapath!

General Eisenbarth. Nach dem Ministerium oberster Anführer der Revolutionsarmee. Ein Mann wie ein Stück Waffenstahl. Klein, schlank, hart zu sich selbst und seinen Soldaten. Der General hatte in den Kolonien aufseiten der Separatisten gekämpft und dabei ein Auge verloren, was er mit einer Augenklappe überdeckte. Die breite Narbe, die sich von seiner Nasenspitze bis zu seinem grauen Haaransatz zog, gab ihm ein verwegenes Äußeres, dessen er sich durchaus bewusst war. Passend zu seinem Namen trug er einen gewaltigen Vollbart mit hochgedrehtem Schnäuzer.

Arold Eisenbarth war bei den Truppen nicht sonderlich beliebt, denn er bevorzugte den Angriff der ›Breiten Front‹ – ein gleichzeitiges Vorrücken der Streitmacht – was stets mit hohen Verlusten verbunden war, aber auch oft genug zu blutigen Siegen führte. Die Infanterie nannte seine Manöver auch ›Sensen-Taktik‹, denn oft fielen die ersten Reihen wie Grashalme, wenn sie ins feindliche Feuer marschieren mussten.

Eben jener General war vor zwei Wochen zu ihm gekommen und hatte gesagt: »Hauptmann Grimmfausth, ich übertrage Ihnen den Befehl über die Artillerie.«

Und jetzt hatte er den Salat.

Keno stützte einen Ellbogen auf einen der sandgefüllten Schanzkörbe, die die Geschützbatterien vor Feindbeschuss schützen sollten. Vor ihm auf dem Sand flatterte die Karte, auf der er die Lage der Bucht, die Stadt, den Hafen und die feindlichen Stellungen und Forts eingezeichnet hatte. Die Taktik des Generals schien ihm nicht die Richtige zu sein. Er plante, die Stadt über die Weststraße anzugreifen, doch genau dort wurde der Weg von zwei befestigten Stellungen flankiert.

Geistesabwesend pflückte er dem Ingenieur die Kladde aus den Händen, legte sie über die Karte, öffnete sie und überflog die Liste der Geschütze zum gefühlten einhundertsten Mal. Ein gutes Dutzend war unbrauchbar und für eine Reparatur nicht mehr geeignet. Die hatte er ausschlachten lassen, um andere reparieren zu können.

»Wie weit ist Feldwebel Sturmvogel mit den neuen Rekruten?«, fragte Keno und verengte in Erwartung der Antwort die Augen zu Schlitzen.

»Ähm...«, setzte Barne an. »Sagen wir so: In zwei Wochen hätten wir fähige Kanoniere.« Er kratzte sich am Hinterkopf. »Aber um ehrlich zu sein, Stand heute, würden wir sie besser mit geschnitzten Stöcken an die Front schicken. Damit könnten sie mehr bewirken.«

Keno rieb sich über das Gesicht. Er war müde. Sehr müde. Der Tag hatte einfach zu wenig Stunden.

»Hauptmann Grimmfausth?«

Keno drehte sich um.

Rothwalze beugte sich aus seinem Sattel herab und reichte ihm zwei Umschläge. Der Kavallerist saß auf seinem gewaltigen Fuchs, der schnaubend in den Boden trat. Die hohe Bärenfellmütze, die geflochtenen Zöpfe, das breite Kinn, die strahlend weißen Zähne und der prächtige Schnauzbart ließen Rothwalze ausgesprochen beeindruckend aussehen. Der Offizier war geschätzte zehn Jahre älter als er. Sein sonnengegerbtes Gesicht strahlte Souveränität und Tapferkeit aus. Man munkelte, dass Rothwalze nie lächelte – außer er duellierte sich oder stürmte auf seinem Pferd den Feinden der Nation entgegen.

Keno bedankte sich und las die erste Nachricht.

Sein Bruder schrieb ihm, dass es im Steinbruch zu einem Aufstand gekommen war. Hergen und Jasper Gelbhaus waren umgekommen. Die Mitteilung endete mit der Frage, was er nun tun sollte.

Genau das ist die Frage, dachte Keno, zerknüllte das Papier und stopfte es achtlos zwischen die doppelreihigen Knöpfe seiner Uniform.

Der zweite Umschlag enthielt die offiziellen Befehle des Generals.

Rothwalze richtete sich im Sattel auf. Leder knarzte und Tressen klimperten.

»Sieht so aus, als ginge es bald los, werter Grimmfausth.«

Keno schnaufte trocken.

Der Hauptmann schaute in die Ferne.

»Westseite, morgen früh. Habe die Ehre.« Er wendete das Pferd, schnalzte mit der Zunge und trabte den Hügel hinunter. Kenos Blick folgte ihm, als er an den

Versorgungswagen der Artillerie vorbeiritt, zwischen den arbeitenden Mannschaften hindurch und dann im Tal in den Galopp überging. Die werkelnden Artilleristen sahen ihm ebenfalls hinterher.

Keno schob seinen Dreispitz in den Nacken.

Mindestens achtzig Geschütze wollte Eisenbarth an der Westseite sehen, um den Angriff auf die blockierte Straße zu unterstützen.

Auch in dieser Nacht würde er wenig Schlaf finden.

Er sah über die Schulter.

Eine schmale Straße führte durch eine kleine Siedlung, über einen sanften Hügelanstieg, bis hinauf zu einem Plateau, von dessen Ende die Küste steil und schroff abfiel. Dort zeichnete sich die Kontur der Festung Hammerfels ab. Sie lag oberhalb der Bucht, ganz am äußersten Ende der natürlichen Einfahrt. Diese Festung wäre perfekt für eine Artilleriestellung geeignet. Hätte man doch von dort den Blick über die gesamte Bucht, einschließlich des Hafens. Ohne die Linienschiffe der Northisler zu vertreiben, müsste jeder Versuch, Kieselbucht zurückzuerobern, in heftigstem Beschuss scheitern. Gelänge es hingegen, Hammerfels zu besetzen, könnten sie Bucht und Hafen unter Feuer nehmen und so Northisle zwingen, die Schiffe aus dem Hafen in Sicherheit zu bringen. Ohne die Schiffe wären die Truppen in Kieselbucht abgeschnitten – oder würden im besten Fall evakuiert.

Es war Keno bislang nicht gelungen, den General von seiner Taktik zu überzeugen. Allerdings wäre das auch der zweite Schritt vor dem ersten. Erst einmal pressierten die massiven Probleme der Artillerie im Ganzen, die er unermüdlich zu beseitigen versuchte.

Bis morgen früh ...

44

Lysander streckte die Beine und stöhnte genüsslich. Eines musste man den Lagollern lassen: Sie verstanden es, aus den einfachsten Zutaten die leckersten Gerichte zu zaubern.

Er tätschelte seinen vollen Bauch und lächelte. Seit Tagen schlugen sie sich durch Lagolle. Von ihren Verfolgern fehlte jede Spur. Lysander war sich sicher, dass er es riskieren konnte, eine Nacht komfortabel zu nächtigen.

Das Gasthaus am Rand von Trosvalle war nur spärlich besucht. Neben ihm saßen drei Fuhrleute an den rauen Tischen, tranken Bier und unterhielten sich über den Krieg an der Grenze. Eine Zeit lang hatte er die Ohren gespitzt und gelauscht. Als Sohn eines Händlers hatte er die Sprachen des Kontinents schon früh lernen müssen. Der hiesige Dialekt bereitete ihm zwar einige Schwierigkeiten, doch in Grundzügen konnte er dem Gespräch folgen. Es schien einiges geschehen zu sein, seit er in der verfluchten Mine gefangen gehalten worden war. Er dachte an die Tage in seiner Studentenstube zurück. Es kam ihm vor, als wäre das in einem anderen Leben gewesen.

Er legte eine Hand auf die lederne Rolle neben ihm auf der Bank.

Täuschte er sich, oder sah es so aus, als schienen die Adern auf dem Handrücken irgendwie dunkler durch die helle Haut?

Hm. Könnte auch am Licht liegen.

Er warf noch einen schnellen Blick durch den Raum.

Die Wirtin spülte gelangweilt ein paar Gläser und die drei Männer schenkten ihm keine Beachtung. Dank Jaspers edler Kleidung hielten sie ihn vermutlich für einen reisenden Angestellten oder so etwas. Bis auf ein knappes Kopfnicken hatten ihn die Kutscher jedenfalls nicht weiter beachtet.

Er öffnete die Lederrolle, schob die Lampe und sein Geschirr etwas zur Seite und legte das Grimoire auf den Tisch. Er schlug die ersten Seiten auf und wunderte sich sofort.

Die ersten Kapitel lagen komplett lesbar vor ihm. Er erkannte jede Rune und jeden Zusammenhang. Es war, als könnte er es auswendig. Verrückt. Den Absatz ›Trennen & Fügen‹ hätte er genau so niederschreiben können. Eilig blätterte er weiter.

Er suchte nach einem Hinweis, der ihm erklären würde, warum der Kampf mit Steinfinger so gelaufen war, wie er gelaufen war. Der Kummerknochen war mit einer Flammenwand auf ihn losgegangen. Ohne auch nur darüber nachzudenken, hatte er dies mit einer Wand aus Wasser gekontert.

Beide Kräfte hatten sich neutralisiert und waren verdampft. Lag darin bereits das nötige Gleichgewicht? Er hatte jedenfalls zu keinem Zeitpunkt dieses brennende Verlangen gespürt, das Potenzial abzubauen, so wie er es beim Trennen vom alten Gelbhaus gespürt hatte. Das hatte sich so angefühlt, als würde er jeden Moment wahnsinnig werden.

Da ist es.

In kaum lesbarer Größe stand es unter dem Absatz ›Brennen & Löschen‹:

> *Die Wirkung der Elementar-Potenziale kann durch*
> *den entsprechenden Gegenpol neutralisiert werden.*
> *(Siehe: Elementar, Pole i.W.)*

Rothsang oder Grauhand hatten handschriftlich daneben notiert:

> *›Ha! Musthe anteuschen. Glauben lassen.*
> *Dann ausmanhövern. Hinweg, hinweg!‹*

Ausgebuffter Magus, dachte Lysander.

Das war also die Strategie im Kampf gegen andere Magi.

Na klar. Ein Element vortäuschen und ein anderes auslösen ...

Diese Notiz dürfte von Rothsang selbst hinzugefügt worden sein. Oder würde ein Heiler so etwas aufschreiben? Wohl kaum.

Wie auch immer ...

Damit wäre noch nicht geklärt, wie Rothsang mit den entstehenden Gegenpolen umgegangen war. Wie hatte er zum Feuerwerfer werden können, ohne das Loswerden von Wasser? Er leckte sich über die Fingerspitze und blätterte um.

Kapitel 4: *Kriegszauber, zweiter Teil. BrandXXX & XXXFeuer.*
Mist.

Kapitel 5: *ErdXXX & BrockXXX*
Kapitel 6: *StXXX & XXXten*
Kapitel 7: *UnterXXXendes, VerstXXX*
Kapitel 8: *HeXXX & HeXXX*
Und so weiter.

Midtheni, Elvisch, Orcus, Ettins und Dwerzaz.

Er blätterte zurück und stutzte.

Der SeelenSauger.

Er überflog die Seite. Alles lesbar. Kein Problem.

Er schlug die Seite wieder um.

BrandXXX & XXXFeuer.

Das gibt es doch nicht, dachte er.

Könnte das wirklich so sein, dass das Grimoire ihm weitere Kapitel erst eröffnete, wenn er ein bestimmtes Zauberniveau erreicht hatte?

Oder lag es am SeelenSauger selbst?

Er stolperte nicht zum ersten Mal über diese Frage.

Saugte der Zauber tatsächlich die Seelen und übertrug Erfahrungen und Potenziale und damit auch das Verständnis für die Ahnensprache? Wenn er doch nur die Notizen lesen könnte! Wer auch immer Tinte über die Seite mit dem SeelenSauger gekleckert hatte … möge Bekter ihm in den Hintern beißen.

Lysander dachte an Gorm, den er am Waldrand zurückgelassen hatte, und gähnte.

Die Betten im Gasthof wären eh zu klein gewesen, unabhängig davon, dass der Hüne mit Sicherheit für einiges Aufsehen gesorgt hätte.

Morgen früh würde er mit Hergens Talern ein Frühstück erwerben und es ihm bringen.

Aber erst morgen früh.

Vorher noch ein Bad.

Er verstaute das Grimoire und ging zur Theke, um für das Essen, die Nacht und ein Bad zu bezahlen. Vielleicht konnte er die Wirtin noch dazu bringen, seine Kleidung zu säubern.

4. TEIL

FEUERTAUFE

KANONENMANNSCHAFTEN AUF HAMMERFELS

45

»Bei Thapath, ich kann es nicht fassen!«, brüllte Arold Eisenbarth und warf sein Fernrohr auf den feuchten Boden, wo es sofort von einem Adjutanten eingesammelt, gereinigt und geprüft wurde. »Vierhundert Mann habe ich Rothwalze mitgegeben und was macht dieser Pfau?!« Der General war völlig außer sich.

Hauptmann Rothwalze hatte noch vor dem Morgengrauen versucht, die Siedlung Seesegen am Ufer der Bucht einzunehmen. Von dort aus sollte Feste Hammerfels angegriffen werden. Grimmfausth hatte Eisenbarth von seiner Idee berichtet und dem alten Haudegen damit gehörig vor den Kopf gestoßen.

Wie um zu beweisen, dass sein junger Offizier so gar keine Ahnung von Kriegsführung hatte, hatte er der Kavallerie befohlen, einen Angriff zu reiten.

Kenos Herz war ihm in die Hose gerutscht, als er hörte, dass Eisenbarth lediglich vierhundert Mann aufbieten wollte, und es war gekommen, wie es kommen musste:

Die in Seesegen verbarrikadierte Northisler Kompanie hatte keinerlei Schwierigkeiten gehabt, die Reiter zurückzuschlagen. Nur Hauptmann Rothwalze war es zu verdanken, dass dies nicht unter horrenden Verlusten geschah. Er hatte seine Eskadron in einem halsbrecherischen Tempo in Kolonne gelenkt – jeweils vier in einer Reihe, und Reihe um Reihe hintereinander – und so einen breiten Beschuss verhindert. Dreimal hatte sich die Reiterei bemüht, auf Schussweite ihrer kurzläufigen Karabiner heranzukommen, wurde aber jedes Mal mit Musketenbeschuss bestrichen. Von den vierhundert kamen dreihundertfünfzig zurück.

»Sehen Sie, Grimmfausth?! Das passiert, wenn man Feiglinge einen unausgegorenen Plan ausführen lässt. Schreiben Sie sich das hinter die Ohren.«

»Jawohl, Herr General.« Keno ballte die Fäuste.

So hatte sein Plan nicht aussehen sollen.

Es nieselte und Nathaniel Lockwood stapfte am Rand seiner marschierenden Kolonne durch knöchelhohen Modder. Im frühen Morgengrauen, als sich der Nebel lichtete und die Sonne das weite Tal erhellte, sahen sie die Kernburgher Front.

Dicht an dicht hatte sich die Infanterie des Feindes vor ihnen aufgebaut. Die Plänkler waren vorgerückt und hatten die Stellungen der Northisler mit unregelmäßigem Beschuss beharkt. Die Grauröcke empfanden das hinter ihren Barrikaden allerdings eher als lästig, denn als wirklich besorgniserregend. Einige hatten die Gegner mit unflätigen Gesten und Verwünschungen begrüßt, bis die Offiziere sie zur Ordnung riefen.

General Harefast hatte einen leichten Vorstoß befohlen, um die Ambitionen der Gegenseite etwas abzukühlen und um sie schon vor den eigenen Stellungen in Empfang zu nehmen. Nach der Attacke auf Seesegen sollte der Vorstoß die Initiative zurückbringen. Er sollte an der Westfront die gegnerischen Kräfte bündeln, während Feste Hammerfels weiter verstärkt wurde.

Offensichtlich hatte Kernburgh die einzige Schwachstelle in der Verteidigung von Kieselbucht ausgemacht. Der Kavallerieangriff im Morgengrauen sollte wohl eine Probe der Stärke der Defensive sein.

Und jetzt war es also soweit: Captain Nathaniel Lockwood zog ins Gefecht.

Verdammt.

Neben ihm schritten die Schützen in langen, fünf Mann tiefen Reihen, Schulter an Schulter. Die Späher hatten noch keine größeren Geschütze aufseiten der Kernburgher gemeldet – lediglich kleinere, berittene Feldartillerie –, und so lag die größte Gefahr in einem Flankenangriff der Kavallerie, die nur durch einen dichten Wall aus Soldaten mit Bajonetten aufgehalten werden konnte. Aus diesem Grund hatte Harefast beide Flanken mit weiteren Kompanien verstärkt und hielt die eigene Kavallerie zurück. Northisle hatte fast ausschließlich Infanteristen angelandet und auf Reiterei verzichtet. Sie hätten dreimal so viele Schiffe gebraucht, um ein vollständiges Kavallerieregiment nach Kieselbucht zu bringen.

Nun denn. Solange die Schneckenlutscher auf Kanonen verzichteten, sollte es nicht allzu bitter werden, dachte Lockwood ... oder besser: Hoffte er.

Sein Regiment rückte vor und ließ die Brustwehren hinter sich. Er stahl einen Blick zum Fort auf der linken Seite. Hinter der hohen Holzpalisade winkten Kameraden mit ihren Hüten und wünschten ihnen Glück. Die Kanonen aus der besetzten Anlage würden sie unterstützen. Lockwood zeichnete das Symbol von Thapaths Waage auf seiner Brust. Er war nun wahrlich nicht religiös – aber sicher war sicher.

Einige Feldgeschütze der Kernburgher eröffneten an den Flanken bereits das Feuer. Erste Eisenkugeln schlugen vor den Kompanien auf und warfen Gras und Erde in die Luft.

»Weiter! Weiter!«, rief Lockwoods Colonel, und er wiederholte den Ruf.

Mit verkniffenen Gesichtern rückten die Schützen weiter vor.

Der Takt der Kanonenschüsse erhöhte sich, je näher sie den Kernburghern kamen.

Eisenkugeln schlugen in ihre Linie. Jeder Treffer fegte zwei bis vier Schützen hinweg und riss eine Lücke, die sofort wieder geschlossen werden musste.

Als sie auf einhundert Meter herangekommen waren, eröffneten die ersten Feinde das Feuer. Rauchwolken stiegen von der vordersten Reihe auf und Lockwood hörte die Kugeln vor sich niederprasseln wie Hagel. Der Beschuss schlug eher auf die Moral als in Leiber.

Harefast ritt hinter den Reihen an ihnen vorbei. »Vorwärts Männer! Nicht mehr weit!«, rief er.

Achtzig Meter vor den Feinden fielen die ersten Schützen.

Als sie auf sechzig Meter herangekommen waren, fielen noch mehr.

Einige Northisler fielen um, als hätte sie ein Schlag niedergestreckt. Andere sackten einfach zur Seite, als wären sie plötzlich müde geworden. Kugeln zischten an Nathaniel vorbei. Wenn sie auf einen Körper trafen, wurde der Einschlag von einem dumpfen Laut begleitet, der sich, im Vergleich zu dem, was sie anrichteten, erschreckend harmlos anhörte.

»Anlegen!«, rief der Colonel, und Nathaniel wiederholte den Ruf.

Er sah über seine Kompanie. Von den zweihundertfünfzig standen noch geschätzte zweihundertzwanzig. Hinter ihnen lagen die Gefallenen und Verwundeten verstreut auf der Wiese und der Straße. Er packte seine Muskete und presste sich den Kolben an die Schulter.

»Feuer!«

Die gesamte Linie feuerte. Alle vier Kompanien schossen und senkten die Waffen. Die Schützen langten in ihre Munitionstaschen, holten Papierpatronen hervor, bissen das obere Ende mitsamt der Kugel darin ab, schütteten Schwarzpulver in die Pulverpfanne und klappten sie umgehend zu. Den Rest des Schwarzpulvers kippten sie in den Lauf, bevor sie die Kugel und das nun leere Papier als Pfropfen, in den Lauf stopften. Knapp eintausend Ladestöcke wurden aus ihren Halterungen gezogen und in die Läufe gerammt. Die Musketen hoben sich. Die gedrillten Grauröcke brauchten für diese Prozedur nur einen Hauch mehr als vierzehn Sekunden.

»Feuer!«

Wieder spuckte die ganze Linie Rauch.

Dichte Schwaden zogen zwischen den beiden Armeen durch das Tal und vernebelten die Sicht.

»Vorwärts!«

Während sie luden, machten die Soldaten weitere Schritte auf die Kernburgher zu.

Läuft ganz gut, dachte Nathaniel.

Vierzig Meter.

Vor ihm krachte es ohrenbetäubend. Hinter dem Rauch wurde es kurz hell. Zischend und sirrend prasselten Eisenkugeln in ihre Ränge. Traubenhagel!

Links und rechts von Lockwood riss es Grauröcke aus den Reihen. Ein Schütze, sechs Mann zu seiner Rechten, bekam die Hauptladung ab. Der Mann schien sich aufzulösen. Gerade hatte er da noch gestanden und auf den Feuerbefehl gewartet, dann holte es ihn von den Füßen. Lockwood sah eine einzelne Hand durch die Luft wirbeln und roten Regen niederprasseln.

»Feuer!«

Grimmig schossen sie auf die Kernburgher, die nur noch als Schemen durch den Pulverrauch zu erkennen waren. Lockwood hielt seine Waffe in die ungefähre Richtung, schoss und lud nach.

»Feuer!«

Eine Salve rasselte in die Feinde.

»Bajonette!«

Es ratschte und schabte um ihn herum. In wenigen Sekunden hatten die Kompanien die dreißig Zentimeter langen Messer am Ende der Läufe aufgebracht.

»ANGRIFF!«

Sie stürmten vor.

Hektisch versuchten die Kernburgher, ihren Sturm durch Beschuss zu brechen.

Nathaniel öffnete den Mund. Riss ihn soweit auf wie es nur ging. Er schrie. Jeder Schütze brüllte irgendetwas, das Lockwood nicht verstand, zumal er sich selber kaum hören konnte. Schien so etwas wie »WAAAAH« zu sein. Gab zwar nicht viel Sinn, aber was sollte man auch sonst schreien, wenn man dem sicheren Tod entgegenrannte?

Sie erreichten die vorderste Geschützstellung im Sprint und stachen und schlugen auf die Kanoniere ein, die ihre Feldkanonen noch nicht zurückgelassen hatten. Lockwood packte seine Muskete am Lauf und schwang sie wie einen großen Knüppel, fand aber keinen Gegner.

Die Kernburgher rannten vor ihnen davon.

»Nachsetzen!«

Wie von Sinnen stürmten sie den Fliehenden hinterher. Lockwood hörte Pferdehufe hinter sich durch die Wiese pflügen. General Harefast und neun Kürassiere stürmten durch die aufgelösten Reihen der Schützen nach vorn.

Lockwood stoppte atemlos neben einer verlassenen Kanone. Ein Schütze reichte ihm breit grinsend einen schwarzen Eisennagel. »Hier, Sir. Die Ehre gebührt Ihnen.«

Verwundert langte Nathaniel nach dem Nagel und sah ihn an wie ein rätselhaftes Relikt aus grauer Vorzeit.

Der Soldat lachte. »Das Zündloch, Sir.«

Ahhh! Er setzte den Stift auf das Zündloch und hielt ihn gerade. Der lachende Schütze schlug mehrfach mit dem Kolben zu und versenkte den Nagel im Loch.

Nathaniel musste ebenfalls lachen.

Verrückt, was so ein Sturmlauf durch Kugelhagel mit den eigenen Gefühlen anstellte. Er lachte noch lauter.

»Weiter geht's!«, rief der Soldat gut gelaunt und rannte los. Lockwood folgte ihm.

Rauchschwaden wehten durch die Luft. Schüsse, Rufe und Schreie klangen in seinen Ohren. Als Keno mit dem Zug der Artillerie die Westseite erreichte, erschrak er.

Die eigene Linie war zusammengebrochen. Die verfluchten Grauröcke waren bereits dabei Feldgeschütze zu vernageln.

Auf der linken Seite, noch weit vor der Frontlinie, warteten zwei Infanterie-Kompanien. Keno erkannte ihre Banner, fand aber keinen Offizier zu Pferde. Die fünfhundert Schützen hatten bisher noch keine Befehle erhalten. In stummer Ordnung standen sie herum und betrachteten das Gefecht, das keine zweihundert Meter vor ihnen stattfand.

»Jeldrik, du beziehst hier Stellung und versuchst die Flanke zu beschießen! Barne, mir nach!« Keno trat Levante in die Flanken. Mit einem Satz preschte sie los. Barne Wackerholz und sieben Meldereiter folgten.

Aus dem Augenwinkel sah Lockwood einige Reiter den seichten Hügel zu seiner Linken hinabreiten und erkannte eine Truppe Kernburgher, die bisher nicht in den Kampf eingegriffen hatte. Die Reiter hielten genau auf sie zu.
»Vorwärts!«, brüllte der Colonel.

Keno erreichte die Infanteristen.
»Was ist hier los? Wo ist ihr Offizier?«, fragte er den Leutnant, der zwar nicht in der Nase bohrte, aber so aussah, als hätte er genau das noch vor einigen Minuten getan. Der rothaarige Mann hob die mit Sommersprossen verzierte Nase beinahe widerspenstig, bevor er sagte: »Nich' da.«
Barne tätschelte seinem schnaufenden Pferd den Hals und machte: »Oh, oh.« Kenos Ungeduld und Aversion gegen Unprofessionalität kannte er.
Keno zwang sich zur Ruhe und atmete tief ein und aus.
»Hauptmann Grimmfausth, Befehlshaber der Artillerie. Ich übernehme das Kommando.«
Der Leutnant stutze.
Herausfordernd sah ihm Keno in die Augen, bis der Infanterist schließlich mit den Schultern zuckte.
»Gut.« Keno wandte sich an die Soldaten: »Wir werden unseren Jungs zu Hilfe eilen und unsere Geschütze zurückholen! Wir werden Northisle wissen lassen, was es heißt unsere Städte zu besetzen! Auf geht's! Schnelle Formation!«
Die Soldaten rückten in Fünferreihen zusammen und machten sich auf den Weg. Ein Feldwebel hielt eine Faust mit gestrecktem Daumen in die Luft und nickte ihm zu.
»Vorwärts!«, brüllte Keno.

Nathaniel erkannte die Gefahr.
Oben auf dem Hügel machte sich die Artillerie der Kernburgher angriffsbereit. Und das waren die richtigen, die schweren Geschütze! Er sah die Konturen von 12- und 18-Pfündern, entdeckte den einen oder anderen Mörser. Noch waren sie nicht so weit, aber wenn …
Gleichzeitig machten sich die Infanteristen, angeführt von dem vordersten Reiter, auf den Weg, ihrer Flanke entgegen.

Wie ein Uhrwerk waren die Grauröcke vorgerückt, hatten immer wieder angehalten, um die Wirkung ihrer Salven zu erhöhen, und waren dann im Schritttempo weitergelaufen. Weiter vorne schlug Harefast mit seinen gepanzerten Kürassieren auf die Kernburgher ein. Der General lief Gefahr abgeschnitten zu werden, wenn die Northisler unter Flankenangriff und Kanonenfeuer zurückweichen mussten.

Wahrscheinlich hatte Harefast noch nicht einmal gesehen, was sich anbahnte.

Ich muss mich zu ihm durchschlagen, dachte Nathaniel, verließ die Reihe und rannte los. Einige seiner Männer rannten mit.

»Formation! Formation!«, brüllte der Colonel. Lockwood hatte keine Zeit für große Erklärungen. Er rannte weiter.

Zwischen ihm und dem General lagen weniger als zwanzig Meter freies Feld, unterbrochen durch die Leichname dunkelblau gekleideter Soldaten.

Wieder flogen ihm Kugeln um die Ohren.

Hauptmann Grimmfausth führte die Kompanien den Hügel hinab, in die Flanke der Northisler. Links von ihnen näherte sich General Eisenbarth mit einem Bataillon aus vier Kompanien mit insgesamt eintausend Soldaten zu Fuß. Die Offiziere des Gegners hatten die sich nähernde Gefahr erkannt und bemühten sich, ihre Schlachtreihen neu auszurichten.

»Eiltempo!«, rief Keno und die fünfhundert unter seinem Kommando fielen in Trab.

»Schützenreihe, fünf Mann tief!«, rief er und die fünfhundert fächerten zu beiden Seiten auseinander. Die Gegenwehr war noch nicht sortiert, nur vereinzelt fielen Infanteristen zu Boden oder blieben mit leichteren Verletzungen zurück. Levante trotzte dem Beschuss. Keno sprang dennoch von ihrem Rücken und lief die letzten Meter.

»Feuer!«

»Feuer!«, rief der Kernburgher Offizier.

Fünfhundert Musketen spuckten ihre Kugeln in die Reihen auf der linken Flanke. Lockwood sah sie fallen. Harefast hatte die Salve ebenfalls gehört und drehte sein Pferd aus dem Gemenge. Vier Kürassiere waren bereits gefallen. Lockwood blieb stehen und lud seine Muskete. Die zwanzig Schützen, die ihm gefolgt waren, folgten seinem Beispiel. Der General ritt ihnen entgegen.

»Auf mein Kommando!«, rief Lockwood. Sie legten an. Der General und die restlichen Reiter donnerten an ihnen vorbei. Mit Hurra-Rufen auf den Lippen stürmten einige Kernburgher hinterher.

»Jetzt!«

Sie schossen gemeinsam und brachten die Verfolger zum Stehen.

Lockwood und seine zwanzig Mann standen nun alleine der Frontlinie gegenüber.

Bockmist.

»Jungs?«, sagte er.

»LAUFT!«, brüllte er.

Sie machten kehrt und rannten, als wäre ihnen Bekter persönlich auf den Fersen. Zwei Schützen wurden im Rücken getroffen. Einer stürzte zu Boden, den anderen packte Nathaniel unter der Achsel und zog ihn mit sich.

Die Grauröcke vor ihnen jubelten und machten weitere Schritte auf sie zu. Sie legten an und schossen. Es kam Nathaniel so vor, als müsste er getroffen werden. Es gab gar keine andere Option. Hinter ihm und vor ihm leerten mehrere Hundert Männer ihre Waffen. Es pfiff, zischte, und sauste um ihn herum. Nicht getroffen zu werden, käme einem Wunder gleich. Er wartete regelrecht auf den Einschlag zwischen seinen Schulterblättern – oder den Augen.

Der General hatte die rettende Formation fast erreicht, als plötzlich sein Pferd hochstieg und ihn abwarf. Schwer schlug Harefast auf dem aufgewühlten Boden auf und blieb reglos liegen.

Lockwood hastete weiter. Der Soldat auf seiner Schulter biss die Zähne zusammen und gab sein Bestes, um ihre Flucht zu unterstützen.

Er stolperte an Harefast vorbei. Was sollte er tun? Den Schützen fallen lassen, um dem General zu helfen? Den einen für den anderen?

Nein. Diese Wahl traf alleine Thapath.

Er gab sich einen Ruck und mobilisierte seine verbliebenen Kräfte.

46

»Ich nehme Ihre persönliche Kapitulation entgegen, nehme zur Kenntnis, dass Sie nur für sich selbst sprechen – nicht für die Streitkräfte in Kieselbucht – und garantiere Ihnen Sicherheit und genehme Behandlung.«

General Orville Harefast, der bereits vor zwölf Jahren in den Kolonien vor dem Anführer der Separatisten kapitulieren musste, legte seinen Säbel in Kenos Hände. Keno salutierte und reichte ihm die Waffe zurück. Der General salutierte ebenfalls, verbeugte sich knapp und nahm sie entgegen. Harefast glänzte vor Schweiß und hatte offensichtlich starke Schmerzen. Eine Kugel hatte ihm die Hand durchschlagen und der Aufschlag am Boden hatte ihm einige Knochenbrüche eingebracht.

»Ich entlasse Sie nun in die Obhut unseres Arztes und Heilers, General. Ich bin mir sicher, Sie werden unter seiner Pflege sehr schnell die Gastfreundschaft Kernburgher Gefangenschaft zu schätzen wissen.« Keno verbeugte sich. »General Eisenbarth wird Sie zu gegebener Zeit aufsuchen und die Bedingungen Ihrer Kapitulation und deren Auswirkung auf die Belagerung besprechen.«

Harefast schlug die Hacken zusammen, verzog unter Schmerzen das Gesicht und folgte ohne ein weiteres Wort den beiden Grenadieren, die ihn zum Lazarett eskortieren sollten.

Als der Mann zwischen den aufgereihten Zelten verschwunden war, gönnte sich Keno einen tiefen Atemzug.

Er setzte sich an den Sekretär, den er vor seinem Zelt im Lager der Artillerie aufgebaut hatte, und blätterte durch die Dokumente, die Be- und Zustand der Geschütze beschrieben.

Sie waren bei fünfundsiebzig. Mehr als er jemals für möglich gehalten hatte. Und Jeldrik hatte ihm versichert, dass sie in den nächsten zwei Wochen die vollen einhundert einsatzbereit haben würden.

Alles in allem also nur gute Nachrichten.

»Herr Hauptmann?« Eisenbarths Adjutant salutierte. Salopp erwiderte Keno den Gruß.

Da denkt man einmal an GUTE Nachrichten ...

»Hm?«

»Der General wünscht Sie zu sprechen, Herr Hauptmann.«

Er hätte sich am liebsten wieder die Haare gerauft, aber er war sicher, dass der Adjutant davon im Stabszelt berichten würde, also riss er sich zusammen und erhob sich.

»Ich folge.«

◂ ● ● ● ▸

Lieutenant General Halfglow war der verbliebene ranghöchste Offizier. Er hatte die hohen Dienstgrade in ein zur Messe umfunktioniertes Gasthaus in Kieselbucht bestellt und Lockwood konnte nur ahnen, was sie besprachen.

Er saß bei seiner Kompanie am Lagerfeuer, trank einen Tee und fühlte seine Schulter taub werden. Seine Männer hatten mit angesehen, wie er den verletzten Kameraden in Sicherheit gebracht und den General liegengelassen hatte. Auch wenn sein eigener Colonel das naserümpfend unter den Tisch fallen ließ, bei den Männern der Kompanie war sein Ansehen gestiegen und ein jeder wollte dies dem Captain mit einem Schlag auf die Schulter mitteilen.

»Mit so einem Captain jederzeit, egal wohin!«

»Ganz stark, Captain!«

»Wenn sie mal wo rumliegen, ich hol' Sie, Captain!«

Und so weiter.

Die meisten Schützen der Armee kamen aus ärmlichen Verhältnissen. Durch den Dienst versprachen sie sich Ansehen und Einkommen. Oder es waren für leichtere Verbrechen Verurteilte, die sich so den Knast ersparten. Oder Verrückte. Oder Halsabschneider. Jedenfalls gehörten sie nicht zur Crème de la Crème der Northisler Gesellschaft, und den meisten Offizieren, die aus dem gehobenen Bürgertum oder dem Adel kamen, fiel es schwer, sich die Achtung ihrer Mannschaften zu erarbeiten. Prügel- und Peitschenstrafen waren an der Tagesordnung, wenn mal wieder ein Gemeiner seinem Offizier nicht Folge leisten wollte.

Captain Lockwood hatte sich durch Zufall und mithilfe einer spontanen Aktion, die ihm auch jetzt, einige Stunden nach dem Kampf, völlig unerklärlich blieb, die Sympathien seiner Jungs erworben – und obwohl sein Schultermuskel seitdem zuckte wie verrückt, es freute ihn.

Solange die Kugeln weiterhin an ihm vorbeiflogen, war es gar nicht so schlecht in der Armee, dachte er.

›Vorbei‹ war allerdings das Zauberwort.

»Schon gehört, Captain?« Ein wüst aussehender Grenadier hockte sich neben ihn ans Feuer und schenkte sich aus der eisernen Kanne, die in der Glut gestanden hatte, etwas Tee in einen verbogenen Blechbecher.

»Was denn, Sergeant?«

Wie alle Grenadiere war der Mann einer von der großen, kräftigen Sorte. Er nahm die zylinderförmige Bärenfellmütze ab, setzte sich auf sie, wie auf einen Hocker, und blies in den Becher, um das Getränk abzukühlen.

»Der Major hat's grad verkündet. Morgen geht's nach Hammerfels. Anscheinend befürchtet Halfglow, dass die Schneckenlutscher dort einen Angriff unternehmen wollen.«

»Ja, das dachte ich mir auch. Liegt auf der Hand«, raunte Lockwood.

»Es liegt auf der Hand«, sagte Keno. Er sah den im Zelt des Generals versammelten Offizieren nacheinander in die Augen. Sie mussten es doch erkennen und einsehen. Zwölf Forts bildeten einen Ring um Kieselbucht. Zwischen den Festungen lagen Barrikaden, Mauern, Brustwehren und Bastionen. Gerade weil die Stadt für Kernburghs Zugang zum Südmeer so wichtig war, war sie so stark geschützt.

Die einzige Möglichkeit, die Stadt einzunehmen, lag darin, Feste Hammerfels zu erstürmen, dort schwere Geschütze aufzubauen, mit ihnen die zahlreichen Schiffe in Bucht und Hafen zu beschießen und Northisle dadurch zum Abzug zu zwingen.

»Ich sehe, was Sie da vorhaben, Grimmfausth«, grummelte Eisenbarth, wobei er sich nachdenklich durch die struppige Gesichtsbehaarung kraulte.

Der General tippte mit der Fingerspitze auf der Karte herum, die auf der großen Tischplatte vor ihnen lag.

»Wenn Sie entschuldigen, Herr General?« Ein Oberst der Kavallerie löste sich aus dem Halbschatten des hinteren Zeltbereiches und trat vor. Der Offizier war hochgewachsen, dabei schlank, feingliedrig aber kräftig. Wie bei der Reiterei üblich, hatte er sein blondes Haar zu zwei Zöpfen geflochten, die links und rechts von den Schläfen herabfielen. Ein dickerer, einfach gebundener Pferdeschwanz baumelte an seinem Hinterkopf. Unter der spitzen Nase trug er einen schmalen Schnäuzer. Er nahm den Dreispitz ab und strich sich die Haare glatt. Seine blauen Augen sprühten vor Intelligenz aber auch vor Härte.

»Hm?«, raunte der General geistesabwesend.

»Ich denke, der Hauptmann hat recht«, sagte der Oberst. »Ein Vorstoß mit aller Macht auf Seesegen und anschließend Hammerfels. Dann Sichern unserer Position. Die Kavallerie wird zeitgleich eine Attacke über die Weststraße reiten und die Kräfte des Feindes dort binden, bis die Festung wieder in unserer Hand ist. Im Anschluss werden wir die Northisler weiter beschäftigen, bis die großen Geschütze auf Hammerfels einsatzbereit sind. Sobald die ersten Schiffe brennen, werden sie sich zurückziehen müssen. Ein guter Plan. Wenn nicht sogar DER Plan.«

Keno sah den Oberst an. Dass sich die Kavallerie für die Artillerie einsetzte, kam recht selten vor. Die Reiter waren stolz, manchmal zu stolz, um noch angenehm zu sein. Sie hegten wenig Respekt vor den Kanonieren, die ihre Feinde aus großer Entfernung töten konnten, und noch weniger vor dem gemeinen Fußvolk der Infanterie. Aber dieser Kerl hatte Kenos Taktik begriffen und offensichtlich war sie gut genug, dass er sich für sie einsetzte. Er nickte ihm dankbar zu.

Der Oberst nickte zurück. Erst jetzt bemerkte Keno die spitzen Enden der Ohren, die durch die nach hinten gebundenen Haare ragten.

Es gab nicht viele Elven in der Armee, und so war es für ihn eine Überraschung.

Eisenbarth drückte seinen Rücken durch und ächzte.

»Sie gehen also mit dem Hauptmann konform, Oberst?«

»Jawohl, Herr General. Es erscheint mir die beste Vorgehensweise zu sein.«

»Ihnen ist aber schon klar, dass Sie gegen die gesicherten Stellungen im Westen anreiten werden?«

Der Oberst nickte entschlossen. »Wenn das dafür sorgt, dass wir den Winter zuhause verbringen können, ist die Kavallerie dazu bereit.«

Eisenbarth sah sich im Zelt um. Die meisten der versammelten Offiziere drückten ihre Zustimmung durch ein knappes Kopfnicken aus, unter ihnen auch Hauptmann Rothwalze. Nur einige wenige ließen Skepsis durchscheinen.

»Nun gut, Grimmfausth. Ihre Taktik hat also Hand und Fuß. Dann sollten Sie auch die Ehre haben, sie einzuleiten.« Eisenbarth winkte seinem Adjutanten, der sich mit Armeebuch und Schreibzeug sofort neben ihn stellte.

»Ist es korrekt, dass wir einen Mangel an Offizieren bei der Artillerie verzeichnen können?«

Der Adjutant räusperte sich. »Dies trifft auf alle Waffengattungen zu, Herr General«, sagte er.

»Nun denn.« Er wandte sich an Keno. »Damit Sie also die nötigen Befugnisse erhalten, Ihren Plan in die Tat umzusetzen, befördere ich Sie hiermit zum Major.« Die Feder des Adjutanten kritzelte über Papier.

»Ist notiert, Herr General. Beförderung im Felde, zu späterem Zeitpunkt durch das Plenum zu bestätigen.«

»So sei es. Wegtreten.«

Es rauschte in Kenos Ohren. Major Grimmfausth. Er konnte es kaum fassen. Dazu hatte er den Befehl erhalten, den Sturm auf Hammerfels zu koordinieren.

Als der Kavallerie-Oberst an ihm vorbeiging, um das Zelt zu verlassen, klopfte er ihm lächelnd auf die Schulter und zwinkerte.

»Je schneller Sie Hammerfels einnehmen, umso weniger Feuer müssen wir schlucken. Herr Major, ich zähle auf Sie.«

Eintausend Gedanken mit eintausend Dingen, die es zu erledigen galt, krachten durch Kenos Schädel. Er würde Unterstützung brauchen. Viel Unterstützung.

Er räusperte sich. Eisenbarth sah auf.

»Sie sind ja noch da …«

»Ähem. Ja. Wenn ich noch etwas anmerken dürfte?«

Der General rupfte an seiner weißen Weste und straffte sich.

»Nun aber schnell! Sie haben zu tun, denke ich.«

Keno knetete mit den Fingern an den Rändern des Dreispitzes.

»Genau darum geht es. Ich möchte Sie bitten, sowohl Feldwebel Sturmvogel als auch Leutnant Wackerholz an meine Seite zu stellen. Ich werde ihre Expertise und ihren Einsatz benötigen.«

Eisenbarth schaute zu seinem Adjutanten. Der blätterte kurz im Buch, dann nickte er. »Gut, gut, gut!« Unwirsch wedelte der General mit der Hand, wie um Keno zu verscheuchen. »Wir werden ihre neuen Ränge vermerken. Und nun gehen Sie zuerst einmal zum Zeugwart. Sie werden eine neue Jacke mit ein wenig Dekor brauchen. Und fangen Sie an, bei Thapath, fangen Sie an!«

Keno salutierte und marschierte in schnellem Schritt aus dem Zelt.

Ruderschlag für Ruderschlag näherten sich die schmalen Boote der Steilküste, an deren Rand die Feste Hammerfels vor Hunderten von Jahren erbaut worden war. Wie ein stummer Wächter ragte sie in den dunklen Himmel. Lockwood kam sie vor, als wäre sie von einer unheilvollen Aura umgeben.

Die Landungsboote der Infanterie waren nach Mitternacht losgeschickt worden, um mit ihrer Fracht die Einheiten in Hammerfels zu verstärken. In Kürze würden sie ihr Ziel erreichen. Auf den Zinnen und in einigen Schießscharten flackerte Licht, das die Besatzung entzündet hatte. Patrouillierende Schatten wanderten an der oberen Wehr vorbei.

Captain Lockwood und seine Kompanie wären die Ersten, deren Boote an den schmalen Stegen unterhalb der Feste anlegten.

Er war sich nicht sicher, aber der Gedanke, dass der Colonel explizit dafür gesorgt hatte, dass das 32ste für dieses Kommando eingesetzt wurde, nagte in seinem Oberstübchen herum. Hätte er Harefast retten können, wenn er den Schützen liegen gelassen hätte?

Kündete die dunkle Wehrburg von seinem nahen Ende?

Es gab immer noch keine verlässlichen Zahlen über die Stärke der Kernburgher. Wie viele mochten gegen sie anrennen – und mit was?

Es ging das Gerücht um, dass das Heer Kernburghs durch die neue, allgemeine Wehrpflicht auf über eine Million Soldaten angewachsen war!

Wenn nur ein Zehntel davon in der mondbeschienenen Dunkelheit darauf wartete, die Feste zu stürmen, würden die Grauröcke ins Meer gefegt werden.

Hätte Lockwood noch überstehende Fingernägel, er würde sie abkauen. Doch der alte Tick seiner Jugend hatte sich in der ganzen Anspannung der letzten Tage und Wochen immer wieder gemeldet. Daher gab es nichts mehr, was er noch hätte abnagen können.

Unaufhaltsam, mit stetigem Ruderschlag näherte er sich seinem letzten Tag auf Erden. Reiß dich zusammen, Nat!

Dieses Mal hatten sie Seesegen mit der geballten Wucht aller Waffengattungen angegriffen und die verbarrikadierten Northisler mit einer gewaltigen Übermacht überrannt. Der Kampf um die kleine Siedlung war kurz, aber heftig. Nur zu gerne hatte Keno die gewonnenen sechs Geschütze in seine Artillerie aufgenommen.

Drei Tage später prüfte Major Grimmfausth die neu errichteten Batterien in Seesegen. Auf einem Hügel vor dem Dorf hatte Hauptmann Wackerholz in harter, rückenbiegender Arbeit vierundzwanzig Kanonen eingerichtet, die die Schiffe auf der Westseite der Bucht unter Beschuss nahmen, um zu verhindern, dass deren

Geschütze der Besatzung von Hammerfels beistehen konnten. Abwechselnd spuckten die Rohre schwere Eisenkugeln in die Luft. Zwischen zwei ohrenbetäubenden Schüssen brüllte Barne: »Sobald sich die letzten Schiffe verpisst haben, können wir uns auf Warnschüsse verlegen, denke ich.«

Keno nickte, um nicht schreien zu müssen.

Mit routinierten Handgriffen beluden die Mannschaften die Kanonen, die Kanoniere sprachen sich mit den Beobachtern ab, richteten aus und feuerten. Die Rohre wurden sofort ausgewischt und neu justiert. Keno genoss den Anblick der souveränen Artilleristen.

Er hob eine Faust mit ausgestrecktem Daumen. Barne nickte begeistert und hob zwei Fäuste mit zwei Daumen.

»Wir werden diese Stellung ›die fleißigen Bienchen‹ nennen, Barne!«, rief Keno und lächelte.

»Bierchen?!«, brüllte Barne zurück und hob die Daumen erneut. »Sehr gerne, Herr Major!« Beide lachten.

»Später! Erst einmal müssen wir die Northisler ins Meer werfen!«

Keno nahm seinem neu zugeteilten Adjutanten die Zügel aus der Hand und stieg auf Levantes Rücken. Der Stute machte die Böllerei nicht mehr viel aus. Sie warf nur den Kopf auf und ab und schüttelte die Ohren. Beruhigend streichelte er sie am Hals. Noch einmal zeigte er Barne den erhobenen Daumen, lächelte und gab ihr die Sporen. Mit seinem Adjutanten und einigen Meldereitern im Schlepptau, ritt er durch Seesegen, das bis auf ein paar zurückgebliebene Bauern und Handwerker, die ihre Felder und Werkstätten nicht im Stich lassen wollten, verlassen war. Der Weg schlängelte sich die Anhöhe hinauf, bis er an seinem Ende auf das Tor der Feste traf.

Schützen in langen Reihen stapften über die Grasflächen neben dem Weg. Auf ihm zogen schnaufende, kräftige Pferde Zeugwagen, Geschütze auf Lafetten und Nachschub zu den vordersten Stellungen. Von dort kündeten bereits die ersten Donnerschläge von Jeldriks Fähigkeiten.

Keno erreichte die hinterste Linie eines aufgestellten Infanterieregiments. Zwischen den großen, schwer bepackten Grenadieren und den leicht gerüsteten Soldaten der breschestürmenden Stoßtruppen, bahnte er sich seinen Weg nach vorne zu den Batterien von Hauptmann Sturmvogel.

Auch hier krachten und donnerten die Geschütze. Jeldrik beobachtete die Einschläge durch sein Fernrohr. Völlig unbeeindruckt von der Gegenwehr der anderen Seite, deren Kugeln unweit der Stellung niedergingen.

»Hauptmann!«, rief Keno. Jeldrik reagierte nicht.

»Hauptmann Sturmvogel!«, rief er lauter.

»Jeldrik!«

Endlich senkte der das Fernrohr und drehte sich zu ihm um.

»Hauptm... äh... Herr Major, welche Freude, Sie hier an der Front zu begrüßen!« Sturmvogel strahlte über das ganze Gesicht. »Wird wohl noch eine Zeit brauchen, bis ich mich daran gewöhnt habe!«

Keno lachte. »Wie kommt ihr voran?«

»Na ja ... die Northisler haben Verstärkung erhalten. Sie haben eine vorgelagerte Stellung errichtet, und an der arbeiten wir uns gerade ab.« Jeldrik zeigte auf eine Stelle vor der Feste, von der in regelmäßigen Abständen Rauchwolken aufstiegen.

Keno richtete sich im Sattel auf, schob sein eigenes Fernrohr auseinander und schaute Richtung Hammerfels.

»Hm... ich denke, wir sollten unsere Batterien weiter nach vorn verlegen. Dann hätten wir effektiveres Feuer.«

Jeldrik nahm den Dreispitz vom Kopf und kratzte sich über einem Ohr.

»Die anderen aber auch.«

Keno dachte kurz nach.

»Sag einmal, wie viele Magi hast du bei dir und den Pionieren?«

»Zwei bei uns und drei bei den Brückenbauern.«

»Die ziehen wir ab. Ich möchte, dass unsere Stellung in der Nacht vorverlegt wird. Mindestens dreißig, besser fünfzig Meter. Nimm dir dafür, was du brauchst. Morgen heizen wir denen richtig ein.«

Jeldrik fragte: »Haben wir es denn eilig?«

»Wir nicht. Aber die Jungs und Mädels von der Reiterei. Je länger wir brauchen, umso mehr bekommen die die Hucke voll. Und niemand soll sagen, dass sie für uns den Kopf hinhalten, oder?«

Jeldrik schlug eine Faust in die Handfläche. »Auf keinen Fall, Herr Major! Die feinen Piefkes sollen sich mal nichts einbilden.«

»So sehe ich das auch, Jeldrik.«

Der nächste Morgen trieb schwere, dunkle Wolkenberge vom Meer über die Bucht. Windböen peitschten den Regen in die Gesichter der Soldaten.

Levantes nasse Flanken zitterten vor Kälte und Keno hatte sich, so tief es ging, in seinen dicken, blauen Mantel gedrückt.

Seit dem ersten Schimmer des anbrechenden Tages schossen die vorverlegten Artilleriestellungen auf die Bastion und die Festung.

Blasse, müde Pioniere, durchweichte Ingenieure und erschöpfte Magi stolperten an ihm vorbei. Ein Magus war vor Anstrengung zusammengebrochen. Aber sie hatten ganze Arbeit geleistet. Rechts und links vom Weg hatten sie in der Nacht die neuen Batterien ausgehoben und die Kanonen in Stellung gebracht. Zwölf auf jeder Seite.

Kurz nach den ersten Einschlägen hatten die Northisler den Beschuss erwidert, und wie es aussah, bekam die rechte Batterie Kernburghs am meisten ab. Verwundete und tote Kanoniere wurden auf Bahren aus den Stellungen gebracht. Das Lazarett hatte alle Hände voll zu tun.

Jeldrik und er hatten die Batterien getauft, um die Kanoniere zu ermutigen für ihre, jeweils zugeteilte Batterie, alles zu geben.

»Der Berg« auf der linken Seite beackerte die Bastion. »Die Angstfreien« schoss ununterbrochen auf die Feste, lag allerdings etwas weiter vorn und zog Beschuss sowohl von der vorderen Barrikade, als auch von den Zinnen auf sich.

Lange konnte das so nicht weitergehen.

»Früher oder später müssen wir die Stellung angreifen«, murmelte Keno.

Jeldrik schlug seinen Mantelkragen hoch und nickte.

»Bei dem Sauwetter dürfte mit Musketen nicht viel gehen.«

Die wartende Infanterie war bis auf die Knochen durchnässt.

Wenn der Regen anhielt, konnten sie sich das Aufbeißen der Patronenpäckchen sparen. Das Pulver auf den Pfannen wäre zu feucht, um zu zünden.

Die Northisler hätten das gleiche Problem.

Keno schaute zum Himmel. Klatschend prasselte ihm Regen ins Gesicht. Durch die trübe Wolkendecke sah er den untergehenden Mond, beinahe voll.

»Weitermachen, Hauptmann Sturmvogel. Einfach weitermachen. Die Angstfreien sollen sich auf die rechte Seite der Feste konzentrieren. Ich will dort bis zum Abend eine Bresche sehen. Der Berg nimmt die vordere Stellung ins Visier. Schießen sie sie zusammen, so weit es geht. Heute Nacht greifen wir an.«

Noch vor der Dämmerung fiel die Südmauer in sich zusammen. Spätestens morgen würde es passieren. Lockwood kam sich vor wie eine nasse Katze: elend und triefend. Er kauerte neben seinen Jungs, die sich ähnlich fühlten, an der Stallmauer im Innenhof der Feste und versuchte sich warmzuhalten. Er hielt die Knie umklammert und schlotterte. Es hatte den ganzen Tag geregnet und gedonnert. Ob der Donner vom Wetter, oder von den Kanonen der Kernburgher kam, war für sein Gehör kaum noch zu unterscheiden. Achtzehn Stunden Beschuss und Einschlag wummerten in seinen Ohren.

Das Poltern der Steine unterbrach den Donner und Nathaniel wollte schon erleichtert aufatmen, aber dann vernahm er den fernen Jubel der verfluchten Kernburgher.

»Auf die Füße, Männer!«, brüllte der Colonel.

Die Sturmtruppen taten das, wofür sie gedrillt worden waren: Sie stürmten. Durch dichten, satt prasselnden Regen, durch knöcheltiefen Matsch. Flankiert von Plänklern deren Waffen im Regen nutzlos waren, unterstützt von den Grenadieren, die zumindest einige ihrer Sprengkörper in die Reihen der Feinde schleudern konnten.

Eintausend Mann erstürmten die Brustwehren, die die Northisler errichtet hatten.

Die Soldaten stachen mit aufgesteckten Bajonetten oder schwangen die Musketen wie Knüppel.

Kein Musketenschuss begleitete die Attacke. Nur das Krachen und Grollen der Geschütze, das Zerknallen der Granaten, das Geschrei der Kämpfenden und das Klirren von Metall auf Metall. Über allem lagen das stetige Rauschen des Regens und das Tosen des Windes.

Keno führte die zweite Welle an.

Den auf sein Kommando wartenden Soldaten lief das Wasser aus allen drei Ecken ihrer Hüte, tropfte von ihren Nasen und schwappte in ihren Stiefeln. Es gab bessere Tage, um auf einer Klippe zu stehen und eine Festung zu stürmen. Sie waren nervös. Einige hatten Angst und zitterten nicht nur wegen der Kälte. Ein paar Veteranen schauten grimmig und bemühten sich, ruhig zu atmen.

Keno verspürte Stolz. Stolz auf die tapferen Krieger, die sich dem Feind entgegenwerfen würden und auch ein wenig Stolz auf sich. Heute Nacht würde sein Plan aufgehen. Oder scheitern. So oder so stand er an einem Scheideweg in seinem Leben.

Es gäbe ein Leben VOR Kieselbucht und eines DANACH.

Es lag in seiner Hand, welcher Art dieses Leben danach sein würde. Tod, Schmach oder Triumph.

Levante schüttelte ihren nassen Schädel. Es war soweit.

Die erste Welle war über die Barrikaden geschwappt. Nun lag es an ihnen, die Northisler hinwegzuspülen.

»Auf geht's Leute!«, rief Keno. »Heute holen wir uns Kieselbucht zurück!«

Er nickte dem Leutnant der Infanterie an seiner Seite zu. Der Offizier zog seinen Säbel und reckte ihn in die Luft.

»Vorwärts zum Sieg!«

Eintausend Kehlen antworteten mit rauem Ruf.

Die Belagerungsgeschütze hatten die Südmauer und das Tor zur Festung eingerissen. Captain Lockwood stand Schulter an Schulter mit den Privates und schlug und stach auf dunkelblau-weiß gekleidete Kernburgher ein. Er stolperte und taumelte über den groben Bruchstein und versuchte am Leben zu bleiben. Ein Schrapnell einer Granate hatte ihm eine klaffende Wunde an der Wange eingebracht. Sein Blut vermengte sich mit Wasser und sammelte sich am Stehkragen seiner grauen Uniformjacke. Vielleicht hatten sie deswegen rote Aufschläge am Revers, dachte Lockwood fahrig, wich einer Grenadiersaxt aus und stach nach dem Angreifer.

Weitere Kernburgher warfen sich mit wildem Kampfschrei ins Getümmel. Ein junger Offizier zu Pferde führte sie an.

Keno begleitete die Soldaten im Trab.

Die Barrikaden waren überrannt worden. Jetzt zählte nur noch die Bresche. Der Donner der Kanonen versiegte. Keine Seite wollte auf die eigenen Leute schießen. Levantes Brust warf einen Northisler auf den Rücken. Als der sich aufrichten wollte, schlug ihm Keno mit dem Säbel auf die Schulter. Schreiend fiel der Mann in den Schlamm. Ein Gefreiter stürzte herbei und drosch dem Gefallenen mit dem Kolben seiner Muskete auf den Hinterkopf. Weitere Grauröcke warfen sich Keno entgegen. Zu Pferde war er nur zu leicht als Offizier zu erkennen. Wahrscheinlich hofften sie, die Moral der Angreifer zu beschädigen, wenn sie ihn zu Fall brachten. Levante stieg auf die Hinterläufe. Ihr Vorderhuf traf einen Soldaten unterm Kinn. Wie vom Blitz getroffen fiel er zu Boden. Keno schwang den Säbel nach allen Seiten. Die Verteidiger stachen und hackten nach ihm. Levante schrie getroffen auf und landete unsanft wieder auf allen vieren. Ihr linker Vorderlauf knickte ein. Keno beeilte sich, die Füße aus den Steigbügeln zu bekommen, und sprang von ihrem Rücken. Unter dem Überrock befreite er eine Pistole aus ihrem Holster, richtete sie vor sich und drückte ab. Ein in die Brust getroffener Graurock taumelte zurück und riss ein paar Kameraden mit sich.

»Immer hart voran, Herr Major!«, rief jemand vergnügt neben Keno.

Ein Grenadier zwinkerte ihm zu, schwang seine langstielige Axt und spaltete einem Northisler den Schädel. Aus den Augenwinkeln sah Keno sein Pferd zusammenbrechen. Er biss sich auf die Zähne und folgte dem Grenadier.

Bei Thapath ...

Grenadiere waren wirklich fürchterliche Gegner, dachte Nathaniel und bemühte sich, das Bajonett seiner Muskete aus der Brust eines Kernburghers zu bekommen. Fast hätte der ihn erwischt. Im letzten Moment konnte er abtauchen. Dabei hatte er seinen Hut verloren. Seine Haare klebten ihm in der Stirn, Wasser und Blut floss die Koteletten hinab, vermengte sich dort mit dem Gemisch aus der Gesichtsverletzung, lief Brust, Bauch und Beine hinunter und sickerte in den Boden. In Kernburgher Boden.

Was zum Geier machen wir überhaupt hier?

Sollen die doch ihre Könige köpfen, wie sie lustig sind!

Verdammt! Lockwood rutschte aus und stieß sich das Knie an einem scharfkantigen Mauerrest. Krieg ist doof, dachte er. Ein feindlicher Grenadier stolperte an ihm vorbei. Als dessen Axt auf Stein prallte, flogen Funken.

Das hatte mir gegolten, oder?

Er schwang die Muskete am Lauf herum. Dumpf knackend traf er den Mann am Kopf. Der Grenadier stolperte und fiel auf die Knie. Lockwood stieß ihm das Bajonett zwischen die Schulterblätter. Er schrie nicht einmal laut auf.

Der Graurock vor ihm, der seine Muskete wie eine Keule hin und her geschwungen hatte, stach dem Grenadier in den Rücken. Keno holte aus.

Lockwood sah die Säbelklinge auf sich zufliegen. Anstatt die Waffe mit seiner Muskete zu kontern, warf er sich nach hinten auf den Hosenboden. Die Klinge sauste durch leere Luft.

Vorbei! Keno zog den Säbel zurück. Loser Stein unter seinen Füßen setzte sich in Bewegung. Er taumelte. Auf diese Weise hatte es schon den Vormann erwischt, dachte er, und beeilte sich, wieder festen Stand zu bekommen.

Lockwood riss dem toten Grenadier ein langes Messer aus der Scheide am Gürtel. Guter Kernburgher Stahl. Wie passend, dachte er. Er duckte sich unter der erneut vorbeisausenden Klinge, dann kniff er die Augen zu und warf sich mit vorgehaltenem Messer dem Kernburgher Offizier entgegen.

Der Graurock warf sich ihm entgegen. Die Spitze des Messers zeigte genau auf Kenos Bauch. Nur knapp brachte er den Griff des Säbels herunter. Er traf die Faust des Angreifers. Die Messerklinge verschwand in Kenos Oberschenkel. Er wunderte sich: Das tat überhaupt nicht weh! Mit dem Griff des Säbels schlug er dem Graurock auf den Schädel.

Die Klinge fuhr durch die lederne Hose in das Bein des Offiziers. Lockwood wollte schon triumphierend aufschreien, als ihn der Säbelknauf am Hinterkopf traf.
Hart schlugen seine Zähne aufeinander. Er sah Sterne.

Keno holte erneut aus.

Lockwood ließ das Messer los.

Arme und Hände warfen sich um Kenos Brust und Schultern.

»Zu mir! Zu mir! Der Major ist getroffen!«, brüllte jemand.

Mit einem Ruck wurde Keno von den Füßen gerissen und nach hinten getragen. Sein Säbel fiel zu Boden.

Vor ihm warfen sich einige Soldaten vor den Säbelschwinger, nahmen ihn in ihre Mitte und wichen zurück.

Lockwood rappelte sich auf. Seine Knie zitterten, seine Lippen bebten. Fast wäre er an Thapaths Tafel gerufen worden. Fast.

Hektisch sah er sich um.

Er packte sich die erstbeste Waffe, die er finden konnte. Den Säbel des jungen Offiziers.

Er sah ihm hinterher.

Aus dem Gewühl der Soldaten trafen sich ihre Blicke.

Halblange braune Haare umrahmten ein junges, blasses Gesicht, auf dessen Zügen Lockwood Trotz und Zorn erkannte.

Keno versuchte, sich aus dem Griff der Soldaten zu befreien, wurde aber weiter weggezerrt. An der Schulter eines Grenadiers vorbei sah er dem Graurock in die Augen.

Schwarze, nach hinten gestrichene Haare umrahmten ein junges, blasses Gesicht, über dessen Seite Blut rann und auf dessen Zügen Keno Verwunderung und Staunen erkannte.

»RÜCKZUG! RÜCKZUG!«, brüllte der Colonel und sein Ruf wurde von anderen Soldaten an anderen Orten der Front aufgenommen und wiederholt.

Lockwood taumelte über die zersprengten Steine. Im Innenhof der Festung wäre er fast über einen toten Soldaten gestolpert.

Das Dach des Stalls brannte und das Feuer tauchte die Szenerie in ein unwirkliches Licht. Überall aus den Resten der Mauer lösten sich nasse, verschmierte, blutbesudelte Soldaten und taumelten wie er in Richtung der nordöstlichen, rückwärtigen Mauer der Feste Hammerfels. Dort die steile, in den Stein gehauene Stufe hinab zu den Ruderbooten

Sie hatten verloren.

»Wir haben gewonnen!«, rief Jeldrik immer wieder. »Die Festung ist unser!«

Keno biss auf seinen Ärmelaufschlag. Sobald er die Linien hinter sich gelassen hatte, waren die Schmerzen gekommen. Die durchtränkte Hose klebte an seinem Bein. In seinem Stiefel schwappte das Blut. Er lehnte an einem Zeugwagen, während sich ein eilig herbeigerufener Heiler im Regen um die Wunde kümmerte.

47

Es regnete wie aus Kübeln.

Missmutig schleppte sich Lysander durch den dunklen Wald. Natürlich hatte er nicht daran gedacht, sich einen Überrock oder Mantel zu schnappen, als sie das Haus der Gelbhausens geplündert hatten. Natürlich hatte er nicht daran gedacht, sich einen in Trosvalle zu kaufen.

Und natürlich hatte es angefangen zu regnen.

So richtig.

Abseits der Straße kämpften sie sich durch dichten Wald. Da er beide Hände brauchte, um sich von Baum zu Baum abzustützen, führte Gorm die graue Stute am Zügel.

Dem Orcneas schienen die Strapazen der Wanderung nichts auszumachen.

Der Hüne sah sich um und schnaufte.

In Lysanders Ohren klang es fast wie ein trockenes Lachen.

Na warte ...

Ach vergiss es ...

Er brauchte eine Pause. Daran war nicht zu rütteln. Einerseits sehnte er den Moment herbei, an dem er sich hinsetzen und die müden Knochen ausruhen lassen konnte, andererseits war die Vorstellung, dies auf nassem Boden in feuchtem Laub tun zu müssen, nicht besonders einladend.

Am besten verwarf er die missmutigen Gedanken. Wenn ihn sein Wissen in Erdkunde nicht täuschte, würden sie den Kleinstaat Jør erst in zwei bis drei Tagen erreichen, und damit auch erst in zwei bis drei Tagen auf einen Gasthof treffen.

Zwei bis drei Tage, während denen das Wetter hoffentlich einmal Pause vom Regen machte. Ansonsten müsste er sich Kiemen wachsen lassen.

Blubb, blubb, dachte Lysander und grinste verbissen.

»Hier is' gut«, murmelte Gorm.

Vor ihnen lag eine kleine Lichtung, in deren Mitte ein moosbewachsenes Felsengebilde aus dem Waldboden ragte. Groß wie eine kleine Hütte – mit einem schulterbreiten Spalt in der Mitte. Lysander erkannte trockenen Boden, woraufhin sein Herz einen kleinen Satz vor Freude machte.

Gorm schob die Stute unter das steinerne Dach und tätschelte sie.

Schnaufend antwortete ihm das Pferd.

Lysander drängelte sich zwischen ihnen hindurch, stellte sich unter und rubbelte sich die Haare. Tropfen flogen in alle Richtungen, als er sich wie ein Hund schüttelte.

»Was ist das?« Gorm strich mit den Fingerkuppen über eine in den Stein gemeißelte Spirale und andere Runen daneben. Lysander überflog den antiken Text.

»Das ist ein Grab. Unter uns liegt irgendwo ein alter Krieger, der hier vor geraumer Zeit bestattet wurde.«

Gorm gab einen Grunzlaut von sich, warf die Hacke auf den Boden und ließ sich im Schneidersitz an die Felswand sinken.

Lysander suchte den Boden nach Holz ab, in der Hoffnung, trockenes zu finden, um ein Lagerfeuer zu entzünden.

»Keins da. Alles nass«, grummelte Gorm.

Wäre ja auch zu schön gewesen, dachte er und beschwor einen Flammenball, den er zwischen sich und Gorm in der Hand hielt, bis seine Potenziale nach einigen viel zu kurzen Minuten versiegten.

Lysander wurde unsanft geweckt. Gorms Pranke lag auf seiner Schulter und rüttelte ihn. Mit steifen Gelenken richtete er sich auf. In der kühlen Herbstnacht war ihm die Feuchtigkeit in die Knochen gezogen. So zumindest fühlte es sich an. Bodennebel wehte zwischen den Bäumen und dunkle Wolken hingen tief über ihnen, kündeten von neuerlichem Regen.

»Was is...«

Gorms Hand legte sich auf seinen Mund. »Schttt.«

Lysander erschrak. Sein Herz trommelte in seiner Brust.

Lautlos erhob sich der Hüne, packte die Hacke und lauschte in den Wald.

Außer dem Wummern in seinen Ohren konnte Lysander nichts anderes hören. Gorm offensichtlich schon, denn er hob eine Hand, spreizte alle Finger und zeigte nach rechts. Die gleiche Geste wiederholte er in die andere Richtung. Dann duckte er sich und fletschte die Zähne.

Lysander zog den feuchten Frackkragen enger um seinen Hals und legte sich die Rolle mit dem Grimoire darin über die Schulter.

Haben sie uns gefunden?

»Zauberer!«, brüllte jemand.

Ja, haben sie.

Verdammt!

Das ›Z‹ klang dabei seltsam undeutlich, als hätte der Rufer ein Stück Decke im Mund stecken.

»Euer Lager ist umstellt, unsere Gewehre sind geladen. Ergebt Euch!«

Gorm ließ ein tiefes Grollen hören.

Lysander legte ihm eine Hand auf die Schulter. Gorm zuckte, warf ihm einen aggressiven Blick zu und er wich erschrocken zurück. Die Reste von Gorms Nasenflügeln bebten, seine Zähne knirschten. Lautlos antwortete Lysander ihm mit einer, wie er hoffte, flehentlichen Miene.

Dann rief er: »Wo ist Major Sandmagen? Wir ergeben uns nur ihr!«
Es dauerte eine Weile, bis die Stimme aus dem Wald antwortete.
»Sandmagen ist weg! Ihr müsst schon mit mir vorliebnehmen. Oder sterben!«
»Und Ihr seid?«
Wieder dauerte es einen kurzen Moment.
»Hauptmann Raukiefer. Erster Jagdtrupp der Armee Seiner Majestät.«
»Der König ist tot«, rief Lysander trotzig zurück.
»Unerheblich! Jetzt kommt raus!«

Es krachte hinter ihnen und Gorm stürzte nach vorn. Dumpf schlug er auf dem Waldboden auf. Instinktiv warf sich Lysander zur Seite.

Gorm stöhnte. Er versuchte, sich abzustützen, um auf die Beine zu kommen, brach aber wieder zusammen. Zwischen seinen Schulterblättern klaffte eine riesige, runde Wunde, aus der Rauch aufstieg. Ein großer, dunkelhäutiger Mann zwängte sich durch den Spalt in dem Felsengrab. In seiner Hand eine archaisch aussehende doppelläufige Querflinte, mit Mündungen groß wie Quitten, die von kleineren Männern nur mit einer Stützgabel abgefeuert werden konnte.

Der Jäger machte sich nicht einmal die Mühe, die Waffe nachzuladen. Er war sich der tödlichen Wirkung wohl ausgesprochen bewusst.

Durch den Nebel schritten weitere Jäger mit vorgehaltenen Gewehren auf Lysander zu. Endlich überwand er seine Starre. Er stand auf.

Drei Schüsse knallten.

Eine Kugel schlug hinter ihm an den Fels, zwei trafen ihn. Er spürte sie wie Faustschläge in der Brust und der rechten Schulter. Lysander machte einige kleine Schritte rückwärts, dann stoppte ihn die Wand. Langsam rutschte er an ihr hinab.

Aus den Augenwinkeln sah er den großen Jäger an sich vorbeigehen. Er zog eine langläufige Pistole aus seinem Gürtel und näherte sich Gorm.

Will ihm den Gnadenschuss setzten.

Die machen keine halben Sachen.

Wo ist Zwanette? Sie hätte das niemals zugelassen.

Lysanders Blickfeld waberte.

Warm lief ihm sein eigenes Blut über den Bauch.

Er wurde müde. Sehr müde.

Das kann nicht sein. Das darf nicht sein, meldete sich eine kleine unbeugsame Stimme in seinem Kopf.

Der große Jäger setzte die Waffe an Gorms Hinterkopf, dessen Finger sich in den Waldboden krallten und bei dem Bemühen hochzukommen Furchen in die Erde gruben. Wie unter einem Vergrößerungsglas sah Lysander die Zündpfanne, das Glänzen des schwarzen Pulvers darin und den eingespannten Feuerstein, der nur auf das Betätigen des Abzugs wartete.

Boden. Furche. Stein.

Ziehen & Schieben.

Er musste es zumindest versuchen.

Er raunte den Zauber und hob schwach die Hand.

Der große Jäger hielt inne und drehte den Kopf. Seine Augen weiteten sich.

Lysander schob eine Hand nach vorn.

Von unsichtbarer Faust getroffen, flog der Jäger in die Büsche, als wäre er an Seilen nach hinten gerissen worden.

Die Jäger, die sich ihm genähert hatten, stoppten. Sie rammten ihre Gewehre in den Boden und beeilten sich nach frischer Munition zu greifen.

Lysander kam schwankend auf die Beine.

Er formte die Hand zur Faust und zog sie an die Brust. Einer der drei Angreifer machte einen überraschten Laut, als es ihn von den Füßen holte und nach vorn zerrte. Hart knallte er an die Felswand neben Lysander.

Schnell legte er ihm eine Hand auf die Brust.

Der Jäger schrie.

Mit einem kaum hörbaren Plopp öffneten sich zwei Verletzungen auf dem Oberkörper und färbten die tannengrüne Jacke in dunkles Rot.

Lysander spürte, wie die Kräfte wieder in seinen Körper strömten. Die beiden anderen Jäger hatten nachgeladen und legten an.

Er hob den leblosen Mann vor sich, ließ ihn in der Luft schweben.

Die Jäger zögerten.

Er warf ihnen ihren Kameraden entgegen. Wie eine Marionette ohne Fäden traf er auf die Männer.

Kugeln prallten neben Lysander an die Wand. Kleine Steinsplitter spritzten ihm ins Gesicht. Zu beiden Seiten näherten sich weitere Jäger.

Zorn wallte ihn ihm auf. Heiße Wut.

Den Feuerball aus der einen Hand warf er auf einen Jäger zu seiner Rechten. Sofort ging der Mann in Flammen auf. Wild mit den Armen rudernd rollte er sich in dem Versuch, das Feuer zu ersticken, auf dem Boden. Zwecklos.

Den blubbernden Ball aus Wasser warf er auf die linke Seite. Mit einem gluckernden Geräusch legte er sich um den Kopf eines Jägers.

Lysander hauchte den Zauber und hielt ihn dort.

Eingehüllt in eine Sphäre aus Wasser, schlug sich der Mann an den Kopf und ins Gesicht. Lysander konzentrierte sich und hielt den Ball in Position.

Gurgelnd fiel der Mann auf die Knie. Dann plumpste er zur Seite und blieb liegen. Die zwei vor ihm kamen auf die Beine. Den einen warf er einige Meter zurück in den Wald, bis ihn ein Baumstamm stoppte.

Den anderen zog er zu sich heran.

Fest schlossen sich Lysanders Finger um seinen Hals. Er hob ihn an und machte einen seitlichen Schritt zu Gorm, der sich immer noch abmühte, hochzukommen.

Das war einfach.

Lysander legte Gorm eine Hand in den Nacken.

Grimmig sah er dabei dem Jäger ins Gesicht.

Der schnappte nach Luft. Etwas machte ein reißendes Geräusch. Der Blick des Mannes brach. Schmatzend schloss sich die fürchterliche Verletzung auf Gorms Rücken. Der stöhnte erleichtert und erhob sich. Lysander ließ den Toten sinken.

Mit stampfenden Schritten stürmte der große Jäger auf sie zu. In seiner Hand blitzte ein Messer. Gorm brüllte ihm seine Wut entgegen und warf sich auf ihn. Die beiden Riesen krachten ins Unterholz. Dumpfe Schläge und erbittertes Schnaufen ertönten.

Wieder krachten Schüsse, wieder flogen Kugeln. Eine streifte Lysander an der Hüfte.

Drei weitere Angreifer ließen ihre Gewehre fallen, zogen übel aussehende Messer und rannten auf ihn zu.

Lysander warf eine Feuerwand.

Bis auf einen sprangen die Jäger zur Seite.

Die beiden Überlebenden kamen schnell wieder hoch.

Er fauchte einen Zauber.

Trennen & Fügen.

Es kam ihm so leicht über die Lippen, als hätte er nie etwas anderes gemacht.

Lysander wollte sich gerade zu der Stelle umdrehen, an der Gorm mit dem großen Jäger durch die Büsche gefallen war, als über ihm die Welt zusammenbrach.

So zumindest fühlte es sich an.

Ein Jäger hatte den Felsen erklommen, war über das Grab gelaufen und hatte sich von oben auf ihn geworfen.

Durch den Aufprall entwich aller Atem aus Lysanders Lungen, ein schneller Schlag auf seinen Kehlkopf folgte.

Ein hagerer Mann mit wilden Augen, krummer Nase, angeschwollenen blutverkrusteten Lippen und struppigem Bart kniete auf ihm und streckte eine Faust mit Messer in die Höhe.

Lysander bekam keine Luft.

Wirkungslos versuchte er, sich unter dem zähen Mann davonzuwinden.

Von der Seite rauschte Gorm heran und riss den Jäger mit sich. In einem wüsten Knäuel kämpften die beiden gegeneinander. Gorm mit brachialer Wucht, der Jäger mit geschwinder Eleganz.

Lysander presste Atem in seine Brust.

Er fühlte sich hundemüde und völlig ausgelaugt, wie noch nie in seinem Leben zuvor. Dagegen waren sogar die Stunden im Bergwerk nur ein lauer Vorgeschmack gewesen. Die Magie hatte ihn erschöpft.

Heiseres Krächzen in seinem Rachen. Der Schlag vor den Hals beraubte ihn jeder Sprache.

Gorm und der zähe Mann umkreisten sich mit gespreizten Armen. Auf Gorms Körper zeichneten sich bereits Schrammen und Schnitte ab. Bei Bekter, der Jäger war schnell.

Lysander suchte den Boden nach etwas ab, was ihm als Waffe dienen konnte, um Gorm beizustehen.

Die gespannte Pistole.

Er packte sie, drehte sich, suchte nach seinem Ziel.

Er fand es. Kurz trafen sich ihre Blicke.

Der Jäger sah eher aus wie ein Waldschrat. Wie ein Waldgeist. Oder schlichtweg wie ein Irrer. Das Gesicht hassverzerrt, die Augen blutunterlaufen und aufgerissen.

Lysander drückte den Abzug.

Der Rückstoß peitschte seinen Arm.

Durch die Rauchwolke stolperte Gorm auf ihn zu.

Der Jäger lag auf dem Boden und rührte sich nicht.

»Weg hier!«, raunte Gorm. Humpelnd lief er zum Felsengrab. Als Lysander ihn erreichte, gab Gorm ihm die Zügel der grauen Stute, dann verschwand er hinter den Büschen und kam gleich darauf mit der Flinte und dem Gürtel des großen Jägers auf dem Arm zurück.

Lysander hatte währenddessen dumpf vor sich hingestarrt.

Die Magie war ihm flüssig über Lippen und Hände gekommen, aber nun fühlte er sich, als hätte man ihn zusammengeschlagen. Seine Stirn glühte, seine Finger zitternden, seine Beine schlotterten.

Gorm packte ihn und warf ihn in den Sattel. Er schaute noch einmal über das Massaker auf der Lichtung, dann führte er das Pferd zwischen die Bäume.

48

Keno biss auf ein Stück Sattelleder, während der Arzt unter dem schummerigen Licht der Öllampe im Lazarettzelt die Wunde nähte. Der Stich des Graurocks war ihm tief in die Muskeln gefahren.

»Und Sie sind sicher, dass ich nicht den Heiler herbeiholen soll?«, fragte Barne, der mit sorgenvollem Gesicht neben dem Eingang wartete.

Keno nickte verkrampft.

»Die Heiler sollen sich um die Soldaten kümmern. Damit haben sie genug zu tun.« Er stöhnte, als der Arzt den Faden stramm zog und ihn abbiss. Der Regimentschirurg stützte sich an der Liege ab und erhob sich mit knackenden Knien. Er griff nach einem Lappen und wischte sich notdürftig die Hände. Dann nickte er den beiden Offizieren zu und verließ das Zelt. Keno setzte sich auf und ließ die Beine über den Rand der Liege baumeln.

Barne trat vor. Der kräftige Artillerist sah müde und erschöpft aus. Mit beiden Händen fuhr er sich durch die schütteren braunen Haare. Keno lächelte ihn an.

»Das war verdammt gute Arbeit, Barne. Sehr gute Arbeit!«

Fast schüchtern zupfte Barne an den doppelreihigen Knöpfen der Uniformjacke.

»Na ja ... Wir hatten auch nicht viel Gegenwehr, nachdem wir die Schiffe in der Bucht zurückgedrängt hatten. Das meiste lag auf Ihren und Jeldriks Schultern.«

»Wir haben uns alle ziemlich gut geschlagen und niemand hätte das ohne den anderen geschafft.«

Barne nickte.

»Jeldriks Männer der rechten Batterie besticken übrigens gerade ihr Banner. ›Die Angstfreien‹... Ein guter Einfall.« Er lächelte. »Die Jungs werden sich darum reißen die vordersten Geschütze zu bedienen, wenn Sie sie führen.«

»Wie viele haben wir verloren?«

»Mehr als wir wollten, aber weniger, als wir dachten.«

Keno nickte.

»Wie weit sind die Haubitzen und Mörser in Hammerfels?«

»Jeldrik koordiniert es gerade. Wir rechnen damit, dass wir in Kürze mit dem Bombardement der Flotte beginnen können.«

Langsam setzte Keno das verletzte Bein auf den Boden. Barne beeilte sich, ihm seine Stiefel zu halten.

»Das ist gut ... das ist gut ...«, raunte Keno und biss die Zähne zusammen.

»Fackeln wir sie ab!« Lockwoods Colonel warf die brennende Fackel über die Reling des verankerten Schiffes im Hafen von Kieselbucht. Von den sechsundzwanzig Schiffen, die die Kernburgher im Hafen liegen hatten, brannten bereits acht.

An Deck der Segelschiffe waren Soldaten aus Northisle dabei, mit Schwarzpulver Lunten zu legen, Takelage auf Haufen zu sammeln, alles leicht entzündbare zusammenzutragen und mit Öl und Pech zu übergießen.

Die Armee von Northisle musste sich zurückziehen – das war nach dem Fall von Hammerfels jedem bewusst – aber sie würden so viel von Kernburghs Flotte vernichten, wie sie nur konnten.

In den Hafenanlagen, Magazinen und Arsenalen an Land taten weitere Einheiten das Gleiche. Riesige Rauchschwaden zogen in den Himmel, Funken flogen durch die Nacht, Flammen schlugen über die Dächer des Hafenviertels.

Auf den Stegen hatten sich hunderte Einwohner der Stadt eingefunden. Sie winkten und riefen nach den Schiffen und Booten der Northisler und baten um Aufnahme.

Die widerspenstigen Royalisten befürchteten die Vergeltung ihrer Landsleute.

Lockwood saß am Heck des langen Ruderbootes und löste die Leine, die es mit der hohen Bordwand des brennenden Kriegsschiffes verband.

»Zum Nächsten!«

Die Soldaten legten sich in die Riemen.

Nathaniel fühlte sich unwohl. Sehr unwohl. Das Abfackeln der Schiffe kam ihm falsch vor. Sollten sie sie nicht bemannen und an ihren Decks so viele Bürger wie nur möglich in Sicherheit bringen? Die Berichte von Massakern in Neunbrücken ließen nichts Gutes für die Verzweifelten erahnen. Nur zu gern hatte die Armee von Northisle die Einladung, in Kieselbucht zu ankern und die Stadt zu besetzen, angenommen. Wäre es jetzt nicht ihre Pflicht, all denen zu helfen, die sie so bereitwillig hineingelassen hatten?

Krieg ist eine Drecksau, dachte Lockwood. Falsch wie ein hinterhältiger Wicht, der sich nach einer Kneipenschlägerei ergibt, um Gnade winselt und einem in den Rücken schlägt, sobald man sich abwendet. Bitter spuckte er aus.

Asche regnete und Rauch wehte durch den Hafen. Im Hintergrund tönten die Haubitzen der Kernburgher. Platschend fielen die Kugeln ins Wasser, wenn sie nicht trafen. Krachend schlugen sie durch Holz, Seil, Stoff und Leben, wenn sie trafen.

Hoffentlich gab es einen Weg zurück zu den Schiffen, sobald sie hier fertig waren.

Keno lehnte an der Brüstung der Zinnen von Hammerfels und beobachtete Bucht und Hafen. Um dem Beschuss der Kanonen zu entgehen, hatten die Kommandeure des Gegners ihre Schiffe so weit auf die gegenüberliegende Seite der Bucht gebracht wie nur irgend möglich. Trotzdem war es wie auf Fische in einem Fass zu schießen.

Im Laufe des Nachmittages hatten sich die Batterien eingeschossen und immer mehr Projektile hatten Northisler Schiffe getroffen. Ein Dutzend war entkommen und trieb weit vor der Einfahrt der Bucht im Meer, um auf Ruderboote zu warten, die Soldaten aus der Stadt brachten.

Es war ein Rückzug auf ganzer Front.

Der Artillerie blieb nichts anderes zu tun, als weiter auf die Schiffe zu feuern und sie nachhaltig zum vollständigen Rückzug zu zwingen.

Durch sein Fernglas erkannte er Hauptmann Rothwalze, dessen Trupp sich in einem Gefecht mit einigen Grauröcken befand, die es noch nicht zum Hafen geschafft hatten. Nun galt es, die Feinde so schnell wie möglich zu verjagen, bevor sie noch mehr Unheil anrichten konnten.

Er entdeckte Oberst Hardtherz, der seine Reiter in vollem Galopp durch die Barrikaden lenkte, um Rothwalze zu unterstützen.

Ein Pulverschiff explodierte und tauchte die Hafenfront in rot-gelbes Licht. In Kieselbucht wurde das Schwarzpulver, das für die Bestückung der Flotte gebraucht wurde, auf großen, seeuntauglichen Schiffen gelagert um die Bürger der Stadt vor versehentlichen Explosionen zu schützen. Keno konnte nur erahnen, wie groß die Menge an Pulver war, die das ehemalige Linienschiff zerriss.

Sie hatten Kieselbucht zurück – aber der Verlust an Material und Leben war horrend.

»Ein feines Feuerwerk, nicht wahr?«, murmelte Jeldrik an seiner Seite.

»Hm...«

»Hm?«

Keno senkte das Fernrohr und sah dem müden Jeldrik ins rußgeschwärzte Gesicht. »Ein Soldat kann drei Tage ohne Nahrung überstehen, aber keine drei Minuten ohne Schießpulver, mein Freund.« Er seufzte. »Was da gerade hochgeht, ist ein Teil der Ambitionen, unsere Nation vor ihren Feinden zu verteidigen.«

Jeldrik atmete tief aus. »Sie haben recht. Wir können nur hoffen, dass Northisle nach diesem Desaster Ruhe gibt.«

Keno beobachtete ein lichterloh brennendes Feuerschiff der Northisler, das auf die Anleger der Kernburgher Marine zusteuerte, um sie in Brand zu stecken. An den Stegen war Panik ausgebrochen. Bürger wurden von Bürgern geschoben, sie drängelten aneinander vorbei. Jeder wollte noch einen Platz auf den Ruderbooten ergattern. Einige fielen ins Wasser des Hafenbeckens und tauchten nicht wieder auf, andere wurden umgerissen und fielen unter die Füße der wogenden Masse.

»Werden sie nicht. Es hat gerade erst angefangen«, sagte er.

»Bleibt bloß vom Steg weg, Jungs!«, warnte der Colonel.

Vor ihnen im Wasser trieb ein umgedrehtes Ruderboot. Grauröcke versuchten, sich am glatten Rumpf festzuhalten, oder schwammen an Land, wo sie sich vergeblich bemühten, die Stege zu erklimmen. Zu dicht standen dort die verzweifelten Einwohner.

Das Gefängnisschiff war aufgebrochen worden und Häftlinge und Rudersklaven strömten in die Stadt. Sie ließen ihrem Zorn auf die früheren Herren freien Lauf. Auf der einen Seite der Hafenkais wurden Bürger von befreiten Eotens, Modsognir und Orcneas erschlagen, auf der anderen schubsten sie sich gegenseitig ins kalte Wasser. Über allem Feuer, Flammen und Rauch. Einschläge von Haubitzenkugeln, sinkende Segelschiffe, laut brüllende Matrosen, die sich mit Pumpen bemühten, ihre Schiffe über Wasser zu halten. Geschrei, Gezeter und der stete Donnerschlag der Geschütze.

Alles hatte mit der Einnahme von Hammerfels angefangen.

Lockwood sah die Klippe hinauf, an deren Rand die Festung stand. Wie Ameisen auf einer brüchigen Mauer hockten dort oben die Silhouetten der Kernburgher.

Keno sah den abziehenden Northislern hinterher. Ruderboot um Ruderboot schlüpfte durch den Kugelhagel, den Jeldriks Kompanie auf sie herabregnen ließ.

Wäre es ihnen nicht gelungen, Kieselbucht einzunehmen, hätten die Grauröcke einen fabelhaften Brückenkopf errichten können, um die Revolution zu ersticken und Kernburgh vom Südmeer abzuschneiden. Keno wollte sich die Konsequenzen einer Niederlage nicht ausmalen. Die Kornkammern Gartagéns, die so wichtig waren für die Ernährung des Volkes, die Reichtümer Topangues, die so relevant waren für die Wirtschaft Kernburghs. Das alles hatte auf dem Spiel gestanden.

Und es war knapp gewesen.

In den letzten Wochen hatten sie Geschichte geschrieben.

Es obläge Thapath, dieses Kapitel der Geschichte zu bewerten und über sie zu richten.

Oder sie zu belohnen.

Keno rieb über den wunden Oberschenkel, nickte Jeldrik zu und humpelte hinter die Linien. Gleich träfe der Heiler ein, der sich seine Verletzung noch einmal anschauen würde.

Sein Oberschenkel würde heilen. Genau wie die blutige Nase, die sich Northisle hier und heute abgeholt hatte.

Er würde weiter kämpfen.

Northisle auch.

49

Der Gefreite, der Zwanette bewachte, schämte sich und wagte es nicht, ihr in die Augen zu schauen. Sie saß mit gefesselten Händen unter dem Vordach ihres Zeltes und wartete auf die Rückkehr von Raukiefer. Verdammter Bluthund!

Letztlich war es ihm doch gelungen, die anderen ihrer Gruppe zu überzeugen, dass sie mit dem flüchtigen Magus kollaborierte. Sogar Narmer musste zugeben, dass sie jede Chance gehabt hatte, den Studenten festzusetzen und seinen Begleiter abzuknallen.

Nach dem Aufstand im Bergwerk hätte sie dazu auch jedes Recht gehabt. Vielleicht sogar jede Pflicht.

Aber hatte sie wirklich die Möglichkeit gehabt?

Hätte sie es – selbst wenn sie es gewollt hätte – über sich bringen können?

Als sie Lysander in der Universität kennengelernt hatte, hatte er so aufgeweckt, so fröhlich gewirkt. Unverblümt und charmant hatte er mit ihr geflirtet, obwohl sie deutlich älter war als der junge Student.

Als sie ihn im Steinbruch wiedergefunden hatte, wirkte er verzweifelt, unsicher. Sie war überzeugt, dass er mit ihr gekommen wäre und sogar diese Bestie davon hätte abhalten können, auf sie loszugehen.

Wenn Raukiefer nicht geschossen hätte.

Verdammter Bluthund.

»GAKKK!«, machte der Gefreite, als er von dem Baumstumpf gerissen wurde, auf dem er gesessen hatte. Er flog in waagerechter Linie quer durch das Jägerlager, bis er auf eine riesige Faust am Ende eines dicken Armes knallte und zu Boden geschmettert wurde. Zwanette sprang auf die Füße. Hektisch suchte sie nach einer Waffe.

Am Rand der Lichtung lösten sich die Bestie und Lysander aus dem Dickicht.

Zwanette hielt inne.

Sie sahen aus, als hätten sie in einem Schlachthof gearbeitet.

Lysander hatte Blutflecken und -spritzer auf Brust und Bauch. Die Bestie sah aus, als hätte sie versucht, einen gartagischen Löwen mit bloßen Händen zu bändigen. Beide stolperten mehr, als dass sie gingen.

Wie zwei antike Arenakämpfer nach dem Kampf wankten sie über das Gras der Lichtung.

Als Lysander näher kam, sah sie, wie blass er war. Er war auch sonst immer recht hellhäutig gewesen, beinahe weiß – jetzt aber streckte sich seine fahle Gesichtshaut über eingefallene Wangen wie wächsernes Pergament.

Ohne sie zu beachten, kniete der Koloss an der Feuerstelle nieder und packte sich die kalten Reste der Rehkeule, die die Jäger gestern gebraten hatten. Seine Hauer krachten durch Knochen und Sehnen. Er schlang Bissen um Bissen herunter wie ein gigantischer Affe.

Lysander blieb vor ihr stehen. Traurig, müde, aber auch trotzig und widerspenstig, sah er sie an.

Sie spürte die widersprüchlichsten Gefühle in sich Salti schlagen.

Da war mütterliche Sorge neben zärtlicher Sympathie. Irritation neben Neugier. Angst neben dem sicheren Wissen, dass er ihr nichts antun würde.

Er zog ein Messer. Raukiefers Messer. Er durchtrennte die Stricke an ihren Handgelenken.

Sie legte ihm behutsam eine Handfläche an die Wange und strich über die Schrammen in seiner Haut.

»Was ist passiert?«, flüsterte sie.

Lysanders Lippen bebten. Als er antwortete, krächzte seine Stimme, als hätte er einen Schluck Lava gestürzt. »Alle tot.«

Zwanette wich zurück. »Was?«

Lysander weinte. »Alle tot«, krächzte er. »Alle. Wir ... ich ... wir haben sie alle umgebracht.«

Zwanette bekam kaum Luft. Ihr wurde schwindelig. Ihre Männer. Ihre Kameraden. Tot?

»Wieso?«

Er wandte sich ab und rieb sich mit dem verdreckten Hemdsärmel unter der Nase. »Ja, wieso?«

Sie stutze.

»Das musst du mir erklären«, sagte er. »Ich weiß es nicht. Sie haben auf uns geschossen.«

Raukiefer. Na klar. War ein Magi einmal zum Freiwild erklärt, gab es für ihn meist nur einen Weg. Der Bluthund war nicht dafür bekannt, Gnade walten zu lassen.

»Raukiefer?«

»Wie sieht der aus?«

»Wie ein Waldmensch.«

»Tot.«

»Narmer?«

»Der Gartagéner?«

Sie nickte.

»Tot.«

Sie legte beide Hände vor den Mund.

Eine Weile standen sie voreinander. Außerstande, sich in die Arme zu schließen und einander zu trösten. Sie war Major des Jägerregiments. Er der flüchtige Magus, der mit Hilfe eines Bergwerk-Sklaven elf ihrer Leute getötet hatte. Die Kluft zwischen ihnen war einfach zu groß.

»Sie haben dich gefesselt, weil du uns …«

Sie nickte.

Er sackte in sich zusammen.

Dann atmete er rasselnd ein und versuchte den Rücken durchzudrücken.

»Du hast nichts mehr zu befürchten. Es gibt nur noch zwei Zeugen und die haben nicht vor, davon zu berichten.«

»Was wirst du nun tun?«

Er sah sich zu der fressenden Bestie um.

»Ich weiß es nicht … wahrscheinlich begleite ich ihn nach Angraugh, damit zumindest einer von uns ein Zuhause findet.«

»Angraugh? Das Land der Orcneas?«

Er zuckte mit den Schultern. »Wo soll er sonst hin?«

»Du wirst dort keinen Platz finden. Die Dunklen bleiben lieber unter sich.«

Er schnaufte trocken.

»Was ich verstehen kann, wenn ich sehe, wie wir mit ihnen umgehen …«

Er verstaute das Messer in einer zerknautschten Umhängetasche, die er quer über der Schulter trug.

»Vielleicht gehe ich dann nach Frostgarth …«

Sie kam ihm etwas näher. »Oder du kommst mit mir.«

Er legte den Kopf schräg. »Das wäre schön. Aber am Ende würde ich doch im Kerker landen. Ich habe heute nicht zum ersten Mal getötet.« Er schniefte.

Schwere Hufe schlugen dumpf ins Gras.

Die Bestie führte den Kaltblüter auf die Lichtung und sah auf einmal so gar nicht mehr nach Bestie aus. Der riesige Orcneas trug eine dunkelblaue, kurze Wolljacke über einem weißen Hemd. Der Stoff war an den Armen und Schultern zum Zerreißen gespannt, aber er ging etwas gerader und strahlte voll Stolz. Er verstaute die Flinte im Futteral an der Seite des Pferdes. Die Hacke hatte er im Kampf verloren, aber am Sattel hing ein schwerer Kavalleriesäbel mit abgeschliffenem Griffschutz, um den Griff auch für sehr große Hände zugänglich zu machen. Das Tier war gesattelt und über seinen Rücken hingen dicke Satteltaschen und eine aufgerollte Decke.

»Pferd vom großen Mann, Waffe vom großen Mann, Jacke vom großen Mann. Passt Gorm.«

Lysander lächelte schwach. »Hör zu!« Er sah Zwanette eindringlich an. »Ich werde Gorm zur Küste bringen und danach nach Norden gehen. Ich werde nach Frostgarth segeln und dort hoffentlich Frieden finden. Wer auch immer mich und Gorm aufhalten möchte, wird dabei umkommen. Wenn du kannst, sorge dafür, dass uns keine Soldaten mehr fangen wollen. Und wenn nicht, sieh zu, dass du keiner von ihnen bist!«

Dabei strahlte er keinen Hauch von Verletzlichkeit mehr aus, dafür umso mehr Trotz. Aber auch eine Prise kalten Zornes. Er war nicht viel mehr als ein Junge, aber in diesem Moment bekam sie eine Vorahnung davon, was für ein Mann in ihm schlummerte. Ein Schauder lief ihr über den Rücken.

Gorm reichte ihm ein sauberes, weißes Hemd, dass er aus dem Gepäck eines Jägers geholt hatte. Lysander schälte sich aus dem Überrock und schlüpfte aus dem verdreckten Hemd, das er auf den Boden fallen ließ.

Knochen und schmale Muskeln zeichneten sich unter der weißen Haut ab. Auf seiner Brust, an Hüfte und Bauch schimmerten kreisrunde, frische Narben in Farben von Feuerrot bis Violett.

Sie wandte den Blick ab. Die Bestie sah sie an.

Abwartend aber ruhig, beinahe sanftmütig. Sie bemerkte einen Blutstropfen in seinem Mundwinkel. Seine große Zunge fuhr darüber und leckte ihn auf.

Als er sich in den Sattel schwang, schnaufte der Hengst zuerst mürrisch, aber als der Hüne ihn streichelte und raunend auf ihn einredete, beruhigte er sich schnell. Hengst und – wie hatte er sich selbst genannt? – Gorm, wirkten zusammen wie zwei archaische Verkörperungen des Krieges. Bekter wäre stolz gewesen, einen seiner Nachfahren mit solchen Waffen auf dem Rücken eines solchen Pferdes zu sehen.

Lysander knöpfte den Überrock zu und warf sich wieder Lederrolle und Umhängetasche über. Er schnalzte mit der Zunge, woraufhin Raukiefers graue Stute vom Rand der Lichtung zu ihm trabte.

»Mach's gut, Zwanette.« Nicht ›Major Sandmagen‹. »Ich wünschte, wir hätten uns in einem anderen Leben getroffen.«

Der Kloß in ihrem Hals machte das Schlucken schwer.

Die beiden ungleichen Wesen ritten von der Lichtung und verschwanden im Wald.

»Viel Glück, Lysander«, flüsterte sie. »Ich auch.«

50

Momme Raukiefer kam zu sich.

Er öffnete die Augen und sah über sich einen stahlgrauen Himmel, wogende Baumwipfel und einen kreisenden Raben. Seine Augen brannten, sein Mund war trocken, wie nach einer Reise durch die Ödlande. Bevor er in sich hineinhorchte und seinen Körper prüfte, zwang er sich zur Ruhe. Erst mal innehalten. Dem Bewusstsein Zeit geben, an die Oberfläche zu wabern. Er kniff die Augen zusammen und öffnete sie wieder.

Versuchen wir es einmal mit einem Atemzug.

Rippen gebrochen.

Er holte tiefer Luft.

Mehrere. Mindestens zwei rechts, eine links. Unerheblich.

Er hob einen Arm und hielt sich die Hand vors Gesicht. Vorsichtig bewegte er die Finger.

Der andere Arm funktionierte ebenfalls, obwohl dabei ein sengender Schmerz über seine rechte Körperhälfte fuhr.

So weit, so gut.

Er wackelte mit den Zehen. Hob die Knie ein wenig. Seine Hüfte knackte, aber tat ihren Dienst. Er spannte die Arschbacken an und ließ sie wieder entspannen. Die Wirbelsäule war da, wo sie hingehörte.

Gut.

Er versuchte, sich auf die Seite zu drehen, bis grelle weiße Blitze durch sein Blickfeld zuckten. Sein Kreislauf sackte zusammen und er bekam Schnappatmung.

Rechte Schulter.

Eindeutig.

Er drehte sich auf die andere Seite.

Dann weiter auf den Bauch.

Das Gras kitzelte in seiner Nase. Tief atmete er den Geruch der feuchten Wiese ein. Mutter Natur gab ihm Kraft. Er stützte sich am Boden ab und richtete seinen Oberkörper auf. Die Schmerzen in seinen Rippen knurrte er weg.

Er betastete die verletzte Schulter, befummelte das Loch darin, führte die Fingerspitzen vor die Augen. Blut. Geronnen.

Gut.

Er legte die linke Hand soweit nach hinten an den Schultermuskel, wie er sich strecken konnte. Keine Austrittswunde.

Schlecht.

Er brachte die Füße unter sich und schaffte es, wankend aufzustehen. Bei dem Aufprall des Riesen musste er einen Schuh verloren haben.

Er sah sich auf der Lichtung um.

Bestandsaufnahme, Hauptmann!

Gesicht: völlig hinüber …

Nacken: wackelig mit Knirschen zwischen den oberen Rückenwirbeln.

Schulter: Schussverletzung.

Rippen: gebrochen. Drei Stück.

Lunge: nicht betroffen.

Hüfte: verdreht.

Knie: ebenso.

Er humpelte ein kleines Stück, fand den Stiefel. Mit zusammengebissenen Zähnen bückte er sich und hob ihn auf. Er wackelte zum Felsengrab und ließ sich auf einen Stein sinken.

Um ihn herum war alles still. Kein Mucks war zu hören.

Er war allein.

Eine Muskete als Krücke benutzend, ging er die Leichen seiner Kameraden ab.

Verbrannt, ertrunken, zerrissen, zerquetscht.

Verfluchter Lysander Hardtherz.

Dich hole ich mir.

Und wenn es das Letzte ist, was ich tue.

Momme erfüllte grimmiger Zorn, der beinahe belebend auf ihn wirkte.

Er näherte sich der Stelle, an der er Narmer und die Bestie zuletzt gesehen hatte. Die beiden hatten miteinander gekämpft, als er sich von oben auf den Magus gestürzt hatte.

Er drückte die Büsche mit der Muskete beiseite, blockierte die Äste und zwängte sich hindurch. In der Mitte eines zertrampelten Waldstückes fand er seinen Waffengefährten.

Raukiefer hatte schon viel erlebt. Er hatte in den Kolonien gekämpft, zuerst an vorderster Front gegen die Northisler, später dann in einer Art versteckten Krieg aus dem Hinterhalt. Er hatte gesehen, was Traubenhagel anrichten konnte, welche Breschen Eisenkugeln aus Kanonen in die Ränge reißen konnten, was eine Salve aus tausend Musketen mit der eigenen Reihe machte, was ein kraftvoll geschwungener Säbel mit einem Gegner anstellte.

Aber so etwas hatte er noch nie gesehen.

Raukiefer musste würgen.

Narmer lag völlig verdreht im Gestrüpp. Seine Nase und seine Ohren fehlten, an seinem Hals klaffte eine tiefe Bisswunde, der rechte Arm war vom Körper gerissen.

Diese Bestie war der leibhaftige Bekter.

Den bitteren Geschmack in seinem Mund spuckte er auf den Waldboden, dann machte er das Zeichen der Waage auf seiner Brust.

Ich werde dich rächen, mein Freund!

<◦◦◦>

Am nächsten Morgen erreichte er das Lager.

Die Frau Major war verschwunden, ihre Fesseln lagen zerschnitten im Zelteingang.

Verdammte Verräterin!

Notdürftig verarztete er sich, sattelte ein Pferd, sammelte Vorräte und Waffen, die er auf den anderen, nun reiterlosen Pferden, verteilte, und machte sich auf den Weg zurück nach Kernburgh. Nebelstein konnte nicht weit im Westen liegen und von dort nach Löwengrundt war es nur eine kurze Reise.

Das Jägerregiment musste von diesem Massaker erfahren.

Und sobald er sich erholt hatte, nähme er die Jagd nach dem verfluchten Magus wieder auf! Mit mehr Männern und noch mehr Hinterlist.

Raukiefer war so wütend, dass er weinen musste.

Zornig wischte er sich die Tränen aus den Augen.

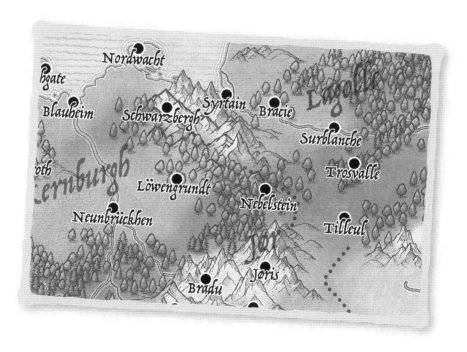

51

Nathaniel Lockwood genoss beinahe den steifen Wind, der ihm um die Ohren fegte. Am Bug der ›HMS Agathon‹ stand er und hoffte, der Wind könnte die Bilder der Evakuierung aus seinem Schädel blasen. Von den einundzwanzigtausend Einwohnern der Stadt hatten sie vierzehntausend retten können. Siebentausend waren nun der Rache Kernburghs ausgeliefert. Es war davon auszugehen, dass in Kieselbucht ein Exempel statuiert werden würde.

Die neuartige, perverse Maschine der Revolutionäre bekäme viel Arbeit –, wenn auch nicht jeder der siebentausend ein Royalist war.

Commander Bravebreeze hatte Kurs auf Valle genommen. Der Inselstaat zwischen Kernburgh und Gartagén war ein sicherer Freihafen für Northisle. Bravebreeze wollte dort die Evakuierten absetzen und neue Befehle für die Reste der Flotte entgegennehmen. Sieben Segellinienschiffe hatten sie in dem Sturm verloren, den die Artillerie entfesselt hatte.

Lockwood musste an den jungen Offizier denken, den er verwundet hatte. Die Auszeichnungen, Tressen und Troddeln an seiner Uniform hatten ihn als Major zu erkennen gegeben. Wie ein Kriegsherr hatte er seine Truppen in die Schlacht geführt. Als er verwundet worden war, hatten sie ihn sofort aus dem Getümmel gebracht und sich vor ihn gestellt.

Was war das für ein Mann, der so etwas in seinen Truppen auslösen konnte?

Bei den Grauröcken war es durchaus üblich, dass ein von den Soldaten ungeliebter Offizier mit einem Loch im Rücken auf dem Schlachtfeld gefunden wurde. Dies lag unter anderem daran, dass es einfachen Bürgern kaum möglich war, zum Offizier aufzusteigen, und die hohen Ränge dem Adel vorbehalten waren, der häufig eine herbe Arroganz walten ließ.

Vielleicht war doch etwas dran an der Idee der Revolutionäre.

Wären Lockwoods Offiziere fähiger gewesen, hätte die Belagerung Kieselbuchts möglicherweise einen anderen Verlauf genommen.

Könnte er ein solcher Offizier werden?

Ein Offizier, der auf seine Soldaten Acht gab. Der eine Schlacht im Großen und Ganzen analysierte, statt im Geplänkel die Übersicht zu verlieren. Der die Aktionen des Gegners antizipierte und die Initiative nicht so leicht aus den Händen gab, wie Harefast und Halfglow.

Bisher hatte sein Interesse am Soldatentum hauptsächlich um den Umstand gekreist, dass er mit steigendem Rang ein steigendes Ein-kommen und steigende Anziehungskraft bei den weiblichen Verehrerinnen verzeichnen konnte.

Aber heute musste er sich eingestehen, dass die Kühnheit der Kernburgher seinen Respekt errungen hatte. Sie hatten die Schwachstelle erkannt, die Gelegenheit ergriffen und zugeschlagen. Mit Wucht. Konzentriert und unbeirrbar.

Vielleicht sollte er sich doch einmal das ein oder andere Handbuch der Kriegsführung zu Gemüte führen. Vielleicht hatte der Commander das ein oder andere Werk an Bord.

»Na, schon wieder dunkle Gedanken, Captain?«

Und ›Zack‹ da war er auch schon.

Lockwood holte Luft und drehte sich zu Bravebreeze um.

Die Küste von Valle erschien wie ein grauer Strich am Horizont.

52

Für den heutigen Einzug in die Stadt hatte Desche eine etwas aufwendigere Garderobe gewählt. Es war wichtig, dass die Bürger von Kieselbucht sofort wussten, mit wem sie es zu tun hatten: Einem Vorsitzenden des Plenums mit Einfluss und Macht. Genau das sollte der samtene, kastanienfarbene Überrock mit den goldenen Stickereien zur Geltung bringen.

Mit, wie er hoffte, würdevollem Gang schritt er die Linien der Offiziere ab, die nacheinander salutierten. General Eisenbarth führte ihn durch die Reihen, stellte ihm die Soldaten vor, hob manches Mal eine besondere Heldentat hervor, die Desche mit einem gnädigen Kopfnicken goutierte.

Nach Kavallerie und Infanterie begutachtete er nun die Offiziere der Artillerie.

»Hauptmann Wackerholz. Er befehligte die Batterien von Seesegen, deren Beschuss den Abzug der feindlichen Marine einleitete«, verkündete Eisenbarth und wies auf einen bäuerlich wirkenden Kerl.

Desche nickte dem Soldaten zu und sagte: »Die Nation dankt Ihnen, Ackerholz.«

Stolz streckte der Mann seine Brust hervor und salutierte.

»Leutnant Sturmvogel. Unter seinem Kommando wurden die Schiffe schließlich von Hammerfels aus beschossen. Das war das Ende der Belagerung«, stellte Eisenbarth einen dürren Burschen vor.

Desche klopfte dem Mann auf die Schulter und kniff ihm in die Wange.

»Sehr gut, sehr gut. Ich werde dafür sorgen, dass das Plenum von Ihren Taten erfährt, Leutnant Stummvogel.«

»Und hier …«, Eisenbarth wies auf einen ausgesprochen jungen Major, der auf einer Krücke am Ende der Reihe stand und sich bemühte, dies mit geradem Kreuz zu tun. »… haben wir schließlich den Befehlshaber der Artillerie, Major Grimmfausth, der, wie ich anmerken möchte, in Kürze seinen Adelstitel fahren lassen wird, wenn wir dem von ihm verfassten Essay Glauben schenken dürfen. Nicht nur ist es seiner Taktik zu verdanken, dass wir die Stadt wieder unser Eigen nennen, nein, er führte den Angriff auf die Feste persönlich und wurde in der Schlacht verwundet.« Desche verschränkte die Arme und lächelte breit.

»Wenn eine Nation solche Söhne gebiert, wird es uns an tapferen Kriegern nicht mangeln, nicht wahr, Herr General?«

»Aber sicher!«, beeilte sich Eisenbarth zu bestätigen.

»Dann wird es Sie freuen, wenn ich Ihnen mitteilen darf, dass es auch Ihrer Weitsicht zu danken ist, dass dieser junge Offizier die Gelegenheit erhielt, sich zu beweisen. Dem Plenum liegt eine entsprechende Notiz vor.«

Der General nickte energisch.

»Und Ihnen, Herr Major, darf ich von Herzen gratulieren.« Desche hob die Stimme, damit so viele Soldaten wie möglich das nun Folgende hören konnten.

»Ich möchte Ihnen persönlich den Dank unserer jungen Republik aussprechen und darf Ihnen diese Auszeichnung aushändigen, die Sie mit sofortiger Wirkung zum Brigadegeneral erhebt.« Er zupfte einen gefalteten, versiegelten Brief aus der Innentasche und überreichte ihn dem überraschten Milchgesicht.

»Wenn mich nicht alles täuscht, sind Sie somit der jüngste Brigadegeneral, den diese Nation jemals hatte.«

Grimmfausth salutierte und nahm den Brief entgegen.

»Ich bedanke mich, Bürger Eisenfleisch.«

»Ich bedanke mich bei Ihnen, Bürger Glimmfaust.«

Desche hob warnend eine Augenbraue, um dem Wicht die Botschaft zwischen seinen Worten unmissverständlich wissen zu lassen: Lege bloß den Titel ab. Das geht sonst auch anders!

An der Bewegung des Adamsapfels am Hals des Offiziers erkannte er, dass ihn der Bursche verstanden hatte. Sehr gut.

Eisenbarth schüttelte die Hand des Jünglings. »Ich gratuliere Ihnen, Grimmfausth.«

Desche holte Luft. »So, werter General. Nachdem wir mit dem Geplänkel durch sind: Haben Sie bereits entschieden, welches Bataillon die Erschießungen durchzuführen hat?«

Eisenbarth nickte. »Das Erste. Wenn ein Infanterie-Bataillon dafür in Frage kommt, dann das Erste des ersten Regiments, der ersten Division.«

»So sei es. Weiterhin gehe ich davon aus, dass es Ihren Pionieren eine Ehre sein wird, das Podest für den Kurzmacher zu errichten, nicht wahr?«

Auf den neuen, reisefähigen Kurzmacher war Desche überaus stolz! Er war leichter und schneller aufzubauen als sein großer Bruder, der auf dem ›Platz der Revolution‹ in Neunbrückhen seine Arbeit verrichtete. Er konnte mit zwei Kutschen transportiert werden, und Desche hatte bereits die Produktion weiterer Exemplare angeordnet. Wenn alles so weiter lief, könnte er sein Schlachthaus in eine Schmiede und eine Tischlerei umfunktionieren, um die wundervollen Kurzmacher selbst zu produzieren.

Wenn das gelänge, würde er nie wieder sein Tagewerk als ›Arbeit‹ empfinden. Er dürfte jeden Tag seiner Leidenschaft nachkommen.

»Nun, General, ich möchte Sie bitten, mich zur Stadthalle zu begleiten. Ich denke, wir haben einige Urteile zu sprechen und zu vollstrecken.«

Eisenbarth nickte und Desche meinte, eine Spur Zögerlichkeit und Missfallen erkannt zu haben. Nun, der Mann hieß ja auch immer noch Eisenbarth – und nicht Eisenbart. Er würde ihn ›ermutigen‹ es seinem jungen Brigadier nachzutun.

Ach, Desche, dachte er, das Leben ist schön.

Zufrieden rieb er die Hände aneinander und stapfte auf die Gruppe der Abgesandten des Plenums zu, die ihn auf seiner Reise nach Kieselbucht begleitet hatten.

Silbertrunkh war nicht dabei.
Ja, es war schön.

Mit federndem Schritt schlenderte Desche durch Kieselbucht.

Er hatte heute zahlreiche Todesurteile über bekannte Royalisten verhängt, hatte die aufständischen Sklaven den Erschießungskommandos überstellt, hatte Schadensmeldungen und Bestandslisten überflogen und war insgesamt guter Dinge.

Die Revolutionsarmee hatte ihre erste, echte Feuerprobe bestanden. Sie hatten die Invasoren aus Northisle zurückgeschlagen und dabei sogar einige Kriegsschiffe retten können, was zukünftigen Siegen gegen die Insulaner zuträglich wäre.

Er erreichte die Hafenanlagen.

Zwei Pulverschiffe waren gesunken, eines dümpelte aber unbeschädigt im Hafenbecken. Das Gefängnisschiff war abgebrannt und gekentert. Das war schade. Zu gerne hätte er persönlich aufgeräumt. Das Arsenal, in dem die Waffen der Matrosen und Marine-Soldaten gelagert wurden, hatte rechtzeitig gelöscht werden können. Das alte Magazin rauchte noch und war nicht mehr zu retten. Die Vorräte waren verloren. Das neue Magazin stand noch.

Fürs Erste würde die Versorgung der Marine also nicht ins Stocken geraten.

Er sog den Duft von verbranntem Schwarzpulver, rauchenden Trümmern, Meeresbrise und Tod durch die Nasenlöcher, ließ ihn eine Weile in Mund und Lunge verweilen und atmete ihn behutsam aus, als hätte er eine feine Pfeife geschmaucht.

Er holte einen Apfel aus der Manteltasche, rieb ihn über die Brust und biss herzhaft hinein.

Nach dieser kleinen Pause würde er sich richtig ins Zeug legen!

Es gab noch einige hundert Eilverfahren abzuhalten, die die Revolution von weiteren Königstreuen befreien würde. Jeder kleine Tod – ein weiterer Schritt in eine goldene Zukunft. Eine Zukunft ohne das Joch der Monarchie, ohne die Sporen des Adels und ohne die hirnverdrehenden Schwafeleien des Klerus.

Herrlich.

Es war die Stunde des einfachen Mannes.

Die Stunde von Desche Eisenfleisch.

53

»Was soll ich machen, Grimmfausth? Das sind nun mal Ihre Befehle.«
Keno ballte die Fäuste und knirschte mit den Zähnen.
»Diese Befehle sind Mist«, grummelte er.
General Eisenbarth hatte das Zimmer des Bürgermeisters von Kieselbucht kurzerhand zu seinem Büro umfunktioniert. Der Bürgermeister würde es so bald nicht mehr benötigen, stand er doch bibbernd in der Kolonne, die den Erschießungen zugeführt wurde.
»Wir sollten das Momentum ausnutzen und zuerst nach Valle segeln, den Northislern zusetzen und es besetzen. Von dort nach Gartagén. Gehört uns erst einmal die Süd-Passage können wir es Northisle schwer machen, Kernburgh erneut anzugreifen. Diese Chance haben wir JETZT!«, sagte Keno.
Eisenbarth nickte und kratze sich durch den Bart am Kinn.
»Ich denke ähnlich. Die Befehle des Plenums besagen aber leider etwas anderes.«
Keno holte tief Luft.
»Aber das Plenum besteht aus Handwerkern, Händlern, Bauern und nicht aus Soldaten, Herr General. Die haben keine Ahnung vom Krieg.«
Eisenbarth hob warnend die buschigen Augenbrauen und beschwichtigend die Hände.
»Vorsicht, mein Guter. Vorsicht. Die Wände könnten Ohren haben.«
»Aber es ist wahr!«, beharrte Keno.
Sein Vorgesetzter zeigte sich geduldig.
»Ja, das mag sein. Was aber auch wahr ist, dass Jør, Dalmanien und Lagolle an unseren Grenzen liegen. Wir können uns ihnen gegenüber keine Schwäche erlauben. Wir müssen sie in ihre Schranken weisen, bevor sie auf krumme Gedanken kommen.«
Keno schnaubte, doch der General fuhr fort: »Sehen Sie es doch so: Das Plenum vertraut Ihrem Geschick und taktischem Verständnis. Es ist Ihr erster, ganz eigener Feldzug. Nutzen Sie die Gelegenheit und beweisen Sie sich erneut. Wie die Dinge stehen, werden wir auf absehbare Zeit fähige Generäle brauchen. Und wenn Sie in dem Tempo weiter die Leiter hinauffallen, haben Sie in Kürze ein Kommando meiner Tragweite.«
»Und kann immer noch keinen nachhaltigen Frieden schaffen, weil die Holzköpfe des Plenums nicht das Große und Ganze erkennen?«
Die lackierte Eichentür hinter ihnen öffnete sich und Bürger Eisenfleisch betrat in Begleitung einer jungen Dame den Raum. Die Dame trug der Mode entsprechend einen aufwendig bestickten, übergroßen Rock, eine eng geknüpfte

Weste, eine Stola über den Schultern und hochgesteckte Haare. Sie hatte kecke, grüne Augen und einen frechen Ausdruck im Gesicht. Sie mochte nicht älter als zwanzig sein und Keno musste schlucken, als sie an ihm vorbei, an den Tisch des vormaligen Bürgermeisters trat.

Desche musterte ihn skeptisch.

»Die Holzköpfe, mein lieber Brigadier, sind sich durchaus im Klaren über das Große und Ganze.« Mahnend erhob er einen Zeigefinger. »Aber das Große und Ganze ist nicht der Konflikt mit Northisle. Es ist die Revolution.«

Wie viel hat der noch mitgekriegt, fragte sich Keno.

Desche näherte sich und baute sich vor ihm auf.

Wie die Zeit vergeht und welche Blüte sie treibt, dachte Keno. Gefühlt war es gestern, als wir uns vor dem Kerker gegenüberstanden. Ich ein Leutnant und du ein Metzger. Der Mann war immer noch größer und breiter als er selbst – aber Keno hatte ihn bereits einmal eingeschüchtert und so zeigte er sich unbeeindruckt, als ihm der Metzger fast auf die Zehen trat und sich ihre Nasenspitzen berührten.

»Sehen Sie sich imstande ihre Befehle auszuführen, oder sollte ich dieses Kommando lieber Brigadegeneral Ackerholz übertragen, Feldwebel Grimmfaust?«

Keno hob eine Augenbraue. Hatte der Mann es jetzt tatsächlich hinbekommen, in nur einem Satz Barnes Beförderung und seine eigene Degradierung unterzubringen? Mit welchem Recht war er der Meinung, genau das tun zu können, geschweige denn damit zu drohen?

Stuhlbeine schabten lautstark über den polierten Dielenboden, als sich General Eisenbarth erhob.

»Aber nicht doch, Bürger Eisenfleisch. Ich diskutierte nur gerade die Strategie mit dem Brigadegeneral. Es gehört zu den Gepflogenheiten der gehobenen Ränge, offen und ehrlich über Kriegspläne zu beraten. Völlig ohne Vorbehalte oder Dünkel. Nur so ist eine erfolgreiche Planung zu gewährleisten«, sagte er.

Das hatte Keno so noch nicht erlebt und er war versucht, es als völligen Quatsch zu bezeichnen, aber er biss sich auf die Zunge.

Desche sah dem General forschend ins Gesicht.

Dann entspannten sich seine Züge.

»Na, wenn das so ist …« Er legte der Dame eine Hand auf die Schulter, mit der anderen zeigte er auf Eisenbarth.

»Das meine Liebe, ist der Mann, dem wir die Rückeroberung Kieselbuchts zu verdanken haben.« Er deutete auf die Dame. »Und das, mein lieber General, ist Frau Dünnstrumpf, Witwe des kürzlich verstorbenen Meister Dünnstrumpf.«

»Ah, der Tuchhändler!«, bemerkte Eisenbarth und Keno spürte dessen Erleichterung ob des gelungenen Themenwechsels.

»Ganz genau. Frau Dünnstrumpf betreute das hiesige Kontor und hörte vom Ableben ihres Mannes per Brief. Ich kümmere mich ein wenig um sie, um ihren Schmerz zu lindern.«

Frau Dünnstrumpf klimperte kokett mit den Augen und reichte Eisenbarth anmutig ihre behandschuhte Hand, die dieser ergriff und küsste.

»Angenehm«, sagte sie. Dann sah sie zu Keno.

Ihm wurde ganz leicht im Magen und er hielt die Luft an.

Im Licht der Sonne, das durch die großen Fenster hinter dem Schreibtisch fiel, sah er den leichten Flaum auf ihren Wangen, sah die Lachfalten in ihren Augenwinkeln und die kleinen Grübchen neben ihrem frechen Mund. Ihre Nase war etwas zu groß geraten, was sie in seinen Augen noch hübscher machte. Sie sah ein wenig aus wie eine kleine Feldmaus. Zart und frech und wunderhübsch.

»Und Sie sind?«, fragte sie.

Desche schlug ihm auf die Schulter, als wären sie engste Kameraden.

»Das ist der junge Grimmfaust. Ein wackerer Bursche und kühner Anführer. Das ist der Mann, dem wir den Sieg über die Flotte zu verdanken haben.«

Sie hielt Keno ihre Hand hin.

Sanft fasste er ihre Finger und senkte die Lippen zum Handrücken.

»Angenehm«, flüsterte er. Mehr war nicht aus seinen Stimmbändern zu pressen.

»So«, unterbrach Desche unwirsch den Moment. »Ihre Befehle sind also klar?«

Keno nickte, konnte die Augen aber nicht von Frau Dünnstrumpf abwenden.

Desche packte ihn an den Schultern und drehte ihn Richtung Tür.

»Dann bereiten Sie mal ihren Aufbruch nach Jør vor, Brigadier.«

Keno humpelte Richtung Ausgang. Auf der Schwelle drehte er sich um und salutierte.

»Herr General, Bürger Eisenfleisch, Frau Dünnstrumpf, ich empfehle mich.«

Die beiden Männer nickten. Sie zwinkerte ihm zu.

Das Hämmern und Sägen der Pioniere, die auf dem Vorplatz ein großes Podest errichteten, hörte er kaum. Wie im Traum latschte Keno vom Haus des Bürgermeisters in Richtung Hafen. In den Lagerhallen kampierte die Süd-Armee, die er mit Teilen der Nord-Armee zusammenführen sollte, um nach Jør und Dalmanien zu ziehen. Sein erster Feldzug als Kommandant.

Vierzigtausend Soldaten unter seinem Befehl.

Er wusste nicht genau, was ihn schwindelig machte. War es dieser Feldzug, verbunden mit allen Risiken und Chancen, die einer solchen Unternehmung innewohnten, oder war es das Zwinkern von Frau Dünnstrumpf?

Verdammt. Er hatte nicht einmal nach ihrem Vornamen gefragt.

Frau Dünnstrumpf.

Je öfter er ihren Namen dachte, umso bescheuerter klang er.

Dünnstrumpf ...

Musketensalven rissen ihn aus seinen Gedanken. Unwillkürlich legte er eine Hand auf den Knauf des Säbels. Des neuen Säbels. Frisch aus dem Arsenal.

Dann erinnerte er sich an die Urteilsvollstreckungen, die in einer Schnelligkeit umgesetzt wurden, dass einem davon noch schwindeliger werden konnte.

Ein Ochsengespann fuhr an ihm vorbei. Auf der hölzernen Fläche ein wirrer Haufen Leiber. Keno blieb kurz stehen und wartete, bis die Kutsche mit der grausigen Fracht vorbeigerattert war. Dann trat er in den Rinnstein und überquerte die Straße.

Weitere Schüsse.

Als er zwischen Magazin und Arsenal an die Kais kam, fand er die Henker bei ihrer Arbeit. Missmutig luden die Infanteristen ihre Waffen erneut. Abgerissene Gestalten – vermutlich Sklaven – räumten Leichen auf einen Wagen. An der Außenwand des aus Backstein gemauerten Magazins waren zahlreiche Einschusslöcher und Blutspritzer. Der Leutnant der Schützenkompanie entdeckte ihn und salutierte. Der Mann war blass um die Nase und seiner Gesichtsfarbe nach sah er aus, als müsste er sich jeden Moment übergeben.

Keno konnte es ihm nachfühlen.

Es war eine Sache auf dem Feld dem Gegner Salven entgegen zu werfen und eine völlig andere, auf weinende Zivilisten zu schießen, nur weil sie der alten Ordnung zugetan waren.

Keno erwiderte den Gruß.

Weitere Gefangene wurden von Soldaten an die Mauer gestellt.

Sie schoben und drückten mit den Musketen und halfen manches Mal mit dem Stich eines Bajonetts nach.

Jetzt wurde Keno schlecht.

Der Leutnant hob einen Säbel. Die Schützen spannten die Hähne ihrer Waffen.

Das war kein Handwerk für Soldaten.

Das war kein Handwerk für niemanden.

Wie konnte es sein, dass dieses Schauspiel so einfach – wie mit Fingerschnippen – stattfinden durfte? Und wie konnte es sein, dass dies Bürger Eisenfleischs Gewissen nicht belastete?

Der Mann war eiskalt.

Die Salvenschüsse schlugen prasselnd in Körper und die Backsteinwand. Leiber plumpsten. Ein Feldwebel näherte sich den zusammengesackten Leibern und stieß sie mit der Stiefelspitze an. In seinen Händen zwei Pistolen, um Verletzten den Gnadenschuss zu setzen.

Im Hintergrund schluchzten und zitterten die Nächsten.

Keno schüttelte sich.

Er nahm sich vor, mehr über den Ersten Vorsitzenden des Plenums und die Geisteshaltung der neuen Führung der Nation herauszufinden.

54

Jør.

Endlich.

Ein paar Tage, nachdem sie Major Sandmagen im Lager der Jäger zurückgelassen hatten, erreichten sie den ›Gottesstaat‹ Jør. Lysander kannte Jør aus den Erzählungen seines Vaters und dem Unterricht der Universität. Im Großen Dom des Kleinstaates hielt der Oberste Priester, Thapaths Vertreter auf Erden, Hof. Jør war ein Pilgerort und von hier koordinierten die Glaubensbrüder den Erhalt und die Ausbreitung des Glaubens an Thapath und seine Kinder.

Aber Jør hatte noch mehr zu bieten: Finanzkräftige Banken, tapfere Krieger und eine der schönsten und fruchtbarsten Landschaften des Kontinents.

Jør lag auf einem Hochplateau mit weiten Almen und dichten Wäldern. Schroffe Bergkämme umrahmten den Staat in allen Himmelsrichtungen. In weiten Tälern lagen die drei Städte Dømt, Flenkt und die Hauptstadt Jøris an einem breiten Fluss, der sich durch das gesamte Plateau schlängelte. Zwischen den Städten lagen kleinere Ortschaften, Dörfer, Höfe und schmalere Täler voller Apfelbäume.

Im Nord-Westen lag Kernburgh, im Osten Lagolle und im Süden Dalmanien. Der Staat Jør war immer schon neutral gegenüber den Interessen und Streitigkeiten der ihn umgebenden Reiche. Der Stolz des kleinen Landes waren seine Elite-Soldaten: Die Löwen von Jør. In den Königshäusern der größeren Reiche galt es als ausgesprochen schick, sich dieser Truppen zu bedienen, um die königlichen Familien zu schützen.

Und das war es auch schon, was er über Jør wusste.

Mehr fiel ihm nicht ein.

Sie schleppten sich eher vorwärts, als dass sie ritten.

Lysanders Zustand war nicht der Beste. Die Verletzungen an Brust und Bauch machten ihm zu schaffen, obwohl er dachte, dass er sie geheilt hatte, als er den Jäger an sich gerissen hatte. Gorm stolperte an der Seite des riesigen Hengstes durch die Gegend. Irgendwann hatte er sich nicht mehr auf dem Rücken des Pferdes halten können. Er war abgestiegen und hielt sich nun mit einer Hand am Sattelbogen fest, um nicht umzufallen. Gorm wirkte schwach, sein Atem rasselte und wenn er hustete, flogen Fäden von zähem Blut aus seinem Rachen.

Es war ihm unverständlich, warum seine Heilung nicht so funktioniert hatte, wie sie sonst immer im Kadaver-Theater der Universität funktioniert hatte. Auch in Rothsangs Grimoire hatte er keinen Hinweis oder eine Anleitung finden können.

Rothsangs Interesse galt wohl eher dem Tod, als der Heilung. Lysander hätte das Buch jederzeit gegen Grauhands Chroniken eingetauscht – so es die denn überhaupt gäbe.

Die Anstrengungen der letzten Tage hatten ihnen beinahe den Rest gegeben.

Seit Tagen führte sie ihr Weg hinauf.

Immer nur hinauf.

Die stetige Steigung zerrte ihnen die Kräfte aus dem Leib wie eine quälend langsame Version des SeelenSaugers. Lysander war froh, dass sie wenigstens zwei gute Pferde und reichlich Vorräte hatten. Aber wenn sie nicht bald eine Ortschaft – und im besten Fall einen ECHTEN Heiler – fänden, würde er sich einfach an den Wegrand legen und einschlafen.

Für immer.

Keine schlechte Idee, dachte er. Nicht mehr fliehen, nicht mehr zaubern, nicht mehr töten. Hinlegen, einschlafen, Ende.

Gorms Husten holte ihn aus dem Delirium.

Der Orcneas spuckte auf den Boden und kicherte heiser.

Er blieb stehen und der Hengst senkte seinen Kopf, um Gras vom Wegrand zu zupfen.

»Was is'?«, nuschelte Lysander.

»War guter Kampf«, sagte Gorm. »Tod geht gut.«

»Einen Scheiß geht der gut«, raunte Lysander. »Kommt überhaupt nicht in Frage. Wir sind bald in Dømt und suchen uns einen Heiler. Wir schaffen das!«

Gorm versuchte, sich aufzurichten und Luft in seinen Brustkorb zu pressen. Er zog die Lippen zurück und sog scharf Atem zwischen die Zähne. Er knurrte, als ihn Schmerzen schüttelten.

»Immer von innen nach außen, hat Steinfinger gesagt«, brummte er unter Krämpfen.

»Was?« Lysander zog an den Zügeln. Die graue Stute warf den Kopf zurück, schnaufte und machte sich dann ebenfalls daran, Gras zu zupfen. Ihre ruckartige Bewegung hätte Lysander fast aus dem Sattel geholt.

»Was?«, fragte Gorm und sah ihn an. Seine gelben Augen wirkten fahrig und fiebrig.

»Was, habe ich gefragt. Was hat Steinfinger gesagt?«

Gorm stützte sich mit beiden Händen an den Sattel und lehnte die Stirn an die Sitzfläche. Sein Brustkorb hob und senkte sich unregelmäßig.

»Steinfinger. Gorm verletzt nach Kampf. Schnitt sehr tief.«

Er richtete sich auf und pochte auf seine Brust.

»Steinfinger heilt. Sagt ›von innen nach außen‹. Immer.«

Von innen nach außen ...

Lysander hatte in der Hektik des Kampfes einfach nur die Wunden schließen wollen.

Es traf ihn wie ein Blitzschlag: Gorm hatte einen Schuss aus der Doppelläufigen abbekommen, direkt zwischen die Schulterblätter. Welchen Schaden vermochte die Munition angerichtet haben? Er hatte sich nur darauf konzentriert, die Verletzung möglichst schnell zu heilen. Für ausgefeilte Zauber war nicht die Zeit gewesen. Und wenn er ehrlich war, auch nicht die Potenziale.

Lysander wusste einfach zu wenig über Heilen & Verderben.

Offensichtlich übertrug der SeelenSauger nicht das komplette Repertoire, das vollständige Wissen, denn zumindest diese Fähigkeiten von Steinfinger waren ihm nicht präsent gewesen. Verdammt, er wusste einfach zu wenig über alles!

Von innen nach außen.

Kein Wunder, dass ihn die Schussverletzungen quälten.

Wie viel Zeit blieb ihnen noch?

Gorm hatte immer unverwüstlich und zäh gewirkt. In den letzten zwei Tagen war es rapide bergab gegangen. Zumindest mit seinem Zustand, im Gegensatz zu ihrer Route nach Jør. Die ging immer hinauf.

Gorm sah ihn an.

»Es tut mir leid … ich habe nicht gewusst, wie das geht …«, sagte Lysander.

Der Hüne zuckte nur mit den Schultern.

»Ich war frei. Ich bin frei. Is' gut.«

»Wir finden einen Heiler. Dann bleibst du frei und bist gesund. Solange noch ein Funken Leben in uns steckt, geben wir nicht auf. Klar?«

Gorm schnaufte.

Das kann es ja wohl nicht gewesen sein, ärgerte sich Lysander.

Bei Bekter.

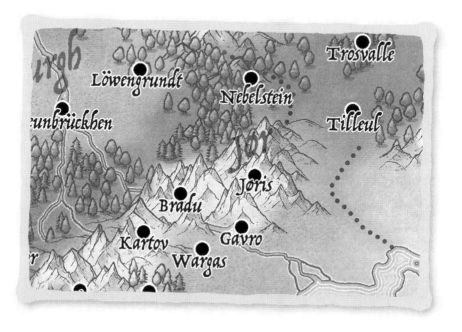

55

Topangue also.

Der Bug der ›HMS Agathon‹ hob und senkte sich, teilte die Wogen und schob sich unaufhaltsam nach Osten. An der Spitze einer Dreiecksformation zog sie weitere Segelschiffe und Fregatten in ihrem Kielwasser hinter sich her.

Wenn Major Lockwood den Blick zum Himmel hob und sich das Gewirr der Takelage der drei Masten unter vollen Segeln anschaute, wurde ihm schwindelig. Der Dreidecker war ein wahrlich beeindruckendes Schiff. Schwindelig war ihm auch gewesen, als er in Valle erfahren hatte, dass ihn die Armee Northisles zum Major befördert hatte. Ein Stich in den Oberschenkel eines jungen Offiziers der Kernburgher hatte gereicht. Es wäre ein Tag der Freude geworden, wenn nicht zeitgleich der Marschbefehl nach Topangue gekommen wäre.

Topangue. Wilde Krieger, brennende Sonne, brütende Feuchtigkeit, Horden von Stechmücken, tollwütige Raubtiere und Krankheiten, die die Knie des wackersten Graurocks zum Schlottern bringen konnten. Von leichtem Fieber, bis zu platzenden Pocken – in Topangue konnte man sich alles holen.

Zwanzigtausend Mann – das 32ste inklusive – wurden in das Reich im Osten entsendet, um die privat finanzierte Topangue-Company, die den Handel zwischen den beiden Reichen unter ihrer Aufsicht abwickelte, zu unterstützen und den Einfluss Kernburghs zu brechen. Wie die Revolutionäre es geschafft hatten, das zentrale Königreich Pradesh von Topangue auf ihre Seite zu ziehen, bliebe vorerst ein Rätsel, aber dass es zu einem Bündnis gekommen war, stand außer Zweifel. Normalerweise erledigte die Topangue-Company ihre Geschäfte ohne Einfluss der Armee, aber seit geraumer Zeit mussten sich die Miliztruppen der Company gegen Überfälle und Aufstände wehren, die ihren Ursprung in Pradesh hatten und drohten auf die fünf anderen Königreiche in Topangue überzuschwappen.

Northisle bezog zahlreiche Handelsgüter aus dem Land. Angefangen bei Edelmetallen wie Silber und Gold, über Seidenstoffe und Gewürze, bis zum von den Northislern verehrten Tee. Die Topangue-Company importierte die Kostbarkeiten und stattete mit einem Teil der Gewinne eine private Streitkraft aus, die den Einfluss im Land sicherstellen sollte.

Und genau dieser Einfluss war ins Wanken gekommen.

Lockwood war Kieselbucht schon wie ein weit entferntes Stück Kontinent vorgekommen und nun fand er sich auf der sechsmonatigen Überfahrt nach Topangue wieder.

Bei Thapath! Wie hatte es soweit kommen können?!

Dank der kleinen, aber feinen Bibliothek, die Bravebreeze mit sich führte, hatte Lockwood während der letzten Wochen schon einiges über die fernen Reiche gelernt.

Die Lektüre über Pradeshs Handelsbündnis mit Kernburgh, über Animositäten mit den Nachbarn Antur, Gundhra und Praknacore – wer ließ sich solche Namen einfallen? – hatten ihn nächtelang wach gehalten. Allein diese prekären Lagen trieben ihm den Schweiß auf die Stirn. Die Bücher über feinste Tropenkrankheiten hatten ihm dann den Rest gegeben. Wer sich keine Kugel fing, nicht von Krokodilen oder Tigern gefressen wurde, der wurde von Krankheiten verflüssigt.

Topangue kam ihm vor wie ein Fleischwolf, der Northisler zermalmte, vermengte und am Ende zerstückelt und verwurstet ausspuckte. Einen von dreien sollte es angeblich erwischen.

So ein Dreck!

Commander Bravebreeze kam ihm auf dem Deck entgegen und Lockwood hob abwehrend die Hände.

»Sagen Sie es nicht wieder!«

Bravebreeze lachte.

»Was? Das mit den schlechten Gedanken?«

Nathaniel ließ die Hände schlapp an den Saum seiner Hose klatschen, sah in den Himmel und stöhnte.

»Mein lieber Major, nun warten Sie es doch erst einmal ab! Es sind schon welche mit den Taschen voll Diamanten aus Topangue gekommen. Kerngesund und bester Dinge, ein politisches Amt so gut wie sicher.«

Er klopfte ihm herzhaft auf die Schulter und lehnte sich an die Reling.

»Allerdings sind auch viele dortgeblieben, um in fremder Erde zu verrotten.«

Nathaniel stöhnte noch lauter.

Bravebreeze lachte noch schallender.

56

Das Wetter in Kieselbucht war kalt, regnerisch und alles in allem als mies zu bezeichnen, aber Desches Laune schlug jauchzende Kapriolen.

Das Gefühl von absoluter Macht war mit nichts zu vergleichen.

Als Oberhaupt der Revolutionskommission lag es in seiner Hand, ob ein Royalist für schuldig oder unschuldig befunden wurde. Die Tatsache, dass es sich allesamt um Royalisten handelte, machte die Sache umso einfacher.

Schuldig, schuldig, schuldig.

Wer nicht eindeutig belegen konnte, dass er sich gegen die Übernahme der Stadt gestellt hatte, durfte noch am gleichen Abend mit einem Besuch beim Kurzmacher rechnen.

Durch die geöffneten Fenster der Stadthalle rumpelte und klackte es.

Es machte Desche einen Heidenspaß, den ein oder anderen Schuldspruch mit dem Rumpeln und Klacken abzustimmen und ihn ausgesprochen dramatisch in die Begleitgeräusche einzubinden.

»Die Kommission befindet Bürger Glutbogen für ...«

– Rumpel – Klack –

»... schuldig!«

So ging es schon den ganzen Tag.

Im Hintergrund das Rasseln der Musketenschüsse, die Melodie des Kurzmachers und das Prasseln des Regens an den großen Scheiben der Halle.

Zweihundertfünfzig Bürger hatte er mittlerweile dem Fallbeil zugeführt und weitere achthundert zur Erschießung verdammt. Kieselbucht würde das Exempel werden, das die Nation brauchte!

Desche bedauerte es, dass es Northisle gelungen war, über fünfzehntausend Königstreue zu evakuieren, verkürzte das doch die Symphonie des Todes.

Blass und unsicher schaute eine kniende Bürgerin in Eisenketten zu ihm hinauf.

Zwei Soldaten mit starren Mienen flankierten sie und hielten sie an den Schultern zu Boden.

Er beugte sich über den Schreibtisch, den er auf ein provisorisches Podest hatte stellen lassen, um die Erhabenheit eines Gerichts zu inszenieren, und sah zu ihr hinunter.

Die Frau hatte wohl schon etwas länger geweint.

Na ja, dann lassen wir sie noch ein wenig zappeln.

Desche hatte einen Mordsappetit.

Es war Zeit für eine Pause.

Er schlug mit einem Holzhammer auf ein kleines Holzbrett und verkündete: »Die Kommission zieht sich zum Abendessen zurück. Das Gericht wird in zwei Stunden fortgesetzt.« Ein Raunen ging durch die versammelte Menge. Er schlug erneut und fester auf das Brett. Er rückte seinen Stuhl nach hinten und erhob sich. Die fünf Männer und Frauen zur Rechten und Linken erhoben sich ebenfalls.

Desche streckte sich. Aus den Augenwinkeln bemerkte er die Blicke seiner Kommissionskollegen. Sie schwankten zwischen Abscheu, Irritation und Sorge.

Er lächelte.

So muss das sein.

Ach, wie sie schauen würden, wenn er ihnen eröffnete, dass das Plenum beschlossen hatte, den unseligen Namen ›Kieselbucht‹ von den Karten zu tilgen!

57

»Bluthafen?«

Keno ließ die Seiten der Zeitung in seinen Händen sinken. »Ja, sind die denn nun völlig verrückt geworden?« Er las den Abschnitt laut vor: »... so wird der infame Name Kieselbucht für immer aus der Geschichte getilgt.«

Jeldrik zuckte mit den Schultern, Barne schnaufte.

»Bei dem Massaker, das die da angerichtet haben, ist's ein passender Name, oder?« Rothwalze werkelte mit einem Dolch unter seinen Fingernägeln herum und hielt eine lange, dünne Pfeife mit seinen Eckzähnen an ihrem Platz, während er sprach.

Die vier Offiziere saßen in der Kaserne vor Moorwacht und planten den Feldzug nach Jør und Dalmanien. Seit Tagen wälzten sie Listen, Verzeichnisse und Dokumente. Sie planten Einteilungen, Zugehörigkeiten, Aufstockungen und Logistik. Immer wieder hatte sich der Gedanke an Frau Dünnstrumpf in seine Gedanken geschmuggelt, und immer wieder musste er ihn verdrängen, um sich der Aufgabe zu widmen, die vor ihm lag.

So stand es außer Frage, die schwersten Geschütze auf den Weg nach Jør zu bringen. Das Erreichen des Hochplateaus wäre schon mit den leichtesten eine Tortur. Allerdings würden sie für einen möglichen Angriff auf Dalmanien wieder gebraucht werden. Brigadegeneral Grimmfaust müsste die Artillerie aufteilen, was wiederum zur Folge hatte, dass er auch einen Teil seiner Streitkräfte zurücklassen musste, um den Zug der schweren Artillerie nach Dalmanien zu begleiten. Was wiederum zur Folge hatte, dass er mit weniger Soldaten nach Jør zöge, was wiederum ... und so weiter. Am Ende der ›Wiederum-Kette‹ stand möglicherweise ein verlorener Feldzug.

Und das durfte nicht sein.

»Bluthafen ... wer will in einer Stadt mit diesem Namen schon wohnen? Das ist ein Menetekel, das für immer über der Südküste schweben, sie für immer beflecken wird. Wie viele Bürger hat das Plenum noch gleich verurteilt?«

Barne überlegte kurz. »Der letzte Stand lag bei zweitausend. Aber wer weiß, wen dieser Eisenfleisch noch alles hinrichten lässt. Fleißiger Schlachter, der er nun mal ist.«

Keno erinnerte sich an den überheblich grinsenden Fleischer. Der Mann, den er auf dem Kerkerplatz kennengelernt hatte, hatte mit dem arroganten Sack, den er in Kieselbucht – beziehungsweise Bluthafen – getroffen hatte, nicht mehr viel gemein.

Auf dem Kerkerplatz war ihm der Kerl ein wenig dümmlich und unsicher vorgekommen. Der edel gekleidete Bürger Eisenfleisch hingegen hatte eine Aura von Bauernschläue und Gefahr ausgestrahlt, mit einer nicht unerheblichen Prise von Wahnsinn.

Eisenfleisch. Was war das überhaupt für ein Name? Wenig originell, fand Keno.

»Was denkt ihr darüber?«, erkundigte er sich bei seinen Offizieren.

Jeldrik lachte trocken auf. »Als wenn ich das laut sagen würde, Bürger Grimmfaust. Ich bitte Sie!« Barne nickte nur, und wie Keno fand, ein wenig betrübt.

Rothwalze zupfte sich die Pfeife aus dem Mundwinkel, rieb sich mit der Zungenspitze über die weißen Schneidezähne und hob eine Augenbraue.

»Wenn Sie mich fragen, Brigadier, muss ich Ihnen sagen, dass ich Thapath sehr dankbar bin, dass er uns nach Osten entsendet. Weit weg von diesen Bürgern und ihrer Rachsucht.« Das Wort ›Bürger‹ spuckte er dabei betont abfällig.

Keno nickte. »Ja, ich muss Ihnen recht geben, Hauptmann. Die Blüten, die die Revolution treibt, riechen nicht nach Frühling und Sonne ...«

»... eher nach Tod und Verderben«, ergänzte Rothwalze.

Alle vier nickten schweigend.

War das aus der Revolution geworden? Ein rasender Irrsinn, der mit der Flucht des Königs entfesselt wurde und nun seine eigene Bevölkerung – oder einen großen Teil davon – verschlang? Sollte das tatsächlich das Ende der Geschichte ›Der Aufstand des gemeinen Volkes‹ werden?

Es musste eine andere Lösung geben.

Eine Lösung, die die Nation erblühen ließ. Die Freiheit und Gleichheit versprach und dieses Versprechen auch einlöste. Für jedermann und jeden. Es musste doch möglich sein, die Nation unter dem ehrwürdigen Banner Kernburghs zu versammeln und gemeinsam eine Zukunft zu gestalten, in der jeder seinen Platz und sein Glück fand.

Die Richtung, in die sich die Revolution entwickelte, machte Keno Sorgen.

Es klopfte.

Er schüttelte den Kopf, um die Gedanken zu vertreiben.

»Herein.«

Ein junger Gefreiter öffnete die Tür, steckte seine junge Nase in das Zimmer und sagte: »Entschuldigen Sie, Brigadegeneral, ich wollte Ihnen nur mitteilen, dass die Neuzugänge eingetroffen sind.« Er wedelte mit einem gebundenen Buch mit dunkelblauem Einband.

Keno reckte den Kopf, um den Jungen besser sehen zu können.

»Barne, wärst du so gut?«

Wackerholz ging zur Tür, nahm dem Gefreiten das Buch aus der Hand und brachte es an den Tisch. Keno schob einen Stapel Hefte und Akten beiseite. Er nahm Barne das Buch aus der Hand und schlug es auf.

»Wir bekommen noch zwei Regimenter Frischlinge«, murmelte er, leckte sich über die Fingerspitze und blätterte um. »Vierhundert Pferde.« Er sah auf. Rothwalze nickte.

Keno fuhr mit dem Finger über die Seite und murmelte die eingetragenen Zuteilungen herunter.

»Achtzig Wagen, einen Pulvertross, eine Kompanie Jäger ... sehr gut ... und hier!«

Freudig klopfte er in das Buch.

»Wir bekommen eine weitere Heilerin fürs Lazarett und einen weiteren Magus für die Pioniere.«

Jeldrik klatschte in die Hände. »Sehr gut! Die werden uns auf dem Weg nach Jør gute Dienste leisten.«

Keno nickte grimmig.

Zuerst der Feldzug.

Dann würde er sich intensiver mit den Blüten der Revolution befassen.

Das musste besser gehen.

Er empfand es als seine Pflicht Kernburgh, dem Volk und sich selbst gegenüber.

58

Dømt.
Ein kleiner, schmucker, sauberer Ort. So friedlich.
Aber was für ein Kaff!

Lysander und Gorm schleppten sich auf ihren Pferden die Hauptstraße entlang, die auch gleichzeitig die einzige Straße war.

Drei Städte gab es in Jør, aber Dømt verdiente die Bezeichnung ›Stadt‹ nicht, wenn man aus Hohenroth kam. Links und rechts der Hauptstraße standen kleine, zweistöckige, beinahe niedlich anzuschauende Häuschen aus Fachwerk, mit roten Giebeldächern, mit Büscheln von Geranien unter den Fenstern und kleinen weißen Zäunen, die kleine, gepflegte Vorgärten säumten. Lysander erkannte einen Krämerladen, einen Gasthof, eine Schmiede, einen Schuster, einen Barbier und andere Lädchen, deren Angebot er nicht auf den verwitterten Schildern erkennen konnte.

Hätte Dømt kein Ortseingangsschild gehabt, er wäre auf der Suche nach der ›Stadt‹ an den Häusern vorbeigeritten.

Das Kaff war an der Flanke eines Gebirgszuges erbaut worden. Auf der einen Seite drückten sich die Häuser in den Berg, auf der anderen Seite drohten sie fast, ins Tal zu purzeln.

Es war früh an einem klirrend kalten Morgen und nur der Schmied war schon bei der Arbeit. Ansonsten lag eine heimelige, friedvolle Ruhe über Dømt.

Lysander zügelte die Stute vor dem Gasthof und ließ sich aus dem Sattel kippen. Er schlang die Zügel um einen Zaun. Die Zügel des Kaltblüters baumelten an dessen Hals. Er griff danach, warf sie dem großen Hengst über den Kopf und band auch ihn an.

Gorm öffnete die Augen und blinzelte.

»Wir sind in Dømt«, raunte Lysander. Die letzten beiden Tage waren sie wie in Trance bergan geritten, hatten kaum mehr gesprochen und seine Stimmbänder krächzten.

Gorms Blick schweifte fiebrig über die Häuser.

»Ich suche uns einen Heiler. Komm, steig ab«, sagte Lysander mit leichtem Zittern in der Stimme.

Gorms Fersen landeten dieses Mal nicht leise im Dreck der Straße. Er hielt sich am Sattel fest und wankte. Seine Haut wirkte wie altes, abgebranntes Wachs, das sich am Fuß einer grauen Kerze sammelte. Seine Gesichtshaut straffte sich über dem Schädel. Dazu die Fratze ohne Nase und Ohren und die schiere Körpergröße …

Lysander konnte nur hoffen, dass die Einwohner nicht mit Äxten und Mistgabeln auf den Orcneas losgehen würden. Ein Segen, dass die Kleidung seinen narbenübersäten Körper umhüllte. Er bot sich ihm als Stütze an und wäre fast zusammengebrochen, als der Hüne seinen Arm um ihn legte.

Gemeinsam schleppten sie sich zum Eingang des Gasthofes.

»Was auch immer Sie vorhaben, Monsieur, sie werden von diesem Unterfangen Abstand nehmen müssen.«

Lysander hob den Kopf.

In der Tür des Lokals stand breitbeinig ein kleiner Mann mit wucherndem Bart, krausen, rötlichen Haaren, einer dicken, gestrickten Weste und Hosen aus brüchigem Leder.

»Wie meinen?«

»In Dømt gibt es keinen Platz für Dunkle«, sagte der Mann mit fester Stimme.

Verwundert legte Lysander den Kopf schräg. »Du bist doch selbst ein Modsognir.«

Der kleine Mann richtete den Lauf einer uralten Muskete auf sie.

»Ich hab' auch Dunkle gesagt. Nicht Kurze oder Helle.«

Lysander wurde sich der bizarren Situation gewahr: Da stand er, der äußerlich eher Elv als Midthen war, auf seiner Schulter ein Orcneas, der ein unübersehbares Erbe der Eotens mit sich trug, und vor ihnen hatte sich dieser ernst dreinblickende Modsognir aufgebaut, der ihnen den Zugang verwehrte.

Er konnte sich nicht helfen. Ein heiseres Lachen stahl sich über seine Lippen.

Der Mann spannte den Hahn der Waffe.

Lysander schlüpfte unter Gorms Schulter hervor und hob beschwichtigend beide Hände. »Ganz ruhig, guter Mann. Wir wollen nichts Böses. Wir suchen nur nach einem Heiler, einer Mahlzeit und einem Bett für die Nacht.«

Der Mann richtete die Flinte auf Gorm.

»Für dich haben wir Platz, aber nicht für den verfluchten Breitkopf.«

Lysander spürte ungeduldigen Ärger in sich aufsteigen.

»Ja, redest du denn wirr?! Hast du Zwerg jetzt wahrhaftig Breitkopf gesagt?«

»Und ob!«

»Bei Thapath. Geh uns aus dem Weg und wem anders auf die Nerven, du Idiot!«

Lysander wischte ihn mit der Hand beiseite. Der Modsognir prallte gegen den Türrahmen und fiel mit einem ›Uff‹ zu Boden. Klappernd schlug die Muskete auf die Steinfliesen vor dem Eingang. Der Zauber war ihm wie selbstverständlich aus dem Mund gefallen. Um das Potenzial direkt abzubauen, wischte er mit der Hand in die andere Richtung und öffnete die Tür.

»Schick uns den Wirt, Zwerg.« Das gemeine Wort spuckte er beinahe. »Der Breitkopf und das Langohr wünschen zu speisen.«

Er half Gorm über die Schwelle und hörte ihn rau und kehlig kichern.

Das Gasthaus war klein – wie wohl alles in Dømt –, aber gemütlich – wie wohl alles in Dømt. Lediglich fünf rechteckige, helle Tische standen in der holzverkleideten Stube. Hinter einer Theke gegenüber der Tür stand ein kräftiger, älterer Mann mit weißem Schnauzbart und wischte Krüge aus.

»Was soll das?!«, rief er unwirsch.

Lysander holte tief Luft und zwang sich zu Geduld.

»Wir sind Reisende und wir sind verwundet. Wir brauchen Speis, Trank und Ruhe. Und einen Heiler.«

Der Wirt nahm ein Kantholz, das normalerweise genutzt wurde, um fast leere Fässer zu kippen, von der Theke.

»Reisende wie Ihr haben hier nichts verloren«, sagte er bestimmt.

»Der Gedanke kommt mir langsam auch«, murmelte Lysander. »Gebt uns, was wir brauchen und wir sind schneller weg, als ihr Kernburgh sagen kö...«

»Kernburgh«, unterbrach ihn der Wirt.

Lysander musste lächeln.

»Wir zahlen gut.« Er fischte den prall gefüllten Beutel mit Talern hervor, der sich vormals in Hergen Gelbhaus' Besitz befunden hatte, und schwenke ihn hin und her.

Der Modsognir rappelte sich auf die Füße.

»Und sag' derweil deinem Zwerg, dass ich es nicht dulden werde, wenn er die Waffe noch einmal auf uns richtet.«

Der Wirt ließ das Kantholz sinken und deutete mit einem Kopfnicken auf eine Eckbank neben dem Eingang.

»Wer seid Ihr?«

Lysander überlegte kurz.

Magie-Student, Mörder und Verbrenner, Pferdedieb und Jägertöter auf der Flucht mit einem zum Kampf gezüchteten Sklaven ...

... erschien ihm nicht die erste Wahl für eine Vorstellung zu sein.

»Ich bin Farbenhändler aus Kieselbucht und das ist mein Sklave«, sagte er stattdessen.

Der Wirt horchte auf.

»Farbenhändler?«

Lysander holte den Beutel mit Ultramarin hervor und schüttelte ein paar Steine auf den Tisch.

»Ja. Ich war auf dem Weg nach Jøris, um ein neues Orange für die Löwen zu liefern, als wir überfallen wurden. Nur das Blau ist mir geblieben.«

»Setzt Euch«, sagte der Wirt. Er füllte Wasser aus einer tönernen Karaffe in einen Krug und kam ihnen um die Theke entgegen.

»Dann streckt mal die Beine aus.«

Lysander bemerkte, dass der Wirt nur einen Becher vor ihn stellte. Er nahm einen Schluck und reichte ihn Gorm.

»Äh...« irritiert zeigte der Wirt auf Gorm. »Wir haben noch einen Stall hinterm Haus, mit Tränke.«

Lysander schüttelte langsam den Kopf.

»Wenn du so viel reisen würdest wie ich, wüsstest du die Dienste meines Begleiters ebenso zu schätzen. Er bleibt hier und bekommt einen eigenen Krug!« Lysander hob warnend eine Augenbraue.

»So gut können seine Dienste ja gar nicht sein«, grummelte der Wirt, aber er machte sich auf, um einen zweiten Krug zu besorgen. Unterwegs richtete er einen Zeigefinger auf den benommen Modsognir.

»Pugny, du gehst los und holst Leveke. Sie soll sich unsere Gäste einmal ansehen.«
Der schüttelte sich, rieb über die frische Beule und machte sich auf den Weg.

»Leveke Seidenhand ist unsere Heilerin«, beantwortete der Wirt die ungestellte Frage.

»Danke«, sagte Lysander.

»Den packe ich nicht an!«
Leveke Seidenhand war ein Arschloch.
Das wurde Lysander in dem Moment klar, als sie den Gastraum betrat, Gorm erblickte und den Mund verzog, als hätte sie noch nie etwas Widerlicheres gesehen.

Die Heilerin wirkte auf den ersten Blick wie eine bucklige Kräuterhexe. Der Rücken gebogen und gestaucht. Das Gesicht unter einer Kapuze verborgen, die aus einem sackleinenfarbenen Stück Stoff herausragte, das den Namen ›Rock‹ genauso wenig verdient hatte wie Dømt den Namen ›Stadt‹.

Lysander wischte sich mit dem Handrücken über die Lippen. Der Eintopf, den der Wirt in der Zwischenzeit aufgetischt hatte, hatte seinen Lebensgeistern aufgeholfen. Er war immer noch müde und kaputt, aber er fühlte sich deutlich besser als heute Morgen.

»Meisterin Seidenhand«, versuchte er es schmeichlerisch, »Ich kann Sie nur bitten und Ihnen eine erhebliche Aufwandsentschädigung anbieten.« Er legte drei Taler auf den Tisch.

»Das ist ein Breitkopf! Ein Orx, ein Dunkler, ein Vieh!«, zischte sie bösartig.
Lysander hob den flehenden Blick zur Balkendecke. Gib mir Kraft, Apoth! Oder Bekter. Oder Thapath. Wer auch immer! Hauptsache einer erbarmt sich, dachte er.

»Meisterin Seidenhand, ich versichere Ihnen, dass mir das Leben meines Sklaven eine beträchtliche Summe wert ist. Nennen Sie mir Ihren Preis. Bitte.«

»Pfah!« Sie spuckte auf den Boden und der Wirt grunzte sein Missfallen darüber unter dem Schnauzbart hervor, sagte aber nichts.

Lysander nahm sie fest in den Blick.
»Zehn Taler«, sagte er und legte weitere Münzen neben seinen Teller.
»Ich packe so etwas nicht an!« Seidenhand schrie jetzt fast. Speichel flog aus ihrem Mund.

Lysander stand auf.
Nachdem der Modsognir die Heilerin gerufen hatte, hatte ihre Ankunft schnell die Runde im Dorf gemacht. Lysander vermutete, dass sich alle Einwohner in der Stube eingefunden hatten. Der Schmied mit zwei Gehilfen, der Barbier, der Schuster, der Krämer und andere, deren Berufe sich ihm nicht sogleich erschlossen – sie alle waren gekommen.

»Liebe Frau Heilerin, ich bitte Sie. Helfen Sie uns und schon morgen sind wir fort. Sie hingegen werden reich sein.« Er schüttelte weitere Taler aus dem Beutel und beobachtete, wie die Augen der Anwesenden groß wurden.

Mittlerweile lag ein kleines Vermögen auf dem Tisch.

Gorm war zur Seite gesackt und hatte die Augen geschlossen.

Seidenhand machte keine Anstalten, von ihrer Haltung abzurücken. Im Gegenteil: Unwirsch versuchte sie, sich an den Umherstehenden vorbeizudrängeln, um den Gasthof zu verlassen.

»Stop«, sagte Lysander. Er hob eine Hand und die Tür krachte ins Schloss. Mit der anderen Hand schob er den Tisch ein Stück nach vorne. Er senkte den Kopf und bleckte die Zähne. Knurrend sagte er: »Ihr werdet meinen Freund heilen, oder …«

Die Heilerin drehte sich zu ihm um.

»Glaubt Ihr, Eure peinliche Zaubertrick-Demonstration macht mir Angst?«, fauchte sie. Wieder spuckte sie aus. Speichel landete auf den Talern. Trotzig warf sie den Kopf in den Nacken.

»Lasst mich ausreden!«, grollte Lysander.

Die versammelten Dorfbewohner wichen zurück und Seidenhands Augen weiteten sich.

Er entdeckte einen Riss in ihrer Fassade aus Abscheu und Hochnäsigkeit. Den ihre aufkeimende Unsicherheit langsam größer werden ließ. Einen Riss, den er auszunutzen gedachte.

»Ihr könnt diese Taler nehmen und Eure Arbeit tun.« Er hob eine Hand vor ihre Nase und streckte ihr den Zeigefinger entgegen. »Oder Ihr spuckt mir noch einmal vor die Füße und ich zerreiße Euch in der Luft.« Er hob den Mittelfinger und streckte die Finger auseinander. Ein splitternder Spalt zog sich über die Tischplatte.

Erschrocken wichen die Dorfbewohner einen weiteren Schritt zurück.

Seidenhand war ein wenig bleicher geworden.

Er fügte die Finger zusammen. Der Tisch ruckte.

»Ihr seid ein richtiger Magus?«, hauchte sie.

»Ja«, raunte er, »und ein sehr sehr zorniger dazu.«

Aus den Augenwinkeln sah er den Wirt, der wieder sein Kantholz festhielt.

»Ich brauche Eure Hilfe für meinen Freund hier. Aber bringt mich nicht dazu, festzustellen, dass Eure Hilfe meine Geduld nicht wert ist.«

Der Wirt versteckte das Holz hinter seinem Rücken und schluckte.

»Na gut«, sagte die Heilerin. »Ich versuche es.«

Ein erleichtertes, gemeinsames Ausatmen zischte durch die Gaststube.

»Es geht nicht«, sagte sie.

»Wieso nicht?«

»Die Verletzung liegt unter der Haut. Ich kann nicht sehen, was zerstört ist. Sie ist stümperhaft geschlossen worden. Die Arbeit eines Amateurs. Es ist widerlich.

Ich weiß nicht, ob seine Wirbel verletzt sind, ob die Lunge leckt, welche Muskeln zerstört sind. Es geht nicht.«

Lysander hatte Gorm angehoben und bäuchlings auf den stabilsten Tisch im Gasthof gesenkt. Er hatte ihm die enge Jacke ausgezogen, das Hemd heruntergezogen. Gorms grauer Rücken hob und senkte sich im Takt des rasselnden Atems. Ein Netz von Narben erstreckte sich über den breiten Buckel. Die Stelle, an der ihn der Schuss aus der Flinte getroffen hatte, war leicht an der helleren Haut zu erkennen. Sie sah dort dünner, jünger aus.

»Was können wir tun? Ein wenig heilen kann ich auch.«

Seidenhand hörte sich an, als müsste sie husten. Lysander erkannte, dass dies ihre Art zu Lachen war.

»Dann wart Ihr das?«

Lysander nickte.

»Der ach so große Magus ist zu dumm zum heilen.«

Wieder das heisere Husten.

Wieder fühlte er seine Geduld auf die Probe gestellt.

Die Dorfbewohner lungerten nach wie vor in der Stube rum und schickten neugierige Blicke umher. Der Wirt schenkte begeistert Bier in Krügen aus, machte wahrscheinlich das Geschäft seines Lebens.

»Es muss doch etwas geben, was wir tun können?«, flehte Lysander.

Krachend wurde die Tür aufgestoßen.

Drei Männer in den orangen Uniformen der Löwen von Jør stürmten in die Stube.

Drei Pistolenläufe waren auf Lysander gerichtet.

»Ihr könnt Euch ergeben oder sterben!«

Heiser kichernd schlich Seidenhand ein paar Schritte nach hinten.

Zwischen den Soldaten quetschte sich der Modsognir hindurch und lief zur Theke.

»Gut gemacht«, sagte der Wirt und tätschelte dem kleinen Mann über den Schopf.

Lysander ließ sich auf einen Stuhl fallen. Er schloss die Augen und legte die flachen Hände an die Stirn. Er stöhnte.

»Keine falsche Bewegung, Zauberer!«, rief einer der Löwen.

Als Lysander die Hände sinken ließ, schlugen Flammen aus seinen Augenwinkeln.

Die Soldaten erschraken und feuerten ihre Waffen ab.

Die Kugeln schlugen in die Decke.

Pulverdampf füllte den Gastraum.

Verwundert sahen sie auf die Pistolen in ihren nach oben gestreckten Fäusten.

Lysander ließ sie ihre Waffen so heftig senken, dass sie aus ihren Händen zu Boden polterten.

»Seid ihr denn alle verrückt geworden?«, flüsterte er.

»Tötet den Magus! Und tötet das Vieh! Jetzt!!!« Seidenhand hatte die Kapuze vom Kopf gezogen und schrie aus vollem Hals. Ihr Gesicht war hassverzerrt und abgrundtief bösartig.

Messer wurden gezückt, Knüppel erschienen in Fäusten, grimmige Dorfbewohner näherten sich ihm.

Ich habe alles versucht, dachte Lysander.

Die drei Löwen griffen als erste an.

Er warf die Hände nach vorne und sie wurden gegen den Eingang geschmettert. Rüstungen klirrten, Knochen brachen. Hektisch versuchte der Modsognir, mit seiner alten Flinte auf ihn zu schießen. Lysander zerriss ihn horizontal. Mit vor Staunen geweiteten Augen purzelte der kleine Kopf am kurzen Oberkörper zur Seite. Der Schmied und seine Gehilfen vergingen in einem weißblühenden Feuerball, den Lysander sogleich löschte. Den Wirt warf er krachend an die Decke, den Barbier stauchte er in den Dielenboden. Der Schuster und die anderen verkohlten in einer Flammenwand, die er mit einem Film aus Wasser erstickte.

Alles war so schnell gegangen.

Nur noch Leveke Seidenhand stand mit ungläubiger, gleichzeitig hasserfüllter Fratze vor ihm.

»Das«, raunte Lysander und zeigte durch den Raum, »geht allein auf dich.«

»Thapath wird Euch richten!«, brüllte sie. Sie zückte einen kleinen Dolch und warf sich auf ihn. Trotz seiner Schwäche hatte er keine Mühe, ihre dürren Handgelenke zu packen und den Dolchstoß abzuwehren.

Nase an Nase standen sie in der Mitte des Raumes. Als sie versuchte, nach seinem Gesicht zu beißen, schlugen ihre Zähne aufeinander.

»Bestellt ihm Grüße«, raunte Lysander.

Dann legte er ihr die Handfläche auf die Brust.

Ein paar Blitze in seinem Kopf.
Ferner Donner in seinen Ohren.
Einige Muskelfasern zuckten.
Lysander öffnete den Mund. Ein wenig.
In seinem Rachen gurgelte der Zauber.
Spucke sammelte sich in seinen Mundwinkeln.
Leveke Seidenhands Klauen krallten sich in seine Weste.
Ein stummer, langer Schrei. Abgrundtiefe Panik im Gesicht.
»Der Flamm...« hauchte sie, dann verwelkte ihre Zunge.

Ihr dünner Körper zuckte und knisterte unter der Kutte. Blasen bildeten sich auf ihren Wangenknochen. Die faltige Gesichtshaut zog sich eng und enger zusammen. Ihr Kiefer knackte. Zähne lösten sich aus schwindendem Zahnfleisch und fielen über die schrumpeligen Lippen. Sie schrumpfte zusammen. Wurde klein und kleiner. Rauchwolken kräuselten sich aus ihrem Kragen. Ihre Schulterblätter zuckten, ihr Rücken bog sich. Brutzelnd und leise knackend krümmte sie sich auf dem Boden zusammen. In der Ferne grollte ein stetiger Donner heran. Lysander spürte, wie er sich aufbaute, näher kam und auf halber Strecke zu ihm verging. Dunkle Blitze schossen durch sein Sichtfeld und verzogen sich.

Leveke kniet über dem kleinen Teich und bewundert ihr Antlitz. Sie findet sich schön. Sie streichelt sich. Schaut von einer Seite auf die andere, löst aber nie den Blick von ihrem Mädchengesicht. Sie ist zwar klein und jung, aber heute hat sie ihren ersten Heilzauber gesprochen. Mit elf. Das ist schon außergewöhnlich, hat Mama gesagt und der Vogt hat ihren Eltern ein gutes Geld dagelassen. Der andere, der Kraft-Geber, ist gestorben, aber ob das daran gelegen hat, dass Leveke ihm ein wenig Leben für sich selbst abgezogen hat, oder einfach an den Verletzungen des Empfängers, die womöglich schlimmer gewesen sind, als sie gedacht hat, ist ihr einerlei. Der Sohn des Vogts hat überlebt, der Diener ist tot.
So ist das nun mal.
Als Heiler hat man dergleichen nicht zu hinterfragen.

Lysander schnaufte, um den Geruch nach bratendem Fleisch aus der Nase zu bekommen.
Der Donner dröhnte nur ganz leise in seinem Hinterkopf, die Blitze hielten sich am Rand seines Sichtfeldes. Er ließ seine Nackenwirbel knacken und streckte sich. Er fühlte zwischen den Knöpfen an seine Brust und tiefer über den Bauch. Es fühlte sich gut an.
Er fühlte sich überhaupt recht gut.
So war es weder bei Strengarm, noch bei Steinfinger gewesen. Dieses Mal war es besser. Einfacher.
Dennoch hatte er nicht das Gefühl, dass er den SeelenSauger absichtlich ausgelöst hatte. Es war einfach über ihn gekommen.

Leveke rennt über die Straße. Sie lacht. Als sie die Soldaten aus der Senke auftauchen sieht, bleibt ihr das Lachen im Hals stecken. Die Männer sehen wild aus. Zornig. Aber sie grinsen gemein. Am Abend fallen sie in Dømt ein.
Es sind Grenadiere aus Kernburgh.
In ihren Reihen kämpft auch ein Breitkopf. Mit einer Axt schlägt er ihren Vater nieder. Die Soldaten fackeln das Dorf fast vollständig ab. Sie erschlagen jeden, den sie finden. Nur sie nicht.
Sie lassen sie am Leben und sie wechseln sich ab.
Sie wünscht, sie wäre ebenfalls tot.

Lysander hob beide Augenbrauen und sah auf Seidenhands verschrumpelten Körper hinab.
»Das tut mir leid«, flüsterte er.
Er wollte ihr noch sagen, dass er das ernst meinte.
Nichts von dem hätte passieren müssen. Nichts.
Gorm stöhnte und versuchte den Schädel zu heben.
Lysander legte ihm die Hand auf den Rücken.
»Du kannst liegen bleiben«, flüsterte er.

Er schloss die Augen und konzentrierte sich – durchsuchte Seidenhands Erinnerungen.

Leveke ist über die Grenzen Jørs bekannt. Sie ist eine gute Heilerin. Was keiner weiß: Manchmal holt sie etwas Leben für sich. Nur ein bisschen. Hier einen Tag, da eine Woche. Immer nur ein bisschen. Das ist leicht, weil niemand so recht versteht, was sie da tut und wie sie es tut. Sie findet, das ist nur gerecht. Für alles, was sie erlebt hat, steht ihr ein wenig Leben zu. Manches Mal heilt sie die Oberfläche und zweigt sich das Leben aus den Muskeln und dem Fleisch ab, ohne dass es jemand bemerkt.

Dass der Empfänger dann doch nach ein paar Tagen stirbt, kann ihr niemand ankreiden. Schließlich gibt sie ihr Bestes.

Lysander verstand.
Nagte sein Gewissen, als ihm klar wurde, was er zu tun hatte?
Nein. Nicht mehr.
Dass sie auf ihn hatten schießen wollen, machte es leichter.
Er bückte sich, sammelte die Pistolen der Löwen auf und zog ihnen die Munitionstaschen von den Gürteln. Während er das tat, stöhnten sie. Die würden noch eine Weile da liegen, dachte er.
Lysander setzte sich an den Tisch und lud die Waffen.
Einer der Soldaten rollte sich langsam auf den Bauch. Auf allen vieren versuchte er aufzustehen. Lysander nahm eine der Pistolen auf, ging zu ihm hinüber und feuerte ihm aus kurzer Distanz in den Rücken.
Mit einem erstickten Schrei fiel der Soldat aufs Gesicht. Wieder füllte Pulverdampf den Raum.
Lysander legte die Waffe auf den Tisch.
Er zeigte auf den Mann, raunte den Zauber und hob den Finger. Der Soldat flog hoch. Auf Augenhöhe führte Lysander ihn zum Tisch und ließ ihn davor absinken.
Gorms gelbe Pupillen folgten ihm.
»Das wird jetzt wehtun, mein Freund«, flüsterte Lysander. »Aber ich weiß, was ich tue.«
Der Hüne schloss die Augen und biss die Zähne aufeinander.
Lysander legte ihm eine Hand auf den Rücken, die andere auf den des Jørers.
Er murmelte den Zauber aus Levekes Erinnerung.
Die graue Haut platzte auf. Gorm grollte schmerzerfüllt.
Der Soldat atmete stoßweise, aber erleichtert, als sich seine Verletzung schloss.
Freu dich nicht zu früh, dachte Lysander.
Ein qualvoller Schrei des Jørers zerriss die Stille.
Neben Gorms freigelegter Wirbelsäule wanden sich die Muskelstränge zusammen wie Schlangen bei der Paarung. Sehnen fanden zueinander. Adern verbanden sich. Blut strömte durch die Gefäße.
Der Soldat wimmerte. Ein Zittern schüttelte seinen Körper.

Fett und Speck legten sich über das rote Fleisch. Dicke, lederartige Haut zog sich zusammen, strömte von den Rändern zur Mitte hin.

Gorm atmete tief aus und schlief ein.

Der Jører zuckte noch ein letztes Mal.

Lysander schaute auf Gorms verschwitzten, grauen Schädel herunter. Durch das fehlende Ohr sah es so aus, als könnte er bis ins Gehirn blicken. Er legte eine Hand auf den Hinterkopf, schloss die Augen und konzentrierte sich.

Entzündung. Eiter. Schmerzen. Altbekannt und verdrängt.

So fühlte es sich also an, wenn einem Ohren und Nase fehlten …

Die arme, geschundene Kreatur …

Lysander kam ein Gedanke.

Er zeigte auf den zweiten Soldaten und ließ ihn zu sich schweben.

Mal sehen …

5. TEIL

NEUE UFER

DAS HOHE TAL VON JØR

59

Dømt.
Ein kleiner, schmucker, sauberer Ort. So friedlich.
Aber was für ein Kaff!
Keno und Jeldrik ritten auf ihren Pferden die Hauptstraße entlang, die auch gleichzeitig die einzige Straße war. Vor und hinter ihnen die Kavalleristen unter Rothwalzes Kommando. Verteilt an den Hängen suchten Jäger die nähere Umgebung ab.
Die Infanterie würde gegen Mittag das Dorf erreichen, und eine Tagesreise hinter ihnen schleppten sich der Zug der leichten Artillerie und die Versorgungskolonne die Pfade hinauf.
Es war früh an einem klirrend kalten Morgen und die Dorfbewohner waren noch nicht bei der Arbeit. Es lag eine heimelige, friedvolle Ruhe über Dømt.
Hauptmann Rothwalze trabte ihnen entgegen.
»Das Dorf scheint verlassen zu sein«, stellte er fest.
»Wussten die, dass wir kommen?«, fragte Keno.
Rothwalze zuckte mit den Schultern.
»Wüsste nicht, woher. Späher haben wir keine gesehen.«
Keno sah sich um. War das eine Falle der Jører?
»Schicken Sie eine Eskadron voraus, Hauptmann. Wenn es eine Falle ist, ist es mir lieber, wenn Ihre Reiter sie auslösen und uns eine Warnung geben können.«
Der Hauptmann nickte, wendete sein Pferd und ritt zu einem Trupp am Wegrand.
Kurze Zeit später preschten achtzig Dragoner über die Straße aus dem Dorf.
»Wo sind die alle?«, wunderte sich Keno. Er hatte geplant, Dømt schnell und zügig durch einen Vorstoß der Kavallerie-Schwadron zu besetzen, um einen Posten zu etablieren, der ihnen als Basis für den Feldzug gegen Jør dienen sollte. Mit viel Gegenwehr hatte er nicht gerechnet, denn es war davon auszugehen, dass der Feldzug überraschend kam.
Genau um diese Überraschung sorgte er sich nun. Wusste die Jører Armee von Kernburghs Initiative? Hatte sie die Dorfbewohner gewarnt und evakuiert?
»Brigadier!« Ein Kürassier winkte vom Eingang des Gasthofes.
Keno stieß seinem Pferd in die Flanken und lenkte es zu ihm.
»Was gibt es?«
Der Mann lief ihm entgegen. Rücken- und Brustpanzer rappelten.
»Das müssen sie sich ansehen!«

Keno stand im Innenhof des Gasthauses und versuchte zu begreifen, was er sah.

In der Mitte des Hofes lag ein Haufen verbrannter Leichen.

Das klärte zumindest, was mit den Dorfbewohnern geschehen war. Aber warum?

Jeldrik trat neben ihn.

»Im Gasthaus sieht es aus wie nach einer Schlacht. Verkohltes Holz, Blutspritzer, Fetzen. Da hat wer so richtig gewütet.«

Keno fasste einen Entschluss.

Rumwundern brachte sie nicht weiter.

»Wir schlagen unser Quartier im Dorf auf. Wenn die Häuser leer sind, müssen wir auch niemanden rausschmeißen. Der Gasthof wird unser Hauptquartier, die Häuser werden den Offizieren vorbehalten. Ich will eine vorgerückte Stellung an Ein- und Ausgang des Dorfes mit jeweils zwei Kompanien Infanterie und zwei Batterien leichter Artillerie.«

Jeldrik nickte und winkte einen Meldereiter heran.

»Dann sollen die Jäger ausschwärmen«, ergänzte Keno.

Über den Hof schritt ihnen Rothwalze entgegen.

»Brigadier!« Er salutierte locker. »Wir haben ein Pulk aus Frauen und Kindern im Wald gefunden.«

Keno horchte auf. »Ach was?!«

»Einundzwanzig Personen. Die Dragoner geleiten sie gerade ins Dorf zurück.«

»Vielleicht können die uns erzählen, was hier los ist. Sturmvogel, bitte organisieren Sie die Beseitigung der Leichen.«

Keno betrat den Gasthof durch den Hintereingang.

Jeldrik hatte nicht übertrieben: Als hätte jemand mit Kartätschenmunition in die Stube gefeuert. Er schüttelte den Kopf, durchquerte den Gastraum und trat vor das Haus.

Vor ihm standen Frauen und Kinder. Die Ältesten mochten siebzig sein, die Jüngsten ein Jahr. Zwei Zwergenfrauen hielten etwas Abstand zum Rest der Gruppe.

Keno nahm den Dreispitz vom Kopf. »Guten Tag«, begrüßte er sie. Einige der Jüngeren weinten und klammerten sich unsicher an ihre Mütter.

»Machen sie sich bitte keine Sorgen. Wir werden ihnen nichts tun«, sagte Keno.

Eine ältere Frau in einfacher Jører Tracht aus weitem Rock mit Schürze trat ihm entgegen.

»Was wollt ihr hier?«, fragte sie trotzig. Keno lächelte.

»Nun, gute Frau, von euch wollen wir nichts«, sagte er, »Es sind eure Priester, denen wir einen Besuch abstatten wollen.«

»Ich dachte, ihr wollt den Magus fangen.«

»Magus?«

»Der Gesandte Apoths, der unsere Männer umgebracht hat.«

Keno sah verwundert zu Rothwalze. Der Hauptmann stopfte seine Pfeife und blickte ungerührt zu ihm zurück, als täte er dies auf der Promenade in Neunbrückhen.

»Ihr wollt mir sagen, dass das hier EIN Magus gewesen ist?«

Die alte Frau spuckte auf den Boden und machte das Zeichen der Waage.

»Thapath hat seine Söhne geschickt, um uns zu vernichten«, hauchte sie.

Keno verzog genervt die Mundwinkel. Es war allgemein bekannt, dass die Jører ausgesprochen gläubig waren, aber musste er sich wahrhaftig erst durch den Nebel der Religion kämpfen, um zu erfahren, was vorgefallen war?

»Ich verstehe nicht …«

»Sie waren zu zweit. Magus und Bestie. Apoth und Bekter.«

Rothwalze lachte trocken auf.

»Wenn der gute Thapath euch seine Söhne schickt, müsst ihr ja wohl irgendwas verbrochen haben«, murmelte er.

Nicht sehr hilfreich, dachte Keno.

»Wollen Sie mir nicht einfach mal berichten, was hier vorgefallen ist? Den Rest würde ich mir dann gerne selbst zusammenreimen.«

»Das geht so nicht«, sagte Keno und knallte eine Faust auf den Tisch.

Mit ihm in der Stube des Gasthauses waren die Leutnants Jeldrik Sturmvogel, Barne Wackerholz und die beiden Offiziere der Kavallerie, Hauptmann Berber Rothwalze und Oberst Qendrim Hardtherz.

»Wie können wir hoffen, einen erfolgreichen Feldzug gegen Jør und Dalmanien zu führen, wenn wir nicht einmal wissen, wann und wo unsere Feinde in welcher Stärke stecken?«

Hardtherz räusperte sich.

»Sie haben recht, Brigadier. Die Informationslage ist unzureichend und unbefriedigend. Sie fiel der Umstrukturierung der Armee zum Opfer, denke ich.«

Keno überlegte.

»Wenn das so ist, dann müssen wir das ändern. Es macht überhaupt keinen Sinn, blind in diesen Bergen herumzutaumeln und auf gut Glück zu hoffen. Wir hatten damit gerechnet, auf Verbände der Jører zu treffen – Pustekuchen. Das hätten wir aber wissen müssen!«

Die Offiziere nickten.

»Gut. Ich danke für Ihre Zustimmung, meine Herren. Folgendes werden wir nun tun: Sie, Oberst Hardtherz, werden die schnellsten und tüchtigsten Reiter der leichten Kavallerie-Einheiten zu mehreren Schwärmen zusammenführen. Ich möchte, dass sie ausschwärmen und die Umgebung absuchen. Es müssen immer mindestens zwei Rotten pro Schwarm sein, also mindestens vierundzwanzig Reiter, damit sie genug Mannstärke haben, um Reiter zwischen dem Spähtrupp und unserer Hauptstreitmacht entsenden zu können.«

»Betrachten Sie die Angelegenheit als erledigt, Brigadier.«

»Besten Dank. Hauptmann Rothwalze wird mein persönlicher Ansprechpartner, wenn es um Auswertung der Informationen geht. Die Schwärme sollen ihre Erkenntnisse in erster Linie ihm zutragen, sodass er sammeln kann und dann wiederum mir berichtet.«

Rothwalze sah kurz zum Oberst. Beide nickten.

Keno wandte sich an die beiden Artilleristen.

»Jeldrik, Barne, ich möchte, dass ihr die Köpfe zusammensteckt und euch eine Methode überlegt, wie wir Nachrichten über weite Strecken senden können. Die Melder und Beobachter der Artillerie machen dies zwischen den Batterien mit Armbewegungen und Fahnen. Wie können wir das über weitere Entfernung hinbekommen? Denkt darüber nach!«

Die beiden sahen sich an und grinsten.

»Was ist los?«, fragte Keno.

»Tja, es ist so, dass ich mir da schon was überlegt hatte«, sagte Jeldrik. »Es wäre mir eine Ehre, es Ihnen vorzutragen, Brigadier.«

60

»Es war mir eine Ehre, Major Lockwood.«
Die beiden reichten sich die Hände und schüttelten sie kraftvoll.
»Mir ebenfalls!«, sagte Lockwood freudig.
Während der letzten sechs Monate war zwischen ihnen eine Art distanzierter Freundschaft entstanden. Bravebreeze hatte sich als ein Quell des Wissens herausgestellt.
»Eine Seeschlacht ist wie eine Schlacht zu Felde, nur wesentlich langsamer. Viel langsamer. Aber die Prinzipien sind die Gleichen.« Über eben jene Prinzipien hatten sie bei Cognac, Rum oder Wein zusammengesessen und über längst vergangene Kriege diskutiert, Bücher gewälzt, Taktiken bewertet, Fehler und Erfolge analysiert. Bravebreeze' Verstand war scharf und präzise. Der Kommandant der Agathon war in der Lage, ein Gefecht im großen Kontext zu erkennen und zu lesen. Er war ausgesprochen großzügig mit seinem Wissen und war für Lockwood so etwas wie ein Mentor geworden.
»Ich wünsche Ihnen nur das Beste und davon ganz viel.« Bravebreeze knuffte ihn an der Schulter. »Passen Sie auf sich auf.«
»Und Sie auf sich«, sagte Nat.
Beide salutierten und nickten einander noch einmal zum Abschied zu. Dann drehte sich Lockwood zu Topangue um – beziehungsweise zu dem Teil von Topangue, der Antur genannt wurde. Das Königreich Antur. Seit Jahren im Handelsbündnis mit Northisle, nun bedroht durch den zunehmenden Einfluss der Kernburgher. Das Nachbarreich Pradesh hatte Antur zwar nie offiziell den Krieg erklärt, aber die Übergriffe und Scharmützel an der Grenze nahmen immer mehr zu und machten deutlich, dass der Nawab von Pradesh einem Krieg gegenüber nicht abgeneigt war.
Die Agathon hatte im Hafen von Angani, der großen Küstenstadt von Antur, angedockt und Reihe um Reihe der Grauröcke an Land gespuckt.
Lockwood holte Luft.
Topangue war heiß. Und feucht. Er hatte sich kaum bewegt und schon lief ihm ein Bach über den Steiß. Im Hafen roch es nach Seetang und Curry, was deutlich besser war, als der Geruch von verschwitzten Achseln, an den er sich in den letzten Monaten hatte gewöhnen müssen.
Vielleicht war Topangue doch nicht so schlecht.

General Bodean Leftwater diente schon seit zehn Jahren in der Topangue-Company und das sah man ihm an: braun gebranntes Gesicht, lederartige Haut, ein riesiger, schwarzer Schnauzbart und einen listig-verschlagenen Ausdruck um die pfiffigen Augen. Er trug den dunkelroten, doppelreihig geknöpften Frack der Company und einen runden Hut, der Fez genannt wurde. Nur die weißen Abzeichen auf den Schultern gaben ihn als General zu erkennen. Ansonsten wirkte die Uniform schlicht und zweckmäßig und, wie Nat feststellte, auch deutlich luftiger als sein eigener Frack aus Wolle.

»Folgendes ist die Situation, meine Herren: Nawab Hyder von Pradesh ist auf Krieg aus. Er hat seine gierigen Fingerchen nach Praknacore ausgestreckt und auf die müssen wir draufhauen. Er hat an der Grenze einige Forts errichten lassen und begnügt sich seit einiger Zeit nicht mehr nur mit kleinen Überfällen auf seine Nachbarn.«

Lockwood starrte auf die ihm fremde Karte und versuchte, die Reiche zuzuordnen. Mit ihm und Leftwater hatten sich zahlreiche Offiziere der Armee und der Company im Haus des Generals eingefunden. Die offenen bogenförmigen Fenster im hellen Besprechungsraum reichten vom Boden bis zur Decke und sorgten für einen angenehmen Luftzug. Unter der hohen Decke kreisten Ventilatoren, die über Rollen und Winden an Leinen von bediensteten Eotens bewegt wurden. Gekühlter Tee und frische Früchte waren gereicht worden und so langsam konnte sich Lockwood für Topangue erwärmen. So zumindest konnte man die drückende Schwüle recht gut aushalten, dachte er.

»Und jetzt kommt's, Gentlemen …« Der General machte eine dramatische Pause. »Der Nawab ist mit vierzehntausend Soldaten in Praknacore eingefallen. Mit unserer Hilfe ist es gelungen, ihn zurückzuschlagen. Aber sie haben einhundertzehn unserer Jungs gefangen genommen und über die Grenze geschleppt.«

Der Zeigefinger des Generals landete auf einem Punkt auf der Karte.

»Soweit wir wissen, haben sie die Gefangenen in die Hauptstadt von Pradesh gebracht, nach Pradeshnawab.«

Von den ganzen fremden Namen begannen Lockwoods Ohren zu klingen.

»Wir gehen davon aus, dass der Nawab über fünfzigtausend Krieger verfügt, die mit Kernburgher Musketen ausgerüstet sind, und auch mit einigen Geschützen aus den Gießereien der Schneckenlutscher.«

Lockwood atmete geräuschvoll zwischen den Zähnen aus.

Ja, wollen die denn die ganze Welt in Flammen setzen? Reicht es ihnen nicht, den Kontinent mit ihrer vermaledeiten Revolution zu ruinieren?

Lieutenant General Halfglow räusperte sich.

»Wie ist denn die derzeitige Strategie, General?«

Leftwater zwirbelte seinen Bart. »Genau das ist der Punkt: Wie ist denn die Strategie? Wie Sie wissen, beschäftigt sich die Company hauptsächlich mit der Sicherung unserer Interessen in Topangue und ist nur sekundär eine aktive Kampftruppe. Ich hatte gehofft, Sie könnten uns ein wenig auf die Sprünge helfen.«

Halfglow zögerte.

»Wie gestalten sich denn unsere Prioritäten?«, fragte Lockwood in die Runde.

Leftwater richtete einen Zeigefinger auf Nathaniel und zwinkerte ihm zu.

»Gute Frage, Major. Unsere oberste Priorität ist weiterhin die Sicherung der Handelsrouten und Beziehungen zu unseren Handelspartnern im Land. Und ab da wird es kompliziert: Antur oder Praknacore sind nicht unsere wichtigsten Partner in Topangue, das wäre Gundhra – was nebenbei auch über deutlich größere Truppenkontingente verfügt. Allerdings können wir es auch nicht hinnehmen, dass der Nawab meint, er könne sich Praknacore unter den Nagel reißen. Fällt der Pash von Praknacore, stünden wir schön bescheiden da und die anderen Herrscher würden zur Überzeugung gelangen, dass wir als Verbündete nichts taugen.«

Lockwood nickte.

»Also gut. Wenn ich das richtig sehe, ist die Befreiung unserer Jungs damit nicht auf Position eins?«

»Das würde ich so nicht sagen, Major. Ich würde nur sagen, dass wir bei unseren Bemühungen zur Rückführung, unsere globalen Interessen nicht vergessen dürfen«, entgegnete Leftwater verschmitzt lächelnd.

»Ich verstehe«, murmelte Lockwood. »Dann ist es doch recht einfach, oder?«

Der General stemmte die Fäuste in die Hüften und sah ihn erwartungsvoll an.

»Der Nawab greift an und nimmt Gefangene. Northisler. Diener der Krone. Gibt es einen besseren Grund, nach Pradesh zu marschieren? Dass wir nebenbei ein paar Finger klopfen und Grenzen sichern, ist doch nur zu begrüßen. Vordergründig sollten wir also die Rückführung unserer Männer als oberste Priorität formulieren, den Nawab unter Druck setzen und ihm mit Krieg drohen.«

Leftwater winkte ab.

»Sie sind noch nicht allzu lange hier, nicht wahr?«

Lockwood lachte. Es war offensichtlich, dass er erst vor einigen Stunden eingetroffen war und der General wusste das.

»Die Pradesher sind ein stolzes Volk. Er würde sich nie unserem Druck beugen. Im Gegenteil!«, sagte Leftwater.

»Aber ist es nicht genau das, was wir wollen?«, fragte Lockwood.

»Er soll sich doch gar nicht einschüchtern lassen. Wir wollen – und wenn ich es richtig verstehe, müssen – ihn zurechtrücken. Die Gefangennahme gibt uns einen guten Grund. Nebenbei zeigen wir uns noch ehrenhaft und können zukünftig ein wenig sicherer sein, dass keine Northisler mehr gefangen und verschleppt werden. Demonstrieren wir dem Nawab die volle Härte Northisles, befreien wir unsere Jungs, hauen wir ihm auf die Finger!« Nathaniels Stimme war immer lauter geworden, als ihn die eigene Begeisterung überkam. Jetzt hielt er inne und sah in belustigte Gesichter.

»Und wie wollen Sie das anstellen, Major?« Leftwater stützte sich mit den Fäusten auf dem Kartentisch ab und lehnte sich nach vorn. Auffordernd sah er Nathaniel in die Augen.

»Wie meinen?«, fragte er irritiert.

»Ich hatte doch gerade erwähnt, dass Pradesh über fünfzigtausend unter Waffen verfügt. Wenn mich nicht alles täuscht, ist der Herr Major heute Morgen mit zwanzig gelandet. Rechnen können sie selbst?«

Die anderen Offiziere lachten. Nathaniel spürte, wie ihm die Röte ins Gesicht stieg. Noch war er nicht sonnengebrannt genug, als dass die anderen es nicht bemerken würden. Er schnappte nach Luft.

»Ich mag zwar erst heute angekommen sein, aber ich kann Ihnen sagen, dass jeder Soldat des 32sten garantiert drei Pradesher aufwiegt.«

»Was aber weniger ist als ein Kieselbuchter Kernburgher?«, erkundigte sich der General gemein.

Nathaniel konnte hören, wie es in seinem Hirn knirschte, als wurde eine Duellpistole gespannt.

»Ist es nicht so, dass die Truppen der Company so etwas sind wie Aufpasser? Wir aber sind Soldaten. Echte Northisler Soldaten«, entgegnete er, und schon während er es sagte, bereute er es. In Opposition zu Leftwater zu geraten, brachte ihm herzlich wenig. Er war auf die Company und ihre Expertise in diesem fernen Land angewiesen. Noch bevor Leftwater einhaken konnte, hob er die Hand und fuhr fort: »Mit Ihrer Unterstützung können wir Pradesh schlagen, den Nawap, oder wie der heißt, in seine Schranken weisen UND unsere Leute zurückholen. Mit Verlaub.«

Leftwater lächelte.

»Ich mag Ihren Stil, Major. Aber sagen Sie mir doch, wie Sie dies angehen würden!« Dabei warf er einen Seitenblick zu Halfglow, der nur die Hände hob und auf Lockwood verwies.

Nun denn, dachte Nat und krempelte sich in Gedanken die Hemdsärmel hoch.

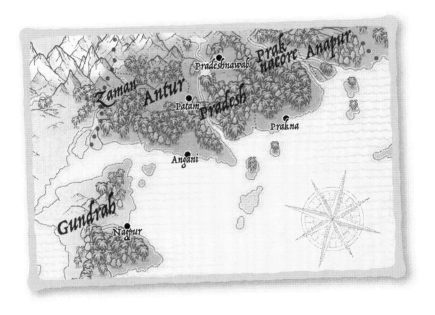

61

Frühling in Neunbrückhen. Krokusse kämpften sich an die ersten wärmenden Strahlen der Sonne, Vögel zwitscherten, die Bauern arbeiteten auf den Feldern und schon aus der Ferne konnte er den lieblichen Klang des Kurzmachers durch die verlassenen Straßen schallen hören.

Desche holte Luft und atmete den Duft der Weiden vor der Stadt ein.

Ekelhaft.

Wie viel besser roch es doch vor dem großen Podest auf dem Platz der Revolution! Der schwere, iserne Geruch des Blutes mit einer feinen Note Fäkalien im Abgang.

Er konnte es gar nicht erwarten, nach Hause zu kommen.

Desche Eisenfleisch, der Rächer von Bluthafen. Was ein Name!

Einen solchen Kriegsnamen hätten sie ihm im Vierten Zeitalter mit Sicherheit verliehen!

Voller Vorfreude dachte er an sein ganz persönliches, großes Finale, das noch heute Nacht mit großem Tusch, Pauken und Trompeten stattfinden würde.

Von dem geplanten Schlag könnte sich das abgeschaffte Königshaus nie wieder erholen.

Desche rieb sich die Hände.

»Schneller, Mann!«, befahl er seinem Kutscher.

Kurze Zeit später passierten sie das Stadttor.

Die Hufe der Pferde und die Eisenbänder der Räder krachten über das Kopfsteinpflaster.

Durch die Fenster der Kutsche bestaunte er seine Stadt.

Sickerwasser im Rinnstein, windschiefe Häuser. Verkümmerte Straßenhunde, die in Rudeln durch die Nachbarschaft streunten. Gebeugte Gestalten mit leeren Augen, die Waren und Gegenstände aller Art mit sich trugen, um sie auf dem großen Markt gegen ein paar Schillinge einzutauschen. Und über allem die dichte, schwarze Rauchfahne aus dem Schornstein des Krematoriums, das die Feinde der Republik zu Asche wandelte.

Sein Herz hüpfte vor Freude, als er an sein Frauchen dachte.

In seiner langen Abwesenheit sollte sie das neue Stadthaus bezogen haben, hoffte er.

Es war ein Leichtes gewesen, die Witwe Dünnstrumpf davon zu überzeugen, es ihm zu verkaufen. Was sollte die auch mit einem Erbe in Neunbrückhen, wo sie doch in Bluthafen lebte?

Bluthafen.

Er hätte sich selbst auf die Schulter klopfen können. Wie ihm das wieder eingefallen war!

Desche, du bist brillant!

Dabei war es so offensichtlich gewesen! Das Blut der Toten lief die Hafenmauer hinab und tropfte – beziehungsweise, floss in Strömen – ins Wasser des Hafens. Blut. Hafen.

Fertig.

Er lachte und sein Kutscher sah ihn an, als hätte er den Verstand verloren.

Aber was wusste der schon?

Der hätte auch gelacht, wenn er wüsste, was Desche wusste.

Er hatte das luxuriöse Haus des Tuchhändlers für einen Spottpreis bekommen, den er noch nicht einmal selbst hatte berappen müssen. Die Besitztümer der Königstreuen mussten ja schließlich Verwendung finden. Ein Großteil landete in den Kriegstruhen der Revolutionsarmee, aber ein nicht unbeträchtlicher Teil versickerte in den tiefen Taschen der Profiteure.

Na ja, klar, dass Desche dafür gesorgt hatte, dass seine Taschen tief genug waren, um ein wenig mehr versickern lassen zu können.

Er war ein gemachter Mann.

Ein Mann, der jetzt auch Besitzer eines angemessenen Stadtsitzes war: Haus Eisenfleisch.

Er klatschte begeistert in die Hände.

Wieder sah ihn sein Kutscher dämlich an.

Hatte der alte Mann nicht irgendwann einmal seine Sympathie dem König gegenüber bekundet?

Ach was.

Desche lachte lauter. Es war so einfach geworden: Drauf zeigen, Royalist rufen, Rumpel, Klack. Oh, er hatte viele alte Rechnungen beglichen. Viele. Alle hatten den Tod verdient.

Eine Begleichung fehlte allerdings noch: Lüder Silbertrunkh.

Mit ein Grund, warum er es so eilig hatte, heimzukommen.

Na ja, und die beiden anderen Gründe.

Oder besser: anderthalb Gründe …

Früh am Abend sonnte sich Desche im Applaus des Pöbels von Neunbrücken.

Beherrsche das Pack und du beherrschst die Stadt.

Er breitete die Arme aus und drehte sich langsam um die eigene Achse. Das Pack klatschte und jubelte. Der Rächer von Bluthafen war zurück und es war Zeit, dass der große, ölig glänzende Kurzmacher Gericht hielt.

»Bürger!«, brüllte er in die Flüstertüten. »Es ist so weit!«

Tosendes Freudengeheul brandete über ihn.

Eine Gefängniskutsche fuhr neben den Aufgang zum Schafott.

Eine Schar Soldaten in den saubersten Uniformen fächerte aus und umstellte Kutsche und Podest. Ein buckliger Wärter stieg vom Bock, ging um den Eisenkäfig auf der Ladepritsche herum, fummelte einen Schlüssel hervor und öffnete die Tür.

Gespanntes Schweigen kündete von erneuten Ovationen.

Die Königin musste sich ducken, um durch die Tür zu passen.

Sie raffte ihren schmutzigen Rock, als ihre nackten Füße nach dem Tritt suchten.

Sie stieg die Treppe der Pritsche hinab.

Bitte, mach eine Szene, hoffte Desche. Er bemühte sich, sie nicht anzustarren. Ehrwürdig schaute er in die Ferne, über die Köpfe der versammelten Bürger hinweg. Sein Blick fand den Schornstein des Krematoriums, der für den heutigen Anlass auf weitere Rauchwolken verzichtete.

Die Königin betrat die Stufen zum Podest.

Sie sah nun nicht mehr so hübsch aus, stellte er grienend fest. Ihre vormals pompöse Lockenpracht stand wirr in alle Richtungen. Ihre Korsage war befleckt und an einigen Stellen hatten sich die Riemen gelöst. Wieder raffte sie den besudelten Rock. Vier Soldaten umringten sie. Leider mussten sie sie weder schubsen, noch tat sie ihnen – oder vielmehr Desche – den Gefallen, in hysterisches Geschrei auszubrechen, woraufhin man sie hätte zum Schafott tragen können wie eine zappelnde Gans.

Mist.

Aber das kann ja noch werden.

Desche biss sich auf die Zähne, um ein breites Grinsen zu unterdrücken.

Würde bewahren, mahnte er sich.

Apropos Würde:

Es sah ausgesprochen würdevoll aus, wie die Königin das Podest betrat. Leicht und sanft setzte sie einen Fuß vor den anderen. Aus ihren dunkelbraunen Augen strahlte weder Verzweiflung noch Hoffnungslosigkeit, sondern Tapferkeit und Erhabenheit.

Mist, verdammt!

Mit geradem Rücken schritt sie zum Rand der Bühne.

Die Bürger glotzten sie erwartungsvoll an. Ihr Auftritt hatte wohl alle verwundert.

Sie faltete die Hände vor dem Schoß und sah stumm über die Menge.

Desche wollte gerade den Soldaten ein Zeichen geben, als sie ihren Mund öffnete.

»Da das irdische Gericht versagt, bleibt mir nur die Gnade Thapaths«, sagte sie leise.

Da aber auch alle Anwesenden sehr leise waren, war er sich sicher, dass ihre Worte bis in die letzten Reihen tragen würden.

»Ich vergebe euch. Thapath hoffentlich auch.«

Sie verbeugte sich und drehte sich auf den Fersen.

Anmutig. Würdevoll. Erhaben.

Scheiße!

Schreiend, panisch, manisch wäre ihm lieber gewesen.

Dumme Kuh!

Desche ballte die dicken Fäuste und unterdrückte ein Knurren.

Die Königin stellte sich an die Liege und ließ sie durch ihr eigenes Körpergewicht kippen.

Ratlos sahen die Henkersgehilfen zu ihm hinüber.

Oh, diese gottlose Kreatur!

Konnte sie nicht zur Hinrichtung kommen, wie es sich gehörte? Mit klirrender Angst und schlotternden Knien.

Grimmig nickte er den Gehilfen.

Sie zuckten mit den Schultern, banden die Lederriemen und schoben die Liege an den Pranger.

Während der Hals der Königin fixiert wurde, packte Desche den Knauf.

Er ließ noch einen Blick über die Menge schweifen.

In der zweiten Reihe fand er sie.

Die kleine, schlanke Auftragsmörderin.

Sie hob das Kinn und sah ihn an.

Erledigt.

Sehr gut.

Desche beugte sich zur Königin hinab.

»Bürgerin Goldtwand, gerade erreicht mich eine Nachricht …«, begann er, doch sie unterbrach ihn.

»Suhlen Sie sich ruhig noch ein Weilchen in Ihrem kleinen Leben, Schlächter. Ihr Tag wird kommen.«

Er lachte unbeeindruckt.

»Stolz bis zuletzt, was?«, flüsterte er. »Na, dann darf ich Euch auch ganz unverblümt wissen lassen, dass Euer liebster Sohnemann, der Prinz, einem Anschlag zum Opfer fiel.«

Die Königin versuchte, den Kopf zu drehen, um ihn anzuschauen, aber der Pranger hielt sie an ihrem Platz.

»Was sagen Sie da?«, flüsterte sie.

»Der kleine Joris ist tot«, raunte er grinsend.

Endlich strampelte sie, wehrte sich gegen die Lederriemen, versuchte, aus dem Pranger zu schlüpfen.

»Sie sind ein Schwein!«, schrie sie.

Rumpel – Schnitt – Klack

Plumps.

Als Desche sich über den Auffangkorb beugte, sah er immer noch grinsend in ihre Augen. Zweimal noch bewegten sich die Lider, dann brach der Blick.

König und Prinz.

Anderthalb Gründe heimzukehren waren erledigt.

Das Leben konnte so schön sein!

Ein wonniger Schauder lief ihm über den Rücken.

Er freute sich auf das Gespräch mit der Mörderin. Sie musste ihm im Detail vom Tod des Prinzen berichten. War im Kerker alles problemlos gelaufen? Hatte er es kommen sehen? Hatte er geschrien, als es so weit war? Wie war das für sie, einen Zehnjährigen zu erdolchen? War der Leichnam schon im Schlachthof angekommen?

Einen offiziellen Thronfolger gäbe es jedenfalls nicht mehr.

Haus Goldtwand war erledigt!

DIE HINRICHTUNG DER KÖNIGIN

62

Das 3. und 4. Bataillon des 32sten schleppte sich mehr durch Pradesh, als dass es marschierte. Lockwood fluchte stumm vor sich hin, während er mit seinem Säbel auf das brusthohe Gras vor ihm eindrosch.

Die große Ebene, die sich über die Grenze von Antur und Pradesh hinauszog, erinnerte ihn an das Meer. Nur in Grün. Breite Grashalme, dicht an dicht, wogend und wiegend, soweit das Auge reichte. Nur ganz weit am Horizont konnte man das graublaue Band des Bergmassivs erahnen, das Topangue von Pendôr trennte.

Als sie den dichten Dschungel voller Tapire, Brüllaffen, Schlangen und Papageien hinter sich gelassen hatten, hatten sie noch voller Begeisterung die Weite der Graslandschaft vor ihnen gefeiert. Die Feier war allerdings nach einigen Tagen zu einem Kater geworden. Ständig pfiff einem ein schwüler Wind um die Ohren, mit jedem Schritt stoben Schwärme von Stechmücken auf, die scharfen Ränder der Halme schnitten in jeden Millimeter ungeschützte Haut und in dem hohen Gras konnte jederzeit ein Tiger lauern.

Abgesehen davon gab es einfach nirgendwo eine freie Fläche, auf der man sich einmal hätte niederlassen können. Wenn sie kampierten, versuchten sie, das Gras plattzutreten, um sich nicht völlig allein zu fühlen, sobald sie auf dem Boden saßen und das Grün den Blickkontakt mit den Kameraden verbaute.

Lieutenant Colonel Donny Dustmane und Major Nathaniel Lockwood führten zusammen die drei Bataillone, die den Auftrag hatten, auf vorgesetzter Position das Lager der Hauptstreitkraft, fünfzehn Kilometer hinter ihnen, zu sichern.

Den eintausendzweihundert Grauröcken ging die Natur mächtig an die Nerven. Den achthundert einheimischen Topis schien all das nicht viel auszumachen.

Der Raj – der Herrscher von Antur – hatte den Northislern zwei Bataillone seiner Fußsoldaten mitgegeben. Die Soldaten des Raj trugen weiße Uniformen aus leichtem Leinen, ebenfalls weiße Turbane und lange Kinnbärte. Jeder Topi trug einen langen, dünnen Säbel, eine Muskete mit überlangem Lauf und die dazugehörige Ausrüstung an einem ledernen Bandelier. Beide Bataillone hatte die Company den Grauröcken zugewiesen und eins marschierte nun mit der einen Hälfte des 32sten, zu der auch Nat gehörte.

Der Plan, den Halfglow, Leftwater und er ausgearbeitet hatten, hörte sich schlüssig an: Die Streitkräfte der Company und der Army aus Northisle würden bis Patam vorrücken. Die Grenzstadt einnehmen, eine Garnison zurücklassen. Dann Richtung Pradeshnawab ziehen und sich vor den Toren der Hauptstadt Pradeshs mit den Verbänden aus Praknacore vereinen.

Gemeinsam hätten sie damit eine ausreichend starke Armee, um den Truppen des Nawabs entgegenzutreten.

Ein guter Plan.

Eigentlich.

Allerdings hatte Nat schon bei seiner ersten Kneipenschlägerei lernen dürfen: Jeder hat einen Plan.

Bis er ein paar auf die Nase bekommt.

Die Einnahme von Patam war kein größeres Problem gewesen. Zwanzigtausend Grauröcke, dreitausend Schützen der Company und eintausendsechshundert Topis hatten die hiesigen Bewohner zügig davon überzeugt, dass ein Kampf um Patam eine einseitige Sache sein musste.

Lockwood war erleichtert und auch ein wenig optimistisch im Hinblick auf die bevorstehende Kampagne gewesen.

Sein Optimismus wurde von Bodean Leftwater allerdings herbe eingedampft.

»Freuen Sie sich nicht zu früh, Lockwood. Topangue ist äußerlich wunderschön, aber hinter der paradiesischen Fassade lauert der Tod; und was auf den ersten Blick vermeintlich leicht zu sein scheint, kann sich später als teuer erkauft herausstellen.«

Lockwood hatte gelacht. Paradiesisch?!

Dann hatte er eine Mücke an seinem Hals plattgehauen, Leftwater den Fleck auf seiner Handfläche gezeigt. Der General hatte gelacht und gesagt: »Ich liebe dieses Land, Major. Von ganzem Herzen. Die Leute, das Essen, das Klima. Ich wurde für das hier geboren und möchte nirgendwo anders sein. Aber auch ich habe mich zwei Jahre von Mücken aussaugen lassen müssen.«

Zwei Jahre?!

Zwei Jahre in diesem Land ... Lockwood konnte es sich nicht vorstellen.

Es gab hier nicht einmal Bier! Und nur wenig Gin.

Viel zu wenig, um es aushalten zu können.

Ein Ruf holte ihn in die Gegenwart zurück.

Lockwood beendete seinen aussichtslosen Fechtkampf mit dem Gras und sah auf.

Ein Captain der Topis hatte eine Warnung gerufen.

»Was ist los?«, fragte er einen Sergeant seiner Kompanie.

»Keine Ahnung, Sir. Das Kauderwelsch der Caramels kann ja keiner verstehen.«

Lockwood sah seinen Sergeant tadelnd an.

›Caramels‹, so nannten die blassen Northisler die Einwohner Topangues, deren Haut einen hellbraun-sonniggelben Ton hatte, der an die Farbe von Karamell erinnerte.

Wieso zum Bekter, musste sich ein Volk immer despektierliche Namen für andere Völker ausdenken? Die Unterschiede waren doch offensichtlich – warum musste man sie überhaupt betonen und hervorheben? Wenn sie Seite an Seite kämpften, käme es auf Gemeinsamkeiten an, nicht auf Unterschiede. Lockwood holte Luft, um dem Mann einen pädagogischen Schnellkurs zu verpassen, aber er kam nicht dazu.

Wieder rief der Topi. Lauter diesmal.

Da der Sergeant keine Regung zeigte, der Sache auf den Grund zu gehen, machte sich Nat selbst auf den Weg.

Er erreichte den Topi und sah, dass auch Dustmane den Weg auf sich genommen hatte.

»Was gibt es?«, fragte er den Rufer.

»Da vorn. Pradeshs.« Der Topi streckte den Arm und zeigte in die Weite.

»Wo?« Lockwood stellte sich auf Zehenspitzen und glotzte ins Grün.

Dustmane schob sein Fernrohr auseinander und schaute in die gedeutete Richtung.

»Ich sehe nichts«, sagte er.

»Da, wo sich das Gras bewegt. Da kommen sie.«

Das Gras bewegte sich überall und immer. Lockwood erkannte keinerlei Störung im ewigen Hin- und Her-Schaukeln der Halme.

Egal. Der Topi wird's schon wissen, dachte er. Leftwater hatte ihm erklärt, dass die Länge der Kinnbärte für Erfahrung und Rang stand. Der Bart des Rufers reichte diesem bis zum Koppel.

»Wie viele Pradeshs?«, fragte er den Mann.

»Kann ich noch nicht erkennen, aber es sind viele. Keine Patrouille.«

Mehr brauchte Lockwood nicht zu wissen. Er wartete auch nicht auf das Kommando des Lieutenant Colonel.

»Enge Gefechtsaufstellung!«, brüllte er.

Stöhnend und fluchend kamen die Männer des 32sten auf die Füße.

»Bereit machen!«

Sobald eine Konfrontation mit dem Feind zu erwarten war, übernahm die Routine und die in stundenlangen Drills etablierten Automatismen. Die Grauröcke reihten sich auf. Fünfzig Mann pro Reihe, Reihe für Reihe hintereinander. Diese Aufstellung ermöglichte eine Salve mit hundertfünfzig Musketen, und war dazu gedacht einen sich nähernden Feind durch massierten Beschuss so lange zu beschäftigen, bis die Reihen ausgefächert waren. Dann stünden die Schützen drei Mann tief nebeneinander und konnten aus allen Rohren feuern. Bis es so weit war, ermöglichte die enge Aufstellung schnelle Manöver in alle Richtungen.

Die Topis staunten, als sich die Grauröcke ausrichteten. Sie selbst lümmelten ungeordnet in lockeren Trauben herum.

Daran müsste man etwas ändern, dachte Lockwood und machte diesbezüglich einen Vermerk in sein imaginäres Notizbuch. Später.

Aus den grünen Wellen vor ihnen klangen vereinzelte Schüsse.

Nathaniel zuckte zusammen, richtete sich aber sogleich wieder auf.

Kugeln schwirrten um sie herum, richteten aber keinen Schaden an. Eine blindgefeuerte Salve.

Keine achtzig Meter vor ihm sah er Wolken von Mücken und Pulverrauch aufsteigen.

»Vierteldrehung rechts, einschwenken!«, rief er.

Die Grauröcke reagierten sofort.

»Gefechtsordnung drei Mann tief!«

Hinter den ersten fünfzig traten weitere Reihen hervor und stellten sich rechts und links der Hauptreihe auf. Die hinteren Reihen rückten vor. Einhundertfünfzig Schuss mal drei.

Innerhalb kürzester Zeit hatten die Grauröcke ihre Feuerkraft der ersten Salve verdreifacht.

Lockwood beobachtete die Mückenschwärme. Jetzt konnte auch er die ersten Halme vor anrückenden Angreifern weichen sehen. Sie hielten sich geduckt, nutzten so die Tarnung durch das Gras.

Siebzig Meter.

Er spürte seine Glieder zittrig werden. Die Aufregung vor dem Kampf. Ob er sich daran jemals gewöhnen könnte? Er zwang sich zu ruhigem Atem.

»Tief zielen!«, rief Lockwood.

Sechzig Meter.

Ein Rauschen und Rascheln vor ihm, als flüsterten die Grashalme untereinander.

Weitere Schüsse zerrissen die gespannte Ruhe. Ein Graurock aus der ersten Reihe sank stöhnend in die Knie. Ein Mann aus der Reihe hinter ihm packte ihn am Kreuzbandelier und zog ihn nach hinten.

Sobald er hinter der Linie verschwunden war, trat ein anderer in die Lücke.

»Anlegen«, raunte Lockwood.

Fünfzig Meter.

Schräg vor ihm raschelte das Gras nun immer lauter. Etwas näherte sich in einer hohen Geschwindigkeit durch das Grün.

Auf sie zu.

Ein Tiger brach aus den Halmen und stürzte sich auf einen Graurock. Ein erschrockenes Fluchen ertönte. Der Tiger riss den Mann zu Boden und grub Zähne und Klauen in den strampelnden Körper.

»Stecht das Vieh ab!«, brüllte ein Sergeant. Die Soldaten reagierten.

Wieder raschelte das Gras vor den Reihen.

Weitere orange-schwarze Raubkatzen stürmten aus dem Gras.

»FEUER!«, brüllte Lockwood so laut er konnte.

Vierhundertfünfzig Musketen feuerten nahezu gleichzeitig in die grüne Wand vor ihnen.

Die Kugel pfiffen und rauschten. Pulverdampf stieg auf. Lockwood konnte hören, wie die Salve in Leiber schlug.

Dort, wo Tiger in die Reihen gebrochen waren, wurde gehackt und gestochen. Die Soldaten neben ihren kämpfenden Kameraden luden stoisch ihre Waffen nach.

»Feuer nach eigenem Ermessen!«, rief Lockwood und zog seinen Säbel. Er stach nach einer bereits verwundeten Raubkatze, die einen Infanteristen unter sich zerfetzte. Ein Königreich für eine Grandiersaxt, dachte er fahrig, während er wie von Sinnen den Säbel auf das kräftige Tier niedersausen ließ. Das Vieh war ein einziger, wilder Muskel und seine Hiebe zeigten nur wenig Wirkung. Der Tiger ließ von seinem Opfer ab und warf sich zu Nathaniel herum.

Mist.

Mit einem Schrei stürmte ein Topi heran, rempelte Lockwood zur Seite. Der Tiger setzte zum Sprung an. Noch bevor das Tier vom Boden abhob, wurde es in der Mitte gespalten. Lockwood hörte das Fleisch reißen.

Der Topi reichte ihm eine Hand.

»Aufstehen. Kämpfen!«, sagte Lockwoods Retter.

Macht Sinn, dachte Nat und griff zu. Ruckartig wurde er auf die Füße gezogen.

Der Mann war kleiner und älter als er. Unter seinem Turban wucherten dichte Augenbrauen. Augen, die an die eines Raubvogels erinnerten, glitzerten listig. Der geflochtene Bart reichte bis zum Bauchnabel.

»Bist du ein Magus?«, fragte Lockwood erstaunt.

»Wir reden später«, sagte der Topi und rannte, auf der Suche nach einer weiteren Raubkatze, die Linie entlang.

»Alles in Ordnung, Major?«

Drei Grauröcke bauten sich schützend vor ihm auf und feuerten in das Gras. Der Sergeant stand neben ihm, legte eine Hand auf Nats Schulter und sah ihm prüfend ins Gesicht.

Lockwood richtete sich auf.

»Ja, ja. Alles fein.«

Auf der ganzen Linie kämpften die Soldaten gegen wild angreifende Tiger. Die Ränge und Reihen hatten sich aufgelöst. Einzelne Schüsse knallten. Der Angriff der Raubkatzen hatte die Truppen ins Chaos gestürzt.

»Karree formen. Jetzt!«, befahl Lockwood.

Der Sergeant nickte und brüllte »KARREE!«, in einer Lautstärke, die Nat niemals zustande gebracht hätte.

Der Ruf wurde von der Linie aufgenommen.

Auch jetzt bewies der permanente Drill seine Nützlichkeit.

Ungeachtet der Tiger und des immer noch laut raschelnden Grases, zogen sich die Grauröcke um Lockwoods Position zusammen. Vier Mann tief bildeten sie ein Viereck um ihn herum. Die äußerste Reihe kniete nieder. Sie rammten die Kolben der Musketen in den Boden und präsentierten die Bajonette. Die zweite Reihe hockte dahinter und verdichtete den Wall aus scharfen Messern. Das dritte Glied stand aufrecht und richtete die Läufe der Musketen nach außen. Die vierte innere Reihe hielt sich zurück, um bei Bedarf die Positionen von gefallenen Kameraden übernehmen zu können. Diese defensive Aufstellung wurde sonst nur bei einem Kavallerieangriff eingesetzt. Aber Lockwood wollte die Kontrolle über die Situation zurück, und wenn schon Kriegspferde nicht in eine Wand aus Klingen rannten, hielt es vielleicht auch die Raubkatzen zurück, hoffte er.

Vereinzelt stürzten sich noch Tiger auf die Soldaten und wurden allesamt aufgespießt.

Verwundete wurden von ihren Kameraden in die Mitte gebracht.

Es schien, als würde das Karree halten.

Aber bis jetzt hatten sie noch keinen zweibeinigen Feind sehen können.

Wieder klangen Schüsse aus dem Gras vor ihnen.

»VOLLEY!«, brüllte Lockwood.

Die Salve der Grauröcke krachte und löste eine Welle Schmerzensschreie aus.

Sehr gut, dachte Lockwood.

Ladestöcke fuhren in die Läufe, als die Infanteristen nachluden.

»Sarge, bringen Sie mir einen Offizier der Topis. Ich muss wissen, was hier los ist und mit was wir es zu tun haben.«

Der Sergeant reckte suchend den Kopf und rannte zur hinteren Reihe. Da die Topis die Manöver der Grauröcke nicht kannten, kämpften sie ihren eigenen Kampf gegen die unsichtbaren Angreifer.

Das ist alles nicht ausgereift, dachte Lockwood ärgerlich.

So sollte die Armee Northisles nicht vorgehen. Stümperhaft, unkoordiniert, ohne Information über den Gegner.

Das gehört abgeschafft. Und wo zum Geier ist Lieutenant Colonel Dustmane?

»Major, das ist Lahir Apo.« Außer Atem musste sich der Sergeant anstrengen, dass Lockwood ihn über das stete Ballern der Salven verstehen konnte. An seiner Seite stand der Topi, der den Tiger zerteilt hatte.

Nathaniel winkte den Mann zu sich heran. »Sehr gut. Komm her, Lahir.«

»Mein Name ist Apo, Saheb. Lahir ist ein Ehrentitel.«

»Ja, wie dem auch sein. Apo, was ist hier los? Gegen was kämpfen wir da?«

»Die Tigergarde des Nawab«, sagte Apo grimmig.

Lockwood lächelte ungläubig.

»Is' klar. Eine Tiger-Garde …«

Apo nickte ernst und sagte: »Ja. Nawab Hyder setzt sie nur ein, wenn er sicher ist, mit ihnen einen Sieg zu erringen.«

Verdammt. Nat kratzte sich an der verschwitzten Stirn.

»Ich brauche mehr Informationen, Mann. Wie viele?«, fragte er.

Apo zuckte mit den Schultern. »Wenn er seine ganze Garde einsetzt, sind es nicht mehr als zweihundert. Aber sie werden immer von Schützen begleitet. Ich denke, mindestens ein Regiment.«

Gut, damit konnte er etwas anfangen. Das hieße, sie wären dem Feind ungefähr 1:2 unterlegen.

»Manchmal schickt er aber auch einige Kompanien Derwische«, ergänzte der Topi.

Lockwood spürte Ärger in sich aufwallen.

»Das ist jetzt nicht die Zeit, um sich die Würmer aus der Nase ziehen zu lassen, Apo!«

»Die Derwische sind Nahkämpfer …«

In dem Moment brachen Kriegerinnen und Krieger in weiten, grünen Gewändern durch das Gras. Mit kurzen Säbeln in beiden Händen stürmten sie auf das Karree der Northisler zu. Ungeachtet der aufgestellten Bajonette, warfen sie sich gegen die Reihen und wurden aufgespießt oder erschossen.

»Derwische, hm?« Nat lachte trocken. »Zumindest mit denen kommen wir klar.«

Apo nickte. »Sieht so aus.«

»Tiger, Schützen, Derwische, was noch?«

»Die Reiterei ist in der Großen Ebene nicht zu gebrauchen. Kanonen hat er nur wenige und die werden in Pradeshnawab sein, um die Stadt zu schützen.«

»Gut.« Lockwood nickte entschlossen. »Wie viele Magi sind in euren Reihen?«

»Ihr meint Lahiri?«

»Ich bin erst seit zwei Wochen hier, Apo. Ich habe keine Ahnung, wie ihr Magi nennt.«

»Wir sind zwölf.«

»Nun gut. Sag deinen Lahidings, sie sollen durch die hinteren Reihen ins Karree rücken. Wir werden sie von innen einteilen. Es sieht so aus, als müssten wir uns einige Zeit gegen den Nawab verteidigen, bis Verstärkung oder Hilfe kommt.«

»Wir haben schon Läufer zu Saheb Leftwater entsandt«, sagte Apo.

»Das ist gut. Hoffentlich kommen sie durch.«

Apo wollte sich umdrehen, um seiner Truppe die Instruktionen zu überbringen, aber Lockwood schnappte nach seiner Jacke und hielt ihn fest.

»Und wenn das vorbei ist, müssen wir uns unterhalten. Ist das klar?«, sagte er.

»Das wäre gut, Major.«

»Lauf jetzt!«

Gegen Nachmittag hatte Lockwood angefangen, das Karree Schritt für Schritt weichen zu lassen. Endlich ergab sich dadurch eine Fläche, die sie überblicken konnten, da sie zertrampeltes, flaches Gras zurückließen. Endlich ergab sich eine Art der Schlacht, in der die Northisler geübt waren: Schützenreihe und Salvenfeuer.

Immer seltener trauten sich ihre Gegner aus dem schützenden Graswall, und wenn, dann nur in kleinen Gruppen, die vom konzentrierten Feuer der Infanteristen niedergemacht wurden.

Lockwood stand in der Mitte des Karrees und sammelte Informationen.

»Wie viel Munition haben wir noch?«, fragte er den Sergeant.

»Ausreichend. Vorerst.«

»Wo ist Dustmane?«

»Er wird vermisst.«

»Wie viele Tiger haben wir erwischt?«

»Auf der ganzen Linie fünfundzwanzig. Wie viele wir verletzt haben, kann ich nicht sagen.«

»Verluste?«

»Einhundertachtzig«

Fragen über Fragen.

Eine Schlacht war der denkbar schlechteste Zeitpunkt für ungeklärte Fragen, die man im Vorfeld hätte eruieren können, dachte Lockwood.

Vor einer Schlacht sollten alle Fragen geklärt sein, damit man für sich ändernde Situationen Platz im Verstand hatte. Ärgerlich. Sehr ärgerlich.

Er nahm sich vor, nie wieder so naiv in eine Schlacht zu geraten.

Das war er auch seinen Männern schuldig, die sich für Krone und Vaterland in den Krieg warfen. Selbst das Leben des niedrigsten Ranges war nicht zu verschwenden.

Erst recht nicht in Topangue, wo mit Nachschub an Soldaten nicht jederzeit zu rechnen war. Und heute waren bereits einhundertachtzig Leben verschwendet worden.

Topangue.

So langsam weckte dieses wilde Land sein Interesse.

Ein zorniges, trotziges Interesse.

Apo lief ihm entgegen.

Ohne auch nur ansatzweise außer Atem zu sein, stoppte er vor ihm.

»Die Läufer sind durchgekommen. Saheb Leftwater hat umgehend zwei Regimenter zu unserer Entlastung entsandt. Sie werden in drei bis vier Stunden hier sein.«

»Sehr gut. Danke, Apo.«

Der Topi verbeugte sich und lief zu seiner Truppe zurück.

Lockwood ballte die Fäuste.

»Sergeant?«

»Ja, Sir?«

»Es wird Zeit, dass wir dem Nawab zeigen, dass er uns mal kreuzweise kann.«

Rau lachte der Soldat auf.

»Sehr gerne, Sir!«

»Wir rücken vor. Holen sie die Magi der Topis nach vorne. Wollen wir doch mal sehen, ob die das verfluchte Gras nicht abfackeln oder umpusten können.«

Dschungel, Hitze, Mücken, Tiger, Derwische ...

Leckt mich!

Jetzt wird's laut und dreckig.

Mit grimmiger Entschlossenheit riss er seinen Säbel aus der Scheide.

»Auf geht's, Jungs!«, brüllte er. »Das 32ste reißt jetzt ein paar Ärsche auf!«

Lachend und wüst fluchend schritten die Northisler ihrem Gegner entgegen.

63

Wilt Strengarm zieht einen Holzbalken zu sich heran und schiebt ihn an seinen Platz. Der neue Dachstuhl des Südflügels der Universität ist fast fertig. Er freut sich auf die Erweiterung und die neuen Semester, die er wieder unterrichten wird. Trotz seiner magischen Potenziale sind seine kräftigen Hände schwielig vom Bewegen der Baustoffe, denn er liebt körperliche Arbeit und bemüht sich, nicht alles durch Magie zu erledigen.

Paye Steinfinger lässt einen Steinquader über einer Lore schweben. Er zerreißt ihn in der Luft. Krachend poltern die Steine hinab. Staub steigt auf und Paye lacht wie der Irre, der er ist. Er wischt seine spinnenartigen Finger über die braune Kutte und klopft den Dreck heraus.

Durch das Fenster hinter ihr hört Leveke Seidenhand die Verwünschungen der Bauernfamilie. Deren Tochter war schon so gut wie tot. Niemand konnte etwas dagegen haben, wenn sie das letzte Quäntchen Leben stahl. Sie schaut auf ihre jugendlichen Hände. Sie dreht sie vor ihren Augen und staunt. Sie sehen so gut aus, so weich, so sanft.

Lysander hielt sich den schmerzenden Kopf. Wie in einem Strudel hatten seine Träume die Erinnerungen der drei Magi durcheinandergewirbelt und wild vermischt.
Ihm war ein wenig übel, als er sich aufrichtete und es dauerte etwas, bis er sich erinnern konnte, wo er war.
Bradu in Nord-Dalmanien.
Die Stadt an der Grenze zu Kernburgh, in der er und Gorm nach wochenlanger Reise durch die Wälder und Berge Jørs, Lagolles und Dalmanien überwintert hatten.
Die Grenzstadt war nicht sonderlich groß – genau genommen, sogar eher klein. Dafür war der Gasthof einer der besseren Sorte. Lysanders Suite konnte sich sehen lassen und wäre auch für Adelige aus Neunbrückhen akzeptabel gewesen. Himmelbett, Waschkonsole, Wandschrank, ein Sekretär, eine erlesen bestückte Bar, eine Sitzgarnitur mit gläsernem Beistelltisch. Auf dem Tisch stets eine Schale mit frischen Früchten.
Ein Prosit auf Hergen Gelbhaus und seine Taler, dachte er.
Er ließ die blassen Beine über den Bettrahmen baumeln, sah aus dem Fenster den himmelblauen Frühlingstag und atmete tief ein. Der Duft von gebackenem Brot stahl sich in seine Nasenlöcher. Sein Magen knurrte.

Seit seiner Flucht aus der Universität war mehr als ein Jahr vergangen. Wenn nicht die Gefahr bestünde, dass ihnen die Jäger weiterhin auf der Spur waren, hätte er die friedliche Atmosphäre in Bradu genießen können. Doch dass sie immer noch nach ihnen suchten, erachtete Lysander als sicher. Nach dem Kampf im Wald gab es eigentlich keine andere Möglichkeit. Zwanette war bestimmt schon längst wieder in der Kaserne des Regiments angekommen und hatte ihren Bericht abgegeben. Unter normalen Umständen hätte Lysander alles daran gesetzt, die Küste im Süden so schnell wie möglich zu erreichen, aber er und Gorm waren erledigt gewesen. Völlig fertig von der beschwerlichen Arbeit im Steinbruch und den Strapazen ihrer Flucht. Auch die Verletzungen – obwohl geheilt – mussten erst auskuriert werden. Dazu der überaus strenge Winter in den Gefilden rund um Jør ...

Lysander hatte überlegt, ob sie sich unter einem Stein verkriechen sollten, oder ob sie alles auf eine Karte setzen wollten: Überwintern in der Wildnis oder, auf die Gefahr hin, Aufsehen zu erregen, in einem Gasthaus und damit die Jäger auf ihre Spur zu bringen.

Drei klirrend kalte Nächte im finsteren Wald hatten seine Entscheidung maßgeblich beeinflusst.

Der Einfall, sich in Dømt als Farbenhändler auszugeben, hatte ihm so gut gefallen, dass er es einfach dabei beließ. Durch seine Kindheit hatte er das Wissen, durch Hergen Gelbhaus' Schatz besaß er die Mittel. Dass sie auf zwei wertvollen Pferden in die Stadt geritten kamen, unterstrich die Legende. Zu zweit erregten sie sowieso Aufmerksamkeit, aber wenn er sich als elvischer Händler und Gorm als seinen Sklaven ausgab, beruhigten sich die Leute schnell und boten eifrig ihre Dienste an. Die Aussicht auf Taler beseitigte schnell jede Skepsis.

Ein Luftzug hauchte durch die dicken Vorhänge und trug eine Prise Frühlingsluft in sein Zimmer.

Lysander sah auf seine Hände und die blauroten Adern auf den Handrücken. Es war ihm vorher schon so vorgekommen, aber nun konnte er es nicht mehr ignorieren: Die Adern waren dunkler, prominenter.

Ob das mit dem SeelenSauger zusammenhing?

Vielleicht würde er sich in dem Geschäft in Bradu doch noch Handschuhe besorgen, dachte er. Aber jetzt erst einmal Frühstück!

Er stand auf, ging zum Fenster und öffnete die Vorhänge.

Endlich fühlte er sich ausgeruht und frisch.

Während der dunklen Winternächte hatten ihn Albträume malträtiert, ihm immer und immer wieder die Gesichter der Toten gezeigt: Strengarm, Steinfinger, Seidenhand. Die Bürger in der Gasse, die Wachen im Steinbruch, Jasper, Hergen, die Jäger, die Einwohner von Dømt. Aber irgendwann waren die Albträume verblasst und schließlich erträglich geworden. Apoth hab Dank!

Lysander wusch sich, schlüpfte in seine Kleidung, hing sich die Rolle mit dem Grimoire über die Schulter und verließ die Suite.

Im Speisesaal herrschte gespenstige Stille und im Gesicht des Wirtes blitzte Erleichterung auf, als Lysander die Treppe hinunterkam.

Gorm war also schon da.

Sein Begleiter schlief im Seitenanbau, der Bediensteten und ärmerer Klientel vorbehalten war, durfte aber gegen einen nicht unbeträchtlichen Aufpreis im Gasthof speisen und in all der Zeit hatte sich der Wirt noch nicht an den Anblick des Hünen gewöhnen können.

Der Orcneas saß einsam in einer Ecke des Raumes und schaufelte sich den Mund voll. Gut gelaunt grinste er, als er Lysander begrüßte.

»N'morgen«, nuschelte er kauend.

»Guten Morgen.«

Es war schon erstaunlich, was Nase und Ohren, beziehungsweise das Fehlen derselben, ausmachten. Ebenfalls erstaunlich war, dass es funktioniert hatte. Rechts und links am Kopf trug Gorm zwei spitz zulaufende, kleine Ohren. Unter seinen gelben Augen blähten sich mit jedem Atemzug die Nasenflügel, die etwas steiler in seinem Gesicht saßen, als es bei anderen Wesen der Fall war. Die Nase ähnelte ein wenig der einer Fledermaus – aber sie war da und sah um Welten besser aus, als die zwei tropfenförmigen Löcher, die zuvor dort geklafft hatten. Ganz nebenbei war Gorms Laune deutlich besser geworden, seit er ein neues Gesicht sein Eigen nennen konnte.

»Wenn es dir nicht gefällt, schneiden wir es wieder ab«, hatte Lysander im Scherz gesagt und sich sofort erschrocken, als Gorm ihn zur Erwiderung angeknurrt hatte.

»Niemand schneidet die ab!«

Nase, Ohren und die maßgefertigte Kleidung, die Jacke – nach Northisler ›Shell-Jacket-Mode‹ geschnitten, das weiße Hemd mit passendem Kragen, die langen Hosen aus Hirschleder, all das ließ ihn wie den Sklaven eines gut betuchten Händlers aussehen. Und genau das hatten sie gewollt. Nur in Stiefel oder Schuhe hatten sie ihn nicht bekommen.

Gorms erste Schritte in Reiterstiefeln hatten so laut über das Parkett im Laden des Schuhmachers gekracht, dass er sie sofort wieder ausgezogen hatte und durch nichts dazu zu bewegen war, es noch einmal mit leichteren Schuhen zu probieren.

Nun ja. Für einen ehemaligen Minensklaven und Arenakämpfer waren auch die Klamotten schon ein beträchtlicher Fortschritt.

Lysander setzte sich.

Der Wirt trat an den Tisch und stellte eine dampfende Tasse Tee vor ihn. Dabei achtete er darauf, dem Hünen nicht zu nahe zu kommen.

»Danke, guter Mann«, sagte Lysander. Dann zeigte er auf den Korb mit Brötchen und den Tontopf voll Leberpastete. »Ich nehme das Gleiche, bitte.«

Der Wirt entfernte sich nickend.

Lysander nahm die Rolle von der Schulter, holte das Buch hervor, legte es auf den Tisch und schlug es auf.

»Sieh mal!« Er zeigte mit dem Finger auf eine Stelle des achten Kapitels.

Kapitel 8: *Heilung & HeXXX*

Gorm schnaufte trocken durch seine neuen Nasenflügel.

»Ich kann nicht lesen.«

»Ich weiß«, Lysander winkte ab. »Aber ich schon. Und das ist das Irre. Hier, Heilung. Mir fehlen noch ein paar Runen, aber ich kann die Seite fast vollständig entziffern.«

»Is' das gut?«, fragte Gorm.

Es war schon erstaunlich. Da saß da dieser Riese. Auf den ersten Blick tumb und gewalttätig, aber hin und wieder offenbarte er einen ausgesprochen wachen Geist hinter der gewölbten Stirn. Von allen Bemerkungen dazu, wäre Lysander ›Ist das gut?‹ nicht eingefallen.

War es denn gut?

Er überlegte kurz, dann zuckte er mit den Schultern.

»Denke schon. Immerhin geht es um Heilzauber. Ob es gut oder schlecht ist, liegt letztlich im Einsatz der Magie, oder?«

»Ich weiß wenig über Magie«, grummelte Gorm schmatzend.

»Ich auch«, bemerkte Lysander und rieb die Kuppe des Daumens über die Seiten, die er noch nicht erfassen konnte – egal wie emsig er in den vergangenen Wochen über ihnen gebrütet hatte. »Ich auch«, sagte er und strich mit den Fingerspitzen über die Notizen der legendären Magi.

An den Rand hatte Rothsang ›*Muss halth sein*‹ vermerkt.

Was war Uffe Rothsang nur für ein Typ, dass er diese lebensrettenden Zauber mit solch einer Notiz versehen hatte? Ließ diese Kritzelei einen Schluss auf den Charakter des Feuerwerfers zu?

Hm...

Grauhand hatte eine längere Liste mit Anmerkungen und Warnungen hinzugefügt. Hauptsächlich ging es um Dosierungen, Anatomie und die Gefährlichkeit nicht abgebauter Potenziale.

Offensichtlich war dieses Kapitel dem Heiler von Rothsang sehr wichtig gewesen.

Der Wirt stellte die Speisen neben das Grimoire und ließ einen neugierigen Blick über die Seiten streichen. Lysander klappte das Buch zu und verstaute es in der Rolle.

»Wir ziehen morgen weiter, in Ordnung? Wir sind schon viel zu lange hier.«

»Hm«, grummelte Gorm.

»Hm?«, fragte Lysander.

»Ja. Is' mir egal.«

Die Kommunikation mit dem Riesen war nicht immer einfach, dachte Lysander nicht zum ersten Mal. Es fehlte ihm einfach die Fähigkeit, sich auszudrücken – was allerdings kein Wunder war, wenn man bedachte, wo er sein bisheriges Leben hatte zubringen müssen.

»Du meinst, du weißt eh nicht, wo du hinsollst?«

»Hm.«

»Wir halten uns an unseren Plan, Gorm. Wir reisen nach Hafaz an der Grenze und von dort sind es dann nur noch ein paar hundert Kilometer nach Kieselbucht. Dort suchen wir ein Schiff für dich nach Süden und eins für mich nach Norden.«
»Hm.«
Lysander sah genervt zur Decke. Er nahm ein duftendes Brötchen aus dem Korb.
»Herr Wirt …?« Er winkte.
Auf ein frisches Brötchen gehörte Butter.
Mhmm.

64

Brigadegeneral Grimmfausts Späher hatten ihm Nachrichten gebracht:

Dalmaniens Armee, die vormals die Okkupation von Kieselbucht unterstützen sollte, verharrte an der Grenze, um abzuwarten, was die anderen Königreiche tun würden.

Lagolle hatte sich vom Schlag bei Finsterbrück erholt und seine Truppen geschickt, um sich mit denen von Dalmanien zu vereinen.

Dalmaniens Truppen wurden von den Spähern auf zweiunddreißigtausend geschätzt, Lagolles auf achtundvierzigtausend. Zusammen konnten die beiden Königreiche achtzigtausend Soldaten gegen Kernburgh in Stellung bringen. Wenn sie zusammenfanden.

Ohne die Reiterstaffeln von Rothwalze hätte er diese Informationen nicht bekommen.

Zumindest nicht rechtzeitig.

Und so musste der Feldzug gegen Jør abgebrochen werden.

Kurz vor Bradu hatte Keno seine einunddreißigtausend Kopf starke Armee angehalten, um die neusten Feindbewegungen zu rekapitulieren und sein Vorgehen mit den Offizieren abzustimmen.

Keno begutachtete die dreißig Kanonen, die ihm zur Verfügung standen.

Hardtherz und Rothwalze begleiteten ihn.

Dreißig Kanonen gegen achtzigtausend Soldaten.

Bei Thapath.

Berber Rothwalze kaute an einem Grashalm herum und nuschelte: »Erschreckend, dass dem Plenum die Mobilmachung in Dalmanien entgangen ist, nicht wahr?«

Keno trat gegen die Speichen einer Lafette, um zu sehen, ob das Rad festsaß.

»Ja, stimmt. Aber wie sagten Sie so schön?«

Hardtherz zitierte sich selbst: »Die Informationslage ist unzureichend und unbefriedigend. Sie fiel der Umstrukturierung der Armee zum Opfer.«

»Genau, das war es.«

Keno hatte Gefallen an den beiden Kavalleristen gefunden. Sie waren fleißige Offiziere, die ihre Regimenter mit harter, disziplinierter Hand zu führen wussten. Dazu waren sie tapfer und intelligent und dafür, dass sie Reiter waren, sogar wenig arrogant.

»Wir dürfen nicht zulassen, dass sich die beiden Armeen aus Lagolle und Dalmanien vereinen können. Denn dann hieße es ›Gute Nacht Kernburgh‹.«

»Sehe ich genauso«, raunte Rothwalze.

Hardtherz nickte. »Was also sollen wir tun?«

Keno rüttelte an einer Aufhängung, mit der die Lafetten an die Sechsspänner gebunden wurden.

Er winkte einen Kanonier zu sich heran.

»Da müssen Sie nochmal ran! Treiben Sie einen größeren Splint in die Bohrung. Das ist alles zu locker.«

Der Artillerist salutierte und lief davon, um die Order umzusetzen.

»Meine Herren«, Keno wandte sich an die beiden Reiter, »Wir werden etwas tun, was die Armee Kernburghs noch nie getan hat ...« Er zögerte und hob die Augenbrauen.

»Nämlich?«, fragte Rothwalze.

»Wir werden schnell sein.«

Bradu. Nord-Dalmanien, an der südlichen Grenze Kernburghs.

Die Grenzstadt war nicht sonderlich groß – um nicht zu sagen eher klein. Von oben betrachtet, fügte sich die Stadt wunderbar in die Landschaft Nord-Dalmaniens ein. Berge im Hintergrund, bewaldete Hügel davor, fruchtbare Täler mit breiten Flüssen und schmalen Bächen, Weiden, Felder und die Ortschaft mit roten Schindeldächern. Über die Hauptstraße strömten Zivilisten, die sich vor den kommenden Ereignissen in Deckung bringen wollten.

Vor den Toren der Stadt träfen die Armeen aufeinander.

Der Feind hatte das zukünftige Schlachtfeld bereits erreicht und stellte sich auf.

Keno erkannte in der Mitte die Regimenter der Infanterie, dahinter die Artillerie und an den Flanken die Kavallerie. Er konnte das Zelt des Stabs erkennen und die Bataillone in Reserve.

Keno hatte seine Armee wie einen Keil zwischen die Armeen aus Lagolle und Dalmanien getrieben. Die Gegner hatten davon nichts mitbekommen, denn zwischen ihren beiden Streitkräften lagen ein Tal und zwei Hügelketten, die sie etwa zwei Tagesreisen voneinander trennten. Das gab ihm die Möglichkeit, mit seiner deutlich kleineren Streitkraft die feindlichen Kräfte nacheinander anzugreifen – sofern der heutige Tag ein Erfolg wurde.

Er schob das Fernglas zusammen und wandte sich an seine Offiziere. »Meine Herren, sind Sie bereit?«

Barne und Jeldrik nickten. Wackerholz hatte das Kommando über die schweren Geschütze erhalten. Sie würden den Angriff der Infanterie unterstützen. Sturmvogel befehligte die leichte, berittene Artillerie. Seine Aufgabe bestünde darin, sie flexibel im Lauf der Schlacht einzusetzen, wo immer sie am dringendsten gebraucht wurden.

Rothwalze streckte sich, Hardtherz ballte die Fäuste.

Die beiden Kavalleristen wären heute das Zünglein an der Waage. Sie sahen ihren Aufgaben mit grimmiger Entschlossenheit entgegen.

Oberst Toke Starkhals, ein kräftiger kleiner Kerl mit rotem Backenbart und leichtem Silberblick, der das Kommando über die Infanterie führte, salutierte zackig.

Hauptmann Nanno Dampfnacken, ein junger Magus, der sich die Führung der Pioniere und Ingenieure nach seinem engagierten Einsatz bei Kieselbucht redlich verdient hatte, salutierte ebenfalls.

»Meine Herren, wir werden einhundertachtzig Meldereiter beschäftigen. Scheuen Sie sich nicht, sie zu nutzen. Kommunikation und zügige Entscheidungsfindung wird am heutigen Tage den Erfolg bringen. Wir können uns kein langes Gefecht leisten, denn in unserem Rücken droht Lagolle. Wir müssen schnell und gnadenlos den Sieg erzwingen. Dafür habe ich Sie ausgewählt, denn Sie bringen die Eigenschaften mit, die dafür benötigt werden.«

Keno sah eindringlich von einem zum anderen.

»Die Taktiken sind besprochen, die Manöver sind klar. Wenn sich alle an die Umsetzung des Schlachtplans halten, haben wir Aussicht auf Erfolg. Kann ich auf Sie zählen?«

Gemeinsam standen sie stramm und schlugen eine Faust an die Brust.

»Gut. Auf zu Ihren Kommandos.«

Keno saß auf seinem Pferd auf dem Grat eines Hügels und beobachtete die sich entfaltende Schlacht. Von seiner Position aus konnte er das komplette Schlachtfeld überblicken. Von hier oben sah es aus wie eine Partie Lamant, das Spiel der Könige. Ein Brettspiel, das Strategie und Taktik vermittelte. Irgendwie abstrakt.

Dalmaniens Armee hatte, wie es unter dem Kommando von General Atanassov zu erwarten gewesen war, die klassische Gefechtsaufstellung für eine Konfrontation auf offenem Feld gewählt und Keno hatte seine Armee gespiegelt gegenüber aufgestellt, um den Erwartungen des Feindes zu entsprechen. In den vergangenen Jahrzehnten hatten sich Armeen so bekämpft: Infanterie im Zentrum, davor Plänkler, um die Reihen aufzubrechen. Vorrücken, Salvenfeuer. In den hinteren Rängen, wenn möglich erhöht, die Kanonen für einen unterstützenden Beschuss. Kavallerie an den Flanken und Kavallerie hinter den Kanonen, um im Fall eines Zusammenbruchs der Ordnung des Feindes, in diese Lücken vorzustoßen.

Diese Gefechtsaufstellung hatte sich bewährt. In der Regel entschied dann lediglich die Mannstärke über Sieg oder Niederlage.

Aber Keno hatte kein Interesse, sich an die Regeln zu halten.

Hinter ihm sammelte sein Adjutant die Meldungen der Reiterstaffeln ein, sortierte sie vor und überbrachte ihm mündlichen Rapport.

»Leutnant Wackerholz wird in Kürze mit dem Beschuss beginnen.«

»Gut. Sagen Sie ihm, er soll etwas mehr Weite einplanen.«

Ein Schreiber notierte den Befehl, gab ihn einem Reiter, der umgehend Richtung Artilleriestellung davonpreschte. Ein anderer Schreiber schrieb die Order in das Logbuch der Armee.

»Leutnant Sturmvogel steht bereit und wartet auf Meldung«, sagte der Adjutant.

»Wir werden noch etwas warten, um zu sehen, wo er gebraucht wird«, erwiderte Keno.

»Oberst Hardtherz steht hinter dem rechten Flügel bereit.«

»Gut.«

»Hauptmann Rothwalze harrt Ihrer Befehle.«

»Er soll bitte die ersten Artilleriefeuer abwarten und erst nach dem Vorrücken der Mitte beginnen.«

Im Tal stiegen Rauchwolken vor den Stellungen der Mörser und Haubitzen auf. Langsam rollte der Donner heran.

Die Schlacht hatte begonnen.

Die erste Schlacht unter seinem Kommando.

Keno sah zum Himmel.

Als Brigadegeneral durfte er sich Zweifel und Unsicherheit nicht anmerken lassen, und so hatte er sich dazu gezwungen, diese unnützen Gefühle zu verdrängen. Er hatte seinen Gegner studiert, hatte sich eine Strategie für die Schlacht überlegt, hatte die einzelnen Taktiken mit seinen Offizieren besprochen. Mehr konnte er im Vorfeld nicht tun.

Jetzt kam es auf seine Übersicht, seine Antizipation und Schläue an.

Er würde gewinnen.

Für Kernburgh.

Das Infanterieregiment unter Starkhals rückte zusammen mit zwei weiteren Regimentern vor.

Auch Dalmanien schickte drei Regimenter.

Keno sah die Plänkler bei der Arbeit. Vereinzelt verließen sie die Reihen, rannten vorwärts, gaben eine Salve ab und veränderten rasch ihre Positionen. Schützen fielen zu Boden. Ob tot oder verletzt, konnte Keno vom Kamm aus nicht sehen.

Wackerholz' Geschütze hatten große Lücken in die Reihen gerissen. Mörser und Haubitzen wurden zumeist bei Belagerungen eingesetzt, um den Verteidigern hinter hohen Mauern Schaden zuzufügen. Es war riskant, sie einzusetzen, denn sie waren schwer und es brauchte Zeit und Mühen vieler Männer, um sie auf einem Schlachtfeld zu bewegen. Leicht konnten sie durch den Gegner erbeutet werden. Aber da Keno insgesamt nur dreißig Geschütze hatte, hatte er sie einsetzen müssen. Nun denn.

Von hier oben sah es so aus, als wäre ihm die Überraschung geglückt. So richtig forsch rückten die Schützen Dalmaniens nicht vor. Jetzt kam es nur darauf an, dass sein Zentrum Stand hielte.

Die ersten Salven der Schützenreihen krachten.

Noch bevor die Dalmanier nachgeladen hatten, stürmte Starkhals' Regiment den Gegnern entgegen.

Der aggressive Vorwärtsdruck einer Bajonett-Attacke würde Wackerholz' Position stärken.

Keno winkte seinem Adjutanten, einem Kavallerie-Feldwebel namens Ove Donnerkelch. Der junge Mann mit dem wüsten Lockenschopf und den intelligenten Augen verfügte über eine schnelle Auffassungsgabe, was Kenos Ungeduld zupasskam.

»Lassen Sie Rothwalze bitte wissen, dass meiner Meinung nach jetzt der richtige Zeitpunkt wäre.«

»Jawohl, Brigadier!«

»Und lassen Sie Sturmvogel wissen, dass er sich vor die schweren Geschütze setzen soll.«

»Wie Sie befehlen!«

Keno beobachtete die Meldereiter, die in halsbrecherischem Tempo den Hügel hinabritten, die Talsohle durchquerten und zu den Empfängern seiner Befehle vorstießen.

Kurze Zeit später setzte Rothwalze sein Bataillon in Bewegung. Eintausendzweihundert Dragoner würden die rechte Flanke des Feindes attackieren.

Keno sah, wie die zweiundzwanzig Geschütze der berittenen Artillerie an den dicken Mörsern vorbeirumpelten. Es würde noch etwas dauern, bis sie einsatzbereit waren.

»Oberst Hardtherz möge doch bitte halb rechts angreifen«, sagte er.

»Jawohl, Brigadier!«

»Und entsenden Sie bitte das vierte Regiment an unseren linken Flügel.«

»Wie Sie befehlen!«

Rothwalze machte seinem Namen alle Ehre. Seine Kavallerie preschte heran und walzte die äußersten Bataillone der Dalmanier regelrecht nieder, während Hardtherz von vorne auf sie zu stürmte. Keno sah die Reihen der Feinde wackeln.

Jeldriks Artillerie hatte nun genug Zeit, sich aufzubauen.

Die Mörser konzentrierten ihren Beschuss auf die linke Seite, um die eigenen Reiter nicht in Gefahr zu bringen. Das war gut, denn es entlastete die dort kämpfenden Infanteristen, die sich ein klassisches Schützengefecht mit ihren Feinden lieferten: Feuern, laden, Reihen schließen, feuern, laden. Und so weiter.

Die Verluste auf dieser Seite wären hoch, vermutete Keno.

Die berittene Artillerie war bereit. Dumpf polterten die Schüsse und Einschläge durchs Tal.

Zeitgleich formierte Starkhals seine Infanterie zum Keil.

Unter der vereinten Attacke aller Waffengattungen brach die rechte Seite des Feindes zusammen.

Keno atmete auf. Es hatte funktioniert.

Die ersten Regimenter Dalmaniens lösten sich auf, verließen ihre Formation und versuchten der Kavallerie Kernburghs zu entkommen.

Eine alte Redensart der Schützen war: ›*Zeige einem Dragoner nie den Rücken!*‹. Nun konnte Keno sich selbst vom Kern der Aussage überzeugen.

Er folgte Rothwalze einen Moment mit seinem Fernglas und war froh, dass er in derselben Armee kämpfte. Der Reiter ließ seinen Säbel nach rechts und links niedersausen, während er an der Spitze seiner Männer über die fliehenden Schützen herfiel. Rothsense wäre auch ein guter Name für den sonst so ruhigen Mann, der auf dem Rücken seines Fuchses zu einer wahren Furie wurde.

»Wackerholz möge bitte mit dem Aufprotzen beginnen.«

»Jawohl, Brigadier!«

Nachdem die rechte Seite des Gegners zusammenbrach, rollten Kenos Truppen das Schlachtfeld von der einen auf die andere Seite auf. Starkhals' Schützenreihen klappten auf wie eine Kneipentür und bestrichen das Zentrum des Feindes mit Salven. Hardtherz ritt hinter den Schützen vorbei und fiel der Infanterie in den Rücken. Rothwalze folgte den fliehenden Truppen in die Hügel.

»Sturmvogel kann sich nun auch ans Aufprotzen machen.«

»Wie Sie befehlen!«

Keno angelte seine Taschenuhr aus der Westentasche und klappte sie auf.

»Notieren Sie: Dalmaniens Armee ist vor Bradu geschlagen.«

»Jawohl, Brigadier!«

Die Zitadelle von Wargas in Nord-Dalmanien.

Die alte Burg ragte am Ende einer Halbinsel auf der Spitze eines flachen Hügels in den Großen See und ein Teil der geschlagenen Armee hatte sich in der verfallenen Ruine verschanzt, um den Kernburghern die Verfolgung der Hauptstreitmacht schwer zu machen.

»Ärgerlich«, raunte Keno, während er Wackerholz beim Aufbau der schweren Geschütze zusah. Magus Dampfnacken und seine Pioniere hatten die Stellungen ausgehoben, begradigt und verstärkt.

»In der Tat«, bestätigte Hardtherz. »Viele können es nicht sein. Wir sollten sie ignorieren und weiterziehen.«

Keno schüttelte den Kopf. »Nein. Dann fallen sie uns in den Rücken. Wir müssen die Burg räumen. Starkhals und Wackerholz werden das angehen. Ich möchte, dass Ihr Regiment die Aufklärung übernimmt, Oberst. Stellen Sie sicher, dass wir uns über sämtliche Feindbewegungen im Umkreis von zwei Tagesritten im Klaren sind!«

Hardtherz rieb sich über das bartlose Kinn.

»Dennoch können wir nicht zulassen, dass …«, begann er.

»Genau«, unterbrach ihn Keno, »Können wir nicht. Wir teilen uns auf. Rothwalze wird mit seinem Regiment die Verfolgung aufnehmen. Sturmvogel soll ihn mit einer Division Infanterie nebst schneller Artillerie begleiten.«

Hardtherz schüttelte eine Hand, als hätte er sie an einer heißen Herdplatte versengt.

»Es ist riskant ...«

Keno wollte ihn gerade unterbrechen, aber der Oberst hob einen Finger.

»... aber es gefällt mir.« Er lächelte.

Keno atmete aus. »Sehr gut.« Er winkte seinen Adjutanten heran.

Am frühen Morgen des nächsten Tages stürmten die Kernburgher die Zitadelle zum ersten Mal.

Die eintausend Verteidiger leisteten erbitterten Widerstand.

Am späten Morgen versuchten es die Kernburgher erneut.

Und am Mittag.

Und dann noch einmal.

Jeder Versuch, die Zitadelle einzunehmen, wurde von den Dalmaniern abgewehrt. Gefallene Infanteristen stapelten sich am Fuß der Mauer. Das Lazarett füllte sich.

»Das kann doch nicht so schwer sein!«, schimpfte Keno.

Starkhals biss die Zähne zusammen, während die Heilerin tat, was sie konnte, um eine tiefe Wunde an seiner Stirn zu schließen. Starkhals war nach dem dritten Angriff einer der Ersten auf der Leiter gewesen, um die Zinnen zu erklimmen und dabei seinen müden Männern ein Beispiel zu sein.

Starkhals rieb sich über die frische Narbe.

»Danke«, sagte er zu der Heilerin. Er stützte sich an der Bahre ab, stand auf und warf einen flüchtigen Blick auf den toten Gefreiten auf der Liege neben seiner.

»Wir haben bereits an die Vierhundert verloren, Brigadier. Der Preis ist zu hoch, um dieses ruinöse Drecksloch einzunehmen, in dem sich nicht mehr als neunhundert Nudelfresser verschanzt haben.« Er setzte seinen verbeulten Dreispitz auf das verschwitzte Haupt, sammelte seine Ausrüstung ein und kontrollierte den Sitz des Säbels.

»Wir können nicht zulassen, dass die Dalmanier die Zitadelle halten, Oberst«, erwiderte Keno. »Ich werde einmal mit Wackerholz reden, ob er Ihnen nicht eine Bresche zaubern kann.«

»Vielleicht kann ich dabei helfen?«

Magus Dampfnacken stand im Zelteingang. Er hatte einigen Verletzten geholfen, den Weg ins Lazarett zu finden.

Der Hauptmann der Pioniere sah seinen Brigadegeneral abwartend an. Er war einen guten Kopf größer als Keno, trug eine zerknitterte Uniform der Pioniere, die sich über den breiten Schultern spannte. Kräftiges Kerlchen, dachte Keno. Überhaupt sah Dampfnacken eher aus wie ein saufender, raufender Infanterist als ein studierter Magus.

»Wie meinen?«, fragte Keno.

»Wenn Sie mich nah genug heranbringen, könnte ich versuchen die Mauer einzureißen«, sagte der Pionier.

Keno und Starkhals sahen sich an.

Seit sich die Jägerregimenter darauf spezialisiert hatten, feindliche Magi mit ihren Scharfschützen zu töten, hatte es keinen Einsatz eines Magus im Feld mehr gegeben. Zu wertvoll waren die Zauberer, um bei der beschwerlichen Fortbewegung der Armee zu helfen.

»Konzentriert den Beschuss auf die eine Stelle dort!«, befahl Keno und zeigte Barne die Richtung. »Dort, unterhalb der abgebrochenen Zinnen.«

»Ich seh's«, antwortete Wackerholz. »Und dann?«

»Schießt einfach weiter. Alles auf die eine Stelle.«

»In Ordnung.«

Die zehn Geschütze wurden ausgerichtet.

»Sie wissen, was zu tun ist, Starkhals.« Es war eine Feststellung. Keno musste nicht fragen. Starkhals nickte und trottete zu seinen Grenadieren.

Die ersten Kanonen krachten und ruckten auf ihren Lafetten. Kenos Blick folgte den Kugeln. Polternd schlugen sie gegen die Mauer.

»Etwas zu tief, ich weiß«, sagte Barne und lief zu den Kanonieren.

Die Grenadiere marschierten los. Der Zitadelle entgegen. Vor ihnen ein Pulk von Plänklern und Schützen.

Keno holte sein Fernrohr aus der Innentasche seines Mantels und sah zu.

Die wenigen Verteidiger auf den Wehrgängen hielten sich in Deckung. Sie reckten ihre Köpfe nur vereinzelt über die Zinnen, um auf die anrückenden Kernburgher zu schießen. Barnes Geschütze schossen sich ein, und jede Kugel fand ihr Ziel.

Die Schützen schwärmten aus, verteilten sich über die Ebene vor der Mauer, um nur vereinzelte Ziele zu präsentieren. Wie Schwärme von zornigen Wespen flogen ihnen die Kugeln der Verteidiger um die Ohren. Die Grenadiere stürmten vor und warfen ihre Granaten.

Alle bis auf einen.

Dampfnacken hatte sich in ihren Reihen soweit der Mauer genähert, wie er es wagte. Gedeckt von drei großen Kerlen begann er, den Zauber aufzusagen. Einige Dalmanier bemerkten seine Handbewegungen und versuchten, ihn mit ihren Musketen zu erschießen.

Der Magus warf seine Hände nach vorn.

Die Mauer bebte und zitterte.

»Bereitmachen!«, rief Keno über seine Schulter.

Hinter ihm harrten zwei Kompanien der Sturmtruppen.

Auf sein Kommando würden vierhundertachtzig Soldaten in die Bresche laufen.

Dampfnacken streckte seine Arme vom Körper. Es sah ein wenig so aus, als stieße jemand schwungvoll ein Fenster auf, um frische Frühlingsluft in eine stickige Stube zu lassen.

Steine barsten, Putz brach auseinander. Ein tiefer Riss zog sich durch die dicke Mauer.

Auf diesen Moment hatten die Kanoniere gewartet. Nahezu zeitgleich bellten fünf Geschütze. Im dichten Pulverrauch musste Keno husten. Er wedelte vor seinem Gesicht mit der Hand. Im Dunst des aufgewirbelten Staubs polterten Steine, schrien die Verteidiger. Als sich der Rauch verzog, konnte Keno das Ergebnis vor sich sehen: Ein V-förmiger, breiter Spalt klaffte in der Mauer.

Schützen deckten den Vormarsch der Grenadiere und Sturmtruppen.

Der Kampf um die Bresche war kurz.

Hinter den schützenden Steinen hatten eintausend Dalmanier fast einen ganzen Tag standgehalten. Nachdem die Mauer gefallen war, hielten sie keine zehn Minuten durch.

Am Ende eines Musketenlaufs wurde ein weißes Halstuch geschwenkt.

Die Zitadelle war gefallen.

›*Die Zitadelle ist gefallen.*‹

So würde er es dem Plenum mitteilen.

Musste ja niemand wissen, dass ›die Zitadelle‹ lediglich eine Ruine war. Es musste auch niemand wissen, dass seine Armee an diesem Tag über sechshundert Soldaten verloren hatte, um eine Ruine zu erstürmen, die von einer lachhaften Menge an Feinden gehalten wurde.

»Barne, wir packen hier zusammen. Hoffen wir, dass Rothwalze leichteres Spiel hatte.«

Wackerholz salutierte.

Hauptmann Rothwalze hatte leichteres Spiel.

Kurz vor der Grenzstadt Gavro hatte er die Nachhut der Dalmanier eingeholt. Mit seiner Kavallerie hatte er ihr den Weg zum Haupttross abgeschnitten und sie zur Schlacht gezwungen. Fünfzehntausend Kernburgher hatten keine Schwierigkeiten, die sechstausend Gegner zu schlagen.

Keno lauschte dem Bericht und hob skeptisch eine Augenbraue.

Als seine Hälfte der Armee wieder zu Rothwalzes Kommando aufgeschlossen hatte, hatten sie ihr Lager in den Hügeln vor Gavro aufgeschlagen. Im eilig errichteten Stabszelt hatten sich die Offiziere eingefunden und Rothwalze fasste den Tag zusammen.

»Ich schätze Ihren Einsatz, Hauptmann, muss aber noch einmal nachfragen: Haben Sie gerade tatsächlich viertausendsiebenhundert gesagt?«

Rothwalze saugte an seiner Pfeife, blies Rauch in die Luft und antwortete: »Ja, Brigadier, habe ich. Wir hatten die Nachhut eingekreist und wir haben sie zerrieben.

Geschätzte achthundert haben es über den Fluss geschafft, ungefähr fünfhundert haben sich ergeben. Der Rest ...«, er schaute zur Decke, als würde er kopfrechnen, »... kann als gefallen vermerkt werden.«

Keno sah ihm streng in die Augen.

»Ihnen ist schon klar, dass das als Massaker gewertet werden kann?«

Rothwalze ließ ein kurzes, trockenes Lachen hören.

»Ob wir sie heute oder morgen töten ... was macht das für einen Unterschied? So, wie ich das sehe, haben wir heute einen Sieg errungen, der uns die kommenden Siege leichter macht.«

Keno atmete zischend aus.

Hardtherz räusperte sich und er war dankbar für die Unterbrechung. Er müsste sich noch überlegen, ob Rothwalze einen Orden oder eine Zwangsjacke verdient hatte.

»Die Späher melden, dass das Hauptkorps der Dalmanier abgedreht hat. Sie sind auf dem Rückweg nach Gavro. Es wird ihnen nicht gefallen haben, dass sie die komplette Nachhut verloren haben.«

Keno lehnte sich bedenklich weit in seinen Klappstuhl und legte beide Hände an den Hinterkopf. Nach kurzem Grübeln sagte er: »Was unter Umständen nicht schlecht für uns ist. Besser, wir stellen sie bald, als dass wir ihnen quer durch Dalmanien hinterherlaufen, in der Hoffnung sie zur Schlacht zu bringen.«

»Es werden immer noch an die zwanzigtausend sein, Brigadier.«

»Bei welcher Mannstärke sind wir?«

Sein Adjutant trat vor und las die Zahlen der Gefallenen und Verwundeten aus seiner Kladde ab. »Macht zusammen achtundzwanzigtausend«, schloss er die Aufzählung. »Wobei erwähnt werden sollte, dass unser Ausrüstungsstand der Beste ist, seit wir Kernburgh verlassen haben, Brigadier. Die Vorräte und das Material der Dalmanier kommen uns sehr gelegen.«

Ein Grenadier öffnete den Eingang des Zeltes. »Äh, Brigadier Grimmfaust, hier steht ein Oberst der dalmanischen Armee.«

Keno sah auf. »Was will er?«

»Einen Waffenstillstand.«

»Ohne Kapitulation?«

Der Grenadier zuckte mit den Schultern. »Einen Moment bitte.«

Nach kurzer Zeit steckte er wieder den Kopf ins Zelt.

»Ohne Kapitulation, Brigadier.«

Keno winkte ab. »Schicken Sie ihn weg.«

Oberst Hardtherz sog geräuschvoll Luft in seine Lungen, Rothwalze schaute nur auf. Jeldrik packte sich an die Stirn und Barne entfuhr ein: »Was?!«

»Atanassov möchte also nicht mehr kämpfen, aber sich auch nicht ergeben, hm?«, fragte Keno die Runde.

»Ja, klar«, sagte Barne, »er ist seit drei Tagen auf dem Rückzug. Seine Truppen sind wahrscheinlich genauso im Arsch wie wir. Wir sollten annehmen, uns erholen und neu aufstellen.«

Keno lächelte.

»Was hat Atanassov von einem Waffenstillstand, hm? Er bietet ihn an, weil er ihm etwas bringen soll, oder? Warum sollten wir den Dalmaniern so kurz vor Gavro eine Pause gönnen? Damit sie in der Zeit der Waffenruhe die Stadt befestigen können?«, fragte er und stand auf.

»Nein, meine Herren. Wir werden ablehnen, angreifen und dann NACH der Schlacht einen Waffenstillstand zu UNSEREN Bedingungen verhandeln.«

Rothwalze grinste und klatschte in die Hände. Die anderen Offiziere dachten über Kenos Worte nach. Der Grenadier hatte im Zelteingang gewartet.

»Schicken Sie ihn weg, Soldat. Ich bin jederzeit bereit, über eine Kapitulation zu verhandeln. Alles Weitere diskutieren wir auf dem Schlachtfeld. Wegtreten.«

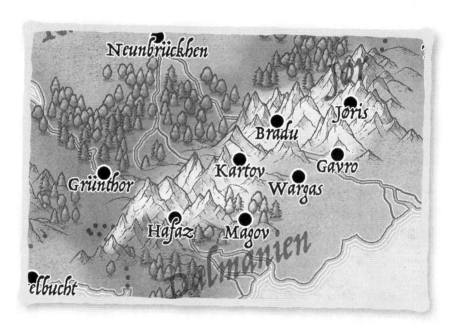

65

Lockwood war froh, Lahir Apo an seiner Seite zu haben.

Der Topi hatte ihm während des langen Marsches einiges von seinem Heimatland erzählt und Lockwood hatte gespannt zugehört.

Topangue war eine Welt für sich, stellte er fest.

Apo hatte ihm vom vorherrschenden Kastensystem erzählt, von den Tieren, den Gebräuchen, der Religion, von den kulturellen Eigenarten der Königreiche und ihren Streitigkeiten untereinander. Lockwood musste feststellen, dass, obwohl es in Topangue Tiger und Derwische gab, die grundsätzlichen Animositäten zwischen den Königshäusern seltsam vertraut klangen. Es wurde hintergangen und bekriegt, verheiratet und gehandelt und anschließend wieder bekriegt.

Fast wie zuhause.

Apo hatte ihm auch von den Wasserfällen bei Pradeshnawab berichtet. Mit großen Gesten seiner rudernden Arme hatte er sich bemüht, Lockwood die Dimension dieses Naturschauspiels zu umreißen. Atemberaubend sollten sie sein.

Atemberaubend.

Dieses Wort beschrieb es nur unzureichend, dachte Lockwood, als er die Wasserfälle von Pradesh endlich in voller Pracht vor sich sah.

Während sich die Truppen durch den dichten Urwald, der auf die Große Ebene gefolgt war, geschlagen hatten, hatte das Rauschen des Wassers stetig an Lautstärke zugenommen. Jetzt sah er es vor sich: Eine dicht bewachsene, überwucherte Klippe, breit wie sieben Häuserblöcke in Truehaven und dreimal so hoch, ragte aus dem Blätterdach des Dschungels. Über den Rand der Klippe stürzte weißes, wildes Wasser. Die Geräuschkulisse, die dabei entstand, war das lauteste Rauschen, dass Nathaniel je in seinem Leben gehört hatte. Die Soldaten mussten schreien, um sich zu verständigen.

Am liebsten wäre er ein paar Tage geblieben, um sich an der Aussicht sattzusehen, aber der Zug der Armee marschierte weiter.

Sie würden dem Lauf des Flusses folgen, bis sie auf die Stadt Pradeshnawab stießen. Vor der Stadt würden sie sich mit den versprochenen Truppen aus Praknacore vereinen. Gemeinsam würden sie die Stadt belagern und hoffentlich einnehmen.

Was für ein Land!

Zumindest was die Landschaft betraf, konnte er Apos und Leftwaters Begeisterung so langsam nachvollziehen. Es wirkte urtümlich und ungezähmt. In Sachen Fauna war er sich noch nicht so sicher.

Dass es Einheiten gab, die Tiger mit sich führten ...
Unfassbar.
Auch dieses Wort war nur unzureichend.
Ich werde neue Superlative brauchen, dachte Lockwood.

Apropos unfassbar, dachte er weiter. Unfassbar war auch, dass er nun in Ermangelung eines Lieutenant Colonels die Befehlsgewalt über das 32ste Infanterieregiment innehatte. Denn Dustmane wurde weiterhin vermisst. Die Company hatte zwar einen Zug Topis zurückgelassen, um nach dem Offizier zu suchen. Bisher allerdings ohne Erfolg.

Nathaniel wurde ein wenig schwindelig, wenn er daran dachte, dass er nun die Verantwortung über zweitausendvierhundert Schützen trug.

Der Lauf des Flusses führte sie einen langen Weg hangabwärts in eine bewaldete Ebene. Gemäß dem Schlachtplan schwärmten die Regimenter in zwei großen Aufstellungen aus. Lockwoods 32stes rückte auf den linken Flügel, zusammen mit zwei weiteren Infanterieregimentern, einem Kavallerieregiment und zwei Bataillonen Feldartillerie. Etwas mehr als zwölftausend bildeten jeweils einen der beiden Flügel. Die Nachhut bildeten die Soldaten der Company und die Topis aus Antur.

Eine beachtliche Streitmacht. Allerdings waren sie der Armee des Nawab immer noch eins zu zwei unterlegen, bis sie auf die Truppen aus Praknacore trafen.

Hoffentlich müssten sie nicht herausfinden, ob Nathaniel mit seiner vollmundigen Ansprache über die Durchschlagskraft der Army recht behielte.

Hoffentlich.

Fünfzig Kilometer vor Pradeshnawab schlugen die beiden Flügel der Armee ihr Nachtlager auf.

Laute Rufe und kreischende Papageien weckten Lockwood.

Er schälte sich unter seiner Decke hervor, schmatzte verschlafen und streckte sich. Zuerst dachte er noch, die Geräuschkulisse wäre ein Nachhall seiner Träume, aber die aufgebrachten Rufe manövrierten sich lautstark durch sein verschlafenes Hirn.

Irgendetwas war passiert.

Er sprang in Hose und Stiefel, schwang sich die Jacke über, raffte seine Waffen zusammen und trat vor sein Zelt.

Die Sonne hing noch tief über den Bäumen. Vereinzelt brannten schon Lagerfeuer mit den unvermeidlichen Teekannen darüber. Aber niemand trank Tee. Müde Gesichter lugten aus ihren Zelten, einige Soldaten rannten umher und sahen sich suchend um. Ganz leise nur konnte Lockwood Musketenschüsse hören.

Ein Private mit hektischen Flecken im Gesicht rannte rufend den Mittelweg des Lagers entlang.

»Major Lockwood!«

Nathaniel winkte.

Schnaufend kam der Mann vor ihm zum Stehen.

»Der rechte Flügel hat Feindkontakt«, sagte der Private, während er seine Hände auf den Knien abstützte und sich bemühte, Luft zu bekommen.

»Seit wann?«, fragte Nat.

»Seit den ersten Sonnenstrahlen. Der Feind hat sich in der Nacht angeschlichen und angegriffen.«

»Wie viele?«

Der Soldat richtete sich auf.

»Schwer zu sagen, Sir. Eine beachtliche Anzahl zumindest. Genug, um alle Einheiten zu binden. General Leftwater befürchtet, dass auch der linke Flügel angegriffen wird. Darum hat er mich geschickt.«

»Danke. Wenn Sie wieder bei Atem sind, kehren Sie zu Ihrer Einheit zurück.«

»Jawohl!«

Lockwood rannte los.

Am Zelt der Trommler riss er die Stoffbahnen auseinander.

»Jungs! Wir brauchen Radau!«, rief er hinein und lief weiter.

Vor dem Zelt der Fahnenmannschaft pellten sich bereits die ersten Soldaten ins Freie.

»Hoch die Standarten! Wir werden angegriffen. Aufstellung!«, rief Lockwood.

Hinter ihm konnte er die Trommeln schon rappeln hören.

Endlich kam Bewegung ins Lager des 32sten.

Lockwood rannte an etlichen Zelten vorbei, bis er die Grenze des Nachtlagers erreichte. Ein Captain des Regiments suchte bereits den Waldrand mit einem Fernrohr ab.

»Und?«, fragte er. Schnaufend sortierte er sein Bandelier, prüfte den Sitz des Säbels, der einst einem jungen Offizier aus Kernburgh gehört hatte, und richtete die Schulterklappe.

»Morgen, Sir. Bisher noch keine Feindbewegung. Die Nachtwache hat ebenfalls nichts gemeldet.«

Lockwood nahm ihm das Fernrohr aus der Hand und schaute hindurch.

»Das ist gut«, sagte er. »Erwischen die uns jedenfalls nicht mit runtergelassenen Hosen.«

Hinter sich hörte er die eiligen Schritte der Schützen.

»Breite Formation, Gentlemen. Ich möchte, dass das 32ste genau hier postiert wird. Wenn der Feind kommt, liegt es an uns, das Lager zu verteidigen, bis die anderen Einheiten so weit sind. Alles klar?«

»Ja, Sir«, bestätigte der Captain.

»Senden Sie einen Läufer zu den Offizieren der anderen Regimenter. Wir treffen uns hinter der Linie.«

»Jawohl, Sir!«

Der Captain rannte los. Ohne sein Fernrohr.

Lockwood suchte weiterhin die Gegend ab.

Ein Schwarm Papageien löste sich aus den Baumwipfeln und stieg in den Himmel. Ein ziemlich großer Schwarm, stellte er fest.

»Da sind sie«, sagte eine ruhige Stimme neben ihm.

»Guten Morgen, Apo«, sagte Nat, ohne das Rohr sinken zu lassen.

»Breite Formation, drei Mann tief!«, brüllte der Captain infernalisch laut.

Stampfende Schritte, Schnaufen und Atmen. Das Klappern von Musketen, als die Schützen des 32sten ihre Waffen kontrollierten. Ansonsten blieben die Männer ruhig. Keine rüden Scherze, keine dummen Sprüche.

Wenn irgendetwas Topangue die Stirn bieten könnte, dann nüchterne Professionalität, dachte Lockwood.

Er drehte sich um.

Es hatte keine zehn Minuten gedauert, das 32ste in ordentlichen Reihen am Rand des Lagers aufzustellen. Er spürte einen Anflug von Stolz und nickte den Schützen anerkennend zu. Ein raubeiniger Private lächelte zurück.

»Sie haben Elefanten«, bemerkte Apo.

Wie bitte?

Lockwood wirbelte herum.

Drei graue Riesen brachen durch die Baumreihen.

Am Ende der langen weißen Stoßzähne glänzten metallene Spitzen, auf ihren Köpfen blitzten polierte Schutzplatten, auf ihrem Rücken saßen Reiter.

Ist klar.

Im Schatten der Elefanten tauchten nun auch Krieger mit Musketen auf. Reihe um Reihe von grün und weiß gekleideten Gestalten. Hinter der Formation preschten Reiter auf kleinen, aber wendigen Pferden auf die rechte Seite.

Nats Knie fühlten sich an wie Butter und seine Wirbelsäule weich wie Kautschuk, aber er würde sich lieber selbst mit dem Säbel des kleinen Majors aus Kernburgh niederstrecken, als es seine Truppe merken zu lassen.

Elefanten. Verflucht! Gab es einen Superlativ zu ›verflucht‹?

Zwischen dem aufmarschierenden Feind und dem 32sten lagen noch gut dreihundert Meter.

Zu gerne hätte Nat mit einer heißen Tasse Tee im Stabszelt gesessen, hätte mit den anderen Offizieren eine Taktik entworfen und sich mit ihnen abgestimmt. Aber offensichtlich war die Armee Northisles in den frühen Morgenstunden vom Feind überrascht worden. Das war nicht weiter verwunderlich, denn der Gegner kannte sein Land. Als fremde Macht in einem fremden Land waren sie im Hintertreffen.

Für den Moment plante Lockwood nur einen Vorstoß, um den Nawab lange genug aufzuhalten, bis der Rest der Armee eingreifen konnte. Er hoffte, dass General Leftwater an seinem Flügel bereits Erfolg gehabt hatte, um an einer koordinierten Attacke zu arbeiten.

Wäre das nicht der Fall, führte Nat das 32ste womöglich in den Untergang.

Er hatte keine Ahnung, wie groß die Anzahl der Pradesher war, denen er entgegenmarschierte. Er hatte keine Ahnung über die Aufstellung der Feinde, oder seiner eigenen Armee. Er wusste nur, dass er es nicht zulassen konnte, dass das Lager überrannt wurde.

»Captain?«

Der Offizier neben ihm zitterte.

»Captain!«

Als hätte ihn Lockwood aus einem Traum geweckt, sah er auf.

»Ja, Sir?«

»Finden Sie doch bitte heraus, wie weit die Artillerie ist, ja?«

»Äh, ja.«

Ohne sich umzudrehen, rief Lockwood: »Männer! Ihr werdet nach heute zu dem erlauchten Kreis derer gehören, die behaupten können, nicht nur einen Elefanten gesehen, sondern auch einen erlegt zu haben! Der Nawab dachte, dass er uns mit Tigern und Derwischen einschüchtern könnte und nun glaubt er, das 32ste würde sich vor Elefanten in die Hosen machen! Was sagt Ihr dazu?«

Der grinsende Private hinter ihm raunte: »Das man auch mit vollen Hosen kämpfen kann.«

Lockwood lachte und drehte sich zu dem Schützen.

»Und Ihr Name ist?«

Der Mann straffte sich.

»Cleetus Stonewall, Sir.«

»Angenehm.« Nat stapfte dem Private entgegen und reichte ihm die Hand, die der überraschte Soldat annahm und schüttelte.

Cleetus war ein bulliger Kerl mit beachtlichen Koteletten und einem kurzen, struppigen Schnäuzer. Die verschlagenen, dunklen Augen unter buschigen Augenbrauen und seine krumme Nase zeugten von einer nicht ganz ruhmreichen Hintergrundgeschichte.

»Das man auch mit vollen Hosen kämpfen kann ... Sehr gut, Private Stonewall.«

Die Soldaten in Hörweite lachten erleichtert auf. Es wurden schon Gemeine für weniger Keckheit mit Stockschlägen bestraft.

Lockwood sah über Stonewalls Schulter.

»Ich würde es allerdings begrüßen, wenn sich nur die hinteren Reihen in die Uniformen Seiner Majestät erleichtern könnten. Nehmt Rücksicht und haltet eure Ärsche aus dem Wind!«

Die Soldaten lachten lauter.

»Also Jungs, ich habe keine Ahnung, ob Elefanten – genau wie Pferde – Schiss vor einem Wall aus Bajonetten haben. Aber ich sage mal, das finden wir heute heraus!«

Klappern und Rattern lief die Linie entlang, als die Soldaten die langen Messer zogen und auf ihre Läufe schoben.

»Und denkt dran: Ein Kriegsross ohne Reiter ist nur ein Pferd. Zielt nicht auf die Platten, zielt auf die Reiter!«

»Mahouts«, raunte Apo.

»Wie bitte was?«

»Mahouts. So nennen wir die Elefantenreiter.«

»Wie auch immer.« Lockwood winkte ab. »Es wäre hilfreich, wenn du die anderen Lahiri in unsere Reihen bringst, Apo. Könnte mir vorstellen, dass es nicht so leicht ist, wie einen Tiger zu zerreißen, aber ihr könnt sie doch bestimmt ein wenig ins Stolpern bringen, oder?«

»Wir können es zumindest versuchen, Saheb. Ich möchte nur anmerken, dass der Nawab auch Tiger mitgebracht hat.«

Lockwood sah über die Schulter. Mittlerweile trennten die beiden Truppen noch zweihundertfünfzig Meter. Er entdeckte Gruppen von Tierbändigern, die aufgebrachte Raubkatzen an langen Ketten vor sich führten.

Der Feind näherte sich nur langsam.

Der Nawab hatte es offenbar nicht eilig.

»Und wenn er seinen ganzen zoologischen Garten mitbringen würde ...«

Im Stillen betete er, dass wirklich niemand seine mittlerweile schlotternden Knie bemerken würde.

»Wenn ich etwas sagen dürfte, Sir?« Stonewall hatte aufgezeigt, um sich zu melden, wie ein artiger Bub in der Schule.

Lockwood nickte.

Der Private holte tief Luft.

»Heute Abend sitzen wir auf Elefantenfüßen an unseren Feuern und decken uns mit Tigerfellen zur Nacht, nicht wahr, Jungs?!«

»Und saufen Tee aus Papageienschnäbeln!«

»Und knobeln mit Affenknochen!«

Die Schützen lachten und alberten.

Das ist gut, dachte Lockwood und bemühte sich, ebenfalls zu lächeln.

Er zog den Säbel und reckte ihn in die Luft.

»Das 32ste marschiert! VORWÄRTS!«

Im Gleichschritt gingen sie los. Dem Feind entgegen.

Nach den ersten Metern waren die Scherze verklungen und einer grimmigen Entschlossenheit gewichen.

Elefanten und Tiger.

Bei Thapath!

Lockwood sah auf seine Pistole, die ihm angesichts der wuchtigen Schädel der Tiger und Elefanten lächerlich klein vorkam.

Gebrüll erscholl aus den Reihen gegenüber.

Die Elefanten fielen in Trab.

Wenn sie die Linie der Grauröcke erreichen würden, würden ihre schiere Kraft und die spitzen Stoßzähne in den Schützenreihen schrecklichen Tribut an Leib und Leben fordern.

Sie würden Schneisen in die Reihen reißen, die Aufstellung auseinanderbrechen und es den Musketenschützen des Nawabs leicht machen, sie zusammenzuschießen.

Wenn ...

»Apo?«, flüsterte Nat.

»Ja, Saheb?« Wie ein Schatten blieb der Lahir an seiner Seite.

»Die anderen …?«

»Sind da.«

»Haben wir eine Chance?«

Apo grinste.

»Sonst wären sie nicht hier.«

Lockwood atmete aus. Wenn es doch nur schon vorüber wäre!

Die Elefanten wurden schneller.

Rennende Elefanten sehen irgendwie albern aus, dachte Lockwood fahrig. Alles andere als ehrfurchtgebietend.

Die gegnerischen Soldaten stürmten los. Sie brüllten und kreischten in der Sprache Topangues.

Einhundertfünfzig Meter.

Aus den Augenwinkeln sah er die ersten Grauröcke zögern.

»Das 32ste marschiert weiter!«, rief er.

»Keinen Schiss! Nur fein drauf!«, brüllte Stonewall hinter ihm. Seine Stimme klang fest und tief und Nathaniel war dankbar dafür.

Die Distanz zwischen den Truppen verkürzte sich schnell und schneller.

»Wie nah müssen wir sie rankommen lassen, damit ihr die Elefanten zu Fall bringen könnt?«, flüsterte Nat.

»Nah«, antwortete Apo.

Die Ruhe, die der Topi ausstrahlte, begann ihn zu nerven. Hat der Kerl denn gar keine Angst?

»Hast du denn gar keine Angst?«

»Ich bin ein Lahir, Saheb.«

Ach so. Na dann.

Achtzig Meter.

Lockwood blieb stehen und hob den Säbel.

»Bereitmachen!«

Die Grauröcke blieben stehen.

Die vorderste Reihe kniete nieder.

»Fünfzig Meter?«, flüsterte Nat.

Apo nickte.

»Fünfzig Meter!«, wiederholte er laut.

Die Sergeants liefen hinter der langen Reihe der Schützen entlang und gaben das Kommando heiser rufend weiter. Die Captains hatten ihre Säbel ebenfalls emporgereckt.

Die weißbekleideten Magi traten vor und begannen mit kreisenden Bewegungen ihrer Arme. Apo neben ihm raunte und gab dabei zischende Laute von sich.

Als die Elefanten auf sechzig Meter heran waren, eröffneten die Truppen hinter ihnen das Feuer. Die wilden Krieger des Nawab waren viel zu weit weg, um mit ihren veralteten Musketen eine wirkliche Gefahr darzustellen.

Aus den Augenwinkeln sah Nat einen Graurock zusammenklappen. Der Mann hielt sich die Schulter und bellte mehr zornig als schmerzerfüllt. Aus der hinteren Reihe griffen Arme und Hände nach ihm und zogen ihn aus der Frontlinie.

Gut. Bis die nachgeladen haben, haben wir hoffentlich die Elefanten erledigt, dachte Nat.

Wie auf Kommando warfen die Lahiri die Hände nach vorn. Der Elefant auf der rechten Seite strauchelte und bohrte die Stoßzähne in den Grasboden. Sein Reiter wurde aus dem Sitz katapultiert. Der Elefant auf der linken Seite sackte auf den Hinterläufen zusammen, reckte seinen Rüssel in die Luft und trompetete. Der Elefant, der auf die Mitte der Grauröcke zuhielt, zuckte zusammen und wurde langsamer. Er wich nach rechts und humpelte dabei, als wäre er auf einen Nagel getreten.

»FEUER!«, brüllte Nat.

Die Salve krachte und die Feinde verschwanden hinter einer Wolke aus Pulverrauch.

Die mittlere Reihe kniete sich zur ersten. Die dritte Reihe schoss in den Qualm hinein.

Ein Rappeln und Rauschen lief durch die Soldaten, als sie nach frischer Munition griffen. Ratschend und schabend wurden Ladestöcke in die Läufe gerammt.

Langsam verzog sich der Rauch.

Keine zwanzig Meter vor Nat stürmte der Elefant parallel zur Schützenreihe.

»FEUER!«, brüllte Lockwood.

Als brächen rote Blüten durch grauen Stein, tauchten auf der Seite des Elefanten Einschüsse auf. Das Tier brüllte seinen Schmerz hinaus und rannte wie von Sinnen zurück. Der leblose Führer taumelte aus seinem Sitz und schlug auf dem Boden auf.

Der Ansturm der Feinde war ins Stocken geraten.

Jetzt oder nie!

»ANGRIFF!«, brüllte Lockwood.

Mit einem gemeinsamen »RRRAAAAHHHH!!!«, antworteten die Grauröcke und liefen den Truppen des Nawab entgegen.

Der verwundete Elefant riss Breschen in die Pradesher. Dutzende kamen unter seine Füße und wurden zertrampelt. Andere wurden von den Stoßzähnen erwischt und wie Puppen beiseitegeschleudert oder aufgespießt.

Vor Lockwood zerfetzte es einen Tiger im Sprung. Einem der Bändiger schlug er den Säbel auf den Kopf. Überall um ihn herum stachen die Soldaten des 32sten auf die Feinde ein.

Er ließ sich zurückfallen und hob den Blick, um sich ein Bild von dem Gefecht zu machen. Auf beiden Seiten sah er die Kavallerie der Feinde heranstürmen. Der Captain auf der rechten Flanke hatte die Gefahr ebenfalls erkannt und seine Männer bereits in Stellung gebracht.

Dem Offizier auf der Linken war die Bedrohung allerdings entgangen.

Säbelschwingende Reiter preschten in die Reihen.

»LINKS!«

Das dritte Glied schwang herum und bildete einen Wall aus Bajonetten.

Vermutlich verlöre das 32ste die linke Seite, aber die Mitte würde halten, hoffte Nat.

»Apo! Bring deine Leute an die linke Flanke!«

Der Magus sah auf, erkannte die Situation und rannte los.

Ein grüngekleideter Säbelschwinger sprang vor Lockwood in die Höhe. Nat riss reflexartig seine Klinge hoch. Stahl klirrte. Der Krieger ließ seinen zweiten Säbel niedersausen. Lockwood sprang zurück. Um Haaresbreite zischte die scharfe Spitze an seinem Gesicht vorbei. Er verlor den Stand und taumelte rückwärts. Der Derwisch setzte nach und reckte beide Waffen, ein triumphierendes Lachen im bärtigen Gesicht.

Hinter ihm tauchte Stonewall auf. Der Private hatte seine Muskete wie einen Knüppel gepackt und wirbelte sie herum.

Es klang, als hätte man einen Kürbis aus dem Obergeschoß auf Pflastersteine fallen lassen, als der Musketenkolben an den Kopf des Derwischs knallte. Sofort ging er zu Boden und blieb liegen.

Stonewall stellte sich vor Lockwood und reichte ihm die Hand.

Nat griff sie und wurde auf die Füße gezogen. Sprachlos nickte er nur. Stonewall grinste.

Hinter ihnen erklangen die Trompeten der Kavallerie.

Endlich.

Und jetzt hörten sie auch das dumpfe Trommeln der Hufe.

Die Pradesher lösten sich aus dem Nahkampf und flüchteten zurück zur Baumgrenze.

Die Männer des 32sten, die noch geladene Musketen hielten, schossen sofort.

Der Angriff war vorbei.

Lockwood strich sich durchs verschwitzte Haar. In der Hektik hatte er vergessen, seinen Hut aufzusetzen.

Der Colonel der Kavallerie erkannte ihn trotzdem und lenkte sein Pferd zu ihm.

»Schön, dass Sie kommen konnten«, sagte Nat erleichtert.

Der Reiter machte eine ausschweifende Armbewegung und ließ den Blick über das Schlachtfeld wandern. »In der Tat. Aber wie ich sehe, hätten Sie uns kaum gebraucht. Respekt, Major!«

Lockwood nickte dankend.

»Auf dem rechten Flügel wurde der Feind ebenfalls zurückgedrängt. General Leftwater bittet Sie alsbald zu sich.«

»Wir räumen hier noch auf, dann komme ich.«

Lockwood salutierte.

Der Colonel tat das Gleiche. Dann zog er sein Pferd an den Zügeln herum und ritt seiner Einheit hinterher, die die Pradesher verfolgte.

66

Es war zum Verzweifeln.

Überall Kolonnen von Soldaten. Zu Fuß, zu Pferde, mit Kanonengespannen, auf Munitionswagen, auf Versorgungskutschen. Wohin das Auge reichte, sah Lysander nur Kernburgher Truppen.

Sie hatten es nur knapp aus Bradu hinausgeschafft, als die Revolutionsarmee die Stadt in Beschlag genommen hatte, und nun schlugen sie sich seit Tagen durch die Wälder, um ihr nicht in die Fänge zu geraten. Das war nicht leicht, denn die verfluchten Jägertruppen umschwärmten den Hauptkörper und Reiterstaffeln entsendeten Späher in alle Richtungen.

Ihnen blieb nicht anders übrig, als sich tagsüber zu verstecken und nachts durch die Landschaft zu schleichen.

Erst nachdem sie Kartow, westlich von Bradu hinter sich gelassen hatten, sahen sie weniger von der Armee Kernburghs. Lediglich ein paar vereinzelte Nachzügler und Nachschubwagen.

Endlich kamen sie schneller voran.

Der Norden Dalmaniens wurde von hohen Gebirgsmassiven durchkreuzt, unterbrochen durch tiefe, fruchtbare Täler mit kleinen Ortschaften, Höfen oder alten Wehranlagen. Verhungern würden sie auf ihrer Reise nicht, denn überall gab es Wild, Beeren und Kräuter. Was sie nicht im Wald fanden, das fanden sie auf Bauernhöfen. Gorms Fähigkeit zu schleichen erwies sich das ein oder andere Mal als ausgesprochen nützlich, wenn sie jagen oder stehlen mussten, um sich zu ernähren. Es verblüffte Lysander immer wieder, wie kurios leise der große Orcneas einen nackten Fuß vor den anderen setzte. Es war ihm schier unbegreiflich, wie der es schaffte, immer neben trockene Zweige und raschelndes Laub zu treten. Beinahe unwirklich.

Unwirklich erschien ihm auch seine Zeit als Student.

Seit über einem Jahr war er auf der Flucht, es fühlte sich aber mehr wie eine Dekade an.

Auf dem Rücken der grauen Stute, die hinter dem Kaltblüter hertrottete, ließ er seine Gedanken zurückwandern. In seine Stube, in den Park, in die Hörsäle – und ins Kadaver–Theater zu Nickels Blauknochen und seinen Vorlesungen.

Blauknochen …

Was hatte der sich nur gedacht, als er ihm die Flucht ermöglichte?

Als er ihm das Grimoire zusteckte.

Als er ihn ermutigte, seine Potenziale zu erweitern.

Er hatte davon ausgehen müssen, dass genau dies geschehen würde, wenn Lysander sich in das Werk Rothsangs vertiefte, oder?

Wenn er doch nur mit ihm sprechen könnte.

Ihn fragen könnte ...

Strengarm schlendert mit Blauknochen durch den Park.

Beide haben ihre Hände hinter dem Rücken verschränkt. Eine übliche Geste, wenn zwei Magi miteinander sprechen. Eine Form der Etikette aus den Zeiten, als es noch Kriegsmagi gab, um sich gegenseitig zu versichern, dass keiner vorhatte, einen Zauber gegen den anderen zu wirken. Auch heute noch pflegten Magi diese Tradition. Vor allem die alte Generation.

Sie bleiben an den Zwingern stehen. Apoth und Bekter trotten heran und beschnüffeln die behandschuhten Hände des Heilers, der vor ihrem Käfig hockt und sie durch die Stäbe streichelt.

»Was sollen wir also tun?«, fragt Strengarm.

Blauknochens Knie knacken, als er sich aufrichtet. Wie immer schaut der hagere Magus latent herablassend aus seinem hochgeschlossenen Gehrock heraus.

»Was wollen wir denn?«, fragt er Strengarm.

»Es ist wohl so, wie wir immer vermutet haben. Die Magie findet einen Weg. Oder nicht?«

Blauknochen atmet tief aus und schaut über die Weite des Parks.

»Es ist jedenfalls so, dass wir seine Potenziale kaum unterdrücken können.«

»Also?«, fragt Strengarm.

Blauknochen schaut ihn durchdringend an. »Also müssen wir seine Kräfte kanalisieren, oder ...«, beginnt er.

»Oder?«, fragt Strengarm, obwohl er die Antwort schon kennt. Er zuckt ein wenig zusammen.

»Oder ihn loswerden«, beendet Blauknochen den Satz.

Strengarm reibt sich mit der flachen Hand über die Glatze.

»Nein, Meister Blauknochen. Das ist keine Option. Wo kommen wir denn da hin?«

Der Heiler lacht trocken und sagt: »Sehen Sie es einmal so: Der Junge hinterfragt alles, und obwohl es auf den ersten Blick den Anschein hat, er wäre faul und ungezähmt, stellt sich doch eines immer klarer heraus ...«

»Und das wäre?«, fragt Strengarm.

»Er ist gelangweilt. Einfach nur gelangweilt.«

»Ja, das könnte sein.«

»Der Junge ist wie ein trockener Schwamm. Wir bringen ihm etwas bei und er hat es schon verinnerlicht, bevor die anderen Studenten auch nur die Fundamente begriffen haben. Er hat ein natürliches Talent.«

Strengarm nickt. »Ja. Ein Talent, das in der heutigen Zeit aber eher unnatürlich ist.«

»Wie Sie schon sagten: Die Magie findet einen Weg.«

Die beiden Magi schlendern weiter.

Strengarm fühlt sich immer etwas unwohl in Blauknochens Gegenwart. Die Art des Heilers, immer so zu tun als wüsste er mehr als jeder andere, nervt Strengarm.

Er sagt: »Wir müssen seine Potenziale unterdrücken, bis er soweit ist, sie korrekt einzuschätzen, und selbst Verantwortung übernehmen kann …«

Blauknochen bleibt stehen und fixiert den Rektor. Seine graublauen Augen bohren sich bis an dessen Hinterkopf.

»Das würde aber auch bedeuten, ihn vor der Öffentlichkeit zu verstecken, Rektor. In der derzeitigen Situation, mit dem Aufkeimen der Revolution wäre er eine Figur auf dem globalen Lamantfeld, die jede Partei nur zu gerne für sich einsetzen würde. Seit Rothsang hat es eine solche Dichte an Potenzial nicht mehr gegeben.«

»Und seit Grauhand«, ergänzt Strengarm.

Blauknochen winkt ab.

»Und seit Grauhand«, hatte der Rektor gesagt. Vor Lysanders innerem Auge stieg das Porträt in dessen Arbeitszimmer auf. Der wuchtige Kopf, die wilden Locken, die stählernen Augen, der strenge Blick. Seltsam vertraut.

»He!«

Lysander spürte einen Stoß an seiner Schulter und wäre fast vom Pferd gekippt. Nur mit Mühe konnte er sich im Sattel halten.

»Alles gut?«

Er schüttelte den Kopf. Was war das denn?!

Er sah nach links und erkannte Gorm, der den Hengst neben die Stute gelenkt und ihn angestoßen hatte.

Lysander zügelte sein Pferd.

Ein Wachtraum?

»Ich denke, wir sollten eine Rast einlegen.«

»Is' gut«, raunte Gorm.

67

Die kleine Frau legte ein faustgroßes, in Seide gewickeltes Paket auf seinen Schreibtisch.

»Das ist es?«, fragte Desche mit leichter Erregung.

Die kleine Frau nickte.

Desche rieb seine Hände in Vorfreude. Endlich.

Aufgeregt rutschten seine Arschbacken über das edle Leder seines opulenten Stuhls, während er die Schublade am Tisch aufzog und seinerseits ein Paket herausnahm. Kaum größer als ein Apfel, eingewickelt in Wachspapier, mit grober Schnur gebunden.

Er sah die Frau hoheitsvoll an. »Besten Dank, meine Liebe.«

Sein neues Audienzzimmer unterstrich sein Amt, dachte er. Edelholzvertäfelung an den Wänden, ein großer Kamin, dicke Teppiche, eine Wanduhr, ein paar Wandregale voll Bücher, die er zwar nicht brauchte – geschweige denn las –, die aber einen gewissen Anschein von Intellekt vermittelten. Sein Frauchen hatte sich selbst übertroffen.

Das neue Stadthaus der Eisenfleischs war wirklich und wahrhaftig luxuriös.

Im Untergeschoss die Stuben der Bediensteten, im ersten Stockwerk der Salon, das Speisezimmer, Haushaltsräume und die Küche, im zweiten Stock sein Arbeitszimmer und eine kleine Bibliothek für vertrauliche Empfänge nebst einem anliegenden Werkraum, und im Obergeschoss die privaten Räumlichkeiten mit Badezimmer, Ankleideraum und Schlafgemach.

Das hatten sie verdient!

Die Königsfamilie hatte ihr Schicksal ebenfalls verdient.

Der Revolution konnte man sich nicht entgegenstellen!

Mit vor Aufregung zitternden Händen öffnete er das Bündel, das ihm die Auftragsmörderin besorgt hatte. Sorgfältig blätterte er die Seide auseinander und legte es frei. Ein kleines Glas, das aussah wie eine Miniatur der Lampengehäuse der Straßenlaternen von Neunbrückhen: ein gläserner Zylinder aus bestem Kristall aus Pendôr, kunstvoll eingefasst in einen Sockel und einen Deckel aus Silber und Gold.

Zärtlich strich er über die Gravur im Sockel.

›Der letzte Thronfolger‹, stand dort in fein ziselierter Schrift.

Desche lächelte verträumt.

Ohne die Frau anzusehen, raunte er: »Sie haben mir sicherlich noch etwas anderes mitgebracht, nicht wahr?«

Sie nickte stumm, griff in ihre Manteltasche und holte ein braunes Fläschchen hervor.

»Sehr gut!«, hauchte Desche.

Sie stellte das Fläschchen auf den Tisch und rieb daraufhin Daumen und Zeigefinger aneinander.

»Hm? Ach ja, sicher. Wie hoch waren denn Ihre Ausgaben, meine Gute?«

Sie legte ihre Kapuze in den Nacken und schüttelte ihr langes braunes Haar. Sie griff wieder in die Innentasche der Kutte und fischte einen Zettel hervor, den sie ebenfalls auf den Tisch legte.

Desche holte sich den Wisch mit der einen Hand, die andere umschloss den Griff der Pistole, die er zwischen den Beinen unter der Schreibtischplatte bereit gehalten hatte. Man kann ja nie wissen, dachte er. Dann wollen wir mal sehen.

Er überflog den Zettel.

Exekution = 120 Taler
Goldschmied = 65 Taler
Glasmacher = 24 Taler
Destille = 1 Taler

Na gut. Das war jetzt nicht günstig. Im Gegenteil. Er durchdachte schnell Wert und Nutzen der kleinen Auftragsmörderin. Sie könnte ihm später noch dienlich werden, dachte er. Dass sie ihre Arbeit zufriedenstellend erledigen konnte, hatte sie bewiesen, als sie dem kleinen Joris den Lebensfaden durchtrennt hatte.

Er ließ den Griff der Waffe los und holte einen Lederbeutel hervor, den er auf den Tisch warf.

»Zweihundertfünfzig, stimmt so.«

Schneller als er gucken konnte, schoss ihre Hand unter dem Mantel hervor, griff den Beutel und verschwand. Er konnte das Schloss einer Pistole unter ihrem Rock zurückschnappen hören.

»Man kann ja nie wissen«, raunte sie, drehte sich um und verließ das Zimmer.

Desche schüttelte lachend den Kopf. Welch ein Glücksgriff sie gewesen war!

Der Tod des Prinzen war der Beginn einer wunderbaren Freundschaft, dachte er.

Er stellte das Glas vor sich, wickelte das Wachspapier vom zweiten Paket herunter und legte das kleine Herz des kleinen Prinzen frei.

Ach, du sentimentaler Tor, dachte er und lächelte versonnen.

Aber sammelten Jäger nicht auch Trophäen?

Er gab den Inhalt aus dem braunen Fläschchen in das Glas. Mit spitzen Fingern nahm er das Herz und ließ es in die Flüssigkeit gleiten.

Er hatte sich einen ganzen Abend Zeit gelassen, das Organ zu entnehmen und extra sein schärfstes Messerchen benutzt. Er war sehr stolz auf seine saubere Arbeit. Und nun bekam sie den Rahmen, der ihr zustand: ein Kleinod aus den Händen der fähigsten Kunstwerker Neunbrückhens.

Mit dem Zeigefinger stupfte er das Herz etwas tiefer in den Alkohol. Dann leckte er die Fingerspitze ab und lächelte schon wieder. Sorgfältig schraubte er den Deckel auf das Glas.

Er stand auf, öffnete den schweren Vorhang ein wenig und hielt seinen Schatz ins Licht.

Es klopfte.

»Herein.«

Sein liebes Frauchen. Hach.

»Mein Herz, der Schiffsbauer wartet im Salon.«

»Ich komme«, sagte er.

Er winkte sie zu sich und zeigte ihr das Glas.

Strahlend schlang sie ihm einen Arm um die Schultern und drückte ihren Kopf an seine Brust. »Es ist schön, Liebster. So schön.«

»Nicht wahr?«, raunte er.

Gemeinsam standen sie noch ein wenig in der Sonne, bis sie ihm in den Po kniff und sagte: »Wohlan, auf zur Arbeit, mein Herz.«

Der Schiffsbauer studierte seine Pläne. Seite für Seite.

Im Salon von ›Haus Eisenfleisch‹ stand ein langer Esstisch mit sechs Stühlen pro Seite und je einem am Kopf der Tafel. Zwei Kamine, eine Anrichte und ein Buffet an den Wänden, von denen die zur Straße hin, mit großen Fenstern bestückt war. Die drei Kronleuchter spendeten warmes Licht und beleuchteten die Pläne, die ausgebreitet auf der Tafel lagen.

»Ja, das könnte leicht gehen. Ein einfaches Ruderboot könnte dafür herhalten, Meister Eisenfleisch.«

Sehr gut!

In allen Provinzen waren seine Kurzmacher in Aktion. Überall in Kernburgh rollten die Köpfe der Feinde der Republik. Die Schnell-Gerichte, Nationalgardisten und Gefängniskarren hatten alle Hände voll zu tun. Letzte Zahlen berichteten von über zweihunderttausend Königstreuen, die den Weg zu Thapaths Tafel geebnet bekommen hatten. Aber es waren noch so viel mehr!

Der ganze Abschaum der Royalisten musste vertilgt werden!

»Könnten Sie dafür auch eine Landungsbarke nehmen?«, erkundigte sich Desche.

Der Schiffsbauer grübelte.

»Ja sicher. Aber es müsste kein Boot von solcher Größe sein«, murmelte er.

Desche lachte. Die flachen Landungsbarken wurden von der Armee genutzt, um Soldaten anzulanden, oder wurden als Fähren eingesetzt, um Händler und Waren über den Fluss Silbernass zu bringen.

»Aber es würde deutlich mehr hermachen, oder?«, fragte Desche.

Der Schiffsbauer nickte.

»Ja, das wäre schon ein Anblick«, sagte er. »Wir müssten nur die Kosten bedenken. So eine Landungsbarke kostet ja doch einiges. Wenn wir allerdings auf Bänke und Ruder verzichten …«

Sehr gut, dachte Desche. Der Mann war in Gedanken schon bei der Arbeit.

»Über welche Kapazität sprechen wir, wenn wir Barken in Betracht zögen?«, fragte er.

»Pro Fuhre könnten wir vierzig bis fünfzig aufnehmen, denke ich.«

Desche lehnte sich in den Stuhl zurück.

»Und mit welchem Zeitbedarf rechnen Sie pro Fuhre?«

Der Schiffsbauer stützte sich an der Tafel ab und überflog die Pläne.

»Hm... Gehen wir einmal davon aus, dass die Verurteilten bereits gefesselt sind, und dass die Barke angelegt ist. Aufnehmen der Gefangenen, vielleicht zwanzig Minuten, hinausziehen auf den Strom, dreißig? Boden öffnen geht schnell. Rechnen wir mit einer Stunde pro Fuhre.«

»Gut, gut.« Desche rieb sich die Hände. Nicht, dass das zum Tick wird, dachte er und schüttelte die Finger. »Wie viele Barken haben wir in Neunbrückhen?«

»Derzeit dürften es sechsundzwanzig sein, die die Armee vorhält. Die Pläne für eine Invasion Northisles sind ja nie vollständig verworfen worden.«

Desche rechnete schnell im Kopf. Fünfzig pro Fuhre, sechsundzwanzig Barken. Eintausenddreihundert.

Hm. Das ist zu wenig.

»Wir müssen das zehnfache schaffen, mein Bester«, sagte er.

Der Schiffsbauer kratzte sich am Kopf.

»Dann würde ich empfehlen, weitere Königstreue auf Binnenfrachter zu verladen und einfach über Bord zu werfen.«

Das war ja nun überhaupt nicht spektakulär, dachte Desche und fragte: »Wie wäre es, wenn wir eine Fregatte abtakeln und in die Mitte des Flusses zögen, um sie dort abzufackeln?«

Der Schiffsbauer war schnell: »Na klar, das geht. Da müssten wir aber die breiteste Stelle nehmen. So eine Fregatte brennt lichterloh, der Funkenflug wäre gefährlich für die Stadt ...«

»Wie vieler Delinquenten könnten wir uns auf einen Schlag entledigen?«

»Ohne Besatzung würde ich acht- bis neunhundert sagen.«

Desche stand auf. »So machen wir es. Die Barken, die Fregatten und die Erschießungen werden die Mannschaften der Kurzmacher wesentlich entlasten. Sehr gut.«

Er reichte dem Mann die Hand.

»Ich danke für Ihre kompetente Beratung.«

»Es ist mir eine Ehre, Meister Eisenfleisch.« Er verbeugte sich.

So ist's recht.

Nachdem der Schiffsbauer gegangen war, setzte sich Desche wieder an den Tisch.

Es war Zeit für Kreativität!

›Badetag‹, so könnte man die Hinrichtungen im Fluss nennen. Man könnte sie auch ›vertikale Entfernung‹ nennen, dachte er lachend. Oder noch besser: Wir binden Männer an Frauen und nennen sie ›republikanische Hochzeiten‹. Ja, das klang doch toll! Das hatte Pfiff.

»Schatz?!«

Er konnte es gar nicht abwarten, das seiner Frau zu erzählen.

›Republikanische Hochzeiten‹ hihihi.

Seine gute Laune war gänzlich verflogen, seit er Silbertrunkhs Adlernase ertragen musste.

Der Justizminister ließ seine flache Hand auf den Tisch krachen.

»Ja, sind wir denn von allen guten Geistern verlassen?!«

Der Nationalkonvent – vormals das Plenum – saß beisammen, um die aktuellsten Zahlen zu sichten.

Durch einen politischen Kniff war es Desche gelungen, dass Silbertrunkh das Revolutionstribunal nur beratend bei seiner Arbeit unterstützen durfte, und nicht als Justizminister durch Befehlsgewalt. Er selbst hatte die Position des Hauptgutachters inne und hatte sämtliche Empfehlungen des Juristen erfolgreich untergraben.

Ach, das war schon eine feine Sache.

Fünf Richter, drei Staatsanwälte und zwölf Bürger bildeten das Revolutionstribunal und Desche hatte sichergestellt, dass sich alle Beteiligten darüber im Klaren waren, wie schnell man selbst zum Königstreuen erklärt werden konnte. Dank der Tatsache, dass es Angeklagten nicht erlaubt war, rechtlichen Beistand in Form eines Anwalts zu beziehen, und dem Umstand, dass Berufung generell nicht möglich war, genauso wenig wie Zeugenanhörung zugunsten des Angeklagten, arbeitete das Tribunal wie ein Uhrwerk.

Während Silbertrunkh die Listen der Tausenden Verurteilten überflog, spielte Desche unter dem Tisch mit seinem Kleinod. Der Versammlungsraum des Nationalkonvents, die große Reithalle im ehemaligen Stadtpalast, war gut besucht. Alle siebenhundertfünfzig Bürger waren anwesend, um Entwicklungen im Innern wie Äußeren des Staates zu diskutieren und entsprechende Strategien zu formulieren.

Die Sitzbänke, die entlang der hohen Wände montiert waren, quollen über vor Mitgliedern. In früheren Zeiten hatten hier Höflinge gesessen, um dem König während seiner Reitstunden zu applaudieren oder Aufführungen der Torgother Reitschule zu bewundern. Seit einiger Zeit nutzten die treibenden Kräfte der Revolution die große Halle für ihre täglichen Zusammenkünfte.

Diese Woche hatte Silbertrunkh das Amt des vorsitzenden Präsidenten inne.

Natürlich hatte der Schnösel die Möglichkeit genutzt, um Desches Revolutionstribunal auf den Prüfstand zu stellen.

Na warte!

Vorwurfsvoll zeigte Silbertrunkh nun auf ihn.

»Über zweitausend Schuldsprüche in einem Monat. Ist das Euer Ernst, Meister Eisenfleisch?!«

Ein Raunen durchlief die gefüllten Ränge.

Desche erhob sich von seinem Sitz und breite die Arme aus.

»Ich danke dem ehrenwerten Vorsitzenden für die Gelegenheit, mich vor dem Nationalkonvent zu erklären.« Das sollte dem eitlen Stutzer zeigen, dass er keinerlei Angst hatte, bloßgestellt zu werden. Warum auch? Er verfolgte ja schließlich ein höheres Ziel.

Nämlich dieses:

»Sollten unsere Bemühungen nicht sämtlich darauf abzielen, einen Staat der Tugend zu schaffen? Einen gerechten, einen milden Staat, der seinen Bürgern ein wertvolles Leben ermöglicht?«

Nickende Häupter. Dass die Leute immer noch Puderperücken trugen, sollte unter Strafe gestellt werden, dachte Desche.

»Und sollte in einem solchen Staat das Volk nicht durch Vernunft geleitet werden?«

Offensichtlich konnte sich Silbertrunkh nicht zurückhalten, denn er unterbrach ihn und rief: »Vernunft! Genau, Meister Desche. Vernunft! Nicht Terror!«

Das Raunen wurde zum Gebrabbel. Vereinzelt wurde Spott und Entrüstung laut.

Desche lächelte.

»Terror?« Er trat um seinen Tisch herum und stellte sich in die Mitte der Reithalle. Vermutlich die Stelle, an der der beleibte König mit hochrotem Kopf auf sein Ross gehievt wurde. Er räusperte sich und fuhr mit fester, tiefer Stimme fort: »Der sogenannte ›Terror‹, den der werte Herr Präsident anspricht, ist nichts anderes als unmittelbare, strenge und unbeugsame Gerechtigkeit! Eine Konsequenz der Demokratie, gerichtet auf die dringendsten Bedürfnisse des Vaterlandes! Wir sollten es nicht reißerisch ›Terror‹ nennen, sondern die Notwendigkeit begreifen, die Zukunft unserer Nation durch die Entfernung des Ballasts der Monarchie zu vergolden. Eine goldene Zukunft für Kernburg! Tugendhaft, ehrenhaft und im Sinne aller aufrechten Bürger!«

Jubel brandete auf und Silbertrunkh fiel geschlagen in seinen Sitz.

Jetzt war es an Desche auf den Justizminister zu zeigen. Er tat dies mit dramatischer Geste.

»Und wenn dem obersten Juristen der Nation dafür die Nerven fehlen, lege ich ihm seinen Rücktritt nahe! Möge er es weiseren Männern überlassen, diese goldene Zukunft einzuleiten!«, brüllte er.

»Wenn die Republik im Inneren, wie im Äußeren bedroht ist, bedarf es des Schreckens, meine Damen und Herren, um die Mächte des alten Regimes in die Schatten der Vergangenheit zu drängen!«

Die Mitglieder des Konvents jubelten mehrheitlich, sie klopften auf ihre Tische oder Bänke, stampften mit den Füßen oder klatschten.

Desche verbeugte sich und beobachtete aus den Augenwinkeln seinen Widersacher, der mit den Zähnen mahlte.

Schmolle nur, du Wicht, dachte Desche und grinste.

68

Mit knirschenden Zähnen unterschieb General Atanassov die Kapitulation und den Waffenstillstand. Keno bemühte sich um ein ausdrucksloses Gesicht. Seine Truppen hatten die Armee von Dalmanien gedemütigt und es lag nicht in seinem Interesse, diese Demütigung auch auf diesen Moment zu erstrecken.

Atanassov war geschätzt dreimal so alt wie er selbst, aber nach der gestrigen Niederlage wirkte er noch älter. Einhundert Jahre – nicht Ende sechzig. Keno hatte beinahe Mitleid mit ihm. Aber nur beinahe.

Als die dalmanische Armee zurück nach Gavro gekommen war, hatte sie sich auf der anderen Flussseite verschanzt. Der Fluss teilte die Stadt in zwei nahezu gleich große Hälften, die durch zahlreiche Brücken miteinander verbunden waren. Ober-Gavro, das näher an der Grenze zu Lagolle lag, wurde zum Sammelplatz der nachrückenden Dalmanier. Unter-Gavro war in Kernburgher Hände gefallen. Während des Vormittages hatten sich die beiden Armeen über den Fluss hinweg beschossen. Beide Seiten hatten Angriffe auf diverse Brücken geführt, ohne einen Durchbruch zu schaffen.

Bis es schließlich einer Division unter Oberst Hardtherz gelungen war, die Stadt zu umreiten und der Armee in den Rücken zu fallen. Das Gefecht zog Verteidiger aus ihren befestigten Stellungen und hatte es damit Starkhals ermöglicht, einige Brücken zu stürmen.

Atanassov blieb nichts anderes übrig, als den Rückzug einzuleiten.

Die Kernburgher hatten daraufhin nachgesetzt und die Dalmanier so lange in heftige Kavalleriegefechte verwickelt, bis der gegnerische General keine Möglichkeit mehr sah, als die Kapitulation anzubieten, so er denn noch Truppen retten wollte.

Die beiden Befehlshaber hatten sich in einem Gasthaus in Unter-Gavro eingefunden, wo sie die Bedingungen der Kapitulation besprochen hatten.

Am Ende des Tages prangte Atanassovs Signatur unter dem Stapel Papiere.

Der General sah müde aus. Geschlagen. Er reichte Keno nur bis zur Schulter. Wirkte fast wie ein Modsognir, dachte er. Er hatte tiefe Falten von den Nasenflügeln über die Mundwinkel bis zum Kinn, und sah damit aus wie ein kleiner Nussknacker. Der weiße Bart, der schwarze Tschako – der traditionelle Helm der Dalmanier – und die rote Jacke unterstrichen das Bild.

Keno reichte dem General die Hand. Widerspenstig schüttelte dieser sie.

»Ich gehe davon aus, dass es nicht nötig sein wird, Ihnen Beobachter mitzusenden, Herr General?«

Atanassov verzog das Gesicht, als wäre er geohrfeigt worden.

»Nein. Das wird nicht nötig sein, Brigadier. Wir ziehen uns nach Süden zurück wie besprochen.«

»Ich verlasse mich auf Sie.«

Der General machte ein grunzendes Geräusch, drehte sich unwirsch auf dem Absatz um und stampfte aus dem Gasthaus.

»Schlechter Verlierer«, raunte Rothwalze. Der Kavallerist hatte sich auf die Eckbank neben dem Kamin gelümmelt und den Verhandlungen gelangweilt beigewohnt.

»Gratulation, Brigadier Grimmfaust!«, sagte Hardtherz.

Sturmvogel und Wackerholz salutierten, Starkhals nickte.

»Danke, meine Herren. Ich denke, wir können auf vier erfolgreiche Schlachten in vier Tagen recht stolz sein.«

»In der Tat«, sagte Barne. »Die Männer sind begeistert. Neue Schuhe, neue Munition und zweiundzwanzig Geschütze. Und dabei verhältnismäßig wenig Verluste, wenn ich anmerken darf.«

»Ganz zu schweigen von der Armeekasse«, lachte Jeldrik.

»Apropos«, sagte Keno, »wir sind uns einig, dass wir nur eine Hälfte nach Neunbrücken schicken?« Die Offiziere nickten. »Die andere Hälfte wird dem Sold der Truppen zugeführt. Wir hatten ihnen reiche Beute versprochen.«

»Das wird die Laune noch mehr heben«, sagte Barne strahlend.

»Gut. Ich werde nun mit einigen Soldaten sprechen. Mich einmal umhören, wie es ihnen geht.«

»Gute Idee, Brigadier. Ich begleite Sie«, sagte Hardtherz.

Kurz vor dem Ausgang stoppte Keno. Er wandte sich an den Oberst.

»Ach wissen Sie, mir wäre es lieber, wenn Sie die Reiterstaffel aussenden würden. Dalmanien ist zwar besiegt, aber ich frage mich, was mit unseren Freunden aus Lagolle ist. Tun Sie mir den Gefallen und spüren Sie sie auf. Entsenden Sie auch bitte eine Gruppe nach Neunbrücken. Das Plenum möge die Kapitulation bitte entgegennehmen und bestätigen.«

Hardtherz salutierte und verließ das Gasthaus.

»Oberst Starkhals, es wäre mir eine Freude, wenn Sie mich begleiten würden. Ich würde gerne die ein oder andere Beförderung mit Ihnen besprechen.«

Bei Thapath, dachte Keno, ob das Plenum mir die Überschreitung meiner Kompetenzen nachsieht? Nicht nur, dass er einen Waffenstillstand nebst Kapitulation mit einem anderen Königreich verhandelt und angenommen hatte, er hatte auch einen Teil der Kriegskasse konfisziert und nun nähme er sogar Beförderungen im Felde vor.

Ohne Rücksprache mit der Heeresleitung.

Vor der Revolution wäre das undenkbar gewesen, aber Keno hoffte, dass die Lücken in Verwaltung und Kommunikation noch nicht geschlossen waren und er deshalb damit durchkäme.

69

Es war, als würde Thapath am Himmel ein ganzes Meer durch ein Sieb gießen. Wochenlang schon prasselte der Regen auf Patam herab. Tag und Nacht. Flüsse traten über die Ufer, Straßen und Wege verwandelten sich in tiefen Schlick, was das Vorwärtskommen einer Armee und damit den weiteren Feldzug unmöglich machte.

Die letzten fünf Wochen saßen die Truppen der Northisler und ihrer Verbündeten fest.

Kurzerhand waren die Häuser der Pradesher Bewohner geräumt worden. Wer nicht freiwillig den Soldaten Seiner Majestät Platz machen wollte, wurde gegangen.

Lockwoods 32stes hatte das Landgut eines wohlhabenden Bauern bezogen. Anstatt sich aber mit Saufereien und Knobelspielen die Zeit zu vertrödeln, schleifte er die Soldaten und trichterte ihnen Manöver und Aufstellungen ein.

Sie exerzierten über die Weide und versanken fast im Modder.

Die sechs Lahiri und ein Bataillon Topis mussten sich ebenfalls den Übungen anschließen.

So wie Lockwood die Sache sah, waren schnelle Positionsänderungen und Ruhe unter Feuer genau das, was seine Truppen den Gegnern voraushatten. Faulenzen war zwar schön und angesichts des Wetters auch verlockend, aber er wollte, dass das 32ste bereit und vorbereitet war, wenn der Feldzug nach den Regenfällen fortgesetzt wurde.

Zusammen mit General Bodean Leftwater saß er auf dem Stamm einer umgestürzten Palme am Rand des Exerzierplatzes und beobachtete Sergeant Stonewall beim Zusammenbrüllen einer Rotte Grenadiere.

»Mir scheint, Ihr neuer Sergeant hat eine natürliche Begabung fürs Brüllen«, kommentierte Leftwater. Er hatte den Fez durch einen regulären Dreispitz ersetzt, und über alle drei Ecken strömte das Wasser. Den Kragen seiner Jacke hatte er bis zu den Ohren hochgezogen. Er nuckelte an einer gelöschten Pfeife.

»Das kann man so sagen. Er ist jedenfalls über das gesamte Feld zu hören.« Lockwood hatte die Schultern hochgezogen und sein Kinn tief im Stehkragen der Uniform versteckt. Laut prasselte der Regen vom Öltuch, das er um seinen Hut gewickelt hatte.

»Das will schon was heißen, wenn Elefanten und Pradesher auf einen zustürmen«. Der General lächelte.

Lockwood nickte.

»Und, wie gefällt Ihnen Topangue?«

Nat ließ seine Lippen flattern und dachte nach.

»Es ist nicht so beschissen, wie ich dachte – aber nasser, als ich hoffte.«

»Ja, der Monsun kann einem schon Schuppen wachsen lassen, nicht wahr?«

»Mit einer Fregatte könnten wir zumindest Pradeshnawab angreifen.«

Die beiden Offiziere lachten.

Ein Regiment der Topi-Kavallerie näherte sich im Trab. Die zweitausend Reiter fanden sich auf der rechten Flanke der Northisler Grauröcke ein. Apo rannte zum Kommandanten der Schar und sie sprachen kurz miteinander.

»Mir scheint, Sie haben einen neuen Freund gefunden, hm?«

»Ja. Ohne Lahir Apo wäre ich schon in der Großen Ebene Tigerfutter geworden ...«

»Er ist ein guter Mann.«

»Das stimmt. Er kennt sich aus.«

Leftwater stand auf und hüpfte kurz auf und ab, um ein wenig Regen abzuschütteln.

»Ich finde es gut, dass Sie sich an ihn halten. Die Einheimischen wissen einfach mehr über dieses Land.«

Lockwood sah auf.

»Mir erschien es sinnvoll zu sein, auf sein Wissen zu vertrauen.«

Es klatschte nass, als ihm Leftwater auf die Schulter schlug.

»Das ist gut, das ist gut. Die meisten Offiziere der Grauröcke schauen auf die Topis herab. Sie berufen sich auf ihren Status als Gentleman, dem es nicht geziemt, sich mit Caramels abzugeben.«

Wieder ließ Lockwood seine Lippen flattern.

»Ich denke nicht, dass man sich in Topangue diese Arroganz leisten sollte, wenn man nicht unter Klauen oder Hufe geraten möchte.«

Wieder klatschte es. Nathaniel spritzen ein paar Tropfen ins schon nasse Gesicht.

»Das ist es Nat! Ich darf doch Nat sagen?« Freudig lächelte ihn der General an.

»Sicher.«

»Ich denke, Sie werden es hier weit bringen, Nat. Offene Augen, weites Hirn, aufrechtes Herz.«

»Danke, Sir«, sagte Nathaniel.

Leftwater ging ein paar Schritte und blieb dann stehen, als hätte er etwas Wichtiges vergessen.

»Oh, da fällt es mir ein!« Er schlug sich mit flacher Hand an die Stirn. »Heute Abend treffen sich die Offiziere im Tempel. Es gibt einige Dinge zu besprechen und der neue Generalgouverneur möchte sicher ein paar Worte an Sie richten.«

»An mich?«, wunderte sich Lockwood.

»Jup«, sagte Leftwater. »Achtzehn Uhr im Tempel. Seien Sie pünktlich.« Er zwinkerte ihm zu. »Und ziehen Sie sich was Trockenes an. Sie wollen doch einen guten ersten Eindruck hinterlassen.«

»Major Lockwood!«, brüllte der Generalgouverneur begeistert und stürmte in seine Arme.

»Caleb!«, rief Nat und drückte seinen Bruder so fest er nur konnte.

Ungeachtet der Tatsache, dass sämtliche Offiziere der Army und Company im großen Andachtsraum des Tempels zugegen waren, fielen die Brüder in eine innige Umarmung.

»Bei Apoth, was machst du denn hier?!«, rief Nat.

Die Brüder lachten.

Dort wo in Northisler Kirchen der Altar mit dem gestrengen Thapath über die Gläubigen wachte, blickte ein goldener Götze auf die beiden Lockwoods herab. Der oberste Gott Topangues war ein gütig aussehender Elefant im Schneidersitz. Im Schatten der fünf Meter hohen Skulptur lachten sie herzhaft. Der durchdringende Gestank von Räucherstäbchen tat ihrer Laune keinen Abbruch.

»Du wirst es nicht glauben, Brüderchen, aber ich sitze nun im ›House of Lords‹ und damit einher geht dieser Posten hier in diesem Dreckloch!«, lachte Caleb.

»Wow, wow, wow«, Nat schob seinen Bruder an den Schultern von sich weg. »Topangue ist gar nicht so ein Dreckloch, wenn man es einmal verstanden hat.«

»Ich habe schon gehört, dass sich mein kleiner Bruder gut eingelebt hat. Bodean hatte mir bereits geschrieben.«

Bodean? Nicht General Leftwater? Verwundert suchte Nathaniel nach dem General, fand ihn in den Reihen der Offiziere. Leftwater zwinkerte ihm zu.

Caleb legte Nat einen Arm um die Schulter und drehte sich zu den Offizieren.

»Setzen wir uns, Gentlemen. Die Krone hat Ihnen einige Neuigkeiten mitgebracht.«

Die Soldaten setzten sich an eine lange, provisorische Tafel, an der die Tempelbänke standen. Wein und Rum wurde von Topis ausgeschenkt, Früchte wurden auf Porzellanplatten serviert. An den Kopf der Tafel setzte sich der Generalgouverneur, hob sein Glas und prostete den Anwesenden zu.

»Auf Sie, werte Gentlemen!«

Die Offiziere hoben die Gläser.

Nachdem alle getrunken hatten, räusperte er sich.

»Die Krone ist hochzufrieden mit dem Verlauf der Expedition gegen den Nawab. Ich kann Ihnen mitteilen, dass sich Ihre Prise um zwei Prozent erhöht hat.«

Begeistertes Raunen lief durch die Menge.

Neben dem regulären Sold bot sich auf einem Feldzug durchaus die Gelegenheit, Beute zu machen. Allerdings beanspruchte das meiste der König. Es lag in seinem Ermessen, die Quote der Kriegsbeute, die sich die Soldaten gönnen durften, zu erhöhen oder zu senken. Eine zweiprozentige Erhöhung war schon ein bemerkenswerter Bonus.

»Weiterhin darf ich General Halfglow zu seiner Beförderung gratulieren.« Die Offiziere standen auf und applaudierten. Halfglow errötete und nickte dankend. »Da Lieutenant Colonel Dustmane nach wie vor vermisst wird, darf ich auch Colonel Lockwood gratulieren.«

Die Offiziere klopften mit ihren Knöcheln auf den Tisch.

Wie es der Etikette entsprach, erhob sich Nathaniel und verbeugte sich.

»Das 32ste untersteht hiermit Ihrem Kommando. Was, wie ich höre, sowieso schon der Praxis entspricht. Das war wirklich gute Arbeit, Colonel.«

Caleb zwinkerte seinem Bruder zu.

Nathaniel atmete tief ein. Stolz schwoll seine Brust.

»Danke, Mylord«, sagte er heiser.

»Danken Sie nicht mir, Colonel. Danken Sie König Stovepipe, der offensichtlich nur das Beste von Ihnen zugetragen bekommen hat ... Mich hat er ja nicht gefragt.«

Caleb grinste verschmitzt und die Offiziere lachten.

»Kommen wir nun zum Geschäft, meine Herren. Wer fasst mir den weiteren Verlauf des Feldzuges zusammen, sobald dieser vermaledeite Regen aufhört?«

Leftwater erhob sich.

»Das wäre dann ich, Mylord.«

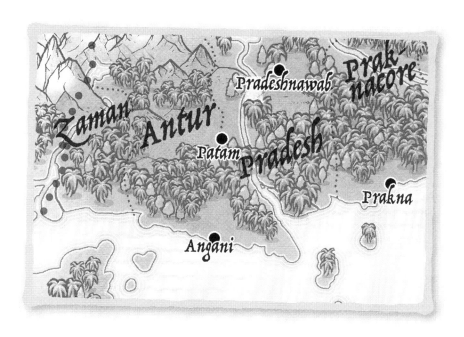

70

Hafaz, die zweitgrößte Stadt Dalmaniens.

Nur die Hauptstadt war größer.

Lysander und Gorm erreichten die Außenbezirke der Stadt. Die rauen Berge Nord-Dalmaniens lagen hinter ihnen. Die Region rund um Hafaz war geprägt durch Weinberge, sanfte Hügel, oft mit befestigten Bauernhöfen auf ihren höchsten Punkten und umringt von Feldern. Felder über Felder wohin das Auge reichte.

Nach den dichten Wäldern, die sie hinter sich gelassen hatten, war die Weite eine Wohltat.

Lysander zügelte die Stute, sog die frische Luft ein und atmete durch.

»Was?«, fragte Gorm neben ihm.

»Was, fragst du? Kannst du dich mal bitte umschauen, mein klotziger Freund?«

Lysander breitete die Arme aus, als wollte er die Landschaft umarmen.

Grüne und gelbe Felder, dazwischen Obstbäume und Zypressen, ein glitzernder Fluss, der sich durch die Ebene schlängelte und auf Hafaz traf, durch die Stadt mäanderte, deren hellbraune Häuser mit roten Schindeln gedeckt waren. Im Hintergrund blau schimmernde Berge und über allem ein hellblauer, wolkenloser Himmel.

»Würde man versuchen, das auf ein Gemälde zu bringen, es wäre infantiler Kitsch. Es gibt keinen größeren Künstler als Thapath«, schwärmte Lysander.

»Infant… was?«, fragte Gorm.

Lysander winkte ab. »Lass gut sein. Ich muss dir noch viel beibringen.«

Er lächelte seinen großen Begleiter an.

»Hm«, grollte Gorm und stieß dem Hengst locker die Fersen in die Leisten.

Das Tier trabte sofort los.

Lysander folgte ihm.

»Wir bleiben bei der Geschichte, ja? Du bist mein Sklave und ich ein Farbenhändler aus Blauheim.«

»Sklave, hm?«

»Ist besser so. Ist dir aufgefallen, wie dich die Leute anstarren, denen wir begegnet sind?«

»Hm.«

Lysander zuckte die Schultern.

Ob er Hafaz jemals zu sehen bekommen hätte, wenn die Dinge sich nicht so entwickelt hätten, wie sie sich entwickelt hatten? Wohl nur, wenn er das Geschäft seines Vaters übernommen hätte, dachte er.

›Hardtherz Farben‹. Pfft…

Mittlerweile fühlte er sich sicher. Vermutlich hatte das Jäger-Regiment mit dem Krieg gegen Dalmanien genug zu tun. Genug, um einem kleinen Studenten der Magie nicht weiter hinterherzuhetzen. Es war schon einige Wochen her, als sie zuletzt Kernburgher Truppen ausweichen mussten und bis Hafaz war der Krieg noch nicht gekommen.

Lysander hatte längst den Überblick verloren, welcher Wochentag es sein konnte, aber die Stadt lag trotz ihrer Größe ruhig und beschaulich vor ihnen, weswegen er vermutete, dass es der eine arbeitsfreie Tag der Woche war, den die Midthen zur Huldigung Thapaths und zur Andacht nutzten.

Der Boden unter den Hufen ihrer Pferde wandelte sich von Lehm und Erde zu Kopfsteinpflaster. Kleinere Gehöfte, umsäumt mit hohen Hecken, lagen rechts und links von ihrem Weg. Die Wehr der Stadtmauer tauchte zwischen den hohen Zypressenwipfeln auf.

Lysander hörte schnelle Schritte hinter sich trippeln.

Drei kleine Kinder liefen den Pferden nach. Sie strahlten und zeigten aufgeregt gestikulierend auf den großen Orcneas. Lysander winkte ihnen zu.

»Wir sollten uns einen Mietstall suchen. Du allein erregst ja schon Aufsehen. Du auf dem monströsen Klepper umso mehr«, sagte er.

»Was is' Mietstall?«

Lysander winkte wieder ab.

Nachdem sie ihre Pferde vor den Stadtmauern abgegeben hatten, schlenderten sie durch Hafaz. Wobei Lysander das Schlendern übernahm. Gorm lief gebückt neben ihm her und glotzte in das Treiben um sie herum. Sie hatten sich darauf geeinigt, dass er sich bemühen würde, nicht ganz so weit aufzuragen, um nicht noch mehr Interesse zu wecken, als seine Gestalt sowieso schon verursachte. Lysander hatte seine Zweifel, dass dies viel bringen würde. Die Städter, denen sie über den Weg liefen, blieben oft stehen und starrten auf den Hünen. Dabei reichte ihr Mienenspiel von ungläubigem Staunen über fassungsloses Gaffen bis hin zu offener Abscheu.

Obwohl der Konflikt mit den Orcneas aus Angraugh schon Hunderte von Jahren her war, hegten die allermeisten Midthen ein tiefes Misstrauen gegen die Dunklen – was sie nicht davon abhielt, sie als Sklaven zu handeln und einzusetzen. Freie Orcneas gab es nur wenige auf dem Kontinent und diese dienten oft in den Armeen der Königreiche.

Wie Lysander aus Seidenhands Erinnerungen wusste, auch in der von Kernburgh.

Sie erreichten den Domplatz.

Die Kirche war gigantisch. Die riesige Domkuppel und die hohen Seitentürme prägten das Stadtbild wie sonst kein Gebäude der Stadt. Die Fassaden des halbrunden Chorraumes, der Querschiffe und des Langhauses mit Mittelschiff waren über und über mit Fresken und Statuen verziert, die das Leben und das Schaffen von Thapath dem Schöpfer feierten.

Lysander hatte nie im Fach Religion geglänzt – das hatte er seinem Bruder überlassen – aber er erkannte Szenen und Überlieferungen, die schwungvoll aufgemalt und hochdramatisch in Stein gemeißelt dargestellt waren.

Thapaths Kampf gegen den letzten Drachen. Das Überreichen des Lichts an die Ersten. Das Zerreißen der Welt, um die wilden Völker voneinander zu trennen. Die Erschaffung seiner Kinder. Apoth, der die Hellen segnet. Bekter, der zu den Horden der Dunklen spricht, Jawogh umringt von den Großen, Pneonir in der Halle der Kleinen und Midotir, die die Sünden der Midthen übernimmt und sich vor ihrem Vater dafür verantworten muss. Wahnsinn.

Um jedes Detail zu erkennen, musste man vor dem Dom kampieren, dachte Lysander. Wochen- oder sogar monatelang. Wie ein Kind vor dem Schaufenster eines Süßwarenladens stand er mit hängendem Unterkiefer da und bestaunte das Bauwerk. Kein Wunder, dass es ein Pilgerort war. Er dachte an seinen Bruder, der stundenlang vom Dom in Hafaz parliert und jeden Fitzel Literatur darüber förmlich eingeatmet hatte.

Was war er ihm, seinem anderen Bruder und ihrem Vater auf die Eier gegangen!

Was Vahdet wohl gerade trieb? Seitdem er sich aufgemacht hatte an der Universität von Jergus, der Hauptstadt Torgoths, zu studieren, hatte er ihn nicht mehr gesehen.

Wenn er an den frommen Vahdet dachte, musste er auch an seinen ältesten Bruder denken ... Qendrim. So gar nicht fromm. Arrogant und wild – aber ein begnadeter Reiter.

Na klar, jetzt muss ich natürlich auch an die Zwillinge denken. Verdammt.

Seine kleinen Schwestern. Dea und Piri, die beiden süßen Monster.

Dea und Piri waren wie zwei Flöhe – oder besser: wie zwei junge Äffchen gewesen. Sie zogen, zerrten, rissen an allem, was nicht fest war, sie bissen und kniffen in alles, was ihnen unter die Beißer kam und sie lachten und tollten um ihn herum, wenn er auf sie aufpassen musste. Ob die beiden schon wussten, dass ihnen ein Leben als Farbenhändlerinnen bevorsteht, nachdem die Jungs der Familie das Unternehmen nicht übernehmen wollten oder nicht konnten?

Sein Herz wurde schwer.

Jahrelang hatte er nicht an Zuhause gedacht und jetzt, im Angesicht des kolossalen Doms, schlugen ihm die widersprüchlichen Gefühle mit Wucht in die Magengrube.

Lysander riss seinen Blick von der Aussicht, schüttelte den Kopf und sah sich um. Gorm stand neben ihm und glotzte mit großen Augen jede Säule und jede Statue an. Vor lauter Staunen hatte er vergessen, dass er sich klein machen sollte.

›Klein machen‹, guter Witz.

Eine Traube von Schaulustigen hatte sich um den Hünen gebildet. Für die Einwohner der Stadt war der Dom ein alltägliches Bild – der ehemalige Minensklave nicht.

Wir müssen von der Straße, dachte Lysander.

Er suchte die Fassaden der Häuser ab, die den Domplatz umringten.

Er packte Gorm am Jackenärmel und zog daran. Zögernd setzte der sich in Bewegung.

»Da vorn ist ein Hotel. Komm mit!«, sagte Lysander.

»Ein was?«

Lysander schaute genervt zum Himmel und winkte ab.

»Folge mir einfach!«

Früher oder später musste er etwas tun, damit der Orcneas-Riese mehr von der Welt verstand. Vielleicht konnte er ihm Lesen beibringen? Das wäre ein guter Anfang, dachte er.

»Guter Mann, eine Frage!«, sagte ein korpulenter Mann mit weißen, kurzen Locken und Brille, der sich ihnen in den Weg stellte.

Lysander stoppte abrupt.

Der Mann trug edelsten Zwirn. Gekleidet in eine Mischung aus der Mode Gartagéns und Dalmaniens. Florale Muster auf den wallenden Stoffen des voluminösen Überrockes, darunter eine opulent bestickte Weste mit kurz vorm Zerreißen gespannten Knopflöchern und die allseits beliebten Kniehosen aus feinstem Leder. Offensichtlich kein armer Schlucker, stellte Lysander fest.

»Was gibt's?«, fragte er. Nicht freundlich, aber auch nicht unfreundlich. ›Ich hab's eilig‹ musste er nicht sagen, hatte es aber mitklingen lassen.

»Der Dunkle. Was kostet der?«, fragte der Mann.

Lysander zuckte erstaunt zurück.

»Was?«

»Der Dunkle«, der Mann zeigte mit dem Finger auf Gorm, um ganz sicherzugehen, dass Lysander nun begriff, was er meinte, »was soll der kosten?«

Der Typ hatte ihn völlig überrascht. Lysander brauchte ein wenig, um die hundert Gedanken, die durch seinen Kopf schossen, nach der besten Antwort abzusuchen.

»Nur, damit ich Sie recht verstehe …«, er zeigte ebenfalls auf Gorm, »Sie nennen meinen Begleiter einen Dunklen?«

»Ja, aber sicher. Das ist er doch, oder?«

Die Traube um sie herum verdichtete sich. Weitere Passanten verharrten oder gesellten sich dazu.

»Wann haben Sie denn das letzte Mal in den Spiegel gesehen?«, fragte Lysander.

Irritiert sah der Mann auf.

»Wie meinen Sie das?«

»Ich meine, dass es ganz schön unflätig ist, einen Orcneas einen Dunklen zu nennen. Vor allem, wenn man selbst ziemlich dunkel ist … guter Mann.«

Sein Gegenüber begann, nach Luft zu schnappen. Entrüstung und Verwunderung wechselten sich auf seinem Gesicht ab.

»Abgesehen davon, ist mein Mitarbeiter unverkäuflich. Allein Ihr Anliegen zeugt von einer nur rudimentären Erziehung, Ihre Ansprache an uns von keiner.«

Übrig blieb Entrüstung. Ausschließlich.

»Also ... also ...«, begann der Mann.

Lysanders Zeigefinger unter der Nase unterbrach ihn.

»Yorrit Nebelhandt mein Name. Und Sie sind?!«, fragte er.

Die Idee, zwei Namen seiner Dozenten zu vermengen kam ihm spontan über die Lippen.

Wirklich clever, dachte er innerlich ob seiner eigenen Pfiffigkeit schmunzelnd.

Der Mann baute sich vor ihm auf.

»Man nennt mich Sefu, der Händler.« Er sagte dies, als müsste Lysander ihn kennen und sollte nun vor Ehrfurcht zu Boden fallen.

»Angenehm, Sefu, der Händler. Mit was handelt denn Sefu, der Händler?« Er hob eine Augenbraue.

»Mit Ware«, sagte der Mann.

Lysander öffnete gespielt überrascht die Augen.

»Ach was ...«

Er spürte Gorms Atem in seinem Nacken. Ruhig stand der Hüne hinter ihm.

Was wiederum Lysander in Anbetracht der versammelten Menge ausgesprochen beruhigte.

»Ich bin allseits gerühmt für mein ausgefallenes Angebot an Arbeitern«, ergänzte Sefu, der Händler.

»Sklaven, meinen Sie«, erwiderte Lysander.

»So kann man es ausdrücken, ja. Meine Kuriere bringen sie von überall her. Zwerge, Riesen, Orks.« Stolz reckte Sefu seine Brust hervor.

»Was will der Mann?«, raunte Gorm über Lysanders Schulter, der den Bass an seinen Ohrenspitzen spürte.

»Nichts will der Sklaventreiber«, sagte Lysander rüde. »Wie gesagt: Mein Mitarbeiter ist unverkäuflich und ich würde es begrüßen, wenn Sie mir aus der Sonne gingen, guter Mann. Auch ich habe Geschäfte zu erledigen und Sie Wegelagerer rauben meine Zeit.«

Meine Lunte ist ziemlich kurz, stellte er fest. Kein Wunder, nach den Monaten auf der Flucht.

»Also, so ist Sefu, der Händler noch nie behand...«

Lysander ließ ihn stehen, bahnte sich einen Weg durch den Ring der Schaulustigen und ging zügigen Schrittes davon.

Gorm folgte ihm.

»Das Hotel können wir uns abschminken«, flüsterte er zu seinem Begleiter. »Nach dem Auftritt weiß nun ganz Hafaz, wo wir absteigen wollen. So ein Mist. Zu gerne hätte ich mal ein Hotel von innen gesehen. Wir suchen uns was anderes.«

»Was ist ein Hotel?«

Lysander winkte ab.

»Wer ist dieser Yorrit?«, fragte Gorm.

Lysander rollte die Augen zum Himmel.

71

»Wir folgen dem kleinen Korporal!«, brüllte der Grenadier und rannte mit erhobener Axt hinter Keno her. Die Grenadiere hinter ihm brüllten ebenfalls und zusammen stürmten sie die Brücke.

Keno hatte keine Zeit, sich über ›den kleinen Korporal‹ zu wundern. Zu viele Kugeln flogen um ihn herum wie zornige Hornissen. Die Rauchschwaden und die unterdrückte Angst machten seinen Mund trocken, die Müdigkeit machte seine Muskeln lahm und die Aussicht, die Barrikade der Lagoller anzugreifen, ließ sein Herz bis zu seinen Schläfen wummern.

Kurzum, er hatte Wichtigeres zu tun, als sich über den Ruf des Grenadiers zu wundern.

Die Armee Dalmaniens war in vier Schlachten an ebenso vielen Tagen geschlagen worden. Das allein war ein famoser Erfolg.

Keno hatte seine Armee in Unter-Gavro rasten lassen. Es gab Verwundete, die versorgt werden mussten, Munitionstaschen waren aufzufüllen, Kräfte zu sammeln.

Oberst Hardtherz und seine Schwadron hatten die Umgebung nach Lagolles Truppen abgesucht und sie schließlich gefunden. Was nicht sonderlich schwer war, denn sie zogen nach Gavro. Den Kernburghern entgegen. Unterwegs hatten sie von der Kapitulation ihrer Verbündeten erfahren und nun befanden sie sich auf dem Rückzug hinter ihre eigenen Grenzen. Einen Rückzug, den Keno befeuern wollte, in dem er sich wie ein Hetzhund an ihre Hacken heftete und nach ihrer Nachhut schnappte, bis er den Haupttross zur Schlacht stellen konnte.

Doof waren die Lagoller Generäle aber nicht, denn sie hatten eine Division unter Marschall Rouen Somelanc nach Gavro geschickt – Kenos alter Bekannter aus Finsterbrück – um den Abzug zu decken. Somelanc war schnell gewesen, das musste Keno neidlos anerkennen. Während die Kernburgher noch dabei waren, sich für die Verfolgung zu rüsten, waren die Lagoller in Ober-Gavro einmarschiert und hatten das Flussufer besetzt.

Keno hatte nicht verhindern können, dass sie die meisten Brücken über den Fluss zerstörten, bevor er seine Kräfte auf den letzten verbliebenen Übergang konzentrieren konnte. Die einhundertachtzig Meter lange, einfache Holzbrücke war für beide Seiten von den gegenüberliegenden Ufern leicht zu verteidigen und so war ein hitziger Kampf darum entbrannt.

Hardtherz und Rothwalze hatten ihre Regimenter ober- und unterhalb der Stadt über den Fluss geführt, um den Lagollern in die Seiten zu fallen. Keno fiel die Aufgabe zu, die Brücke einzunehmen, Tritt am anderen Ufer zu fassen, und in die

Reihen Lagolles vorzustoßen. Erst wenn Somelanc geschlagen war, konnte er die Verfolgung aufnehmen.

Wenn sie selbst verlieren würden, wäre die Brücke zerstört und die Kavallerie aufgerieben. Sie würden Monate brauchen, um die Armee überzusetzen, was wiederum den Feinden jede Zeit geben würde, sich neu zu formieren und ihre Strategie an den forschen Brigadier anzupassen.

›Aggressiver Vorwärtsdruck‹, war Kenos Devise, die ihm Momentum und Initiative gebracht hatte. Das wollte er sich partout nicht nehmen lassen.

Nicht von ein paar Bataillonen Schützen und ein paar Batterien am Ufer von Ober-Gavro.

Dreimal schon hatten seine Truppen versucht, die Brücke zu überqueren.

Dreimal schon wurden sie von verheerendem Beschuss davon abgehalten.

Keno hatte das Absinken der Moral und das Versiegen des Mutes seiner Schützen gespürt, und nun fand er sich mitten unter ihnen, in der Mitte der verfluchten Brücke.

Er hastete über tote Soldaten beider Seiten, in der einen Hand den Säbel, in der anderen eine Pistole. Hinter ihm die anrückenden Grenadiere. Seine Lungen füllten sich mit dem Rauch von Musketen und Kanonen. Über den Fluss wallten Wolken von verschossenem Pulver.

Wenn er die Kompanie nur nah genug an die andere Seite bringen könnte … Ihre Granaten und Äxte könnten zweifellos eine Bresche in die Reihen der Verteidiger schlagen, da war er sich sicher. Niemand im Felde war so gefürchtet, verwegen und explosiv wie die langen Kerle.

»Vorwärts! Vorwärts!«, rief er, während Kugeln seinen Dreispitz umsausten. Über ihm flogen die Eisenkugeln von Sturmvogels und Wackerholz' Batterien, neben ihm klatschten Lagoller Eisenkugeln ins Wasser – wann brächten seine Kanoniere endlich die Geschütze des Feindes zum Schweigen? Ein paar Treffer auf die leicht gebaute Brücke und seine Kampagne fiele wirklich und wahrhaftig ins Wasser.

Er selbst wohl auch.

Ein Grenadier rannte an ihm vorbei, wurde getroffen und purzelte zu Boden, als wäre er gestolpert. Ein anderer sprang über einen umgedrehten Handkarren, nur um dahinter zusammenzubrechen. Immer mehr Grenadiere stürmten über die Holzbohlen.

»Für den kleinen Korporal!«, brüllten sie.

Er würde dieser Sache auf den Grund gehen, schwor er sich.

Aber nicht jetzt.

Jetzt musste er am Leben bleiben.

Wieder zischte eine Kugel gefährlich nah an seinem Ohr vorbei und nahm ein Stück davon mit. Er biss die Zähne zusammen und rannte geduckt weiter voran.

Über das Knallen und Puffen der Waffen vernahm er das Trommeln der Infanterie. Oberst Starkhals rückte mit einer Kompanie Schützen hinter den Grenadieren nach.

Am Ende der Brücke schlug eine Kanonenkugel in eine Gruppe Lagoller. Keno sah Körperteile, Hüte und Mauerbruch in den Himmel fliegen. Schreie und Stöhnen folgten dem Einschlag.

Die Häuserfront vor ihm sah aus, als hätten die Riesen aus den alten Büchern ein paar Bissen von ihnen genommen. Leere Fensteröffnung ohne Glas, zerschmetterte Dachfirste, abgeplatzter Putz. So viel wäre von Gavro nicht mehr übrig, wenn sie hier fertig waren. Wenn.

Keno stolperte und ein Dutzend Grenadiere überholte ihn. Von den Männern erreichten nur sechs die Barrikade. Nur zwei schafften es hinauf.

Auf dem Boden der umgedrehten Pritschenwagen schwangen sie ihre Äxte und schlugen auf die Verteidiger ein. Keno hörte Knochen knacken und Fleisch schmatzen.

»Vorwärts!«, brüllte er wieder.

Neben ihm erreichten weitere Grenadiere die Barrikade. Hinter ihm entlastete eine Salve der Schützen ihren Angriff ein wenig. Das Musketenfeuer trieb die Lagoller in die Deckung. Keno warf seine Pistole von sich, klammerte sich an eine Achse und kraxelte auf die Kutsche. Sofort wurde mit Bajonetten auf ihn eingestochen. Es sah aus, als würde er tanzen, als er versuchte, den Lagollern seine Schienbeine zu entziehen. Mit einem wilden Kampfschrei stürzte er sich auf die Feinde. Schnaufend und fluchend folgten ihm die Grenadiere.

Hauen und Stechen wie in einem Fiebertraum, ohne Kontrolle über die eigenen Handlungen. Es gab nur Stöhnen, Ächzen, Schmerzenslaute und Gegrunze.

Kenos Gehirn entzog sich dem Getümmel und ließ Gedanken an die Akademie auftauchen. Gedanken an Treibladungskalkulation, Flugbahnberechnung und Drills zum Abprotzen. Die Arbeit als Kanonier erschien ihm wie ein Picknick im Park von Neunbrückhen, wenn er sie mit der Situation vor ihm verglich.

Ein Bajonett verletzte ihn im Gesicht, ein weiteres an den Armen, eine Kugel schlug ihm in die Hüfte und trotzdem hieb und stach er nach allen Seiten. Die Salven auf der Brücke wurden vehementer. Hinter ihm schlugen sich weitere Grenadiere durch die Verteidiger. Keno fühlte seinen Arm schlaff und seine Beine müde werden. Lange konnte er nicht mehr durchhalten. Seine Soldaten drängelten an ihm vorbei, schubsten ihn rüde hin und her, als immer mehr von ihnen nach vorne strömten.

Er fiel auf die Knie und bemühte sich, Luft in seinen Hals zu pressen.

Er schmeckte Blut, Dreck und verbranntes Schießpulver.

Er hörte das Hacken der Äxte auf Leiber vor ihm und auf das Holz des Pritschenwagens hinter ihm. Das Trampeln und Rufen seiner Truppe.

Eine Hand klemmte sich unter seine Achsel und zog ihn auf die Füße.

»Für heute haben Sie genug getan, Brigadier.« Toke Starkhals legte Kenos Arm über seine Schulter und trug ihn in die Reihen der anrückenden Schützen zurück.

Auf der Brücke kam ihnen Dampfnacken entgegen. Der Magus trug eine Grenadiersaxt an der Seite und schlenderte Richtung Barrikade. Er salutierte lässig beim Vorbeigehen.

Wenn sich der Magus nach vorn traute, war eins klar: Sie hatten es geschafft.

»Soldaten Kernburghs!«, rief Keno.

Nach einem – glücklicherweise kurzen – Besuch im Lazarettzelt, stand er nun in der Mitte des rauchenden Marktplatzes von Ober-Gavro auf einer Munitionskiste und sprach zu dem Teil seiner Armee, der ihn hören konnte. Zehntausend umringten ihn und sahen ihn erwartungsvoll an.

Hardtherz und Rothwalze verfolgten derweil den Rückzug von Somelanc und den Resten seiner Division.

»In den letzten fünfzehn Tagen habt ihr einundzwanzig Banner und fünfundfünfzig Kanonen erbeutet! Ihr habt Festungen erstürmt und Städte eingenommen! Ihr habt fünfzehntausend Kriegsgefangene gemacht und über zehntausend Feinde an Thapaths Tafel geschickt! Ihr seid über die Berge Jørs geklettert und in die fruchtbaren Ebenen Nord-Dalmaniens gekommen! Ihr habt Atanassov in die Knie gezwungen und heute auch Somelanc! Dieser große Sieg gehört euch!«

Die Soldaten warfen ihre Hüte und jubelten. Vereinzelt schossen sie in die Luft. Keno sah dreckige aber strahlende Soldaten vor sich, die Fäuste schüttelten oder klatschten.

»Wir sind denkbar schlecht ausgerüstet losmarschiert, haben unseren Feinden das abgenommen, was wir brauchten. Unsere Mägen sind gefüllt und unser Durst gestillt. Und dennoch ...« Er breitete die Arme aus und machte eine dramatische Pause, wie Desche damals im Salon von Schloss Morgenroth.

»... ist das erst der Anfang!«, rief er.

Der Jubel wurde heftiger.

Ein Grenadier hielt seine Axt hoch und brüllte aus voller Lunge: »Auf den kleinen Korporal!«

Der Jubel wurde noch heftiger.

Keno stand auf seiner Munitionskiste und wunderte sich.

Was hatte es nur mit diesem Ausspruch auf sich?

Er sah hinab zum breit grinsenden Starkhals, der seine ungestellte Frage mit einem übertriebenen Schulterzucken beantwortete.

»Der kleine Korporal, der kleine Korporal, was soll der Dreck?!«

Desche zerknüllte die Nachricht vom Sieg über Dalmanien und warf sie in den Papierkorb.

»Die Soldaten mögen es, wenn sie erfolgreich sind. Sie feiern ihren Anführer mit rauem Humor. Dass sie ihn nach dem niedrigsten Offiziersrang nennen, ist als Kompliment aufzufassen«, sagte seine Frau mit betont milder Stimme, in der Hoffnung ihn ein wenig zu beruhigen.

»Ich weiß!«, entgegnete er unwirsch und ließ seine flache Hand auf die Tischplatte knallen.

Mit grimmiger Miene langte er nach einem kleinen blauen Heft und hielt es hoch.

»Und hier, sein Essay. So eine Rotze! Patriot – bla – Nation verteidigen – bla – Adelstitel ablegen – bla – Dem Volk dienen – blablabla.« Er warf das Heft an die Wand.

»Aber mein Herz, so beruhige dich doch«, hauchte sie.

Desche stand auf und ging ans Fenster. Unter ihm die Allee, vor ihm die feinsten Häuser, edelste Kutschen und ausstaffierte Flaneure. In den gehobenen Vierteln von Neunbrückhen spürte man nichts von der Revolution oder dem Krieg. Lediglich das Klacken des Kurzmachers war zu hören, wenn der Wind gut stand.

Desche spitzte die Ohren. Ein sattes KLACK würde ihn sicher trösten.

»Der junge Grimmfaust wird zu einem ernst zu nehmenden Machtfaktor«, grummelte er.

Seine Frau lachte leise.

»Aber das ist doch genau das, was die Nation braucht, oder? Helden.«

Desche schnaufte. »Pah. Helden. Niemand braucht Helden.«

»Aber er sichert die Südgrenze und spült Taler in die Kassen. Bisher hat er weniger gekostet, als er eingebracht hat. Und sagst du nicht immer, dass es genau darauf ankommt?«

Desche atmete ein und langsam aus.

Sein liebes Frauchen hatte ja recht. Sie hatten die Süd-Armee in desolatem Zustand losgeschickt und dieser Grimmfaust hatte es dennoch irgendwie hinbekommen, dass sich die Dalmanier aus der Koalition der Reiche zurückgezogen hatten. Und jetzt war auch noch Lagolle auf dem Rückzug. Niemand hatte das dem ›kleinen Korporal‹ zugetraut.

Wobei ...

Seine Taktik, die zur Rückeroberung Kieselbuchts geführt hatte, war schon nicht von schlechten Eltern gewesen.

Aber nun gesellte sich zu diesem Erfolg auch noch ein Sieg nach dem anderen. Die Bürger Kernburghs sehnten sich nach guten Nachrichten und mittlerweile berichtete jeder Ausrufer und jede Zeitung von dem Adeligen, der sich im Dienst der Nation selbst übertraf. Gegen jede Chance. Gegen übermächtige Gegner.

Genau solche Geschichten liebte das einfache Volk.

Pah.

Ein Verleger hatte es gewagt, einen Bericht in seinem Blatt mit ›Der Unbesiegbare‹ zu betiteln. So weit käme es noch! Bei dem hatte es recht schnell KLACK gemacht.

›Der Unbesiegbare‹ ...

Unfassbar.

Wenn die Dalmanier so bescheuert waren, sich von dem kleinen Grimmfaust den Schneid abkaufen zu lassen ... was war denn daran unbesiegbar? Das wäre ja so, als würde er in der Arena von Schwarzberg gegen Blinde boxen. Völliger Scheiß!

Noch schöner wäre ja nur noch ›der kleine, unbesiegbare Korporal‹.

Desche lachte trocken.

»Siehst du, mein Herz. Es wird besser, nicht wahr?«

Er grollte.

Sie griff in ihre Schürze und fischte ein Lederetui heraus.

»Schau einmal. Vielleicht kann dich das aufheitern.«

Er warf einen Blick über die Schulter. Sie streckte ihm ein längliches, dunkelbraunes, kunstvoll mit der Flagge Kernburghs punziertes Ledermäppchen entgegen.

»Was ist das?«, fragte er.

Sie strahlte ihn an und legte von hinten einen Arm um seinen Hals. Mit spitzen Lippen küsste sie sein Ohrläppchen.

»Das, mein Schatz, ist für dich. Weil du so fleißig bist und ich gesehen habe, wie sehr du dich über dein Kleinod gefreut hast. Das ist eine weitere Trophäe.« Sie kicherte und trat einen Schritt zurück.

Er betrachtete das Etui in seiner rauen Handfläche.

»Mach's auf!«, sagte sie munter.

Er öffnete den Hakenverschluss und klappte es auseinander.

Ihm blieb die Luft weg.

Sie klatschte in die Hände vor Freude.

»Ist das …«, setzte er an.

»Ja«, rief sie begeistert. »Das ist er.«

Er konnte sich gar nicht sattsehen.

»Danke, Licht meines Lebens«, hauchte er und fiel ihr in die Arme. Sie drückten sich.

Der Zopf von König Onno Goldtwand gehörte ab jetzt zu seiner Sammlung.

»Ich liebe dich«, flüsterte er.

»Ich dich auch«, flüsterte sie.

Seine Fingerkuppen streichelten zärtlich über die gestanzte Inschrift auf dem Etui.

›Der letzte König‹

Später am Abend brachte Desche seine Bedenken vor dem Nationalkonvent zur Sprache.

»Ja, Grimmfausts Erfolge sind nicht von der Hand zu weisen. Das will auch niemand bestreiten. Aber für den Feldzug gegen Jør und den Vergeltungsschlag gegen Lagolle plädiere ich für einen erfahreneren Mann. Soll General Eisenbarth diese Front übernehmen!«

Ein Flüstern und Raunen durchlief die Ränge der Abgeordneten.

Desche überflog die Versammelten.

Fünfzig-Fünfzig, schätzte er.

Lüder hob die Hand und wartete, bis wieder Ruhe eingekehrt war.

»Brigadegeneral Grimmfaust verrichtet in der Tat einen beachtlichen Dienst für die Nation, meine Damen und Herren. Ich plädiere dafür, ihm weiterhin das Vertrauen auszusprechen.«

Oh, du Bastard, dachte Desche. Wann werde ich endlich deinen Bummskopf in den Pranger spannen? Er knirschte mit den Zähnen vor Wut.

Dieser Fatzke stellt sich vor diesen lausigen, frechen, kleinen Korporal.

Er musste Grimmfaust jetzt absägen und hoffen, dass er sich eine Kugel fing, bevor der Rest des Konvents erkannte, welches Potenzial der junge Mann auch politisch haben könnte. Die Bevölkerung feierte ihn schon, die Truppen offenbarten ihre Sympathie durch beknackte Spitznamen. Noch, vermutete Desche, wusste der Brigadier nichts von seiner Bekanntheit und seinem steigenden Ruhm, aber es war besser, mögliche Konkurrenten früh zu neutralisieren. Vielleicht sollte er der Auftragsmörderin einen weiteren Auftrag erteilen?

Desche hob seinen Arm.

»Ich war so frei, im Namen des Nationalkonvents, die schriftliche Anweisung bereits versendet zu haben. Ich rechne damit, dass der gute Brigadegeneral die Vorbehalte des Konvents bestätigt und der Anweisung nachkommt. General Eisenbarth ist auf dem Weg nach Süden.«

Überraschte Ausrufe wurden laut. Teils Protest, weil sich einige Mitglieder übergangen fühlten, teils Bestätigung, die ihm recht gab, schnell gehandelt zu haben.

Die Südfront musste schließlich halten.

»Was soll denn das für ein Befehl sein?«, fragte Sturmvogel fassungslos.

Er starrte auf die Depesche in seinen zitternden Händen und konnte nicht glauben, was er zu lesen bekommen hatte.

Keno lehnte in seinem Stuhl und hatte die Absätze seiner Stiefel auf den Feldtisch gelegt.

Während die Armee den Fluss überquerte und sich hinter Ober-Gavro neu formierte, hatte er ausreichend Zeit gefunden, sich eine Pause im hiesigen Gasthaus zu gönnen. Oder dem, was davon übrig war, denn Barnes Geschütze hatten ihre Ladungen weit in die Stadt geschleudert. Leider wurde die Entspannung durch den Erhalt der Mitteilung jäh unterbrochen.

»Wenn ich etwas dazu sagen darf, Brigadier?« Oberst Hardtherz nahm Jeldrik das Blatt aus den Händen.

Keno sah auf.

»Ich bitte darum.«

»Sie haben viel erreicht, Brigadier. Ich denke, dass das auch in Neunbrücken angekommen ist. In meinen Augen haben Sie nun zwei Möglichkeiten.«

»Die da wären?«, fragte Keno.

»Sie folgen der Anweisung und übergeben Eisenbarth das Kommando …«

»Oder?«, fragte Keno.

»Oder, Sie setzen alles auf eine Karte. Verweigern können Sie nicht, das wäre vor dem Kriegsgericht relevant. Aber Sie können Ihren Rücktritt erklären«, schloss Hardtherz.

»Und alles aufgeben, was wir erreicht haben?«, fragte Barne überrascht.

Keno streckte sich lächelnd in seinem Stuhl.

»Gemach, mein lieber Barne, gemach«, sagte er, stand auf und schaute in die Runde der versammelten Offiziere.

»Meine Herren, die Entscheidung ist von mir in dem Moment gefällt worden, in dem ich die Depesche erhielt.«

»Wie ist sie ausgefallen?«, fragte Hauptmann Rothwalze mit dem ihm eigenen, spöttischen Gesichtsausdruck. Er war der Einzige, der so aussah, als kannte er die Antwort schon.

»Natürlich habe ich meinen Rücktritt angeboten«, sagte Keno.

»Was?!«

»Das kann doch nicht wahr sein!«

»Unmöglich!«

Keno hob die Hände.

»Doch, doch. Meine werten Brüder versorgen mich beizeiten mit Nachrichten aus Kernburgh. Offensichtlich hat unser Vorankommen eine gewisse politische Sprengkraft entwickelt. Ich werde später im Detail darauf eingehen. Lassen Sie mich für jetzt nur sagen: Der Konvent ist uneinig und ich habe in der Tat beschlossen, es darauf ankommen zu lassen. Im schlimmsten Fall versetzt man mich ins Ödland. Im besten Fall können wir nächste Woche Jøris angreifen und danach Lagolle.«

Sogar Rothwalze konnte sein gleichmütiges Gesicht nicht halten.

»Jøris?!«, fragten die Offiziere im Chor.

Keno nickte.

»Wo finden sich denn noch mehr Reichtümer, abgesehen von Topangue und Gartagén, hm? Aber ganz abgesehen davon, habe ich noch eine zweite Mitteilung erhalten. Von Lüder Silbertrunkh höchstselbst.«

Barne pfiff durch die Zähne, Jeldrik hob die Augenbrauen.

»Er gratuliert uns zu unseren Erfolgen und es ist seine Idee, dass wir uns zuerst nach Jør wenden sollen. Mit unseren erfahrenen Truppen wird es ein Leichtes, den Priestern ein paar vor den Latz zu knallen und ihre Staatskasse zu beschlagnahmen. Wenn wir Erfolg haben, wird uns der Nationalkonvent auf Händen tragen, denn ich muss niemandem hier erklären, wie karg die Finanzen Kernburghs sind.«

»Also geht es nach Jør«, stellte Jeldrik fest.

Keno nickte. »Jawohl. Wir besetzen Jøris, zwingen sie zum Frieden mit Kernburgh. Dann kann der Konvent entscheiden, ob es für uns weiter nach Lagolle geht, oder ob das Eisenbarth erledigen kann und wir nach Gartagén ziehen.«

»Da fick mich doch wer!«, entfuhr es Barne. Schnell schlug er sich die Hand vor den Mund und sah entschuldigend in die Runde.

»Mitnichten, mein guter Wackerholz«, sagte Keno freundlich. »Gartagén entwickelt sich zum strategischen Fixpunkt. Die Northisler bekämpfen unsere Verbündeten in Topangue und nach allem, was man hört, leider mit guten Ergebnissen. Der Nawab hat sich in seine Hauptstadt zurückgezogen, die Grauen sammeln sich vor seinen Mauern. Wenn es den Northislern gelingt, ihn zu schlagen, fließen unendliche Reichtümer an unserer Südküste vorbei.«

Rothwalze mischte sich nuschelnd ein: »Und nachdem wir Kieselbucht – ach was sage ich – Bluthafen halten konnten, sollten wir nun auch unsere Stellung in Gartagén sichern, um den Insulanern die Durchfahrt zu verbauen.«

Keno zeigte auf ihn. »Ganz genau, Major Rothwalze.«

Der Kavallerist stutzte.

»Hier!«, Keno hielt ihm ein Kuvert hin. »Bestätigt vom Konvent. Gratuliere.«

Hardtherz schlug dem frisch beförderten Major eine Hand auf die Schulter.

»Verdient ist verdient, Sie Wahnsinniger.«

Rothwalze lächelte schüchtern und nahm von Keno den Brief entgegen.

Barne und Jeldrik beglückwünschten ihn ebenfalls.

»Für euch gab es auch Post«, sagte Keno und streckte ihnen ebenfalls zwei Depeschen entgegen.

»Herzlichen Glückwunsch, Major Wackerholz, Major Sturmvogel.«

»Ja, da fick mich doch wer ...«, entfuhr es Barne erneut.

Keno strahlte seine beiden Gefährten an.

»Mir deucht, wir haben in Minister Silbertrunkh einen Verbündeten«, lachte er.

»Ich brauche Wein«, fistelte Jeldrik heiser.

72

Die Landschaft hatte sich verändert. Die fruchtbaren Weinberge und Felder rund um Hafaz lagen hinter ihnen, und wieder einmal ging es steil bergauf. Das milde Klima wich einem schroffen Wind in einem schroffen Gebirge. Lysander würde ihn jetzt nicht tosend nennen, dafür war es schon zu weit im Sommer, aber seicht war die Brise auch nicht. Einige Tage waren sie noch durch dichten Nadelwald geritten, aber seit gestern hatten sie die Baumgrenze hinter sich gelassen. Sie ritten über harten, grauen Stein, der nur vereinzelt durch widerspenstiges Gestrüpp unterbrochen wurde.

Zum Pass konnte es nicht mehr weit sein.

Dahinter ginge der Weg steil bergab, bis sie die Täler Kernburghs erreichten. Ab dann ließe es sich wesentlich unbeschwerter in Richtung Kieselbucht wandern.

Er hätte dann den Kontinent einmal von Nord nach Süd durchquert.

Was für eine Reise!

Er hatte begonnen, Gorm einige Orcus-Runen beizubringen, und so erfüllte Rothsangs Grimoire einen weiteren Nutzen. Lysander hoffte, seinem Begleiter einige Runen der Sprache mitgeben zu können, die dieser bald sprechen und lesen musste, wenn er denn Angraugh erreichte.

Gorm stellte sich als nur halb so begriffsstutzig heraus, wie es seine Art zu sprechen vermuten ließ.

Während sie dem holprigen Gebirgspfad folgten, hörte er ihn die gelernten Wörter brabbeln.

Der Hengst schnaubte und trampelte einige Schritt nach links. Kiesel kollerten unter seinen Hufen den Abhang hinab. Auch die Stute unter Lysanders Hintern wurde merklich nervöser.

Bevor Gorm mit dem Kaltblüter zusammen in die Tiefe stürzte, sprang er aus dem Sattel und legte seine Pranke über die Nüstern. Ruhig redete er auf das Tier ein. Auch Lysander sprang aus dem Sattel und führte seine Stute an den Zügeln.

Gorm sog Luft durch seine Nasenlöcher, als wenn ein Bluthund Witterung aufnahm. Er zog die Flinte aus dem Futteral.

»Nicht allein«, murmelte er.

Aufmerksam sah sich Lysander um.

Er legte eine Hand an die Pistole, die er dem großen Jäger abgenommen hatte und prüfte mit der anderen, ob die Knarren der Jører noch in seinen Satteltaschen steckten.

Lysander sah den Weg hinauf. Große Felsen ragten aus dem Boden, dorniges Gestrüpp wackelte im Wind. Ausreichend Möglichkeiten für einen Hinterhalt. Er raunte einige Silben und spürte die wohlige Wärme in der einen Handfläche, kühle Nässe in der anderen.

Vor ihnen trat ein Mann auf den Weg. Den großen breitkrempigen Hut, den er trug, nahm er ab und verbeugte sich übertrieben.

»Guten Abend, die Herren«, sagte er.

Lysander löschte die Hitze in seiner Hand und legte sie wieder über den Griff der Waffe.

Der Mann war schlank, fast schon hager. Er trug abgerissene Kleidung, die möglicherweise vor zig Jahren einem Edelmann gehört hatte. Lysander erkannte die doppelreihigen Knöpfe, die Reste von Tressen, eine abgetragene, vormals weiße Hose und Reiterstiefel.

»Wer seid Ihr?«, fragte er die Vogelscheuche.

Der Mann stemmte die Fäuste in die Hüfte und richtete sich auf.

»Ich bin entweder der Freundlichste, den Ihr kennenlernt, oder der Letzte, voilà«, sagte er.

»Voila? Was ist das für ein Name?«, grummelte Gorm.

Der Mann lachte gekünstelt.

»Man nennt mich Guiomme und ich bin das, was man einen Banditen nennt.«

Gorm drehte sich zu Lysander um und sah ihn irritiert an. Er zeigte auf den Banditen.

»Kann das weg?«, fragte er.

Lysander wusste es nicht.

»Ich weiß es nicht«, antwortete er dementsprechend. »Kommt drauf an.«

Er wandte sich an den Mann. »Und was wollt Ihr, Guiomme?«

Der hagere Bandit machte einen Schritt auf sie zu.

»Euren Begleiter, Monsieur.«

Lysander hatte seine Mimik so schnell nicht im Griff. Er lachte überrascht auf.

»Doch, doch. So ist es«, versicherte der Bandit.

Lysander winkte ab. Das Abwinken schien zur Gewohnheit zu werden ...

»Ach, hört doch auf. Das kann unmöglich Euer Ernst sein.« Er lachte immer noch.

Guiomme schnippte mit den Fingern und die unmittelbare Landschaft um sie herum wurde lebendig. Weitere vogelscheuchenartige Gesellen verließen ihre Verstecke und tauchten hinter Steinbrocken und Gestrüpp auf, Musketen und Pistolen im Anschlag.

Gorm sah ihn weiterhin fragend an.

Lysander atmete resigniert aus.

»Warte mal«, sagte er zu Gorm.

»Meister Guiomme, wie kommt es, dass Ihr gerade meinen Begleiter wollt und nicht mein Geld?«

Der Bandit lachte. »Aber das holen wir uns doch auch!«

Heiser kicherten die Spießgesellen, während sie langsam näher kamen.

»Einen Moment noch.« Lysander hob die Hände. Warm und feucht.

»Ihr seid nicht zufällig hier, oder? Ich mein' Ihr wohnt ja hier nicht in irgendeinem Erdloch und springt hervor, wenn Ihr einmal im Jahr Hufe auf dem Pass hört, richtig?«

»Euer Scharfsinn wird mir im Gedächtnis bleiben, werter Elv«, sagte Guiomme anerkennend.

»Für wen arbeitet Ihr also? Ich denke, nicht für die Jäger.«

Wieder lachte der Bandit. »Mon dieu, die Jäger ... ich bitte Euch!«

»Ihr steht nicht zufällig im Sold eines Händlers aus Hafaz?«

Der Bandit tat, als hätte er sich erschrocken.

»Aber nicht doch, Monsieur! Ich kann doch nicht über unsere Auftraggeber sprechen. Das wäre nicht recht.«

So langsam fand Lysander Spaß an der Sache. Gorm wartete immer noch.

»Wisst Ihr, was ebenfalls nicht recht wäre, werter Bandit Guiomme?«, fragte Lysander.

»Ich brenne darauf, es zu erfahren«, sagte dieser.

»Brennen ist ein gutes Stichwort.«

Die rechte Hand hielt Lysander hinter dem Rücken, die linke streckte er aus.

Mit einem trockenen Bellen materialisierte sich eine kürbisgroße Feuerkugel über der Handfläche. Ein großer Kürbis. Ein sehr großer Kürbis.

»Nicht recht wäre, wenn ich Euch ohne Vorwarnung in Euer Unheil laufen ließe«, sagte Lysander und kleine Flammenzungen leckten aus seinen Augenwinkeln.

Gorm lehnte die Flinte an einen Felsen und zog den langen Kavalleriesäbel aus der Scheide unter dem Sattel des Kaltblüters. Er ließ ihn zweimal durch die Luft zischen und spuckte aus. Dann ließ er seinen Schädel im Nacken rollen.

»Mon dieu!«, entfuhr es dem Banditen. »Unser werter Auftraggeber hatte es wohl versäumt, uns mitzuteilen, dass wir es mit einem Magus zu tun haben werden ...«

»Und jetzt?«, erkundigte sich Lysander.

»Tja.« Guiomme trat gegen einen Kiesel. Dann kratzte er sich unter seinem Kopftuch.

»Vielleicht hilft ja das: Was zahlt Euch der Auftraggeber?«, fragte Lysander.

Er konnte sehen, wie das Hirn des Banditen arbeitete.

»Fünf ... nein, zehn Taler pro Mann«, sagte Guiomme.

»Das macht zusammen?«

Wieder arbeitete das Gehirn.

»Einhundertzwanzig Taler.«

Lysander lächelte.

»Für Euch und Eure elf wackeren Mannen?«

»Woher wisst Ihr ... Ach, verdammt.«

Der Bandit ärgerte sich. Lysander lachte und klatschte die Hände zusammen. Laut zischend verdampfte die Flammenkugel.

»Ich gebe Euch das Doppelte, wenn Ihr uns von diesem Berg nach Kernburgh führt«, sagte er.

Dieses Mal arbeitet das Hirn nicht ganz so lang.

Guiomme verbeugte sich tief mit Kratzfuß, dann warf er sich den Hut wieder auf den Kopf. »Eure Großzügigkeit gesellt sich zu Eurem Scharfsinn. Ich verbleibe als Euer treuer Diener.«

Gorm sah ihn immer noch fragend an.

Lysander schüttelte stumm den Kopf.

Er spürte, wie die Erleichterung seinen Körper durchströmte, und schickte Thapath einen stillen Dank.

Sefu der Händler – so, so. Man trifft sich immer zweimal, dachte er.

73

Drei Wochen später quälte sich der Zug der Kernburgher Armee das zweite Mal das Hochplateau nach Jør hinauf.

Dieses Mal war allerdings die Laune besser und der Sommer strahlte mit bestem Wetter über die Bemühungen.

Major Wackerholz und seine schweren Geschütze waren bereits auf dem Weg nach Kieselbucht, aber der Großteil der Streitkräfte war unterwegs nach Jøris.

Keno ritt neben Jeldrik an der Spitze der berittenen Artillerie und sie schwelgten ein wenig in Erinnerungen an die gemeinsame Zeit in der Akademie.

Es lag in der Natur der Sache, dass er auf den Höhenwegen keinen Überblick über seine gesamte Streitmacht von dreiundzwanzigtausend hatte. Da sich die Truppen nur in Zweierreihen über die schmalen Pfade winden konnten, zog sich der Zug in eine beachtliche Länge. Er hatte die Armee in Divisionen eingeteilt und diese jeweils einem seiner Offiziere anvertraut. Die Vorhut wurde von Hardtherz und seiner Kavallerie gebildet. Danach kamen einige Regimenter Infanterie unter Starkhals' Kommando, gefolgt vom Zug der Artillerie und den Versorgungs- und Munitionswagen. Am Ende der Kette marschierten weitere Infanteristen, deren Rücken von Rothwalzes Reiterdivision geschützt wurde.

Wenn Keno sich selbst angreifen müsste, würde er sich auf dem Hochplateau erwarten, dachte er. Aber die Späher meldeten, dass sich Lagolle weiter vor ihnen auf dem Rückzug befand und Jør noch keine Truppen aus Jøris geschickt hatte.

»Warum eigentlich jetzt Jøris?«, fragte Jeldrik.

Keno schaute über die rauen Felsen und die schneebedeckten Berge, die waldigen, steilen Täler. Tief nahm er einen Zug frischer Luft, die nach Tannennadeln und Quellwasser schmeckte. Jør war schon toll.

»Tja, Jeldrik, es ist so … im Grunde führen wir einen Straffeldzug gegen Jør. Der Oberste Priester hat die Pforten der Stadt für Kernburgher geöffnet. Für Gegner der Revolution, Royalisten und Deserteure. Das Plenum, beziehungsweise der Konvent, hat wiederholt formuliert, er habe dies zu unterlassen, und auf Auslieferung bestanden.«

»Und die Jører haben das ignoriert?«

»Nicht nur das. Sie haben der Revolution die Legitimation abgesprochen und wissen lassen, dass es Thapath missfällt, wenn sich das einfache Volk erhebt. So wie Thapath den Himmel regiert, kann nur ein König die Erde regieren.«

»Pffft …«, machte Sturmvogel.

»Genau. Pffft.«

»Wenn Thapath interessieren würde, was hier unten los ist, glaube ich nicht, dass er es zuließe, dass Hunderttausende dem Wahnsinn der sogenannten Revolutionären Reinigung anheimfallen, oder?«, sagte Sturmvogel.

Keno sah ihn verschmitzt an.

»Das war jetzt sowohl ketzerisch als auch antirevolutionär, mein lieber Jeldrik. Gefällt mir.«

Beide lachten dünn.

Ein Reiter manövrierte sich durch die vor ihnen marschierenden Reihen und kam ihnen entgegen.

»Brigadier Grimmfaust!«, rief er und zügelte sein Pferd vor ihnen.

»Was gibt es?«

»Oberst Hardtherz meldet Feindkontakt. An die dreitausend Feinde blockieren den Pass auf das Plateau. Er hat bereits den Gegenangriff eingeleitet, bittet aber um Verstärkung. Die Späher lassen vermelden, dass sich weitere Truppen dem Plateau nähern.«

»Was für Truppen?«, fragte Keno.

»Ein größerer Verband aus Lagolle.«

»Reiten Sie zurück zu Hardtherz. Er muss den Pass halten. Ich sende ihm Oberst Starkhals.«

Der Reiter nickte und drehte um.

»Jeldrik, du reitest nach hinten zu Rothwalze. Er soll versuchen, die Hälfte seiner Division über einen anderen Weg auf das Plateau zu bringen. Der Rest bildet weiterhin die Nachhut und muss wachsam sein.«

Jeldrik wendete ohne ein weiteres Wort sein Pferd und ritt los.

Keno folgte dem Reiter.

Auf seinem Pferd erreichte er den Pass noch vor der Infanterie. Noch bevor er um die Biegung auf dem Pfad kam, hörte er das vertraute Puffen und Knacken von Musketenschüssen. Der Weg wurde breiter, als er auf das Plateau traf.

Das Plateau war nicht etwa eine runde Ebene mitten auf den Bergen von Jør. Es war ein weitläufiges Tal mit einem Fluss in der Mitte, der sich von Ost nach West zuerst durch Flenkt, dann Jøris und schließlich Dømt schlängelte.

Nur, wenn seine Armee auf dem Plateau Fuß fasste, konnte er eine Kampagne gegen Jør führen. Verbauten ihm die Feinde den Weg, müsste er abbrechen und unter dem Feuer der Verfolger seine Armee aus den Bergen führen. Der Feldzug wäre dann gescheitert, bevor er begonnen hatte.

Hardtherz' Geschwader lieferte sich ein Gefecht gegen ein Regiment Infanterie der Jører. Die orange gekleideten Gegner hatten ein provisorisches Karree gebildet und bemühten sich, die Reiter mit Bajonetten auf Abstand zu halten, während aus der Mitte der Formation geschossen wurde.

Der Oberst entdecke Keno und ritt zu ihm.

»Wie ist die Situation?«, fragte er, noch bevor Hardtherz sein Pferd zügelte.

»Dreitausend blockieren den Pass, Brigadier. Wir haben sie schon etwas zurückdrängen können, aber seit sie in Formation sind, wird es schwieriger.«

»Starkhals muss jeden Moment da sein.«

»Das ist gut, denn die Späher melden, dass die Lagoller oberhalb des Passes Artillerie in Stellung bringen.« Hardtherz zeigte auf einen Pfad, der sich über dem Pass an die Flanke des Berges klammerte.

»Das ist doch niemals breit genug«, sagte Keno.

»Der wird etwas weiter hinten breiter, Brigadier. Dort reicht der Platz wahrscheinlich.«

»Verdammt!«

Die Trommler der Infanterie kündigten die Ankunft von Starkhals' Regiment an.

»Rufen Sie die Reiter zurück!«, befahl Keno.

Hardtherz salutierte, wendete sein Pferd und preschte zu seinen Trompetern.

Im Eilschritt bauten sich Starkhals' Schützen auf. Die Gegner aus Lagolle wichen zurück, um sich auf die neue Gefahr einzustellen.

Obwohl Oberst Hardtherz den Befehl zum Rückzug erhalten hatte, nutzte er die Gelegenheit, als die Feinde notgedrungen ihr Karree öffneten. Eine Schar Kürassiere galoppierte in die Flanke und erledigte einige hundert Schützen in einer schnellen Attacke.

Keno winkte einen Meldereiter zu sich heran.

»Ich brauche mehr von euch!«, rief er dem Mann auf halber Strecke entgegen.

Salven krachten und wurden von steilen Felswänden zurückgeworfen.

Aus der Mündung zum Pass ertönte der Donnerschlag kleinerer Geschütze. Jeldrik hatte schnell reagiert.

Immer weiter drängten sie die Lagoller zurück und nachdem die Kernburgher den Flaschenhals zwischen Pass und Plateau überwunden hatten, schwärmten sie aus.

Endlich war es so etwas wie eine Schlacht.

»Brigadier!« Dreck und Steine wirbelten unter den Hufen, als ein Meldereiter neben ihm stoppte.

»Major Sturmvogel muss den Pfad dort oben unter Feuer nehmen.« Keno zeigte ihm die Richtung.

»Jawohl!«

Weitere Reiter fanden sich bei ihm ein und er erteilte die Befehle.

»Ein Bataillon wird da oben gebraucht. Sobald unsere Schützen dort sind, hat Sturmvogel den Beschuss einzustellen.«

»Starkhals soll die Grenadiere und Sturmtruppen zu einem Keil formieren. Wir müssen die Front durchbrechen, falls Rothwalze Unterstützung braucht.«

»Die hinteren Einheiten sollen sich beeilen. Eiltempo für alle. Wir brauchen sie hier oben!«

So ging es den größten Teil des Morgens, während das Gefecht auf dem Plateau hin und her wogte.

Am frühen Mittag preschte ein Dragoner aus Rothwalzes Geschwader heran.

»Ich melde Feindkontakt, Brigadier. Major Rothwalze hat ein Regiment Fußtruppen aufgerieben und lässt nun durchstoßen.«

Sehr gut.

Gegen Mittag hatten die Kernburgher das Plateau eingenommen und drängten die Gegner zurück. Alle Truppenteile hatten schnell und entschlossen gearbeitet und ihren Teil zum Erfolg beigetragen.

Keno trieb sie weiter voran, ohne neue Formationen einnehmen zu lassen, was ihn wertvolle Zeit gekostet hätte. Momentum und Initiative.

Am Nachmittag kamen die Stadtmauern der Domstadt Jøris in Sicht. Lagolles geschlagene Armee strömte ungeordnet an den Toren vorbei.

Sie mussten sie ziehen lassen. Eine Verfolgung würde bedeuten, Jøris im Rücken zu haben, und das konnten sie nicht riskieren.

»Volle Schlachtordnung!«, befahl Keno den Meldereitern.

Kurze Zeit später waren die Befehle ausgeführt und die Kernburgher in der klassischen Ausrichtung aufgestellt: Infanterie in der Mitte und auf den Flügeln, davor die Plänkler, dahinter Regimenter in Reserve und wiederum dahinter die Kanonen; Kavallerie an beiden Flanken und hinter Keno und seinem Stab.

Rothwalze und sein Fuchs schwitzten, trotzdem bebten beide vor Kriegslust.

»Wieso stellen Sie mein Regiment nach hinten, Brigadier? Haben wir unseren Dienst nicht ausreichend gut verrichtet?«

Keno lächelte den Major an.

»Doch, mein lieber Rothwalze, doch. Ihre Schnelligkeit und Gnadenlosigkeit ist allerdings in der Reserve am besten gezügelt. Wenn der Gnadenstoß ansteht, lasse ich Sie wieder von der Leine. So lange sollen sich Ihre Truppen ausruhen, bitte.«

»Na gut.« Rothwalze nahm einen gierigen Schluck aus seiner Feldflasche.

Jøris fiel am Abend, ohne dass auch nur ein Schuss abgegeben wurde.

Von den achtundzwanzigtausend Lagollern schaffte es nur die Hälfte aus den Bergen von Jør. Der Rest lag tot oder verwundet auf dem Plateau oder hatte sich ergeben müssen.

Fünftausend Kernburgher hatte der Sieg das Leben gekostet.

»Ihr bisher größter Sieg, Brigadier«, sagte Rothwalze und zog an seiner Pfeife.

Keno nickte.

Sie saßen nebeneinander auf ihren Pferden und sahen den Priestern von Jør dabei zu, wie sie die Beute auf Karren und Kutschen vor die Tore der Stadt brachten.

Das größte Stück war ein riesiges Ölgemälde in einem opulenten Goldrahmen, das auf einem Ochsenkarren aufrecht festgezurrt war. Es zeigte Thapath als Richter über die Sünden der Midthen. Mit seinen durchdringenden Augen sah es so aus, als strafe er die versammelten Kernburgher mit strengem Blick. Wer sich so etwas freiwillig in die Bude hängt …, dachte Keno.

Das kleinste Stück war ein winziger, rosafarbener Diamant aus Rao, dem Königreich ganz im Osten, hinter dem Reich Pendôr. Hier war es weniger der Schmuckwert, als die lange Besorgungsfahrt, die den Stein kostbar machte. Ein Priester trug ihn auf seinen ausgestreckten Händen in einem goldenen Schmuckkästchen vor sich her.

Die beeindruckendsten Schätze waren fünf mannsgroße Statuen aus vergoldeter Bronze, ein Löwe mit prächtigen Adlerschwingen an den Schultern und vier stolze Rösser in unterschiedlichen Posen. Keno grauste es, als er sich vorzustellen versuchte, wie seine Armee sie vom Plateau hinabtransportieren sollte.

Eine lange Prozession schlängelte sich aus der Stadt und häufte die Kostbarkeiten vor der siegreichen Armee auf.

»Ich denke, jeder Zweifel an Ihrem Kommando sollte sich damit erledigt haben, nicht wahr?«, raunte Jeldrik, während er mit aufgerissenen Augen vor sich hin staunte.

»Erstaunlich, was die Raffkes alles hinter ihren Mauern gehortet haben«, murmelte Rothwalze.

»Und das ist nur das, was sie rausrücken wollen, mein Bester«, flüsterte Hardtherz. »Nur Thapath weiß, was sie noch zurückhalten.«

Der Oberste Priester bildete den Abschluss und er näherte sich den Siegern barfuß und auf einen knorrigen Stock gestützt. Während er sich vorwärts schleppte, wabbelten seine dicken Backen. Trotz des Überwurfes aus einfachem, braunem Leinen, und trotz der Kapuze, sah Keno, dass der Mann vor lauter Schwarte seine Äuglein kaum offen halten konnte.

Er spielte den bescheidenen Jünger, aber seine Erscheinung bezeugte Dekadenz und Völlerei.

»Thapaths höchster Diener auf Erden, dass ich nicht lache«, murmelte Rothwalze.

Es dauerte eine ganze Weile, bis der Priester die aufgereihten Offiziere erreichte. In Begleitung seiner Novizen blieb er vor ihnen stehen und malte das Zeichen der Waage in die Luft.

»Möge das Gleichgewicht hergestellt sein«, schlabberte er kurzatmig.

Keno lupfte den Dreispitz und verbeugte sich sitzenderweise auf seinem Pferd.

»Ich danke Euch, dass Ihr uns die Mühe erspart, Jøris zu schleifen, Hochwürden.«

Der Priester schnappte rasselnd nach Luft.

»Ich danke Euch, dass ihr uns gegenüber Nachsicht walten lasst.«

Hinter ihm rollten die ersten Kutschen, die mit vernagelten, geschlossenen Verschlägen als improvisierte Gefängniswagen dienten und mit geflüchteten Königstreuen beladen waren, durch die Tore der Stadt.

»Und bitte Euch um Nachsicht, Euern Landsleuten gegenüber«, sagte der Priester.

Keno schätzte die Zahl auf über dreihundert.

»Diese Entscheidung obliegt nicht mir, Vater«, sagte er.

»Ich wünschte, sie täte es, denn ich sehe auch Milde in Eurem jungenhaften Gesicht, kleiner Korporal.«

Hatte der Oberste Priester gerade einen Witz gemacht?, wunderte sich Keno. Aber der Priester drehte schwankend seinen mächtigen Körper herum und watschelte von dannen.

Zurück zu Wein, Wammerl und Gesang, vermutete Keno.

»Schau sich das mal einer an!«, grummelte Rothwalze, während Kenos Adjutant mit dem Logbuch der Armee durch die aufgereihten Schätze lief und sie notierte.

»Kein Wunder, dass dem zweiten Stand nicht die Herzen der Revolutionäre zugeflogen sind ... Wie viele Bauern, Arbeiter und Tagelöhner hätte man mit nur einem Bruchteil über den Winter bringen können!« Er spuckte aus.

»Ja, die Gier des Klerus kennt keine Grenzen«, sagte Keno, wendete sein Pferd und trabte zu seiner Armee.

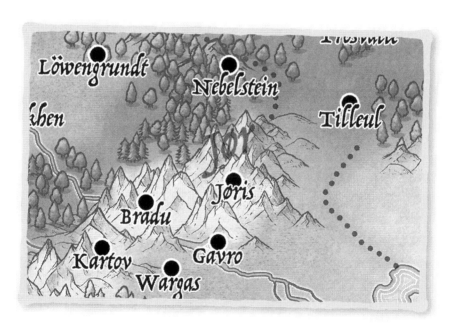

74

Der Bandit Guiomme schlich auf Zehenspitzen durch das provisorische Nachtlager und näherte sich leise – ganz leise – den Pferden. Der Halbmond der sternenklaren Nacht beleuchtete seinen Weg.

Die schweren Satteltaschen auf dem Hintern der grauen Stute waren ihm schon den ganzen Tag ins Auge gefallen.

Die ledernen Taschen waren mit dem Abzeichen des Jägerregiments punziert und wölbten sich überordentlich. Wenn der Magus so mir nichts dir nichts, mal eben zweihundertfünfzig Taler für einen Haufen Wegelagerer locker machte, musste es noch viel mehr zu holen geben. Er würde ihn nicht töten, nein. Das wäre nicht recht. Schließlich hätte er sie alle verbrennen und sich sein Geld sparen können, hatte ihnen aber ein großzügiges Angebot gemacht. Für diese Großzügigkeit wollte er ihn verschonen.

Es wäre vermutlich auch nicht leicht gewesen, den Magus umzubringen.

Der gewaltige Grauhäuter beobachtete jede Bewegung der Banditen aufmerksam mit seinen gelben Augen. Sie hätten sich aufteilen müssen, um beide gleichzeitig zu Thapath zu schicken. Aber wie tötete man einen so riesigen Kerl? Mit ner Axt? Mit einem Dolchstoß in den Nacken? Oder zuerst mit einer Keule betäuben wie einen Ochsen?

Guiomme hatte die Überlegungen schließlich beigelegt und hatte sich ob seiner eigenen Großzügigkeit dem Magus gegenüber ganz großartig gefühlt.

Ja, er war ein ehrbarer Bandit und Wegelagerer. Er würde sie am Leben lassen.

Der Kaltblüter schnaubte, als er ihn witterte. Die schlafende Stute rührte sich nicht.

Als der Elvenmagus und der Gigant ihre Reittiere abgesattelt und gebürstet hatten, hatten sie die Taschen in einen Baum gehängt und sich unweit davon zur Nachtruhe gelegt.

Guiomme musste nun ganz leise sein – ganz, ganz leise.

Da baumelten sie. Über einem dicken Ast.

Er rieb seine Hände, dann streckte er eine nach dem Leder aus.

Und erstarrte. Was war das?

In seinem Zwerchfell vibrierte es ein wenig und in seinen Ohren brubbelte ein tiefer, knurrender Bass.

Fast wie damals, als er in der leichten Kavallerie von Lagolle als Späher gedient hatte. Wenn er ein Ohr auf den Boden legte, um nach dem Hufschlag von feindlichen Reitern zu forschen.

Hm... Egal.

Er legte eine Fingerspitze auf die Lasche, die die Tasche verschloss.

Der Bass wurde lauter und in seinem Nacken kribbelte es.

Aus irgendeinem Grund stellten sich dort seine Haare auf und seine Blase zuckte ein wenig.

Nun hörte er etwas wie einen rauschenden Atemzug, was den Bass kurz unterbrach. Nach ein paar Sekunden setzte er wieder ein.

Verrückt. Spielten seine Sinne ihm einen Streich?

Ging von den Taschen eine magische Strahlung irgendeiner Art aus?

Was war hier los, verdammt?

Er drehte sich leise um – ganz leise – so leise er nur konnte.

Dort war nur rabenschwarze Nacht. Totale Finsternis.

Wo zum Geier war der Mond hin? Wo waren die Sterne?

Er hob den Kopf, um den Himmel abzusuchen.

Ah.

Da waren die Sterne.

Er senkte den Kopf.

Dort wo er die Kontur der Wipfel der Bäume vermutete, war es stockduster.

Er sah nach rechts.

Ah.

Da waren die Bäume.

Er sah nach links.

Ah.

Da waren die Bäume.

Er wich einen halben Schritt zurück und ließ den Kopf kreisen.

Bäume – Sterne – Bäume.

Aber in der Mitte zwischen Firmament und Baumwipfeln war nichts.

Nur Dunkelheit.

Zwei gelbe Lichter, wie übergroße Glühwürmchen, erschienen in der Finsternis.

Aber sie bewegten sich nicht.

Sie hielten ihre Position, wie festgenagelt im Setzkasten eines Wissenschaftlers.

Nun spürte er den Bass auf der Nasenspitze und auf dem kleinen Stück Haut zwischen Nase und Oberlippe.

Die Körperwärme eines Wesens vor ihm strahlte auf ihn ab.

Eines verdammt großen Wesens.

Nun meldete sich auch Guiommes Darm.

Das alte Essen wollte raus.

»Kannst' nicht schlafen?«, grollte die Finsternis.

Mit äußerster Körperbeherrschung gelang es Guiomme gerade noch, das Schlimmste und Demütigendste zu verhindern, aber alles konnte er dann doch nicht aufhalten. Ein Spritzer Urin ergoss sich heiß in seine Hose.

Sofort begann er zu schwitzen. Seine Knie wurden weich und ein leichtes Gefühl, als würde er schweben, machte sich zwischen seinen Ohren breit.

Er wich den Rest des Schrittes zurück.

»Hm?«, grummelte es rau vor ihm.

»Äh... ich ... äh... ich ...«, stotterte Guiomme.

»Musst pissen«, ergänzte die Finsternis.

»Ja, ja, ja.« Obwohl ihn niemand in der Dunkelheit sehen konnte, nickte er wie verrückt.

»Aber nich' hier.«

»Gut, gut, gut.« Guiomme nickte immer noch. »Äh ... ich ... äh ...«, stotterte er.

»... gehst woanders hin«, ergänzte die Finsternis.

Guiomme wirbelte herum und lief stolpernd in die Dunkelheit.

Endlich öffnete sich über ihm wieder das Sternenzelt und der Mond lächelte auf ihn herab.

Noch nie in seinem Leben musste er so dringend schiffen wie in diesem Moment.

»War was?«, fragte Lysander schläfrig, als er hörte, wie sich Gorm neben ihm auf sein Lager legte.

»Nichts«, brummelte Gorm.

Lysander schmatzte, legte den Kopf auf seine angewinkelten Arme und schlief weiter.

»Nein, nein, nein!«, sagt Strengarm. Er sieht, wie Blauknochen genervt an die Decke des Rektorenzimmers blickt.

»Wir werden ihn nicht fördern. Noch nicht. Wir werden ihn ablenken und ganz langsam aufbauen. Er muss unterrichtet werden, in Philosophie, Ethik, Moral und Geschichte, damit er lernt, die richtigen Entscheidungen zu treffen.«

Luft entweicht zischend zwischen Blauknochens Zähnen.

Strengarm lässt sich in seinen Sessel fallen. Er weiß, dass der Heiler anderer Meinung ist als er. Er befürchtet, dass Blauknochen ihn hintergehen könnte und sich nicht an eine Absprache halten wird. Strengarm wird wachsam sein müssen. Leider.

Blauknochen steht auf und geht betont gelangweilt an das große Fenster. Er legt die Hände auf den Rücken. Ohne sich umzudrehen, sagt er: »Was machen wir, wenn er nun der Flammenbringer ist?«

Strengarm verschluckt sich, dabei trinkt er gerade gar nichts.

Er hustet.

Blauknochen dreht sich um und hebt eine Augenbraue.

Strengarm räuspert sich.

»Sie glauben doch wohl nicht an diese alberne Legende?«, fragt er.

Der Heiler schaut wieder aus dem Fenster.

»Rothsang hat daran geglaubt«, sagt Blauknochen.

Strengarm lacht erleichtert. So viel Aberglaube hat er dem hageren Magus nicht zugetraut. Aber nun ist klar, dass er scherzt. Woher will er das denn wissen? Die Aufzeichnungen von Rothsang sind schließlich verschollen. Es gibt nur mündliche Überlieferungen und die Chroniken der Zeitalter.

»Hat gedacht, er wäre es selbst ...«, murmelt Blauknochen.

Am schmatzenden Geräusch der Mundwinkel kann Strengarm hören, dass der alte Heiler nun grinst.

75

Der Blutdurst der Revolution kennt keine Grenzen, dachte Lysander, als er mit Gorm im Gefolge auf die Tore Kieselbuchts zuritt.

Auf den Weiden vor der Stadt hoben Arbeiter riesige Massengräber aus und verscharrten achtlos hineingeworfene Leichen. Erschossen, gehängt, enthauptet, ertränkt.

»Vielleicht war Steinbruch nicht schlecht«, sagte Gorm und warf einen irritierten Blick über die Kutschen und Karren, die immer neue Leichen aus der Stadt brachten.

Lysander war erst einmal als kleiner Junge in Begleitung seines Vaters in Kieselbucht gewesen, als dieser das Handelskontor vor Ort besuchen musste. Damals wirkte Kieselbucht heiter und geschäftig. Dieses Mal lag eine spürbare Dunstglocke aus Fatalismus und bedrückender Stille darüber.

Im Hafen ragte der Bug eines halbversunkenen Schiffes über die Wasserlinie. Einschusslöcher an den Mauern des langen Magazinbaus zeugten von andauernden Exekutionen. An manchen Kreuzungen baumelten halbverweste Kadaver von Bäumen und Laternen und verpesteten die Atemluft. So etwas hatte es seit dem Vierten Zeitalter nicht mehr gegeben, dachte Lysander und ein Schauer lief seinen Rücken hinab, als er der Barbarei gewahr wurde.

Arbeiter, Fischer und Seeleute huschten mit gesenkten Häuptern durch die Straßen und Gassen des riesigen Hafens. Auf dem Markt hielten die Händler stumm ihre Waren feil. Ein Großteil der Läden und Geschäfte war mit Brettern vernagelt und nur vereinzelt spielten Kinder auf den Gehwegen oder zwischen den schwarzen Ruinen von Lagerhäusern und Arsenalen.

Als hätte Bekter der Stadt die Seele geklaut – so wirkte sie auf Lysander.

Seelenlos, dunkel, trist.

Ob das Kontor von ›Hardtherz Farben‹ noch existierte?

Zwischen Hafenviertel und dem angrenzenden Stadtteil, in dem die Händler ihre Lagerhäuser hatten, hatte es gestanden.

Lysander lenkte die Stute in die entsprechende Richtung.

Vor dem Kontor zügelte er das Pferd.

Es war noch immer am selben Platz. Und bis auf etwas abgeplatzten Putz, vermutlich von einer Kanonenkugel, und ein paar gesprungener Fensterscheiben, war es intakt.

»Was ist das?«, fragte Gorm.

»Das Haus gehört meinem Vater.«

Lysander hob eine Hand und winkte dem Haus.

»Hallo, Vater«, flüsterte er und ließ seinen Blick über das große Schild zwischen der ersten und zweiten Etage wandern.

›Hardtherz Farben‹

Er dachte über das Leben nach, das sein Vater für ihn vorgesehen hatte, bevor er Potenziale zeigte. Ein Studium an der Universität in Neunbrückhen, um die Geheimnisse des Handels zu lernen. Anschließend eine Ausbildung im Unternehmen und danach die Leitung eben dieses Kontors, um sich die ersten Sporen zu verdienen. Später, wenn sein Herr Papa sich in Frostgarth zur Ruhe setzen würde, sollte er die Führung komplett übernehmen.

Wie bizarr dagegen die Realität anmutete ...

Gestatten?

Herr Lysander Hardtherz – Farbenhändler.

Aufgepasst!

Hier kommt Lysander Feuerwerfer, der magische Mörder von Hunderten.

In Ungnade gefallen, weil sein Dozent ihm das Buch eines Wahnsinnigen zusteckte.

Blauknochen.

Die Erinnerung an seine Flucht aus der Universität und die Art und Weise, wie sie der Heiler ermöglicht hatte, nagte in seinen Gedanken unaufhörlich und dauernd. Wie ein Juckreiz zwischen den Schulterblättern, den man nicht erreichen konnte, so sehr man sich auch die Arme verrenkte.

Dass ihm sein Dozent nun auch in Träumen heimsuchte, machte die Sache nicht besser.

Eintausend Fragen rumorten zwischen seinen Ohren und nörgelten, quengelten, auf dass sie endlich beantwortet werden würden.

Die dringendste unter ihnen: Warum?

»Hab' Hunger«, murrte Gorm neben ihm.

Lysander versuchte, die dunkle Wolke über seinem Haupt zu verscheuchen. Er lenkte die Stute zur Straße.

Die Tür des Kontors wurde aufgestoßen. Holz knallte an Holz, Scheiben klirrten in ihren Einfassungen, eine kleine Glocke bimmelte. Durch die geöffnete Tür stürzte ein Mann, den Lysander nur zu gut kannte.

Wupke Blassmond.

Er sah ein wenig älter aus, als er ihn in Erinnerung hatte. Was allerdings kein Wunder war, denn er hatte ihn zuletzt vor sechs Jahren gesehen.

Blassmond war auch damals schon schlank gewesen, mit außerordentlichen Geheimratsecken und einem prächtigen Backenbart, der nun allerdings ergraut war. Er hatte selbst drei Kinder und hatte an dem neugierigen Jungen seines Arbeitgebers einen Narren gefressen.

Mit strahlendem Gesichtsausdruck hastete er die Stufen des Eingangs hinunter.

»Ist das der junge Hardtherz?«, rief er und sah mit forschendem Blick über seine runden Brillengläser.

Lysander hätte seinem Pferd die Sporen geben können, sich umdrehen und einfach wegreiten können, aber die Erinnerung an den lustigen Blassmond, der sich mehr wie ein chaotischer Onkel als ein Buchhalter seines Vaters verhalten hatte, ließ ihn zögern.

Wupke lief um den Kopf der Stute herum und langte nach den Zügeln.

Jetzt war es zu spät.

Lysander lächelte. »Ja, Meister Blassmond. Ich bin's.«

Der Buchhalter klatschte vergnügt in die Hände.

»Welch eine Freude! Der kleine Lysander. Ha!« Er packte Lysanders Hand und schüttelte sie fest. »Niemand hat mir gesagt, dass du kommen würdest. Aber ich freue mich, dich zu sehen.«

»Ich freue mich auch, Meister Blassmond.«

»Ach jetzt hör' aber mal auf mit dem Gemeistere. Schließlich bist du immer noch mein kleiner Kumpel, nicht wahr?« Er zwinkerte ihm zu.

Lysander nickte.

»Und der Sohnemann vom Chef. Wahrscheinlich fertig mit der Studiererei? Da müsste ich ja dann Meister sagen.«

Nun entdeckte er Gorm.

»Bei Thapath! Was hast du denn für einen beeindruckenden Begleiter dabei?«

»Das ... äh... das ist Gorm Kugelfang. Mein Beschützer. In Zeiten der Revolution weiß man ja nie, nicht wahr? In den Bergen treiben Banditen ihr Unwesen.«

Blassmond reichte Gorm die Hand, die dieser verwundert ansah.

»Davon habe ich gehört. Angenehm, Meister Kugelfang«, sagte Blassmond.

Gorm sah aus, als verstand er überhaupt nichts. Fast schon dümmlich schaute er den schmalen Mann von seinem hohen Sattel aus an und legte den Kopf schief.

Lysander sprang ein.

»Ich bitte ihn zu entschuldigen. Er ist ein guter Beschützer, aber sonst weiß er nicht viel.«

Blassmond sah mit dem Kopf im Nacken zwischen den beiden hin und her und ließ die Hand sinken. Schließlich sagte er: »Na ja, das macht ja nichts. Es ist ja nicht so, als dürften die Dunklen bei uns die Schulbank drücken, nicht wahr? Steigt ab und kommt herein, ich lasse den Lehrling sich um eure Pferde kümmern.«

Er drehte sich herum und rief mit lauter Stimme: »Douke! Komm raus, du lahmer Hund! Kümmere dich um die Pferde vom Chef!«

Ein dünner Junge in Hemd, Weste und Kniehosen kam aus dem Kontor gelaufen. Er verbeugte sich, zögerte kurz, als er erst Lysander ansah und dann Gorm, aber er strahlte über das ganze Gesicht, als er die Zügel des Kaltblüters packte.

»Ein echtes Streitross!«, rief er begeistert.

Der Hengst schnaufte und senkte den Schädel, um an den kleinen Händen zu schnuppern.

Lysander und Gorm stiegen aus den Sätteln.

Mit eiligen Schritten lief Blassmond voraus.

»Folmer, Greta, kommt, kommt! Der junge Meister Hardtherz ist da! Setzt den Tee auf und deckt den Tisch!«

Lysander folgte ihm mit Gorm im Schlepptau.

»Kugelfang?«, flüsterte Gorm.

»Fiel mir ein«, flüsterte Lysander zurück. »In Kernburgh hat jeder einen Nachnamen und jetzt pssst!« Er hielt einen Zeigefinger an die Lippen.

»Kugelfang«, murmelte Gorm und schüttelte den Kopf.

»Was ist in Kieselbucht geschehen, Wupke?«, fragte Lysander mit vollem Mund.

Sie saßen im Speiseraum des Kontors auf gemütlichen Stühlen an einer langen Tafel, aßen ein gutes Fischgericht und tranken süßen Tee. Im Kamin knackte ein niedriges Feuer und die Standuhr tickte entspannt. Nach den langen Nächten unter freiem Himmel, empfand Lysander die gemütliche Atmosphäre als befreiend.

Gorm hingegen versuchte krampfhaft, mit der für seine Finger viel zu kleinen Gabel den sanft gegarten Fisch aufzuspießen, und sah aus, als verzweifelte er daran.

Sie hatten sich gewaschen und trugen saubere Kleidung.

»Wir sagen neuerdings Bluthafen«, grummelte Blassmond, alles andere als gut gelaunt.

Lysander sah von seinem Teller auf. »Bluthafen? Was soll das denn?«

»Ach, was soll ich sagen ... es war schrecklich. Zuerst übernahmen Northisler Truppen das Kommando und inhaftierten alle bekannten Revolutionäre. Dann stürmte die Revolutionsarmee die Stadt und trieb die Northisler aufs Meer. Tausende flohen mit ihnen. Wer einen Platz auf einem Schiff bekam, meine ich. Viele sind am Hafen ins Wasser gedrängt worden, sind abgesoffen oder zertrampelt worden. Es war ein Graus. Über die Hälfte der Bürger sind abgehauen oder gestorben. Als dann das Eilgericht abgehalten wurde, sind noch mehr Bürger als angeblich Königstreue verurteilt worden. Sie wurden ertränkt, erschossen oder mit dieser neuen Maschine enthauptet. Am Ende kam vielleicht ein Viertel der Bürger mit dem Leben davon.«

Lysander hatte mit offenem Mund gelauscht.

»Thapath sei Dank, ist euch nichts geschehen«, hauchte er erleichtert.

»Wir haben zwei Lehrlinge verloren. Der eine ist wohl auf einem Schiff geflüchtet, der andere wurde beim Plündern erwischt und ist noch auf der Straße erschossen worden«, sagte Blassmond betrübt.

»Das klingt ja alles total verrückt«, hauchte Lysander.

»Verrückt beschreibt es nur unzulänglich, mein Lieber. Dieser Desche Eisenfleisch ist ein Wahnsinniger, kann ich euch sagen.«

»Desche wer?«

»Kam als Oberster Gesandter des Plenums nach Kieselbucht. Hat zuerst den ganzen Tag Gericht gehalten und abends dann Hunderte auf seiner verfluchten Maschine geköpft. Hat dabei gegrient und gegluckst.«

»Was für 'ne Maschine?«

»Ach, mein lieber Lysander ... hast du das letzte Jahr unter einem Stein geschlafen?«

Lysander räusperte sich. »Äh... Nein. Sicher nicht. Aber ich war nicht hier. Also in Kernburgh. Ich war in Lagolle, Jør und Dalmanien unterwegs.«

»Will der Alte die Geschäfte ausbauen?«, fragte Blassmond. »Das wird nicht nötig sein, denke ich. Die Armee hebt ein Regiment nach dem anderen aus und alle brauchen Uniformen. Wir kommen mit den Lieferungen an Färbemitteln gar nicht mehr nach. Ich dachte, deswegen seist du hier?«

»Äh ... Nein. Ich sollte schauen, welche Farben benötigt werden und wo wir neue Märkte erschließen können. Man sagt, die Jører seien unglaublich wohlhabend.«

»Waren sie. Jetzt wohl nicht mehr«, sagte Blassmond.

Lysander schüttelte sich.

Er hob beide Hände und sagte: »Wupke, einen Moment bitte. Eins nach dem anderen. Welche Maschine? Warum ›waren sie‹ und wer ist dieser Desche Eisendings?«

»Eijeijei ...«, raunte Blassmond und wedelte mit der Hand. »Da haben wir aber viel nachzuholen, was? Nun gut.«

Er drehte sich auf seinem Sitz zur Tür.

»Folmer! Hol doch mal bitte den guten Wein aus dem Keller und bring uns drei Gläser mit.«

Er wandte sich wieder zu Gorm und Lysander.

»Dann will ich euch mal auf die Sprünge helfen.«

Am späten Abend lag Lysander mit brummendem Kopf und wirbelnden Gedanken in einem herrlich weichen Bett und starrte an die dunkle Decke.

Auf dem Boden unter dem Fenster schlief Gorm, eingewickelt in eine Pferdedecke. Der Hüne hatte versucht, in einem Bett in einem anderen Gästezimmer des Kontors zu schlafen, konnte es aber nicht. Zu ungewohnt waren die duftende Bettwäsche und die fluffige Matratze. Wie ein kleiner Junge hatte er mit unsicherem Blick vor Lysanders Tür gestanden, hatte leise geklopft und ihn gebeten, dass er unter dem Fenster schlafen dürfte.

›Süß‹, hatte Lysander gedacht und es schmunzelnd gestattet, ›auch ein ehemaliger Arenakämpfer und Steinbruch-Sklave braucht wohl etwas Zeit, um sich an die Vorzüge der Zivilisation zu gewöhnen‹.

Nun war ihm allerdings nicht mehr zum Schmunzeln.

Die Revolution, die er nur als Aufbegehren in den Gassen Hohenroths kannte, hatte die Nation ins Chaos und in den Krieg gegen die anderen Königreiche geführt.

Kein Wunder, dass die Hügel und Berge Jørs und Dalmaniens voller Soldaten gewesen waren.

Blassmond hatte ihm von Desche Eisenfleisch und dessen Wahnsinn erzählt, hatte berichtet, dass es in Neunbrücken noch viel schlimmer war als in Kieselbucht – Lysander weigerte sich, von der Stadt als ›Bluthafen‹ zu denken – und er hatte von einem jungen General erzählt, der für Aufsehen sorgte und der als Kriegsheld gefeiert wurde. Grimmfaust – vormals Grimmfausth. Als Nachtlektüre hatte er ihm dessen Essay mitgegeben, aber Lysanders Hirn war viel zu unruhig, um zu lesen.

War der Krieg bereits nach Blauheim gekommen?

Wie ging es seinem Vater? Wie ging es Dea und Piri? Waren sie wohlauf?

Er könnte sich nie verzeihen, wenn es ihnen übel ging und er ihnen wegen seiner Flucht nicht helfen konnte. Was hatte man seinem Vater über seine Flucht berichtet?

Wie ging es Vadeth und Qendrim, seinen Brüdern? War Qendrim schon gefallen? Oder kämpfte er an der Front? War der fromme Vadeth während der Unruhen in Neunbrücken umgekommen? Schließlich lebte er dort im Kloster neben dem Dom.

Und wo hatte er den Namen ›Grimmfaust‹ schon einmal gehört?

Lysander war schlecht und das lag nicht am Fisch.

Er kämpfte sich regelrecht in den Schlaf.

Früh am nächsten Morgen weckten ihn die lauten Geräusche von marschierenden Stiefeln.

Im Halbschlaf hatte er noch gedacht, dass Gorm die Möbel des Gästezimmers verrückte, aber dann konnte er den Lärm zuordnen: Soldaten trampelten aus dem Stadtzentrum Richtung Hafen.

Er stand auf und stellte sich neben Gorm, der sich seitlich hinter den Vorhängen hielt, ans Fenster.

»Hab noch nie so viele gesehen«, raunte Gorm.

In Fünferreihen marschierten die Kernburgher unter dem Fenster des Kontors vorbei. Reihe um Reihe. Lysander erkannte Schützen und Grenadiere. Es folgten Sechsspänner, die Kanonen jeden Kalibers vorbeizogen. Es waren Tausende.

Nach einer gefühlten Ewigkeit kamen die Reiter.

Späher, Dragoner, Kürassiere. Und vorne weg, umringt von weiteren Offizieren hoch zu Ross, sein Bruder.

Qendrim lebte also. Obwohl die Brüder nicht das beste Verhältnis hatten, freute er sich. Qendrim sah abgekämpft und müde aus – so wie der Rest der Armee –, aber er strahlte Souveränität aus und saß mit geradem Rücken auf einem kräftigen Rappen. Seine Uniform sah prächtig aus. Dunkelblauer Rock mit weißen Nähten und Säumen, Tressen und Troddeln, ein Kreuzbandelier aus weißem Leder vor der Brust.

Dazu der hohe, zylinderförmige Helm mit dem silbernen Stirnschild, auf dem gekreuzte Säbel erhaben glänzten.

Zu gerne hätte er aus dem Fenster gerufen.

Qendrim schaute nun auf das Schild über der Tür des Kontors, genau wie Lysander darauf geschaut hatte, als er selbst vor dem Haus gestanden hatte. Lysander zog sich hinter den Vorhang zurück.

Als sein Bruder am Haus vorbeigeritten war und Lysander nur noch seinen Rücken sehen konnte, trat er erneut ans Fenster und sah auf die Straße.

Reihe um Reihe der Kernburgher Kavallerie passierte das Kontor.

Eine weitere Gruppe höherer Offiziere kam in Sicht.

In ihrer Mitte ein schmaler, junger Offizier, der dank des aufwendigen Besatzes an seiner Uniform unschwer als Befehlshaber zu erkennen war. Dunkle, intelligente Augen in einem fein geschnittenen Gesicht, aus dessen Mitte eine auffällige Nase herausragte, darunter ein harter Mund. Dürfte kaum älter sein als ich, dachte Lysander. Und führt schon eine Armee.

Ob das dieser Grimmfaust ist?

Hinter den Offizieren folgte das Jägerregiment.

Tannengrüne Überröcke, weiße Hosen, hohe Stiefel. Alle zu Pferde, alle schwer bewaffnet.

Lysander spürte eine kalte Faust im Magen.

Wieder zog er sich hinter den Vorhang zurück.

»Wir können auf keinen Fall zum Hafen«, flüsterte er.

»Ja«, murmelte Gorm, »das sind zu viele.«

76

Lockwood lag bäuchlings auf einem der Schanzkörbe, die die Pioniere eilig in der Nacht aufgestellt hatten, und beobachtete die Mauern der Festung von Pradeshnawab.

In einiger Entfernung stieß das Feld vor ihm an den Graben, der die Festung umschloss. Der Graben war mit trübbraunem Wasser gefüllt, gespeist durch den breiten Fluss, der im Norden an der Mauer vorbeifloss. Nach dem Graben ragte ein flach aufgehäufter Erdwall, der Glacis, an die Wehranlage. Der Glacis erschwerte es den Kanonenkugeln, ihre volle Wirkung zu entfalten, da sie nicht auf eine gerade Wand, sondern auf einen abgeflachten Bogen trafen, zusätzlich schluckte die Erde die Wucht der Kugeln. Der Erdwall stieß an die sandfarbene Mauer. Sie war hoch genug, um ein Übersteigen nur mit Leitern möglich zu machen, und gleichzeitig flach genug, um so wenig wie möglich Angriffsfläche für Kanonenbeschuss zu bieten.

Von oben dürfte die Festung wie ein Stern aussehen, dachte Lockwood. Ein sehr detaillierter Stern mit mehreren Strahlenecken. Auf jeder dieser Ecken war eine Bastion mit Geschützplattformen und Schießscharten errichtet. Das machte es Kanonieren und Schützen leicht, aus mehreren Richtungen auf Angreifer zu schießen, sollten diese versuchen, die Mauern zu erklimmen.

Es gab zwei große Stadttore im Osten und Süden in der meterdicken Wand, deren Brücken über den Graben allerdings abgebaut waren. Mit dem Holz waren die Tore verstärkt worden.

Der Nawab hatte keine Kosten gescheut, eine wehrhafte, schwer zu bombardierende Anlage mitten auf eine riesige Grasfläche im Dschungel von Pradesh zu errichten. Eine harte Nuss, die es zu knacken galt.

Im Zentrum der Anlage konnte Lockwood den treppenförmig aufgebauten Tempel und Königspalast sehen. Dessen Außenwände leuchteten in Rosa, Maigrün, Himmelblau und Sonnengelb. Schmale farbige Streifen liefen horizontal über die Fassade, in der kleine und große, bogenförmige Fenster eingelassen waren. Auf dem Flachdach des Palastes erkannte Lockwood ameisengroße Silhouetten von Pradeshern, die die Northisler mit Ferngläsern beobachteten. Hin und wieder glitzerte eine Linse im Sonnenschein.

Der Nawab hatte nicht nur einen Sinn für spektakuläre Festungen, sondern generell für eindrucksvolle Architektur.

Leftwater schätzte die Stärke der Truppen des Nawab auf dreißigtausend.

Zusammen mit den Verstärkungen aus Praknacore führte Northisle fünfzigtausend ins Feld.

Wären da nicht die gewaltigen Mauern, der Sieg wäre nur reine Formsache.

Aber wie die Sache aussah, stand und fiel der Konflikt mit eben jenen Mauern.

Northisle war ohne Eile von Patam nach Pradeshnawab gereist. Wo sollte der Nawab mit seiner Armee auch hin als in seine Hauptstadt. Er musste alles daran setzen, sie zu halten, wenn er weiterhin Einfluss auf die Geschicke Topangue nehmen wollte.

Alles lief auf einen finalen Showdown hinaus.

Jeder Versuch, den Nawab auf diplomatischem Weg zur Kapitulation, zur Anerkennung Northisles als führende Macht, zur Unterwerfung und zur Herausgabe der Gefangenen zu bewegen, war vom Herrscher Pradeshs abgelehnt worden. Um die fremden Invasoren zu ärgern, unter den fadenscheinigsten Gründen. Mal ließ der Nawab vermelden, er wäre bei der Jagd und könnte unmöglich an Verhandlungen teilnehmen, mal verspottete er die Grauröcke und ihre Verbündeten, die seiner Stadt sowieso nichts würden anhaben können.

»Dieser Stadt können wir nichts anhaben«, raunte Apo neben ihm.

Lockwood sah weiter durch sein Fernrohr. »Meinst du?«, sagte er, ohne es abzusetzen.

»Ja, der Nawab hat die besten Baumeister des Kontinents mit Reichtümern überhäuft, um die am leichtesten zu verteidigende und die am schwersten anzugreifende Festung zu bauen, die die Welt je gesehen hat.«

»Hm«, machte Nat.

»Hm?«

»Ja, hm. Ich kann es nicht so recht glauben. Hast du dir unsere Armee angesehen?«

Apo zuckte mit den Schultern. »Ja, habe ich. Aber wenn sie nicht in die Stadt kommt, nützt sie nichts. Sie muss versorgt werden mit Schießpulver und Nahrung. Und wenn so viele zu lange im Dschungel verweilen, werden sich Krankheiten und Seuchen unter ihnen ausbreiten. Früher oder später werdet ihr abziehen müssen.«

Lockwood ließ sich vom Rand des Schanzkorbes nach unten gleiten, steckte sein Rohr zusammen und sah den Lahir an.

»Warum sagst du das jetzt erst? Nachdem wir uns durch zwanzigtausend Pradesher mit Tigern und Elefanten gekämpft haben?«

Wieder zuckte Apo mit den Schultern.

»Habe ich. Der General weiß es, Lieutenant General Halfglow weiß es.«

»Aber?«, fragte Lockwood.

»Wissen Sie es nicht, Saheb?«

»Weiß ich was nicht?«

Apo holte tief Luft. Nat schien es, als müsste er überlegen, ob er ihn einweihen, ihm das große Geheimnis verraten könnte.

»Vor vier Jahren war der General der Gefangene des Nawabs«, sagte Apo.

Lockwood verzog überrascht das Gesicht. »Ach was! Wie lange?«, fragte er.

»Drei Jahre.«

»WAS?!«, entfuhr es Nathaniel. »Drei verdammte Jahre?«

Der Lahir nickte.

»Der Nawab ist kein gnadenvoller Mann, Saheb. Er ist brutal und gemein.«

»Puh.« Lockwood nahm seinen Dreispitz vom Kopf und rieb sich durch die verschwitzten Haare. Er sank so weit hinunter, dass er auf seinen eigenen Fersen hockte. Er hatte oft mit Leftwater gesprochen, über Topangue und hatte sich von dessen Begeisterung über dieses Land anstecken lassen. Dass der immer noch begeistert war, nach drei Jahren als Gefangener des Nawabs, warf ein neues Licht auf Topangue, dachte er.

»Für den General ist es etwas Persönliches, Saheb.«

Nat atmete durch. »Wie sieht der Nawab überhaupt aus, Apo?«

»Oh, er ist ein kleiner Mann. Er ist etwas dick, hat kleine Äuglein, einen schmalen Bart an der Wange und über den dünnen Lippen. Er ist kräftig, hat aber kleine, zarte Hände und Füße. Er trägt gerne die feinsten Stoffe und hat eine große Sammlung an Kunstwerken und Jagdgewehren aller Art.«

»Du scheinst ihn gut zu kennen.«

Apo sah in den Himmel und biss sich auf die Zähne.

»Auch ich war einmal sein Gefangener«, sagte er.

»Ach was!«, entfuhr es Lockwood.

»Ja. Sieben Monate hat er mich gehalten, in einem Tigerkäfig oder am Fuß seines Throns als Ausstellungsstück. Er hat mir die Hände und den Kiefer brechen lassen, damit ich keine Magie wirken kann. Zum Schluss dachten sie, ich sei tot, also warfen sie mich in den Fluss.«

Lockwood wusste sofort, dass es noch viel mehr zu dieser Geschichte zu erzählen gab. Apos Gesichtszüge hatten sich verkrampft und seine Augenlider zuckten. Er war sich nicht sicher, dachte aber, dass Apos Hände kurz gezittert hatten.

»Dann ist es auch für dich etwas Persönliches, hm?«, fragte Nat den Lahir.

»Ja.«

»Davon musst du mir irgendwann einmal erzählen, wenn du kannst. Aber jetzt haben wir eine Festung einzunehmen.«

Die zehn Infanterieregimenter standen in einem Halbkreis auf dem Feld vor den Mauern. Hinter ihnen flogen die Kugeln der Artillerie aus Praknacore, trafen Graben, Glacis, manchmal auch die Mauer, oder flogen über die Zinnen hinaus, in die dahinterliegende Stadt.

Lockwood beobachtete die Einschläge. Wenn die sich nicht langsam besser einschießen, stehen wir in zehn Jahren noch hier, dachte er.

Aber bald würde das Kommando zum Vorrücken erklingen.

Dann würde das 32ste auf die Mauer und ihre Bastionen und Schießscharten marschieren, um den Vorstoß eines Trupps zu decken.

Der ›Trupp der vergebenen Hoffnung‹ bestand aus siebzig Soldaten. Topis und Northisler. Sie sollten einen der Lahiri in ihre Mitte nehmen und ihn nah genug an die Mauer bringen, damit dieser dort einen Zauber wirken konnte, der hoffentlich die Integrität des Steins beschädigte.

Lieutenant General Halfglow ritt heran. »Bereit, Colonel?«

»So bereit, wie man nur sein kann, Sir«, sagte Lockwood und salutierte. Zu gerne hätte er darum gebeten, der Artillerie noch etwas Zeit zu geben. Dadurch hätte man die Verteidigung erst einmal mit einer kleineren Einheit prüfen oder in der Nacht angreifen können. Doch die Befehlshaber schienen es eilig zu haben, nachdem der Monsun den Feldzug um drei Monate verzögert hatte.

Oder lag es daran, dass es etwas Persönliches war?

»Dann los!«, sagte Halfglow.

Lockwood gab den Trommlerjungen ein Zeichen.

Das 32ste setzte sich in Bewegung.

Schritt für Schritt näherten sie sich der Festung.

Mit jedem Schritt nahm der Beschuss von den Zinnen zu und mit jedem Schritt wurde er wirkungsvoller. Schon taumelten die ersten Grauröcke zu Boden.

Eine Kanone wurde auf der Bastion abgefeuert. Lockwood hörte den Knall, hörte das Herabsausen der Kugel. Vor den ersten Reihen traf sie auf den Boden und hob wieder ab. Hinter der vierten Reihe schlug sie ein und verwandelte eine Handvoll Soldaten in einen zuckenden Leiberhaufen. Ein Raunen lief durch die Soldaten des 32sten wie entrüsteter Protest. Schnell wurden die Linien geschlossen. Stoisch marschierten sie weiter.

Eine Musketenkugel sauste an Lockwood vorbei und traf den Mann zu seiner Rechten.

»Och …«, war das Letzte, was der Schütze sagte, dann fiel er auf den Rücken und blieb liegen. Nat sah ihm nach. Aus den Augenwinkeln sah er den nächsten fallen.

Noch waren sie gut achtzig Meter vom Graben entfernt und trotzdem fielen vereinzelt Grauröcke aus der Linie.

»Wusste nicht, dass die Pradeshs so gute Schützen sind«, murmelte Lockwood vor sich hin und schickte ein Stoßgebet hinauf zu Thapath. Schon die nächste Kugel könnte für ihn bestimmt sein. Auf der Zinne entdeckte er eine Gruppe der Feinde. Dort stand ein korpulenter Mann, der sich von anderen Flinten reichen ließ. Die Läufe der Waffen waren lang. Verdammt lang.

Der Mann legte an und schoss. Neben Nat stolperte ein Private zu Boden.

Umgehend bekam der Schütze auf der Zinne eine neue Flinte gereicht. Er legte an, ließ sich beim Zielen Zeit und schoss erneut. Wieder taumelte ein Graurock, hielt sich aber auf den Beinen.

Ein weiteres Mal bekam er eine Flinte gereicht.

Nat zeigte auf ihn und brüllte: »Konzentriertes Feuer auf Ein Uhr. Der dicke Mann!«

Die Soldaten in Hörweite stoppten abrupt, brachten ihre Musketen an die Schultern und drückten ab. Mit zusammengekniffenen Augen beobachtete Lockwood die Gruppe um den korpulenten Schützen. Einer derjenigen, die ihm Flinten reichten, brach zusammen. Der Rest der Gruppe ging hinter der Zinne in Deckung.

»Stonewall!«, brüllte Lockwood.

»Ja, Sir!«, kam die Antwort.

»Behalten Sie mir den dicken Kerl da im Auge. Sobald er die Nase wieder hebt, holen Sie ihn da runter!«

»Jawohl, Sir!«, brüllte der Sergeant.

Hoffentlich sind wir bald da, dachte Nat. Wenn das so weiter geht, schießen die uns fein zusammen.

Je näher sie der Mauer kamen, umso mehr Grauröcke blieben zurück. Verwundet oder tödlich getroffen. Die Reihen lichteten sich.

Als sie bis auf fünfzig Meter heran waren, stürmte der ›Trupp der vergebenen Hoffnung‹ vorwärts. Diejenigen, die es überlebten, würden mit doppeltem Sold und einer Extra-Ration Gin bedacht werden. Für manche der gemeinen Soldaten war das Grund genug, sich zu melden.

Das Krachen der Musketen der Feinde verdichtete sich.

»32stes, halt!«, rief Lockwood und seine Offiziere wiederholten das Kommando, damit es entlang der Reihen gehört werden konnte.

»Anlegen und Feuer!«

Während der Lahir herumfuchtelte und seinen Zauber aufsagte, versuchten ihm die Soldaten Luft zu verschaffen. Sie schossen auf die Zinnen mit ihren Verteidigern in einer Geschwindigkeit, die jeden Drill-Sergeant stolz gemacht hätte. Zwölf Sekunden zählte Lockwood zwischen den Salven.

Und es funktionierte.

Der Magus warf seine Hände nach vorn und auseinander.

In der Fassade der Mauer klaffte ein Riss. Putz purzelte den Glacis hinab und in den Graben. Einige Verteidiger verloren ihren Stand und taumelten zur Seite.

Der Magus wiederholte den Zauber.

Der Riss wurde breiter. Staubwolken lösten sich aus dem Mauerwerk und trieben im Wind davon, kleinere Steine bröselten hinab, größere Brocken klatschten in den Wassergraben.

Als der Lahir zum dritten Mal ansetzen wollte, kippte sein Kopf ruckartig zur Seite und er ging zu Boden. Die übrig gebliebenen Soldaten des Trupps verließen ihre Position und rannten zurück zu den Reihen des 32sten.

»Langsamer Rückzug!«, rief Lockwood.

Unter dem Beschuss von der Mauer zogen sie sich zurück.

Von zweitausendvierhundert schafften es zweitausendeinhundert aus der Reichweite der feindlichen Musketen.

Hoffentlich war es das wert gewesen, dachte Lockwood.

Leftwater und Halfglow standen hinter den Batterien und koordinierten das Artilleriefeuer. Die Geschütze der Armee aus Praknacore waren nicht mehr die modernsten und die Mannschaften und Kanoniere waren nicht ganz so effektiv wie

Northisler, aber im Lauf des Tages wuchs der Riss zu einer schmalen Bresche. Die Zinnen rechts und links waren eingestürzt. Der Glacis unterhalb war aufgeworfen von den zahlreichen Kanonenkugeln.

Lahir Apo und Lockwood standen etwas abseits und beobachteten die Fortschritte.

»Sieht doch ganz gut aus, Apo. Von wegen uneinnehmbar.«

»Nur durch eine Bresche fällt die Festung noch nicht. Sie werden sie verteidigen bis zum letzten Mann«, erwiderte Apo.

Lockwood lehnte sich an die Wand aus Sandsäcken, die die Kanonen vor gegnerischem Beschuss schützen sollten, und sah Apo an. »Du hast wirklich oft über die Probleme gesprochen, wie wäre es zur Abwechslung mal mit einer Lösung? Wie würdest du die Festung denn einnehmen?« Er verschränkte die Arme.

»Wenn sie fällt, dann nur von innen«, sagte der Lahir bestimmt.

»Und wie würdest du das anstellen?«, fragte Nat.

Apo überlegte. Nach einer Weile sagte er: »Der Nawab ist kein guter Herrscher. Es gibt einige in seinem Umfeld, die ihn lieber gestürzt sähen, Saheb. Das habe ich erlebt und gehört, während ich dort eingesperrt war. Es sollte möglich sein, jemanden zum Verrat zu ermutigen.«

»Dafür müsste man allerdings hinein, um mit diesem Jemand zu sprechen, nicht wahr?«

Apo bejahte.

»Und wer sollte das wohl sein?«, fragte Nat.

Apo zuckte mit den Schultern. »Ich werde darüber nachdenken, Saheb.« Damit drehte er sich um und ging in Richtung des Lagers der Topis.

Im Schutz der Nacht pirschten sich Leftwater, Lockwood und Apo in Begleitung einiger Grenadiere und Pioniere so weit sie es wagten an die schmale Bresche heran. Sie hatten ihre Säbel abgelegt, um sich nicht durch klirrende Waffen zu verraten, und liefen geduckt durch das Feld vor der Festung.

Auf den Zinnen brannten Feuerkörbe und Fackeln. Soldaten patrouillierten auf den Wehrgängen. Die Lücke in der Mauer war durch den Kanonenbeschuss auf eine Breite von fünf Metern vergrößert worden. Die entstandene Bresche war im Grunde ein Haufen Geröll, der sich von der oberen Kante des Glacis in den Graben erstreckte. Bei einem möglichen Angriff könnten sich die Soldaten nur mühsam durch den Schutt arbeiten, während sie von zwei Bastionen aus ins Kreuzfeuer genommen werden konnten. Auf beiden Bastionen erkannten die Offiziere die Silhouetten von Kanonen.

Die Pioniere hasteten durch die Dunkelheit und steckten Bambusstäbe, an deren Enden kleine bunte Wimpel befestigt waren, in den Boden. Die Fähnchen würden es den Angreifern erleichtern, sich zu orientieren, da so jede Einheit wusste, wann sie wo entlang zu laufen hatte.

»Das wird ein regelrechter Fleischwolf«, raunte Lockwood.

»Aber morgen werden wir es versuchen«, flüsterte Leftwater entschlossen. »Die Festung muss fallen!«

»Was ist, wenn wir noch einen weiteren Tag investierten, um wenigsten die beiden Kanonenstellungen zu zerstören?«

»Die Topis haben nicht mehr viel Munition dabei, Colonel. Sie reicht gerade mal, um einen Angriff zu unterstützen. Nein, wir greifen morgen an!«

»Aber …«, setzte Lockwood an.

»Kein Aber«, unterbrach Leftwater. »Übernehmen Sie die zweite Angriffswelle. Überlassen wir anderen Regimentern den Sturm. Nach gestern hat sich das 32ste sowieso eine Pause verdient.«

Sie schlichen zurück.

Als Lockwood die Artilleriestellung erreichte, sah er zurück zu den dunklen Mauern von Pradeshnawab. Apo war verschwunden.

Er blieb es auch am nächsten Morgen, während Lockwood den Vorbereitungen der anderen Regimenter zusah. Wieder einmal war ein ›Trupp der vergebenen Hoffnung‹ gebildet worden. Die siebzig Männer sollten als erste die Bresche erstürmen und den nachfolgenden Soldaten Platz verschaffen. Vier Regimenter standen bereit. Ein Pritschenwagen mit Maultiergespann lief langsam die Reihen der Infanteristen ab. Gin und Hartkekse wurden an die Soldaten verteilt. Die Schützen des 32sten würden mit weiteren Regimentern die zweite Welle bilden.

Das ist keine gute Idee, dachte Nathaniel. Die Verteidiger hatten eine ganze Nacht Zeit gehabt, die Verteidigung der Bresche zu organisieren. Bisher zeichneten sich zwar nur vereinzelte Silhouetten gegen die aufgehende Sonne auf den Zinnen ab, aber es stand außer Frage, dass die Mehrzahl der Soldaten des Nawabs auf einen Angriff der Grauröcke wartete. Lockwoods Herz war gleichermaßen erfüllt mit der Erleichterung, dass es seinem Regiment erspart bliebe, die Bereitschaft der Feinde zu prüfen, als auch mit der Sorge um die, denen diese Prüfung bevorstand.

Er klappte den Deckel seiner Taschenuhr auf. Es war noch früh, aber die vom Boden aufsteigende Feuchtigkeit und die damit verbundene Schwüle kündigte einen heißen Tag an. Der Tag würde in mehr als einer Hinsicht heiß werden, dachte er.

Nathaniels Blick folgte den Routen, die die Wimpel markierten.

Vierhundert Meter von der Batteriestellung bis zur Bresche. Das flache Terrain des Feldes ermöglichte es dem Feind, mit freiem Schussfeld auf die Grauröcke zu feuern. Zuerst wären sie in Reichweite der Kanonen, dann in Reichweite der Musketen. Der Graben folgte. Das Wasser in ihm stand bei einem Meter zwanzig, hatten die Pioniere gesagt, was hinderlich, aber nicht wirklich problematisch wäre. Zumindest der Wasserstand. Es würde den Angriff aber verzögern und somit den

Verteidigern mehr Zeit geben, sie aufs Korn zu nehmen. Die Schutthalde folgte. Abgebrochene, zerbröselte Mauersteine ergossen sich bis zum Graben, Kanonenkugeln lagen dazwischen. Auch hier wäre das Vorankommen nur langsam und beschwerlich möglich. Zu guter Letzt: die Bresche selbst. Hier lag das Tor zum Jenseits, dachte Nat. Für die Angreifer war das der Flaschenhals, den sie passieren mussten, um das Innere der Festung zu erreichen. Hier würde sich das Feuer konzentrieren.

Ein Schweißtropfen lief seine Wirbelsäule herunter und gleichzeitig schauderte es ihn.

Heiß und kalt.

Möge Apoth seine schützende Hand über ihnen ausbreiten!

Der ›Trupp der vergebenen Hoffnung‹ machte sich auf. Sie verschwanden im Schützengraben, der in einer Zick-Zack-Linie bis auf einhundert Meter an die Festung führte.

Einhundert Meter ...

Die anderen vier Regimenter brachten sich in Formation.

Von der Ostseite schallte das Signal einer Trompete herüber. Die Kavallerie der Topis würde einen Angriff auf das Osttor starten, um die Verteidiger zu beschäftigen, und hoffentlich viele von ihnen von der Westseite fernhalten.

Lockwood spürte seinen Puls schneller werden. Er marschierte nicht mit, aber er konnte mit jedem Schützen mitfühlen, der einen Stiefel vor den anderen setzte, um sich einer Wand zu nähern, an deren Fuß er möglicherweise starb – sofern er den Fuß überhaupt erreichte.

»Colonel!«

Ein Reiter reichte ihm eine in Leder gewickelte Depesche. Die letzten Befehle vor der Schlacht. Dem 32sten käme die Aufgabe zuteil, hinter der ersten Welle zum Palast vorzurücken, um ihn zu sichern. Sofern der Angriff glückte, könnte man die eigenen Truppen nur mit Mühe davon abgehalten, zu plündern, zu brandschatzen oder Zivilisten zu morden. Da die Company plante, einen gefügigen Herrscher zu benennen, war es ratsam, ihn nicht zum König über tausend Leichen in einem bis auf die Grundmauern geschliffenen Königreich zu erklären.

Lockwood unterschrieb den Befehl und gab ihn dem Reiter zurück. Der salutierte, wendete sein Pferd und preschte zum Stab davon.

»Was gibt's?«, raunte Stonewalls tiefe Stimme neben ihm.

»Wir sichern den Palast, Sergeant. Sobald unsere Jungs drin sind.«

»Sie meinen ›wenn‹ unsere Jungs drin sind ...«

Ja, wenn ...

Die Trommler gaben das Signal.

Lieutenant General Halfglow ritt hinter den ersten Reihen der nun vorrückenden Schützen, über deren Köpfe hinweg die Artillerie feuerte.

Der Sturm auf Pradeshnawab hatte begonnen.

Hundert Meter vor der Bresche begann die Schlacht.

Von den Bastionen schossen Kanonen. Ihre Kugel rissen die Reihen der Grauröcke auseinander. Es knackte wie feuchtes Holz im Kamin, als die Verteidiger von den Zinnen das Feuer aus Musketen eröffneten. Graurock um Graurock ging zu Boden. Sechzig Meter vor der Mauer feuerten sie endlich zurück. Vor den Reihen der Regimenter stiegen Rauchwolken auf. Wie Hagelkörner knallten die Kugeln auf die Zinnen. Einige Pradesher taumelten außer Sicht.

Das Himmelfahrtskommando stürmte brüllend aus dem Schützengraben. Sie rannten sich die Seele aus dem Leib, um die Bresche zu erreichen.

Die meisten fielen. Nur ein Dutzend schaffte es bis an die Schutthalde. Ein Grenadier erstieg den Hang als erster. Es gelang ihm, noch die Axt zu heben, dann brach er zusammen. Nur wenige kamen ihm nach.

Hinter der Bresche stieg Rauch zum Himmel. Nat sah grüne Krieger auf dem Kamm der Geröllhalde. Sie schlugen wie Wahnsinnige auf die Angreifer ein. Als alle erledigt waren, trieben sie die Salven der nachrückenden Grauröcke in die Deckung zurück.

Nun hatte das erste Regiment den Hang erreicht. Sie wateten durch den Graben und durch einen wahren Sturm aus Kugeln. Hunderte fielen.

»Verfluchter Bekter«, murmelte Sergeant Stonewall. »Was bin ich froh, dass das nicht wir sind.«

Lockwood wollte ihm zustimmen, aber es erschien ihm nicht richtig zu sein. Mit mahlendem Gebiss starrte er auf den Angriff. Es starben einfach zu viele.

Jetzt aber schien es, als fassten die Grauröcke auf dem Kamm der Halde Tritt. Dicht an dicht drängten die grauen Uniformen durch die schmale Bresche.

»Das 32ste macht sich bereit!«, rief Nat.

Die Reihen des zweiten Regiments erreichten den Fuß des Hanges.

Mit kollektiver Wucht würde es gelingen, die Festung zu erstürmen. Die schiere Masse an Angreifern musste es ermöglichen, hoffte er.

»Das 32ste marschiert!«, rief Nat.

Gerade als sie den ersten Schritt machten, explodierte die Bresche.

Ein gigantischer Feuerball stieg auf. Steine und Leiber, Staub und Fetzen, flogen in alle Richtungen. Ein ohrenbetäubendes Grollen raste über das Feld und Lockwood spürte den Luftzug der Druckwelle.

»Bei Bekter ...«, hauchte Stonewall.

Da, wo vorher noch Hunderte Grauröcke den Hang hinauf und in die Bresche hinein gestürmt waren, klaffte ein großer, geschwärzter Krater. Teile der Mauer kollerten in die Lücke. Eine riesige Rauchwolke wehte über den qualmenden Überresten der zwei Regimenter. Es prasselte wie der Regen im Monsun, als Steine und zu Kieseln zerborstener Granit auf die Felder niederging.

»Sie haben die Bresche in der Nacht vermint«, stellte Lockwood erschüttert fest.

»Heilige Scheiße!«, fluchte der Sergeant.

Der Angriff Northisles kam zum Halt, als die Schützen der nachrückenden Regimenter fassungslos zu begreifen versuchten, was geschehen war.

Trommler und Trompeter gaben das Zeichen zum Rückzug.

Nat glotzte kreidebleich vor sich hin.

Aus dem Rauch lösten sich vereinzelte, dreckige Schützen mit schockgeweiteten Augen und blutenden Ohren. Ihre Hosenbeine waren nass vom Durchqueren des Grabens, ihre Uniformen staubbedeckt. Sie stützten sich gegenseitig, um sich in die Sicherheit der wartenden Regimenter zu bringen. Andere humpelten, krochen oder taumelten. Einigen fehlten gar Körperteile, was sie in ihrer Panik kaum wahrnahmen. Es waren viel zu wenige, die den Sturm überlebt hatten, dachte Nat erschüttert.

Hinter der Mauer der Festung grölten die Verteidiger. Was sie sagten, konnte er nicht verstehen, aber in seinen Ohren klang es wie Spott und Häme.

DIE BELAGERUNG VON PRADESHNAWAB

77

Keno stand am Bug der ›Sonnenfahrer‹ und dachte über den geheimen Brief nach, den er kurz vor der Abfahrt in Kieselbucht – oder Bluthafen, wie es jetzt genannt wurde – erhalten hatte … Unsäglicher Name …

Der ›Sonnenfahrer‹ schipperte an der Spitze einer mächtigen Kolonne Richtung Valle und von dort weiter nach Gartagén.

Hinter dem Dreimaster pflügten weitere zwölf Segelschiffe in seiner Kiellinie durch das Meer. Zusammen bildeten sie die Keilformation, in deren Zentrum zweihundertachtzig Handels- und Transportschiffe insgesamt achtundzwanzigtausend Infanteristen, zweitausendachthundert Kavalleristen nebst Tieren, sechzig Feldgeschütze und vierzig Belagerungsgeschütze beförderten. Den Abschluss des Konvois bildeten vier Fregatten und einige kleinere Kanonenboote. Auf halber Strecke sollten zum Geleitschutz noch weitere zweiundzwanzig Schiffe hinzustoßen.

Aber es war nicht nur Militär an der Expedition nach Gartagén beteiligt. Einhundertfünfzig Wissenschaftler, Forscher und Künstler reisten mit der Armee.

Alles in allem war diese Expedition eine logistische Meisterleistung und die Mission war klar formuliert: Gartagén besetzen, die dortigen Herrscher gefügig machen oder durch kernburghtreue Marionetten ersetzen – und dafür sorgen, dass die Meerenge zwischen den Kontinenten für Northisle unpassierbar wurde, damit den Feinden so der Handel mit Topangue und Gartagén nicht mehr möglich war.

Keno hatte während des letzten Jahres Dalmanien in einen Friedensvertrag gebracht, Jør unterworfen und Lagolle einen herben Dämpfer verpasst. Dazu kam Northisles Niederlage in Kieselbucht, oder vielmehr Blut… Ach, drauf geschissen, dachte Keno.

Es bleibt bei Kieselbucht!

Keine Ahnung, was sich der verrückte Fleischer dabei gedacht hatte!

Unter anderem mit dieser Frage hatte der Brief begonnen.

Ein Brief des Justizministers an ihn.

Lüder Silbertrunkh persönlich hatte ihm geschrieben. Der Minister galt als der Kopf der gemäßigten Revolutionäre, die im Streit mit den hemmungslosen Berserkern um Desche Eisenfleisch standen. Eben jener Silbertrunkh hatte Keno von seinen Hoffnungen berichtet, die dieser mit der Expedition nach Gartagén verband: Ein schneller Erfolg, ein glorreicher Sieg – das würde Kenos Bekanntheit und Ruhm ins Unermessliche steigern. Schon jetzt nannten ihn die Zeitungen ›den Unbesiegbaren‹. Das Volk sehnte sich nach Erfolgen und Idolen. Nach Jahren der

Gewalt – und im Grunde auch eines zermürbenden Bürgerkrieges – lieferte der junge Grimmfaust die Geschichten, die es hören wollte. Geschichten vom Triumph Kernburghs.

Er würde wie ein antiker Held in Neunbrücken empfangen werden, schrieb Silbertrunkh. Wenn er sodann nach einem politischen Amt strebe, wäre ihm der Rückhalt des Volkes und der Gemäßigten gewiss.

Auf der Welle dieses Erfolges könnte es gelingen, den irren Fleischer bloß- und kaltzustellen. Damit fände die Zeit des Terrors mit den willkürlichen Hinrichtungen ein Ende.

Keno rollte mit den Schultern, um zu prüfen, ob sie das Gewicht des Schicksals der Nation schon spürten.

Er hatte oft verurteilt, wie weit die Revolutionäre gegangen waren, und davor mit dem Monarchen und seinen Entscheidungen gehadert. Jetzt bot sich ihm vielleicht die Gelegenheit, es richtig zu machen.

Aber war er wirklich für das Amt eines Politikers geschaffen?

Siebenhundertfünfzig Abgeordnete salbaderten den lieben langen Tag und hangelten sich von Kompromiss zu Kompromiss. Die Interessenlagen waren alles andere als uneigennützig oder gar wahrhaftig im Dienst der Nation. Vielmehr ging es um persönlichen Aufstieg, Pfründe und Gemauschel. Dabei zeigte sich der Feind selten in den Farben eines anderen Reiches und so klar wie auf einem Schlachtfeld war es nie. Es wurde intrigiert, betrogen und hintergangen.

Hatte er dafür die Nerven?

Stellte sich die Frage überhaupt?

Wenn er der Nation auf dem Feld dienen konnte, dann konnte er ihr auch in einem Konvent dienen, oder?

Als er in Torgoth gekämpft hatte, war seine Welt auf die Batterie konzentriert, der er zugeteilt war. Später erlangte er die größere Perspektive eines Befehlshabers. Zuerst aus einem Kirchturm, dann auf einer Landkarte und schließlich vom Kamm eines Hügels.

Wäre ein politisches Amt nicht die logische Steigerung?

Die Übersicht über das ganz große Bild.

Aber könnte er es überhaupt vor lauter Ellbogen der anderen sehen?

Er brauchte Verbündete und Seilschaften, um als Politiker erfolgreich sein zu können. Als General hatte er es einfacher. Da vorn der Feind, Taktik ausarbeiten, handeln. Den Gegner ausmanövrieren wie bei einer guten Partie Lamant.

Könnte er auf dieses berauschende Kriegsspiel verzichten?

Kernburgh wäre ihm dieses Opfer wert.

Und mit Sicherheit wären die Betten in Neunbrücken bequemer.

Und da war ja noch Frau Dünnstrumpf ...

Die Kontur von Valle erschien vor ihm am Horizont.

Oberst Starkhals stellte sich neben ihn an die Reling.

Gemeinsam schauten sie zu, wie die Insel langsam näher kam und dabei immer mehr Details offenbarte.

Die knapp zweihundert Quadratkilometer große Insel war Sitz der ›Ritter Thapaths‹. Im Vierten Zeitalter hatte der Ritterorden gegen die Herrscher in Gartagén und die Kriegsherren im Ödland gekämpft. Seit geraumer Zeit schwand aber der Einfluss auf das Weltgeschehen. Der angestaubte Orden wurde von der Gegenwart eingeholt und war nurmehr ein Anachronismus, der in glorreicher Vergangenheit schwelgte.

Solange die Ritter auf ihrer Insel blieben, waren sie in keiner Weise relevant für Kernburgh. Man ließ sie einfach dort und nutzte Valle als Hafen, um Frischwasser und Proviant aufzunehmen und um so schnell wie möglich wieder weiter zu segeln. Dass Valle nach der Rückeroberung von Kieselbucht den Northislern erlaubt hatte, eben dies zu tun und noch dazu den Royalisten Asyl gewährt hatte, änderte die Sachlage allerdings.

General Grimmfaust wurde die ›ehrenhafte‹ Aufgabe zuteil, den Orden zur Räson zu bringen. ›Ehrenhaft‹, weil nur noch dreihundert alte Ritter ihren Lebensabend auf der Insel verbrachten, weil sich die Wehranlagen in ruinösem Zustand befanden, weil die Kanonen veraltet und nur noch hin und wieder lackiert wurden, um neu auszusehen, weil die Bevölkerung Valles gerade einmal sechshundert Seelen zählte, die vom Soldatenhandwerk keine Ahnung hatten – und weil Kernburgh mit dreißigtausend auf dem Weg nach Gartagén war.

Im Stillen hoffte Keno, dass die Ritter es ebenso sahen wie er:

Würde Valle sich gegen Kernburgh in Stellung bringen, wäre es wie ein Kampf zwischen einem neunzigjährigen Greis ohne Arme und einem zwanzigjährigen Schwertkämpfer.

»Hm …«, grummelte Starkhals.

»Hm?«, raunte Keno.

»Denen eine zu verpassen wäre Leichenschändung«, sagte Toke.

So könnte man es wahrlich nennen, dachte Keno. Er stieß sich von der Reling ab und sagte: »Hoffen wir, dass die das auch so sehen.«

Der Infanterist spuckte ins Meer und sog an seiner Pfeife. Dann sagte er: »Es wäre eher lästig als ärgerlich, nicht wahr?«

»Ja, das wäre es.«

Am Morgen des nächsten Tages stand Keno am Kai und sah zu, wie Hunderte Kieselbuchter Bürger in bereitgestellte Transportschiffe verladen wurden. Soldaten bildeten eine Gasse für den Strom der Königstreuen, die mit gesenkten Häuptern die Planken entlang schlichen. Der Horizont hinter dem kleinen Hafen von Valle war gespickt mit den Schiffen der Flotte.

»Was geschieht mit ihnen?«, fragte ihn der Großmeister des Ordens, ein neunzigjähriger Greis mit Armen. Der knochige Körper des Mannes steckte in einem übergroßen Kettenhemd und einem fadenscheinigen Waffenrock, der die Waage Thapaths zeigte.

»Ganz ehrlich, Meister Feuerbach, ich weiß es nicht«, antwortete Keno. »Ich kann nur hoffen, dass der Konvent milde urteilen wird.«

Unter den Gefangenen waren ganze Familien, Kinder, Alte – normale Bürger eben. Mit Schaudern dachte Keno an die Erschießungen im Hafen zurück. Er würde Silbertrunkh einen Brief schreiben, um sich für sie einzusetzen.

»So milde wie Ihr, General?«, fragte der Großmeister mit gerunzelter Stirn.

Keno sah dem alten Ritter in die Augen, die tief in dessen Schädel saßen und unter den buschigen, grauen Augenbrauen nur schwer zu erkennen waren, wenn da nicht das Glitzern in ihnen gewesen wäre. Der Mann mochte alt sein wie die Zeit, aber er versprühte eine Würde, die Keno Respekt abforderte.

»Ich bin froh, dass es nicht zu einem Gefecht gekommen ist, Meister Feuerbach. Froh und erleichtert«, sagte Keno – und er meinte es so.

»Als wir erfuhren, dass der Unbesiegbare nach Valle segelt, haben wir auf jedem verfügbaren Schiff Flüchtlinge fortgeschafft, um wenigstens einige der Rache Kernburghs vorzuenthalten, wisst Ihr? Selbst auf die Gefahr hin, damit Euren Unmut zu erregen.«

»Ich hätte dasselbe getan, Meister Feuerbach.«

Überrascht zog der alte Ritter die Augenbrauen hoch. »Ach ja?«

»Ja«, sagte Keno. »Ohne König spielt es kaum eine Rolle, ob jemand königstreu ist oder nicht. Was nützt es da, sie zu erschießen.«

Der Großmeister lachte trocken. »Das stimmt wohl. Aber bleibt es dann nicht eine Gefahr im Inneren?«

»Die nur relevant wird, wenn es den anderen Reichen gelingt, Kernburgh in die Knie zu zwingen und uns einen neuen König vor die Nasen zu setzen.«

»Und dass das nicht passiert ... dafür sorgt der Unbesiegbare.« Wieder lachte der Ritter.

Keno musste schmunzeln. Was für ein lächerlicher Spitzname.

»So gut er eben kann«, sagte er. »So gut er eben kann.«

78

Colonel Lockwood stürzte den Gin in einem kleinen Blechbecher hinunter und stopfte sich den Keks in den Mund. Sein Puls dröhnte in seinen Ohren und seine Kaumuskeln zuckten unkontrollierbar.

Sergeant Stonewall neben ihm ließ seinen Drink im Mund hin und her schwappen, warf den Kopf in den Nacken und atmete geräuschvoll aus.

»Dafür wurde ich geboren, Colonel«, sagte er.

Als Lockwood ihm antwortete, sprühte ein Hagel trockener Kekskrümel über seine Lippen. »Um auf eine Bresche, gespickt mit gespitzten Bambusrohren, unter Feuer von eintausend Wilden, zuzulaufen und im Dreck eines fernen Landes zu verrecken?«

Stonewall lachte auf.

»Ja, genau.« Er tat ein paar schnelle Sprünge, dann schlug er sich mit flacher Hand ins Gesicht. Wie der Bareknuckle-Boxer vor dem Kampf, den Lockwood einmal in Turnpike gesehen hatte.

Verrückter Kerl.

Nat zwang sich zur Ruhe. Auch heute bliebe dem 32sten das übelste Kreuzfeuer erspart, denn an ihren Befehlen hatte sich nichts geändert: Hinter der ersten Welle in die Festung vorstoßen und Palast und Tempel sichern.

Er bückte sich, um das weiße Kreuzbandelier aufzuheben, und erschrak, als plötzlich, wie ein Geist, Apo hinter seinem Zelt hervortrat. Er hatte ihn seit dem nächtlichen Exkurs nicht mehr gesehen und sich schon gefragt, ob der Lahir getürmt sei.

»Apo! Hast du mich erschreckt!«

»Entschuldigung, Saheb«, sagte Apo kleinlaut.

Nat winkte ab.

»Ach was. Ich bin froh, dass du da bist. Wo bist du gewesen, Mann?«

Mit verschwörerischem Gesichtsausdruck trat der Lahir näher an ihn heran.

»Ich brauche Ihre Hilfe, Saheb.«

»Wobei?«

Apo flüsterte. Lockwood konnte die Überraschung nicht verbergen.

»General, Sie kennen Apo Lahir«, stellte Nathaniel fest.

Leftwater grunzte zu Bestätigung.

»Apo, erzähle dem General, was du mir erzählt hast!«

Apo trat vor und räusperte sich.

»Ich bin durch das Wassertor der nördlichen Mauer in die Festung geschlichen.«

Leftwaters Stuhl knarzte, als er sich in die Lehne drückte. Er verschränkte die Arme vor der Brust und sah den Lahir mit gerunzelter Stirn an. Halfglow machte einen Schritt und beugte gespannt die Schultern nach vorn.

»Ein Wassertor?«, sagte er. »Können wir da durch?«

Apo schüttelte den Kopf. »Immer nur ein Mann und er muss lange tauchen.«

»Verdammt«, hauchte Halfglow.

»Aber darum geht es nicht«, sagte Lockwood. »Hören Sie zu!«

»Wie Sie wissen, war auch ich einst Gefangener des Nawabs«, fuhr Apo fort. »Genau wie Sie, General. Erinnern Sie sich an Tupir Sengh?«

Leftwater verzog das Gesicht, als hätte er sich einen Splitter in den nackten Fuß gelaufen. »Den Minister?«

»Ja, genau den.«

»Ich erinnere mich, ja. Er war der Einzige, der dem Nawab hin und wieder die Stirn bieten durfte, ohne den Tigern vorgeworfen zu werden.«

Apo nickte begeistert. »Der Minister war seinem Herrscher gegenüber immer schon kritisch eingestellt, das konnte ich damals schon erkennen.«

»Was auch wirklich nicht schwer ist …«, murmelte Leftwater.

»Jedenfalls habe ich mich gestern mit ihm getroffen.«

Die versammelten Offiziere sahen überrascht auf. Lockwood lächelte. So hatte er auch geschaut, als Apo ihm das erzählt hatte. Er konnte sich nicht mehr zurückhalten. »Wir müssen den Angriff verschieben, Gentlemen!«, rief er begeistert und erntete fragende Blicke.

»Minister Sengh wird um die Mittagsstunde viele der Posten auf der Westseite abziehen. Es ist die heißeste Stunde des Tages, die Stunde in der normalerweise jeder Pradesh Unterschlupf und Schatten sucht«, sagte Lockwood.

»Und damit die Bresche unbewacht lassen?«, fragte Halfglow ungläubig.

»Nein«, sagte Nat. »Das ließe der Nawab nicht zu. Aber er wird auch den Sold der Soldaten auszahlen. Er wird dafür sorgen, dass weniger Männer an der Bresche Wache halten werden.«

Die führenden Offiziere sahen sich an.

Leftwater fuhr sich über den Schnäuzer.

»Die Idee ist gut«, murmelte er. »Allerdings stehen die Regimenter schon bereit. Wie sähe es aus, wenn wir sie nun abziehen? Würde der Nawab nicht eine Finte vermuten?«

Halfglow kratze sich am Kinn. »Das ist wahr.«

Lockwood sah zwischen ihnen hin und her. Würden die beiden diese Gelegenheit ungenutzt verstreichen lassen? Wie viele Leben der Soldaten könnten verschont bleiben, wenn sie den Angriff nur um einige Stunden verzögerten?

Er sendete ein stummes Gebet zu Thapath und bat um Erleuchtung seiner Vorgesetzten.

Sie überlegten und grübelten.

»Was erwartet er dafür?«, fragte Leftwater schließlich.

»Den Thron nach dem Sturz des Nawabs«, sagte Apo.

Lockwood trat vor. »Und dafür müssten unsere Verbündeten aus Praknacore nur so tun, als zögen sie ab! Dann wäre es doch klar, dass wir den Angriff unterbrechen, um uns neu aufzustellen!«

Die Hitze machte das Atmen schwer. Wie ein nasser, heißer Lappen legte sie sich über die Northisler. Eine knisternde Spannung lag über dem Lager der Armee. Der General öffnete seine Taschenuhr. Mittag.

»Es hat funktioniert«, raunte Halfglow, während er durch sein Fernrohr die Zinnen beobachtete.

Leftwater atmete tief ein und ließ seinen Blick über die in der Sonne sitzenden Infanteristen schweifen. Viele der Schützen würden heute Abend nicht in der Lage sein, den Sieg zu feiern. Aber, so Thapath will, deutlich mehr, als hätten sie früher angegriffen.

»Dann mal los, Gentlemen«, raunte er. »Schnelles Vorrücken ohne Signal.«

Das 69ste Hochländer-Regiment setzte sich in Bewegung.

Lockwood konnte vor Spannung kaum ruhig stehen bleiben. Ein Regiment im Eilschritt, das ohne Kriegsschreie und Getöse auf die Stellung des Feindes zustürmte, war schon eine beinahe surreale Sache. Das 70ste machte sich ebenfalls auf den Weg.

»Das 32ste wird mit der dritten Welle nachfolgen, Colonel. Halten Sie sich zuerst an der Westseite nach Norden, von dort stoßen Sie dann vor zum Palast. Sobald Sie den gesichert haben, nehmen Sie sich den Tempel vor!«, befahl Leftwater.

»Ja, Sir!«

Die ersten Hochländer stürmten ungeachtet des spärlichen Feuers von den Zinnen voran. Die Bresche musste schnell erobert werden. Als sie bis auf dreißig Meter heran waren, fielen die ersten neben den grausigen Überresten der am Vortag Gefallenen zu Boden. Die wenigen Verteidiger taten ihr bestes, aber es war längst nicht mehr der ›Fleischwolf‹ des vergangenen Tages, in dem Hunderte den Tod gefunden hatten.

Lockwood hob den Säbel und zeigte mit ihm zur Festung.

»Das 32ste marschiert!«, rief er.

Die Hochländer kämpften sich durch die Bresche die Wehrgänge hinauf. Das 69ste hielt sich links, das 70ste rechts. Die beiden nachfolgenden Regimenter erkletterten in einem wilden Pulk aus grauen Uniformen auf schwarzem Stein die immer noch rauchende Geröllhalde. Alarmrufe und aufgeregte Schreie ertönten hinter der Mauer.

Das 32ste stieß auf wenig Widerstand, als es sich die Westmauer entlang nach Norden kämpfte. Nur vereinzelt suchten Feinde den Kampf, der im koordinierten Feuer der gut gedrillten Schützen schnell beigelegt war. Erst als sie die Nordseite erreichten, wurden die Kämpfe heftiger. Zuerst stürmte eine Horde laut brüllender Derwische auf sie zu. Als Nächstes rannten ihnen die gefürchteten Tigerbändiger mit ihren Raubkatzen entgegen und dann brachen auch die ersten Grauröcke zusammen, als sie von dem korpulenten Kerl beschossen wurden. Vor Lockwood kämpften die Soldaten mit Bajonetten gegen die heranstürmenden Fußtruppen. Oben auf der Mauer stand der Scharfschütze und pickte sich willkürlich Grauröcke heraus. Er konnte zwar immer nur einzelne aufs Korn nehmen, aber mit jedem Schuss sank ein Schütze zu Boden. Nat stand hinter einer beigen Hausecke in Deckung und ein Teil seines Gehirns zählte bei jedem Treffer mit. Mit zweitausendeinhundert waren sie in die Festung gedrungen, dreizehn hatte der Mann mit seinen langen Jagdwaffen schon getroffen.

Apo lugte ebenfalls um die Ecke. »Das ist der Nawab!«, rief er.

Nathaniel wischte sich den Schweiß aus der Stirn. Sie standen dem Herrscher von Pradesh gegenüber. Kein Wunder, dass sie auf Widerstand gestoßen waren. Er packte einen Schützen an der Schulter und zog ihn zu sich heran.

»Laufen Sie zum Kommandanten des 69sten. Sie müssen zu uns umschwenken, damit wir den Nawab und seine Truppen in die Zange nehmen können!«

In der Gasse zwischen Festungsmauer und Hauswänden entbrannte ein wilder Nahkampf. Immer mehr Pradesher stürmten aus Seitenstraßen, aus Hauseingängen und warfen sich in den Kampf. Lockwood sah Stonewall, der mit seiner Muskete auf die Angreifer eindrosch. Dafür sollte er also geboren sein?

Die zweitausend Grauröcke verstopften die Gasse und behinderten sich gegenseitig.

Ich muss Ordnung in dieses Chaos bringen, dachte er. Jetzt. Er trat aus der Deckung und hob den Säbel. »Zweites Bataillon: Gefechtsreihe!«, brüllte er. Eine Kugel pfiff an seinem Kopf vorbei.

Gut die Hälfte der Männer bezogen in ordentlicher Aufstellung Position, die andere Hälfte befand sich weiterhin im Nahkampf.

»Zweites Bataillon: anlegen!«

Die vordersten Reihen hoben die Waffen.

»Erstes Bataillon: zurück!!!« Er brüllte so laut er konnte und wiederholte den Ruf einige Male. Es dauerte quälend lange Sekunden, bis sich der Befehl seinen Weg durch das Getümmel in die Ohren der Soldaten bahnte, doch immer mehr Grauröcke lösten sich aus dem Nahkampf und wichen Meter um Meter zurück.

»Feuer nach eigenem Ermessen!«, rief Lockwood der feuerbereiten Reihe zu. Einzelne Schüsse krachten und warfen Angreifer zurück. Während die einen nachluden, übernahmen andere ihre Position. Das erste Bataillon schlüpfte nach hinten an den Kameraden des zweiten vorbei. Langsam kristallisierte sich die von Lockwood erhoffte Ordnung heraus. Den Feinden wurde nun nur noch eine Wand aus Bajonetten präsentiert, die auf sie schoss.

»Stellung halten!«, rief Lockwood. »Stonewall, zu mir!«

Der Sergeant war verschwitzt und blutbespritzt, aber seine Augen leuchteten begeistert.

»Holen Sie mir den Scharfschützen da runter!«, befahl Lockwood grimmig.

Stonewall kniff die Augen zusammen und suchte den Wehrgang nach der Gestalt ab, auf die sein Colonel zeigte.

»Sehen Sie ihn?«, fragte Nat.

»Ja, Sir, ich sehe ihn.« Stonewall sah sich suchend um.

Er lief zu einem Schützen, der hinter der Frontlinie beide Hände auf die Knie gestützt hatte und schwer atmend nach Luft rang.

»Carson, gib mir deine Büchse, meine ist verdreckt!«

Schnaufend ließ der Mann den Schulterriemen von seinem Rücken gleiten. Stonewall schnappte sich die Muskete. Schnell prüfte er die Ladung und legte an.

Lockwood sah gespannt zur Mauer. In aller Seelenruhe ließ sich der Kerl eine Flinte nach der anderen anreichen und entlud sie auf die immer noch kämpfenden Grauröcke.

»Mach schon!«, flüsterte er.

Der Schuss krachte.

Zuerst dachte Lockwood, sein raubeiniger Sergeant hätte den Scharfschützen verfehlt. Dann taumelte der, sank auf ein Knie.

Eine Flinte fiel ihm aus der Hand.

»Das sind locker einhundertfünfzig Meter!«, rief Stonewall freudig.

»Sehr gut, Sergeant!«, lobte Lockwood.

Der Mann auf der Mauer wurde von seinen Leuten umringt. Er versuchte, auf die Beine zu kommen. Sie versuchten, ihn zu stützen. Er wankte einen Schritt nach vorn, dann fiel er vom Wehrgang in die Tiefe, wobei er einen Diener mit sich riss.

Apo rannte los. Auf die Frontlinie zu.

»Warte!«, rief Nat. Doch es war zu spät. Apos weiße Uniform verschwand zwischen den grauen.

»Eigensinnig, so'n Karamell, was?«, lachte Sergeant Stonewall.

Ärgerlich sah ihn Lockwood an. »Bei Thapath! Wie können Sie in der einen Sekunde eine Heldentat vollbringen und mich in der nächsten so unfassbar wütend machen?! Waschen Sie sich dieses ›Karamell‹ aus Ihrem Drecksmaul!«

Stonewall zuckte zusammen, als hätte Nat ihn geohrfeigt.

»Zweites Bataillon vorwärts!«, brüllte Lockwood.

Nachdem der Nawab gefallen war, brach der Widerstand zusammen.

Leftwater, Lockwood und Apo standen um den zerschmetterten Leichnam des Nawabs und sahen auf ihn herab, während Halfglow mit dem Ersten Minister zusammensaß, um dessen Belohnung für den Verrat an seinem Herrscher auszuhandeln.

Pradeshnawab war eingenommen.

»Und Sie sagen, es war Sergeant Stonewall, der ihn erschossen hat?«, fragte Leftwater.

»Ja, Sir«, bestätigte Nat.

Der General kniete nieder und sah seinem früheren Peiniger ins blutüberströmte Gesicht.

Die Kugel hatte den runden Kopf oberhalb des rechten Kiefers getroffen, grau zeichnete sich ihre Kontur in einer Beule unterhalb des linken Ohres ab. Der Nawab entsprach genau Apos Beschreibung, stellte Lockwood fest. Etwas dicklich mit kurzem Hals und kräftigen Schultern, aber mit kleinen, fast zierlichen Händen und Füßen. Er trug eine fein gewebte, weiße Leinenjacke und weite Pumphosen, die von einem roten Seidengurt gehalten wurden. Über dem breiten Oberkörper trug er ein ledernes Bandelier mit aufgesetzten Taschen. Durch den Sturz hatte sich eine von ihnen geöffnet. Glitzernde Diamanten glänzten in der Blutlache, die sich unter dem Toten ausbreitete. Eine gute Handvoll der Edelsteine war aus der Tasche gepurzelt, was die Vermutung nahe legte, dass auch die anderen Behälter mit noch mehr Klunkern gefüllt waren.

»Gierig bis zuletzt«, raunte Leftwater. Mit spitzen Fingern öffnete er eine weitere Tasche.

»Leer«, stellte er verwundert fest.

Lockwood sah zu Apo. Stumm sah der Lahir auf die Leiche herab, aber Nathaniel war sich ziemlich sicher, dass er seinen Blick spürte und es schlicht vermied, zurückzusehen.

Leftwater öffnete eine weitere Tasche.

»Noch mehr Diamanten«, murmelte er. »Wie eine fette Sparbüchse.«

79

Oberst Hark Dusterkern stützte die Ellbogen auf seinen Schreibtisch, legte die Fingerspitzen aufeinander und rieb sich mit beiden Zeigefingern die lange Nase. Zwanette kannte diese Angewohnheit und wusste, dass der Oberst nachdachte, wenn er das tat.

Aufrecht und steif wie ein Brett, die Füße schulterbreit auseinander, stand sie in Hab-Acht in der Mitte des Raumes und starrte an die aufgehängten Karten an der Wand hinter dem Arbeitstisch. Die finstern Seitenblicke von Hauptmann Raukiefer neben ihr bohrten sich in ihre Schläfe.

Als sie vor einigen Monaten in Neunbrückhen angekommen war, hatte sie sich umgehend in der Kaserne gemeldet und eine Untersuchung ausgelöst, die sich bis zum heutigen Tage zog. Anstatt ihr eine Kompanie Jäger mitzugeben, damit sie die Suche nach Lysander fortführen konnte, hatte man sie unter Hausarrest gestellt. Das war nicht weiter verwunderlich, denn wenn ein Offizier als einziger Überlebender einer kompletten Rotte heimkehrte, blieben offene Fragen, die geklärt werden mussten.

Dass Momme Raukiefer vor einigen Wochen ebenfalls nach Neunbrückhen gekommen war, machte die Sache nicht weniger kompliziert.

Sie hatte erst von ihrem Vorgesetzten von Mommes Überleben erfahren, denn der Hauptmann war zuerst zum oberbefehlshabenden Oberst gestapft und hatte seine Anschuldigungen vorgetragen.

Dusterkern fuhr sich über die Spitzen seines grauschwarzen Schnurrbarts, rieb sich über die Koteletten und legte anschließend seine Hände flach auf eine Ledermappe.

»Sie wissen, was hier drin steht, Major?«

Zwanette nickte.

»Was sagen Sie dazu?«

Sie holte Luft, um zu antworten, doch der Oberst hob eine Hand.

»Sie wissen auch, dass seit Ende des Vierten Zeitalters kein Jäger mehr durch einen Magus umgekommen ist? Wenn überhaupt, war es bislang immer umgekehrt, was einen nicht unbeträchtlichen Teil des Ruhmes dieser Einheit ausmacht.«

Eines längst verblassten Ruhmes, dachte Zwanette. Seit hundert Jahren hatte kein Feldherr mehr einen Magus auf ein Schlachtfeld geführt. Die Erfindung der Muskete hatte dafür gesorgt. Einheiten wie das Jägerregiment waren darauf spezialisiert, feindliche Zauberwirker zu eliminieren – und sie hatten ihre Sache gut gemacht. Seit Jahrzehnten oblag es dem Regiment nunmehr, Aufklärungseinsätze zu übernehmen. Sie waren nichts weiter als Spurensucher und Pfadfinder, die nur noch von Stadtwachen gerufen wurden, wenn einmal ein Magus über die Stränge schlug, was eher selten vorkam. In der Regel kamen die Magi ihren praktischen Aufgaben nach. Die Hochphase der Kriegsmagie war vorbei.

Hatte sie zumindest gedacht, bis sie Student Hardtherz kennengelernt hatte, der so mühelos mit Magie umgehen konnte, dass einem schwindelig wurde. Er hatte dies mit einer Begeisterung und einem natürlichen Talent gemacht, wie sie es zuvor noch nie gesehen hatte. Dazu war er charmant, freundlich, frech und unbekümmert gewesen. Sie mochte ihn.

»Ich warte«, sagte der Oberst.

Zwanette legte ihre Hände hinter dem Rücken zusammen und räusperte sich.

»Was ich dazu zu sagen habe, wirft kein gutes Licht auf meine Offiziere, daher möchte ich mich davor verwahren, es auszusprechen.«

Raukiefer schnaubte verächtlich und wollte gerade etwas erwidern.

Der Oberst hob wieder die Hand.

»Ich habe Sie nicht gefragt, Hauptmann. Ihre Aussage liegt hier vor mir.« Er wandte sich wieder an Zwanette.

»Ist Ihnen die Schwere der Anklage bewusst, Major? Ich denke, Sie werden nicht um eine Aussage herumkommen, ungeachtet des Lichts. Es geht hier um Ihre Zukunft.«

Sie sah Raukiefer ins Gesicht. ›Der Bluthund‹ war sein Spitzname, und nun sah er auch so aus. Wie ein abgezehrter Jagdhund. Seine Augen waren blutunterlaufen und mit breiten, dunklen Ringen versehen. Seine mehrfach gebrochene Nase war kaum noch als solche zu erkennen. Schief und flach klebte sie über der schlecht verheilten Oberlippe. Wenn er sprach, bewegte sich nur seine Unterlippe und gab den Blick auf eine krumme, lückenhafte Zahnreihe frei. Immer noch brachte er einige Silben und Laute nur undeutlich heraus. Manchmal klang es, als zöge man einen feuchten Lappen über einen Flur.

»Dann sage ich nur so viel: Die Situation im Steinbruch war unter Kontrolle. Der Flüchtige war bereits dabei, sich mir zu ergeben, als Hauptmann Raukiefer völlig unnötig auf einen Arbeiter schoss und damit die Situation eskalierte. Auch nach dieser Aktion war die Gruppe vollständig und bis auf Hauptmann Raukiefer unverletzt. Zu keiner Zeit wollte uns der Flüchtige Schaden zufügen.«

Raukiefer zog geräuschvoll einen Speichelfaden zurück hinter seine zerstörten Lippen und wischte sich mit dem Ärmel über das Kinn.

»Er hat das komplette Haupthaus eingerissen, Major«, sagte er. »Das nennen Sie ›keinen Schaden‹? Dass ich nicht lache …«

Dusterkern sah ihn streng an. Raukiefer verstummte.

»Es stimmt«, entgegnete Zwanette. »Der Student zerriss zuerst den Dachstuhl und dann den Eingangsbereich des Hauses. Zu dieser Zeit waren aber bereits beide Verwalter Opfer des Aufstands geworden und niemand befand sich im Haus. Auch bei dieser Aktion wurde niemand verletzt, bis auf den Hauptmann selbst, der sich mit einem ungeschickten Sprung aus der oberen Etage retten wollte.«

Vor Wut bebend, wackelte Raukiefer neben ihr. Wenn der Oberst nicht im Raum gewesen wäre, sie hätte spätestens jetzt eine Handgreiflichkeit zu erwarten.

»Und später dann?«, fragte Dusterkern.

»Später hatte mich Hauptmann Raukiefer meines Kommandos entbunden. Er und Feldwebel Narmer haben den Zugriff auf den Flüchtigen geplant und ausgeführt. In der Zwischenzeit verblieb ich gefesselt und unter Bewachung im Lager. Ich war immer noch gefesselt, als der Flüchtige das Lager betrat und zusammen mit dem Arbeiter plünderte.«

»Fragen Sie sie, warum sie der Zauberer am Leben ließ!«, rief Raukiefer aufgebracht.

»Mäßigen Sie sich, Hauptmann«, sagte Dusterkern unwirsch, forderte Zwanette aber per Handgeste auf, zu antworten.

»Wie ich bereits sagte, pflege ich ein freundschaftliches Verhältnis mit dem Flüchtigen und gab ihm bis dato keinen Grund, mir gegenüber feindlich gesinnt zu sein. Er wollte sich mir im Bergwerk ergeben, und ich führte die Attacke auf ihn nicht an. Er hatte keinen Grund, mich umzubringen, obwohl er es leicht gekonnt hätte.«

Raukiefer wollte wieder etwas sagen, doch der Oberst schlug auf seine Schreibtischplatte und sah ihn zornig an.

»Nun gut.« Dusterkern stand auf, ging zwischen den beiden zur Tür und öffnete sie. Im Flur warteten vier Jäger.

»Sie beide verbleiben weiterhin unter Hausarrest, bis die Sache geklärt ist. Ich werde Ihre Aussagen mit General Eisenbarth besprechen müssen. Da er allerdings gerade unsere Kräfte im Norden koordiniert, wird es noch etwas dauern. Das Oberkommando muss ein Auge auf unsere Feinde haben. Bis auf Weiteres bleibt Ihnen damit der Inquisitor erspart.«

Raukiefers Kaumuskeln zitterten, seine Fäuste krampften. Er öffnete den Mund.

»Kein Wort mehr, Hauptmann!«, unterbrach ihn Dusterkern. »Fügen Sie sich meiner Anordnung und verhalten Sie sich, wie es sich für einen Angehörigen der Jäger geziemt! Weggetreten!«

Zwanette verzögerte ihr Umdrehen etwas, um Raukiefer den Vortritt zu lassen. Zwei der Jäger nahmen ihn in Empfang und geleiteten ihn den Flur hinab.

»Major.«

Zwanette hielt inne.

»Sitzen Sie es einfach aus. Ich werde das mit Eisenbarth klären. Bei ihrer Reputation und der nicht vorhandenen des Hauptmanns, ist es nur eine Formalität.«

Sie salutierte. »Ich danke Ihnen, Herr Oberst.«

Sie musste also noch etwas ausharren, bevor sie Gelegenheit bekäme, mit dem Heiler der Universität zu sprechen.

›*Er gab mir doch erst das Buch von Rothsang!*‹, hallte ihr durch den Kopf.

80

»Es tut mir leid, Lysander«, sagte Blassmond. »Derzeit ist kein Schiff zu bekommen. Die Armee hat den Hafen unter Beschlag und zivile Schiffe fahren kaum noch.«

Lysander saß im Innenhof des Kontors auf der Stufe ins Haus und biss in einen Apfel. Gorm zeigte Douke gerade eine Riposte. Annehmen der Attacke und kontern. Was beim Fechtmeister der Universität elegant und flüssig aussah, sah bei Gorm brachial und direkt aus. Obwohl er es Douke zuliebe mit nur einem Bruchteil seiner Kraft ausführte, bemerkte Lysander, dass dem kleinen Mann der Arm bis zur Schulter vibrierte.

Die Wochen in Kieselbucht kamen einer Quarantäne gleich. Sie konnten das Haus nicht verlassen, ohne Gefahr zu laufen, von der Stadtwache oder dem Jägerregiment gefunden zu werden. Langsam drückte ihm die Untätigkeit aufs Gemüt.

»Ihr könntet euch doch einmal in der Stadt herumtreiben, so wie Jungs deines Alters es sonst zu tun pflegen, nicht wahr?«, schlug Blassmond aufmunternd vor. »Bist in der Uni ein richtiger Stubenhocker geworden, was?«

Ächzend setzte sich der Verwalter neben ihn auf die Stufe.

»Was soll ich sagen, Wupke. Es ist nicht so, als wäre Gorm besonders unauffällig. Die Orcneas werden nach wie vor nicht gern gesehen, manchmal sogar angefeindet. Könnten Sie sich vorstellen, was passiert, wenn den da ...«, er zeigte auf den Hünen, »... jemand mit losem Mundwerk anfeindet?«

»Das wäre ein kurzes Spektakel, glaube ich.«

»Ja, das wäre es. Eines mit keinem guten Ausgang für alle Beteiligten. In den Wäldern und Hügeln mag seine Begleitung vorteilhaft sein, in den Vergnügungsvierteln eher nicht.«

Blassmond kratze sich am Hinterkopf. »Da hast du recht. Es ist ja auch nicht so, als wären die Viertel besonders vergnüglich im Moment. Es tut mir leid, dass wir dir nicht so viel bieten können.«

Lysander tätschelte ihm die Schulter.

»Eure Gastfreundschaft ist genug. Gorm hält sich in Form und ich studiere fleißig. Es könnte schlimmer sein.«

»Ist mir aufgefallen, dass dich dieses Buch nicht loslässt. Worum geht es darin?«

»Um alle möglichen Zauber«, sagte Lysander knapp.

»Ach.« Blassmond sah ihn überrascht an. »Ich dachte, du hättest Handel gelernt ...«

Lysander seufzte. »Habe ich«, log er. »Aber meine Potenziale haben sich nun einmal gezeigt und es interessiert mich wahnsinnig.«

Lysander ließ eine mandelgroße Stichflamme in seiner Handfläche aufgehen, die Blassmond fasziniert betrachtete.

»Du kannst das ziemlich schnell, mein Guter«, sagte er.

»Ich übe viel«, sagte Lysander achselzuckend.

Jetzt sah ihm der Verwalter skeptisch in die Augen.

»Das weiß ich, du sitzt ja jeden Abend auf der Stube, aber dennoch …«

»Ja?«, fragte Lysander. Ein leichtes Unruhegefühl macht sich in seiner Brust breit. Eigentlich hatte er Blassmond nur ein bisschen imponieren und ihn nicht auf skeptische Gedanken bringen wollen.

»Na ja, wenn ich bedenke, wie lange die Navigatoren und Lotsen brauchen, um die Schiffe aus dem Hafen zu bugsieren, und wenn ich bedenke, wie lange die Baumeister brauchen, um einen Dachstuhl zu setzen, dann kommt mir das, was du da machst, schon recht fix vor. Die Magi, die ich bisher bei ihrer Arbeit beobachten durfte, mussten minutenlang herumfuchteln und Sprüche wispern, bis sich mal was tat. Bei dir geht das so Zack.«

»Ich dachte, das geht allen, deren Potenziale sich zeigen, so«, sagte Lysander.

Wupke runzelte die Stirn, dann steckte er sich seine Pfeife in den Mund.

»Feuer?«, fragte Lysander, wobei er die Flamme am ausgestreckten Zeigefinger anbot.

Wupke musste grinsen. Nachdem die ersten Rauchwolken aufgestiegen waren, hielt er den ersten Zug ein wenig im Mund und blickte versonnen zum blauen Himmel.

»Hattest du bezüglich deines Talentes mal ein Gespräch mit einem Magus?«, fragte er und ließ den Qualm genüsslich entweichen.

»Ja, in Hohenroth ist die Universität für praktische Magie. Da habe ich mal mit einem Dozenten gesprochen.«

»Und?«

Er fühlte sich schlecht dabei, den netten, gastfreundlichen Blassmond weiter anzulügen, doch er hatte diesen Weg nun einmal beschritten und fand keine Umkehr. Um nicht noch weiter in den Lügensumpf zu geraten, nahm er sich vor, das Gespräch schnellstmöglich zu beenden.

»Ich hatte die Wahl, meinem Vater zu folgen oder Magus zu werden. Aber will ich denn wirklich ein wandelnder Seilzug oder ein besserer Gärtner werden?«

Er hob die zweite Hand, über der der unvermeidliche Wassertropfen schwebte.

»Also ich hätte es gemacht«, sagte Blassmond. »So gerne ich die Arbeit hier auch habe, ein Leben als Magus muss ungleich aufregender und sinnvoller sein als das eines Farbenhändlers, meinst du nicht?«

»Geht so«, raunte Lysander.

81

»Sind Sie noch ganz bei Trost, Desche?!«, rief Silbertrunkh bestürzt. Krachend ließ er ein dickes Buch auf den Schreibtisch fallen.

Desche lächelte siegessicher zurück. Immer noch brachte es der blasierte Vogel nicht über sich, ihn mit ›Meister Eisenfleisch‹ anzusprechen.

»Nur, damit ich es auch wirklich begreife: Sie haben allen Ernstes die Statuen der Könige aus der Fassaden-Galerie des Doms reißen lassen?!«

Und nicht nur das, dachte Desche. Aus seinem Lächeln wurde ein Grinsen.

Der Fatzke war ja völlig von der Rolle! Er ergötzte sich an der pulsierenden Halsschlagader und den aufgerissenen Augen des Justizministers.

»Sie haben die Großen Glocken aus den Türmen geschnitten und zu guter Letzt was getan?!«

Desche sah auf seine gepflegten Fingernägel hinab. Er drehte sie, um das Sonnenlicht einzufangen, das auf den polierten Flächen schimmerte.

»Ihn abgefackelt«, sagte er leise.

»Sie haben den Dom in Brand setzen lassen!«, brüllte Lüder. »Zweihundert Jahre Bauzeit und Sie brennen ihn nieder?!«

So langsam könnte er sich mal einkriegen, dachte Desche. Er spürte eine Spur Verdruss in sich aufsteigen. Er räusperte sich und sah auf. Vor seinem inneren Auge schnitt der Kurzmacher durch Silbertrunkhs Monolog.

Langsam und – wie er hoffte – bedrohlich näherte er sich dem Schreibtisch in der Audienzkammer des Ministeriums.

Er stützte seine dicken Metzgerfäuste auf der glänzenden Platte ab und beugte sich darüber. Er lächelte immer noch, aber aus seinen Augen sprudelte abgrundtiefer Hass. Hass auf alles, was der Raffke repräsentierte: Die hohe Geburt von Adel, den arroganten Habitus, die Aura der Elite, die ihn umgab. Am liebsten hätte er ihm in seine hochwohlgeborene Fresse gespuckt.

»Ich scheiße auf Thapath. Ich …«, er presste einen Daumen an seine breite Brust, »… bin die Revolution. Die Revolution scheißt auf Thapath. Wir alle scheißen auf den Klerus mit seinen hirnverklebenden Predigten von Gleichgewicht und Liebe.«

Er richtete sich auf und spannte die Schultermuskeln.

»Der Klerus, der bis zu den Knöcheln im Arsch des Monarchen und seiner Familie steckte und dessen Antlitz in Marmor über dem Tor des Apoth verewigte. Monarch nach Monarch. Ein Goldtwand nach dem anderen.«

Er konnte nicht an sich halten und spuckte angewidert aus. Nicht in Lüders Gesicht, sondern auf den Boden.

»Der Dreck der Religion hat lange genug wie ein Joch über den Hälsen und Schultern des einfachen Volkes gehangen. Aber damit ist nun Schluss!«

Ohne es zu merken, war Lüder einen Schritt zurückgewichen.

Besser so!

An der hageren Gestalt vorbei konnte Desche durch das hohe Fenster die Rauchsäule sehen, die aus der riesigen Domkuppel nach oben stieg.

Ausbrennen, die eitrige Wunde!

»Tugend und Vernunft sind das höchste Wesen, höher noch als Thapath, der Schöpfer!«

Er stellte fest, dass er fast brüllte. Innerlich brannte er ebenso wie der verfluchte Dom. Und genauso reinigend fühlte sich das Feuer an.

Der Angriff auf Jør hatte es eingeleitet. Er hatte den Sieg einfach nur genutzt, um das Beste für die Revolution daraus zu machen. Niemand, wirklich niemand brauchte noch die alten Götter.

»Und ich sage Ihnen noch etwas! Der heutige Tag geht als der neue und einzige Feiertag in die Geschichte Kernburghs ein! Der Tag, an dem die alten Götzen abgeschafft wurden und dem klaren Geist wichen. Dieser Tag wird der Tag der höchsten Instanz!«

»Was faseln Sie denn da?«, fragte Silbertrunkh leise. Auf seinem Gesicht las Desche Besorgnis und Unverständnis. Der begriff ja wirklich gar nichts!

»Die höchste Instanz sind wir! Die Midthen von Kernburgh! Kein beschissener Gott und erst recht nicht seine beschissenen Kinder können etwas dagegen tun! Die Religion ist tot. Ein für alle Mal!«

Desche ließ die Handflächen auf die Schreibtischplatte knallen, um das Finale seines Sermons zu betonen. Dann richtete er sich auf und sah triumphierend auf Silbertrunkh herab.

Leiser sagte er: »Und Sie können mich auch nicht aufhalten.«

Eindeutig hatte er den Mann in die Reserve getrieben. Blass und erschüttert glotzte Silbertrunkh ihn an wie ein monatelang von Hand aufgezogenes Ferkel, dem man justament den Hals durchschnitt.

Oh, wie gerne würde er das selbst erledigen! Gleich hier und jetzt.

Hatte er sein Messer dabei?

Er tatschte seinen Gürtel ab.

Nein.

Schade.

»Sie sind von allen guten Geistern verlassen …«, hauchte Silbertrunkh.

Desche lachte.

Er drehte sich um die eigene Achse, schnappte sich seinen Brokatmantel, warf ihn sich über die Schulter und stampfte zur Tür. Auf der Schwelle hielt er inne.

»Und genau das passiert gerade überall in Kernburgh. Thapaths Wohnstatt auf Erden wird geschlossen!«

Er hörte, wie sich der Geldsack in seinen Sessel fallen ließ. Er spürte den erschrockenen Blick förmlich zwischen den Schulterblättern.

Desche lachte lauter.

Ohne die Tür zu schließen, stapfte er in den Flur.

Während er sich Meter um Meter vom Büro des Justizministers entfernte, lachte er noch lauter.

Damit der länger etwas davon hatte.

82

Gartagén.
Wildes, fernes Gartagén.
Keno kannte das Land hinter dem Südmeer nur aus Büchern.
Löwen, Elefanten, Krokodile, Flusspferde. Dunkelhäutige Midthen, Bodenschätze, Kostbarkeiten und prachtvolle Bauwerke, die vom Ruhm vergangener Zeiten erzählten.
Nördlich der Hauptstadt Safá, im übersichtlich kleinen Hafen der Händlerstadt Thago, gingen sie an Land.
Gerade rechtzeitig.
Schnelle Segelschiffe versorgten die langsamere Flotte mit Neuigkeiten aus Kernburgh und so hatte Keno von den Erfolgen Northisles in Topangue erfahren. Northisle war es gelungen, den Nawab von Pradesh zu besiegen, was ausgesprochen ärgerlich war. Somit hatten die Insulaner den alleinigen Zugriff auf die wertvollen Güter, die Topangue erzeugen konnte. Umso wichtiger wurde Kenos Mission.
Ungeduldig lief er am Strand auf und ab und zählte die Landungsboote, die Artillerie, Pferde, Proviant und Soldaten an Land brachten. Die Anleger von Thago waren zu mickrig und zu wenige. Daher wurden nur die Teile des Konvois an Kais gebracht, die die wirklich schweren Güter transportierten. Der Rest ankerte vor dem Hafen und entlud seine Fracht über besagte Landungsboote. Das dauerte.
Und es war auch gefährlich, wie das provisorisch errichtete Lazarettzelt bewies. Mal war einem Matrosen das Gegengewicht eines Seilzuges auf den Arm gekracht, mal wurde einer zwischen zwei Frachtstücken eingeklemmt, einige fielen ins Wasser, wo sie entweder ertranken oder geborgen wurden, so denn überhaupt jemand mitbekam, dass sie gestürzt waren. Keno sah einer jungen Heilerin bei der Arbeit zu. Sie hatten schon drei Maultiere verloren, weil es ernst um einen Seemann gestanden hatte. Die kleine Frau arbeitete emsig weiter. Es war gut, im Lazarett Neuzugänge verzeichnen zu können, die derart fleißig waren, dachte er.
Ein recht bulliger Magus, ebenfalls ein Neuzugang, landete gerade eines von Barnes Belagerungsgeschützen. Der Kerl war noch breiter und kräftiger als Meister Dampfnacken, der daneben eine schwere Lafette auf den Kai sinken ließ.
Der bullige Frischling winkte der kleinen Heilerin. Sie zögerte kokett und winkte schließlich zurück. Stimmt, erinnerte sich Keno, die beiden kannten sich aus der Universität in Hohenroth. Sind bestimmt ein Paar, dachte er und lächelte. Die Witwe Dünnstrumpf warf sich prompt in seine Gedanken. Hach.

»Leider hast du dafür keine Zeit, General Grimmfaust«, sagte er zu sich selbst. Dann griff er in seine Innentasche und beförderte den zweiten geheimen Brief hervor. Er brach das Siegel und fischte ein gefaltetes Blatt ans Licht.

Es handelte sich um eine kurze Zusammenfassung der Taten des verrückten Fleischers, verfasst von Minister Silbertrunkh.

Keno dachte zurück an den Tag vor dem Kerker. Hätte er damals das Feuer eröffnen lassen, wären Kernburgh zahlreiche tote Bürger erspart geblieben.

Er hatte lange darüber nachgedacht, ob er seine militärischen Erfolge auch politisch nutzen sollte; und je mehr er über den herrschenden Irrsinn erfuhr, umso sicherer war er sich.

Die Armee verteidigte Kernburgh gegen die anderen Reiche. Offensichtlich erfolgreich. Der König war tot, die Republik ausgerufen. Die Revolution hatte ihren Dienst getan. Es war Zeit für Konsolidierung und Frieden.

Wenn er dazu einen Teil beitragen konnte, war er bereit.

Für die Nation.

Noch vor dem zweiten Brief hatte er dem Minister seine Entscheidung mitgeteilt.

Major Sturmvogel stapfte über den Sand zu ihm und salutierte.

»Was gibt's, Jeldrik?«

»Die berittene Artillerie wird in einer Stunde vollständig angelandet sein. Major Rothwalze hat seine Späher bereits Richtung Safá entsendet. Oberst Starkhals lässt Sie wissen, dass die Infanterie zu fünfzig Prozent angelandet ist.«

»Sehr gut, danke Jeldrik. Weitermachen.«

Er zwinkerte seinem Freund zu. Jeldrik nickte verschmitzt und stapfte zu seinem Regiment zurück.

Am Abend errichtete die Armee Kernburghs ihr Lager vor den Toren der Stadt Thago. Keno lag auf seinem Feldbett im geräumigen Zelt des Generals und las im Werk von Mafuane, einer Gelehrten aus Safá, über die Flora und Fauna Gartagéns, als er eilige Schritte über den ausgelegten Holzboden heranpolltern hörte.

Der Takt und die Härte der Absätze ließen ihn erahnen, wer gleich in sein Zelt kommen würde.

Sein Adjutant öffnete die Lage vor dem Eingang und steckte seinen Kopf hinein.

»Herr General, Major Rothwalze wünscht Sie zu sprechen.«

Keno klappte den Wälzer zu, warf seine Beine über den Rand der Liege und strich sich übers Haar.

»Danke Ove. Bitten Sie ihn hinein.«

Berber Rothwalze betrat das schummrig beleuchtete Zelt und salutierte lasch. Keno lächelte und schüttelte leicht den Kopf. Dem verlässlichen Kavallerie-Offizier sah er dergleichen gerne nach, machte es doch einen guten Teil seiner Persönlichkeit aus.

»Was gibt's, Major?« Keno ging zur Anrichte im hinteren Teil des Zeltes und langte nach einer Flasche. »Brandy?«

»Gerne, General.«

Keno reichte ihm ein Glas.

»Also?«

Rothwalze nahm einen schnellen Schluck und hustete, als ihm das feurige Gesöff den Rachen versengte.

»Wir haben einen Trupp von dreihundert Reitern zurückgeschlagen. Es sieht nicht so aus, als hieße uns Sultan Aybak mit offenen Armen willkommen.«

Sultan Aybak, dachte Keno. Ältester des Hauses Dabiq und faktisch der Herrscher von Gartagén. Die Geschichte des Landes war eine Geschichte von Kleinkriegen, Aufständen, Revolten und wechselnden Herrscherfamilien, die sich bis ins Vierte Zeitalter erstreckte. Seit über fünfzig Jahren behauptete sich Aybak nun schon als Alleinherrscher, was an sich schon bemerkenswert war. Der Konvent und Keno selbst hatten gehofft, durch die bloße Anwesenheit der Armee, den Sultan auf diplomatischem Weg dazu bewegen zu können, sich der technischen Überlegenheit zu beugen und Kernburgh als Hegemonialmacht zu akzeptieren.

Auf Rothwalzes Miene entdeckte Keno eine Spur Amüsement.

»Warum lächeln Sie, Major?«, fragte er.

»Sie werden es nicht glauben, aber die haben wirklich gedacht, dass sie unsere Späher-Eskadron angreifen können. Mit Pfeil und Bogen.« Nur mühsam verkniff sich der Reiter ein echtes Lachen. Angesteckt davon, musste auch Keno ein Grinsen unterdrücken.

»Mit Pfeil und Bogen, sagen Sie?«

Rothwalze konnte sich nun nicht mehr zurückhalten. Er lachte trocken, als hätte er die wohlplatzierte Pointe eines zotigen Witzes gerissen.

»Ha! Das hätten Sie sehen sollen. Eingewickelt in Stoffbahnen, die wohl Uniformen darstellen sollten, stürmen die den Hang hinab und schreien und brüllen auf ihre eigentümliche Weise. Unsere Jungs – zuerst erschrocken. Wussten ja nicht, was da kommt. Noch nie gegen Qutuz gekämpft. Ich rufe ›Keilformation‹ und rechne mit dem Schlimmsten. Dann kommt mir ein Pfeil entgegengeflogen. Ein verdammter Pfeil! Ha!« Rothwalze lachte.

Keno wusste, dass die Elite der leichten Kavallerie Gartagéns ›Qutuz‹ genannt wurden, und stellte sich das Gesagte bildlich vor. Sein eigenes Grinsen wurde breiter.

»Na ja, da kommen die also Zeter und Mordio rufend den Hang hinab«, fuhr Rothwalze gut gelaunt fort. »Die ersten Pferde stolpern im feinen Sand. Trotzdem preschen die heran und feuern Pfeile ab!«

Keno hatte Rothwalze noch nie solange am Stück reden hören, aber der Mann war in Fahrt.

»Ich rufe also ›Scheiß auf Keilformation, knallt sie ab!‹ Wir heben die Karabiner und feuern.« Er machte eine Pause, um zu Atem zu kommen. »Und als der Rauch sich legt, sehen wir die letzten Stoffbahnen hinter der Düne verschwinden und vor uns liegen so an die fünfzig tote Qutuz. Wären die nicht so eifrig vom Hang geritten, sie hätten mir schon fast leidgetan. Pfeil und Bogen. Das müssen Sie sich einmal vorstellen!« Rothwalze schüttelte seinen Kopf so fest, dass die beiden Zöpfe an seinen Schläfen sich wortwörtlich mit dem Schnurrbart in die Haare bekamen. Mit einer schnellen Handbewegung wischte er sie hinter die Ohren.

»Ich danke Ihnen für diesen Bericht, Herr Major. Sie haben mich großartig unterhalten. Hoffen wir, dass der Sultan davon hört und weitere Maßnahmen gegen uns überdenkt. Aus welcher Richtung kamen die Qutuz, sagen sie?«

»Auf jeden Fall aus Safá. Woher auch sonst. Die Seitenarme des Flusses hier im Delta sind alle zu breit, um ohne Weiteres Reiter überzusetzen. Sie kamen also aus Süden.«

Keno überlegte.

Sei stets schneller.

»Wissen Sie was? Ich denke, wir sollten Gartagén recht unmittelbar mitteilen, dass wir vorhaben zu bleiben. Lassen Sie doch bitte die Offiziere wissen, dass ich sie zu sehen wünsche. Wir machen eine Nachtwanderung!«

Rothwalze lächelte wissend. »Wie Sie wünschen, General. Eine gute Idee.«

Ohne zu salutieren drehte sich der Reiter um und verließ das Zelt.

Keno sah sich in der luxuriösen Behelfsunterkunft um. Drei Stunden Arbeit für eine Stunde lesen. Mein Adjutant tut mir ein wenig leid, dachte er.

»Donnerkelch, zu mir!«

Sofort betrat der junge Kavallerist das Zelt und salutierte zackig.

Der Mond stand noch hoch über dem fruchtbaren Flussdelta und den es umragenden Dünen, als die Armee Kernburghs nach Safá marschierte. Ein Großteil der Truppen war die Schnelligkeit ihres Kommandanten schon vom Feldzug gegen Dalmanien gewohnt, die Neuzugänge rieben sich allerdings verwundert die Augen darüber, in welcher Geschwindigkeit eine Armee von zwanzigtausend marschbereit sein konnte.

Im Morgengrauen sahen sie Safá vor sich.

Sie waren dem Fluss Phiaro von seinem Delta gefolgt, bis sich die fünf Hauptarme zu dem großen Strom vereinigt hatten, der Safá in zwei Teile teilte.

Die größte Stadt Gartagéns und der Umschlagplatz für alle Waren aus den Tiefen des südlichen Kontinents. Elfenbein, Gold, Baumwolle, Kamelhäute, Getreide, Kautschuk und viele weitere Waren liefen hier zusammen und wurden nach Thago befördert, um mit dem Rest der Welt gehandelt zu werden.

Demzufolge verfügte die Stadt über eine beachtliche Stadtmauer, der sie jedoch im Laufe der Jahrhunderte entwachsen war, sodass der eingefasste Teil mittlerweile der kleinste war. Von Weitem sah die Stadt aus wie ein Kuhfladen, den man über einen Armreif geschissen hatte. Dabei stellte der Armreif die alte Mauer dar. Die Bezeichnung ›Kuhfladen‹ hingegen wurde der alten Stadt nicht gerecht.

Ihre in der diesigen Morgenluft undeutliche Silhouette zeigte hohe Türme, kuppelförmige Tempeldächer, Paläste mit Säulen und andere Prachtbauten. Die Zitadelle im Südwesten war der Sitz der Regierung, die über die dreihundert-tausend Bürger der Stadt herrschte. Safá verfügte über zwei Binnenhäfen, aus denen die Masten von Hunderten Seglern emporragten. Im Fluss selbst warteten Krokodile auf die aufgehende Sonne. Die Ufer des Flusses strotzten vor Fruchtbarkeit. Die Bewässerungstechniken der Gartagéner waren Inhalt zahlreicher Studien von Gelehrten aus aller Welt: Grüne, durch kleine Gräben getränkte Felder erstreckten sich zu beiden Seiten. Palmenwälder und Bambushaine bedeckten das flache Land, bis sie an die Hügel und schließlich die Bergketten stießen, die die Ebene von Safá umschlossen.

Zwischen den Kernburghern und der Stadt lag ein großes Heer in hektischer Unordnung.

Keno zügelte seinen Hengst, den er Passat getauft hatte.

»Was denken Sie?«, fragte er Hardtherz neben sich.

»Schwer zu sagen.« Der Kavallerist betrachtete die feindliche Armee durch sein Fernrohr.

»Dreißig- bis fünfunddreißigtausend vielleicht?«

Keno nickte in die Richtung des Heeres. »Zehntausend Reiter?«

»Mindestens«, antwortete Hardtherz. »Qutuz, denke ich.«

»Nun denn«, sagte Keno und wendete sein Pferd.

Unterschätze niemals Deinen Gegner!

Das hatte der Gegner schon selbst erledigt, durch den Überraschungsangriff einer ›Elite-Einheit‹. Was in Gartagén Elite genannt wurde, war in Kernburgh Kanonenfutter. Dennoch durfte er die zehntausend Reiter auf ihren kleinen, wendigen Pferden nicht unterschätzen. Sie könnten reichlich Schaden anrichten, wenn sie es in die Reihen der Schützen schafften. Im Nahkampf wären die Bögen, Pfeile und Säbel der Qutuz durchaus eine Gefahr.

Sei stets schneller!

Das hatten sie durch den Nachtmarsch geschafft, dachte Keno grinsend. Die Unordnung der Gegner bewies, dass sie erst später mit den Kernburghern gerechnet hatten.

Wisse möglichst viel über Deinen Feind!

Hier hatte er noch Nachholbedarf, dachte er. Aber wir sind auch erst zwei Tage hier. Was er für die heutige Schlacht wissen musste, würde ihm gleich …

Rothwalzes gewaltiger Fuchs stoppte neben ihm. Mit Gras bedeckte Erdklumpen flogen vor den Hufen in die Luft.

»Bericht bitte, Herr Major.«

Ohne Umschweife oder Etikette kam Rothwalze zur Sache: »Fünfunddreißigtausend, General. Davon zehntausend Qutuz und eintausend Lanzenreiter unbekannter Herkunft auf Kamelen. Den Uniformen nach kommen sie ebenfalls aus Gartagén, gehören aber zu einem anderen Clan, oder Reich, oder was weiß ich. Meine Späher haben nur wenige Musketen erkennen können. Die meisten Reiter oder Fußtruppen sind – wie ich bereits berichtete – mit Pfeil und Bogen und ziemlich krummen Säbeln bewaffnet.«

»Danke, Major. Haben die Meldereiter meine Befehle an jede Division zugestellt?«

»Natürlich, General.«

»Gut. Dann beziehen Sie doch bitte Posten bei Ihrem Bataillon. Ich gehe davon aus, dass es Ihrer Expertise nicht entgehen wird, wenn der Moment zum Zuschlagen gekommen ist, mein Bester.«

Rothwalze fletschte die Zähne. »Ich denke nicht, General.«

»Dann mal los!«

Der Major gab seinem Pferd die Sporen. Keno erinnerte sich an den Tag, als er Rothwalze das erste Mal gesehen hatte. Man konnte auf unterschiedlichste Art auf den Rücken von Pferden sitzen. Bei den meisten Kavalleristen sah es allein durch die alltägliche Übung natürlich aus. Aber Rothwalze und sein Fuchs wirkten wie eins, wenn sie in gestrecktem Galopp dahinflogen. Faszinierend, dachte Keno.

An die Arbeit.

General Grimmfaust hatte seine Armee in fünf Divisionen geteilt. Jeder Division war ein Regiment Schützen, fünfhundert Reiter und vier Geschütze zugeteilt worden. Ein Regiment Infanterie verblieb in Reserve.

Keno befehligte die Division im Zentrum, Starkhals und Hardtherz die beiden zu seinen Seiten, Sturmvogel und Wackerholz die Flanken. Major Rothwalze und seine vierhundert Reiter der leichten Kavallerie positionierten sich hinter Kenos Division. Seine Offiziere kannten seine Taktik und wussten ebenso gut wie er, dass sie in Ausbildung und Material der weitaus größeren Armee des Sultans zwar überlegen waren, dass aber die Hauptgefahr von den zahlreichen Reitern der Gegenseite ausging.

Keno hob seinen Säbel und ließ ihn in Richtung der Gegner niedersausen.

Zwanzigtausend Kernburgher zogen gegen fünfunddreißigtausend Gartagéner in die Schlacht.

Schrittweise rückten die Divisionen in einer Linie, die sich über einen Großteil der Ebene erstreckte, vor.

Aufregung und Anspannung fluteten durch Kenos Adern, sein Atem beschleunigte sich.

Hinter ihm ging die Sonne auf. In Kürze wäre die Kühle der Nacht gänzlich verschwunden und die trockene Hitze würde die Kämpfenden in Schweiß baden.

Er spürte schon die ersten Tropfen unter dem Band an seinem quer getragenen Zweispitz und an den Rändern seines Stehkragens.

Schimmernde, kleine Seen und schmale Flussläufe, die die Bewässerungsanlagen speisten, durchzogen die Ebene, die von in Grüppchen stehenden Palmen unterbrochen wurde. Die Infanteristen könnten die Pfützen und Tümpel durchwaten, für die Reiter war es schon trickreicher, auf dem Untergrund zu manövrieren. Leicht konnte sich ein Pferd vertreten. Besser hätte er das Schlachtfeld nicht wählen können, dachte er.

Schon lösten sich die ersten Reiter aus dem unordentlichen Haufen des gegnerischen Heeres. Um seiner Armee Zeit für eine geordnete Aufstellung zu geben, ging der Sultan in die Offensive. Eine größere Einheit hielt genau auf Kenos Division zu, eine andere schwenkte nach rechts zu Sturmvogels Division.

Die Qutuz wurden immer schneller, trieben ihre Pferde immer härter an, je näher sie kamen, um Momentum aufzubauen, der sie tief in die Reihen der Fußtruppen bringen würde. An sich keine schlechte Taktik, dachte Keno. Den Feind in einem Sturmangriff auseinanderbrechen. Genau dafür war die Kavallerie da, und da Keno wusste, dass es die mächtigste Waffe seines Gegners war, hatte er diese Form der Attacke vorausgesehen.

Er ließ sein Regiment noch ein paar Schritt der Reiterschar entgegentreten, dann hob er den Säbel erneut.

Umgehend brachte sich seine Division in Karreeformation.

Den Außenring bildeten fünf Mann tiefe Schützenreihen mit aufgepflanzten Bajonetten. An jeder Ecke eines Karrees bezog ein Geschütz Stellung, das auf seinen Lafetten mit den hohen Rädern leicht bewegt werden konnte, ohne an den Sechsspänner gebunden zu sein. In der Mitte jedes Karrees sammelten sich die Wagen für Nachschub und Versorgung, die Ärzte und Heiler und jeweils fünfhundert Reiter.

Die vorderste Schützenreihe kniete nieder und rammte die Kolben ihrer Musketen in den Boden. Die Reihe dahinter nahm die Waffen an die Hüfte. Die dritte Reihe nahm sie in Anschlag. Von außen präsentierten sie so dem Feind eine Wand aus Messern und Mündungen.

Keno hatte die Geschwindigkeit der Reiter und seines Manövers gut abgeschätzt. Die Qutuz waren zu nah, um abzudrehen und weit genug weg, um gestoppt werden zu können, bevor sie in die Schützen brachen.

»Feuer!«, rief er.

Die Reihen zwei, drei und vier schossen.

Rauch stieg aus den Mündungen hervor und vernebelte ihm die Sicht.

Von rechts hörte er die Salve der äußersten Division von Wackerholz.

Die Linien von Hardtherz und Starkhals schwenkten herum und bestrichen die Seiten der Reiterschar ebenfalls mit Feuer. Der dröhnende Böller des ersten Kanonenschusses hallte über die Ebene. Die Kartätschenmunition verwandelte eine Rotte Reiter in einen bizarren Haufen aus zerstörten Leibern. Auf dreißig Meter war der Traubenhagel eine schreckliche Waffe.

Von den Gegnern wurden nur wenige Pfeile oder Karabiner abgefeuert, die so gut wie keinen Schaden verursachten.

Hinter sich hörte Keno die Fanfare der Trompete, die Rothwalzes Bataillon das Signal zum Angriff gab. Auf beiden Seiten des Karrees donnerten die Pferde vorbei. Vorneweg der Major mit wildem Blick und zusammengebissenen Zähnen.

Vor Kenos Division verstreut lagen Qutuz und ihre Tiere. Schmerzensschreie und schrilles Wiehern erfüllten die Ohren der Kernburgher.

Die verbliebenen Feinde drehten ab und versuchten, gehetzt von Rothwalzes Säbelschwingern, zu entkommen.

»Im Karree vorwärts!«, rief Keno. Langsam setzte sich seine Division in Bewegung. Er ließ sich etwas zurückfallen, bis er in der Mitte der Formation stand. Dort kletterte er auf einen Munitionswagen und überblickte das Schlachtfeld.

Sturmvogel und seine Division hatten die erste Angriffswelle mit ähnlichem Erfolg zurückschlagen können. Die Kavallerie-Einheiten in seiner Mitte hatten von einer Verfolgung abgesehen. Das machte Sinn, denn es hätte sie womöglich zu nah an die Zitadelle gebracht, auf deren Zinnen Kanonenrohre im Sonnenlicht schimmerten.

Starkhals und Hardtherz hatten ihre Divisionen wieder in gerade Reihen formiert und folgten Kenos Vormarsch. Wackerholz hatte noch keinen Feindkontakt, bereitete sein Regiment allerdings darauf vor, denn die Kamelreiter preschten am Hang entlang, geradewegs auf seine Position zu.

Wie eigentümlich sich diese merkwürdigen Reittiere über die Ebene bewegten, dachte Keno. Wie waren die Midthen überhaupt auf die Idee gekommen, dass man diese Viecher als Reittiere benutzen konnte? Doch so albern es auch aussah, er musste sich eingestehen, dass ihre Geschwindigkeit, Masse und Ausdauer bemerkenswert war. Er würde sich diese speziellen Tiere einmal aus der Nähe anschauen müssen.

Später würde Keno dem Konvent mitteilen, dass es sich bei der Schlacht von Safá um eine reine Formalität gehandelt hatte. Zu ungerecht waren Fortschritt und Routine unter den beiden Parteien verteilt. Kenos Armee hatte bereits unter ihm in Dalmanien gedient, sie waren besser ausgerüstet und ausgebildet. Der Sultan hatte, bis auf seine Elitereiter, keinerlei ernst zu nehmende Truppen ins Feld führen können, und die Gefahr hatte Keno leicht gekontert. Der Sieg Kernburghs war formvollendet.

Die Konfrontation hatte auf seiner Seite gerade einmal neunundzwanzig Soldaten das Leben gekostet, lediglich dreihundert Verwundete wurden vom Lazarett-Bataillon versorgt.

Aufseiten Gartagéns lasen sich die Verluste deutlich erschreckender.

Zwanzigtausend waren gefallen und lagen verwundet oder tot über die Ebene verstreut. Fünftausend Fußsoldaten hatten ihre Waffen gestreckt und sich ergeben.

Der Sultan allerdings war mit dreitausend seiner Qutuz geflüchtet. Geschätzte fünfhundert von ihnen waren während der Flucht im Phiaro ertrunken oder Krokodilen zum Opfer gefallen.

Keno streckte seine müden Glieder von sich und ließ sich tief in den Feldsessel fallen. Hinter ihm montierte sein Adjutant zusammen mit einigen Tischlern sein Zelt.

Er hatte Oberst Hardtherz und eine Delegation, zu der unter anderem auch Magus Dampfnacken gehörte, nach Safá geschickt.

Er würde den Einwohnern einige Tage Zeit geben, sich an die Vorstellung zu gewöhnen, dass sie nun unter Kernburgher Flagge zu leben hatten. Nach siebenhundert Jahren unter der Herrschaft der Sultane von Qutuz wäre dies bestimmt ein einschneidendes Erlebnis.

Die Sonne stand mittlerweile tief über der Stadt. Die von den brennenden Leichenbergen aufsteigenden Rauchsäulen kräuselten sich wie düstere Schatten in den orange und violett leuchtenden Himmel.

In diesem Klima war es besser, die Toten schnell zu beseitigen, bevor Krankheiten seine Armee dahinraffen konnten, dachte Keno.

Er ließ die Schlacht noch einmal vor seinem inneren Auge ablaufen. Die Finte der Reihenformation, das schnelle Bilden der Karrees, das beherzte Vorstoßen aller Divisionen. Sie hatten den Feind förmlich hinweggefegt. Er überlegte und überlegte, aber selbst wenn er sich vorstellte, dass er der Sultan sei, es mochte ihm keine Taktik einfallen, wie er seine eigene Taktik hätte kontern können.

Unterschätze niemals Deinen Gegner!
Sei stets schneller!
Wisse möglichst viel über Deinen Feind!
Ein konzentrierter Angriff kann eine Schlacht entscheiden!

War er wirklich ›der Unbesiegbare‹, wie ihn die Zeitungen getauft hatten? Oder sah er nur die Dinge, die vor ihm lagen, detaillierter und tiefer als andere? Seine Taktik hatte auf der Hand gelegen – sie war in seinen Augen keine Meisterleistung. Sie war ein Ergebnis der nüchternen Analyse der Gegebenheiten.

Weiter nichts.

Nun folgte der zweite Teil seiner Aufgabe: Gartagén sichern. An den Küsten Forts errichten. Seiner Flotte einen sicheren Hafen bauen und den Northislern das Leben so schwer wie möglich machen.

Mit der Kontrolle über die Meerenge zwischen Kernburgh und Gartagén hatten sie das nötige Druckmittel in der Hand, um die Northisler dazu zu zwingen, den Krieg beizulegen.

Andernfalls würden sie die Handelsflotten abfangen, wenn sie reich beladen aus Topangue heimkehren wollten. So oder so – sie würden gewinnen.

Wieder ein Gegner weniger für die Nation auf dem großen Spielfeld der Welt, dachte Keno und schloss die Augen.

83

An eine Überfahrt nach Gartagén war immer noch nicht zu denken.

Bluthafen war nach wie vor voll mit Soldaten, Seeleuten, Schiffen und allem, was dazu gehörte. Das Jahr neigte sich dem Ende zu und die Stadt war voller betriebsamer Geschäftigkeit, um so viele zerstörte Gebäude wie möglich noch vor dem sich ankündigenden Winter fertigzustellen. Überall wurde gehämmert, gesägt, gemauert. Ausgebessert, repariert, abgerissen und neu gebaut.

Lysander saß auf der Hafenmauer und schaute auf die Schiffe, die die Bucht füllten. Sobald sie geankert hatten, wurden sie von Ochsengespannen und Kutschen mit Vorräten und Nachschub versorgt. Eine ziemlich ramponierte Fregatte wurde abgetakelt und zu einem Pulverschiff umfunktioniert. Fässerweise wurde Munition und Schwarzpulver aus einem abbruchreifen Magazin herangerollt. Über den Bug der Fregatte hinweg, konnte Lysander aufgereihte Schiffe sehen, deren Segel Richtung Horizont immer kleiner wurden. Sie alle segelten nach Süden. Nach Gartagén.

Lysander hatte sich ein Kopftuch umgewickelt, das seine Ohren überdeckte und sich einen rauen, gestrickten Pullover übergeworfen, der denen der Hafenarbeiter entsprach. Er hatte sich eine Zeit lang in der Stadt herumgetrieben. Dabei war er achtsam wie ein Eichhörnchen geblieben. So zumindest fühlte er sich. Sein Kopf ruckte auf seinem Hals hin und her, während er sich durch die Gassen geschlichen hatte. Eigentlich hatte er nach einem Kapitän gesucht, der sie auf einem Handelsschiff nach Gartagén mitnehmen könnte, aber schließlich hatte er feststellen müssen, dass an allen Anlegern, wie die Wochen zuvor, ausschließlich Kriegs- oder Forschungsschiffe der Armee lagen. Zivile Frachter oder Transporter suchte er vergebens. Das geschäftige Treiben hatte ihn aber dermaßen fasziniert, dass er länger als gewollt am Hafen verweilte.

Jeder frei verfügbare Schlafplatz der Stadt war von den Offizieren der Armee okkupiert. In den Forts der äußeren Verteidigung waren Soldaten einquartiert worden. In Kolonnen marschierten sie durch die Straßen, liefen zu den Arsenalen, um sich mit neuen Waffen zu versorgen, zu den Magazinen, um sich mit Kleidung, Decken und Zelten zu bestücken, und zu den Abgabestellen für Munition, die in der Regel nah am Wasser zu finden waren. Jeder Soldat bekam nur einen Grundstock der kostbaren Patronen ausgehändigt. Die kleinen Papiertütchen sahen zwar harmlos aus, konnten in den Händen eines Soldaten aber todbringend sein.

Lysander hatte noch nie in seinem Leben so viele Soldaten an einem Fleck gesehen.

Die Seeleute tuschelten von einem Feldzug gegen Gartagén, beziehungsweise den Teil Gartagéns, den die Northisler für sich beanspruchten. Es war die Rede davon, den Insulanern den Weg zwischen Topangue und ihrer Heimat abzuschneiden, um den stetigen Strom an wertvollen Rohstoffen und Gütern zu kappen. General Grimmfaust sollte diesen Feldzug führen.

Grimmfaust hier, Grimmfaust da. Lysander konnte den Namen schon nicht mehr hören. Jede Zeitung berichtete von den Heldentaten des jüngsten Generals in der Geschichte Kernburghs. Von seinem ersten Einsatz gegen Torgoth, wo er die Batterien gegen einen Sturmangriff verteidigt hatte, bis zur Unterwerfung Jørs und der Rückführung von subversiven Elementen. Wahre Reichtümer hatte der Kriegsherr herangeschafft. Seinen Truppen war er ein Beispiel, denn er scheute sich nicht davor, an vorderster Front Attacken zu führen. So hatte er im Alleingang eine Brücke in irgendeinem Kaff in Dalmanien erstürmt. Als wäre das alles noch nicht genug, hatte er dieses Essay verfasst, das überall abgedruckt und vervielfältigt wurde. Ein Soldat, der das schmutzige Erbe seiner Familie nicht angetreten, der den Titel abgelegt hatte und dennoch für die Nation kämpfte. Und das erfolgreich.

So drehte sich die Welt weiter, während Lysander in Kieselbucht – ja, Kieselbucht; es war ihm egal, welchen Namen irgendwelche Idioten der Stadt gegeben hatten – festsaß, um in ein Land zu reisen, von dem er nur wusste, dass dort die Dunklen hausten.

Wie war er überhaupt auf diese dumme Idee gekommen?

Ahja. Gorm.

Für Gorm wollte er die Überfahrt unternehmen, aber wegen dessen auffälliger Statur war es ratsam, den Plan ein wenig auf Eis zu legen. Der riesige Orcneas hatte bis auf Weiteres Hausarrest, was ihm gar nicht passte.

Aber er würde, egal wo er auftauchte, für Furore sorgen.

In Kieselbucht gab es einige Elven, die zumeist in den Kontoren arbeiteten. Selbst wenn Lysander seine Ohren nicht versteckte, würde er nicht weiter auffallen – auch wenn ihn die zahlreichen Jäger in der Stadt nervös machten. Aber der Hüne zöge sofort Aufmerksamkeit auf sich, wenn er sich dem Hafen näherte.

Irgendwann musste die Armee schon abreisen, dachte Lysander. Sie mussten nur Geduld haben und eine Begegnung mit den Jägern vermeiden.

Im Haus des Verwalters und Buchhalters des Kontors ließ es sich zumindest aushalten.

Der kleine Douke und die fleißige Greta hatten es sich zur Aufgabe gemacht, Gorm etwas mehr der hiesigen Schrift und Sprache beizubringen. Die anfängliche Angst vor ihm war mittlerweile einer gewissen Ehrfurcht vor der schieren Körperlichkeit des Wesens gewichen und nachdem sie bemerkt hatten, dass er seine Opfer nicht lebendig fraß, wie es die Kinderbücher sonst von den Dunklen berichteten, fanden sie ihn sogar recht unterhaltsam. Lysander arbeitete derweil an Rothsangs Grimoire. Er versuchte, weitere Seiten zu übersetzen und bereits bekannte zu verinnerlichen.

Ein paar Wochen hielten sie es wohl noch aus, in Kieselbucht.

Solange die Jäger nicht auf die Idee kamen, ihn im Kontor seines Vaters zu suchen.

Würden sie das tun, wenn sie ihn sonst nirgendwo finden konnten?

In ein paar Wochen könnte er allerdings auch nach Hohenroth reiten, um ein paar offene Fragen mit Blauknochen zu klären, dachte er.

Ihn zur Rede stellen.

Dieser Einfall war ihm spontan gekommen, aber je mehr er darüber nachdachte, umso schneller schlug sein Herz.

Wie lange benötigt wohl so eine Armee, um in ein fernes Land abzureisen?

Bestimmt einige Wochen oder Monate.

Wie lange dauerte die Reise zu Pferd nach Hohenroth und zurück? Ein, zwei Monate?

Konnte er das Risiko eingehen?

Die Jäger suchten nach dem Massaker im Wald sicher weiterhin nach ihm. Aber wo? Seit Monaten hatte er, bis auf die Kolonnen in Kieselbucht, keine mehr gesehen. Sie würden ihn eher in Blauheim im Norden, oder in Lagolle im Osten vermuten, als in Kieselbucht – oder gar in Hohenroth! Wenn es einen Ort auf der Welt gab, an dem die Jäger ihn bestimmt nicht suchen würden, dann war das höchstwahrscheinlich der Ausgangspunkt seiner Reise.

Verdammt! Nun hatte er es einmal gedacht. Der Gedanke würde ihn peitschen und quälen, dessen war er sicher.

»Wir werden nach Hohenroth reisen«, eröffnete er am Abend dem Verwalter.

»Sehr gut, mein Junge«, sagte Blassmond. »Eine gute Idee. Der Hafen und die Fahrt nach Süden sind eh blockiert. Ich kann Nachricht senden, wenn der Hafen wieder frei ist.«

Gorm sah auf. Die sauber abgenagte Putenkeule in seinen riesigen Händen wirkte wie ein dürrer Zweig. Er hatte Fortschritte in Schrift und Sprache gemacht, aber er weigerte sich nach wie vor standhaft, Messer und Gabel zu benutzen, genauso wie er Schuhe ablehnte.

Das konnte ihm Lysander nicht übel nehmen, denn in seinen Pranken sah das Besteck noch lächerlicher aus als die Putenkeule, und so einen lautlosen Schritt hätte er sich auch nicht mit Stiefeln zunichtegemacht.

Blassmond wischte sich mit einer Serviette über den Mund, dann stand er auf und hob einen Zeigefinger. »Das ist wirklich gut. Das ist sogar sehr, sehr gut«, sagte er und verließ das Speisezimmer.

»Hohenroth?«, fragte Gorm, während er nach einem weiteren Schenkel langte.

»Ja«, sagte Lysander. »Wir müssen sowieso warten, bis die Armee weg ist, und ich habe noch etwas dort zu klären. Du musst nicht mitkommen, wenn du nicht magst.«

»Magst?« Gorm legte den Kopf schief.

Lysander lächelte. Wahrscheinlich hatte noch niemand den ehemaligen Minensklaven gefragt, ob er irgendetwas mochte oder nicht.

»Ja. Ich würde sagen, es ist gefährlich. Und auch ein wenig verrückt, wenn ich es recht bedenke.«

»Also ist es wichtig«, stellte Gorm fest.

Wieder einmal überraschte ihn der Orcneas-Mischling mit seiner schnellen Auffassungsgabe.

»Ja, es ist sehr wichtig für mich.«

»Dann komme ich mit.«

Lysander hätte lügen müssen, wenn er hätte sagen sollen, dass ihn das nicht erleichterte. Mit seinen neuen Fähigkeiten und Gorm an der Seite würde es schon klappen, dachte er.

Blassmond kam zurück. Er setzte sich wieder auf seinen Stuhl und legte eine kunstvoll verzierte Holzschatulle auf die Tischdecke. Er legte seine Hand auf den Deckel und tätschelte das glänzend polierte Holz.

»Wenn du so gut wärst, das bis Hohenroth mitzunehmen? Von dort kannst du es dann leicht per Boten nach Blauheim weiterleiten. Zu deinem Vater. Ich wage es nicht, es von hier, einmal quer durch Kernburgh, zu schicken.«

Er öffnete die Schatulle.

Gebettet auf Satin lag dort eine handtellergroße, grüne Scheibe. Auf ihrer Oberfläche zeichneten sich kreisrunde Linien in den verschiedensten Grüntönen ab. Von pastell- über gelb- bis dunkelgrün. Blassmond nahm sie heraus und hielt sie hoch.

»Malachit aus Gartagén. Ein mir bekannter Händler hat ein neues Vorkommen erschlossen und ich möchte dieses Stück Thison zukommen lassen, damit er es auf seine Qualität prüfen kann.«

»Ein schönes Stück«, stellte Lysander fest.

»Ja, und wo das herkommt, gibt es noch mehr.«

Lysander hätte dem Verwalter einen wackeren, vertrauenswürdigen Frachtunternehmer aus Nebelstein empfehlen können.

Er erinnerte sich an den leutseligen Bleike und musste lächeln.

Ihm kam eine Idee. Eine Idee, die ihnen ermöglichte, gut getarnt quer durch Kernburgh zu reisen. Einen hartnäckigen Jägertrupp könnten sie vermutlich nicht täuschen, aber reguläre Soldaten, Wegelagerer oder sonst wen, dem sie möglicherweise auf der Reise begegneten.

»Es wäre überhaupt recht praktisch, wenn ich einige Pigmente mitnehmen könnte«, sagte Lysander. »Ich könnte sie dann in der Universität mit den Dozenten sichten. Vielleicht ergibt sich ja eine Möglichkeit, den ein oder anderen Farbgewinnungsprozess durch Magie zu beschleunigen. Ich hatte diesbezüglich bereits mit diversen Lehrkräften gesprochen.«

»Das könnte eine gute Idee sein«, sagte Blassmond. »Wir könnten dir Proben einpacken. Zinnoberrot, Cadmiumgelb, Azurit, Türkis und einige gebrannte und ungebrannte Pfirsichkerne.«

Blassmond sah auf. »Ja, das wäre überhaupt eine großartige Idee. Wie du weißt, gewinnen wir aus den gebrannten Pfirsichkernen ein sattes Schwarz, das von jedem Tuchfärber und Hutmacher der Welt gern genommen wird. Na ja, und auch sonst von jedem Gewerk der Gilde. Wenn wir die Produktion durch Magie erhöhen könnten, wäre dein Herr Papa sicher hoch erfreut. Eine wahrhaft famose Idee, Lysander!«

Also gut, dachte Lysander.

Sie würden als Farbenhändler nach Hohenroth reisen. Er wusste genug über dieses Metier, denn er war der Sohn des größten Farbenhändlers des Kontinents; und Farbenhändler waren zumeist wohlhabende Unternehmer, die über viele Taler und auch Sklaven verfügten. Manche reisten sogar in Begleitung Bewaffneter, um sich und ihre wertvolle Fracht zu schützen. Er würde Guiomme fragen, ob der windige Bandit nicht doch noch Lust auf ein paar leicht verdiente Kröten hatte. Gegen eine neue Garderobe hatte er sicher nichts einzuwenden.

Lysander sah es vor sich: er und Gorm, vier bis sechs neu eingekleidete Banditen. Sie könnten unter den Nasen ihrer Jäger nach Hohenroth reiten.

Allerdings bräuchten sie andere Pferde.

Lysander wusste nicht, inwieweit sich die Jäger untereinander kannten, aber die beiden gestohlenen Rösser waren schon sehr auffällig.

»Gut, dann brechen wir übermorgen auf«, sagte er.

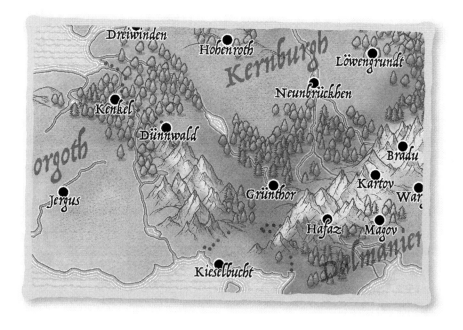

84

Ach, Blutrausch war schon eine feine Sache, dachte Desche heiter, als er die schwere Axt hob und sie auf den Schädel des Priesters niedersausen ließ.

Ein wenig gute, alte Handarbeit war auch ganz wunderbar.

So schön der Kurzmacher seine Arbeit im wonnigen Takt verrichtete, es ging doch nichts darüber, das Auftreffen des Eisens auf Haut, Knochen und Fleisch in den Händen zu spüren, wenn das Holz des Griffes das Gefühl in seine Fäuste übertrug.

Er setzte dem Priester den Fuß auf die Brust und zog das Beil mit einem Ruck zu sich. Er reckte sich und atmete wohlig ein und aus, während er sich im Innenhof des Klosters umsah.

Die verfluchten Priester des Bekter waren ihm immer schon ein Dorn im Auge gewesen. Ihre hohen Klostermauern drängten an seinen Schlachthof und solange das Kloster auf dem Grundstück neben seinem blieb, konnte er an einen Ausbau nicht denken. Stets hatten sie seine Kaufangebote hochnäsig abgelehnt.

Das hatten sie jetzt davon.

Die Religion musste vom Antlitz der Erde getilgt werden. Restlos, mit Stumpf und Stiel. Und Desche Eisenfleisch war der richtige Mann dafür.

Mit einhundert seiner Anhänger hatte er die Anlage gestürmt.

Während der Konvent noch vor sich hin beratschlagte und Abstimmung an Abstimmung reihte, schuf er Fakten im Klostergarten.

»Hier is' noch einer, Meister!«

Eine Gruppe blutbesudelter Gehilfen stieß einen wimmernden Novizen vor seine Füße.

Wenn der Henker vor dem Henker kniet, wimmert man schon einmal, dachte Desche grinsend und hob die Axt. Dann wollen wir mal.

Der Novize war nicht älter als fünfzehn und schon durch und durch korrumpiert vom Glauben an den Schöpfer und seinen Kindern. Es käme einer Erlösung gleich, ihn zu erschlagen.

Auf dem quadratischen Innenhof des Klosters stapelten sich die Schätze der Priester: Weinfässer, feines Geschirr, ein schöner Stubenofen, diverse Gemälde – von denen einige auf jeden Fall abgefackelt gehörten, zeigten sie doch die Götter – und Gold und Taler in rauen Mengen. Mit gierig verzückten Gesichtern schafften seine Untergebenen die Reichtümer auf den Hof. Was sie nicht brauchten, warfen sie aus den Obergeschossen und ließen es auf dem Kopfsteinpflaster zerbrechen. Kommoden, Anrichten und weitere Möbel.

Desche holte aus. Sein Blick traf den des Novizen. Ein Kalb kann trauriger dreinblicken, dachte er. Mit einem satten ›Wump‹ traf die Klinge auf die Tonsur. Lächerliche Frisur.

Hinter ihm schrie der Abt gepeinigt auf.

Gefesselt kniete er auf dem Rasen und weine.

Gemach, gemach, du kommst ja auch noch dran, dachte Desche und wiederholte die Prozedur mit Fuß, Brust und Axt befreien.

Ein schöner Tag!

Der Dom des Apoth knisterte noch im Stadtzentrum. Rauchsäulen über den Dächern kündeten von brennenden Tempeln und Kirchen. Über allem lag das Wehklagen der Geistlichen, und hier stand er und verhalf dem ›Tag der Tugend‹ zu immerwährendem Glanz und Gloria.

Schon die erste Neuigkeit am Morgen hatte ihm den Tag versüßt: Der junge Keno Grimmfaust war auf dem Weg ins wilde Gartagén. Wie leicht könnte er dort durch Krankheit oder Bleikugel ein frühes Ende finden? Selbst wenn nicht, hatte er alles eingeleitet, das es doch noch passieren würde. Die kleine Auftragsmörderin hatte einen neuen Kontrakt von ihm erhalten. Ganz im Geheimen.

»Sicher ist sicher«, raunte er. Und weil es ihm gerade in den Sinn kam, ließ er die Axt ein zweites Mal auf den zerbrochenen Kopf des Novizen niedersausen. Wohltuend fuhr ihm der Ruck des Treffers auf dem Kopfsteinpflaster durch Hände, Arme und Schultern.

»Ich glaub' das war'n jetzt alle«, hechelte ein junger Mann mit glänzenden Augen. Seine ärmliche Kleidung strotzte vor Dreck, die Taschen seiner Hosen waren ausgebeult und vollgestopft mit kleinteiliger Beute.

Das Volk nahm sich, was ihm zustand.

DAS ist Revolution, dachte Desche.

Ein schöner Tag!

Sein breites Grinsen entblößte zwei Reihen seiner weißen Zähne, als er sich mit finster-freudiger Miene dem Abt zuwandte.

Einen haben wir noch.

»Ach, dieser Blutrausch ist ganz schrecklich«, hauchte seine Frau und packte einige Reithosen in ihre Reisekiste. Sie sprach eher zu sich selbst, als zu ihrem Gatten.

Desche lehnte in der Tür ihres Ankleidezimmers und trocknete sich die Hände mit einem Küchentuch. Ungerührt sah er auf.

»Was hast du?«, grummelte er.

Sie nahm eine Schatulle von der Anrichte, schloss den Deckel über den Schmuckstücken darin und packte sie ebenfalls in die Kiste.

»Desche, wie lange sind wir nun schon zusammen?«, fragte sie und stemmte ihre Hände in die Hüften.

Er sah an die Decke. »Keine Ahnung. Zwanzig Jahre?«

»Dreiundzwanzig!«, rief sie. »Dreiundzwanzig Jahre habe ich an deiner Seite gestanden! Von dem Tag, als mich meine Mutter in den Laden deines Meisters geschickt hatte, um Beinscheiben zu besorgen. Die Jahre, während derer du deinen Schlachthof gegründet und erweitert hast, in denen du Tag und Nacht gearbeitet hast. Stets bewunderte ich deinen Fleiß und deine Hingabe. Deinen Ehrgeiz und deine Kaltblütigkeit …«

Bilder zogen vor seinem inneren Auge vorbei und er musste lächeln.

»Gute Jahre waren das«, sagte er.

»Meistens«, sagte sie.

Irritiert schüttelte er den Kopf. »Was hast du, Weib?«

Sie trat näher an ihn heran. Desche sah die Falte zwischen ihren Augen, die er liebevoll ›das Sorgentälchen‹ nannte. Wenn sie grübelte oder rechnete, vertiefte sie sich. War sie sauer oder trotzig, färbte sie sich rot. Derzeit glühte sie fast. Er hob die Hand, um sie mit seinem Daumen glatt zu streichen, wie er es oft tat, wenn sie die Fassung zu verlieren drohte.

Sie zog sich zurück. Er ließ die Hand sinken und sah sie verwundert an.

»Dieses Mal bist du zu weit gegangen, Desche«, sagte sie.

Er schnaufte amüsiert. Das war es also.

»Ich meine es ernst!«, rief sie. »Die gesamte Bruderschaft des Bekters, Desche? Ist dir nicht klar, dass dich der Oberste Priester des Apoth von Neunbrücken bereits zur Unperson, zum Ketzer, erklären ließ?«

Desche grinste von einem Ohr zum anderen.

»Hätte mich auch gewundert, wenn der Pimpf sich das hätte verkneifen können«, sagte er. »Aber was soll er machen? Der Einfluss der Pfaffen ist gebrochen. Sie sind keine Bedrohung mehr für unser Volk.«

Sie warf die Hände zur Decke und sah hinterher. »Es geht doch nicht darum! Bei Thapath! Es geht darum, dass du dir damit den Einfluss verspielst, den wir so mühsam errungen haben, Mann! Wie können denn die Gemäßigten zu dir stehen, wenn du die Klöster und Kirchen in Schlachthäuser verwandelst?! Was sagt das gemeine Volk dazu? Die Leute, die jahrein, jahraus zu den Predigten in den Dom strömen, um den Schöpfer um eine reichere Ernte, bessere Geschäfte oder was weiß ich zu bitten?«

Desche winkte ab und warf das blutverschmierte Handtuch auf den hölzernen, stummen Diener neben der Tür.

»Du bist weich geworden, Weib. Vielleicht ist es gar keine schlechte Idee, dass du die nächsten Monate bei deiner Schwester unterkommst, bis du wieder bei Sinnen bist.«

Er biss sich auf die Zähne und drehte sich um.

Im Flur blieb er kurz stehen und fasste sich an die Brust. Es fühlte sich an, als wollte sein Herz bersten.

Seine geliebte Gemahlin weinte schluchzend und rumorte weiter in den Schubladen.

Wie gerne wäre er in den Raum zurückgegangen und hätte sie in seine starken Arme genommen ...

Aber das kam nicht in Frage!

Nein!

Kernburg brauchte einen harten Desche Eisenfleisch!

Hart wie Stahl, unbarmherzig wie ein Fallbeil!

Er konnte sich derartige Weichheiten nicht erlauben!

Er ballte die Fäuste und stampfte über die Bohlen davon.

Zu Bekter mit dem Weib!

85

Rear-Admiral Horatio Bravebreeze konnte sein Glück kaum fassen.

Endlich hatte er die Flotte der Kernburgher gefunden.

Nachdem er die Armee in Topangue abgesetzt hatte, hatte seine Flotte einen Handelskonvoi zurück nach Northisle begleitet. Dort waren ihm und seiner Mannschaft nur wenige Wochen an Land gegönnt, denn Gerüchte machten die Runde, dass die Kernburgher in Gartagén einfallen wollten.

Umgehend wurde die Royal Navy entsendet, in der Hoffnung, den feindlichen Konvoi noch auf See abzufangen. Trotz Fahrt unter vollen Segeln hatte er die Flotte Kernburghs verpasst. Seit Monaten kreuzte er nun durch das Südmeer und hielt Ausschau.

Und da war sie!

Dreißig Kilometer östlich von Thago ankerte die Flotte in der Bucht von Anfu. Die dreizehn Segellinienschiffe bildeten eine Schlachtlinie. Aufgereiht lagen sie hintereinander und zeigten der Öffnung der Bucht ihre Breitseiten.

Bravebreeze erkannte die ›Sonnenfahrer‹, in der Mitte der Formation. Das Flaggschiff allein verfügte über einhundertzwanzig Kanonen und eintausend Mann Besatzung. Es war das mächtigste Schiff der Flotte. Das nächst kleinere Schiff war die ›Donnerschlag‹, die vierundachtzig Kanonen mit sich führte, von denen dreißig 36-Pfünder waren. Hinter der Linie ankerten weitere, kleinere Schiffe. Zwischen den Masten der Schlachtschiffe erkannte er Kanonenboote, Fregatten und Versorgungsschiffe.

Bravebreezes Schiff, die ›HMS Agathon‹, führte einen Konvoi von elf Linienschiffen. Die meisten Schiffe der Northisler besaßen vierundsiebzig Kanonen.

Die Kernburgher hatten die bessere, defensive Position – er die schnelleren Segler. Nachdenklich schob er sein Fernrohr mit der linken Hand gegen seine Brust zusammen.

Wenn es ihm gelänge, die Schlachtlinie zu durchstoßen, könnte er sie in zwei Teile schneiden und zuerst die eine, dann die andere Hälfte unter Feuer nehmen. Dazu mussten seine Schiffe schnell segeln, aber nicht zu schnell, um nicht in der Bucht auf Grund zu laufen. Ein schwieriges Manöver. Wohl aber die einzige Möglichkeit, die Kernburgher zu schlagen. Bei Angriff Breitseite gegen Breitseite wäre er mit der kleineren Flotte und der geringeren Zahl an Geschützen unterlegen.

Von den anderen Segelschiffen unter seinem Oberkommando wurden Beiboote zu Wasser gelassen. Die Kommandeure der Flotte würden an Bord der ›Agathon‹ zusammen dinieren und den Angriffsplan besprechen.

Der Angriff bei Nacht würde allen Mannschaftsteilen das Äußerste abverlangen.

Bravebreeze sah vom Achterdeck den Hauptmast seines Schiffes hinauf. An dessen Spitze flatterte die Flagge Northisles im Wind. Die Waage Thapaths, stilisiert als weißes Kreuz, mit blutroten Außenstreifen auf grauem Grund. Darunter wehte die Nachtflagge der Royal Navy. Ein blendend weißes Rechteck mit einem roten Anker in der Mitte. Unter der Nachtflagge brannte eine Öllampe in einem Blechkasten. Die Hülle des Kastens war nach oben verglast, um die Flagge auch in der Dunkelheit sichtbar zu machen, um so zu verhindern, dass sich die Northisler irrtümlich untereinander beschossen.

Langsam schritt er die Decks ab, eines nach dem anderen. Die unteren Decks waren stickig, eng und vollgestopft mit Kanonieren und Material. Die Kanoniere salutierten, wenn er vorbeikam und er nickte ihnen zu oder wechselte einige aufmunternde Worte. Einem Pulveräffchen kniff er in die Wange. Die Burschen waren faktisch Kinder, die in den gestauchten Kanonendecks umherwuselten, um die Mannschaften während eines Gefechts mit Schwarzpulver und Wasser zu versorgen.

Obwohl er schon seit seiner Jugend zur See fuhr und sicherlich mehrmals die Welt umrundet hatte, bewunderte er die Mannschaft für ihre stoische Fähigkeit, die Enge unter dem Hauptdeck zu ertragen. Die Seemänner schliefen in engen Kojen oder in übereinanderhängenden Hängematten. Gerade im Kanonendeck beanspruchte die Bewaffnung der ›Agathon‹ den meisten Platz. Für die Besatzung blieb nur Raum genug, sich geduckt und schwitzend zwischen Kisten und Kanonen zu drängeln. Die geschlossenen Luken machten die Sache nicht besser. Wie bizarr erschien es da, dass das Öffnen der Luken einerseits frische Meeresbrise, andererseits aber auch den Tod hereinbrachte, wenn es zum Kampf kam. Aber wenigstens hätten die Kanonenmannschaften bald Arbeit. Mit den Marines wollte er als Letztes tauschen. Die Soldaten würden komplett ausstaffiert und gerüstet in ihrem Quartier ausharren und vermutlich beten, dass die Schiffsbesatzung ihre Aufgabe mit Bravour meisterte. Solange es nicht zum Kampf an Deck kam, wurden sie nicht gebraucht. Nicht selten ging ein gesamter Trupp mit einem Schiff unter, ohne auch nur einen Schuss abgegeben zu haben.

Bravebreeze wusste, dass seine Taktik riskant war – aber in seinen Augen war es die einzige, die ihm blieb, um die Kernburgher aus ihrer defensiv starken Position zu locken. Ohne die Flotte wäre die Armee des Gegners in Gartagén abgeschnitten und isoliert. Wenn es ihm schon nicht gelungen war, die Feinde an der Invasion zu hindern, so wollte er sie nun wenigstens stranden lassen. Danach konnte sich die Army um sie kümmern.

Nach dem Rundgang erreichte er seinen Posten neben dem großen Steuerrad. Er gab dem Steuermann die entsprechenden Befehle.

⊰ ● ● ● ⊱

Die Flotte Northisles fuhr außerhalb der Sichtweite Kernburghs, Richtung Westen an der Bucht vorbei. Nach einer Stunde Fahrt ließ er die ›Seahorse‹ und die ›Lethal Lucy‹ an seinem Schiff vorbeisegeln. Wie abgesprochen, warf die Flotte gleichzeitig die Ruder herum. Nach der engen Kehrtwende fuhren sie hintereinander nah an der Küste zurück zur Bucht. Die ›Agathon‹ befand sich nun an dritter Position in der Kette der Schiffe, die sich unter vollen Segeln der Stellung der Feinde näherte.

Bravebreeze hörte das Klappern, als die Kanonenluken auf der rechten Seite geöffnet wurden. Langsam schoben sich die Läufe vor die Bordwand. Er sah zurück und fand die acht schwankenden Positionslichter der restlichen Flotte.

In Kürze würde sich zeigen, ob er mit seinen Überlegungen zur Taktik recht behielt. Wenn nicht, würden sie vermutlich zusammengeschossen werden. Er atmete tief ein und aus. Die Finger seiner linken Hand griffen fester um die Reling.

In der Dunkelheit zeichnet sich rechts vor ihm die gänzlich schwarze Kontur der Steilküste ab. Er konnte bereits das erste Schimmern der beleuchteten Flotte der Feinde auf dem wogenden Meer glitzern sehen.

Die ›Seahorse‹ kam als erste in Sicht und löste den Alarm aus. Schon rumpelten ihre Kanonen, als sie das erste Schiff der Schlachtlinie mit einer Breitseite unter Beschuss nahm. Jetzt kam es auf die Schnelligkeit der Kanoniere an, denn die ›Seahorse‹ musste vor der Schlachtlinie bis zu ihrer Mitte segeln, um dort hindurchzustoßen. Sie hatte die Hauptlast der Gegenwehr zu tragen.

Vor ihm schwenkte die ›Lethal Lucy‹ nach rechts. Noch vor dem ersten Schiff der Kernburgher Schlachtlinie fuhr sie an der Steilklippe entlang, um sich hinter die Linie zu bringen. Wenn er tatsächlich recht behalten sollte, würde die Wassertiefe genügen, um manövrierfähig zu bleiben, hätten die Feinde nur die Kanonen nach außen bestückt und bräuchten Zeit, sich auch auf der linken Seite schussbereit zu machen.

Es gelang der ›Seahorse‹ eine weitere Breitseite auf das zweite Schiff abzufeuern. Vor dem dritten bekam sie das erste Mal Gegenfeuer. Die Bucht füllte sich mit dem Krachen der Kanonen und dem grollenden Echo, das von den Felsen der Bucht zurückgeworfen wurde. Die ›Lethal Lucy‹ beharkte das erste Schiff.

Während die ›Seahorse‹ als einzige ihre Kanonen horizontal ausgerichtet hatte, würden die folgenden Schiffe nicht auf Reling oder Masten zielen, sondern tiefer, auf die Rümpfe. Da die Kernburgher stationär ankerten, ging es nicht darum, sie manövrierunfähig zu schießen, sondern sie zu versenken. Abgesehen davon, war es ziemlich fatal, einen Feind in die Zange zu nehmen und dann von beiden Seiten horizontal zu beschießen. Zu leicht rauschten die Kugeln in die eigenen Masten und Rahen.

»Bereitmachen!«, rief Bravebreeze.

Sein zweiter Offizier brüllte den Befehl in die Luke zu den Kanonieren hinab. Im fahlen Mondlicht und im blitzenden Mündungsfeuer der Lucy sah er hektische Betriebsamkeit an Deck des ersten Schiffes. Es war zu dunkel, um zu erkennen, um welches es sich handelte. Die Höhe des Decks war deutlich niedriger als das der ›Sonnenfahrer‹, dem Flaggschiff der Kernburgher.

»Feuer!«, rief er.

Die Breitseite aus dreißig Kanonen ließ das Deck der ›Agathon‹ erzittern. Aus nächster Nähe konnten sie gar nicht verfehlen. Unmittelbar nach den Donnerschlägen krachte und brach die hölzerne Hülle des ersten Schiffes, das nun drei Breitseiten aus zwei Richtungen zu verarbeiten hatte. Die vierte kündigte sich aber schon an, denn die dunklen Schemen der restlichen Flotte schoben sich hinter der ›Agathon‹ heran.

Im Wechsel hielten sich die Segler der Northisler vor der Schlachtlinie der Kernburgher, oder fuhren vor dem ersten hinter die Linie.

Bravebreeze sah das Mündungsfeuer der Lucy erneut aufflammen. Das zweite Schiff der Gegner schwankte und wackelte, als die Eisenkugeln einschlugen. Sein zweiter Offizier hob die Hand, um anzuzeigen, dass auch seine Kanoniere wieder bereit waren.

»Feuer!«, rief er.

Rauchschwaden vernebelten die Sicht. Holz splitterte und brach. Seeleute und Soldaten schrien. Vor ihm warf die ›Seahorse‹ die Ruder herum und brach durch die Linie. Hinter ihm krachte der Mast des ersten Seglers, als die ›Guardian‹, das vierte Schiff seiner Angriffsformation, ihre Breitseite auf den bereits schwer beschädigten Gegner abfeuerte. Die Attacke der ›Bekter's Folly‹ gab ihm den Rest. Zwischen den Donnerschlägen der Geschütze brach der Rumpf und füllte sich mit Wasser.

Ein Teil der Reling der ›Agathon‹ löste sich in Splitter auf. Ein Segel rauschte an seiner Takelage hinab und erschlug einen Seemann. Der Beschuss an der Front wurde heftiger, war aber nichts im Vergleich zu dem Mahlstrom, den sie durch das beidseitige Feuer auf den Decks der Feinde anrichteten.

Wie er vermutet hatte, hatten die Kernburgher nur die Kanonen auf der dem Meer zugewandten Seite vorbereitet. Jedes zweite Schiff seiner Formation geriet hinter den Feinden in relativ ruhiges Wasser und konnte ohne Gegenwehr Breitseite um Breitseite abfeuern.

»Hart Steuerbord!«, rief Bravebreeze über die Kanonenschläge zu seinem Steuermann, der mit schneller Drehung das Ruder herumriss. Vor der ›Sonnenfahrer‹ stieß die ›Agathon‹ durch die Linie. Sobald er den Bug des riesigen Seglers hinter sich sah, befahl er dem Steuermann, es wieder in die andere Richtung zu drehen.

»Feuer!«

Die Kanoniere auf der linken Seite hatten auf diesen Moment gewartet.

Dreißig Geschütze dröhnten.

Das Flaggschiff erzitterte.

Im Flammenschein sah Bravebreeze die Kontur der ›Bekter's Folly‹, die ihre volle Breitseite ebenfalls auf die ›Sonnenfahrer‹ abschoss.

»Feuer!«

Seine Kanoniere schossen eine weitere Salve. Die geübte Crew der ›Agathon‹ benötigte etwas mehr als neunzig Sekunden, für das Laden zwischen den Breitseiten.

»Hart Steuerbord!«

Der Bug der ›Agathon‹ drehte sich Richtung Küste.

Sie mussten die Kehrtwende so eng wie möglich fahren, um der Gefahr zu entgehen, nah an der Küste auf Grund zu laufen. Die dunkle Steilwand kam näher und näher.

Eine Explosion an Bord der ›Sonnenfahrer‹ erleuchtete die Bucht.

Bravebreeze warf seinen Kopf hin und her. Er konnte sich nicht entscheiden: Wollte er die Felswand beobachten, in der Hoffnung, dass das Wendemanöver glückte, oder wollte er die ›Sonnenfahrer‹ beobachten, um zu sehen, was da in die Luft geflogen war. Wenn es ihnen gelungen war, ein Pulverlager zu treffen, wäre das ein schwerer Schlag. Wenn nicht sogar der alles entscheidende Schlag!

Am Heck rauschte die ›Lethal Lucy‹ vorbei. Sie würde die Linie weiter abfahren und Breitseite um Breitseite auf die Kernburgher Flotte abzufeuern. Das massige Schiff verbaute ihm die Sicht auf die brennende ›Sonnenfahrer‹, also sah er wieder nach vorn. Am Bug knirschte es, als die ›Agathon‹ über Grund schabte. Dann gelang die Drehung. Sie fuhren zur Linie zurück.

Die ersten beiden Schiffe der gegnerischen Formation lagen in Schräglage im Wasser. Das dritte stand in Flammen.

»Halten Sie auf die Lücke zwischen dem dritten und vierten! Wir werden ihnen beiden eine Ladung verpassen!« Erleichterung durchflutete seinen Körper, als er sah, dass seine Taktik aufging. Wahrscheinlich wären die ›Seahorse‹ und die ›Bekter's Folly‹ schwer beschädigt, da sie nahezu die komplette vordere Linie absegelten und dabei heftig unter Beschuss genommen wurden. Der Schaden, den sie der Kernburgher Formation zugefügt hatten, war allerdings ungleich größer. Vor allem, als er nun sah, wie ein brennender Pilz aus Feuer und Rauch in der Mitte der ›Sonnenfahrer‹ hochstieg und die Nacht erhellte.

Einige Minuten später erreichte seine ›Agathon‹ die Lücke. Brechend schlugen die Kugeln in Bug und Heck der beiden feindlichen Schiffe.

»Kurs halten!«, rief Bravebreeze. Für sein Schiff war der Moment gekommen, sich aus der Schlacht zu entfernen, um von einer weiter entfernten Position einen Überblick zu bekommen.

Die vordersten beiden Schiffe der Feinde sanken. Die drei folgenden waren so schwer beschädigt, dass sie manövrierunfähig dahindümpelten und nur noch vereinzelte Salven abfeuern konnten. Die würden die Marines der letzten beiden Schiffe seiner Angriffsreihe in Kürze entern, wenn sie nicht die Kriegsfahnen herunternahmen. Die ›Sonnenfahrer‹ stand in hellen Flammen. Er sah brennende Seemänner über Bord springen, einige Beiboote wurden zu Wasser gelassen.

Die Schiffe hinter ihr versuchten, sich aus der Formation zu lösen, damit die Flammen nicht übergreifen konnten. Die ›Donnerschlag‹ war die erste, der das gelang. Aus allen Rohren feuernd entfernte sie sich langsam und drehte aufs offene Meer. Die ›Seahorse‹ war ihr am nächsten, konnte aber die Verfolgung nicht aufnehmen, da ihr Hauptmast zerbrochen ins Wasser ragte.

Bravebreeze rieb sich mit der Hand über das Gesicht und spürte Feuchtigkeit auf seiner Wange. Ein Blick in die geöffnete Handfläche zeigte ihm sein eigenes Blut. Unterhalb des linken Auges klaffte eine Wunde, die er bis zu diesem Moment nicht einmal gespürt hatte. Er fasste nach und fühlte einen großen Holzsplitter, der dort in seiner Haut steckte. Geistesabwesend zog er ihn hinaus. Ein sengender Schmerz schoss ihm durchs Gesicht. Er warf den Splitter über Bord, kniff das Auge zu und beobachtete einäugig die Flucht der Kernburgher.

Von dreizehn Linienschiffen hatten sich nur zwei aus der Formation befreien können. Die kleineren Schiffe hinter der Schlachtlinie folgten ihnen. In ihrer Richtung erhellte sich der Horizont. Ein neuer Tag brach an.

Rear-Admiral Bravebreeze begrüßte ihn, indem er das Zeichen der Waage auf seine Brust zeichnete und seinen Dank in den dunklen Himmel schickte.

SEESCHLACHT VON ANFU

6. TEIL

ENTSCHEIDUNGEN

KENO GRIMMFAUST IN GARTAGÊN

86

»Zwei Linienschiffe und Fregatten gesunken, sieben fielen den Northislern in die Hände, geschätzte Verluste: fünftausend Mann, über dreitausend gefangen«, ratterte Barne das Ergebnis der Seeschlacht von Anfu herunter. »Nur zwei Fregatten und zwei Linienschiffe, die ›Donnerschlag‹ und die ›Generöse‹ konnten entkommen.«

Mit ausdruckslosem Gesicht folgte Keno der Zusammenfassung. Es brodelte und wütete in ihm, denn die Konsequenzen waren klar: Der Verlust der Flotte bedeutete auch den Verlust Gartagéns! Ohne Nachschub und Verbindung zur Heimat konnten sie nicht hoffen, ihre Erfolge zu verteidigen, geschweige denn auszubauen. Trotz seines grandiosen Sieges zu Land …

In den letzten Wochen hatte er Safá befriedet, einige Reformen beschlossen und einen Großteil der Bevölkerung für sich gewinnen können. Dass ihm nun ein unterbemittelter Admiral mit seiner desaströsen Defensiv-Taktik einen Strich durch die Rechnung machte, ließ sein Blut kochen. So heiß und so sprudelnd, dass er außerstande war, sich Luft zu verschaffen. Also saß er weiterhin krampfend auf seinem Stuhl und bemühte sich, die zitternden Fäuste vor seinen Offizieren zu verbergen.

»Ich bin zwar kein Seemann«, raunte Wackerholz, »aber man sollte doch meinen, dass ein Admiral eine bessere Vorgehensweise in petto haben könnte.« Er legte die Depesche zu den anderen auf Kenos Schreibtisch.

Seine Armee hatte rund um Safá in Behelfsbaracken Unterkunft gefunden. Er selbst und sein Stab hatten den opulenten Palast des geflohenen Sultan Aybak okkupiert.

»Er hätte Seile zwischen den Schiffen spannen können oder sich nicht mit der gesamten Flotte in die Bucht …«

»Das bringt uns nicht weiter!«, rief Keno. Er stand so ruckartig auf, dass sein Stuhl polternd zu Boden kippte. Er ignorierte das Getöse und ging zum Fenster.

Von hier hatte er einen phänomenalen Blick über die Stadt und das sie umgebende Land. Die Sonne tauchte alles in einen orange-rosa Farbton. Weiße Kraniche flogen anmutig über die sandfarbenen Dächer der Stadt. Beinahe jeden Abend hatte er hier im Fenster gesessen und die Aussicht genossen, dabei einen der hiesigen Weine probiert und das weitere Vorgehen geplant. Um die Bevölkerung für ihre Eroberer einzunehmen, hatte er ihnen die Abschaffung der Sklaverei versprochen, die Religionsfreiheit zugesichert, der Landbevölkerung Grundbesitz in Aussicht gestellt, und, und, und.

All das war jetzt vergebens, weil es Northisle gelungen war, die Seehoheit über das Südmeer zu erringen. Mit einem Schlag.

Und das war längst nicht alles ...

Silbertrunkh hatte ihn wissen lassen, dass Northisle eine Allianz mit Torgoth, Lagolle und Dalmanien anstrebte, und dass sie sogar Agenten und Diplomaten nach Pendôr und Frostgarth entsendet hatten, um eine weltumspannende Koalition gegen Kernburgh zu bilden. Bis die Zwerge aus dem fernen Pendôr eingreifen würden, wäre noch viel Unrat den Silbernass entlang geflossen, aber sollten die Elven tatsächlich eintreten, wäre es um jegliche Flotte geschehen, die die Kernburgher noch mobilisieren konnten. Die mächtigen Kriegsschiffe der Alten würden sie aus den Ozeanen pusten.

Hinter ihm holte sein Adjutant den Stuhl vom Boden und rückte ihn an den Schreibtisch.

Keno dachte an den Papierhaufen, der sich auf der Platte türmte.

Northisle versuchte, eine Koalition aufzubauen, und hatte sich Topangue unter den Nagel gerissen. In Gartagén stand er auf verlorenem Posten, denn die Flotte, die die Brücke nach Hause war, war geschlagen.

Vielleicht war es tatsächlich an der Zeit, Pistole und Säbel gegen Schreibzeug und Papier einzutauschen – zumindest für eine Weile.

Getragen von seinen militärischen Erfolgen und unterstützt durch die Gemäßigten um Lüder Silbertrunkh, konnte es vielleicht gelingen, ein hohes Amt in der neuen Regierung zu erlangen. Dann könnte er endlich Einfluss nehmen und die Geschicke der Nation mitgestalten. Nicht nur als Befehlsempfänger unfähiger Zivilisten auf das reagieren, was die Feinde Kernburghs taten.

Agieren statt Reagieren.

»Ich werde nach Kernburgh reisen«, raunte er.

Schabende Stiefelabsätze verrieten ihm, dass sie ihn gehört hatten.

»Ich gehe nach Neunbrückhen und rede mit Silbertrunkh. Wenn sie wollen, dass die Armee die Gefahr, die uns droht, beseitigt, dann müssen sie ihre Angelegenheiten im Inneren bereinigen. So geht es nicht weiter. Für jeden Schritt, den die Streitkräfte vorwärtsgehen, werfen sie uns um zwei nach hinten. Wir müssen den anderen Reichen zeigen, dass sie uns in Ruhe lassen sollen. Mit aller Härte und Konsequenz! Und wenn das bedeutet, dass wir uns ihrer in alle Himmelsrichtungen erwehren müssen, dann sei es so!«

Hardtherz unterbrach seine Rede. »Ich möchte anmerken, dass der Admiral, der die Flotte verloren hat, kein Politiker gewesen ist.«

»Da haben Sie recht, Oberst. Aber ...«, Keno drehte sich zu den versammelten Offizieren um, »... wie kam er denn zu seinem Kommando, hm?«

Barne und Jeldrik tauschten einen schnellen Blick. Sie wussten, was nun kam, denn sie waren dabei gewesen, als er sich schon einmal über dieses Thema ereifert hatte.

»Wie heißt es so schön?«, sagte Keno. »Eine Kette ist nur so stark wie ihr schwächstes Glied?« Er wartete nicht auf Antwort. »Was aber, wenn die eigene

Regierung das schwächste Glied ist? Wenn die eigene Regierung Narren und Idioten befördert und bevorzugt?«

Major Rothwalze zuckte mit den Schultern und zog an der obligatorischen Pfeife. So lange es keine Köpfe einzuschlagen gab, waren ihm die Dinge einerlei.

Keno legte die Hände am Rücken zusammen und stapfte über die Marmorfliesen durch den großen Raum.

»Der Konvent hat doch keine Ahnung, wie man Kriege führt. Die in ihm tätigen Seilschaften verteilen die Pfründe untereinander, wie es der Adel vorher tat. Dazu wütet ein unseliger Fleischer umher und versetzt die Nation in Angst und Schrecken. Das alles lähmt und hindert uns Soldaten, zu tun, was getan werden muss. Vor lauter Klein-Klein, sehen sie nicht, was wirklich wichtig ist!«

Jeldrik und Barne nickten.

»Oberst Hardtherz«, sagte Keno, »ich übertrage Ihnen den Oberbefehl über die Armee in Gartagén. Sie werden die Stellung halten und unsere Eroberungen konsolidieren. Ich selbst werde nach Neunbrückhen reisen und dafür sorgen, dass Sie alsbald Verstärkung erhalten. Sobald ich mit Minister Silbertrunkh konferiert habe, werden Ihre Beförderung und Ernennung offiziell bestätigt.«

»Ich werde Sie nicht enttäuschen, General«, sagte Hardtherz.

»Ich weiß«, antwortete Keno.

87

»Nun hör' schon auf zu grummeln«, sagte Lysander lachend und beugte sich in seinem Sattel nach hinten, um den schlecht gelaunten Gorm feixend von der Seite anzusehen.

Der Orcneas saß missmutig auf dem Rücken eines riesigen, sandfarbenen Gauls, den sie einem Braumeister in Kieselbucht abgekauft hatten. Der dunkelbraune Kaltblüter des Jägers stand neben der grauen Stute im Stall des Kontors. Gorm vermisste das Kriegspferd und grummelte seinen Ärger hinaus, seit sie vor zwei Tagen zu ihrer Reise aufgebrochen waren.

Lysander war mit seinem Schimmelhengst einigermaßen zufrieden, auch wenn er nicht über das gutmütige Temperament der Stute verfügte.

»Das Pferd is' anders«, murrte Gorm.

»Aber es trägt dich«, erwiderte Lysander, immer noch grinsend.

»Mir deucht, Euer Begleiter ist Besseres gewohnt, Monsieur«, mischte sich Guiomme der Bandit ein. Natürlich war der Halunke schnell zu begeistern gewesen, als Lysander ihn in der Hafenspelunke gesucht und gefunden hatte, um ihm ein Angebot zu machen. Noch begeisterter war er gewesen, als Lysander anbot, ihn und seine Leute zumindest mit Jacken und Hosen neu einzukleiden – zum einen, um während der Reise dem einkehrenden Winter trotzen zu können, zum anderen, um die Legende vom reisenden Farbenhändler zu festigen. Hergen Gelbhaus hätte sicher nichts dagegen gehabt, sein Vermögen dergestalt eingesetzt zu wissen. Oder doch?

Nun reisten er und Gorm mit Guiomme und sechs seiner Mannen nach Grünthor, ihrer ersten Station auf dem Weg nach Hohenroth.

Er hatte nur eine vage Vorstellung davon, wie es wäre, Meister Blauknochen wiederzusehen. Würde sich der alte Heiler freuen oder ihn für verrückt erklären, dass er es gewagt hatte, in einem von Revolution gebeutelten Land als gesuchter Mann an den Ausgangsort seiner Flucht zu reisen?

Lysander war bereit, das Risiko auf sich zu nehmen. Zu drängend rumorten die Fragen in seinem Kopf, auf die nur einer eine Antwort wusste. Abgesehen davon hielt er das Risiko für überschaubar. Der neuerworbene Dreispitz saß tief auf seiner Stirn und verdeckte die Elven-Ohren. Den Kragen seines Mantels hatte er hochgeschlagen. In seinen Satteltaschen lagen säuberlich verpackte Pigmente in allen Farben des Regenbogens. Er hatte wertvollsten Lapislazuli und Malachit dabei und befand sich in Begleitung eines Dieners, der nicht nach entlaufenem Bergwerkssklaven aussah, sowie einer bewaffneten Wächtertruppe.

Ein Farbenhändler mit wertvoller Fracht auf dem Weg von Süd nach Nord.

All dies gab ihm eine glaubwürdige Tarnung und hielte einer Überprüfung, durch wen auch immer, stand. Und wenn nicht ...

... könnte er sich auf seine magischen Potenziale und Gorms Kraft verlassen.

Ob die Banditen im Angesicht einer Gefahr ihren königlichen Sold verdienen oder abhauen würden, spielte dabei keine allzu große Rolle.

Eine wesentlich größere Rolle spielten seine Träume. Waren sie zuerst nur unmittelbar nach Wirken des SeelenSaugers in einer Art Koma über ihn gekommen, suchten sie ihn mittlerweile jede Nacht heim und eroberten auch mitunter tagsüber seine Gedanken.

Immer wieder stiegen Episoden aus Strengarms, Steinfingers oder Seidenhands Leben in ihm auf. Manches Mal konnte er durch ihre Augen miterleben, wie sie ihre Potenziale aufriefen und Zauber wirkten. Beim ehemaligen Rektor waren es zumeist Feuerzauber, seltener Ziehen & Schieben. Beim angestaubten Bergwerksmagus war es immer Trennen & Fügen und die verbitterte Heilerin wirkte eben Heilzauber. Nach jedem Traum hatte Lysander das Gefühl, dass er den jeweiligen Zauber besser verstand und schneller wirken konnte. Solange er nicht wieder in ein Koma fiele, war es eher lehrreich und aufregend als besorgniserregend.

Den SeelenSauger hatte er aber bislang nicht ergründen können. In keiner Erinnerung der drei Magi war der finstere Zauberspruch aufgetaucht und viele Details blieben ihm auch nach der einhundertsten Lektüre des Kapitels im Grimoire verborgen.

Vielleicht wüsste Blauknochen mehr darüber.

Auch das eine der Fragen, die ihn nach Hohenroth trieben.

Überhaupt spürte er eine drängende Ungeduld, dorthin zurückzukehren.

Als zögen ihn Rothsangs klamme Finger aus dem Jenseits dorthin.

»Apropos Besseres«, sagte Guiomme und riss ihn damit aus seinen Grübeleien. »Werden wir in Grünthor rasten, oder unser Lager im Umland der Stadt aufschlagen?«

Lysander musste fast wieder lachen. Als er die Banditen in der Kneipe gefunden hatte, waren sie ziemlich betrunken gewesen und hatten einen Teil des leichtverdienten Geldes schon umgesetzt. Vermutlich würden sie genau das in jeder Stadt und in jedem Dorf bis Hohenroth machen wollen.

»Wie es sich für einen reichen Händler auf Reisen gehört, werden wir natürlich in einen Gasthof einkehren. Ich glaube nicht, dass Grünthor groß genug für ein Hotel ist, aber wir werden nicht die letzte Absteige ansteuern.«

»Denn das gebietet unsere Tarnung!«, rief Guiomme begeistert. »Mir gefällt es, mit Euch auf der Reise zu sein, Monsieur. Ihr habt Stil.«

»Stiel?«, fragte Gorm.

»Stil«, wiederholte der Bandit. Dabei hob er eine Hand und legte die Fingerspitzen von Daumen und Zeigefinger aufeinander. »Stil, mein großer Freund, ist das Fundament, auf dem ein wahrer Edelmann den Tempel seiner Existenz errichtet.

Stil veredelt sein Niveau und seinen Intellekt. Er hebt ihn über die wogenden Massen des Pöbels und lässt seinen Geist zu Höherem aufsteigen.«

»Weißt du, was Stil ist?«, fragte Gorm Lysander.

»Nichts, was du unmittelbar brauchen würdest. Stil kann warten. Wir müssten dir zuerst andere Dinge und Konzepte beibringen«, antwortete er.

»Konzepte?«, fragte Gorm.

Guiomme schüttelte den Kopf und schnaufte. Lysander lachte.

Es tat gut, unterwegs zu sein.

88

Die Temperatur war merklich gefallen. Regen und Wind rüttelten an ihrem Fenster. Im Lichtschein des Feuers im kleinen Kamin und einer Öllampe saß Zwanette lesend im Schneidersitz auf der Pritsche in ihrem Kasernenzimmer, als es klopfte.

»Herein«, sagte sie und ließ die Beine von der Kante rutschen.

Die Tür öffnete sich und Oberst Hark Dusterkern betrat das Zimmer. Er schaute noch einmal zu dem Wachposten vor ihrer Tür und sagte: »Sie können dann gehen. Danke.«

Dann nahm er den einfachen Stuhl, der vor dem einfachen Schreibtisch stand und setzte sich rittlings auf ihn.

Zwanette stand auf und salutierte.

»Lassen Sie das, Sandmagen«, sagte der Oberst.

Aufrecht und steif wie ein Brett, die Füße schulterbreit auseinander, stand sie in Hab-Acht in der Mitte des Raumes und starrte auf die karge Wand hinter dem sitzenden Offizier.

»Rühren«, sagte der und sie lockerte ihre Körperhaltung.

Er stützte die Ellbogen auf die Stuhllehne, legte die Fingerspitzen aufeinander und rieb sich mit beiden Zeigefingern die Nase.

»Frau Major, Ihre Arrestzeit endet heute.«

Sie atmete erleichtert aus. Doch die Handbewegung des Obersts zeigte ihr, dass das kein Grund zur Freude war.

»Freuen Sie sich nicht zu früh! Die Untersuchungen sind noch nicht beendet.«

Zwanette ließ den Kopf sinken. Verdammt.

»Na, was denken Sie denn, wenn Sie eine komplette Rotte verlieren?«

»Ich?«, fragte sie.

»Genau das muss ja geklärt werden. Aber das tut jetzt nichts zur Sache.«

»Nicht?«

»Nein.« Der Oberst drückte den Rücken durch und verzog das Gesicht. »Wie es aussieht, haben Sie einen mächtigen Freund im Konvent, der ein Interesse daran hat, Sie auf die Suche nach diesem Lysander Hardtherz zu entsenden.«

Zwanette hob überrascht die Augenbrauen.

»Fragen Sie mich nicht, warum. Ich weiß es nicht. Fakt ist, dass besagter Freund der Meinung ist, dass Ihr Misserfolg tatsächlich auf die Kappe Ihres Hauptmanns geht und Ihnen nicht angelastet werden sollte. Er ist Zivilist und hat daher nur wenig Einfluss auf die Statuten des Jägerregiments, aber er ist eben ein sehr einflussreicher Zivilist. Wie dem auch sei …« Stöhnend drückte er sich vom Sitz hoch und hielt eine Hand an den Rücken. »Sie werden Ihre Mission fortsetzen und weiter nach dem jungen Magus suchen. Dazu dürfen Sie auf die Ressourcen des Regiments zurückgreifen. Stellen Sie sich eine neue Rotte zusammen und machen Sie sich auf! Ich habe Passierscheine und Dokumente dabei, die Sie als Angehörige der Armee ausweisen. Sie reisen in Zivil.«

»In Zivil?«, fragte sie.

Dusterkern war schon fast wieder an der Tür angekommen.

»Ja, in Zivil. Bevor die Untersuchungen nicht abgeschlossen sind, werden Sie nicht zum Jägerregiment gezählt. Offiziell, versteht sich.«

»Ich verstehe nicht ganz, Herr Oberst.«

Er öffnete die Tür.

»Anscheinend hat der Unbesiegbare einen Magus ins Feld geführt und dabei Erfolg gehabt. Die Heeresleitung um General Eisenbarth findet dies außerordentlich interessant, da es für die Verteidigung der Nation gegen die Koalition der Reiche relevant sein könnte. Ich dachte zwar, wir hätten diese Zeiten hinter uns, aber so soll es sein. Suchen und finden Sie den Magus. Bringen Sie ihn zu Eisenbarth. Der Rest wird sich finden. Entweder er zeigt sich kooperativ, oder …« Er zögerte.

»Oder?«, fragte sie.

»Wenn wir schon wieder mit Magi in der Schlacht anfangen, bin ich mir sicher, dass auch die guten, alten Scheiterhaufen wieder in Mode kommen.«

Zwanette sog Atem ein und hielt die Luft an.

»Überzeugen sie Ihren Freund«, sagte Dusterkern ernst. »Oder töten Sie ihn!«

Er schloss die Tür hinter sich.

89

Nathaniel und Caleb lümmelten sich auf großen Ledersofas, die sich vor der Feuerstelle im Palast, den der Generalgouverneur sein Heim nannte, gegenüber standen.

Nachdem der Erste Minister Tupir Sengh für seinen Verrat mit dem Thron von Pradesh belohnt worden war, wurden die gefangenen Soldaten der Company freigelassen. Von den einhundertzehn lebten noch zweiundsechzig, die sich jedoch in schlechtem Zustand an Geist und Gesundheit befanden. Lockwood hatte die Vorhut gebildet und war, zusammen mit Lahir Apo, nach Angani gereist, um die Männer schnellstmöglich in das Hospital im Hafen überstellen zu können. Unter den Befreiten war auch Lieutenant Colonel Dustmane gewesen, was der Moral der Truppe nach dem Sieg weiteren Auftrieb gegeben hatte.

Alles in allem konnte die Belagerung von Pradeshnawab als Erfolg gewertet werden. Für Nathaniel fühlte es sich allerdings nicht so an.

Und das besprach er am heutigen Abend mit seinem Bruder – nicht mit dem Generalgouverneur. Sie hatten dazu eine Flasche Gin entkorkt und beide wussten, es würde nicht bei dieser einen bleiben.

Die Lounge im Palast war majestätisch. Hohe, stuckverzierte Decken, bogenförmige Fenster, durch die die milde Brise des Meeres die leichten Vorhänge zum Wallen brachte. Eine kreisrunde Terrasse, ein prächtiges Tigerfell auf dem Mosaikboden zwischen den Sofas und in jeder der fünf Ecken des Raumes ein weißbekleideter Diener, der nur auf einen Wink des Gouverneurs wartete. Auf dem Beistelltisch zwischen ihnen stapelten sich Köstlichkeiten sowohl aus Topangue, als auch aus Northisle. Kalte Fleischgerichte, Obst und Gemüse. Vor dem großen Schreibtisch, der die andere Hälfte des Raumes dominierte, lagerte die Kriegsbeute aus Pradesh. An zwei dicken, kunstvoll bemalten Kanonenrohren lehnten drei der langen Flinten des Nawabs. Ihre Hähne, Scharniere und Schnallen glänzten in Gold. Edelsteine waren in das Holz eingelassen. Diverse Kisten aus Tropenholz stapelten sich, gefüllt mit Diamanten, Edelsteinen und anderen Kostbarkeiten. In der Mitte stand eine Kuriosität auf einem hüfthohen Tisch. Es war ein Automat, der mit einer kleinen Kurbel angetrieben werden konnte. Er zeigte einen aus Blechen geformten Graurock – beinahe lebensgroß – der, auf dem Rücken liegend, gegen einen, ebenfalls blechernen Tiger kämpfte und verlor. Drehte man die Kurbel, fuhren die Klauen des Ungetüms in den Leib des Soldaten, die Kiefer öffneten sich und zeigten weiße Reißzähne, die Arme des Graurocks wedelten umher, die Beine strampelten. Nat konnte die Kunstfertigkeit bewundern, was man aber daran finden konnte, die Szene immer und immer wieder anzuschauen, erschloss sich ihm nicht. Was für ein künstlerischer und handwerklicher Aufwand für eine sich immer wiederholende Abfolge.

Der Nawab musste einen merkwürdigen Geschmack und einen noch merkwürdigeren Humor gehabt haben, dachte er.

»Ich verstehe deine Übellaunigkeit nicht, Bruder«, sagte Caleb und schnappte sich eine Orange vom Tisch. Sofort trat ein Diener hervor, nahm sie ihm aus der Hand und begann sie kunstvoll mit einem kleinen Obstmesser zu schälen und zu filetieren. »Wir haben nur eine geringe Anzahl eigener Kräfte verloren und dafür Pradesh gewonnen und den Einfluss Kernburghs in diesen Sphären gebrochen. Also, was hast du?«

Ärgerlich stürzte Nat einen Schluck Gin hinunter. »Eintausendvierhundert Grauröcke nenne ich nicht ›eine geringe Anzahl‹, Bruder. Der Nachschub aus der Heimat an guten Soldaten ist begrenzt.«

Ernst sah ihm Caleb in die Augen. »Natty, bei einem Feldzug fallen nun einmal Soldaten.«

Unwirsch wedelte Nathaniel mit den Händen. »Das weiß ich auch. Darum geht es nicht. Es ist die Art und Weise, wie und wofür sie fallen, die mich ärgert.«

Es hielt ihn nicht mehr auf dem Sofa. Er erhob sich und streckte einem der Diener sein Glas entgegen, das dieser umgehend auffüllte. Danach lief er im Raum auf und ab. »Sieh mal, zuerst marschieren wir durch ein Land, das wir kaum kennen und treffen auf einen Feind, der uns nahezu unbekannt ist. Wir verlieren den führenden Offizier an Tigertruppen und Derwische – was das überhaupt sein soll, verdammt! Dann tappen wir wie die Schafe durch den Dschungel, verlieren weitere Männer an Mücken, Krankheiten und Dünnschiss, bis wir auf eine Festung treffen, deren Verteidigung uns ebenfalls unbekannt ist, und verlieren ein ganzes Bataillon in einer riesigen Explosion, weil der hiesige König seine Festung verdammt nochmal gut verteidigt.« Er hielt inne, nahm einen weiteren Schluck und sah seinen Bruder an. »Fröhlich pfeifend wetzen wir hernach durch besagte Festung, deren Bau und Grundriss uns ebenfalls unbekannt ist, treffen dort auf erheblichen Widerstand und lassen uns zusammenschießen. Merkst du, worauf ich hinaus will?«

Caleb lehnte sich zurück und legte einen Arm über den Rücken der Couch. »Erkläre es mir.« Er steckte sich ein Stück Orange in den Mund und schmatzte beim Kauen.

»Es läuft im Prinzip auf ein Wort hinaus, Caleb.«

»Und das wäre?«, schmatzte sein Bruder.

»Verantwortung.«

Caleb wäre fast an dem Stückchen Frucht erstickt. Er hustete und prustete. Seine Stirn wurde rot und Adern zeichneten sich auf seinen Schläfen ab. Nathaniel wollte ihm schon zu Hilfe eilen, als er abwinkte und anfing zu lachen.

»Was ist?«, fragte Nat ärgerlich verwirrt.

Er wedelte unwirsch mit dem leeren Glas umher.

»Verantwortung ...«, begann Caleb immer noch röchelnd. »Ich hätte nie gedacht, dass dieses Wort einmal über deine versoffenen Lippen kommt, Bruderherz. Wenn du mir jetzt noch mit Disziplin und Ordnung kommst, muss ich aufpassen, dass Mama nicht stirbt, wenn ich ihr davon berichte.«

Caleb bemerkte, dass sein Bruder ganz und gar nicht erheitert war, und gab sich einen Ruck. Er atmete noch einmal tief aus, hustete kurz und sagte dann: »Ich sehe, du meinst es ernst. Verzeih, das war mir nicht klar.« Ein leichtes Lächeln umspielte seine Mundwinkel.

»Ich meine es in der Tat ernst, Caleb.« Nat setzte sich wieder und legte die Ellbogen auf seine Knie. »Es ist eine Sache, nur für sich selbst verantwortlich zu sein und sich im Griff einer Adelsfamilie zu winden, die einen zwingt, Disziplin und Ordnung als die höchsten Werte endlich anzuerkennen. Es ist aber eine ganz andere Sache, für zigtausend Soldaten fern der Heimat verantwortlich zu sein und dafür Sorge zu tragen, dass am nächsten Tag noch genau so viele von ihnen einen Gin genießen können wie am Tag zuvor. Sie leichtfertig in eine Schlacht zu schicken und schulterzuckend in Rauch aufgehen zu lassen, ist keine Option.«

Als Caleb Luft holte, hob er einen mahnenden Zeigefinger, um ihn zu stoppen.

»Damit meine ich nicht, dass es um Emotionen geht, Caleb. Das ist mir egal. In einem Krieg sterben Soldaten, ganz klar. Aber ... wofür sterben sie? Das Dafür sollte es doch wert sein, oder nicht? Vor allem, wenn Nachschub ein halbes Jahr braucht, um von Southgate nach Angani zu kommen. Und es weitere Monate dauert, diesen an Land dahin zu bringen, wo er gebraucht wird. Ich meine einen verantwortungsvollen Umgang mit Ressourcen, Bruder. Soldaten oder Schießpulver – beides wird in einem Feldzug gebraucht und beides geht in Rauch auf, wenn man es leichtfertig verbrennt.«

Caleb rieb sich über die Koteletten. Seine Miene zeigte keine Belustigung mehr.

Nathaniel fuhr fort: »Ein Befehlshaber sollte professionell und pragmatisch sein, meine ich. Nicht getrieben von einem persönlichen Grund, oder schlimmer noch: von Hass auf den Feind. Denn der Hass vernebelt die Sinne und steht einer distanzierten Analyse im Weg! Es braucht hier in Topangue erst recht Aufklärung und Verständnis dessen, womit wir es zu tun haben. Und wenn ich eines während des Feldzugs gegen Pradesh gelernt habe, Bruder, dann wie man es nicht macht.« Nat atmete tief ein und aus. »Ich könnte noch stundenlang fortfahren!«, rief er aufgebracht.

In Calebs Gesicht änderte sich etwas, und Nat wusste nun nicht mehr, ob er mit seinem Bruder, oder mit dem Gouverneur sprach. Caleb sagte: »Dann fahr fort, bitte.«

»Na gut, wie du willst. Karamells, zum Beispiel. Du weißt, dass die meisten von uns die Topis so nennen?«

Caleb nickte.

»Was soll das?!«, rief Nat. »Sind wir denn so viel besser als sie? Sieh mal, die Topis leben hier, die kennen sich aus. Wir sollten freundlich zu ihnen sein, von ihnen lernen, anstatt von oben auf sie herabzublicken und sie wegen des offensichtlichsten Unterschiedes zu uns zu verunglimpfen. Die nennen uns ›Saheb‹, was ein ehrenvoller Begriff ist, und nicht ›Kalkköpfe‹, was wesentlich näherliegender wäre, oder ›Rotbirne‹, nachdem uns die Sonne das erste Mal die Fresse verbrannt hat. Nein, sie sagen ›Ja, Saheb‹, ›Gerne, Saheb‹ und was machen wir? Wir blasen uns auf und tun so, als stünde uns diese Unterwürfigkeit aus irgendeinem Grund zu. Wie kommen wir dazu? Ich schäme mich fast, es dir zu erzählen …«

»Was denn, Nat?«

»Als ich mit Lahir Apo sprach – auf Augenhöhe, wie es sich für zwei Soldaten gehört – da war er zuerst überrascht. Noch nie hatte eine Rotbirne so mit ihm gesprochen. Wie kann das sein? Die Company ist schon seit Jahrzehnten hier.«

»General Leftwater pflegt ein gutes Verhältnis zu den Topis«, merkte Caleb an.

»Ja klar. So wie ein Vater zu seinen Kindern«, sagte Nathaniel und lehnte sich zurück. »Aber darum geht es nicht. Wir sind hier fremd, die nicht. Wir sollten ihnen in den Arsch kriechen, nicht umgekehrt. Oder – und so schwebt es mir vor – als Partner anerkennen, dass wir von ihnen lernen können so wie sie von uns. Die Grausamkeiten, die sie sich untereinander mit ihrem Kastensystem zufügen, hätten eine gewaltige Portion Zivilisation nötig. Warum bringen wir sie ihnen nicht?« Er warf die Hände zur Decke. »Weil die Karamells dafür zu doof sind? Oder sie uns nicht hören können, weil sie bis zum Hals in unseren Ärschen stecken?!«

Caleb nippte an seinem Glas. »Nicht?«, fragte er.

»Nein!«, rief Nat. »Weil wir für die Topis eine Plage sind! Ein Unwetter, ein Heuschreckenschwarm, eine Geißel Thapaths, die sie nur lang genug aussitzen müssen, bis uns Fieber oder Krieg in die Knie zwingen. Und natürlich, weil wir dank des Schießpulvers überlegen sind. Noch. Bis sie verstehen, dass der Kaiser von Rao die Sache mit uns anders regelt. Bis sie verstehen, dass sie uns eintausend zu eins überlegen sind. Bis sie verstehen, dass wir abhängig sind von ihren Schätzen. Dann ist aber was los!«

Wieder stand er auf, stürzte den Inhalt seines Glases in den Rachen und hielt es dem Diener hin. »Wäre es nicht besser, zu diesem Zeitpunkt ein partnerschaftliches Verhältnis gepflegt zu haben, das uns zu tief verbundenen Freunden macht, die einander wohlgesinnt sind, weil sie die Eigenarten des anderen schätzen und vom gemeinsamen Handel profitieren?«

»Also quasi wie ungleiche Brüder?«, fragte Caleb.

»Ja. Genau.«

»So wie du und ich?«

Endlich lächelte Nat das erste Mal an diesem Tag. »Ja, verdammt!«, sagte er.

Caleb stellte sein Glas auf den Tisch und stand auf.

»General, ich denke, Sie konnten alles mit anhören?«, sagte er in Richtung der offenen Fenster.

Nathaniels Kinn fiel ihm auf die Brust. Sein Puls beschleunigte und wummerte wie zuletzt vor dem Angriff auf die Festungsmauern.

Bodean Leftwater schritt ruhig durch die Terrassentür, nahm seinen Fez vom Kopf und deutete eine Verbeugung an.

»Sehr wohl, Herr Generalgouverneur.«
Er warf einen strengen Blick auf den überraschten Nat.
»Setzen wir uns«, sagte Caleb.

DSCHUNGEL, TOPANGUE

90

Keno erreichte die Außenbezirke von Neunbrücken am frühen Abend. Die Herbstsonne versank bereits hinter dem Horizont. Zweiunddreißig Tage lag es nun zurück, als er die Küste Gartagéns in der Nacht hinter sich gelassen hatte. Es war ihm nicht leichtgefallen, wie ein Viehdieb davonzuschleichen und auf einer schnellen Fregatte nach Kernburgh zurückzukehren.

Es würde noch einige Zeit dauern, bis die Northisler die Dominanz über das Südmeer festigen konnten, denn auch ihre Flotte hatte beträchtliche Schäden erlitten, die erst behoben werden mussten, bevor ihre Linienschiffe wieder kampfbereit waren.

Die langen Tage auf See waren für seine Ungeduld eine harte Probe gewesen. Untätig über das Meer schippern, während die eigenen Soldaten sich der wütenden Truppen diverser Kriegsherren erwehren mussten und er außerstande war, Einfluss in Neunbrücken zu nehmen. Er hatte viel gelesen und noch mehr geschrieben. Er hatte ein weiteres Essay verfasst, um seine Entscheidung, die Armee zurückzulassen, zu erläutern. Er hatte Pläne und Konzepte erstellt, wie er seine Nation sicher machen wollte, gegen jedweden Feind, ob von innen oder außen.

Der Kapitän der Fregatte hatte sein Bestes gegeben, sich und seiner Mannschaft alles abverlangt, um General Grimmfaust so schnell wie möglich an sein Ziel zu bringen. Und schließlich war Keno in Kieselbucht an Land gegangen.

Die Bürger der Stadt – oder die, die noch übrig waren – hatten ihm einen warmen Empfang bereitet. Frenetisch feierten sie ihn, als er den Steg hinabschritt.

Minister Silbertrunkh hatte an alles gedacht und sich selbst übertroffen: Eine Eskadron Kavalleristen der Nationalgarde stand bereit, und nachdem seine Seekiste auf einer schnellen Kutsche verladen war, rasten sie schon Richtung Norden.

Durch das Fenster sah er Oberst Starkhals salutieren. Sein Bataillon, das Keno begleitet hatte, marschierte zur Kaserne von Kieselbucht. Dort standen vierhundert Pferde bereit – ebenfalls von Silbertrunkh organisiert – auf denen die Soldaten der Kutsche hinterherkommen würden.

Bereits in Grünthor hatten die Infanteristen aufgeholt und so wurde es ein prächtiger Zug durch die Stadt. Auch hier jubelten die Bürger ihrem ›Unbesiegbaren‹ zu. Ihm selbst kam das völlig verrückt vor. Sicher, es waren schwierige Schlachten gewesen, aber er hatte nur getan, was von ihm als Soldat der Nation erwartet wurde. Gut, vielleicht hatte er ein wenig mehr Weitblick und Finesse walten lassen, aber ›unbesiegbar‹?

›Propaganda‹ hatte das der Minister in seinen Briefen genannt. Propaganda in seinem Sinne, um ihn als Machtfaktor zu etablieren.

Es kam ihm immer noch verrückt vor, als sie die Dörfer und Kleinstädte zwischen Grünthor und Neunbrücken im Eiltempo hinter sich ließen. Überall wurde er mit Jubel und Hurra empfangen.

Während die winterliche Landschaft seiner Heimat am Fenster vorbeiraste, ermahnte er sich, dafür zu sorgen, dass ihm dieser Jubel nicht zu Kopf stiege.

Nein, er würde die Herausforderung, die das politische Spiel ihm stellte, genau so pragmatisch annehmen, wie er Herausforderungen auf einem Schlachtfeld annahm. Er würde sich nicht zu einem Spielball der mächtigen Politiker machen lassen.

Ihm war klar, dass er Silbertrunkhs Werkzeug sein sollte, um den wahnsinnigen Fleischer abzuservieren. Es war ihm aber auch klar, dass er Kernburgh nicht diesen ausgebufften Machtmenschen überlassen wollte.

Nicht, wenn er da noch ein Wörtchen mitzureden hatte.

Darum hatte er Starkhals mitgebracht und vorher seinem jüngeren Bruder ebenso viele Briefe geschickt wie dem Minister.

Selbst in der Dämmerung konnte er erkennen, wie sehr sich seine Heimatstadt, sein Geburtsort verändert hatte. Neunbrücken wirkte düster und deprimierend. Zumindest, bis sein Konvoi den Platz der Revolution erreicht hatte. Dort hatte sich alles versammelt, was Beine besaß, jubelte, warf Blumen und schwenkte die Fahne Kernburghs. Die Nationalgardisten bahnten der Kutsche rüde den Weg. Die Brüste ihrer Pferde drückten sich in die Massen, sie traten mit Knien und schlugen mit den stumpfen Seiten ihrer Säbel, bis sich eine Gasse bildete.

Keno schickte dem Kurzmacher auf seinem Podest einen stillen Fluch.

Dieses Zeichen des Terrors musste fallen.

Ein einzelner Ruf aus der Menge, der zu einem Chor wurde, ließ ihn aufhorchen.

»Keno Grimmfaust Flammenbringer!«, riefen die Leute. Immer und immer wieder.

Zuerst unbesiegbar und nun sollte er Flammen bringen? So ein Unsinn.

Starkhals, der die letzten Kilometer bei ihm in der Kutsche reiste, beugte sich nach vorn und sah belustigt aus dem Fenster.

»Flammenbringer, hm?«, raunte er.

Keno winkte ab und schüttelte den Kopf.

Die Kutsche hielt vor dem Theatersaal des vormaligen Königspalastes im Zentrum von Neunbrücken.

Keno öffnete die Tür und setzte seine Füße auf den Boden auf dem, vor nicht all zu langer Zeit das Blut der Löwen von Jør in den Kies gesickert war. Den Ort, den er vom Kamm eines Hügels beobachtet hatte und auf dem er Major Rabenhammer den Rauch der Kanonen gezeigt hatte. Es kam ihm vor, als wäre das Teil eines anderen Lebens gewesen.

Auf der großen Treppe vor dem Eingang stapelten sich die Ehrenträger, die ihren siegreichen General begrüßten. An vorderster Front Minister Silbertrunkh neben Kenos jüngeren Bruder Luwe Grimmfaust. Neben den beiden stand ein ihm unbekannter, junger Mann in einer weißen, weiten Robe, der einem Kavallerie-Offizier, den Keno mittlerweile gut kannte, ausgesprochen ähnlich sah.

Anhand der ihm zugewandten Gesichter konnte er sich ein schnelles Bild davon machen, wer wohlgesinnt oder feindselig war. Die Gemäßigten um Silbertrunkh lächelten in Variationen von begeistert bis skeptisch. Die Radikalen um Desche Eisenfleisch trugen ernste Gesichter oder offene Verachtung zur Schau.

»Achtung!«, brüllte Starkhals. Dreihundert Veteranen der Südarmee stampften auf, während sich der Rest um die Pferde kümmerte. Der Jubel der Massen hinter ihnen wurde leiser.

Keno trat auf die erste Stufe.

Silbertrunkh breitete die Arme aus und kam ihm entgegen.

»Da ist ja unser General«, sagte er freudig. Kenos Bruder zwinkerte ihm zu.

Er zwinkerte zurück und ließ den Blick über die versammelten Mitglieder des Konvents schweifen, die sich für seinen Empfang eingefunden hatten. Etwas abseits auf dem linken Flügel erkannte er Desche. Desche Eisenfleisch. Was für ein alberner, wenig origineller Name. Wie Bluthafen. Der Fleischer grinste finster.

Keno trat auf die zweite Stufe.

Er befand sich nun in einem Kreis. Hinter ihm Starkhals mit den Truppen, die ihm in einer Doppelreihe folgten – vor ihm die Zivilisten.

Er nahm die dritte Stufe.

Und spürte einen sengenden Schmerz im Nacken.

Zuerst dachte er, jemand hätte auf ihn geschossen. Es fühlte sich heiß und feucht an.

Aber er hatte keinen Schuss gehört.

Er griff sich an den Hals. Seine Knie gaben unter ihm nach. Verwirrt sah er nach links. Dort grinste immer noch der Fleischer, aber in dessen Händen lag keine rauchende Muskete. Desche Eisenfleisch rieb sich beide Hände und sah auf eine Stelle hinter Keno.

Er folgte dem Blick und die Welt begann sich zu drehen.

Ein überraschter Aufschrei aus tausend Kehlen erklang, als er zusammensackte und sich mit beiden Händen von den Stufen abstützen musste.

Von hinten griff ihm Starkhals unter die Arme. Fluchend wie ein Fuhrkutscher. Die vordere Reihe der Soldaten bildete einen engen Wall um Keno, die hintere richtete ihre Musketen auf die Bürger, die erschrocken zurückwichen und die Hände hoben.

»Was ist passiert?«, flüsterte Keno zwischen zusammengebissenen Zähnen.

»Ein Anschlag!«, brüllte Starkhals. »Ein Anschlag auf den General!«

Silbertrunkh und Luwe bahnten sich einen Weg durch die Infanteristen. Der Mann im weißen Kittel folgte ihnen.

Kenos Blickfeld verfinsterte sich.

Das letzte was er sah, war das grimmige Gesicht von Oberst Starkhals, daneben das besorgte seines Bruders, auf der anderen Seite schien Lüder zornig nach etwas zu suchen, und dahinter leuchtete das weiße Antlitz, das Oberst Hardtherz so ähnlich sah.

»Übertragen Sie mir noch etwas, ich halte das aus!«, hörte Keno seinen Bruder sagen.

»Nehmen Sie mich!«, sagte Oberst Starkhals.

Eine helle Stimme mit einer gewissen Härte sagte: »Nein, ich denke, das reicht. Er kommt zu sich.«

Keno öffnete die Augen. »Qendrim?«, raunte er erschöpft.

»Nein, mein Herr. Mein Name ist Vahdet. Qendrim ist mein Bruder.«

»Sie sehen aus wie Apoth«, flüsterte Keno »Genau wie Ihr Bruder.«

Vahdet lächelte. »Das haben wir beide schon des Öfteren gehört, General. Aber ich diene ihm nur. Das Aussehen ist dem Zufall und meinen elvischen Wurzeln geschuldet.«

Luwe Grimmfaust schob sich neben dem Mann in Kenos Sicht.

»Was ein Glück, dass Meister Hardtherz zugegen war, Bruder. Schau mal!«

Er reckte seinen Hals und zeigte auf einen blutigen Verband.

»Ich musste die Heilung auf den Oberst und Ihren Bruder übertragen, denn das hier …«, Vahdet hob eine Hand, in deren Fingern er einen in sich gewundenen, spitzen Stab von der Größe eines Bleistiftes hielt, »steckte in Ihrem Nacken. Und wie ich anmerken möchte, recht nah an der Stelle zwischen Hinterkopf und erstem Wirbel. Nur ein paar Zentimeter und jede Hilfe wäre vergebens gewesen.«

Keno versuchte, sich aufzurichten, doch sein Nacken konnte den Kopf nicht halten.

Er krallte eine Hand in den Ärmel seines Bruders. »Hilf mir, mich aufzurichten«, sagte er.

»Ich würde Ihnen empfehlen, noch einige Zeit liegen zu bleiben«, sagte Vahdet.

»Starkhals, dann helfen Sie mir!«, befahl Keno.

»Jawohl, General.«

Die schweren Stiefel des Obersts trampelten neben ihm. Wieder spürte er Hände unter seinen Achseln. Dann wurde er etwas gedreht, bis seine Beine vom Rand des Tisches rutschten, auf dem er gelegen hatte.

Er musste seinen Kopf mit einer Hand stützen und sah sich um.

An der Tür zu dem Arbeitszimmer stand Minister Silbertrunkh und besprach sich eifrig mit einigen anderen, edel gekleideten Personen, denen er den Zutritt ins Zimmer verwehrte.

»Was ist passiert?«, fragte Keno.

»Ein Attentat, General«, sagte Starkhals.

»Konnten wir den Täter fassen?«

Der Oberst schnaufte frustriert. »Nein, er verschwand in der Menge. Sie war zu dicht für meine Soldaten. Er ist entkommen.«

»Was ist das?«, fragte Keno und zeigte auf den schwarzen Stab in den Händen des Priesters.

»Oh, das ist ein Schwarzdorn«, sagte dieser. »Eine gewisse Gruppierung, die sonst nur in Gartagén zu finden ist, nutzt diese Waffen in verschiedenen Größen für die Erfüllung ihrer Kontrakte.«

»Was?«, fragte Keno. Er bemerkte, dass er noch nicht alle Sinne zusammen hatte, und schloss die Augen.

»Hier, trink etwas.« Luwe reichte ihm ein Glas. Wie er daraus trinken sollte, war ihm gerade ein Rätsel. Sein Hals fühlte sich an wie weicher Pudding. Würde er den Kopf in den Nacken legen, er würde ihn nicht mehr zurückbekommen und bis an sein Lebensende in den Himmel starren oder auf der Pritsche vom Kurzmacher durch die Gegend geschoben werden müssen.

»Wir setzen Sie in den Ohrensessel da am Kamin. Dann dürfte es gehen«, sagte Vahdet.

Nachdem sie ihn in eine bequemere Position verfrachtet hatten, lehnte sich der Priester an den Tisch und hielt den Stab vor sich.

»Dieser Schwarzdorn kann geworfen oder wie ein Dolch eingesetzt werden. Größere führt man wie Schwerter, noch größere wie Lanzen. Die ganz kleinen verabreicht man dem Opfer mit Speise oder Trank, was zu verheerenden Verletzungen im Innern führt. Dieser hier steckte tief genug, um meisterhaft geworfen worden zu sein. Sie hatten Glück, General.«

Keno ließ seine Zähne knirschen. »Ich kenne jemanden, der heute Nacht eine noch größere Portion davon benötigen wird«, knurrte er und sah Starkhals in die Augen.

Der Oberst nickte grimmig und schob sich an Lüder vorbei aus dem Raum.

»Luwe, wer ist im Moment der Vorsitzende des Konvents?«, fragte Keno.

»Das bin ich!«, rief sein Bruder voll Stolz und sagte dann leiser: »Minister Silbertrunkh hat dafür gesorgt.«

»Gut. Jetzt hilf mir aus dem Sessel und schnüre mein Halstuch und den Kragen enger!«

Mit beiden Armen drückte er sich hoch.

»Wenn Sie partout nicht ruhen wollen ... na bitte.« Vahdet trat vor und legte ihm eine Hand in den Nacken. Keno hörte ihn einige Formeln wispern und spürte, wie der Schmerz nachließ.

Der Priester biss sich auf die Lippe und eine Träne löste sich aus seinem Augenwinkel. »Ich habe noch Verbände. Machen Sie sich keine Sorgen um mich«, sagte er, während sich der Kragen der weißen Kutte rot färbte.

»Danke, Meister Hardtherz«, sagte Keno und ging zur Tür. »Ich werde nicht vergessen, was Ihre Familie für mich zu tun bereit ist.«

Er wandte sich an den Minister.

»Haben Sie es?«

Eilig zog Silbertrunkh einen Umschlag aus seinem Überrock.

»Ja, hier.« Er reichte ihn Keno, der ihn sich kurz ansah. Dann zerbrach er das Siegel Kernburghs und öffnete ihn.

»Es wird Zeit«, sagte er.

»Desche Eisenfleisch!«, rief Keno, »ich verhafte Sie im Namen des Volkes wegen Hochverrats, Mord, Mordversuch, Anstiftung zum Mord, Brandschatzung und Plünderung.«

Über die Köpfe der siebenhundert versammelten Politiker zeigte er auf die Glatze des Fleischers in der Mitte des alten Theatersaales. Keno stand auf der Bühne und verspürte einen Zorn, wie er noch keinen gespürt hatte.

Eisenfleisch erstarrte. Ein Schimmer von Hass flog über sein Gesicht. Dann zogen sich seine Mundwinkel in Richtung seiner Ohren und seine weißen Zähne blitzten auf. Er holte Luft, um etwas zu sagen. Oberst Starkhals ließ es nicht dazu kommen.

Der Hahn der Pistole klickte und war über die überrascht schweigenden Konventsmitglieder gut zu hören. Starkhals hielt die Waffe an Eisenfleischs Hinterkopf.

Die Infanteristen, die Keno aus Gartagén mitgebracht hatte, hoben ihre Musketen vor die Brust und stampften auf. Sie hatten sich an den Wänden des Saales postiert, riegelten die Eingänge ab und sollten ansonsten nur bedrohlich wirken.

Es funktionierte.

Desche blieb seine höhnische Erwiderung im Halse stecken.

Keno hielt das Kuvert, dass er von Silbertrunkh bekommen hatte, in die Höhe.

»Die Anklagepunkte sind hier vermerkt und das Eilgericht wird noch heute Nacht zusammenkommen. Solange setzen wir Sie unter Arrest, Meister Eisenfleisch.« Er spuckte den Namen förmlich über die Lippen.

In der Ecke des Saales, in der die radikalen Anhänger Desches einen Pulk bildeten, brandete Unruhe auf. Keno nickte einem Leutnant der Infanterie zu, der seinen Säbel zog und »Anlegen!« rief. Über zweihundert Musketen ragten in den Raum und zielten auf die Unruhestifter.

»Das ist infam!«, brüllte Desche und schüttelte eine Faust.

Kenos Bruder trat an den Rand der Bühne und hob beide Hände.

»Ich, der amtierende Präsident des Konvents, kann die Anklage in allen Punkten bestätigen, meine Freunde!«

»Ich auch«, rief Vahdet Hardtherz. »Besonders was den Angriff auf das Kloster meiner Glaubensbrüder und den Brand im Großen Dom angeht!«

»Ich auch«, rief Frau Dünnstrumpf.

Silbertrunkh hatte sie nach Neunbrückhen bestellt, um zu bezeugen, dass ihr Mann nur enthauptet worden war, weil der Fleischer ein günstiges Stadthaus haben wollte.

»Ich auch«, rief Silbertrunkh, und ergänzte: »Der Mordanschlag auf unseren General geht ebenfalls auf Meister Eisenfleisch!«

Raunen und Rumoren wogte durch die Anwesenden. Einige Schritte und Drängler später standen die Anhänger Desches isoliert. Die Soldaten bildeten einen Ring um sie.

»Oberst Starkhals, entfernen Sie bitte diesen geistig umnachteten Fleischermeister aus dem Konvent! Geleiten Sie ihn in seine Stadtwohnung, wo er bis zum Richterspruch zu verweilen hat!«, rief Keno über die Unruhe.

Der Oberst legte Desche eine Hand in den Nacken und rammte ihm die Mündung der Waffe unters Kinn.

»Tun Sie mir den Gefallen und wehren Sie sich«, raunte er. Dann drückte er die Finger zusammen, bis Desche vor Schmerz die Schultern heben musste. Starkhals drehte ihn herum und schob ihn Richtung Tür. Zwölf Infanteristen folgten ihm.

Unbemerkt von den anderen atmete Keno erleichtert auf. Er war nicht sicher gewesen, ob er damit durchkommen würde, den Fleischer festzusetzen und hatte nur vermutet, dass dessen Rückhalt im Konvent geschmolzen war. Er hob und senkte einen Arm, woraufhin die Soldaten ihre Musketen absetzten.

Er hätte sie schießen lassen, wäre es darauf angekommen.

Für die Nation.

Stets für die Nation!

Minister Silbertrunkh trat an den Bühnenrand und sagte: »Werte Mitglieder des Konvents, wie Sie just miterleben durften, wurde der Hohe Rat notgedrungen um einen Minister erleichtert. Luwe Grimmfaust ist nach wie vor der Vorsitzende und hat einige Worte an Sie zu richten.«

Kenos Bruder räusperte sich, zwinkerte ihm zu und holte Luft.

»Unserer Nation stehen unruhige Zeiten bevor«, setzte Luwe an. »An ihren Grenzen scharren die Feinde mit den Hufen und in ihren Grenzen streben die Radikalen nach Macht und nehmen dafür auch einen Bürgerkrieg in Kauf!« Anschuldigend zeigte er auf Desches Anhänger. »Ein Putsch durch diese Kräfte stand unmittelbar bevor und sollte durch den Anschlag auf General Grimmfaust ausgelöst werden! Diese Umtriebe können wir im Namen des Volkes, das sich gegen den Absolutismus des Königshauses gewehrt hat, nicht dulden! In Zeiten wie diesen brauchen wir einen starken Arm und ein scharfes Schwert, das uns durch diese Zeiten führt!«

Die Anwesenden grummelten und flüsterten.

»Ich plädiere daher dafür, den vakanten Posten, den der unredliche Eisenfleisch räumen musste, meinem Bruder, dem unbesiegbaren General, zu übergeben!«, rief Luwe.

Das Getuschel wurde lauter. Keno erkannte sowohl Zustimmung als auch Skepsis auf den Mienen.

Unbeirrt fuhr Luwe fort: »Sie kennen mich, und Sie wissen, dass ich ihm mit eigenen Händen mein Schwert in die Brust rammen würde, sollte er die Ideale der Revolution verraten!«

»Gemach, gemach!«, rief Keno und wandte sich an den Konvent. »Werte Bürger, lassen Sie mich ihnen zurufen: Die Revolution ist zu den Grundsätzen zurückgekehrt, von denen sie ausging: Sie ist zu Ende!«

Erste Protestrufe wurden laut, andere nickten zustimmend und hielten gestreckte Daumen hoch über den Köpfen.

»Jetzt geht es darum, die Errungenschaften der Revolution zu bewahren und zu beschützen! Feudale Privilegien müssen abgeschafft bleiben, die Umtriebe der Radikalen müssen gestoppt werden. Wir müssen als Nation zusammenstehen, um uns gegen Lagolle und Northisle zu wappnen! Dafür müssen wir die innere Ordnung wiederherstellen!«

Vahdet Hardtherz hielt eine Ledermappe hoch und rief: »Die Verfassung der Republik Kernburg, wie sie vom Rat einstimmig angenommen wurde, steht in diesem Buch. Niedergeschrieben von den Schreibern des Apoth. Lassen wir den neuen Minister Grimmfaust darauf schwören, dass er ihr dienen wird.«

Keno wartete einen Augenblick, bis sich die Zwischenrufe beruhigt hatten, dann fuhr er fort: »Um unsere junge Republik zu schützen, braucht es einen Minister für Krieg und Verteidigung. Dieser Posten muss mit umfangreichen Vollmachten versehen sein. Hier in meiner Hand halte ich die dafür nötigen Anpassungen für die Verfassung!«

Hardtherz sah überrascht auf und auch Silbertrunkh erstarrte.

Jetzt kam es drauf an!

Diesen Moment hatte Keno während der langen Überfahrt geplant. Dass der verrückte Fleischer tatsächlich versucht hatte, ihn auf den Stufen des Theaters umbringen zu lassen, stellte sich nun als Glücksfall heraus.

Thapath war schon ein verrückter Gott, dachte er. In dem einen Moment entwirft er ein Schicksal, das blutend auf der Treppe sein Ende findet, nur um dafür zu sorgen, dass der Oberste Priester des Apoth anwesend ist, um diesem Schicksal einen völlig anderen Werdegang zu ebnen.

»Der Konvent hat bewiesen«, rief Keno, »dass er der Terrorherrschaft eines Fleischermeisters nicht Einhalt gebieten kann, selbst wenn die Erde mit dem Blut des Volkes getränkt wird und sich die Köpfe auf dem Platz der Revolution stapeln. Daher sage ich: Wählen Sie mich zum Ersten Konsul, Meister Silbertrunkh zum Zweiten und Vahdet Hardtherz zum Dritten! Lassen Sie uns die Speerspitze sein, die Kernburg zu neuen Höhen aufschwingt. Zusammen mit dem Staatsrat, den Sie, werte Mitglieder, dann bilden werden, und einem Tribunat aus den besten Juristen, schaffen wir ein Gesetzbuch, das jedem Bürger Gleichheit vor dem Recht zusichert und legen so den Grundstein für ein gerechtes, sicheres Miteinander! Auf dieser Basis wird es der Nationalarmee gelingen, der drohenden Gefahr durch die vorrückende Koalition unserer Feinde entgegenzutreten und Kernburg zu dauerhaftem Frieden zu verhelfen!«

Nimm das, Thapath, du verrückter Gott, dachte Keno. Insgeheim erwartete er einen Blitz, der durch die hohe Decke des Theaters fahren würde, um ihn doch noch niederzustrecken.

Aber der Blitz blieb aus. Thapath sah zu und schwieg.

Im Gegensatz zu den Konventsmitgliedern.

Einige applaudierten, riefen: ›Ein Hoch auf den Unbesiegbaren!‹, oder ›Möge der Flammenbringer das Gleichgewicht herstellen!‹ Andere schimpften und zeterten, besonders das Pulk der Radikalen.

»Lassen Sie mich demonstrieren, wie ich, als Erster Konsul mit den Feinden der Nation verfahren werde!«, rief Keno über den Tumult.

Das war das Stichwort.

Die großen Flügeltüren des Saales wurden polternd aufgestoßen. Sein Adjutant Ove Donnerkelch stürmte hinein. Er trug seine beste Uniform und sah schnittig wie ein edelster Kavallerist aus. In seinem Gefolge stampften die Nationalgardisten durch die Tür und scherten nach rechts und links aus.

Wäre es nicht gelungen, die Gardisten von Keno Grimmfaust als Anführer zu überzeugen, hätte das Gefolge lediglich aus den restlichen einhundert Infanteristen bestanden.

»Geleitet diese Verbrecher in den Kerker!«, rief er und zeigte auf den Pulk.

Die Radikalen wurden umringt und rüde aus dem Saal gebracht. Der ein oder andere Kopf machte Bekanntschaft mit dem Holz eines Musketenkolbens.

»Gibt es noch weitere Unruhestifter hier im Saal, oder können wir zur Abstimmung kommen?«, fragte Keno mit bedrohlichem Unterton.

Einige Mitglieder sahen sich unsicher nach allen Seiten um.

Alles, was sie sahen, waren die entschlossenen Mienen der Gardisten und die versteinerten Gesichter der loyalsten Schützen, die Keno und Starkhals ausgewählt hatten.

91

Lysander saß auf einem umgestürzten Baumstamm am Waldrand und sah der Sonne beim Untergehen zu. Vor ihm lagen die winterlichen Wiesen, Felder und Bauernhöfe am Rand von Hohenroth. Ein leichter Wind trieb ein Gemisch aus Regen und Graupel über die graubraune Landschaft.

Durch diese Wiesen und Felder war er vor gefühlten einhundert Jahren aus der Stadt geflüchtet, nachdem der Dozent, dem er vertraut hatte, zur treibenden Kraft für seine Flucht geworden war. Eine Flucht, die ihn in Gefangenschaft geführt und ihn dazu gezwungen hatte zu töten, und die ihn einmal quer über den Kontinent geführt hatte. Genauso, wie er sich damals aus Hohenroth herausgestohlen hatte, würde er sich heute in die Stadt hineinstehlen.

Sie hatten Guiomme und seine Bande von Wegelagerern mit den Pferden im Wald zurückgelassen und bis zur Abenddämmerung gewartet.

Fühlte es sich an wie heimkommen? Nein.

Trotzdem fühlte es sich wie das Ende einer langen Reise an.

War es das Ende seiner Reise?

Was würde ihn erwarten? Jäger, Kerker, Inquisitoren?

Oder bekäme er endlich die Antworten auf seine drängenden Fragen?

Es gab nur einen Weg, es herauszufinden.

Er stand auf.

»Hier kommst du her?«, fragte Gorm.

»Irgendwie schon«, sagte Lysander.

Wieder hielt er sich abseits der Straße, wieder duckte er sich tief ins hohe Gras, wieder erreichte er den Bauernhof, auf dem er sich versteckt hatte. Er brauchte sich nicht umzudrehen, um zu wissen, dass Gorm ihm auf den Fersen folgte. Er spürte die Präsenz des Riesen in seinem Rücken. Daran, dass der sich wie auf Katzenpfoten bewegte, hatte er sich gewöhnt.

Sie liefen an Zäunen und Hecken vorbei. Einige Gänse reckten die Hälse, ein paar Hunde kamen an vergitterte Hoftore und schnüffelten. Kein Tier gab einen Laut von sich. Lysander erinnerte sich an den dunkelbraunen Hengst des großen Jägers. Auch der war ungewöhnlich ruhig geblieben, als Gorm ihn an den Zügeln führte.

Die bäuerlichen Gebäude wichen neueren Industriebauten. Eine Schmiede mit zwei hohen Schornsteinen, ein längliches Bauwerk mit einem gusseisernen Schild über dem Eingang. Unterkünfte für Arbeiter folgten. Einfache, dreistöckige Häuser mit kleinen Fenstern. Wäscheleinen spannten sich von einer auf die andere Seite. Sie durchquerten ein heruntergekommenes Vergnügungsviertel mit Kneipen,

Gasthäusern und anderen Etablissements. Ab hier ging Lysander aufrecht und in der Mitte der Gassen. Gorm hielt sich hinter ihm, die Flinte über der einen Schulter, einen Satz Satteltaschen, gefüllt mit den wertvollen Steinen und Farben, über der anderen. Sie hatten ihre beste Kleidung angelegt.

Dass er sich, in Begleitung des Orcneas, unbemerkt durch die engen Viertel schleichen könnte, wäre zwangsläufig zum Scheitern verurteilt. Dafür war Gorm einfach zu groß, zu gewaltig, zu auffällig.

Also stolzierten sie mit geradem Rücken, ganz so, als gehörten sie hierhin. In Gedanken war Lysander wieder in die Rolle des Farbenhändlers geschlüpft.

Zwischen den windschiefen Dächern sah er die Turmspitze des Doms von Hohenroth. Sie war abgedeckt und offensichtlich ausgebrannt. Es ragten nur noch ein paar Steine und Holzbalken in den Himmel. Lysander entdeckte Einschusslöcher im ohnehin schon abgeblätterten Putz einiger Häuser.

Die Revolution hatte also auch Hohenroth in den Strudel der Gewalt gerissen.

Mit Schaudern erinnerte er sich an die Nacht in der Gasse, als er das erste Mal die Feuerwand beschworen hatte. Sie näherten sich der Innenstadt von Süden. So bliebe ihm der Anblick dieses Orts erspart.

Hinter dem Südtor hielten sie sich auf den Gehsteigen der Hauptstraße.

»Ich bin nur ein wohlhabender Farbenhändler …«, murmelte er immer wieder, um sich zu beruhigen, denn sein Herzschlag hatte sich beschleunigt. Erfahrungsgemäß hielten die Stadtwachen die Außenbezirke für wenig schützenswert – im Gegensatz zum Stadtkern. Es war nur eine Frage der Zeit, wann sie auf die erste Streife träfen. Dann würde sich zeigen, ob seine Geschichte taugte, oder ob seine Visite bei Blauknochen schon beendet war, bevor sie begonnen hatte.

Sie erreichten den Marktplatz. In seiner Mitte thronte eine Art Bühne mit einem merkwürdigen Apparat auf ihr.

Als sie an dem Holzgerüst vorbeigingen, sog Gorm laut Luft durch die Nüstern. Hier war Blut geflossen, dachte Lysander, als er die Sprenkel und Spritzer am Holz bemerkte. Viel Blut.

Er blieb stehen und schaute sich um, betrachtete die leeren Marktstände im flackernden Licht der Straßenlaternen. Wieder holte ihn eine Erinnerung ein. Es war an einem schönen Tag auf dem Markt. Er hatte einer Hinrichtung beigewohnt und sich dazu einen köstlichherzhaften Eintopf schmecken lassen. Er hatte sich mit dem gestreckten Bier am Marktausschank einen richtigen Kater angesoffen und war dann fröhlich pfeifend noch in den ›Grünen Mond‹ gewankt. So ein richtiges Studentenleben hatte er geführt.

Es kam ihm vor, als wären dies die Erinnerungen eines anderen.

Er schüttelte den Kopf, um sie zu vertreiben.

Zwischen seinen Füßen lag ein zerknittertes Heft und sein Blick strich über die Titelseite. ›Keno – Der Unbesiegbare – Grimmfaust unterwirft Jør‹, stand da. Daneben eine Strichzeichnung, die einen jungen Soldaten mit Zweispitz und raubvogelartigem Gesicht darunter zeigte. Stolz und souverän. Der Rest der Schrift war zu klein um ihn auf dem Boden zu lesen.

Aufheben wollte er das verdreckte Heft aber nicht.

Die Erinnerung durchzuckte ihn wie ein Blitz!

Wenn dieser Grimmfaust der Grimmfausth von ›Grimmfausth Stein & Erz‹ sein sollte, würde er bei Gelegenheit das ›unbesiegbar‹ auf die Probe stellen!

Ein Schaudern durchfuhr ihn, als der drohende Schatten des Apparates auf ihn fiel. Er schüttelte sich und ging weiter. Es waren nur wenige Bürger unterwegs und Stadtwachen entdeckte er keine.

Schließlich kamen sie an die Mauer, die die Universität umschloss. Vor dem Haupttor lagen einige der Steinquader verteilt, die Meister Blauknochen damals über sich hatte kreisen lassen. Es sah aus, als hätte er sie schließlich doch werfen müssen. Die Ecke eines Würfels steckte im Kopfsteinpflaster der Straße.

Am Tor selbst verschloss eine schwere Kette die Flügel des Eisengitters.

Lysander schaute durch die Stäbe auf die beeindruckende Fassade. Nur in wenigen Fenstern flackerte eine Kerze oder Lampe. Der Vorgarten war nahezu verwildert. Einige Holzlatten lagen auf dem ungepflegten Rasen. Die einst so lebhafte Universität wirkte im Abendlicht wie ein brütendes Ungeheuer.

»Da willst du rein?«, brummte Gorm hinter ihm.

»Oder wir drehen einfach um und reisen wieder zurück nach Kieselbucht …«, flüsterte Lysander.

Gorm schnaufte trocken. »Warum nicht. Waren nur sechzehn Tage.«

Der ehemalige Minensklave hatte viel gelernt, dachte Lysander. Sogar Ironie.

»Versuchen wir es auf der anderen Seite«, sagte er.

Über das Dach eines Schuppens, der unerlaubt nah an die Gitter der Rückseite gebaut worden war, kletterten sie über ausladende Äste eines alten Baumes in den Park. Die Studenten nutzen diesen Weg häufig für nächtliche Exkursionen ins Milieu von Hohenroth. Lysander war sich immer sicher gewesen, dass die Dozenten von diesem Schlupfloch wussten und es, auch wenn sie es nicht guthießen, dass sich ihre Schüler die Nächte um die Ohren schlugen, dennoch stillschweigend und im Gedenken an die eigenen jungen Jahre akzeptierten. Studenten eben.

Auch in den Fenstern auf der Rückseite war es mehrheitlich dunkel.

»Wo sind die denn alle?«, flüsterte Lysander.

Sie drückten sich an die Wand der Stallungen und sahen über den Rasen. Der Park lag vollkommen verlassen vor ihnen. Zu dieser Tageszeit hätten hier zumindest ein paar Studenten entlangspazieren oder Übungen vertiefen sollen.

»Merkwürdig …«

»Was?«, grummelte Gorm.

»Schon gut …« Lysander drehte sich zu seinem großen Schatten um.

»Du bleibst am besten hier, bei den Ställen. Ich geh' da alleine rein. Wenn sie dich sehen, rufen sie auf alle Fälle die Nachtwachen.« Er nahm den Gurt, der die Rolle hielt von der Schulter und gab sie Gorm. Der nahm sie und sah wachsam nach rechts und links. »Wenn du mich brauchst …«, setzte er an.

»Dann bekommst du das schon mit«, unterbrach ihn Lysander und zwinkerte.

»Trennen und Fügen?«, fragte Gorm finster grinsend.

»Eher Verbrennen und Zerbröseln«, feixte Lysander zurück.

»Gut«, antwortete der Hüne ernst.

So weit war er mit seinem Verständnis von Ironie wohl noch nicht gekommen, dachte Lysander. Dann lief er geduckt über den Rasen. Er hielt sich hinter den vormals gestutzten, jetzt struppigen Hecken, lief leichtfüßig über Kies und Gras.

An der großen Flügeltür stoppte er kurz und konzentrierte sich auf seine Atmung. Bei Apoth, bald war es soweit. Wie würde Meister Blauknochen reagieren, wenn er seinen ehemaligen Schüler mit einem Sack voller Fragen vor sich sah?

Lysanders Herz schlug ihm bis unter das Schädeldach.

»Reiß dich zusammen«, mahnte er sich selbst. Er legte eine zitternde Hand auf einen der tellergroßen Griffe und drückte.

Die Tür war verschlossen. Er zog.

Ja. Verschlossen.

Er schloss die Augen und raunte den Zauber.

Klackend schnappte der Riegel zurück.

Er öffnete die Tür einen Spalt und schlüpfte hinein.

Um das Potenzial abzubauen, zog er die Tür mit Magie zu und verriegelte sie wieder.

Die breiten, marmornen Flure der Universität begrüßten ihn.

Seltsam bekannt, aber dennoch fremd. Schon wieder überkam ihn das Gefühl, dass er in den Erinnerungen eines anderen wilderte. Waren das wirklich die Flure gewesen, die er meist ihm Lauf durchwetzt hatte, um dann doch zu spät zu den Vorlesungen zu kommen?

Er hatte geglaubt, jeden Winkel des Bauwerkes zu kennen, bis er es in den Träumen von Rektor Strengarm mit anderen Augen entdeckt hatte. Er wusste nun von den geheimen Räumen im Keller, in denen der Rektor sich an Feuerzaubern versucht hatte. Er kannte die schmalen Treppen hinter den Mauern, die getarnten Türen. Wenn er sich konzentrierte, konnte er sogar durch Strengarms Augen die Baupläne anschauen.

Aber nicht jetzt.

Er erreichte die breite Wendeltreppe, die ihn ins erste Stockwerk bringen würde. Den Trakt mit den Dozentenwohnungen.

Während seiner Flucht hatten hier einige Lampen mehr gebrannt, dachte er. Jetzt leuchtete nur noch jede zweite.

Was war nur geschehen, während er weg gewesen war?

An Blauknochens Zimmer klopfte er leise und legte ein Ohr auf das Holz der Tür.

Er klopfte lauter.

Um diese Uhrzeit würde der Heiler noch nicht schlafen, dachte er.

Als es in dem Zimmer hinter der Tür still blieb, schlich er weiter.

Wenig später fand er sich in seiner Studentenstube, die im fahlen Licht aus dem Flur hinter ihm und dem Licht der Straßenlaternen, das durch schmutzige Fensterscheiben hineinfiel, gespenstig wirkte.

War es sentimental, dass er noch einen Blick auf sein altes Leben werfen wollte?

Nach seiner Flucht hatte niemand sie neu bezogen, was auch kein Wunder war, denn so viele angehende Magi gab es nicht mehr auf der Welt. Die Luft im Zimmer roch schal wie Speicherluft. Über allem lag eine feine Staubschicht.

Da an der Wand die Koje, daneben der Sekretär, gefolgt von einem schmalen Regal, gegenüber die Waschkommode. Er ging zu ihr. Das Wasser in der Porzellanschale war längst verdunstet. Eine tote Fliege lag auf der dünnen Kalkschicht. Er hob den Kopf und sah sich selbst im trüben Spiegel.

Sein Gesicht wirkte nun härter. Oder war ›verhärmt‹ der richtigere Ausdruck? Seine Augen wirkten stechend und lagen tiefer in ihren Höhlen. Um seinen Mund hatten sich harte Falten gebildet. Seine langen Haare hingen ihm strähnig und glanzlos vom Kopf. Seine Haut war nicht mehr ganz so blass, sie war immer noch weiß, aber eher aschweiß mit einem Hauch von Altrosa.

Als er sich das letzte Mal in diesem Spiegel betrachtet hatte, hatte ihn ein junger Student angeschaut, dem nichts wichtiger war, als seinen Kurs zu erreichen. Seinen Kurs bei Meister Strengarm.

Aber er war nicht hier, um in Melancholie zu versinken. Er war hier, um Nickels Blauknochen drängende Fragen zu stellen.

Mit flacher Hand strich er sich das Haar glatt und verstaute ein paar Strähnen hinter seinen spitzen Ohren.

Einen letzten Blick später schlich er weiter.

Der zylinderförmige Raum des Kadaver-Theaters war leer und dunkel.

Der aufgehende Mond schien durch die Fenster unter der Kuppel über dem Seziertisch.

Hier hatte er Zwanette das erste Mal gesehen ...

Wie es ihr wohl ergangen war, nachdem sie sie im Lager der Jäger zurückgelassen hatten? Ob sie noch hinter ihm her war? Mit weiteren Jägern? Zwanette ... Es hätte alles anders kommen können, dachte er.

Er war kurz davor gewesen, sich in ihre Hände zu geben.

Dann hatte der verrückte Waldschrat auf Gorm geschossen und Lysander hatte Trennen & Fügen gesprochen. Mehrmals hintereinander, mit einer Macht, die er nie hinter dem eher praktischen Zauber erwartet hätte.

Die Flammenwand nach Strengarm, Trennen & Fügen nach Steinfinger. Und hatte er nicht Gorms innere Verletzungen heilen und ihm Ohren und Nase wiedergeben können, nachdem der SeelenSauger Seidenhand ... ja was denn? Wie nannte man das?

Nachdem der SeelenSauger Seidenhands Seele gesaugt hatte?

Oh, Meister Blauknochen musste ihm so einige Fragen beantworten!

Aber wo war der alte Magus?

Einer Eingebung folgend, verließ er das Anatomische Theater und lief zum Büro des Rektors. Welcher Dozent hätte denn sonst die Führung der Universität übernehmen sollen, wenn nicht Meister Blauknochen?

Unter der Eichentür schimmerte ein Lichtstreifen auf den dunklen Flur.

Mittlerweile dröhnte Lysanders Puls in seinen Schläfen wie Paukenschläge einer Marschkapelle.

Er drückte die Klinke herunter und stieß die Tür auf.

Honiggelbes Licht warf sich in den Flur und über ihn.

»Na, das hat ja gedauert«, sagte eine ihm wohlbekannte, blasierte Stimme.

92

Wäre die Ledercouch doch nur ein Flusspferd, das ihn mit einem Happs verschlingen würde, dachte Nathaniel. Was hatte sich sein verfluchter Bruder nur dabei gedacht, ihn so ins offene Messer laufen zu lassen! Lungert der General der Company doch einfach auf der Terrasse herum und hört jedes Wort!

Bei Thapath, wenn ich das hier überstehe, werden wir rangeln, wie noch nie in unserem Leben zuvor, schwor er sich.

Leftwater setzte sich neben Caleb und bekam ebenfalls ein Glas gereicht. Er lehnte sich zurück und nippte am Gin. Über den Rand des Glases sah er Nathaniel direkt in die Augen.

Er ließ das Glas sinken und schmatzte leise.

»Was meinen Sie, General?«, fragte Caleb in einem ernsten Ton, der Nat wissen ließ, dass nun der Gouverneur sprach.

Habe ich ›rangeln‹ gedacht? Oh nein, wir werden boxen!

Ohne sich zum Gouverneur zu drehen sagte Leftwater: »Ich meine, dass Colonel Lockwood noch viel zu lernen hat, wenn es um Topangue geht.« Wieder nippte er am Glas.

»Da könnten Sie recht haben«, sagte Caleb selbstgefällig und lehnte sich ebenfalls zurück. Ein breites Grinsen stahl sich auf sein Gesicht.

»Was ist das hier?«, fragte Nat. Unsicherheit und auch ein wenig Ärger lagen in seiner Stimme.

»Wollen Sie?«, fragte Caleb den General.

»Machen Sie nur«, antwortete dieser.

Caleb hielt dem Diener sein Glas hin und wartete, bis dieser aufgefüllt hatte, dann nahm er einen Schluck. Er ließ die klare Flüssigkeit durch seinen Mund wandern.

Du mieser Penner, dachte Nat. Lässt mich hier schön schmoren. Wäre er sich auch nur ansatzweise über den Ausgang dieser merkwürdigen Konferenz im Klaren, er hätte entweder erleichtert gelacht oder wäre seinem Bruder über den Couchtisch an den Kragen gegangen! Was, zum Bekter, wurde hier gespielt?

Sein Bruder sah ihn mit gespielter Überheblichkeit an, straffte sich, schnippte ein nicht vorhandenes Staubkorn vom Revers seines Fracks. Er räusperte sich in eine geballte Faust und sagte: »Colonel Lockwood, wir haben alle gehört, wie Sie die Dinge angehen würden, in diesem schönen Land.« Die förmliche Anrede passte zu Calebs ernsten Tonfall. Nats Irritation wuchs ins Unermessliche.

»Ja, und?«, konnte er sich nicht beherrschen zu fragen.

»Der General war so freundlich, das Kriegsamt schon vorab von seiner Einschätzung über die Führungsriege der Army in Topangue zu unterrichten.«

»Ja, und?«, fragte Nat trotzig.

»Was soll ich sagen …«, Caleb sah Leftwater gespielt erstaunt an. »Ich kann es mir nicht erklären, aber er sagt, du seist ein äußerst fähiger Offizier, der sowohl mit den Gemeinen, als auch mit den Ureinwohnern zurechtkommt.«

Nat warf einen skeptischen Blick auf Leftwater, der ungerührt zurückschaute.

»Um nicht zu sagen, selbst die Truppen ergießen sich förmlich in höchsten Tönen von dir. Stell sich das mal einer vor!« Caleb schüttelte grinsend den Kopf. »Wenn ich das unserer werten Frau Mama erzähle …«

Sein Bruder langte nach einer neuen Orange. Wieder nahm sie ihm der Diener aus der Hand und begann sie zu schälen.

»Ich mache es kurz, Nat. Lieutenant Colonel Dustmanes Verletzungen sind dergestalt, dass es keinen Sinn mehr macht, ihn hierzubehalten. Seine Genesung wird eine lange Zeit brauchen. Er wird mit dem nächsten Company-Schiff in die Heimat geschickt. Der General wird ihn begleiten.«

Nat blickte überrascht zwischen beiden hin und her.

Leftwater nickte.

»Der General hat zwölf Jahre in Topangue gedient und sehnt sich nach heimischer Erde. Vor allem jetzt, da der Nawab Hyder tot ist. Im Auftrag der Regierung habe ich ihn gefragt, welchen unserer Offiziere vor Ort er für den Posten des einstweiligen Befehlshabers empfehlen kann.«

Nathaniel schaute zu den großen Ventilatoren hoch. Er kam gut zurecht mit dem General. Wie sich Lieutenant General Rupert Halfglow, als nächst höherer Offizier, alleinverantwortlich in Topangue schlagen würde, konnte er nur erahnen. Durch Initiative und Entscheidungsfreudigkeit hatte er jedenfalls nicht geglänzt.

»Lieutenant General Halfglows Erfahrung und Expertise wird daheim benötigt«, unterbrach Caleb seine Gedanken. »Kernburghs Flotte vor Gartagén wurde vernichtend geschlagen. Dieser Grimmfaust hat die Südarmee sitzen lassen und ist nach Neunbrücken abgereist, vermutlich um dort ein neues Kommando zu übernehmen. Eisenbarth sichert immer noch den Norden. Wenn wir die Kernburgher in die Seile boxen wollen, brauchen wir erfahrene Offiziere, also wird Halfglow ebenfalls abreisen.«

Bei Thapath, dachte Nat, welchen General wollten sie ihm jetzt vor die Nase setzen? Offensichtlich einen, der in der nächsten Zeit frisch anlandete.

Caleb und der General standen auf. Nathaniel sah verwundert in ihre ernsten Gesichter.

Sein Bruder holte Luft und sagte: »Ich habe die Ehre, Ihnen zu gratulieren, Major General Lockwood. Zu Ihrer Beförderung und zum vorläufigen Oberbefehl über die Kräfte Northisles in Topangue. Zumindest, bis es sich die Company anders überlegt und einen General herschickt.« Caleb konnte nicht mehr an sich halten. Ein breites Grinsen stahl sich auf seine Lippen. Auch Leftwater knickte ein und ließ die weißen Zähne blitzen.

Ist klar, dachte Nat. Du mieser, mieser Penner! Habe ich ›boxen‹ gedacht? Es würde ein rechtes Arschaufreißen werden! Als wenn die ihm das Kommando übertragen würden ...

»Schauen Sie nicht so verdattert, Nat«, sagte der General und streckte ihm eine Hand entgegen.

»Wir brauchen mehr Gin!«, rief Caleb und ein Diener machte sich auf die Socken.

ANGANI, TOPANGUE

93

Lysander stand baff erstaunt in der Tür und öffnete und schloss seinen Mund, ohne dass auch nur ein Geräusch über seine Lippen gekommen wäre.

»Willst du nicht hereinkommen?«, fragte ihn Meister Blauknochen. Er sah dabei nicht von den Papieren auf, die er vor sich auf dem Schreibtisch des Rektors liegen hatte.

Lysander machte einen Schritt in das Rektorenzimmer. Und dann noch einen.

Blauknochen sah nun doch auf und über die Ränder einer kleinen, runden Brille. Dabei hob er die grauen Augenbrauen und schaute Lysander nüchtern an.

»Wenn es dir nichts ausmacht, schließe doch bitte die Tür hinter dir«, sagte er.

Lysander tat wie ihm geheißen. Er fühlte sich seltsam leicht dabei. Als säße ein Geist in seinem Schädel und hätte das Steuerrad übernommen.

»Setz dich doch.« Blauknochen wies mit einer behandschuhten Hand auf den Sessel vor dem Tisch. Der Sessel, auf dem Lysander schon einmal gesessen hatte.

»Ich ... ich ... bleibe lieber stehen«, brachte er heraus.

Der Heiler sah ihn mit gespielter Überraschung an. Dann veränderten sich seine Gesichtszüge, als wäre ihm etwas Wichtiges eingefallen.

»Ah ja, ich erinnere mich. Du hast da ja schon einmal gesessen. Stehenbleiben ist ungemütlich«, sagte er. Mit zwei lässigen Handbewegungen schob er den Sessel beiseite und zog einen einfacheren Holzstuhl von der Wand neben dem Fenster an dessen Stelle. »Besser?«, fragte er.

In Lysander liefen Gefühle und Fragen Sturm. Was zum Bekter interessierte ihn da die Sitzgelegenheit?! Sollte er den alten Magus jetzt anschreien, dass er sich seinen Scheißstuhl sonst wohin ... oder sollte er sich setzen? Verdammt!

Um Zeit zu gewinnen, fragte Lysander: »Wo sind denn alle hin?«

»Hm?«

»Die Studenten?«

Blauknochen überlegte kurz. »Ach, die Studenten!«

Lysander nickte stumm.

»Die sind fast alle weg.«

»Weg?«

Blauknochen nahm die Brille von der Nase und sah ihn an, als wäre er nicht ganz bei Trost. »Ist hier ein Echo? Was verstehst du nicht an ›weg‹?«

»Wieso?«, fragte Lysander und nun fühlte er sich auch so.

»Der Rektor wurde geschmort, die Jäger drehten die Universität auf links, die Revolution klopfte an unsere Tore, der Krieg brach aus. Eltern waren besorgt und riefen ihre Kinder zu sich. Die älteren Studenten schnappte sich die Armee. Einige Dozenten sorgten sich um ihre Familien und sind ebenfalls abgereist. Ich bin der Rektor von dem, was übrig blieb, also fast nichts.«

Jetzt lächelte der Heiler beinahe versonnen.

»Was für ein Irrsinn, nicht wahr?«, fragte er.

Irrsinn. Ja, genau.

»Irrsinn ist ein gutes Stichwort«, setzte Lysander an, aber der neue Rektor unterbrach ihn, indem er mit einer Hand in der Luft wedelte und auf den Stuhl zeigte.

»Nun setz dich doch. Möchtest du etwas trinken?«

Blauknochen beugte sich in seinem Sitz herab und öffnete eine Schublade an dem großen Schreibtisch.

Wie von unsichtbaren Fäden gezogen, wankte Lysander zum Stuhl und ließ sich niederplumpsen. Das war in der Tat völlig irre. Er hatte mit vielem gerechnet, aber dass sich sein ehemaliger Lehrmeister so verhalten würde, hatte er sich nicht ausdenken können.

Zwei bauchige Gläser tauchten vor ihm auf. Blauknochen pflückte den Korken aus einer Kristallglasflasche, in der ein braunes Liquid schwappte.

»Ja, der gute Wilt hatte einen erlesenen Geschmack, was den Brandy angeht. Köstlichster Trunk aus Torgoth.« Er schenkte einen guten Schluck in beide Gläser.

»Er war immer so knauserig mit seinem Brandy.«

Blauknochen lachte leise. Dann sagte er wie zu sich selbst: »Aber es ist ja nicht so, als bräuchte er ihn jetzt noch, nicht wahr?«

Er stieß sein Glas gegen das andere, das auf dem Tisch verblieb. Es klirrte hell.

»Zum Wohle!«

Lysander legte den Kopf schräg und die Stirn in Falten.

Blauknochen zuckte mit den Schultern, nippte am Getränk. Dann zog er es geräuschvoll durch die Zähne und lächelte wieder, als es seinen Rachen hinunterlief.

»Herrlich«, sagte er.

Lysander legte den Kopf auf die andere Seite, die Stirn immer noch gerunzelt.

»Was kann ich denn für dich tun?«, fragte Blauknochen leutselig.

Das Leder des schweren Rektorensessels knarzte, das Holz des Rahmens knackte. Erwartungsvoll sah ihm Blauknochen in die Augen.

Lysander langte über den Tisch, schnappte das Glas und stürzte sich den Brandy in den Hals. Laut stellte er das Glas wieder auf die Platte.

»Ich habe eintausend Fragen, Meister Blauknochen«, sagte er.

Der Rektor faltete die Hände auseinander, als nähme er einen Gabenkorb entgegen und sagte: »Dann leg' mal los.«

Lysander räusperte sich. Das war ja alles völlig surreal und verrückt ...

»Warum?«, fragte er.

Blauknochen wunderte sich – so sah es zumindest aus.

»Warum was?«

Lysander spürte, wie er zornig wurde.

Der will mich doch verarschen, dachte er, sagte aber: »Warum gaben Sie mir dieses verdammte Buch?«

Blauknochen sah kurz zur Decke, als müsste er darüber nachdenken. Dann sagte er: »Warum denn nicht?« Er sah Lysander freundlich und offen an.

Als könnte er kein Wässerchen trüben, dachte Lysander. »Weil dadrin Uffe Rothsangs Zaubersprüche stehen?«, fragte er ärgerlich.

Blauknochen legte die Handflächen aneinander und sah jetzt aus, als spräche er mit einem ziemlich dummen Kind.

»Das ist wahr: In Rothsangs Grimoire stehen Rothsangs Zauber, in der Tat.«

Er zog einen Mundwinkel hoch.

»Warum haben Sie mir dieses Buch zugänglich gemacht, wo Sie doch genau wussten, dass es voller Kriegszauber ist?«

»Weil du es wissen wolltest, Lysander.«

»Wie bitte?«

»Sieh mal, dein Wissensdurst und dein Ehrgeiz gingen Hand in Hand mit deinen Potenzialen und Talenten. Ich wollte dir die Tore zur Magie öffnen.«

Blauknochen legte beide Hände auf den Tisch und beugte sich vor. »Was der gute Wilt übrigens keinesfalls vorhatte.«

Er sagte das, als müsste ihm Lysander dankbar dafür sein. Ganz selbstverständlich.

»Sie wollten mir also helfen«, stellte der ungläubig fest.

Der Heiler nickte.

»Schwachsinn!«, rief Lysander unerwartet laut.

Blauknochen lehnte sich zurück und verschränkte die Arme.

»Hast du schon mal von der Legende des Flammenbringers gehört?«, fragte er.

»Was soll das denn jetzt?«

»Hast du?«

Unwirsch warf Lysander die Arme in die Luft und ließ sie auf seine Oberschenkel klatschen. »Ja, klar. Als kleiner Junge hat mir mein Vater die Geschichte vorgelesen.«

»Gut. Dann muss ich dir also nicht erklären, worin es in der Legende geht?«

»Nein, müssen Sie nicht. Die Welt im Ungleichgewicht, Thapath zürnt, also schickt er den Flammenbringer auf die Erde, der genau das tut, nämlich Flammen bringen, und damit das Gleichgewicht wieder herstellt. Die Bösen sind tot, die Welt ist gerettet, es fallen Blumen vom Himmel und alle sind froh.«

Blauknochen lachte auf.

»Na ja, das ist nun eine sehr verwegene Zusammenfassung, aber lassen wir die mal so stehen. Es regnet übrigens Asche, nicht Blumen. Aber das nur nebenbei. Was wollte ich sagen? Ah ja! Es gibt Stimmen, die munkeln, dass es sich eher um eine Prophezeiung handelt, als um eine Legende, eine Sage, einen Mythos.«

Jetzt war es an Lysander zu lachen.

»Prophezeiung – na klar. So ein Blödsinn!«, rief er. »Seit dem Dritten Zeitalter glaubt doch keine Sau mehr an Prophezeiungen.«

Ein Schatten von Ärger zog über Blauknochens Miene, aber er war genauso schnell verschwunden, wie er gekommen war. Lysander bemerkte es trotzdem und lachte noch lauter.

»Sie glauben da wirklich dran? Aber das ist doch nur ein Kindermärchen! Wie soll er das Gleichgewicht denn herstellen, hm? Wohl nicht durch den verfluchten SeelenSauger.«

»Nein«, murmelte Blauknochen. »Das ist ein elvischer Zauber.«

Lysander horchte auf. Endlich war die Sprache auf eine seiner drängenden Fragen gekommen.

»Was hast du denn gedacht?«, fragte der Heiler. »Natürlich ist das ein Spruch der Elven. Nur für die Alten macht er Sinn. Wobei …«

»Erklären Sie mir das!«

Blauknochen blies Luft durch die Lippen, als müsste er einem lästigen Schüler eine offensichtliche Sache erläutern.

»Die Hellen leben ausgesprochen lange, das weißt du?«

Lysander nickte.

»Aber irgendwann sterben sie dann doch, oder besser gesagt, sie werden des Lebens müde. Was, mit Verlaub, nach einigen Jahrhunderten durchaus passieren kann. Wenn also ein Meister sein Leben lang die Potenziale der Magie – oder auch etwas völlig Belangloses, wie Brückenbau zum Beispiel, studiert hat und merkt, dass er am Ende seiner Tage ist, dann übergibt er sein Wissen an den Nächsten durch den SeelenSauger, und ganz nebenbei auch noch ein paar Jahrzehnte seiner verbliebenen Lebenskraft.« Er wedelte mit der Hand, als würde er an einer kleinen Kurbel drehen. »Und so weiter, und so weiter. Darum sind sie auch eine Hochkultur. Bei denen geht nichts verloren.«

Auf Lysanders blassen Armen stellten sich die Haare auf, seine Augen wurden größer und größer. Blauknochen entging dies nicht.

Er lächelte finster und beugte sich wieder vor.

»Wie oft hast du denn den SeelenSauger losgelassen?«, fragte er leise.

Auch wenn Lysander gewollt hätte, er hätte kein Wort über die Lippen gebracht, also hob er eine Hand und spreizte Daumen, Zeige- und Ringfinger ab.

Blauknochen schlug mit den Fäusten auf die Tischplatte und strahlte.

»Aber das ist ja ganz erstaunlich, kleiner Hardtherz!« Er lachte und klatschte in die Hände.

»Was ist daran erstaunlich?«, fragte Lysander. »Nutzte auch Rothsang den SeelenSauger für seine Macht?«

Blauknochen lachte noch lauter und wollte sich gar nicht mehr einkriegen. Schließlich wischte er sich eine Träne aus den Augen und schüttelte den Kopf.

»Nein. Hat er nicht.«

◄ ● ● ● ►

Gorm wartete nun schon eine ganze Weile und seine Beine drohten einzuschlafen. Er hatte sich hinter die Stallungen an die Bretterwand gekauert, aber nun stand er auf und streckte sich. Ein Geräusch, das vorher nicht da gewesen war, weckte seine Aufmerksamkeit. Er hob eine Augenbraue, ließ sich mucksmäuschenstill in die Hocke sinken und lauschte.

Leise Schritte.

Nein. Das waren keine Schritte. Jedenfalls nicht von Zweibeinern.

Da war ein anderer Takt. Und sie waren leise, leise und überaus vorsichtig.

Pfoten. Das war es. Er legte den Kopf in den Nacken und schnupperte.

Einen Geruch, den er so noch nie gerochen hatte, schlich sich in seine Nase. Der Großwolf, den er einmal in der Arena bekämpft hatte, hatte so ähnlich gerochen. Aber wilder, urtümlicher, ungezähmter. Wie der Wald. Dieser Geruch hier roch nach Stadt. Ein Stadtwolf? Gab es so etwas?

Aus den Augenwinkeln bemerkte er einen Schatten, der sich zu seiner Linken an der Ecke der Stallungen nach vorne schob.

Gesenkter, massiger Schädel, schimmernde Augen, ein kräftiger Rücken. Das Vieh war genauso groß wie der Großwolf, hatte aber kürzeres Fell.

Gorm richtete sich wieder auf und sah das Tier direkt an. Die kurzen Schlappohren des Stadtwolfs waren zerfranst. An dem einen fehlte ein Stück.

Über der kurzen Schnauze hatte er eine alte Narbe.

Ein Kämpfer. Wie ich, dachte Gorm.

Hund. So hatten die Wächter diese Tiere genannt.

Im Brustkorb des Hundes grollte es.

Gorm antwortete ihm.

Beide senkten ihre Köpfe und starrten einander lauernd an.

Ein Knacken hinter ihm ließ Gorms Ohren zucken.

»Wie konnte er dann so mächtig werden?«, fragte Lysander.

Blauknochen winkte ab und prustete Luft durch die Lippen.

»Den SeelenSauger hat er nie geknackt. Aber er hatte einen anderen Zauber bis zur Perfektion erlernt, der sich ebenfalls im Buch befindet.«

»Welchen?«

»Kapitel 7«, sagte Blauknochen wie aus der Kanone geschossen. »Darin war er wirklich gut.«

Es klopfte an der Tür. Lysander erschrak und zuckte zusammen.

Blauknochen hob einen Finger in Richtung seines ehemaligen Schülers. »Ja, bitte?«, sagte er.

Langsam öffnete sich die Tür, und das runde Gesicht von Stine Bunthmorgen, der Dozentin für Löschen & Sengen, schob sich über die Schwelle. Als sie Lysander vor dem Schreibtisch sitzen sah, wurden ihre Augen größer und ihr Teint ein wenig blasser.

»Ich habe Stimmen gehört und dachte …«, sagte sie leise.

Lysander bemerkte, dass die Hand, die die Tür offen hielt, schwitzte. Nein, sie schwitzte nicht, sie nässte. Ein Tropfen Wasser löste sich aus ihrer Handfläche und glitt das blanke Holz hinab. Die andere Hand hielt sie hinter dem Rücken.

Lysanders Lippen formten die ersten Silben und er spürte das mittlerweile vertraute Gefühl in seinen Händen. Heiß die eine, nass die andere.

Blauknochen stand auf und machte einen Schritt zur Tür. Der zweite und dritte Schritt brachte ihn in die Linie zwischen der Dozentin und Lysander. Der hagere Magus war zwei Köpfe größer als die zierliche Bunthmorgen.

»Stine, du erinnerst dich an Student Hardtherz?«

Irritiert sah sie ihn an. »Ja, sicher. Er hat den Rektor …«

»Na, na, na, meine Gute, das wissen wir nicht«, unterbrach sie Blauknochen. »Meister Hardtherz und ich sind gerade dabei, das zu klären. Mach dir keine Sorgen.«

Er schob sie förmlich aus dem Zimmer. Dabei berührte er sie nicht. Er machte einfach immer einen weiteren Schritt auf sie zu. Und noch einen. Und noch einen. Sein langer Schatten fiel auf sie hinunter und endlich löste sie ihre großen Augen von Lysander und sah zu dem Magus auf.

»Also dann braucht Ihr keine Hilfe?«, fragte sie kleinlaut.

Blauknochen lächelte. »Ich bitte dich. Wir unterhalten uns ganz zivilisiert, wie es sich für Magi gehört.« Er schaute über die Schulter. »Nicht wahr, Lysander?«

»Äh, ja«, sagte er.

»Nun denn, Stine. Du siehst, wir kommen zurecht.«

Er schloss die Tür vor ihrer Nase.

Auf dem Weg zurück zu seinem Sitzplatz fragte er: »Wo waren wir?«

Lysander musste sich kurz sammeln.

»Woher wissen Sie, dass er den SeelenSauger nicht genutzt hat? Dass er stattdessen einen Verstärkungszauber aus Kapitel 7 nutzte? Ich habe monatelang die Bibliothek abgesucht und jedes Buch gelesen, was auch nur entfernt mit dem letzten Kriegsmagus zu tun hat …«

»Dann bist du also auch schon weitergekommen, in seinem Büchlein?«, fragte Blauknochen.

Lysander wollte schon antworten, konnte sich aber zurückhalten. Es war immer noch nicht klar, ob er seinem ehemaligen Dozenten vertrauen konnte. Konnte er ihm sagen, dass er lediglich die Überschrift des siebten Kapitels halbwegs entziffern konnte? Blauknochen unterbrach seine Gedanken.

»Er hat ihn nicht ›stattdessen‹ genutzt. Er beherrschte den SeelenSauger schlicht nicht. Und er musste ihn auch nicht beherrschen, denn für seine Zwecke war der Verstärkungszauber durchaus ausreichend, wie wir den Geschichtsbüchern entnehmen können.«

»Das klingt, als wären Sie dabei gewesen.«

Blauknochen hob eine Augenbraue und lächelte ein Lächeln, das sich nicht in seinen Augen zeigte.

◅ ◦ ◦ ◦ ▻

Die beiden kurzhaarigen Stadtwölfe hatten ihn in die Zange genommen. Der eine war von vorne gekommen und hatte sich ihm gezeigt, damit der zweite unbemerkt in seinen Rücken kam.

Somit war ihm klar, dass sie keine neugierigen, zahmen Hunde waren, die ihn beschnuppern wollten.

Gorm sah die Flinte an der Wand lehnen. Unnütz. Ein Griff danach dauerte zu lange und Flinten waren im Nahkampf nicht zu gebrauchen. Den Säbel und das Messer des großen Jägers trug er im Gürtel. Klingen also.

Er hatte schon mit weniger gegen Tiere gekämpft.

Der erste Hund bewegte sich langsam und grollend auf ihn zu. Gorm hörte, dass sich auch der zweite näherte.

Eine Warnung gebe ich euch noch, dachte er.

Zischend zog er Luft durch die Nasenlöcher, bis sich sein Brustkorb dehnte. Er stellte die Arme vom Körper ab, um größer zu erscheinen, und neigte den Kopf angriffslustig nach vorne. Er bleckte die Lippen und zeigte seine Zähne. Das Brodeln aus seinem Rachen wurde lauter.

Wenn sie dachten, dass er das gefährlichere Raubtier wäre, ließen sie vielleicht von ihm ab, hoffte er.

Der nächste Schritt des ersten Hundes ließ seine Hoffnung in Rauch aufgehen.

Er zog das Messer und legte eine Hand auf den Griff des Säbels.

Die beiden Hunde griffen gleichzeitig an.

Gorm hörte das Schaben der Krallen, als sie ruckartig nach vorne stürmten, zwei Sätze machten und abhoben, um ihn anzuspringen. Sie würden seinen Hals attackieren, so wie es Wölfe auf der Jagd nach Elchen oder Hirschen taten, so wie es die Hunde im Steinbruch taten, wenn sie Flüchtigen hinterherhetzten.

Er riss den Säbel aus der Scheide und ließ die Klinge schräg vor seinem Körper durch die Luft sausen. Er nahm den Schwung mit und drehte sich um die eigene Achse, um den Säbel wieder nach unten zu ziehen. Den ersten Hund hatte er im Sprung erwischt, ohne das dieser ausweichen konnte. Er hatte in der Faust gespürt wie der Stahl Haut, Fleisch und Knochen traf. Der Hund jaulte nicht, sondern landete mit einem dumpfen Schnaufen.

Der zweite Hund hatte seinen Angriff abgebrochen. Aber nicht früh genug. Die Säbelspitze zischte und traf ihn auf dem massigen Schädel. Am Ende des Bogens war der Schwung nicht mehr stark genug, um den Kopf zu spalten, aber es genügte, um einen Lappen Haut herunterzuschneiden, als die Klinge vom harten Knochen abglitt.

Der erste Hund, der mit den zerfetzten Ohren, humpelte im Halbkreis um ihn herum, um auf die gleiche Seite wie der zweite, der mit dem vernarbten Körper, zu kommen.

Gorm knurrte lauter als beide.

Das fahle Licht der Straßenlaternen reichte aus, um zu erkennen, dass der erste Hund hellgrau, der andere dunkelgrau war. Bis auf ihr Fell und die unterschiedlichen, alten Verletzungen, glichen sie sich wie Brüder. Der Helle und der Dunkle.

Der zweite Hund duckte sich zum Sprung.

DER MAYSTIF

94

Desche packte das Bücherregal und riss es von der Wand. Krachend und polternd fiel es zu Boden. Er trat gegen einen Beistelltisch. Das war nicht genug! Er hob ihn über den Kopf und warf ihn durch das geschlossene Fenster.

Das war besser.

Schwitzend und schnaufend stand er in der Mitte seines verwüsteten Arbeitszimmers. Dieser Jüngling, dieser Wicht. Wie konnte er es wagen?!

Er, Desche, ein armer Fleischermeister, hatte doch alles getan und sein Leben und Wirken in den Dienst der Revolution gestellt! Ja sicher, er hatte Schreckliches getan. Aber es musste doch sein! Mit Stumpf und Stiel hatte er die Königstreuen entfernt, um die Nation vor einer Rückkehr zur Monarchie zu bewahren. Der mickrige Pimpf hatte lediglich ein bisschen Soldat gespielt, war in der Gegend herumgereist und hatte durch glückliche Fügung ein paar unfähige Armeen besiegt. Lächerlich!

Er brüllte seinen Frust hinaus.

Als er nur noch heiser krächzen konnte, schleppte er sich zum Barschrank. Er langte nach einer Flasche Cognac und schenke sich einen großzügigen Schluck in ein dickes Glas. Die Flasche warf er an die Wand. Nur knapp verfehlte er den mannshohen, ovalen Spiegel neben der Tür.

Er sah sich selbst darin.

Die Glatze schimmerte feucht. Seine Augen waren geweitet wie die eines Tieres auf der Flucht. Sein Schnauzbart stand in allen Winkeln unter seiner Nase ab. Sabber war ihm aus den Mundwinkeln gelaufen. Sein Kragen war offen, sein Hals und seine Brust verschwitzt. Breite Schultern zeichneten sich unter dem bestickten Oberrock ab. Die groben Hände eines Metzgers klammerten sich zitternd um das Glas eines Edelmannes.

»Lächerlich!«, brüllte er sich an.

»Lächerlich!!!«

Er holte aus, um das Glas im Spiegel zu versenken, und stockte.

Wer war dieser Wüterich da vor ihm?

Desche der Fleischer, oder Meister Eisenfleisch, der Minister?

Ein einfacher Fleischer im Rock eines Ministers. Das war er!

Er war zu dem geworden, auf das er zeit seines Lebens so wütend gewesen war, was ihn zu Höchstleistungen angetrieben hatte.

Er hatte es geschafft, aus dem fahrenden Schlachterbetrieb seines Vaters einen Schlachthof zu machen. Mit vierzehn Angestellten! Dreizehn, korrigierte er sich.

Die geschälte Hand seines ehemaligen Mitarbeiters lag zwischen Scherben auf dem Boden. Jetzt bemerkte er auch den stechenden Geruch des Alkohols, in dem sie eingelegt gewesen war.

Er dachte an das Herz des Prinzen und den Zopf des Königs in seinem Geldschrank. Sein Geldschrank, der rappelvoll mit Münzen und Gold war. Der hier in der Wand eingelassen war. Hier, in seinem Stadthaus.

Das du dir erschlichen hast!
Nein!
Er hatte es geschafft!
Er war ein großer Mann geworden.
Ein Lügner!
Nein!
Bei Bekter, er hatte sich genommen, was ihm zustand!
Gerafft hast du!
Sei leise!
Er sah über die Schulter. Wer unterbrach da immer seine Gedanken? Er nahm einen Schluck aus dem Glas und sah sich nach der Flasche um.
Die ist kaputt. Genau wie du!
»Das ist mir egal! Ich habe noch mehr davon! HA!«
In fiebriger Eile langte er nach einer Flasche Brandy.
»Da, siehst du? Ich habe alles!«
Nichts hast du mehr! Nicht einmal eine Frau.
»Sie hatte Angst. Sie war zu weich!«
Es ist ihr zu viel geworden! DU bist ihr zu viel geworden, in deiner Gier!
»HALT DEIN MAUL!«, brüllte er.
Der andere schwieg endlich.
»Was ist denn da drinnen los?«, hörte Desche die tiefe Stimme dieses raubeinigen Obersts, der ihn aus dem Versammlungssaal abgeführt hatte, vor der Tür.
»Ich glaube, der säuft«, sagte eine andere Stimme.
»Soll er mal. Ist das Zweitbeste, was er tun kann.«
Gelächter.
Sie lachen dich aus! So wie alle! Alle, die dich in feiner Seide sehen, die sehen, wie du durch Neunbrücken stolzierst und so tust, als seist du mehr als du bist. Aber das bist du nicht, warst du nie und wirst es nicht sein, denn nun ist ein echter Edelmann auf deinem Posten! Ein Grimmfausth! Aus dem Haus Grimmfausth!
Was bist du? Ein Eisenfleischh? Oder Eisenpfleisch?
Ha!
Du bist nur ein Kackbeuthel! Mehr nicht!
Und morgen bist du tot.
»Sei leise«, flüsterte Desche. »Bitte.«
Er lehnte sich an den Barschrank und sank hinab, bis er auf dem Boden saß.
»Desche Kackbeuthel …«, wisperte er.

Ein hohes Lachen löste sich aus seiner Brust und steigerte sich zu einem heiseren Kichern. Es war so albern, dass er weinen musste. Ein Krampf rüttelte ihn.

Die bekommen mich nicht, dachte er. Nein.

Ich werde nicht auf meinem Kurzmacher sterben. Nein.

Er ging auf alle viere und robbte sich an seinen Schreibtischstuhl.

Mühsam zog er sich an der Lehne auf die Sitzfläche.

Vor ihm auf dem Tisch lag die Waffe.

Ein schönes Stück, dachte er.

Nachdem der Oberst ihn in den Raum gestoßen hatte, hatte er die Pistole auf den Tisch gelegt und gesagt: »Ersparen Sie sich und uns weitere Peinlichkeiten.«

Desche streichelte über den grauen, polierten Lauf und das glänzende, wohlbenutzte Holz des Griffes. Die Waffe eines Soldaten. Eines Kriegers.

Sei ein Mann, Kackbeuthel!

»Ich werd's euch allen zeigen!«

Er packte die Waffe und hielt sie sich unters Kinn.

Er spannte den Hahn mit seinen rötlichen Metzgerpranken und drückte ab.

95

»Aber ich war doch dabei«, raunte Blauknochen.

»Is' klar«, lachte Lysander, aber das Lachen blieb ihm schnell im Halse stecken, als er bemerkte, dass der Heiler das völlig ernst gemeint hatte.

Blauknochen hob eine Hand mit gestrecktem Zeigefinger. Er zeigte zur Decke? Lysanders Blick folgte dem Fingerzeig. Nein. Blauknochen zeigte auf das Porträt von Fokke Grauhand, dem Gründer der ›Universität zur Unterrichtung des praktischen Einsatzes magischer Potenziale‹. Der Heiler Rothsangs. Langes, wallendes Haar, buschige Augenbrauen mit harten Augen, ein dichter Bart wie von einem Modsognirkönig. Er sah mehr aus wie ein Raubtier, weniger wie ein Heilermeister.

Lysander ließ den Blick wieder sinken.

Wahnsinn!

Die Haare waren nun kurz geschnitten, der Bart rasiert, das Gesicht wesentlich hagerer.

Aber die Augen.

»Wie kann das sein …«, hauchte Lysander.

Blauknochen lächelte immer noch dieses kalte Lächeln.

»Da kommst du drauf«, sagte er.

»Der … der …«

Der Dozent hob gespannt die Augenbrauen. »Ja?«, fragte er gedehnt.

»Der SeelenSauger«, sagte Lysander.

Blauknochen klatschte in die Hände. »Du hast es erfasst!«, rief er.

Lysander starrte mit offenem Mund auf das Ölgemälde.

»Und das hat nie wer bemerkt?«

»Sie sehen doch immer nur, was sie sehen wollen, oder was ihrer Vorstellung der Welt entspricht«, sagte Blauknochen/Grauhand.

In Lysanders Hirn dröhnte es. Er spürte seine Gedanken durchgehen, fühlte sich wie ein Reiter, der vom Pferd gefallen, aber mit dem Ärmel am Sattelbogen hängen geblieben war. Er versuchte verzweifelt, mit seinen galoppierenden Gedanken Schritt zu halten, aber sie rasten unkontrolliert davon.

»Dann müsstet Ihr ja eintausend Jahre alt sein …«, stotterte er.

Blauknochen/Grauhand lächelte.

»Nicht ganz. Aber etwas über vierhundert dürften es schon sein. Irgendwann zählt man nicht mehr mit.« Jetzt lachte er, als hätte er einen Witz gemacht, den nur er verstanden hatte.

Lysander konnte es immer noch nicht fassen. Wie auch!

»Lass mich dir ein wenig helfen, kleiner Hardtherz. Dreizehn Jahre nach dem großen Krieg und dem Tod des ach so großartigen Uffe Feuerwerfer Rothsang, starb auch sein persönlicher Heiler, Fokke Grauhand. Da war er bereits zweiundachtzig Jahre alt. Ein gesegnetes Alter, nicht wahr? Allerdings starb er nicht. An seiner statt starb ein eifriger, kleiner Magus, der auf dem Weg nach Pendôr war. Aber sein Körper war so verdorrt, dass man ihn für den guten Fokke hielt, in dessen Quartier er gefunden wurde. Die geplante Reise nach Pendôr unternahm ein anderer. Ich.« Er zeigte sich selbst auf die Brust.

»Ich mache es kurz, denn ich sehe, dass dein Hirn Schwierigkeiten hat, mitzuhalten. So ging es heiter weiter, und immer, wenn es an der Zeit war, dass der alte Magus abtreten musste, wurde ein weiterer verdorrter Körper gefunden und eine Reise unternommen. Bis ich vor ein paar Jahrzehnten wieder hierher zurückkam. Dann allerdings als der Heiler Nickels Blauknochen, den auch du kennenlernen durftest.«

»Und was ist mit Rothsang passiert? Haben Sie ihn auch …«

Grauhand winkte ab.

»Ach wo. Wie denn? Der Feuerwerfer kam den Nachtjacken vor die Armbrüste und sollte natürlich aufgebahrt und gehuldigt werden. Wie hätte ich den denn assimilieren sollen?«

»Assi-was?«, stotterte Lysander.

»Seele saugen, kannst du auch sagen. Klingt etwas poetischer, nicht wahr?«

»Also starb er tatsächlich durch einen Bolzen?«

Ärger huschte über das Gesicht des Magus.

»Was interessiert dich denn Rothsang? Der ach so tolle Kriegsmagus war ein Arschloch. Er musste weg.«

»Was?«

Grauhand stand auf und stützte sich auf der Schreibtischplatte ab.

»Lies es von meinen Lippen, kleiner Hardtherz: Uffe Rothsang war ein Riesenarschloch. Hochnäsig, eitel, skrupellos. Er hat alles versengt und verbrannt, was ihm vor die Finger kam! Frauen, Kinder, Dörfer, Städte. Ein Held? Nein. Er tat das, weil ihm dafür Könige die Kimme ausleckten und ihn mit Gold überhäuften. Und dann dachte er noch, er wäre der Flammenbringer. Das ich nicht lache! Ihn zu töten war ein Segen für das Gleichgewicht der Welt.« Er legte sich eine Hand vor den Mund. »Huch!«

»Ihn zu töten …«, wisperte Lysander.

Grauhand rieb sich über den Nacken und fuhr fort: »Einer musste den Nachtjacken ja sagen, wann er wo in der Nacht nach der Schlacht zu finden sein würde. Die Pfeifen haben ihn allerdings nur verwundet. Da musste dann wohl sein ›Heiler‹ nachhelfen. Haben sich dann trotzdem diesen albernen Flammenbolzen auf die Flaggen gestickt. Nun ja.«

Lysander ahmte die Geste nach, die der Magus gemacht hatte, als er ›Heiler‹ gesagt hatte.

»Heiler?«, fragte er und zeichnete mit zwei Fingern Anführungsstriche in die Luft.

»Heiler, Hexer, wo ist da der Unterschied, hm? Willst du Heiler sein, wirst du zwangsläufig zum Hexer. Wenn alles ins Gleichgewicht muss, was macht der Heiler? Er wählt den Schwächsten oder Ärmsten und überträgt den Schaden des zu rettenden Verletzten auf ihn. Ein Arzt, im Gegenzug, gibt sein Bestes und hofft mit seinem Patienten. Ein Heiler richtet. Dank Uffe musste ich das wieder und wieder tun, und nie hatte ich die Wahl. Bis er schließlich vor mir lag.«

»Und dann?«

»Er dachte wirklich, dass er der Flammenbringer ist, wenn ihn nicht einmal die Nachtjacken töten konnten. Nur weil er mit seinem bescheuerten Drachenei rumhantiert hat und es zu seinem Speicher machte. Ich muss ihm zugestehen, dass ihn dieser Spruch aus Kapitel 7 tatsächlich zum großen Feuerwerfer werden ließ. Seine Kraft war wirklich gewaltig, keine Frage. Aber sein Charakter, der immer schon eher fragwürdig war, wurde durch den ganzen Ruhm nicht besser. Ich meine, schau dir mal sein Buch an!«

»Was ist damit?«, fragte Lysander. Es war zum Schreien. Jede von Blauknochens/Grauhands Antworten, warf tausend neue Fragen auf! Wenn da nur nicht das Rauschen und Pochen in seinem Schädel, in seinen Ohren wäre.

»Was glaubst du, was das für ein Leder ist, auf dem er seine Zauber sammelte, hm?«

Der Magus sah ihn aufmunternd an. Als Lysander nicht antwortete, hob er beide Hände beschwörend zur Decke. »Ja genau. Der fand das witzig.«

»Aber dann habt Ihr ihn verraten«, stellte Lysander fest.

»Das kann man so sagen, ja«, bestätigte Blauknochen/Grauhand. »Aber das führte auch alles zu weit! Der Krieg war nach über einhundert Jahren vorbei. Ein Krieg in dessen letzter Hälfte wir kämpften. Fünfzig Jahre zogen wir über den Kontinent und wüteten und mordeten im Tross der Armee. Dann endlich war die letzte Schlacht geschlagen, und was macht dieser Sack? Er meint, er wäre der Flammenbringer und müsste das Gleichgewicht wiederherstellen. Natürlich ginge das nur einher mit weiteren Feuerwürfen, Tod und Verderben. Gerade noch liegen fünftausend auf dem ›Feld der Ehre‹ und endlich ist es genug, damit sich die Könige von Kernburgh und Northisle zusammensetzen. Und der große Uffe plant, sie beide zu versengen, den Krieg neu zu entfachen, damit er der Welt bekunden kann, dass er der Flammenbringer ist. Tut mir leid, mein Junge, ich musste ihm einfach beweisen, dass er unrecht hat. In jeder Beziehung. Über die Jahre habe ich wirklich versucht, es zu bereuen ... Aber es gelingt mir einfach nicht.«

»Trotzdem bleibt es dabei: Ihr habt ihn verraten«, beharrte Lysander.

Grauhand sah genervt zur Decke. »Meine Motive habe ich nun ausreichend dargelegt, denke ich. Und es ist ja auch einerlei, denn endlich habe ich den Flammenbringer gefunden.«

Es fühlte sich an, als hätte Lysander ein Blitz getroffen. Der Schock durchzog ihn von der letzten Haarspitze bis zum längsten Zehennagel. Es hielt ihn nicht länger auf dem Stuhl. Er sprang auf und rief: »Was ist denn das für ein Schwachsinn mit dieser beknackten Prophezeiung, die aus einem Märchenbuch gehüpft ist, Mann?! Ich soll der Flammenbringer sein? Das ist doch Humbug!« Er redete sich in Rage und wollte es verhindern, aber er spürte, wie die Spannung aus ihm herauswollte. »Mit solchen Geschichten holt man doch keinen Hund mehr hinterm Ofen vor! Die Nummer ist doch völlig abgegriffen, das Pferd zu Tode geritten! Niemand, aber auch wirklich niemand, möchte noch irgendetwas von irgendwelchen Scheißprophezeiungen hören oder lesen! Und wenn, dann ist ja wohl dieser General Grimmfaust der Flammenbringer, nach allem, was man so hört! Ein Held, ein Kriegsheld. Ich bin nur ein ratloser Zauberlehrling, der einen Scheiß auf Prophezeiungen gibt!«

Grauhand ließ den Kopf sinken, als wäre er unendlich müde. Sein Rücken hob und senkte sich. Schließlich sagte er: »Ein Held, hm?« Er sah Lysander mit seinen harten Augen an. »Für wen? Für die Soldaten im Feld? Die eigenen vielleicht. Für die andere Seite? Wohl kaum. Für die geplünderten Städte und Dörfer? Ich glaube nicht. Was treibt den Kerl schon an? Ehre, Ruhm, Status oder ganz profan: Reichtum? Der ist genauso ein Arschloch wie Rothsang, Lysander. Ambitioniert, narzisstisch, empathielos. Das sind die Kriegstreiber alle.«

Er ließ sich in seinen Sessel fallen.

»Und genau darum geht es, mein Junge.«

»Ach, und worum genau, hm?«, fragte Lysander trotzig. »Das ist doch alles Irrsinn!«

»Als der letzte Kriegsmagus fiel, endete auch die Zeit der Kriegsmagie. Die Schlacht von Dünnwald war die erste, bei der Schießpulver eingesetzt wurde. Mit ihr hat es angefangen. Am Anfang war es gut. Die Völker hatten die Schnauze voll vom Krieg, es kehrte Ruhe ein. Aber wir sind alle so dumm und unsere Erinnerung schwindet im Laufe der Zeit. So wie eine Mutter die unsäglichen Schmerzen der Geburt vergisst und sich ein zweites Kind wünscht, so stolpern wir durch die Zeiten und hin und wieder finden wir einen neuen Grund für einen Krieg. Dann blasen wieder alle in die Trompeten, um für die gerechte Sache einzustehen, sich gegen ›das Böse‹ zu stellen. Anstatt sich an Leid und Trauer zu erinnern und es sein zu lassen, geht es wieder von vorne los. So war es all die Jahrzehnte bis heute …«

»Was ist denn heute?«

Als Grauhand ihn ansah, lag eine tiefe Trauer in seinen sonst harten Augen.

»Sie erfinden das Schießpulver, um die Magie vom Schlachtfeld zu bannen. Dann nutzen sie eben jenes Schießpulver, um sich gegenseitig zusammenzuschießen. Jeder kann eine Kanone laden, zu Wasser und zu Lande. Jeder kann den Abzug einer Pistole oder Muskete ziehen. Der große Gleichmacher Schießpulver macht aus dem Bauern einen Soldaten und aus dem Soldaten einen Helden. Wenn er denn überlebt und nicht wie die meisten Helden, zu Tode kommt. Und schau dich um: Die Elven sitzen im hohen Norden und beäugen uns misstrauisch. Zu Recht. Die Eotens sterben aus, die Orcneas bleiben hinter ihrer großen Wüste und hoffen, dass sie nicht die Nächsten sind, die unser Zorn trifft.

Die Modsognir vergraben sich in ihre Berge und beten, dass ihr Winter niemals endet, damit wir nicht über die Hügel kommen und sie uns holen. Wir, die Midthen, sitzen im Zentrum von Thapaths großer Waage und kämpfen und schießen und bringen die ganze Welt aus dem Gleichgewicht, junger Hardthez. Und dann kommst du! Die Potenziale fliegen dir zu, du enträtselst den SeelenSauger – ich denke, es ist dir nicht einmal sonderlich schwergefallen – und du kehrst zu mir zurück, damit wir zusammen beenden können, was ich vor über vierhundert Jahren angefangen habe.«

Nach der Rede sackte er ein wenig zusammen und nun wirkte er das erste Mal uralt.

»Das ist doch alles der totale Unsinn«, flüsterte Lysander. Dann sagte er, etwas lauter: »Der totale, unfassbare, völlig bescheuerte Unsinn eines alten, verrückten Magus, Heilers, Hexers, was auch immer!«

Als Grauhand zu ihm hochsah, waren seine Augen hart. Wieder huschte der Ärger über sein Gesicht, wobei er dieses Mal eine mächtige Portion Wut im Gepäck hatte. Dann hatte sich der Magus wieder unter Kontrolle. Tief holte er Luft und stieß sie mit einem müden Seufzer wieder aus.

»Lass es mich dir noch einmal erklären, du dummer Junge.«

Gorms Fänge schlossen sich um den Kehlkopf des hellen Hundes. Ruckartig riss er seinen Kopf von der einen auf die andere Seite, bis sich der Knorpel löste und zerbrach. Die Krallen hörten auf, seinen Bauch zu zerkratzen. Weit warf er den Körper von sich fort. Der dunkle Hund versuchte, auf gebrochenen Vorderläufen zu entkommen. Gorm setzte ihm den Fuß in den Rücken und senkte sein ganzes Gewicht auf diese eine Stelle. Ohne den Großteil seiner Zunge konnte der Hund nicht schreien. Er hechelte nur schnell. Das Rückgrat knackte. Gorm rammte dem Hund seine Finger hinter die Zähne des Oberkiefers und zog den Kopf zu sich heran. Das Rückgrat brach.

Er wankte zurück und ließ sich gegen die Bretterwand der Stallungen fallen.

Von seiner Wange hing ein Stück Haut herab, denn der Helle hatte ihm ins Gesicht gebissen. In seiner Schulter klaffte eine tiefe Wunde. Genau wie an seinen Waden und Oberschenkeln. An der linken Hand fehlten ihm zwei Finger.

Die beiden großen Hunde hatten alles gegeben.

Genau wie er selbst.

Als er sich erhob und um die Ställe herum Richtung Gebäude taumelte, sah er eine Gruppe junger Frauen und Männer in Begleitung einiger Älterer, die vermutlich ihre Beschützer waren, quer über den Rasen zur Vorderseite fliehen.

Er hatte keine Ahnung, wer die waren. Aber er war froh, dass sie vor ihm davonliefen und nicht auf ihn zu.

Schritt für Schritt schleppte er sich zu der Tür, durch die Lysander verschwunden war, wobei er eine beachtliche Blutspur hinter sich legte.

Die Spitze des Säbels schabte durch Grasboden, dann durch Kies und dann über die steinernen Stufen der Treppe zur Tür hinauf.

Er war müde. Sehr müde. Die Hunde hatten wirklich ihr Bestes gegeben.

»Hast du es jetzt verstanden?«, fragte Grauhand müde.

Lysander hatte die Augen geschlossen, beide Hände an die Schläfen gelegt und schüttelte den Kopf. »Das ist doch alles nicht wahr …«, flüsterte er.

Unvermittelt sagte der Heiler: »Wie ich sehe, trägst auch du nun Handschuhe.«

Obwohl Lysander ihn nicht ansah, konnte er das Lächeln hören. Er öffnete ein Auge und schaute hoch.

Grauhand hielt beide Hände vor sich. Mit der einen fasste er nach den Fingern der anderen. Er begann an einem Finger nach dem anderen zu ziehen, bis sich die Handschuhe lösten. Dann zupfte er sie mit einem Ruck von der Hand.

Die Haut war ergraut und sah rissig aus. Eher wie die Oberfläche eines Steins. Über Finger und Handrücken liefen dunkelrote, fast violette Linien und Rillen in einem zackigen Muster, wie ein Blitz es in den Himmel zeichnete.

Grauhand drehte die Hand vor seinen Augen und sah sie an, als sähe er sie zum ersten Mal seit langer Zeit.

»Tja, was soll ich sagen. Eine bedauerliche Nebenwirkung des SeelenSaugers«, sagte er.

Lysander riss sich den Handschuh von seiner eigenen Hand und atmete erleichtert aus. Seine Haut war immer noch fahlweiß, so wie sie sein sollte. Das Muster, das sich unter ihr abzeichnete war bei Weitem nicht so ausgeprägt. Bei ihm wirkte es noch wie dunkle Adern, nicht wie lavagefüllte Einkerbungen.

»Na ja, ich bin dir auch ein paar Assimilierungen voraus, nicht wahr?«, sagte Grauhand.

Schnell zog Lysander den Handschuh wieder über.

»Wie viele Seelen habt Ihr denn …?«

»Gesaugt?«, beendete der Magus die Frage. »Ich sage lieber ›gesammelt‹, das klingt nicht so anrüchig.« Er lächelte und blickte zur Decke, wie um in seinem Hirn nach der Zahl zu suchen. »Das ist gar nicht so einfach, mein Junge. All die Jahre …«

»Wird man durch den Zauber auch jünger?«, fragte Lysander.

»Nein, nein. Das geht nicht. Aber du wirst eben auch nicht älter. Wie viele waren es denn noch gleich …«

Die Tür öffnete sich und Gorm wankte durch den Rahmen.

Er sah schrecklich aus.

»Ja, was haben wir denn da?«, fragte Grauhand entspannt.

Lysander sprang auf und lief Gorm entgegen.

Blut platschte auf den Boden, als der Orcneas einen Schritt machte. Lysander packte ihn am Arm und versuchte ihn zu stützen. Das hätte er sich sparen können. Wenn der Hüne tatsächlich umkippte, würde er ihn unter sich begraben.

»Was ist passiert?«, fragte Lysander.

»Ich denke, ich werde neue Hunde brauchen, oder?«, fragte Grauhand. »Zumindest bis Midotir groß genug ist ... Einen Welpen wird er ja wohl nicht getötet haben?«

Gorm stützte sich am Schreibtisch ab und ließ sich auf Lysanders Stuhl sinken. Das Holz knackte protestierend.

»Sie haben Apoth und Bekter draußen rumlaufen lassen?«, fragte Lysander erschüttert.

»Aber natürlich, junger Hardtherz. Ich musste doch sichergehen, dass du den Weg zu mir alleine findest. Ohne deinen Wächter.« Er sah Gorm interessiert an. »Was ist das da überhaupt? Für einen Orcneas ist er doch ein wenig groß geraten, was? Ich vermute, er ist ein Mischling?«

»Vater Ork. Mutter Riese«, raunte Gorm und atmete rasselnd ein.

»Nett!«, rief Grauhand begeistert und wandte sich an Lysander. »Du solltest dir als Nächstes das achte Kapitel Heilung & Hexerei vornehmen. Unter ›Beschwörungen‹ kannst du lernen, dir einen wirklich kompetenten Wächter zuzulegen. Die Jenseitigen nerven zwar nach einigen Jahrzehnten, aber ich muss sagen, dass es recht unterhaltsam war, so lange es dauerte. So oder so, deinen Beschützer hier wirst du nicht mehr brauchen.«

Lysander schnaufte. »Jetzt habe ich aber langsam ...«, begann er, doch Grauhand unterbrach ihn. Der Magus sprang förmlich aus seinem Sessel.

»Nein, mein Junge! Ich habe die Schnauze voll! Entscheide dich jetzt!«

»Wofür?!«, brüllte Lysander frustriert.

»Siehst du es denn nicht? Ein Krieg naht! Ein Krieg, der so furchtbar werden wird, wie noch keiner zuvor. Ein Krieg, der die Welt erschüttert und zerreißt. Aber wir können ihn aufhalten! Nimmst du die Herausforderung an und wirst der Flammenbringer unter meiner Anleitung, oder schenkst du mir deine Seele, damit ich weitere Jahrzehnte nach ihm suchen kann?«, grollte Grauhand bedrohlich.

»Habe ich denn eine Wahl?!«, rief Lysander.

Grauhand lächelte wieder sein Lächeln. »Wir haben immer alle eine Wahl.«

»Dann werde ich wohl Ihr Flammenbringer«, seufzte Lysander.

Grauhand atmete erleichtert aus und als er dieses Mal lächelte, blitzte es auch in seinen Augen auf. Freudig trat er um den Schreibtisch.

»Sehr gut! Du wirst viel lernen. Unglaublich viel lernen. Und alsbald wirst du mächtiger sein, als Rothsang es sich je hätte erträumen können. Wir zwei werden das Gleichgewicht wiederherstellen!«

Der Magus legte eine Hand auf Gorms Schulter.

»Dann können wir dieses Ungetüm nun entfernen, oder?«, fragte er finster.

Gorm war auf dem Stuhl zusammengesackt und hob müde den Schädel.

»Denke schon«, sagte Lysander.

Der Hüne schnaufte.

»Hast du bereits Kapitel 4: Kriegszauber, zweiter Teil entschlüsselt?«, fragte Grauhand.

»Nein, nicht ganz«, murmelte Lysander.

Grauhand ballte begeistert die Fäuste. »Sehr gut! Dann wird dir das gefallen. Es nennt sich ›Körperfeuer‹. Ein toller Zauber. Anfangs war ich nicht begeistert, weil es wirklich eine irre Sauerei ist, aber mit der Zeit habe ich ihn perfektioniert. Jetzt verbleibt die Sauerei im Körper und es spritzt auch nicht mehr so. Warte ...«

Die Lippen des Magus bewegten sich schnell und er begann, mit der rechten Hand in der Luft zu gestikulieren. Gorm stöhnte.

Plötzlich stockte Grauhand.

Er hob verwundert die Augenbrauen. Seine Lippen blieben geschlossen, die Hand war zur Klaue erstarrt.

Eine Träne löste sich aus einem zuckenden Auge.

»Will es nicht funktionieren?«, fragte Lysander unschuldig. »Nicht?«

Er kam jetzt ganz nah an Grauhands Gesicht, bis er Nase an Nase vor ihm stand. Der alte Heiler war etwas größer als er, also stellte er sich auf die Zehenspitzen.

»Ist es nicht ärgerlich, wenn die Finger so richtig schmerzen, man aber keinen Laut hinaus bringt?«, fragte er.

Grauhands Fingergelenke knackten. Seine Zähne knirschten.

»Was ist denn los?«, fragte Lysander. »Tut es weh? Ich denke schon. Aber machen Sie sich nichts draus, man gewöhnt sich dran. Mir bereitet es nicht ganz so viel Vergnügen, wie einem gewissen Steinfinger, dessen Bekanntschaft mir auf meiner Flucht vergönnt war. Eine Flucht, auf die Ihr mich geschickt habt. Trennen & Fügen, Meister Grauhand. Manchmal träume ich noch davon. Vom Bergwerk, vom Steinbruch, von den heißen Tagen und kalten Nächten, von den Schlägen der Wächter, von den sterbenden Verletzten, die ich nicht retten konnte.«

Lysander lehnte sich zurück und legte Gorm eine Hand auf die Schulter.

»Dieses ›Ungetüm‹ war meine Rettung. In mehr als einer Situation, müssen Sie wissen. Und auch wenn es in Ihrer Welt völlig in Ordnung ist, einen Studenten oder einen Magus zu verraten ...« – er legte die andere Hand auf Grauhands Schulter – »... in meiner ist es das nicht.«

Grauhands Wange platzte auf und Blut tropfte. Es sickerte auch durch den Stoff des grauen Gehrockes, als sich dort unter dem Gewebe eine klaffende Wunde schmatzend öffnete. Zwei Finger einer Hand lösten sich in Staub auf und krümelten zu Boden. Ein Strom von Tränen lief Grauhand über die faltigen Wangen. In seinen Augen blitzte eine wilde Mischung aus Wut, Schmerz und Verzweiflung. Seine Zähne knirschten noch lauter, als mahlten sie Steine.

Gorms Atem beruhigte sich. Lysander spürte, wie sich der Hüne unter seiner Hand aufraffte, wie sich die Muskelberge anspannten und mit neuer Kraft zuckten.

Lysander flüsterte: »Sie haben vielleicht recht, wenn Sie sagen, dass es mir besonders leicht fällt, meine Potenziale zu nutzen. Und wissen Sie was? Manchmal, wenn ich mir richtig Mühe gebe, kann ich sie sogar gleichzeitig nutzen. Es ist nur eine Frage des Gleichgewichts.«

Lysander atmete tief ein.

»Ihr mögt hehre Ziele haben, Meister Grauhand, aber für mich ist es Verrat. Ein Verrat, der mich zum Getriebenen machte.«

Er legte Blauknochen/Grauhand eine Handfläche auf die Brust.

»Damit ist nun Schluss.«

Der alte Magus riss die Augen erschrocken auf.

»Ganz genau«, sagte Lysander und ließ den SEELENSAUGER frei.

Einhunderttausend Blitze in seinem Kopf.

Einhunderttausend Donner in seinen Ohren.

Jede Muskelfaser zuckte und krampfte.

Und zuckte und krampfte noch mehr.

Lysander öffnete den Mund. Immer weiter.

Tief in seinem Rachen gurgelte der Zauber.

Spucke sammelte sich in seinen Mundwinkeln.

Der SeelenSauger löste Trennen und Fügen ab.

Die Hände des Magus krallten sich in seine Weste.

Ein stummer Schrei. Schmerzen, Wut und Hass im Gesicht.

»Ach du …«, war das letzte, was der Magus über die Lippen brachte, dann schrumpelte die Zunge wie eine Gurke in der Sonne.

Rauch kräuselte sich zwischen Lysanders Fingern. Sämtliche Knochen in Grauhands Körper knackten. Gelenke knirschten. Knisternd und brutzelnd bildeten sich Blasen auf der Gesichtshaut, die sich straffer und straffer um den Schädelknochen zog. Grauhands Augen traten aus ihren Höhlen, was ihm einen erstaunten Ausdruck verlieh. Aus dem Hals gurgelte es.

Es klang wie ein heiseres, zynisches Lachen.

Schlaff fielen die dünnen Arme herab. Die Knie gaben ein krachendes Geräusch von sich, der Magus sank vor Lysander zusammen.

Noch immer lag die Hand auf der Brust. Grauhand zuckte und zitterte. Er fiel auf die Seite und Lysander, der die Hand nicht lösen konnte, musste sich bücken.

Arme und Beine krampften an dem ausgemergelten Körper. Lysander atmete den Rauch ein, der nach Schwefel und Grillgut schmeckte.

Dann war es vorbei.

Wankend verharrte Lysander vor dem verschrumpelten Körper, der nur noch die Größe eines Kindes hatte – eines verdursteten und verdorrten Kindes – eines Kindes, das in den viel zu weiten Kleidern des alten Magus steckte und aussah, als wäre es elendig in der großen Wüste des Ödlandes verreckt.

›Was habe ich getan?‹, fragte er sich dieses Mal nicht, denn er wusste ganz genau, was er getan hatte.

Und warum.

Ein Wummern in der Ferne, das rasend näher kam.

Es kam aus seinem eigenen Kopf. Und es wurde lauter. Er warf die Hände über die Ohren und sackte auf die Knie. Sein Schädel dröhnte. Es wummerte, dröhnte, schmetterte, der Boden unter ihm bebte. Er wiegte seinen Körper hin und her.

Immer näher, immer lauter raste das Geräusch heran und verdichtete sich zu tosendem Lärm. Es gab in seiner ganzen Welt nur noch diesen Krach. Gerade als er dachte, sein Schädel müsste zerspringen, fiel er besinnungslos auf die Seite und blieb flach atmend liegen.

96

Der Himmel, verhangen und stahlgrau, kündete von eisigem Regen.

Infanteristen bahnten den Weg durch die dichte Masse der Schaulustigen, die sich im ersten Tageslicht an diesem kalten Morgen auf dem Platz der Revolution versammelt hatte.

Keno ritt an der Spitze der Nationalgarde durch die Gasse. Etwas hinter ihm hielt sich sein Adjutant.

»Er hat was?«, flüsterte Keno, immer noch ungläubig.

Donnerkelch flüsterte zurück: »Sich ins Maul geschossen hat er sich.«

»Hätte ich ihm nicht zugetraut«, raunte Keno.

»Der Oberst hat ihm die Waffe dagelassen.«

»Ach was ...«

Über den Köpfen kam der Kurzmacher auf seinem Podest in Sicht.

Kurze Zeit später stoppte Keno sein Pferd und ließ den Blick schweifen.

Die Bürger von Kernburg hatten sich wieder einmal auf dem Henkersplatz eingefunden und warteten auf eine Hinrichtung.

Hoffentlich ein letztes Mal, dachte er. Es wird Zeit, dass diese Barbarei endet.

Ein einsamer Sonnenstrahl bohrte sich durch die trübe Wolkendecke. Als er die geschliffene Klinge des Kurzmachers traf, stach die Reflexion in Kenos Augen.

Ja, früher waren Hinrichtungen brutaler und spektakulärer. Es wurde geröstet, gehängt, erdrosselt, enthauptet, gerädert, zerteilt, gehäutet, ertränkt, ausgeweidet, gestreckt, zerrissen und verbrannt. Sicher war die Methode des Kurzmachens schneller und vielleicht auch gnädiger – außer man glaubte den Berichten über zwinkernde Lider, glotzende Augen und sich bewegende Lippen.

Auch Keno kannte die Geschichte von dem Mädchen, das auf der Liege angefangen hatte, laut die Sekunden zu zählen und ihrem Mund, der sich nach der Enthauptung noch minutenlang stumm bewegte. Dennoch war das kein Vergleich zu den stundenlangen Demütigungen und Qualen aus grauer Vorzeit.

Auf dem Kurzmacher starb es sich schnell und sachlich.

Aber genau darin lag für Keno der Schrecken.

Enthauptungen funktionierten durch diesen Apparat nach dem gleichen Prinzip, wie die Arbeit in den neumodischen Fabriken erfolgte: schnell, sachlich, durchdacht. Wie im Akkord. In der systematischen Vernichtung von Leben lag der Schrecken, den Keno empfand. Der Tod auf dem Schlachtfeld dagegen war willkürlich. Es konnte dich oder den Soldaten neben dir erwischen.

Wohin Thapaths Waage eben wippte. Zufall.

Wenn es einem gelang, diese Willkür zu akzeptieren, konnte man sich davor fürchten – oder auch nicht.

Beim Kurzmacher war nichts dem Zufall überlassen.

Kopf rein. Zack. Der Nächste. Desche würde hoffentlich der Letzte sein.

Sein Blick fand den Fleischer.

Er kniete zwischen Silbertrunkh und Hardtherz auf dem Parkett der Bühne und zuckte und zitterte.

Unsagbare Schmerzen schüttelten ihn.

Nachdem er den Abzug betätigt hatte, hatte es ohrenbetäubend gekracht. Ruckartig wurde sein Kopf nach hinten geworfen. Er hatte gespürt, wie ihm die Kugel durch den Unterkiefer und den Gaumen gefahren war. Erleichtert hatte er den Tod erwartet.

Ein brennendes Ziehen hatte ihn zurückgeholt.

Das Mündungsfeuer hatte ihm Hals, Kinn und Unterlippe verbrannt. Sein Schnäuzer hatte Feuer gefangen und war knisternd verkohlt.

So sehr er sich auch bemühte, er bekam die schweren Hände an ihren schweren Armen nicht nach oben, um die Flammen auszuschlagen.

Er wollte fluchen, aber er spürte seine Zunge nicht mehr. Alles, was er zustande brachte, waren gurgelnde Geräusche, die seltsam nah an seinem Ohr nachhallten.

Dann kamen die Schmerzen.

Sie rüttelten und schüttelten ihn, bis er ohnmächtig wurde.

Sie meldeten sich mit roher Gewalt zurück, als er wieder erwachte.

»Hast du so was schon mal gesehen?«, fragte ein Soldat seinen Kameraden, während er Desche mit aufgerissenen Augen ins Gesicht blickte.

»Nein, Mann. Noch nie. Der muss doch tot sein«, sagte der andere und stupfte Desche an.

»Kggh... kggh...«, gluckerte es in seinem versengten Rachen, als er antworten wollte.

»Bei Bekter ... die komplette Fresse ist weg!«, hauchte der erste.

»Ich glaube, da oben steckt noch die Kugel. Zumindest ist da ein schwarzes Loch. Schau mal!«, hörte er den zweiten sagen.

Der erste Soldat verschwand aus Desches Blickfeld, als er sich nach unten beugte, um ihm von dort in den Mund zu sehen.

Die beiden richteten sich wieder auf. Der erste lüpfte seinen Dreispitz und kratzte sich über den Kopf.

Dann kam der grobe Oberst.

Die beiden Soldaten standen stramm und salutierten.

Der Oberst beugte sich zu Desche hinab.

»Erste Regel, Bürger«, hatte er geflüstert und ihm einen Zeigefinger unter die Nase gehalten. »Immer zuerst die Ladung prüfen.«

Desche verfluchte ihn. »Kggh... kggh...«

»Zweite Regel.« Ein Mittelfinger gesellte sich zum Zeigefinger. »Nie mit einer Waffe schießen, die man nicht selbst geladen hat.«

»Kggh... kggh...«

Dann richtete sich der Oberst böse grinsend wieder auf und sagte zu den beiden: »Bindet ihm das Zeug mal mit einem Schal oder Halstuch zusammen. Wenn das da alles so hängt, erschrecken sich die Kinder.«

Zum Schluss hatte er sich noch einmal zu Desche gebeugt und ihm auf die Schulter geklopft.

»Nicht verrecken, bevor es rumpelt, mein lieber Desche. Das, was von der Familie Starkhals noch übrig ist, möchte Ihrem Ableben beiwohnen.«

Dann hatte er ihm an die Wange getätschelt, woraufhin Desche wieder ohnmächtig geworden war.

Die Wunde an Kenos Nacken schmerzte nur noch wenig und wenn er Desche ansah, schmerzte sie überhaupt nicht mehr.

Dem Mann fehlte der Unterkiefer. Schwarzverbrannte Haut zog sich von der Nasenspitze an den Wangenknochen bis zu beiden Ohren hinauf. Das eine Auge war zugeschwollen und erinnerte mehr an eine prall gefüllte Pflaume, als an ein Auge. Das andere war blutunterlaufen und suchte in der Gegend herum, ohne etwas zu finden.

Ein Schauder lief ihm über den Rücken.

Der Mann war ein Monster. Keine Frage.

Aber das verdiente niemand.

»Machen Sie schnell!«, befahl er dem Henker.

Der Henker war ein Priester des Bekter und schien es nicht besonders eilig zu haben.

Unter der schwarzen Kutte konnte Keno das Alter des Priesters nicht erkennen, aber er bewegte sich langsam wie ein uralter Knochen.

Vahdet schob sich neben Keno und flüsterte: »Zweiundsechzig Brüder haben die Radikalen im Kloster im dreckigen Viertel umgebracht, General. Zweiundsechzig!«

»Und jetzt wollen Sie es dem Fleischer mit einer Minute pro Bruder heimzahlen, oder was?«, flüsterte Keno ärgerlich zurück. »Sorgen Sie dafür, dass das schneller geht, verdammt!«

Dieses ›Kggh... kggh...‹ war ja nicht auszuhalten, dachte er.

Durch rote Schlieren vor seinen Augen erkannte Desche den Kurzmacher.

Ahhh...

Sein bestes Stück.

Das beste Holz aus dem Dschungel von Gartagén, das beste Metall aus den Minen Pendôrs. Ein Kunstwerk durch und durch.

Desche spürte, wie er angehoben wurde.

Die Pritsche.

Die Schlaufen aus prächtigem Rindsleder, die Schnallen von hochwertiger Machart.

So starben Könige!

»Kggh… kggh…«, lachte er.

»Kggh… kggh…«, weinte er, als ihn stechende Qualen in zuckenden Blitzen heimsuchten.

Die Schmerzen in seinem Gesicht waren so allumfassend, dass er nicht spürte, wie die Riemen eng gezogen wurden. Einer nach dem anderen.

Dass er nach vorn gekippt wurde, fühlte er als Schwindel.

Der Ruck, als die Kante der Liege an den Pranger stieß, raubte ihm beinah die Sinne.

Plötzlich sah er sich wieder im Spiegel.

Das war wahre Raffinesse, dachte er. Der Einfall, am Boden des blechernen Auffangkorbes einen Spiegel anzubringen, war wirklich brillant gewesen. Damit der Delinquent ein letztes Mal mit seinem Angesicht konfrontiert wurde.

Seine Frau hatte die Idee gehabt.

Seine liebe Frau.

Wo die jetzt wohl war?

Wenn er sich nicht täuschte, musste alsbald das Gleiten des Stiftes erklingen, wenn der Knauf, der das Seil hielt, aus seiner Halterung gezogen wurde.

Da war es auch schon.

Es rumpelte.

Es schnitt.

Es klackte.

Ja, das Geräusch kannte er. Tagelang, wochenlang hatte es in seinen Ohren geklungen, ein Echo hinterlassen, wenn er sich zu Bett legte. Er hatte davon geträumt und darin gebadet. Dieses Geräusch. So satt. So perfekt.

Er fiel. Er wollte sich mit den Händen abfangen, aber sie gehorchten ihm nicht. Er stürzte seinem eigenen Spiegelbild entgegen. Der Aufprall auf dem kalten Glas tat gar nicht so weh, wie er befürchtet hatte. Er schaute sich nun selbst ins Auge. Ganz nah.

Er stand auf.

Nein.

Er stand nicht auf.

Er spürte seine Beine nicht. Er flog.

Er flog, bis er die Tausende Gesichter vor sich sah. Die Gesichter all jener, die er dem Kurzmacher zugeführt hatte. Waren es wirklich so viele gewesen?

Nein, das waren nicht die Toten.

Das waren die Lebenden, die ihn anstarrten.
Oh, wie gern hätte er jedem Einzelnen ins Gesicht gespuckt.
Ihr Jubel brandete an seine Ohren.
Dann wurde ihm schwarz vor den Augen.
Also schloss er sie.

»Bei Thapath«, flüsterte Luwe. »Hast du das gesehen, Bruder? Das Auge, es hat sich bewegt.« Keno spürte die Erregung seines Bruders neben sich.

»Reiß dich zusammen!«, fuhr er ihn an.

Der Henker hielt das abgeschlagene Haupt in die Höhe und Jubel brandete auf. Ein Jubel, der einerseits aus Geilheit angesichts einer weiteren Exekution bestand, aber – und dessen war sich Keno sicher – auch aus einer guten Portion Erleichterung darüber, dass der Fleischer endlich erledigt war.

Nach fest kommt kaputt, dachte Keno.

97

Zwanettes Pferd trabte durch die Gassen von Löwengrundt und trug sie auf seinem Rücken zu den Stadttoren. Oberst Dusterkern hatte ihr empfohlen, auf ihrer Suche nach Lysander eine weitere Rotte mitzunehmen. Aber sie hatte abgelehnt.

Es war besser, wenn sie ihn alleine fand.

Sie musste ihn erst aufspüren, bevor sie herausfinden konnte, wie er ihr begegnen würde.

Aber wo sollte sie anfangen?

Nach ihrem Kenntnisstand gab es nur einen Magus im ganzen Reich, dessen Standort nicht in den Archiven des Jägerregiments vermerkt war, und der Flammenkugel und Feuerwand beherrschte: Lysander.

Die letzten Berichte, die sie erhalten hatte, deuteten auf Jør.

Allerdings lag dieser Zwischenfall schon über ein Jahr zurück.

Dort hatte ein Magus die Bürger eines ganzen Dorfes versengt.

In anderen Depeschen hatte sie von einer Gruppe Reisender erfahren, die hinter Kieselbucht gesichtet wurden. Die Beschreibungen deckten sich mit denen von Lysander und dem Hünen, den er Gorm genannt hatte. Ein bleicher Elv und ein riesiger Orcneas in Begleitung einiger Söldner.

Nachdem sie das Stadttor hinter sich gelassen hatte, schlug sie den Kragen ihres Feldmantels hoch und schob sich das Halstuch übers Kinn.

Es war kalt geworden.

Sie lenkte ihr Pferd auf die Straße nach Westen.

Richtung Hohenroth.

Dorthin, wo alles angefangen hatte.

98

Nat betrachtete die Klinge im Licht der Lampe auf seinem Arbeitstisch.

Er gönnte sich eine Pause, weil die Zahlen vor seinen Augen verschwommen waren.

Was gab es nicht alles zu lesen, zu tun, zu sichten.

›Oberbefehl über die Truppen in Topangue.‹

Das hatte zuerst recht gut geklungen.

Bis er die Listen durchgegangen war.

Lange Listen.

Um nicht zu sagen: Ellenlange Listen.

Jeder einzelne Soldat war dort vermerkt, nebst seinem Status.

Krank, genesen, verwundet, einsatzbereit und so weiter.

Die einzelnen Soldaten bildeten Trupps, die Trupps ergaben Rotten, die Rotten bildeten Züge, die Züge die Kolonnen oder Kompanien, danach kamen die Bataillone und danach das Regiment. Nicht ein Regiment war vollständig einsatzfähig.

Fieber und Verwundungen hatten die Reihen gelichtet.

Dazu kamen die Stücklisten, die Aufschluss gaben über Geschütze, Munition, Schwarzpulver, Uniformen, Rationen und Waren, die die Armee brauchte, um im Feld zu kampieren.

Von allem gab es zu wenig.

Die Schiffe, die zwischen der Heimat und Topangue kreuzten, waren sechs Monate oder länger unterwegs. Sie wurden zumeist von der Company unterhalten.

Der Company war es schon recht, dass ihre Interessen in dem fernen Land von der Army gesichert wurden, sie wollten aber auch keinen allzu großen Einfluss durch die Hilfskräfte. Also drosselten sie die Ströme an Nachschub nach Belieben.

Erschwerend kam die Situation auf dem Kontinent hinzu.

Die Geheimdienste befürchteten ein erneutes Aufflammen der Konflikte, nachdem General Grimmfaust faktisch zum Herrscher über Kernburg erhoben wurde.

Der kleine General hatte den Putsch geputscht.

Nach der Lektüre der Zeitungen und Depeschen musste ihm Lockwood neidlos Respekt zollen. So ein Husarenstück war nicht einfach zu bewerkstelligen.

Er drehte die Klinge ins Licht. Die Klinge, die ihm in Kieselbucht in die Hände gefallen war und die er seitdem als seinen Glücksbringer führte.

Er dachte zurück an den schmächtigen Major, der von den eigenen Grenadieren hinter die Linie getragen wurde.

Widerspenstig und trotzig, trotz der Verwundung, die Nat ihm beigebracht hatte.

Er betrachtete die Gravur auf dem polierten Stahl.

›Haus Grimmfausth – Stets für die Nation – Loyal & Tapfer‹, stand da.

Was für ein Motto!

Schmissiger als ›Disziplin & Ordnung‹, dem Credo seines Hauses.

Wobei ihm hier in Topangue das eigene Motto wesentlich sinnvoller erschien, denn genau dies bräuchte es, wenn er den Berichten von Lahir Apo Glauben schenken wollte.

Der Fall des Nawabs hatte die umliegenden Reiche in ihren Expansionsgelüsten verstärkt. Das Machtvakuum, das der Herrscher von Pradesh hinterlassen hatte, ließ sie von neuen Ländern und Reichtümern träumen.

Träume, aus denen sie die Armee von Northisle aufwecken musste.

Er würde es zuerst mit Diplomatie versuchen, danach mit Intrige.

Wenn das nicht funktionierte, blieb ihm nur der Kampf.

Mit einer zu kleinen Anzahl an Soldaten und Ausrüstung gegen zahlenmäßig überlegene Gegner, über die er zu wenig wusste.

Ich habe noch viel zu lernen, dachte Lockwood.

Er langte nach dem mit Gin gefüllten Kristallglas, das vor ihm auf dem Tisch stand, doch er ließ die Hand sinken, bevor sie es erreicht hatte.

»Ich werde weniger trinken«, flüsterte er.

Dann musste er über sich selbst lächeln.

»Ab morgen.«

99

»Was machen Sie da, General?«, frage die Witwe Dünnstrumpf.
Keno sah von seinem Notizbuch auf.
Während er auf sie gewartet hatte, hatte er einige Sätze notiert.
Sie trafen sich in einem dieser neumodischen Speisesäle, durch die sogenannte Kellner wuselten, um einem jeden Wunsch von den Augen abzulesen.
Als Keno SIE erblickte, hätte es kein ›ablesen‹ gebraucht.
Dafür war seine Begeisterung viel zu offensichtlich.
Er sprang aus dem Sitz, zog einen stoffbespannten, goldenen Stuhl unter dem schicken Tisch hervor.
»Bitte setzen Sie sich«, sagte er. Die vier Wörter waren ihm heiser über die Lippen gekommen.
Wenigsten habe ich noch Lippen, dachte er und das letzte Bild von Desche fuhr ihm durch den Kopf. Er verdrängte es umgehend.
Anmutig nahm sie Platz. »Nun?«, fragte sie.
»Äh ... was?«
Sie zeigte auf das Notizbuch.
»Ah, das! Das ist nichts. Nur ein Büchlein, in dem ich Gedanken und Ideen notiere. Wie das Soldaten so machen.«
»Gestatten Sie mir einen Blick?«
»Nun ja, wenn Sie wollen.«
Er schlug die Seite auf und schob ihr das Buch über den Tisch entgegen.
Sie las die Zeilen und lächelte.

Unterschätze niemals Deinen Gegner!
Sei stets schneller!
Wisse möglichst viel über Deinen Feind!
Ein konzentrierter Angriff kann eine Schlacht entscheiden!
Das Volk ist die vierte Waffengattung!
(Wenn man es auf seiner Seite weiß!)

»Diese Punkte scheinen mir alle nützlich zu sein, General.«
Er errötete leicht und räusperte sich.
»Sagen Sie doch bitte Keno zu mir.«
»Wie Sie wünschen, General. Ich heiße Jenne.«
Er nahm ihre Hand und deutete einen Kuss auf den Handrücken an.

»Angenehm.«

Der Abend war wundervoll. Keno fühlte sich wie auf Wolken.

Er erzählte Jenne von sich und seiner Familie, von seinen Brüdern, seinem Vater, viel von seiner Mutter. Er erzählte von Jeldriks Idee eines optischen Telegrafen und sie hatte spannende, interessante Fragen dazu, die er mit Begeisterung beantwortete.

Als er ihr von Magus Dampfnacken und dem Einreißen der Festungsmauer erzählte, wurden ihre Augen weit und weiter.

Begeistert klatschte sie in die Hände und wollte mehr und mehr wissen über diesen Einfall, Hunderte Jahre nachdem der letzte Kriegsmagus gefallen war, wieder einen ins Feld zu bringen.

»Ist denn dieser Dampfnacken genauso mächtig wie der Abgesandte des Apoth?«

Keno stutzte. »Wer?«

Ihre Begeisterung erreichte ein neues Plateau.

»Sagen Sie bloß, sie haben noch nicht von dem wandernden Magus gehört?«

»Ich muss Sie enttäuschen, Jenne. Bislang ist mir nichts zu Ohren gekommen. Ich war aber auch lange nicht in Kernburg.«

Sie lachte. »Wie leicht Sie ihn hätten treffen können! Man sagt, er habe Aufrührer in Hohenroth gerichtet, er habe Sklaven aus einem Steinbruch bei Schwarzberg befreit, er habe in Jør ein ganzes Dorf verbrannt und als die Armee ihn rekrutieren wollte, hat er zwölf Jäger erschlagen. Zwölf! Das müssen Sie sich mal vorstellen.« Sie redete immer schneller und schneller und Keno konnte nicht fassen, was er da hörte.

Sein älterer Bruder hatte ihm vom Aufstand im Steinbruch berichtet. Konnte das dieser Steinbruch sein? Gelbhaus war die Sklavenhaltung durchaus zuzutrauen.

»Bitte fahren Sie fort«, ermunterte er sie.

»Man sagt auch, er reise in Begleitung einer Bestie. Einer Inkarnation Bekters, ein Riese, ein Dunkler. Zusammen durchquerten sie Lagolle und Dalmanien und bereiteten der Armee den Weg. Leider hört man nicht viel Neues derzeit, aber Sie müssen sich diese Heftchen einmal anschauen. Sie wissen schon, diese billigen Heftchen, in denen sonst nur Spuk- und Abenteuergeschichten stehen.«

Er nickte.

»Wenn auch nur ein Hauch daran wahr ist, dann müssen Sie ihn zu sich holen! Er wird die Feinde der Nation schon in die Knie zwingen. Man munkelt, er wäre der Flammenbringer.«

Keno lächelte. »Ich dachte, man munkle, dass ich eben jener wäre.«

Jenne lachte hell auf. »Das kann natürlich auch sein«, sagte sie.

In diesem Moment verliebte er sich.

Genau in diesem Augenblick.

Ihr Lachen, ihre frech glitzernden Augen.

Was für eine wundervolle, erste Verabredung.

Er würde dafür sorgen, dass Weitere folgten.

100

Gorm spuckte aus, um den Geschmack nach verbranntem Fett und Fleisch aus dem Mund zu bekommen. Direkt vor seinen Augen hatte sich der alte Zauberer in einen ausgemergelten, skelettartigen Kadaver verwandelt.

Der Alte war nicht sehr freundlich gewesen, dachte er.

Und kurz bevor Lysander den Zauber auslöste, war er sogar recht feindselig geworden, hatte Finsternis ausgedünstet und Dunkelheit gesprochen.

Gorm erkannte einen bösen Mann, wenn er einen vor sich sah.

Er ließ sich vom Stuhl auf die Knie gleiten und ging auf alle viere. Er legte zwei Finger auf Lysanders Hals und spürte ein langsames Pochen unter seinen Fingerkuppen.

Er war schon vorher dabei gewesen, wenn der Junge diesen sonderbaren Zauber gesprochen hatte. Beim ersten Mal hatte er selbst gegen die Wächter des Steinbruchs gekämpft, während Lysander diesen Steinfinger vernichtet hatte. Beim zweiten Mal hatte er schwer verletzt auf einem Tisch in einem Gasthof gelegen und der Elv hatte die fiese Heilerin umgebracht. Beide Male hatte sich der Junge erholt und auch wenn der Zauber heftiger gewesen war, der alte Zauberer und der Junge mehr gezuckt hatten, so dachte er doch, dass Lysander es auch dieses Mal schaffen würde.

Mit dem Jungen auf dem Arm stand er auf. Schmerzen schickten weiße Blitze in sein Sichtfeld, aber er biss die Zähne zusammen und wankte zur Tür.

Lysander sah nur verschwommen und konnte sich nicht rühren.

Er spürte, dass er getragen wurde. Von starken Armen.

Schon wieder.

Auf der Haut fühlte er die Kühle der marmorgefliesten Flure der Universität, auf seiner Wange die Wärme der Lampen des Treppenhauses. Es ging runter und immer weiter runter. Bei jedem Schritt seines Wächters hüpfte sein Magen.

So ging es eine ganze Weile, bis er feucht schimmlige Kellerluft in die Lungen bekam. Durch die Schlieren in seinem Blickfeld sah er ein Gewölbe, dass ihm seltsam vertraut vorkam: Strengarms Übungskeller.

Langsam wurde er zu Boden gelassen.

Im Takt des schnaufenden Atems seines Trägers schwanden ihm die Sinne.

Er war so müde.

Fokke Grauhand ist müde. Es ist der neunte Tag der Schlacht, und wenn er hat schlafen können, so verfolgen ihn die Bilder. Er hat Hunger und Durst und ist erschöpft von den vielen Heilungen, die er hat durchführen müssen.

Natürlich hatte Uffe wieder an die vorderste Front gemusst. Natürlich hatte er die Festungsmauer auseinandergerissen und den Turm zerquetscht. Und wie so oft hatte er sich was eingefangen. Eine Hellebarde in die Schulter. Dass sein Ohr dabei abgeschnitten wurde – Nebensache. Aber dieses Mal war die Klinge tief in seinen Oberkörper gefahren, fast bis zur Brustwarze. Hätte der Hellebardier ihn nicht einfach töten können, denkt Fokke.

Die ersten der Bogenschützen, die der Heiler ins Zelt bat, hatten sich noch nichts dabei gedacht, der vierte war schon skeptisch geworden und der fünfte war panisch in den Wald geflüchtet.

Uffe sitzt schwitzend vor ihm und flucht. Die Wunde ist noch nicht vollständig geheilt.

Wenn Fokke so fluchen würde, die Inquisition würde ihn für einen Malefikanten halten und umgehend auf den Scheiterhaufen bringen. Aber dem Feuerwerfer sieht man einiges nach. Eben auch, dass sein Heiler ein paar Bogenschützen für dessen Heilung verschleißt. Man sieht es ihm nach, weil er der mächtigste Kriegsmagus ist. Der mächtigste, der jemals existiert hat, da sind sich die Schreiber des Königs sicher.

Wenn die wüssten, was Fokke weiß!

Er wirft einen Blick auf das schwarze Drachenei, das in einem ledernen Etui an Uffes Gürtel hängt. Nie trennt er sich davon, denn es ist sein WUCHTBEWAHRER. Ohne diesen Speicher wäre der Feuerwerfer auch ein Wasserschmeisser.

Aber das wäre nur wenig spektakulär, denn das könnten andere auch.

Dank des Dracheneis kann der eitle Uffe aus dem Vollen schöpfen und die größten Brandhagel und Feuerstürme beschwören, ohne auf den Ausgleich der Potenziale zu achten.

Fokke verflucht den Tag an dem er ihm dieses Relikt vergangener Tage zum Geschenk machte.

Wenn es ihm doch nur gelänge den Verstärkungszauber ebenfalls zu meistern, er könnte Thapaths Gleichgewicht austricksen und viele Leben retten!

Aber da gibt es ja noch den SeelenSauger, der den Feuerwerfer überhaupt nicht interessiert.

»Der Vollständigkeit halber nehme ich ihn in meine Sammlung auf«, hatte Uffe gesagt, während der Elv ihn in das grausige Buch geschrieben hat und sie beide dabei zugesehen haben. Wenn der Elven-Magus gewusst hätte, dass er auf der Haut eines Midthen malte ...

Vielleicht ist dieser Zauber die Lösung, denkt Fokke und nimmt sich vor, ihn zu entschlüsseln.

EPILOG

Die Reise nach Kenkel im nördlichen Torgoth hatte seine Wut nicht kühlen können. Trotz der sinkenden Temperaturen. Im Gegenteil.

Seine Kaumuskeln verkrampften immer häufiger vom Mahlen der Zähne. Dieser Grimm hatte ihm die Flucht ermöglicht.

Scheiß auf die Jäger!

Und scheiß auf Major Sandmagen, die miese Verräterin!

Raukiefer ballte die Fäuste und schloss die Augen.

Er musste warten, bis die Zorneswellen vorbeigezogen waren.

Er zitterte.

»Is' er krank?«, fragte die Lady.

»Ich glaube nicht«, rumpelte der Bass des Colonels durch das Zelt.

Die verfluchte Frau Major-Scheiß-Sandmagen hatte ihn hierzu gebracht!

Sie allein war Schuld, dass er nicht nur seinen Freund Narmer, sondern auch seine Ehre verloren hatte.

Jetzt saß er hier. Im Zelt der Nachtjacken – oder Nightjackets, wie sie sich selber nannten – und biederte sich als Überläufer an.

Als der Zorn abebbte, fühlte es sich an wie das finale Abkneifen nach einem besonders harten Stuhlgang. Erleichtert öffnete er mit flackernden Lidern die Augen.

»Is' er wieder da?«, fragte die Lady, die sich als Captain Randee Drygrin vorgestellt hatte. Ihr athletischer Körper steckte in der dunkelgrauen, fast schwarzen Uniform der Nightjackets, und unter dem Pony ihres auberginefarbenen Pagenschnittes glitzerten grüne, intelligente Augen. Ihre Erscheinung bildete einen herben Kontrast im Vergleich zu der ihres Vorgesetzten.

Colonel Titus Hightower führte das Pendant Northisles zum Jägerregiment mit eisernen Fäusten. Der bullige Mann war breit und groß – fast wie Narmer. Aber nicht ganz.

Wie ein Midthen-Orcneas-Mischling in der Armee Northisle so weit hatte aufsteigenden können, war ihm ein schieres Rätsel.

Aber er hatte keine Wahl.

Sie hatte ihm keine Wahl gelassen.

Dieser Magus musste büßen! Bestraft werden für das, was er seiner Rotte angetan hatte.

Und diese Missgeburt, die ihn begleitete, ebenfalls!

Er hoffte, dass sich seine Abscheu über die Dunklen nicht auf seiner Miene zeigte, als ihn der Colonel ansprach.

»Sie sagen, dass sich in Kernburg ein Kriegsmagus erhebt, um diesem Grimmfaust beizustehen?«

Raukiefer schüttelte den Kopf. Sein strähniges Haar flog ihm um die Ohren.

»Nein, Mann. Ich sage nur, dass es Gerüchte gibt über den Flammenbringer, der möglicherweise zum Kriegsmagus wird, das ist alles.«

Drygrin und Hightower wechselten einen Blick.

Die stille Kommunikation zwischen den beiden erschloss sich ihm nicht.

Schließlich sagte Hightower: »Aber Sie sagen, Sie haben ihn gesehen, diesen Magus?«

»Ich habe ihn überlebt«, raunte Raukiefer.

Dann erzählte er ihnen, mit einigen Pausen, die er einlegen musste, um den Zorn vorüberziehen zu lassen, von seiner Begegnung mit dem bleichen Zauberer.

Die beiden Nachtjacken lauschten und wechselten hin und wieder Blicke.

Als er fertig war, sah er die beiden an.

Hightower beugte sich über den Feldtisch nach vorne und faltete die Hände vor dem Kinn.

»Was versprechen Sie sich von diesem Treffen, Hauptmann? Was sollte uns daran hindern, Sie festzusetzen?«

Raukiefer versuchte zu lächeln, aber seine vernarbten Lippen zuckten nur und entblößten seinen zahnlosen Mund.

»Ich kann ihn aufspüren und ich will nichts weiter, als an der Jagd teilnehmen«, sagte er.

»Der Jagd nach'm Flammenbringer …«, flüsterte Drygrin dramatisch und trommelte auf den Tisch. Als sie grinste, entblößten ihre Lippen strahlend weiße Zähne.

Nun war es an Raukiefer, sich vorzubeugen.

»Es ist mir völlig egal, ob er der Flammenbringer ist. Ich will ihn nur tot sehen«, raunte er.

»Wenn er so mächtig ist, wie Sie sagen …«, setzte der Colonel an.

»Genauso mächtig ist er!«, unterbrach ihn Raukiefer.

»… dann sollte das doch möglich sein. Willkommen bei den Nightjackets, Lieutenant Raukiefer.«

Es entging ihm nicht, dass Captain Drygrin die Rekrutierung nicht besonders gutgeheißen hatte, denn stummer Einspruch lag in ihren Augen, als sie Hightower mit geweiteten Augen ansah. Aber der nickte ihr nur zu.

Auch wenn Momme Raukiefer unfähig war, sein Gesicht zu einem zufriedenen Lächeln zu verziehen – innerlich grinste er.

Und das ziemlich finster.

ENDE VON BUCH I

sturm auf den palast.

volksversammlung plenum oder konvent oder was auch immer!

ebene von safa

bravebreeze!
was ein seemann!

berber rothwalze,
der schlachter
von gavro!

keno grimmfausth
in kieselbucht

zug der
artillerie

ÜBER DEN AUTOR

Dan Dreyer, Jahrgang 74.
Aufgewachsen in GAP, umgesiedelt nach DUS.

NEIN, er ist kein Handtrockner.
Er ist Vielleser, Vielschreiber, Vielreisender
und Kampfsportler (RBSP & Combatives)

Dan schreibt.
Mal gruselig, mal schaurig. Mal lustig, mal traurig.
Horror, Thriller, Fantasy. Er ist eine Brutzelbirne.
Man weiß nie, was als Nächstes aus
Hirn und Fingern purzelt.
Am allerwenigsten er selber.

ŠUMAVA: Waldes Zorn war sein Debüt.
Der »FlammenBringer« ist sein Herzensprojekt.

Als Illustrator veröffentlicht er zusammen
mit Nick Reinhart »Die Traumwächter«.
Eine Trilogie gegen böse Träume für Kinder & Jugendliche.

Für Rückmeldung, Anregung und Kritik
erreichst Du Dan gerne unter dan@dandreyer.de.

Auf Facebook findest Du seine Seite unter
www.facebook.com/danjdreyer

Für Instagram geht's hier lang:
www.instagram.com/dandreyer.autor

NACHWORT

»Der Flammenbringer« bzw. die Geschichte von Lysander und Gorm geistert seit Jahrzehnten in meinem Kopf umher. Endlich halte ich den Text in Händen.
Unglaublich.
Hat ja nur 30 Jahre gedauert ...
(Ich kann und werde das im letzten Buch belegen, in dem ich einige Skizzen veröffentlichen möchte, die ich im Alter zwischen 16 und 20 angefertigt habe. ;-)

Die Hintergrundgeschichte ist – wie Du, lieber Leser, vielleicht bemerkt hast – locker an die Ereignisse zwischen 1789 und 1800 in Europa, Ägypten und Indien angelegt, wobei ich mir viele Freiheiten erlaubt habe. Sehr viele!
Es war nicht mein Anliegen, die Zeit der Französischen Revolution 1:1 wiederzugeben. So findet sich nicht für jeden Charakter ein Vorbild in der realen Geschichte (manche Charaktere sind gar ein Mix aus diversen historischen Persönlichkeiten), lief die Seeschlacht bei Abukir ein wenig anders, fiel Seringapatam etwas später, starb Robespierre etwas früher, waren die politischen Zusammenhänge deutlich komplizierter, usw.
Andere Dinge finden allerdings ihr historisches Pendant.
So fanden einige der Schlachten annähernd so statt (laut meinen Recherchen), wurde das Versenken von angeblichen Royalisten tatsächlich durchgeführt, fanden Eilgerichte ohne Möglichkeit zur Verteidigung statt, und in der Tat gibt es überlieferte Beschreibungen von klimpernden Augenlidern nach der Enthauptung durch die Guillotine.
Mitunter war die Realität so faszinierend erschreckend, dass mir die Spucke weggeblieben ist.

Eine weitere Sache ist mir während der Recherche auch wieder bewusst geworden:
Wie, zum Bekter bekamen es die Geschichtslehrer während meiner Schulkarriere nur hin, die aufregenden, welterschütternden Ereignisse dieser Zeit so unsagbar langweilig zu unterrichten?!
Es ist für mich im Nachhinein kaum zu fassen.

Wie dem auch sei: Dem geneigten geschichtskundigen Leser werden die Freiheiten, die ich mir erlaubt habe, vielleicht auffallen. Aber nicht vergessen: Der SeelenSauger ist ein Fantasy-Roman. Ein Roman, der unterhalten soll und der keine Abhandlung von Historie ist.

Lysanders und Gorms Reise geht in Buch 2 ›WuchtBewahrer‹ weiter.

Historische Inspirationen*

*auszugsweise

Länder

Kernburgh	Frankreich ab 1789
Northisle	England
Lagolle	Deutschland/Preussen
Dalmanien	Österreich/Italien
Torgoth	Spanien
Pendôr	Russland
Gartagén	Nordafrika/Ägypten
Topangue	Indien

Charaktere

Keno Grimmfausth	Napoleon Bonaparte
Nathaniel Lockwood	Arthur Wellesley / Duke of Wellington
Onno Goldtwand	Ludwig XVI.
Joris Goldtwand	Louis Charles, Ludwig XVII.
Desche	Robespierre & Jean-Baptiste Carrier
Lüder Silbertrunkh	Danton & Paul de Barras
Joseph Stovepipe III.	King George III. William Frederick
Horatio Bravebreeze	Horatio Nelson
Orwille Harefast	Charles O'Hara
Jeldrik Sturmvogel	Nicolas Soult
Barne Wackerholz	Jean Lannes
Berber Rothwalze	André Masséna
Caleb Lockwood	Richard Colley-Wellesley

u.v.a

Ereignisse während der franz. Revolution

Plünderung des Versehrtenheimes, Kapitel 12
Erstürmung des Hôtel des Invalides

Angriff auf den Kerker, Kapitel 15
Sturm auf die Bastille

Kampf am Palast, Kapitel 28
Der Tuileriensturm

Desche bei der Arbeit, Kapitel 31
Septembermassaker / Massacres de Septembre

Hinrichtung Onno Goldtwand, Kapitel 40
Hinrichtung Ludwig XVI, 21. Jan. 1793

Attentat auf Prinz Joris, Kapitel 61
Attentat auf Ludwig XVII, 8. Juni 1795
(Ja, ihm wurde das Herz entnommen.)

Hinrichtung Marie-Antoinette, Kapitel 61
Hinrichtung Marie-Antoinette, 16. Okt. 1793

Desches Wüten in Kernburg, ab Kapitel 81
La Terreur, „Der Schrecken", Juni 1793 bis Ende Juli 1794
Kult der Vernunft& Kult des höchsten Wesens, ab Frühjahr 1794

Kenos Putsch, Kapitel 90
Staatsstreich des 18. Brumaire VIII, 9. Nov. 1799

Desches Selbstmordversuch & Hinrichtung, Kapitel 94 + 96
9. Thermidor, 27. Juli 1794

Schlachten

Einnahme Nebelsteins, Kapitel 28
Belagerung von Verdun, Aug.-Sep. 1792

Kampf in Finsterbrück, Kapitel 33
Kanonade von Valmy, 20. Sep. 1792

Schlacht um Kieselbucht, ab Kapitel 37
Belagerung von Toulon, Sep.-Dez. 1793

Lockwood in Topangue, Kapitel 62
Dritter Mysore-Krieg von 1789 bis 1792

Schlacht bei Bradu, Kapitel 64
Schlacht von Montenotte, 12. Apr. 1796

Zitadelle von Wargas, Kapitel 64
Schlacht bei Millesimo, 13. Apr. 1796

Rotwalzes Massaker, Kapitel 64
Schlacht bei Dego, 14+15. Apr. 1796

Keno in Gavro, Kapitel 71
Schlacht an der Brücke von Lodi, 10. Mai 1796

Keno in Jør, Kapitel 73
Schlacht bei Rivoli, 15. Jan. 1797
& Napoleons Einmarsch in den Kirchenstaat

Lockwood gegen die Festung von Pradeshnawab, ab Kapitel 76
Belagerung von Seringapatam, 1799

Keno gen Gartagén, ab Kapitel 77
Ägyptische Expedition 19. Mai 1798

Schlacht in der Ebene von Safá , Kapitel 82
Schlacht bei den Pyramiden, 21 Juni 1798

Seeschlacht in der Bucht von Anfu , Kapitel 85
Seeschlacht von Abukir, 1.+2. Aug. 1798

THAPATHS WAAGE
LEKTION I: DIE GRUNDLAGEN DER WELT

APOTH
elven

midthen
MIDOTIR

eoten
JAWOGH

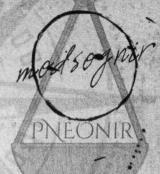
modsognir
PNEONIR

orcneas
BEKTER

EIGENTUM DER
›UNIVERSITÄT ZUR UNTERRICHTUNG
DES PRAKTISCHEN EINSATZES
MAGISCHER POTENZIALE‹
ZU HOHENROTH, KERNBURGH

DIENSTGRADE

Infanterie & Artillerie

| **Kernburgh** | • | **Northisle** |

Gefreiter — Private
Korporal — Corporal
Feldwebel — Sergeant

Offiziersränge:
Leutnant — Lieutenant
Hauptmann — Captain
Major — Major
Oberst — Colonel
Oberst Leutnant — Lieutenant Colonel
Brigadegeneral — Brigadier
Generalmajor — Major General
Generalleutnant — Lieutenant General
General — General
Marschall — Field Marshall

VERBÄNDE

(* = Kavallerie)

Trupp
2-7 Soldaten, geführt durch Unteroffizier

Gruppe / Rotte*
8-12 Soldaten, oder 2-4 Trupps, geführt durch Feldwebel

Zug/Schwarm*
13-60 Soldaten, 2-4 Gruppen, geführt durch Hauptmann/Leutnant

Kompanie / Kolonne / Eskadron*
60-300 Soldaten, 2-6 Züge, geführt durch Hauptmann/Major

Batterie
4-8 Geschütze, Pro Geschütz 11 Soldaten, 14 Pferde
(1 Geschützführer, 5 Kanoniere, 3 Fahrer, 2 Knechte)

Bataillon
300–1.200 Soldaten, 2-7 Kompanien, geführt durch Oberstleutnant

Regiment / Geschwader*
2.000-3.000 Soldaten, 2-4 Bataillons oder 7-10 Kompanien,
geführt durch Oberst

Brigade
3.000-5.000 Soldaten, 2-4 Regimenter, geführt durch Oberst/Brigadegeneral

Division
10.000-20.000 Soldaten, 2-6 Brigaden, geführt durch Generalmajor

Korps
30.000-80.000 Soldaten, 2+ Divisionen, geführt durch Generalleutnant

Armee
50.000-80.000+ Soldaten, geführt durch General

Heeresgruppe
100.000+ Soldaten, 2 Armeen, geführt durch General/Marschall

Oberkommando
200.000+ Soldaten, geführt durch General/Marschall

GLOSSAR

<u>Infanterie</u>	Truppengattung, Fußvolk, Fußtruppen
Linieninfanterie	Fußtruppen in Lineartaktik/Schlachtreihe aufgestellt
Muskete	Schweres Vorderladergewehr mit glattem Lauf
Karabiner	Kurzläufige Muskete
Gewehr	Waffe mit ›gezogenem Lauf‹ Projektil erhält Drall, erhöhte Reichweite
Grenadier	Elite der Infanterie, ausgerüstet u.a. mit dem Vorläufer der Handgranate
Plänkler	Zerstreut agierende Schützen ohne feste Ordnung
Schütze	Kern der Linieninfanterie mit Musketen bewaffnete Soldaten
Jäger	Selbstständig operierende Infanterie-Einheit für Aufklärung und den gezielten Einsatz gegen bestimmte Ziele. (z.B. Offiziere & Magi)
Sarge	engl. Kurzform für Sergeant
Volley!	engl. Befehl zur Abgabe einer Salve
<u>Artillerie</u>	Truppengattung, führt und bedient großkalibrige Geschütze
X-Pfünder	Kanonen verschiedener Kaliber Kugelgewicht in Pfund
Kartätschen	Artilleriegeschoss mit Schrotladung
Mörser	Steilfeuergeschütz mit kurzem Rohr

Haubitze	Schwere Kanone für Steil- und Flachfeuer
Lafette	Untergestell für Kanonenrohre fahrend im Feld, stationär im Schiff

<u>Kavallerie</u>   Truppengattung, Berittene

Linienkavallerie	Berittene Soldaten in Lineartaktik/Schlachtreihe
Dragoner	Leichtgerüstete Reiter mit Karabinern und Säbeln
Kürassier	Schwer gerüstete Reiter mit Karabinern und Säbeln

<u>Marine/Navy</u> Truppengattung zur See

Fregatte	Kreuzer, wendiges Segelschiff mit 3 Masten und bis zu 2 Kanonendecks
Linienschiff	Auch Segellinienschiff Schlachtschiff, 2-4 Kanonendecks
Zweidecker **Dreidecker** **Vierdecker**	Schiffsgröße nach Anzahl der Kanonendecks

PERSONENREGISTER

Kernburgh

Onno Goldtwand	König von Kernburgh
Joris Goldtwand	Prinz von Kernburgh
Lysander Hardtherz	Student der Magie
Wilt Strengarm	Rektor der »Universität
Nickels Blauknochen	Dozent an der Universität
	Unterrichtet Heilung
	Apoth & Bekter, seine Hunde

Weitere Dozenten

Harlan Stiffpalm	Dozent für Völkerkunde.
	Ursprünglich aus Northisle
Reela Nebelhandt	Dozentin für Trennen & Fügen
Stine Bunthmorgen	Dozentin für Löschen & Sengen
Yorrit Knitterblatt	Dozent für Begrünen & Veröden

Studenten in Lysanders Jahrgang

Radev Kuzmanov	»Der Klugscheißer«
	Ein Student aus Nord-Dalmanien
Enna Wieselgrundt	Ein schüchternes Fräulein
Gerret Sturkupfer	Bauernsohn. Zu groß, zu tumb, aber stark

Hergen Gelbhaus	Verwalter einer Mine
	im Besitz der Grimmfausths
Jasper Gelbhaus	Hergens Sohn
Desche	Fleischer aus Neunbrücken
Bleike	Fuhrmann aus Nebelstein
Paye Steinfinger	Magus in Diensten der Gelbhaus
Lüder Silbertrunkh	Oberster Ratsherr
	und Richter in Neunbrücken
Wupke Blassmond	Leiter des Hardtherz Handelskontors
	in Kieselbucht
Luwe Grimmfausth	Jüngerer Bruder von Keno
Vahdet Hardtherz	Priester des Apoth
	älterer Bruder von Lysander
Jenne Dünnstrumpf	Witwe eines Tuchhändlers

Armee von Kernburgh

Keno Grimmfausth	Unteroffizier der Artillerie
Arold Eisenbarth	General, Oberbefehlshaber der Armee
Jeldrik Sturmvogel	Unteroffizier der Artillerie, Freund Kenos
Barne Wackerholz	Unteroffizier der Artillerie, Freund Kenos
Thevs Rabenhammer	Oberst der Artillerie
Berber Rothwalze	Hauptmann der Linienkavallerie, Dragoner
Jale Blasskirsche	Anführerin der Freiwilligen von Neunbrückhen
Qendrim Hardtherz	Oberst der Kavallerie ältester Bruder von Lysander
Toke Starkhals	Oberst der Infanterie
Nanno Dampfnacken	Hauptmann der Pioniere, Magus
Ove Donnerkelch	Feldwebel der Kavallerie, Adjutant

Jägerregiment von Kernburgh

Hark Dusterkern	Oberst des Jägerregiments
Zwanette Sandmagen	Majorin des Jägerregiments
Momme Raukiefer	Hauptmann des Jägerregiments ›Der Bluthund‹
Narmer	Feldwebel des Jägerregiments stammt aus Gartagén

Legenden

Uffe Rothsang	Legendärer Kriegsmagus des Vierten Zeitalters
Fokke Grauhand	persönlicher Heiler von Uffe Rothsang Gründer der Universität

Northisle

Joseph Stovepipe III.	König von Northisle
Lord Buckwine	Privatier, Lebemann
Sir Caleb Lockwood	Sechster Lord des Schatzamtes älterer Bruder von Nathaniel
Abner Stillwater	Diener der Familie Lockwood

Armee von Northisle

Nathaniel Lockwood Lieutenant, Adjutant des Lord Buckwine
Horatio Bravebreeze Kommandant der HMS Agathon
Orwille Harefast General, Army
Rupert Halfglow Lieutenant General, Army
Donny Dustmane Lieutenant Colonel, Army
Cleetus Stonewall Private, Army

Topangue-Company

Bodean Leftwater General in der Topangue-Company
Lahir Apo Ein Topi
(Bez. der Hilfstruppen in Topangue)

Jør

Leveke Seidenhand Heilerin

Lagolle

Mireille Sansblanche II. Königin von Lagolle
Rouen Somelanc Kommandant der Armee, Marschall
Guiomme Bandit

Dalmanien

General Atanassov Kommandant der Armee

Gartagén

Sefu der Händler Sklavenhändler aus Safá
Sultan Aybak Herrscher von Gartagén, Haus Dabiq

Topangue

Nawab Hyder Herrscher von Pradesh
Tupir Sengh Minister von Pradesh

VÖLKER & RELIGION

Midthen   Die Menschen der Mitte

Elven   Die Hellen

Orcneas   Die Dunklen

Eotens   Die Großen

Modsognir   Die Kleinen

Religion

Thapath   Der Schöpfer

Die Ersten Kinder Thapaths:
Apoth   Der Helle, Archetyp Elven
                Symbol der Heiler & Ärzte
Bekter   Der Dunkle, Archetyp Orcneas
                Symbol der Totengräber & Henker

Die Zweiten Kinder
Jawogh   Der Große, Archetyp Eotens
                Symbol der Architekten & Baumeister
Pneonir   Der Kleine, Archetyp Modsognir
                Symbol der Schmiede & Handwerker

Das Dritte Kind
Midotir   Die Mitte, Archetyp Midthen
                Symbol der Händler & Reisenden